Diederichs bei Heyne

Leo Frobenius

Schwarze Sonne Afrika

Mythen, Märchen und Magie

WILHELM HEYNE VERLAG
MÜNCHEN

HEYNE ALLGEMEINE REIHE
01/10155

Umwelthinweis:
Dieses Buch wurde auf chlor- und säurefreiem Papier gedruckt.

Die Bilder im Text (Felszeichnungen) sind – mit freundlicher Genehmigung des Frobenius-Instituts – den Sammlungen Leo Frobenius' entnommen.
Textgrundlage ist die 12-bändige Sammlung Atlantis.
Schwerpunkte setzen die Bände VI (hier das Kapitel »Gana«), VII (»Mali«, »Songhai«, »Haussa«), IX (»Die Nupe«), X (»Die Yoruba«), XI (»Bassari«) und XII (»Kassiden«).
Die Auswahl wurde nach ethnischen Gruppierungen, historischen und sprachlichen Zusammenhängen getroffen.
Das Kapitel »Sonnengötter« variiert mythologische Motive.

Genehmigte Lizenzausgabe 1996
Wilhelm Heyne Verlag GmbH & Co. KG, München
Printed in Germany 1996
Umschlaggestaltung: init. Büro für Gestaltung, Bielefeld
Umschlagabbildung: Archiv für Kunst und Geschichte, Berlin
Satz: Layer, Ostfildern
Druck und Bindung: Ebner Ulm

ISBN 3-453-11993-2

Inhalt

Sonnengötter

Das Reich Gana

Das Reich Mali

Haussa

Bassari, Tim und Tiwi

Die Kassaiden (Völker des Kongobeckens)

Anhang

Sonnengötter

»Das Zeitalter des Sonnengottes« überschrieb der dreißigjährige Leo Frobenius das Ergebnis weiträumiger mythologischer Studien. Er konzipierte es als ein Buch der Fragen: Auf welche Weise sind bestimmte Mythen entstanden, wie erklärt sich ihre Beziehung, wie kommt es, daß sie über ganze Kontinente »gewandert« sind? Auf den Spuren nach der Entstehung, Verbreitung und Verschiebung einer im Keim »Solaren Mythologie« machte er die Beobachtung, daß die Gestirne in bestimmten Kulturen ihr Geschlecht wechseln.

Frobenius' besonderes Interesse galt damals, um die Jahrhundertwende, der Kulturwelt des Pazifischen Ozeans. Genauere Karthographische Aufnahmen führten ihn später zu der Schlußfolgerung: Was einst »in ungeheuren Bildern mythischen Denkens im Pazifik zum Ausbruch gelangt war, hatte sich erst nach Westasien und dann durch das Mittelmeer hindurch bis nach Westafrika vorgeschoben.«

In seiner »Alten Götterlehre« (1926) führte Frobenius aus, daß die von ihm entdeckte westafrikanische Yoruba-Kultur ein Überbleibsel eben jener solaren Periode sei, eine äußerste Umbildung ehemals im Pazifik beheimateter Kulturelemente. Während in Zentralafrika der Mond männlichen Geschlechtes sei und seine Geliebte die Venus, gäbe es im Küstenbereich zwischen Französisch-Westafrika und Kongomündung

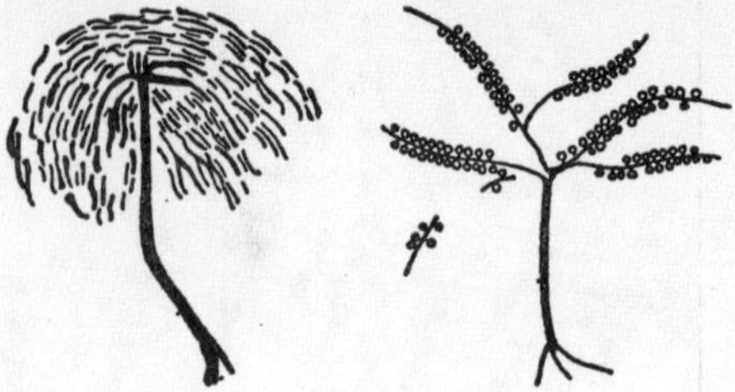

einheitlich die Auffassung von der männlichen Sonne, vom »Urei« und andere eigentümliche, den Wanderweg westwärts belegende Mythen.

»Das Zeitalter des Sonnengottes«, schon 1904 veröffentlicht, war ein gewaltiger Entwurf. Die Hinwendung zur Feldforschung erfolgte im gleichen Jahr. Sie »führte mich hinaus unter andere Völker, in den Bannkreis der afrikanischen Kulturen«. Interessanterweise blieb der angekündigte zweite Band ungeschrieben, vielleicht wegen der überwältigenden Fülle dessen, was Frobenius im Schwarzen Kontinent an Ort und Stelle vorfand. Die Sonne, die vom Himmel heruntergezaubert wird; die Sonne, die als Pferd emporsteigt; die Sonne als der gefangene Dieb; die Gestirne, die alle Tage Streit machen und deswegen am Himmel angebunden werden – in solchen Geschichten sind Mythos, Stammesanschauung und Erzählkolorit aufs Schönste beisammen.

Orun, der Gott der Sonne

Der Sonnengott Orun ist im ganzen Yorubaland eine der Verehrung nach aussterbende Gottheit. Ich erhielt von den Nordyoruben eine Legende, die das deutlich zeigt.

Viele junge Leute ein und derselben Familie waren einmal gemeinsam auf der Jagd hinter Antilopen her. Sie vermochten aber kein Tier zu erlegen. Sie hatten sonst immer Jagderfolg, indem sie die Antilopen nicht mit Pfeil und Bogen erlegten, sondern mit Holz nach ihnen warfen. An diesem Tage hatten sie keinen Erfolg. Als sie nun wieder durch den Busch strichen, kamen sie auf einen großen freien Platz. Der Platz war kreisrund und er war sauber und reinlich. Es war kein Messer dazu verwendet worden, ihn zu reinigen. Er war aber ganz sauber. In der Mitte war ein großer leuchtender Gegenstand. Dieser strahlte, und als die Menschen das sahen, wurden sie von Furcht gepackt und liefen, so schnell sie konnten, von dannen.

Die Burschen liefen nach Hause und erzählten ihren Vätern, was sie gesehen hätten. Die aber kamen zusammen, hörten die Burschen an und sagten: »Was das ist, wissen wir nicht. Es muß jemand zum Babalawo* gehen.« Es ging also ein Vater zum Babalawo und sagte dem alles. Der Babalawo sagte: »Ich habe diese Sache nun gehört und werde das Oquelle werfen*.« Nachdem der Babalawo das Oquelle geworfen hatte, sagte er: »Ihr alle seid von einer Familie. Ihr seid Oma Orun, ihr seid Kinder Oruns. Eure Alten haben Orun Opfer dargebracht. Ihr aber habt ihm kein Opfer dargebracht. Deshalb ist Orun den Burschen im Busch begegnet und hat sich ihnen so gezeigt. Orun will, daß ihr ihm wie-

* Bei den Yoruba wirft allmorgendlich der Babalawo, d. h. derienige, der in die Geheimnisse des Ifakults eingeweiht ist, das Oquelle-Orakel. Die entsprechenden Auskünfte, die ihm die Odu (Figuren aus Palmnußkernen oder Kalebassenstücken) geben, beziehen sich auf das Privatleben und die Ereignisse des Tages. - Mehr darüber im Anhang »Das Orakel der Yoruba«

der anhängt. Ihr sollt ihm wieder, wie in alter Zeit, Opfer bringen.« Die Leute fragten: »Wie wurde das in alter Zeit gehalten?« Der Babalawo sagte: »Zunächst müßt ihr Asche nehmen. Mit Asche müßt ihr einen großen Kreis streuen. (Es ist das ein Kreis in Bandform, der ungefähr eineinhalb Meter im Durchmesser hat.) In die Mitte des Kreises müßt ihr dann einen kleinen Haufen von Asche tun, und dahinein müßt ihr dann ein Ei werfen und eine große Schnecke setzen. Dann nehmt eine Kolanuß und zerbrecht sie in vier Teile. Einen Teil legt in die Mitte, zu dem Ei und der Schnecke. Die anderen drei Teile werft in den Kreis. Fallen zwei gedeckt (d. h. mit der konvexen Seite nach oben) und eine offen (d. h. mit der konkaven Seite nach oben), so ist das ein gutes Zeichen. In dem Aschenkreis macht dann eurer Opfer wie für Orun.«

Ra, die Herrin der Sonne

Mai-kaffo, der in alter Zeit Führer aller Büffel war, hatte ein Weib, die hieß Ra oder Ra-a. Ra aber ist die Herrin der Bauna, das ist der Sonne, und darüber gibt es folgende Sage, die die Leute nur sehr ungern erzählten, und zwar gleicherweise ein Kanomann in Ibi und eine Kanofrau in Lokodja:

In urururalter Zeit, als noch nichts war – als noch kein Mensch war, als noch nichts war –, bestand schon Audu Kaderre, das ist Gott. Audu Kaderre hatte aber einen Gehilfen und Vermittler, das war Biuta Lasuru. Audu Kaderre machte damals alles. Audu Kaderre machte auch die Sonne. Er machte sie so heiß, daß niemand sie haben wollte. Kein Mensch wollte damals Tateki haben. Tateki war nämlich damals noch der Name der Sonne. Niemand nannte sie (oder wagte sie zu nennen) Rana.

Ra war aber Mai-kaffos Frau. Ra sagte zu Mai-kaffo: »Serki n,bauna! Mein Mann! Ich will Rana nehmen, denn kein anderer

Alledjenu (Dämon im Borikult der Haussa) will sie nehmen.« Mai-kaffo sagte: »Was sagst du, Ra? Ra! Meine Frau! Kai! Du, eine Frau, willst die Sonne nehmen, die kein Mann nehmen kann, weil Tateki so heiß ist? Du willst das tun!« Ra sagte: »Mai-kaffo! Ja, ich will diese Sache nehmen. Wie willst du, mein Mann, Mai-kaffo, denn auch sonst das Gewitter machen, wenn ich, deine Frau, nicht die Sonne nehme? Wie willst du, mein Mai-kaffo, denn das Gewitter machen, wenn ich nicht die Sonne nehme, die alle Hitze und alles Licht macht und ohne die ein Licht nicht ist? Ich, Ra, will die Sonne nehmen, und nachher wird man sie Rana nennen.«

Die Sonne war aber im Osten. Sie war mit einem weißen Widder zusammen in einer Kiste aus Stein eingeschlossen. Die Kiste aus Stein war unten im Wasser. Die Kiste aus Stein hatte nur eine Öffnung, durch die die Sonne sich entleerte.

Ra ging nun zu Audu Kaderre und sagte: »Willst du mir Tateki geben?« Audu Kaderre sagte: »Ja, ich will dir die Sonne geben. Du mußt aber wissen, daß du jeden Tag fünfhundert Arbeiter brauchst, die die Sonne am Himmel hinziehen, du mußt das wissen!« Ra sagte: »Audu Kaderre ich danke dir! Audu Kaderre ich danke dir!«

Ra sagte zu Audu Kaderre: »Nun wird die Sonne Rana heißen. Nun darf jeder sie nennen, wie es Gesetz ist.« Ra sagte zu Audu Kaderre: »Du hast mir die Sonne gegeben. Willst du mir gestatten, daß ich die Sonne am Himmel stehen lasse, wenn ich es will?« Audu Kaderre sagte: »Du sollst Macht über die Sonne haben. Tue mit ihr, was du willst.« Ra sagte: »Ich danke dir!«

Ra rief die fünfhundert Männer und sagte: »Zieht nun wieder die Sonne herüber!« Die fünfhundert Leute zogen die Sonne an einem Tau hinauf. Als die Sonne auf der Mitte des Weges war, war sie sehr heiß und verbrannte alles. Denn damals war der Himmel noch ganz nahe bei der Erde. Ra nahm aber ein Tau und die Kiste aus Stein, in der die Sonne eingeschlossen war. Ra fing die Sonne. So wurde denn der Tag sehr kurz. Die Leute schrien. Die Leute sagten: »Wir wollen einen langen Tag haben! Dieser Tag war zu kurz! Gib uns einen längeren Tag!« Die Leute schrien zu Audu Kaderre. Die Leute schrien zu Ra. So wurde der Tag wieder länger.

Die Sonne heißt aber seit damals Rana, weil sie der Ra gehört. Auch betrachten die Haussa die Sonne deswegen, weil sie der Ra gehört, als Frau und nennen sie Wotsche Rana.

Die erste Sonnenfinsternis

Die erste Mutter der Welt war eine große Zauberin (stud). Die erste Mutter der Welt nahm einmal eine Holzschabe mit Wasser, sie schlug mit einer Sichel hinein, so daß Schaum und Blasen aufstiegen. Da schrie Agur gitäisch (d. i. der Mond der Sonne; gemeint ist anscheinend die durch den Mond vollständig verdeckte Sonne) und Agur fiel in die Holzschüssel. Die Sonne lag wie ein glänzender Spiegel in der Holzschüssel mit Wasser.

Sogleich war die Welt dunkel, und es war schwarze Nacht. Die Kabylen sagen, daß dieses noch heute alle fünf Jahre einmal vorkommt. Sie sagen, die erste Frau der Welt habe der Welt einen Tag von fünf Jahren gestohlen.

Wie es nun ganz dunkel war, kamen alle Leute zu der alten Stud und sagten zu ihr: »Was hast du getan? Wie soll es nun wieder hell werden? Es kann nur geschehen, indem du eines deiner Kinder, das dir lieb ist, sterben läßt. Wenn du der Sonne ein dir liebes Kind gibst, wird sie wieder emporsteigen. Also tu's.«

Die erste Mutter der Welt bezeichnete ein Kind und sagte: »So mag dieses Kind sterben. Dieses Kind will ich der Sonne geben.« Das Kind starb sogleich, und die Sonne stieg wieder empor.

Die Kabylen sagen, daß es heute noch in jedem Dorf vier oder fünf solche alten Zauberinnen gäbe, die es verständen, den Mond der Sonne oder die Sonne des Mondes in ein Wassergefäß herabstürzen zu lassen, und dann müsse jedesmal ein von der Zauberin geliebtes Kind sterben. Gibt man nicht ein Kind, das man von ganzem Herzen liebt, so gehe die Sonne nicht wieder in die Höhe.

Die erste Mutter der Menschen machte damals aber mit ihrer hölzernen Wasserschüssel und der Sichel noch mehr. Die Blasen wurden zu Wolken. Vier Monate lang im Jahr ziehen seitdem die Wolken über den Himmel hin und verdunkeln die Sonne, so daß sie nicht hell und warm scheinen kann. Die Zähne der Sichel, mit der sie die Blasen im Wasser aufschlug, wurden zu Sternen. Die glänzende Mittelfläche der Wasserschüssel wurde die Sonne, der Rand herum der Himmel. Solche hölzerne Wasserschüssel ist also wie ein Spiegel der Welt.

Sonne und Mond

Anjunu, die Sonne, war früher ein Pferd (Anwing). Das Sonnenpferd lief zu Anbeginn im Busch umher. Ein Jäger sah das Sonnenpferd. Er sagte: »Was ist das für ein Tier, das wie Feuer im Busch umherläuft? Es wird nicht gut sein, wenn ich dieses Tier schieße.«

Der Jäger steckte den Pfeil wieder in den Köcher und ging nach Hause. Er ging zu einem Anukomann und sagte: »Ich sah heute ein Pferd im Busch. Das war wie Feuer. Ich konnte nicht danach schießen. Was ist das?« Der Mann warf seine Anukoschnüre und sagte: »Das Tier, das du im Busch gesehen hast, ist kein gewöhnliches Pferd; das ist Anjunu, die Sonne.«

Anjunu, der Sippengott der Sonne, sagte: »Wenn ich so im Busch weiter herumlaufe, wird mich doch noch eines Tages ein

Mann fangen. Ich will lieber emporsteigen.« Darauf stieg Anjunu empor. Aber wenn Anjunu Lust dazu hat, kommt Anjunu heute noch auf die Erde herab und läuft als feuriges Pferd da umher, wo keine Menschen sind. An den Tagen, an denen die Sonne nicht heiß brennt, läuft Anjunu im Busch als Feuerpferd umher. – Nun der Mond.

Der Mond (Assun) war vordem ein Schafbock (Adun). Dieser Schafbock pflegte auf der Erde immer dahin zu gehen, wo das Sorghum (Guineakorn, Hirse) gestampft wurde, dort stahl er. Eines Tages fingen die Leute den diebischen Schafbock und banden ihn im Haus an. Den anderen Morgen wurde es nicht hell. Es blieb dunkel. Die ganze Zeit blieb es dunkel. Sie riefen alle klugen Leute zusammen. Einer sagte: »Ich habe heute in meinem Haus etwas gesehen, das war früher nicht drin.« Die Leute sagten: »Man soll das herausbringen.« Die Leute gingen hin. Die Leute brachten es heraus. Die klugen Leute sagten: »Das ist ein Schafbock.« Einer der klugen Leute fragte: »Wo habt ihr den Schafbock denn her?« Die Leute sagten: »Dieser Schafbock fraß immer unser Sorghum, da wo er gestampft wird. Da sind wir denn gestern hingegangen und haben ihn gefangen und im Haus angebunden.« Der kluge Mann sagte: »Es wird besser sein, wir lassen diesen Schafbock frei.« Der Schafbock sagte selbst: »Was ihr mit mir getan habt, war nicht gut für mich.« Die Leute banden ihn los. Darauf sprang der Schafbock in die Höhe, ganz hoch hinauf. Der Schafbock wurde nun zum Mond; vorher hatte es keinen Mond gegeben. Es wurde hell und dann kam die Sonne (Anjunu; in Haussa = Rana). Es wurde richtig Tag.

Hier möchte ich eine Randglosse einschieben. Ich kenne das Motiv sowohl von den Togostämmen und von Kassaiden. Überall ist die Sonne der gefangene Dieb; also nehme ich an, daß dies auch hier in Djukun vorliegt und daß dieser Schafbock ebenso die Sonne verkörperte. Das scheint mir auch aus dem Schluß hervorzugehen.

Weiter eine Legende vom Streit der Gestirne:

Zwischen Sonne und Mond entstand einmal Streit über den Weg, den sie herabliefen. Der Weg der Sonne ist nämlich ein guter, breiter Weg. Auf dem Weg des Mondes sind aber viele steinige Spitzen, die den Fuß verletzen. Einmal wollte der Mond auf dem guten Wege der Sonne laufen. Da wurde aber die Sonne sehr böse. Sie fing den Mond. Dann steckte die Sonne den Mond in den Mund. Das war aber nicht nur einmal, sondern das kommt von Zeit zu Zeit vor (Sonnenfinsternis). Wenn der Mond dann bettelt: »Laß mich wieder gehen!«, so läßt die Sonne den Mond wieder frei. Die Sonne sagt dann aber zum Mond: »Geh du auf deinem schlechten Wege!«

Bei den Djukun am Benue gilt eigentümlicherweise nur die Sonne, nicht der Mond als Sippengottheit. Der Name der Familie der Sonnennachkommen ist Apa-wunjunu. Der König gehört ihr an und er hat seine eigene »Sonnenbank«. Was das heißt, soll sogleich erklärt werden. Die Sonne scheint vor allen Dingen von Wanderern und Kauffahrern verehrt zu werden – natürlich immer mit Ausnahme der eigenen Familie, die ihr selbstverständlich höchste Verehrung entgegenbringt. Unwahr ist, was mir zuerst gesagt wurde, daß nur Mitglieder der Sonnenfamilie diesem Kultus huldigen. Das würde nirgends dem Sinn dieser alten Mythologie entsprechen und stimmt auch hier nicht mit den Tatsachen überein. Die Verehrung der Akikatta (Sippengottheit) entspricht vielmehr dem Orischasystem der Yoruba. Zunächst hängt also jeder Mann an seinem Ur-Aki-katta-Ahnen, aber wenn es die Not oder ein Wunsch bedingt, kann er sich immer an jenen Aki-katta wenden, der just die maßgebende Kraft beherrscht; also wer mit der Fruchtbarkeit etwas zu tun hat, wendet sich an Ma, ob er nun ein Ma-Nachkomme oder ein Sohn des Gewitters ist. Die Verehrung der Sonne hat aber folgende Hauptzeremonie.

Man sagt, Njunu (die Sonne, ein andermal hören wir Anjunu) tue alljährlich dasselbe Werk: sie gibt zu essen. Deshalb wendet man sich gerne an sie, wenn man von den väterlichen Eßkalebassen fort und einer sehr unsicheren Zukunft entgegengeht. Wenn daher – besonders in älterer Zeit wurde das eifrig geübt – ein junger Mann in ein anderes Land ging, um etwas zu kaufen oder zu verkaufen, so setzte er vor den Toren seiner Heimatstadt am Kreuzwege (Adschuadanja) eine kleine Erdbank. Auf sie steckte er Blätter vom Baume Anjo. Dann trug er zwei Hühner (Hahn oder Huhn) und eine Ziege hinaus, schlachtete sie und goß deren Blut über die Opferbank. Mit den geschlachteten Tieren ging der Apan-saki heim, bereitete selbst gute Suppe und guten Brei oder ließ sie bereiten und brachte von beidem auf die Sonnenbank.

Danach entkleidete er sich vor der Opferstätte vollkommen. Er legte auf die andern Opfergaben die beiden Hühnerköpfe und eine Keule der Ziege. Er kniete nieder und betete etwa folgendermaßen: »Ich bin ein junger Mann, der jetzt als Kaufmann (= Sukiom) in ein anderes Land geht. Du Sonne, mach mir an allen Orten, an die ich komme, alles recht. Wenn ich gut von der Reise heimkehre, werde ich dir von allem Guten, was ich mitbringe, etwas abgeben.« Danach kleidet der junge Mann sich wieder an und geht heim.

Am andern Tage begibt er sich auf die Wanderschaft. Seinem Glauben nach wird er nun überall gut geschützt werden. Überall wird es ihm gut gehen. Wenn er heimkehrt, wiederholt er das Opfer. Dieses Mal sagt er seinen Dank. Er muß aber nun sein Versprechen erfüllen und von allem Guten, Gewonnenen der Sonne auf der Sonnenbank (= twun) etwas abgeben.

Spinne und die Gestirne

Ein Häuptling versammelte einmal alle seine Leute. Er legte acht Hackeneisen hin und fragte: »Wer von euch kann etwas Ordentliches und das, was ich meine, daraus machen?« Alle Leute sahen sich an. Jeder dachte darüber nach. Einer nach dem anderen sagte: »Ich kann es nicht sagen.« Alle sagten: »Wir können es nicht sagen.« Endlich aber sagte Spinne: »Ich weiß es; man könnte die Sonne und den Mond daraus machen.« Der Häuptling sagte: »Es ist gut.« Spinne nahm die Hackenklingen, trug sie fort und versteckte sie auf dem Marktplatz.

Danach hüllte Spinne sich in das Kleid eines Vogels und flog auf ein hohes Dach. Die Kinder sahen ihn und schrien: »Seht den Vogel! Was ist das für ein Vogel?« Die Alten sahen den Vogel. Sie sagten: »Was ist das? Seht den Vogel! Was ist das für ein Vogel?« Der Häuptling sah den Vogel. Er sagte: »Seht! Was ist das für ein Vogel? Seht den Vogel! Was ist das für ein Vogel?« Niemand kannte den Vogel. Einige Leute sagten: „Wir kennen den Vogel alle nicht. Wenn ihn jemand kennt, so ist es Spinne. Spinne kennt alles!« Man suchte Spinne. Man fand Spinne nicht. Der Häuptling sagte: »Spinne ist nicht da; ich weiß es, denn ich habe ihn fortgesandt, die Sonne und den Mond machen zu lassen.«

Der Vogel auf dem Baum oben sagte darauf: »So will ich es euch denn sagen: Ich bin es selbst. Ich bin Spinne. Ich dachte, der Häuptling wollte mich mit seinem Auftrag nur anführen. Jetzt will ich aber machen, daß ich fortkomme und meinen Auftrag ausführe.«

Spinne flog fort. Spinne legte das Vogelkleid ab. Dann langte Spinne aus dem Versteck die acht Hackeneisen hervor und begab sich auf die Wanderung zu Unumbotte (Gott). Als Spinne mit den acht Hackeneisen zu Unumbotte kam, sagte er: »Ich habe den Auftrag, aus diesen acht Hackeneisen Sonne und Mond schmieden zu lassen. Ein anderer kann es nicht. Willst du es aber tun?« Unumbotte sagte: »Zeig die acht Hackeneisen her.« Spinne gab sie hin. Unumbotte begann die Arbeit. Unumbotte fertigte aus den acht Hackeneisen Sonne und Mond. Er gab sie dann Spinne.

Spinne nahm Sonne und Mond, um sie zur Erde zu tragen.

Sonne und Mond waren aber heiß. Spinnes Finger konnten die Hitze nicht lange aushalten. Spinne lief ein Stückchen, dann legte er Sonne und Mond ein wenig hin und wartete, bis die Finger sich ein wenig abgekühlt hatten. Sobald er es vermochte, nahm er Sonne und Mond wieder auf und lief damit ein Stück weiter, bis die Finger wieder zu schmerzen begannen. Da er also immer von Zeit zu Zeit anhalten mußte, kam er nicht schnell von der Stelle.

Endlich kam Spinne mit der Sonne und dem Mond auf der Erde an. Er warf den Mond zunächst in das Wasser. Da kühlte er ab. Die Sonne warf er auf die Erde, da ging sie unter. Der Mond aber ging auf. Nachher warf er die Sonne an den Himmel. Als es zu heiß war, lief er in das Haus. Seitdem gehen Sonne und Mond regelmäßig auf und unter. Mittags ist die Sonne heiß.

Spinne aber ist seitdem in den Häusern.

Streit zwischen Sonne und Mond

In ganz alten Zeiten waren Sonne und Mond immer zusammen. Am Morgen ist die Sonne rot und der Mond weiß. Die Leute sagten: »Ach, ist die Sonne schön!« Der Mond hörte das. Er sagte zur Sonne: »Weshalb hast du den Leuten gesagt, daß sie mich so schmähen und dich so loben sollen?« Die Sonne hörte dies. Die Sonne ging schnell in das Wasser. Die Sonne (Tangu) nahm von dem schwarzen Schlamm auf dem Grund. Die Sonne warf nach dem Mond. Der Mond ist bis heute mit Flecken versehen. Man kann es gut erkennen. Der Mond sagte: »Das ist jetzt gut, man wird mich nicht mehr bei Tage sehen. Ich komme nur noch nachts.«

Der Mond beschimpfte die Sonne: »Was machst du eigentlich, du bist höchstens dazu gut, Mais wachsen zu lassen. Sieh mich dagegen an. Wenn ich nicht wäre, wüßte keine Frau, wann sie ihre Kinder zur Welt bringen wird.« Die Sonne sagte: »Wenn ich nicht da wäre, woher sollten die Menschen ihre Nahrung nehmen?«

Die Fesselung der Gestirne

Kadifukke (ein Mann) hatte weder Vater noch Mutter. Er hatte sich selbst gemacht. Kadifukke traf eines Tages auf der Wanderschaft Tschauke. Tschauke sagte: »Wer bist du?« Kadifukke sagte: »Ich bin Kadifukke. Mich hat nicht Fidi Mukullu (Schöpfergott) gemacht. Mich hat keine Mutter geschaffen, ich bin aus mir selbst gekommen.« Tschauke sagte: »Ich bin Tschauke, die Tochter Fidi Mukullus.« Kadifukke sagte: »Ich würde dich gern heiraten.« Tschauke sagte: »Es ist gut.«

Sie gingen in das Dorf Kadifukkes. Tschauke sagte: »Kennst du den Weg zum Himmel?« Kadifukke sagte: »Gewiß, ich kenne ihn.« Tschauke sagte: »Ich gehe heute abend zu meinem Vater Fidi Mukullu. Komm morgen früh nach.« Tschauke ging. Kadifukke legte sich schlafen. Am andern Morgen machte Kadifukke ein Feuer aus trockenen Palmblättern. Es stieg Rauch zum Himmel. In dem Rauche ging er zum Himmel auf. Er kam im Himmel am Platz Tschaukes an. Tschauke sagte: »Wir wollen zu meinem Vater gehen.« Kadifukke sagte: »Heute will ich noch einmal zur Erde zurückkehren.« An dem Tag kehrte Kadifukke noch einmal zur Erde zurück. Am dritten Tag kam er wieder am Platz Tschaukes an. Er sagte zu Tschauke: »Nun wollen wir zu deinem Vater Fidi Mukullu gehen.« Sie gingen zu Fidi Mukullu. Fidi Mukullu machte Biddia (Brei). Er machte Tschingu (Fliegen) als Beigabe. Kadifukke aß ein wenig. Kadifukke betrachtete die Tschingu. Er sagte: »Ist das alles, was dein Vater als Zutat gibt?« Tschauke sagte: »Laß nur, laß nur, laß doch nur!« Kadifukke sagte: »Fidi Mukullu kann viel geben.« Kadifukke begann zu singen: »Weshalb tötet mir Fidi Mukullu nicht eine Ziege? Weshalb tötet mir Fidi Mukullu nicht ein Huhn?« Dann ging Kadifukke zur Ruhe.

In der Nacht bekam Kadifukke Magenweh. Er ging aus seiner Hütte ganz in die Nähe hin und entleerte sich. Dann ging er in das Haus zurück. Es begann auf allen Seiten die Tschonde (Holzpauke) zu ertönen. »Er hat auf die Erde gekackt. Er hat auf die Erde gekackt.« Tschauke sagte: »Weißt du, was das ist?« Kadifukke sagte: »Ja, das ist, weil ich auf die Erde gekackt habe.« Kadifukke ging hinaus. Er nahm Palmblätter und umwickelte seinen Unrat damit. Er steckte das Paket in seinen Sack. Dann ging er in sein Haus zurück. Die Leute Fidi Mukullus sangen nun: »Du hast gekackt, kack nicht noch einmal!« Darauf schliefen alle bis zum Morgen.

Am andern Tage sagte Fidi Mukullu zu Kadifukke: »Du willst Tschauke zur Frau haben?« Kadifukke sagte: »Ja, ich möchte Tschauke zur Frau haben. Was soll ich geben!« Fidi Mukullu sagte: »Pack mir Diba (Sonne), sie macht mir alle Tage Streit! Pack mir Gondo (Mond), er macht mir alle Tage Streit! Pack mir Tschidiminasaschi und Niama (Plejaden), Muntu und Mboa (Orion), denn sie machen mir alle Tage Streit! Pack mir Nguffu (Nilpferd), denn er macht mir alle Tage Streit! Pack mir Kaphumbu (Elefant), denn er macht mir alle Tage Streit! Nachher will ich dir meine Tochter zur Frau geben.« Kadifukke sagte: »Es ist gut.« Kadifukke ging zur Erde zurück.

Kadifukke ging zur Erde zurück. Kadifukke rief Kapullukussu (die kleine Fledermaus). Kadifukke aß Freundschaft mit Kapullukussu. Kadifukke sagte zu Kapullukussu: »Ich will Tschauke, die Tochter Fidi Mukullus heiraten.« Kapullukussu sagte: »Was will Fidi Mukullu?« Kadifukke sagte: »Ich soll Diba, Gondo, Tschidiminasaschi und Niama, Muntu und Mboa, Nguffu und Kaphumbu fangen. Dann will er mir Tschauke geben.« Kapullukussu sagte: »Das könnte ich sogleich machen.« Kadifukke sagte: »Ich will dir meine Schwester schenken.« Kapullukussu sagte: »Es ist recht.«

Kapullukussu machte eine Schnur. Die Schnur war nicht aus Ananasfaser, sie war nicht aus Rotang. Sie war aus Eisen. Sie war gedreht wie ein Strick und reichte weit, weit fort. Kapullukussu machte eine große, große Schlinge. Am Abend ging er fort. Der Regen hörte ein wenig auf. Der Regen ging ein wenig zur Seite. Kapullukussu legte seine Schlinge auf den Weg des Gondo. Gondo ging seinen Weg. Er ging in die Schlinge. Gondo war in der Schlinge. Kapullukussu rief: »Bantu, Bantu! alle Menschen müssen an der Schnur ziehen!« Alle Leute kamen herbei. Alle Leute zogen an dem eisernen Strick. Sie zogen den Mond ganz nahe heran und banden ihn an einen starken Baum. Kapullukussu machte eine (andere) Schnur. Die Schnur war nicht aus

Ananasfaser, sie war nicht aus Rotang. Sie war aus Eisen und gedreht wie ein Strick. Sie war so stark wie ein Arm und reichte bis dahin, wo sich Erde und Himmel berühren. Kapullukussu machte eine große Schlinge in den eisernen Strick. Er trug die Schlinge dahin, wo die Sonne morgens einhergeht. Er ging hin und legte nachts seine Schlinge auf den Weg. Dann kam die Sonne und machte gewaltiges Feuer nach allen Seiten. Nach allen Seiten gingen gewaltige Flammen aus. Dann trat die Diba in die Schlinge. Kapullukussu rief: »Bantu! Bantu! Bantu! Alle Menschen müssen an der Schnur ziehen! Alle Menschen müssen stark ziehen!« Alle Leute kamen und alle Leute zogen an dem eisernen Strick, der so dick war wie ein Arm, und die Diba warf Feuer nach allen Seiten. Doch die Leute zogen. Sie zogen Diba heran, bis sie ganz dicht war und dann schlangen sie die Schnur aus Eisen um einen großen Stein. Diba war gebunden.

Kadifukke sagte zu Kapullukussu: »Für Tschidiminasaschi und Niama, Muntu und Mboa (Plejaden und Oriongruppe) brauchst du nicht eine so starke Schnur zu nehmen.« Kapullukussu sagte: »Nein, das mach ich so!« (Der Erzähler spuckt in die Hand und fährt dann erst langsam, dann schnell zupackend vor sich hin, genau wie wir etwa eine Fliege fangen.) Kapullukussu fing so Tschidiminasaschi und steckte ihn in seinen Sack. Kapullukussu sagte: »Den habe ich.« Kapullukussu spuckte wieder in die Hand, holte aus, fing Niama und steckte ihn in den Sack. Kapullukussu spuckte wieder in die Hand, holte aus, fing Muntu und steckte ihn in den Sack. Kapullukussu spuckte wieder in die Hand, holte aus, fing Mboa und steckte ihn in den Sack. Kapullukussu band den Sack fest zu. Er hielt ihn an Kadifukkes Ohr und fragte: »Hörst du?« Kadifukke hörte hin. Die Sterne machten: »Tué té! Tue té! Tue té!« (Der erste Ton dreieinhalb Ton höher als der zweite und das ganze gesprochen, wie wir das Uhrticken nachahmen.) Kadifukke nahm den Sack und hing ihn im Haus auf.

Kapullukussu sagte: »Schenk mir noch etwas.« Kadifukke sagte: »Es ist gut.« Er nahm seinen Bruder und gab ihn Kapullukussu. Kapullukussu nahm die Schwester und den Bruder Kadifukkes und stellte sie nebeneinander. Dann klopfte Kapullukussu leicht auf ihre Schultern. Darauf flatterten beide wie Kapullukussu und beide wurden wie Kapullukussu.

Kapullukussu ging hin und machte einen Dobbo (Angelhaken). Der Dobbo war so stark, wie eine große Zehe. An dem Dobbo befestigte er junges, schönes Gras, wie es Nguffu gern ißt. Den Dobbo mit dem jungen Gras warf Kapullukussu ins Wasser; dahin, wo Nguffu jeden Abend essen kam. Der Dobbo war an einem Tau befestigt. Das Ende des Taues hielten die Leute im Dorf. Der Mond ging auf. Die Leute im Dorfe fühlten, wie es stark am Tau zog. Kapullukussu rief: »Zieht! zieht!« Sie zogen und zogen Nguffu heraus. Sie banden Nguffu die Beine zusammen. Kapullukussu ging hin und machte einen Dobbo so stark wie einen Arm. An dem Dobbo befestigte er Zweige mit jungen Blättern, wie sie Kaphumbu gern ißt. Den Dobbo mit den jungen Zweigen warf Kapullukussu in die Krone der Bäume. Der Dobbo war an einem Tau befestigt. Das Ende des Taues hielten die Leute im Dorf. Der Mond ging auf. Die Leute im Dorf fühlten, wie es stark am Tau zog. Kapullukussu rief: »Zieht, zieht.« Alle Leute zogen und zogen Kaphumbu aus dem Wald. Sie banden Kaphumbu die Beine zusammen.

Kadifukke ging nun hinauf in Fidi Mukullus Dorf. Er sagte: »Ich habe Diba, die dir immer Streit macht, sie ist an ein Seil gebunden. Wenn deine Leute aber die Sonne heraufholen, so sollen sie fest zupacken, denn die Diba ist stark und viel Feuer geht von ihr aus.« Fidi Mukullu sagte: »Habe ich nicht genug Leute? Alle meine Leute werden die Sonne halten.« Die Leute Fidi Mukullus kamen alle heran Sie hielten den Eisenstrick. Sie führten die Sonne herauf. Diba warf viel Feuer nach rechts und links. Sie warf nach allen Seiten Feuer. Diba konnte nicht fort.

Fidi Mukullu sagte: »Bindet Diba hier an. Diba soll am Himmel bleiben. Diba soll hier gehen nach meinem Willen. Diba soll mit ihrem Feuer nichts verbrennen.« Fidi Mukullu rief Kadifukke: »Hast du Gondo, Tschidiminasaschi, Niama, Muntu, Mboa?« Kadifukke sagte: »Ich habe sie. Gondo ist stark.« Fidi Mukullu sagte zu seinen Leuten: »Bringt Gondo herauf. Alle Leute sollen Gondo heraufbringen. Bindet Gondo hier an, und er soll nicht häufiger umgehen, als ich es will. Es soll ein großer Zeitraum sein, wenn Gondo umgeht. Tschidiminasaschi, Niama, Muntu und Mboa sollen am Himmel angebunden werden. Wenn der Regen kommt, sollen sie hier gehen, und wenn der trockene Wind kommt, dort.«

Fidi Mukullu gab Kadifukke Tschauke zur Frau. Kadifukke und Tschauke kehrten zur Erde zurück.

(Der Erzähler ist am Ende sichtlich ermüdet. Kadifukke heißt nach seiner Erklärung: »Der sich selbst macht.«)

Das Reich Gana

Das erste große sudanesische Reich heißt Gana. Es entfaltete sich im frühen Mittelalter, zeitgleich etwa mit dem Reich der Karolinger und Ottonen. Seine Lage an der Südgrenze der westlichen Sahara, d. h. am südlichen Ausgang der Karawanenstsraße, die streckenweise mit der antiken Sahara-Route identisch war, machte es zum bedeutenden Umschlagplatz zwischen dem nordafrikanischen, der Mittelmeerwelt und dem »Bled Eds Sudan« (arab. 'Land der Schwarzen'). Auf der alten »Straße der Wagen«, nach Felszeichungen so benannt, müssen schon Herodots »Garmanten« gezogen sein: weiße Berber, die mit vierspännigen Wagen in südliches Land einfielen und sich bereits vorzüglich auf Ackerbau und Viehzucht verstanden. In der Sahelzone zwischen den Flüssen Senegal, Baule und der Stadt Timbuktu dehnte sich Jahrhunderte später das eigenständige Königreich Gana aus. Es soll der Legende nach von 44 weißen Fürsten regiert worden sein; nördlich von Bamako sei seine Hautptstadt gelegen, von Berbern oder von Sarakolen (Mischlingen) im 4. Jahrh. n. Chr. gegründet. Nach etwas genauerer Überlieferung soll im Jahr 790 ein schwarzer Namens Kaya Maghan Cisse, den Tod seines Vaters rächend, den bisher weißen König ermordet und sich mit seinen Soninke-Leuten an dessen Platz gesetzt haben. Als Cisse Tunkara (= König) hat er eine 300jährige Dynastie gegründet – das goldene Zeitalter Ganas.

Golden war jene Zeit, die mit der Eroberung der Hauptstadt durch die

fantasierten Massen des »Rechtgläubigen« Abu Bekr 1076 n. Chr. endete, im bildlichen wie im übertragenen Sinne. Gana besaß Salz und besaß Gold. Von altersher ein bedeutender Salzmarkt, brachten große Karawanen den in Salzbergwerken der Sahara gewonnenen raren Stoff in den Sudan. Das Gold kam aus dem südlich gelegenen Bambuk, das von Gana zwar nicht beherrscht wurde, aber dennoch nicht mit seiner Kostbarkeit geizte; man trieb einen ausgeklügelten und dabei »stummen« Handel. Das Gold machte Gana zu einem reichen Land; bis zur Entdeckung Amerikas galt es als größter Goldlieferant der Mittelmeerländer. Von »goldenen Zeiten« der Helden und Heldengesänge künden auch heute noch die Spielleute. Sie wurden für Leo Frobenius auf seiner zweiten Reise 1907/09 zu unschätzbar wichtigen Gewährsleuten. Bei den Westsudanern lag die Erhaltung der alten Epenkunst in den Händen der Dialli (Kaste der Sänger). Ursprünglich standen die Dialli im Dienst der jungen Adeligen – zumal denen, die das väterliche Erbe dem Sohn des Mutterbruders überlassen mußten –, begleiteten sie auf abenteuerlichen Wegen, besangen dabei die Taten der Vorzeit und auch ihre jüngsten Erlebnisse. Es bildeten sich drei, vier »Heldenbücher der Sahel« heraus, Frobenius gab sie in Prosaform wieder.

Das ist zunächst das große Dausi *der Soninke oder Marka (des Staatsvolkes von Gana), das die Geschichte von mythischen Anfängen an fortschreibt. Eine seiner rätselhaften Legenden handelt vom Verlust*

und der Wiederauffindung des Ortes Wagadu; die Herren Wagadus wanderten und nahmen »die Idee« ihrer Burg mit, so daß sie sich viermal an ganz verschiedenen Plätzen materialisierte.

Dem Dausi zur Seite steht das kleinere Pui, *eine Sammlung von zwölf Heldenstücken, die nur einzeln vorgetragen wurden. Es sind die zwölf »Helden von Kala« (einem Gebiet rund um Sokolo) und ihre Abenteuer erlebten sie meist in Faraka, dem fruchtbaren Land zwischen Oberniger und Bani. Sie nahmen die Goldschätze der von Süden Zugereisten und vergriffen sich an Viehherden einheimischer Fulbe; kam es so, daß ein Soninkeheld mit einer schönen Fulbe schlief, wurde auch der Sohn ein Fulbe und entsprechend nahm der Einfluß dieses Volkes immer mehr zu.*

Das eigentlich Fulbische Heldenbuch ist das Baudi.. *Frobenius sieht es als ein Produkt »universchämter Aneignungskunst« an, wobei er offen läßt, ob er das Lavieren zwischen Islam und Nomadenglaube auch das Parodieren und Persiflieren ehrwürdiger Sagenstoffe eher als unverschämt ansieht oder als Kunstform. Beobachtunsgabe, Witz und Situationskomik sind den Geschichten der Fulbe jedenfalls in hohem Maße zu eigen. Wie kam nun Frobenius zu diesen Epen? »Endlich war es gelungen, Korongo, den bekanntesten und am meisten geschätzten Barden (Dialli) den oberen Niger in mein Spinnennetz zu treiben. Da hatte ich ihn nun und – war gründlich enttäuscht. Eine schlappe Figur,*

ein nichtssagender Kopf, die Stirn verkraust, die Augen matt, die Stimme heiser, der Gruß unfreundlich... Koronge führt das ihm dargereichte Glas Kognak zum Mund. Korongo trinkt! Korongo lächelt! Dann stimmt er seine Laute ernsthaft. ›Nun etwas aus den alten Zeiten. Aber vorher noch einen Schluck!‹ Korongo trinkt wieder. Sein Antlitz lebt auf: dann hat er die Laute im Arm. Er singt, ›vom Anfang vor der Zeit‹. Seine Stimme trägt melodramatisch leicht singend vor. Sie ist jetzt klar und sicher. Er trägt nun die ersten Stücke aus dem alten Dausi vor, dem Heldenbuch ›Das Land Wagadau war erst einmal für sieben Jahre verloren gegangen. Man wußte nicht mehr, wo es war. Dann fand man es wieder:‹ Das Epos ist großzügig gebaut! Schon die erste Kenntnis – Karimacha hockte neben mir und wiederholte alles flüssig in französischer Sprache – ließ außerordentlich feine Empfindungen erkennen. Dazu Korongo – wie er das vortrug! Korongo trinkt. Korongo ruft: hoch! Die Zeit der Ganna, der Helden! Damals tranken Horro (Adelige) und Dialli!«

Die Wiederentdeckung Wagadus

Das Land Wagadu war erst einmal für sieben Jahre verloren gegangen. Man wußte nicht mehr, wo es war. Danach fand man es wieder. Es trat dann aber nochmals ein Zeitraum von 740 Jahren ein, in dem es nicht mehr gefunden wurde, es war für diese Zeit verloren. Da war ein alter Mann und König, der hieß: Mama Dinga. Mama Dinga sagte: »Man schlage die große Kriegspauke Tabele, dann wird man Wagadu wiederfinden.« Die Tabele war aber von den Dschinn, den Teufeln, gestohlen und am Himmel festgebunden worden.

Mama Dinga hatte einen alten Dimadio (Kaste der Hörigen), mit dem war er gemeinsam erzogen worden. Mama Dinga hatte sieben Söhne. Die sechs ältesten Söhne behandelten den Dimadio schlecht, und der Vater war vor Alter blind, so daß er es nicht sah. Wenn der Älteste von dem Dimadio zum gemeinsamen Mahl gerufen wurde, gab er ihm beim Eintreten einen Stoß, und so machten es die nächsten fünf auch. Nur der Jüngste bot dem Alten »Guten Tag!« – Wenn sie wieder hinausgingen, hatte der Älteste den Mund voll Wasser genommen, das spie er im Vorübergehen auf den alten Dimadio. Der zweite hatte die Hände zum Waschen angefeuchtet und spritzte die Tropfen auf den Alten aus, und nur der Jüngste reichte ihm eine gute Handvoll Essen hin. Mama Dinga sah das nicht.

Mama Dinga war blind. Er erkannte den Ältesten nur an seinem Arm, der behaart und mit einem Ring geschmückt war. Er strich tastend über den Arm hin und führte sein Gewand zum Prüfen an die Nase. So erkannte er den Ältesten. Als er eines Nachts zu Bett ging, fühlte er, daß er bald sterben werde. Er rief den Dimadio, seinen alten, treuen Diener, herbei und sagte: »Rufe meinen ältesten Sohn; denn ich fühle, daß ich bald sterben werde, und ich will ihm alles sagen, was er wissen muß. Sag ihm, daß er nach Mitternacht komme.« Der alte Dimadio ging hin und suchte den Ältesten auf. Als er bei ihm eintrat, gab er ihm einen Fußtritt. So erging es ihm immer bei den ältesten sechs Söhnen. Nur der Jüngste hatte ihm stets Essen gegeben.

Darum ging der Alte darauf zu Lagarre, dem Jüngsten, und sagte: »Komm du mit mir. Dein Vater sandte mich aus, denn er fühlt, daß er bald sterben wird. Könntest du dir nicht das Armband und das Kleid deines ältesten Bruders ausleihen?« Lagarre sagte: »O ja, das ließe sich schon machen.« Der Alte fuhr fort: »Dein Vater ist blind. Er kann nicht mehr sehen und mit den Augen erkennen. So erkennt er deinen ältesten Bruder, indem er an seinem Kleid riecht und tastend über Arm und Armband streicht. Dein Vater will nun sterben und hat mich ausgesandt, seinen ältesten Sohn zu rufen. Deine älteren Brüder haben mich aber immer schlecht behandelt. So rufe ich dich denn zu ihm.« Darauf tötete Lagarre ein Ziege und zog ihr die Haut ab und sich über den Arm, so daß sich sein Arm rauh wie der seines Bruders anfühlte. Dann ging er zum ältesten Bruder und sagte: »Leih mir dein Kleid und deinen Armring. Ich will jemand aufsuchen, der mir etwas schuldet.« Der älteste Bruder sagte: »Wenn dir dein Schuldner nicht zahlen will, ohne daß ich dir Kleid und Ring leihe, so nimm beides hin. Geh in jenes Haus zu meiner Frau und lasse dir die Sachen geben.« Lagarre ging herein, ließ sich Ring und Gewand reichen und legte beides an. Als Mitternacht gekommen war, traf er mit dem Alten wieder zusammen.

Der alte Dimadio führte Lagarre zu Mama Dinga, dem König, und sagte: »Hier ist dein ältester Sohn.« Der alte König tastete am Arm des Sohnes entlang. Er fühlte, daß der Arm rauh war; er fühlte den Ring. Er führte das Gewand an die Nase. Er roch, daß es das Kleid seines ältesten Sohnes war. Da lachte er und sagte: »Es ist wahr.« Darauf sprach Mama Dinga: »Auf dem linken Ufer des Flusses stehen vier große Djallabäume. Am

Fuße dieser vier Bäume befinden sich neun Töpfe. Wenn du dich in diesen neun Töpfen wäschst und dich nachher im Uferschmutz wälzt, dann wirst du stets viele Anhänger haben. Wasch dich erst in den ersten acht Töpfen und später noch in dem neunten. Laß diesen zunächst. Wenn du dich in dem letzten Topf gewaschen hast, dann verstehst du die Sprache der Dschinn. Dann verstehst du die Sprache aller Tiere und auch die der Vögel, du kannst dann mit ihnen sprechen. Du kannst dann mit den Dschinn sprechen und wirst sie fragen können, wo die große Tabele ist. Der älteste Dschinn wird es dir sagen, und wenn du die große Tabele haben wirst, dann wirst du Wagadu wiederfinden.« – Lagarre ging. Er lief sogleich zum Fluß. Er fand die vier Djallabäume. Er fand die neun Töpfe. Er badete sogleich hintereinander weg in den neun Töpfen. Da verstand er die Sprache der Dschinn, der Tiere und Vögel.

Inzwischen nahmen am Morgen die Söhne des Königs bei diesem das Essen ein. Als der Älteste kam, fragte ihn Mama Dinga: »Hast du getan, was ich dir gesagt habe?« Der älteste Sohn fragte: »Wann hast du mir etwas gesagt?« Mama Dinga sagte: »Ich habe dich gestern nacht kommen lassen und habe dir etwas gesagt.« Der älteste Sohn sagte: »Ich habe in dieser Nacht nicht mit dir gesprochen.« Da sagte der alte, treue Dimadio zum König: »Du hast diese Nacht nicht mit deinem ältesten Sohn, sondern mit deinem jüngsten Sohn gesprochen. Du hast mich gesandt, deinen ältesten Sohn zu rufen, ich aber habe nicht deinen ältesten Sohn gerufen, sondern den jüngsten. Denn deine ersten sechs Söhne behandeln mich stets schlecht. Sie taugen nichts, und wenn dein Ältester Wagadu fände, würde er es bald zerstören. Wenn du nun jemand töten willst, so töte mich – denn ich bin schuld daran.« Darauf sagte Mama Dinga: »Mein Ältester, du wirst nicht Hankama (König) werden, denn soeben habe ich alles, was ich hatte, deinem jüngsten Bruder gegeben. Werde du also Djamma (Schamane) und lerne es, Gott um Regen zu bitten. Wenn du es regnen lassen kannst, werden die Leute zu dir kommen, und du wirst Einfluß haben.«

Inzwischen sandten die Dschinn ihren Ältesten zu Lagarre. Der alte Dschinn sagte zu Lagarre: »Im Busch ist eine Sache, die ist noch sieben Jahre älter als ich.« Lagarre fragte: »Wer ist das?« Der Dschinn sagte: »Das ist Kuto« (eine weiße Varanusart, die heute noch als besonders heilig gilt. So suchen die Marabut z. B. in der Ramadanzeit dieses Tier zu fangen, um aus seinem Fleisch Zaubermittel herzustellen). Lagarre fragte: »In welchem Wald ist Kuto?« Der alte Dschinn zeigte ihm den Wald.

Lagarre ging zu dem Wald. Er traf Kuto. Er konnte jetzt mit Kuto sprechen, denn er verstand jetzt die Sprachen aller Tiere und auch die der Vögel. Er sagte zu Kuto: »Zeig mir die Tabele meines Vaters.« Kuto fragte: »Von welchem Stamm bist du?« Lagarre sagte: »Ich bin der Sohn Dingas.« Kuto fragte: »Wie heißt der Vater deines Vaters?« Lagarre sagte: »Ich weiß es nicht.« Kuto sagte: »Ich kenne dich nicht, aber ich kenne Dinga – ich kenne nicht Dinga, ich kenne aber Kiridjo, den Vater Dingas. Es gibt jedoch etwas, was noch siebzehn Jahre älter ist als ich.« Lagarre fragte: »Was ist das?« Kuto sagte: »Das ist Turume, der Schakal, der so alt ist, daß er keine Zähne mehr hat.« Lagarre fragte: »Wo ist er?« Kuto zeigte ihm den Wald.

Lagarre ging mit seinen Soldaten zu dem Wald. Er traf Turume. Turume fragte ihn: »Wer bist du?« Lagarre sagte: »Ich bin der Sohn Dingas.« Turume fragte: »Wie heißt der Vater deines Vaters?« Lagarre sagte: »Ich weiß es nicht.« Turume sagte: »Ich kenne dich nicht, aber ich kenne Dinga. Ich kenne nicht Kiridjo, aber ich kenne Kiridjotamani, den Vater Kiridjos. Ich bin sehr alt, aber es gibt etwas, das ist noch siebenundzwanzig Jahre älter als ich es bin.« Lagarre fragte: »Was ist das?« Turume sagte: »Das ist Koliko, ein Honge (Geier).« Lagarre fragte: »Wo wohnt Koliko?« Turume zeigte es ihm.

Lagarre machte sich mit seinen Leuten zu Koliko auf. Er fragte: »Zeig mir die Tabele meines Vaters.« Koliko fragte: »Wer bist du?« Lagarre sagte: »Ich bin der Sohn Dingas.« Koliko sagte: »Ich kenne dich nicht, aber ich kenne Dinga, ich kenne nicht Dinga, aber ich kenne Kiridjo. Ich kenne nicht Kiridjo, aber ich kenne Kiridiotamani. Ich weiß, wo die Tabele ist, aber ich bin zu schwach und zu alt, um sie zu zeigen oder zu holen. Sieh, vor Alter sind mir die Federn ausgefallen, und ich kann nicht einmal mehr von meinem Aste fliegen.« Lagarre fragte: »Wie ist das zu machen?« Koliko sagte: »Du mußt sorgen, daß ich wieder Kraft erhalte. Du mußt mir viel bringen. Bleibe sieben Tage bei mir. Laß alle Morgen ein junges Pferd und auch einen jungen Esel schlachten und mir von beiden Herz und Leber reichen. Morgens und abends mußt du mich nähren. Wenn du diese Bedingung sieben Tage lang erfüllst, dann werde ich wieder Kräfte und Federn haben und ich werde dir die Tabele deines Großvaters bringen können.« Lagarre blieb sieben Tage dort. Jeden Morgen ließ er ein junges Pferd und einen jungen Esel schlachten und Koliko Herz und Leber reichen. Er nährte ihn morgens und abends. Da wuchsen dem Honge Kräfte und Federn. Er konnte wieder fliegen. Er flog dahin, wo die Dschinn die Tabele am Himmel angebunden hatten. Er hatte aber nicht Kraft genug, die Schnur zu zerreißen, an der sie festgebunden war. Er kehrte zurück und sagte zu Lagarre: »Du mußt mir noch während dreier Tage je ein Pferd und einen Esel schlachten und mir Leber und Herz geben. Noch reichen meine Kräfte nicht, die Schnur zu zerreißen, an der die Tabele hängt, aber dann werde ich stark genug sein, sie loszumachen.« Da schlachtete Lagarre noch drei Tage lang je ein junges Pferd und einen jungen Esel. So war Koliko am dritten Tage stark genug. Er flog gen Himmel und löste die Tabele los. Er brachte sie zu Lagarre.

Koliko sagte zu Lagarre: »Geh zurück. Zwei Tage lang darfst du die Tabele nicht rühren, am dritten aber schlage sie. Dann wirst du Wagadu finden.« Lagarre machte sich auf. Zwei Tage ging er zurück. Dann schlug er die Tabele und sah vor seinen Augen Wagadu. Die Dschinn hatten es so lange versteckt gehalten.

Der Kampf mit dem Bida-Drachen

Koliko hatte noch zu Lagarre gesagt: »Wenn du nach Wagadu kommst, wirst du dort die große Schlange Bida sehen. Bida erhielt von deinem Großvater jedes Jahr zehn junge Mädchen. Dafür ließ es die Schlange jedes Jahr dreimal regnen. Es regnete Gold.« Lagarre fragte: »Muß ich das auch geben?« Koliko sagte: »Bida wird mit dir handeln. Sie wird von dir zehn junge Mädchen verlangen. Schlag ihr das ab. Sag ihr, du wolltest ihr ein Mädchen geben und gib es ihr dann auch.«

Lagarre kam nach Wagadu. Vor dem Tore der Stadt lag Bida in sieben großen Windungen. Lagarre fragte: »Wohin gehst du?« Bida sagte: »Wer ist dein Vater?« Lagarre sagte: »Mein Vater ist Dinga.« Bida fragte: »Wer ist der Vater deines Vaters?« Lagarre sagte: »Ich kenne ihn nicht.« Bida sagte: »Ich kenne dich nicht, aber ich kenne Dinga. Ich kenne Dinga nicht, aber ich kenne Kiridjo. Ich kenne Kiridjo nicht, aber ich kenne Kiridjotamani. Ich kenne Kiridjotamani nicht, aber ich kenne Wagana Sako. Dein Großvater gab mir jedes Jahr zehn Mädchen. Ich gab dafür drei Goldregen. Willst du das auch tun?« Lagarre sagte: »Nein.« Bida fragte: »Willst du mir neun Mädchen jedes Jahr geben?« Lagarre sagte: »Nein.« Bida fragte: »Willst du mir acht Mädchen jedes Jahr geben?« Lagarre sagte: »Nein.« Bidafragte: »Willst du mir siebenMädchen jedes Jahr geben?« Lagarre sagte: »Nein.« Bida fragte: »Willst du mir sechs Mädchen jedes Jahr geben?« Lagarre sagte: »Nein.« Bida fragte:

»Willst du mir fünf Mädchen jedes Jahr geben?« Lagarre sagte: »Nein.« Bida fragte: »Willst du mir vier Mädchen jedes Jahr geben?« Lagarre sagte: »Nein.« Bida fragte: »Willst du mir drei Mädchen jedes Jahr geben?« Lagarre sagte: »Nein.« Bida fragte: »Willst du mir zwei Mädchen jedes Jahr geben?« Lagarre sagte: »Nein.« Bida fragte: »Willst du mir ein Mädchen jedes Jahr geben?« Lagarre sagte: »Ja, ich will dir jedes Jahr ein Mädchen geben, wenn du über Wagadu dreimal das Gold regnen lassen willst.«

Bida sagte: »Dann bin ich auch damit zufrieden und werde dreimal im Jahre Gold über Wagadu regnen lassen.«

Es waren in Wagadu vier angesehene Männer. Wagana Sako, Dajabe Sise, Damangile (der Ahnherr der Djaorafamilie, aus der die Familie der Vornehmen der Soninke stammt) und Mamadi Sefe Dekote (Sefe Dekote heißt »er spricht selten«).

Wagana Sako war ein Mann, der außerordentlich eifersüchtig war. Deshalb hatte er eine mächtige Mauer um sein Gehöft gebaut, in der keine einzige Tür angebracht war. Man konnte nur auf eine Weise hinein gelangen, indem man mit dem Pferd Samba Ngarranja über die Mauer setzte. Samba Ngarranja war das einzige Pferd, mit dem man über die Mauer diesen Sprung ausführen konnte, und Wagana Sako bewachte dieses Pferd ebenso eifersüchtig wie seine Frau. Er erlaubte nicht, daß der Hengst jemals eine Stute deckte; denn er fürchtete, daß dann ein Fohlen geboren werden könnte, das Samba Ngarranja an Sprungkraft gleichkomme.

Mamadi Sefe Dekote kaufte sich eine Stute. Die verschloß er sorgfältig in seinem Hause vor den Augen Wagana Sakos. Mamadi Sefe Dekote, der der Onkel Wagana Sakos war, stahl diesem eines Tages den Hengst Samba Ngarranja und ließ die neugekaufte Stute decken. Dann brachte er ebenso heimlich Samba Ngarranja zurück. Seine Stute brachte nun ein ebenso gutes Pferd hervor und mit ihm konnte er den Sprung über die Mauer wagen. Es wurde drei Jahre alt, da war es stark und kräftig genug für den gewaltigen Sprung. Danach zogen die Wagadu-Leute in den Krieg. In der Nacht kehrte Mamadi Sefe Dekote heimlich mit seinem dreijährigen Hengst nach Wagadu zurück. Er sprang in mächtigem Satze über die Mauer und band sein Pferd an. Dann ging er zur Frau Wagana Sakos hinein. Er sprach mit ihr, er legte sich neben sie und barg sein Haupt in ihren Schoß.

Wagana Sako kehrte aber nach einiger Zeit auch aus dem Heerlager zurück, um in der gleichen Nacht seine Frau zu besuchen. Er setzte mit Samba Ngarranja über die Mauer. Wie war er aber erstaunt, daß schon ein anderes Pferd im Hofe angebunden war. Er brachte das eigene an eine andere Stelle und betrachtete dann das fremde Pferd. Dann hörte er im Haus seine Frau sprechen. Er stellte also seine Waffen an der Haustür nieder und lauschte. Drin sprachen Mamadi Sefe Dekote und die Frau Wagana Sakos wenig. Oben lief aber eine Maus im Dachwerk umher. Unten war eine Katze. Die Maus sah die Katze und fiel vor Schreck herab. Die Katze sprang auf sie. Mamadi Sefe Dekote faßte die Frau Wagana Sakos am Arm und sagte: »Sieh da gut hin! Sieh scharf hin!« Die Frau sagte: »Ja, ich sehe es.« Mamadi Sefe Dekote sagte: » Sieh das an! Wie die Maus vor dieser Katze, so haben wir Furcht vor deinem Mann – « Wagana Sako hörte das draußen. Als er es hörte, mußte er gehen, denn jener unbekannte Mann hatte gesagt, daß er Furcht vor Wagana Sako habe. (Danach, wie es mir die umsitzenden Soninke erklären, scheint es damals als nicht ritterlich gegolten zu haben, mit jemand Händel auszufechten, der sagt, er habe Furcht vor ihm.) So nahm denn Wagana Sako seine Waffen, bestieg sein Pferd und setzte über die Mauer. Dann kehrte er in das Heerlager zurück. Später verließ auch Mamadi Sefe Dekote das Gehöft und traf im Morgengrauen bei den anderen ein.

Am anderen Tag wußte Wagana Sako nicht, wer nachts bei seiner Frau gewesen war. Mamadi Sefe Dekote ahnte aber nicht, daß Wagana Sako vor der Tür des Hauses seiner Frau gehockt und den heimlichen Besuch sowie das Zwiegespräch belauscht hatte. So konnten denn die beiden kein schlechtes Wort wechseln, und der Tag verlief ohne jeden Streit. Am Abend aber ergriff ein Epensänger (Djarre der Soninke, entspricht dem Diali der Bammana) seine Niame (Gitarre) und sang. Nachher schnipste Wagana Sako an der Saite der Niame und sagte: »Vorige Nacht habe ich ein Wort gehört (es ist das Wort von der »Furcht« gemeint), hätte ich das nicht vernommen, so wäre Wagadu zerstört worden.« Mamadi Sefe Dekote schnipste auch an einer Saite der Niame und sagte: »Wenn jemand gehört hätte, was gestern nacht gesprochen wurde, so würde Wagadu zerbersten. Es hat aber niemand gehört.«

Da sagten die Wagaduleute: »Wir wollen nach Wagadu zurückkehren. Denn, wenn sich im Anfang eines Krieges zwei Leute streiten, so nimmt es kein gutes Ende.« So kehrten denn alle nach Wagadu zurück.

Die Leute von Wagadu sagten: »Die erste Tochter, die wieder in Wagadu geboren wird, soll Bida gegeben werden.« Das erste Mädchen war Sia Jatta Bari. (Jatta Bari ist der Familienname.) Sia Jatta Bari war wunderschön. Sie war das schönste Mädchen im Soninkeland. Sie war so schön, daß die Soninke und andere Völker heute noch von einem sehr schönen Mädchen als höchsten Lobspruch zu sagen pflegen: » Sie ist so schön wie Sia Jatta Bari.« Sia Jatta Bari war für Bida bestimmt.

Sia hatte aber schon einen Liebhaber, das war Mamadi Sefe Dekote. Alle Leute in Wagadu sagten: »Wir wissen nicht, ob wir je wieder in Wagadu ein so schönes Mädchen haben werden.« Deshalb war Mamadi Sefe Dekote sehr stolz auf seine Geliebte. Eines Nachts suchte Sia Jatta Bari nach dem Tamtam ihren

Geliebten auf, um bei ihm zu schlafen (ohne sich von ihm beschlafen zu lassen!). Sia Jatta Bari sagte: »Jede Freundschaft muß auf dieser Erde einmal ein Ende nehmen.« Mamadi Sefe Dekote sagte: »Warum sagst du das?« Sia Jatta Bari sagte: »Es gibt keine Freundschaft, die für immer währen kann, und ich bin daran, der Schlange Bida geopfert zu werden.« Mamadi Sefe Dekote sagte: »Wenn das geschehen sollte, würde Wagadu zerbersten, denn ich würde es nicht dulden.« Sia Jatta Bari sagte: »Mach keine Sachen, es ist so bestimmt und es ist alte Sitte, in die sich jeder fügen muß. Ich werde die Frau der Sa (Schlange) Bida werden müssen, daran ist nichts zu ändern. «

Am anderen Morgen schärfte Mamadi Sefe Dekote sein Kitelalabong (Schwert) so scharf wie möglich. Er legte ein Hirsekorn auf die Erde und spaltete es mit einem Streich um zu sehen, ob das Schwert scharf genug sei. Darauf steckte er es wieder in die Scheide. Die Leute kleideten Sia Jatta Bari festlich zum Hochzeitstag, legten ihr Schmuck und schöne Kleider an und bildeten einen langen Zug, um sie zu der Schlange Bida zu begleiten. Bida wohnte in einem großen und tiefen Kede (Brunnen) zur Seite des Dorfes. Dorthin wendete sich der festliche Zug. Mamadi Sefe Dekote hatte sein Schwert umgeschnallt, sich auf sein schönes Pferd geschwungen und ritt im Geleit mit.

Bida pflegte, wenn sie ihr Opfer in Empfang nahm, immer dreimal den Kopf aus der Brunnengrube emporzurecken und dann erst ihr Opfer zu greifen. Als der Zug neben dem Brunnen Platz nahm, hockte Mamadi ganz dicht am Rand nieder. Darauf streckte Bida ihren Kopf zum ersten Mal aus dem Brunnen heraus. Die Leute von Wagadu sagten zu Sia und Mamadi: »Es ist Zeit, Abschied zu nehmen. Nehmt Abschied.« Bida steckte den Kopf zum zweiten Mal empor, und die Leute von Wagadu riefen: »Nehmt schnell Abschied voneinander, tut es aber schnell!« Bida reckte zum dritten Mal das Haupt aus dem Brunnen. Da zog Mamadi Sefe Dekote das Schwert und trennte mit einem

Schlag das Haupt der Schlange vom Körper. Das Haupt flog weit in die Luft empor. Ehe es wieder zur Erde kam, sprach es: »Sieben Jahre, sieben Monate und sieben Tage mag Wagadu ohne Goldregen bleiben.« Das Haupt fiel weit im Süden zu Boden, und aus ihm stammt das Gold, das man dort findet.

Die Leute von Wagadu hörten den Fluch der Schlange. Sie schrien wild auf Mamadi ein. Mamadi aber nahm Sia hinter sich auf sein Pferd und sprengte von dannen, in der Richtung auf Sama-Markala, einer Stadt nördlich von Segu am Niger, in der seine Mutter lebte. Mamadi Sefe Dekote hatte ein gutes Pferd – es stammte von Samba Ngarranja ab. Nur ein Pferd in Wagadu konnte es einholen, das war Samba Ngarranja selbst. Die Waguleute forderten also Wagana Sako auf, hinter Mamadi Sefe Dekote herzusetzen und ihn, wenn irgend möglich, einzuholen und totzustechen. Wagana Sako sprang auf sein Pferd und setzte hinter Mamadi, seinem Onkel, her.

Wagana Sako holte seinen Oheim, dessen Pferd zwei Menschen trug, bald ein. Er ergriff seine Gawale (Lanze) und rannte sie fest in die Erde. Dann sagte er zu Mamadi: »Flieh so schnell du kannst, mein Oheim, denn wenn die Wagaduleute dich einholen, werden sie dich sicher töten. Ich will dich nicht töten, weil ich dein Neffe bin. Flieh schnell nach Sama zu deiner Mutter.« Da sprang alsbald Wagana vom Pferd und zog an seiner Lanze. Nach einiger Zeit kamen die anderen Leute von Wagadu an. Er sagte zu ihnen: »Helft mir den Speer aus der Erde zu ziehen. Ich habe ihn nach Mamadi Sefe Dekote geworfen, ihn aber gefehlt, und dabei ist der Speer so tief in die Erde gefahren, daß ich ihn nur schwer wieder herausziehen kann.« Die Leute halfen ihm, den Speer wieder herauszuziehen und dann sandten sie ihn wieder hinter Mamadi Sefe Dekote her. Wagana war bald wieder nahe bei Mamadi angelangt und stieß abermals seinen Speer in die Erde, indem er wieder rief: »Flieh schnell zu deiner Mutter nach Sama.« Abermals wartete er die

Leute von Wagadu ab, um mit ihrer Hilfe den Speer aus der Erde zu ziehen, und wiederholte dasselbe Spiel noch ein drittes Mal. Dann war Mamadi in Sama angekommen.

Die Mutter Mamadis kam aus der Stadt den heranstürmenden Reitern entgegen. Sie rief Wagana Sako zu: »Kehre um und laß meinen Sohn in Ruhe zu mir kommen.« Wagana sagte: »Frag deinen Sohn, ob ich ihn nicht gerettet habe, so daß er zu dir kommen kann und ob er es mir nicht verdankt, wenn er noch am Leben ist.« Mamadi Sefe Dekote sagte: »Ich habe die Bida getötet, um dieses Mädchen, das ich heiraten will, zu retten. Ich schlug der Schlange den Kopf ab. Ehe der zur Erde fiel, sagte Bida: Sieben Jahre, sieben Monate und sieben Tage mag Wagadu ohne Goldregen bleiben. – Darauf waren die Leute von Wagadu zornig und sandten Wagana Sako auf Samba Ngarranja hinter mir her – um mich töten zu lassen. Er aber hat mich geschont. Nun bin ich mit Sia hier angekommen. «

In Wagadu hatte Mamadi Sefe Dekote jeden Morgen, wenn Sia ihn verließ, ihr Mutukalle Tamu an Gold (eine beträchtliche Geldmenge) gegeben. Drei Monate lang hatte sie das jeden Tag erhalten. Trotzdem hatte sich Sia Mamadi nicht hingegeben. Hier in Sama nun, wo es keine Goldschlange gab, die den Reichtum über das Land brachte, hörten diese Gaben auf. Sia war Mamadis überdrüssig. Sie suchte sich seiner zu entledigen. Sie sagte deshalb eines Morgens: »Ich habe Kopfschmerzen. Gegen diese Kopfschmerzen kann nur eines helfen: schneide dir einen kleinen Zeh von einem deiner Füße ab, ich will mir mit dem Blut die Stirn waschen.« Mamadi liebte Sia außerordentlich. Er schnitt sich den kleinen Zeh ab. Sie sagte nach einiger Zeit: »Das hat noch nicht geholfen. Der Kopfschmerz will nicht aufhören. Schneide dir noch den kleinen Finger ab. Wenn ich mir mit dem Blut die Stirn einreibe, so wird das nützen.« Mamadi war sehr verliebt in Sia. Er tat es also. Dann aber sandte Sia an ihren Liebhaber eine Botschaft und ließ ihm sagen: »Ich liebe nur Menschen mit zehn Fingern und zehn Zehen. Ich liebe nicht Menschen mit neun Fingern und neun Zehen.«

Als Mamadi diese Nachricht empfing, wurde er sehr zornig, er wurde vor Zorn krank und zwar so krank, daß er fast starb. Er ließ eine alte Frau kommen: Die alte Frau kam und fragte: »Was hast du, Mamadi Sefe Dekote?« Mamadi sagte: »Ich bin vor Wut erkrankt, weil mich Sia Jatta Bari so schlecht behandelt hat. Für Sia habe ich die Schlange Bida getötet. Für Sia habe ich den Fluch auf Wagadu geladen. Für Sia bin ich aus Wagadu geflohen. Für Sia habe ich jeden Morgen viel Gold gegeben. Für Sia habe ich meine Zehe abgeschnitten. Für Sia habe ich meinen kleinen Finger abgetrennt. Jetzt läßt mir Sia sagen: »Ich liebe nur Menschen mit zehn Fingern und zehn Zehen. Ich liebe nicht Menschen mit neun Fingern und neun Zehen.« Darüber bin ich erkrankt vor Zorn.« Die alte Frau sagte: »Das ist nicht schwer. Gib mir deine Schnupftabaksdose.« Mamadi dachte, die Alte wollte nach Art der alten Leute schnupfen. Er reichte ihr die Dose. Sie nahm sie in die Hand und sagte: »Damit du siehst, daß das nicht schwierig ist, blick in die Dose. Eben war noch Tabak darin, jetzt, wo ich es in die Hand nahm, ist es Gold. Das deine ist nicht einmal so schwierig. Es ist leichter, Sia mit Liebe als die Dose mit Gold zu füllen. Sag: wenn ich dir einen Karté (das ist Butter vom Butterbaum) Kuchen gebe, könntest du es einrichten, daß Sia die Butter auf den Kopf erhält?« Mamadi sagte: »Ja, das kann ich.« Darauf bereitete die Alte einen Kartékuchen mit Borri (Zaubermittel; »Baschi« bei den Bammana) und gab die Zauberkarté Mamadi.

In Sama war eine Frau, die verstand es ausgezeichnet, die Haare zu ordnen. Diese Frau hieß: Kumbadamba. Mamadi ließ die Frau zu sich kommen und fragte sie: » Ich bin bereit, dir Mutukalle Tamu an Gold zu geben, wenn du Sia diese Karté beim Haarordnen in die Haare bringst. Willst du das übernehmen?«

Kumbadamba sagte: »Das ist nicht schwierig. Das will ich übernehmen.« Mamadi übergab ihr die Zauberkarté und überließ ihr das weitere.

Eines Tages ließ Sia Kumbadamba zu sich kommen und sagte ihr: »Ordne mir das Haar!« Sie sagte zu ihrem kleinen Sklaven: »Bring Karté aus dem Hause!« (Zum Haarordnen gehört diese Baumbutter.) Kumbadamba sagte: »Das ist nicht nötig, ich habe gerade viel Karté bei mir.« Darauf begann sie die Arbeit. Als sie die eine Seite geordnet und eingerieben hatte, sprang Sia auf und sagte: »Mamadi ruft mich.« Sie lief zu ihm hin und sagte: »Hast du mich gerufen, mein großer Bruder?« (Ausdruck höchster Zärtlichkeit) Mamadi hatte nicht gerufen; das Zaubermittel wirkte schon. Mamadi sagte: »Nein, ich habe dich nicht gerufen, denn ich habe nur neun Finger und neun Zehen und ich weiß, daß du nur Menschen mit zehn Fingern und zehn Zehen liebst.«

Darauf kehrte Sia zurück und ließ sich von Kumbadamba weiter die Haare ordnen. Als sie die zweite Seite geordnet und eingerieben hatte, sprang Sia abermals hastig auf und sagte: »Laß mich! Mamadi ruft mich!« Sie lief schnell zu Mamadi Sefe Dekote hin und sagte: »Hast du mich gerufen, mein großer Bruder?« Mamadi hatte nicht gerufen, das Borri wirkte auf der zweiten Seite. Mamadi sagte: »Nein, ich habe dich nicht gerufen, denn ich habe nur neun Finger und neun Zehen, und ich weiß, du liebst nur Menschen mit zehn Fingern und zehn Zehen.« Darauf kehrte Sia zurück und hieß Kumbadamba letzte Hand anlegen. Sie glättete alles und nahm reichlich von der Borrikarte, so daß Sia endlich ungeduldig aufsprang und rief: »Nun laß mich endlich, Mamadi ruft mich.« Eilig rannte sie zu Mamadi Sefe Dekote hin und fragte: »Hast du mich gerufen, mein großer Bruder?« Mamadi sagte: »Ja, ich habe dich gerufen. Ich wollte dir sagen: Komm diese Nacht in mein Haus.« Sie sagte: »Ich werde diese Nacht zur Hochzeit kommen.« Bis dahin hatte es Mamadi Sefe Dekote nicht erreicht, daß sich Sia ihm hingab.

Mamadi ließ Bett und Haus ordnen. Er hatte Blali, einen jungen Sklaven, dem er alles anvertrauen konnte und dem er die Sorge für sein gutes Pferd übergeben hatte. Er rief Blali und sagte: »Gib mir dein altes Kleid, ich will es anziehen. Reinige und wasche es also ordentlich. Dann wasch dich selbst und leg dich heute Nacht in meiner Hütte auf mein Bett. Um Mitternacht wird eine Frau, Sia, zu dir kommen. Sprich mit ihr aber kein Wort. Sia soll denken, ich sei an ihrer Seite und sie ist gewohnt, daß ich nicht spreche. Daher habe ich meinen Name Sefe Dekote. Sprich also nicht mit ihr, beschlafe sie aber. Du mußt sie beschlafen. Hast du es bis zum Morgen nicht getan, laß ich dich einfach totschlagen. Du hast mich verstanden?«

In der Nacht kam Sia. Mamadi hatte seine Schuhe vor dem Bett stehen lassen, damit Sia sicher sei, daß er und kein anderer dort auf dem Bett liege. Sie kam, erkannte die Schuhe und legte sich zu dem Pferdeknecht. Sie sagte: »Kassunka« (Gut Nacht). Blali schnalzte zur Antwort nur mit dem Gaumen, um sich nicht zu verraten. Sie sagte: »Mein großer Bruder, ich weiß, daß du nie viel sprichst, heute aber sprich mit mir. Ich bitte dich, mir heute zu antworten.« Blali beschlief darauf Sia.

Am anderen Morgen trat Mamadi Sefe Dekote in den Kleidern Blalis in die Hüttentür und rief: »Blali!« Blali antwortete: »Nam!« (Herr) Mamadi sagte: »Weshalb hast du heute Morgen nicht mein Pferd besorgt und statt dessen bei dem Frauenzimmer Sia geschlafen?« Blali sagte: »Wenn ich heute Morgen meine Arbeit nicht verrichtete, so willst du das damit entschuldigen, Herr, daß ich eine Frau beschlafen konnte, von der ganz Wagadu sagte, sie sei die Schönste im Land. Ist das nicht verzeihlich?« Sia hörte das und begann auf dem Bett am ganzen Leibe zu zittern. Zitternd sprach sie: »Mein großer Bruder, du zahlst gut!« Sia blieb vor Scham den ganzen Tag über im Hause. Sie wagte sich nicht heraus. In der Nacht aber schlich sie hinüber in ihr eigenes Haus und starb dort vor Scham.

Das war das Gericht Mamadi Sefe Dekotes über Sia Jatta Bari.

Samba Gana

Annaljia Tu-Bari war die Tochter eines Fürsten bei Wagana. Sie galt als überaus klug und schön. Viele Horro (Vornehme) kamen in ihre Stadt und warben um sie. Aber Annallja forderte von jedem eine Leistung, die keiner zu vollbringen wagte. Annalljas Vater hatte nur diese eine Stadt gehabt, aber viele Farmdörfer. Eines Tages war er mit dem Fürsten (der Erzähler verwendet hier das interessante Wort Amil) einer Nachbarstadt um den Besitz eines Farmdorfes in Streit geraten. Annalljas Vater war im Kampf unterlegen, er hatte den Ort eingebüßt; das ertrug sein Stolz nicht, er starb darüber. Annallja erbte die Stadt und das Land; sie forderte aber nun von jedem Horro, der ihre Hand begehrte, daß er nicht nur das verlorene Farmdorf zurückerobere, sondern dazu noch achtzig Städte und Orte rund um ihr Gebiet. Jahre vergingen. Niemand wagte den Beginn so umfangreicher kriegerischer Unternehmung. Jahre vergingen. Annallja blieb unverheiratet, wurde aber von Jahr zu Jahr schöner. Sie verlor jedoch allen Frohsinn. Sie wurde ständig schöner und trauriger. Und nach dem Beispiel der Fürstin verloren alle Horro, alle Djalli (Barden), Numu (Schmiede) und Ulussu (Hörige) ihr Lachen.

In Faraka wohnte ein Fürst Gana, der hatte einen Sohn namens Samba Gana. Als der herangewachsen war, verließ er nach Sitte des Landes mit zwei Djalli und zwei Supha (dienende Knappen) die Stadt des Vaters, um sich ein eigenes Land zu erkämpfen. Samba Gana war jung. Sein Lehrer war der Djalli Tararafe, der ihn begleitete. Samba Gana war fröhlich. Samba Gana zog lachend von dannen. Samba Gana erklärte dem Fürsten einer Stadt den Krieg. (Forderte ihn zum Zweikampf heraus.) Sie fochten. Alle Leute der Stadt sahen zu. Samba Gana siegte. Der unterlegene Fürst bat um sein Leben und bot ihm seine Stadt an. Samba Gana lachte und sagte: »Behalt deine Stadt. Deine Stadt ist mir nichts.« Samba Gana zog weiter. Er bekämpfte einen Fürsten nach dem anderen. Er gab stets alles Gewonnene zurück. Er sagte stets: »Behalt deine Stadt. Deine Stadt ist mir nichts.« Zuletzt hatte Samba Gana alle Fürsten in Faraka überwunden und besaß doch selbst keine Stadt und kein Land, da er immer alles zurückgab und stets lachend weiterzog.

Eines Tages lag er mit seinem Djalli am Niger. Der Djalli Tararafe sang von Annallja Tu-Bari; er sang von Annallja Tu-Baris Schönheit und Schwermut und Einsamkeit. Tararafe sang: »Nur der wird Annallja gewinnen und sie lachen machen, der achtzig Städte erobern wird.« Samba Gana hörte alles. Samba Gana sprang auf und rief: »Auf, ihr Supha! Sattelt die Pferde! Wir reiten in Annallja Tu-Baris Land!« Samba Gana brach mit seinen Djalli und Supha auf. Sie ritten Tag und Nacht. Sie ritten einen Tag nach dem anderen. Sie kamen in Annallja Tu-Baris Stadt. Samba Gana sah Annallja Tu-Bari. Er sah, daß sie schön war und nicht lachte. Samba Gana sagte: »Annallja Tu-Bari, zeig mir die achtzig Städte.« Samba Gana brach auf. Er sagte zu Tararafe: »Bleib du bei Annallja Tu-Bari, singe ihr, vertreibe ihr die Zeit, mache sie lachen!« Tararafe blieb in Annallja Tu-Baris Stadt. Er sang jeden Tag von den Helden Farakasy von den Städten Farakas, von der Schlange des Issa Beer, die eigenmächtig die Flut steigen läßt, so daß die Leute in einem Jahr Überfluß an Reis haben, in anderen Jahren aber hungern. Annallja Tu-Bari hörte alles. Samba zog in der Runde umher. Er kämpfte mit einem Fürsten nach dem andern. Er unterwarf alle achtzig Fürsten. Er sagte zu jedem besiegten Fürsten: »Geh zu Annallja Tu-Bari und sage ihr, daß deine Stadt ihr gehört.« Alle achtzig Fürsten und viele Horro kamen zu Annallja Tu-Bari und blieben in ihrer Stadt. Annallja Tu-Baris Stadt wuchs und wuchs. Annallja Tu-Bari beherrschte alle Fürsten und Horro des weiten Landes um ihre Stadt.

Samba Gana kehrte zu Annallja Tu-Bari zurück. Er sagte: »Annallja Tu-Bari, nun ist alles, was du besitzen wolltest, dein!« Annallja Tu-Bari sagte: »Du hast die Arbeit verrichtet. Nun nimm mich.« Samba Gana sagte: »Weshalb lachst du nicht? Ich heirate dich erst, wenn du wieder lachst.« Annallja Tu-Bari sagte: »Früher konnte ich vor Schmerz über die Schande meines Vaters nicht lachen. Jetzt kann ich nicht lachen, weil ich hungrig bin.« Samba Gana sagte: »Wie kann ich deinen Hunger stillen?« Annallja Tu-Bari sagte: »Bezwinge die Schlange des Issa Beer, die in einem Jahre Überfluß, im anderen Not beschert.« Samba Gana sagte: »Solches hat noch kein Mensch vermocht. Ich werde das Unternehmen beenden.« Samba Gana zog fort.

Samba Gana zog nach Faraka und suchte die Schlange des Issa Beer. Er zog weiter und suchte. Er zog nach Koriume, fand sie nicht und zog stromauf weiter. Er kam nach Bamba, fand sie nicht und zog stromauf weiter. Dann traf Samba Gana die Schlange. Er kämpfte mit ihr. Bald siegte die Schlange, bald siegte Samba Gana. Der Djolliba (Nigerstrom) lief bald diesen, bald jenen Weg. Die Berge stürzten ein und die Erde öffnete sich in Spalten. Acht Jahre lang kämpfte Samba Gana mit der Schlange. Nach acht Jahren hatte er sie überwunden. Samba Gana hatte in dieser Zeit achthundert Lanzen zersplittert und achtzig Schwerter zerbrochen. Er hatte nur noch ein blutiges Schwert und eine blutige Lanze. Die blutige Lanze gab er Tararafe und sagte: »Geh zu Annallja Tu-Bari, gib ihr die Lanze, sage ihr, daß die Schlange überwunden ist und sieh, ob Annallja Tu-Bari nun lacht.«

Tararafe kam zu Annallja Tu-Bari. Er sagte, was ihm aufgegeben war. Annallja Tu-Bari sagte: »Kehr zu Samba Gana zurück und sage ihm, er solle die überwundene Schlange hierher bringen, damit sie als mein Sklave den Strom in mein Land leite. Wenn Annallja Tu-Bari Samba Gana mit der Schlange sehen wird, wird Annallja Tu-Bari lachen.«

Tararafe kehrte mit der Botschaft nach Faraka zurück. Er richtete die Botschaft an Samba Gana aus. Samba Gana hörte die Worte Annallja Tu-Baris. Samba Gana sagte: »Es war zuviel.« Samba Gana nahm das blutige Schwert, stieß es sich in die Brust, lachte noch einmal und starb. Tararafe nahm das blutige Schwert, bestieg sein Pferd und ritt in die Stadt Annallja Tu-Baris. Er sagte zu Annallja Tu-Bari: »Hier ist das Schwert Samba Ganas; an ihm ist das Blut der Djollibaschlange und das Samba Ganas. Samba Gana hat zum letztenmal gelacht.«

Annallja Tu-Bari rief alle Fürsten und Horro, die in ihrer Stadt versammelt waren, zusammen. Sie bestieg ihr Pferd; alle Leute bestiegen Pferde. Annallja Tu-Bari ritt mit allen ihren Leuten ostwärts. Sie ritten, bis sie nach Faraka kamen. Annallja Tu-Bari kam zur Leiche Samba Ganas. Annallja Tu-Bari sagte: »Dieser Held war größer als alle vor ihm. Baut ihm ein Grabmal, das das aller Könige und Helden überragt.« Die Arbeit begann. Achtmal achthundert Menschen gruben die Schachte. Achtmal achthundert Menschen bauten das Haus (die unterirdische Leichenkammer). Achtmal achthundert Menschen bauten die Halle (den oberirdischen Opferraum). Achtmal achthundert Menschen trugen Erde herbei und häuften sie über die Halle, schlugen und brannten sie. Der Berg (die tumulusartige Pyramide) stieg höher und höher.

Jeden Abend stieg Annallja Tu-Bari mit ihren Fürsten, Horro und Djalli auf die Spitze des Berges. Jeden Abend sangen die Djalli Lieder von dem Helden. Jeden Abend sang Tararafe das Lied von Samba Gana. Jeden Morgen erhob sich Annallja

Tu-Bari und sagte: »Der Berg ist nicht hoch genug. Baut ihn, bis ich Wagana sehen kann.« Achtmal achthundert Menschen trugen Erde herbei und häuften sie über den Berg, schlugen sie und brannten sie. Acht Jahre lang stieg der Berg höher und höher. Am Ende des achten Jahres ging die Sonne auf, Tararafe sah umher und rief: »Annallja Tu-Bari, heute kann ich Wagana sehen.« Annallja Tu-Bari sah nach Westen. Annallja Tu-Bari sagte: »Ich sehe Wagana! Samba Ganas Grab ist so groß, wie es sein Name verdient.« Annallja Tu-Bari lachte. Annallja Tu-Bari lachte und sagte: »Nun geht ihr alle, ihr Ritter und Fürsten auseinander, verbreitet euch über die ganze Erde und werdet zu Helden gleich Samba Gana.« Annallja Tu-Bari lachte noch einmal und starb. Sie wurde neben Samba Gana in der Leichenkammer des Grabberges bestattet.

Die achtmal achthundert Fürsten und Horro zogen aber von dannen, jeder in einer Richtung, kämpften und wurden große Helden.

Der Held Gossi

Gossi gilt als der tapferste aller Fulbe, die je gelebt haben. Er ertrug jeden Schmerz. Wenn er sich einen Dorn in den Fuß trat, so schmerzte ihn das nicht. Wurde er angerufen, so hörte er das erstemal nie darauf; denn gleich sich umzuwenden, ist ein Zeichen wenn auch leichten Erschreckens. Auf alles, was hinter ihm vorging, achtete er nicht, und man mußte, wenn man seine Aufmerksamkeit erwecken wollte, an ihm vorübergehen und ihn von vorn anrufen.

Gossi erschrak, seitdem er erwachsen war, nur dreimal. Aber niemand als Gott und er haben wahrgenommen, daß er erschrak.

Eines Tages nach 6 Uhr nachmittags, als es schon fast dunkel war, riß draußen am Brunnen vor der Stadt die Leine, an der die Kalebasse zum Schöpfen angebunden war, und nun wußten sie nicht, wie sie für den Abend Wasser bekommen sollten. Niemand getraute sich in der Dunkelheit in den Brunnen zu steigen, denn alle Welt wußte, daß da unten im Brunnen eine gefährliche Korongo (eine Schlangenart) hauste. Alle Leute standen um den Brunnen. Es wußte niemand, was zu tun sei.

Gossi kam des Weges. Er sagte: »Was gibt es?« Die Leute sagten: »Wir haben kein Wasser im Dorf, die Leine ist gerissen, die Schöpfkalebasse heruntergefallen – man wird warten müssen, bis es Morgen und hell ist, denn jetzt ist es schwarze Nacht, und außerdem ist die Korongo da unten.« Gossi sagte: »Ach was, bindet mir die Leine um die Hüfte und laßt mich herab. Ich will die Kalebasse heraufholen.« Einige sagten: »Aber es ist ja dunkle Nacht!« Andere sagten: »Und da unten ist die Korongo!« Gossi sagte: »Ach was! Laßt mich jetzt hinunter.« So ließen sie denn Gossi hinunter in das tiefe Brunnenloch.

Unten hatte es sich die Korongo in der Kalebasse schon bequem gemacht. Gossi ergriff das Schnurende, zog und suchte sie herauszuschleudern. Es gelang aber nicht. Dreimal versuchte es Gossi und es gelang nicht. Inzwischen war aber das durstige Vieh zum Brunnen gedrängt und wartete auf den Trank. Einer der Bullen versuchte eine Kuh zu bespringen. In der Dunkelheit nahmen sie das Brunnenloch nicht wahr und so stürzten beide hinein. Sie zwängten sich oben nahe dem Eingang fest und verstopften das Loch vollkommen. Nunmehr saß Gossi ganz fest. An der Schnur war nicht zu ziehen, über sich hatte er den Bullen und die Kuh, unter sich das Wasser und die Schlange, und ringsum war es stockdunkle Nacht. Entsetzt schrien die Leute auf.

Die Leute sagten: »Wir müssen von der Seite her schräg nach unten ein Loch machen und Gossi so das Herauskommen ermöglichen.« Gossi hörte das und rief: »Macht euch nicht unnötige Arbeit; denn so würde ich nicht herauskommen. Laßt mich nur bis morgen früh hier unten. Dann bei Tageslicht könnt ihr Kuh und Bullen wegziehen. Jetzt komme ich nicht heraus.« Die Leute sagten: »Wenn Gossi es nicht anders will, können wir nichts tun.«

Am anderen Morgen kamen sie wieder und zogen erst den Ochsen und die Kuh heraus und riefen dann: »Gossi.« Aber Gossi hörte nie darauf, wenn er das erstemal angerufen wurde. Man rief nochmals: »Gossi, lebst du?« Gossi rief: »Ja, ich lebe. Die Schnur ist diese Nacht noch einmal gerissen, und ich bin in das Wasser gefallen.« Die Leute banden ein starkes Ende daran, ließen es hinunter und riefen: »Schlinge die Schnur jetzt um den Leib und laß dich heraufziehen!« Gossi antwortete: »Nein, ich lasse mich nicht hinaufziehen – ich will hier unten sterben. Denn ich bin in das Wasser gefallen und habe es damit für die Fulbe beschmutzt. Ich habe mich vor den Fulbefrauen lächerlich gemacht.«

Da kamen alle Frauen zum Brunnen, und sie sagten zu Gossi: »Gossi, komm doch heraus. Sieh, das Dorf hat nur einen Brunnen. Wenn du unten stirbst, können wir hier kein Wasser mehr schöpfen. Dann werden alle Leute und alles Vieh vor Durst sterben. Du aber bist der Tapferste von allen. Denn du warst der einzige, der es wagte, da hinabzusteigen und bist die ganze Nacht da unten bei der schrecklichen Schlange geblieben.« Darauf ließ Gossi sich herausziehen und sagte: »Meinetwegen sollen die Fulbe nicht vor Durst sterben!« Als er an die Oberfläche kam, warf er die Leiche der zwischen den Fingern totgedrückten Schlange über den Brunnenrand auf die Erde. Als die Kuh und der Bulle hinabstürzten, war Gossi das erstemal erschrocken. Aber außer ihm und Allah hatte es niemand gemerkt.

Es gab in dieser Gegend noch einen zweiten Gossi, der war mit dem großen Helden Gossi verwandt. Dieser zweite Gossi war außerordentlich eifersüchtig auf seine Frau und hatte sich deshalb vor den Toren der Stadt für sich und seine Frau einen Hof angelegt. Denn er wollte nicht, daß eine Fliege, die schon auf der Haut eines anderen Mannes gesessen hatte, sich auf der Hand seiner Frau niederlasse.

Dieser Gossi ritt viel zur Jagd und zwar des Nachts. Wenn er wegritt oder kam, konnte man ein Glöcklein vernehmen, das hatte er um den Hals seines Pferdes gebunden.

Die Leute scherzten mit dem großen Helden Gossi und sagten: »Du bist zwar ein sehr großer Held, du wagst es aber doch wohl nicht, in die Niederlassung deines eifersüchtigen Vetters zu gehen und dessen Frau aufzusuchen, wenn ihr Mann nicht daheim ist.« Gossi sagte: »So? Meint ihr das?« Eines Tages nahm er sein zweiläufiges Gewehr, bestieg sein Pferd und ritt in die Niederlassung des eifersüchtigen Vetters. Der andere war nicht daheim. Da band er sein Pferd draußen an, zog alle Kleider aus und hing sie rund herum auf, so daß jeder sie sehen mußte. Dann ging er hinein zu der Frau. Er blieb bei der Frau. Er legte seinen Kopf auf ihr Knie und schlief ein. Nach einiger Zeit hörte die Frau das Glöcklein. Sie stieß Gossi an und sagte: »Hör doch!« Gossi wachte auf und fragte: »Was gibt es denn?« Sie sagte: »Hör die Glocke; sie ist am Pferd meines Mannes. Er kommt. Wenn er dich hier trifft, wird er dich töten.« Gossi sagte: »Was, einer solchen Kleinigkeit wegen weckst du mich?« Er drehte sich um und schlief wieder ein.

Gossi, der andere, kam inzwischen auf den Hof geritten. Er band sein Pferd an. Er sah, daß noch ein anderes Pferd da war. Er ging auf das Haus seiner Frau zu. Da hingen alle Kleider seines Vetters. Darauf geriet er in große Wut und lud sein zweiläufiges Gewehr. Er ging in das Haus. Er legte auf Gossi, den Helden, an und schoß. Er hatte aber in seiner Wut zuviel Pulver hineingetan, so daß der erste Lauf beim Abschießen platzte. Darauf legte er das Gewehr nochmals an und schoß. Es platzte aber auch der andere Lauf beim Abschießen, denn in der Wut hatte er wieder zuviel Pulver in den Lauf gestopft. Gossi, der Held, sagte: »Dein Gewehr ist schlecht, wie das aller Jäger, denn die Jäger lassen ihre Gewehre zu oft im Wasser und Regen naß werden. Nimm mein Gewehr, es ist gut und außerdem scharf geladen. Es steht dort hinter dem Lager.« Gossi, der andere, ergriff das Gewehr, aber er zitterte vor Wut und Aufregung derart, daß er nicht abzudrücken vermochte. Nach einigen Stunden sagte Gossi, der Held: »Höre, wenn du nicht schießt, hat es auch keinen Zweck, daß ich hier bleibe.« Er nahm Abschied von der Frau des anderen Gossi, ging hinaus, zog sich an und ritt fort. Als der Held nach Hause kam, nahm er wahr, daß er eine Schnur mit einem Schnuramulett am Hauseingang des anderen Gossi hatte liegen lassen. Er sagte: »Sende ich einen anderen, es zu holen, so wird man sagen, ich hätte Furcht. Laß ich es liegen, so wird man sagen, ich hätte Furcht – reite ich schnell vorbei und nehme es im Vorüberreiten mit mir, so wird man sagen, ich habe Furcht.« Er sattelte sein Pferd, ritt langsam zurück, stieg am Hause des anderen Gossi ab, unterhielt sich mit diesem eine Weile und sagte dann: »Ich ließ heute morgen eine Sache hier liegen.« Er ging zu der Stelle, nahm das Schmuckstück, hängte es um, sah, ob es gut hing, nahm von seinem Vetter Abschied und ritt langsam nach Hause.

Dies war das zweitemal, daß Gossi erschrak. Aber außer Allah und ihm hat es niemand gemerkt.

Bakari, ein Fulbe, hörte von den Heldentaten Gossis. Er kam aus großer Ferne herbei und sagte zu Gossi: »Ich habe gehört, du sollst ein ganz außerordentlicher Held sein und große Unerschrockenheit besitzen. Würdest du mich wohl einmal mitnehmen, so daß ich mit dir etwas Außerordentliches erleben und deine Taten selbst mitansehen kann?« Gossi sagte: »Komm, wir können uns sogleich auf den Weg machen.« Sie bestiegen die Pferde und ritten von dannen.

Nach einer Weile kamen sie an einen Busch, in dem gingen sieben Jäger ihres Weges. Bakari sagte: »Wollen wir die nicht angreifen?« Gossi sagte: »Diese Leute sind zu gefährlich. Ich fürchte mich vor solchen Leuten.« Nach einer Weile kamen sie zu Ackerbauern, die bestellten einen Acker. Bakari sagte: »Wollen wir die nicht angreifen?« Gossi sagte: »Ich fürchte mich. Diese Leute sind so sehr gefährlich. Und außerdem, wenn wir hier den Kampf beginnen, haben wir vor uns die Ackersleute und im Rücken die Jäger.« Darauf sagte Bakari: »Ich sehe, daß du gar nicht ein tapferer Held bist, du fürchtest dich vor allem. Du bezahlst wohl sehr reichlich den Spielleuten, daß sie dir so gewogen sind und so große Sachen von dir singen?« Gossi sagte: »Siehst du, so und nicht anders ist es.«

Nach einiger Zeit kamen sie an eine Stadt; vor den Toren gingen einige Leute dem Busch zu, um sich zu entleeren. Bakari sagte (spöttisch): »Wollen wir nicht vielleicht diese Leute angreifen!« Gossi sagte zu Bakarai: »Du bist ein solcher Feigling, daß ich mich fast schäme, mit dir ausgeritten zu sein. Hast du keine Scham und nicht Angst, daß die Fulbefrauen dich auslachen werden, wenn wir harmlose Jäger und Ackersleute überfallen? Pfui ich schäme mich deiner!« Bakari sagte: »Was hast du denn eigentlich vor?« Gossi sagte: »Vor uns liegt die Stadt eines Königs. Der hat da drinnen zwei wertvolle Pferde. Nimm du eines, wie ich eines nehmen werde. Damit reiten wir nach Hause zurück. Das ist eine würdige Sache, denn jedes der beiden Pferde ist von zwölf bewaffneten Sofa (Dienern) bewacht.« Bakari sagte: »Du willst das am hellichten Tag ausführen? Da mache ich nicht mit!« Gossi sagte: »Dann laß es sein! Dann will ich allein hineinreiten und die Pferde herausholen.« Bakari sagte: »Nein, warte bis zur Nacht, dann machen wir es gemeinsam.« Gossi sagte: »Gut, wenn du es durchaus nicht anders willst.«

Also ritten sie am Abend in die Stadt hinein. Sie kamen unbehelligt an den Sofa vorüber; denn die Sofa hielten sie für ganz harmlose Reisende. Sie kamen an die Stelle, wo die beiden Pferde angebunden waren. Es war Mondschein Im Mondschein gingen sie zu der Stelle hin und banden die Pferde los. Die Sofa hörten die Pferdetritte und schrien: »Die Pferde haben sich losgerissen, haltet sie! Die Pferde haben sich losgerissen!« Andere riefen: Haltet die Pferde! Fangt die Pferde!«, Gossi rief: »Der Pferde wegen braucht ihr nicht solche Sorge zu haben; die sind nicht allein, sondern ich, der ich sie losgebunden habe, bin dabei!« Als die Sofa das hörten, liefen sie schnell hin und schlossen alle Tore, fingen Gossi und Bakari ein und übergaben sie dem Aufseher der Gefangenen. Die Leute sagten: »Morgen früh können wir diese beiden Menschen über dem Baschi (Heiligtum) des Königs töten.« Gossi und Bakari wurden in Eisen gelegt. Gossi sagte zu den Leuten: »Geht zum König und sagt ihm, daß ich gewohnt bin, abends meine Milch zu trinken.« Die Leute sagten: »Milch gibt es nicht für Pferderäuber.« Sie sagten es aber dem König. Der König sagte: »Es ist ein Fulbe, gebt ihm die Milch.« Man brachte Gossi die Milch. Er trank die Hälfte und reichte die andere Bakari. Bakari sagte: »Ich mag nicht. Milch kann ich jetzt gar nicht trinken.« Dann nahm der Sklavenaufseher die beiden in seine Obhut. Beide wurden in ein Eisen geschmiedet.

Als es Nacht war, rief Bakari: »Gossi!« Gossi antwortete aber niemals auf den ersten Anruf. Bakari rief nochmals: »Gossi!« Gossi sagte: »Weshalb störst du mich im Schlaf?« Bakari sagte: »Was, in der Nacht vor deinem Tode kannst du schlafen?« Gossi sagte: »Gewiß. Wie soll ich morgen etwas bestehen können, wenn ich heute nicht schlafe?« Bakari sagte: »Wenn es dir paßt, wollen wir doch jetzt entfliehen. Ich wiederhole: wenn es dir paßt, denn ich habe schon sehr wohl gesehen, daß du deinen Kopf für dich hast.« Gossi sagte: »Ärgere mich nicht! Wie sollen wir wohl fort, da wir doch angeschmiedet sind. Wenn du solchen Unsinn noch einmal sagst, rufe ich den Gefangenenaufseher.« Bakari sagte: »Nun, sei doch nur gut, – ich meine, wir könnten doch nur...« Gossi wollte rufen, aber Bakari hielt ihm den Mund zu.

Es begann ein heftiges Gewitter. Der Sturm jagte starke Staubwolken über die Stadt hin. Bakari sagte nach einer Weile zu Gossi: »Höre, Gossi, wir können so einfach fortkommen. Wir sind ja beide zusammengeschmiedet, aber wir können doch zusammen gehen, wenn wir die Füße vorsichtig setzen. Wir können hier hinüber und können dann über die Mauer. Willst du mich begleiten, daß wir es ansehen?« Gossi sagte: »Es ist gut. Wir wollen gehen.« Es war ganz dunkel. Es stürmte. Gossi und Bakari gingen Schritt für Schritt langsam zur Mauer.

Sie kamen an die Mauer. Bakari sagte: »Da brauchen wir nur hinunterzuspringen. Dann sind wir draußen.« Gossi sagte: »Nein, das mache ich nicht. Das Fußeisen können wir nicht zerbrechen. Wenn wir aber herunterspringen, werden wir die Füße brechen und ewig wird man dann an meinem Fuß die Narbe sehen, die vom Fußeisen kommt. Dann werden sich die Fulbefrauen über uns lustig machen. Nein, das will ich nicht. Eher sterbe ich morgen über dem Baschi des Königs.« Das Gewitter brauste über die Mauer hin. Der Donner rollte. Der Regen prasselte zur Erde. Blitze zuckten herunter. Da gab Bakari Gossi einen Stoß. Beide stürzten von der Mauer herab.

Unten war eine Löwin, die hatte lange Zeit nichts zum Fressen gehabt, so daß ihre Brust leer war. Sie stand unten mit ihren Jungen. Als Bakari und Gossi die Mauer herunterstürzten, fielen sie auf die Jungen und unter dem Aufschlagen der Fußeisen wurden beide Jungen getötet. Die Löwin aber stürzte sich auf Bakari und biß ihm die Kehle durch.

Die Blitze zuckten vom Himmel herab. Die Löwin hatte sich auf Bakari gestürzt und begann ihn zu fressen. Wenn die Blitze aufleuchteten, wandte sie sich gegen Gossi, der an Bakari angeschmiedet war und zeigte ihm die blutigen Zähne. Gossi schlug ihr dann ins Gesicht, so daß sie wieder und immer wieder ihre Zähne in den Leib Bakaris hieb und ihn zermalmte. Die Blitze zuckten nieder. Gossi schlug die Löwin. Die Löwin fraß Bakari. Gossi lag daneben. Endlich hatte die Löwin die Füße Bakaris durchgebissen. Gossi konnte mit dem Fußeisen aufstehen und gehen. Er gab der Löwin noch einen Schlag, dann machte er sich auf den Heimweg. Er konnte nicht schnell gehen, aber er konnte vorwärtskommen. So kam Gossi heim.

Das war das dritte Mal, daß Gossi erschrak. Aber außer Allah, der Löwin und ihm selbst hatte es niemand gemerkt. Nachher erschrak Gossi nie wieder.

Gossi lebte im Land Bakunu. Zu Gossis Zeit war Hamadi König der Fulbe von Bakunu. Hamadi hielt in zwei Punkten streng auf die alten Gebräuche des Landes. Die eine Fürsorge galt einem heiligen Stier. (Die Fulbe nennen solche heiligen Stiere Ngare togo scholi. Es ist ein junger Stier, der aber nie eine Kuh besteigen darf. Er wird als eine Art Schutzgeist angesehen. Wird er zu alt, so wird ein junger Stier, ein ganz junges Wesen, als Ersatz ausgewählt. Der neue »Heilige« wird mit dem Kopf gegen den alten gestoßen. Von nun an kann der alte Ngare togo scholi zur Viehzucht verwendet werden, und alle Fürsorge wird dem neuen Ngare togo scholi zuteil.) Diesen Stier durfte niemand schlagen oder stoßen, und es stand darauf die Todesstrafe. Zum zweiten aber war der König strengstens auf die Respektierung der Frauen seines Hofes bedacht. Nicht weniger als siebenhundert Soldaten bewachten ständig die Tore, die zu seinem Häuserviertel führten.

Zweimal in der Woche, am Montag und am Freitag, wurden die Frauen von den gesamten Soldaten zum Fluß hinabbegleitet. Wenn der Zug kam, mußte jedermann schnell beiseite laufen, und wer es dennoch wagte hinzuschauen oder stehenzubleiben, der war ebenfalls der Todesstrafe verfallen. Wer zufällig an dem Hof des Königs oder sonstwo eine Frau seines Hofstandes sah, der mußte sich abwenden und das Gesicht mit den Händen oder mit dem Mantel bedecken. – Vor allem eine seiner Frauen liebte der Herrscher über alle Maßen. Das war Njelle. Der konnte er keinen Wunsch abschlagen, und sie war Hüterin aller seiner wichtigsten Schätze.

Es war ein Fulbe, der hieß Bulloballi. Der hatte von Gossis Taten gehört und machte sich auf den Weg, um den Helden persönlich kennen zu lernen. Er legte den weiten Weg zurück, kam an, trat zu Gossi und sagte: »Ich suche das Schreckliche und Unerhörte.« Gossi sagte: »Da kann dir ja leicht geholfen werden. Warte nur einige Tage, dann will ich dir das Unerhörte so zeigen, daß du genug davon haben sollst.« Bulloballi sagte: »Ich werde warten.«

An einem Montag saßen alle gemeinsam auf dem Marktplatz. Einige Dialli spielten Gitarre und sangen das Baudi (Heldenlied). Gossi schnippste gegen die Gitarre und sagte: »Komm, Bulloballi, heute wollen wir auf den Sandbänken des Flusses das Paddi (ein Würfelspiel) spielen.« Gossi und Bulloballi gingen zum Fluß und begannen zu spielen. Nach einiger Zeit sah Gossi, daß der Zug der königlichen Frauen, geführt und beschützt von den siebenhundert Soldaten, daherkam. Er ließ sich nicht stören. Bulloballi wandte sich um. Er sah auch den Frauenzug. Da schlüpfte er sogleich in großer Furcht in eine Höhle, die im Ufersand war.

Gossi stand auf. Er erwies den königlichen Frauen die Ehre und warf sich auf die Knie, das Antlitz gegen den Boden gewendet. Als der Zug aber just neben ihm war, richtete er sich unerschrocken auf, blickte mitten in den Zug und rief: »Njelle.« Njelle antwortete sogleich: »Hier bin ich!« Gossi sagte: »Njelle, ich habe Durst, bringe mir doch eine kleine Schale mit Wasser.« Njelle ging an den Fluß, sie ging bis an die Knie in das Wasser und schöpfte für Gossi Wasser. Sie kam mit der Schale zurück.

Sie kniete vor Gossi nieder und reichte dem Helden den Trank. Gossi trank.

Man hatte vordem schon für die Frauen Decken am Boden ausgebreitet. Gossi strich jetzt mit der flachen Hand von einer der Decken den daraufgewehten Sand fort und sagte: »Setz dich zu mir nieder, Njelle!« Alle siebenhundert Soldaten und Wächter, alle Frauen sahen starr und entsetzt auf dieses Unerhörte. Niemand wagte sich zu bewegen oder etwas zu sagen. Njelle aber ließ sich neben Gossi nieder, und so plauderten sie miteinander. Njelle sagte dann zu Gossi: »Es gibt keine rechten Männer mehr unter den Fulbe in Bakunu.« Gossi sagte: »Ach, es gibt schon noch echte Männer in Bakunu. Du kennst sie nur nicht. Wenn du einen echten Fulbehelden kennen lernen willst, so erwarte mich heute abend in deinem Haus; denn dann will ich trotz der siebenhundert Wachen und des heiligen Stieres bei dir schlafen.« Njelle sagte: »Ach, ich kann es gar nicht erwarten, daß es Abend wird. Ich wünschte, es wäre schon Nacht!«

Dann nahmen Njelle und Gossi voneinander Abschied, und die Frauen kehrten mit ihren Wächtern in die Gehöfte des Königs zurück. Bulloballi kam auch aus seinem Versteck hervor. Er sagte: »Komm schnell heim. Ich habe genug Unerhörtes erlebt.« Gossi sagte: »Nein, wir gehen nicht, wir wollen erst noch spielen.« Bulloballi sagte: »Wir wollen gehen!« Gossi sagte: »Dann geh allein.« Bulloballi blieb. Sie spielten Paddi.

Gossi sagte (spielgemäß): »Eine Frau hat gesagt, es gibt keine echten Männer mehr unter den Fulbe von Bakunu. Das gibt eine neue Sache. Wir wollen es zeigen.« Im Hintergrunde kam eine Löwin herbei. Gossi sah nie hinter sich. Er hörte nun wohl die Schritte und das Knurren des Tieres; aber da es hinter ihm herankam, achtete er nicht darauf. Bulloballi sagte erschreckt: »Eine Löwin!« Gossi sagte: »Da, spiel!« Bulloballi sprang auf und schlüpfte wieder in seine Höhle. Gossi blieb, wo er war.

Dann kamen zwei Jäger des Weges, das erschreckte die Löwin und sie sprang schnell in den Busch. Bulloballi sagte: »Ich gehe nach Hause!« Er kroch aus seiner Höhle. Als er an Gossi vorbeikam, sagte er: »Ich habe heute genug Unerhörtes gesehen.« Er lief fort.

Gossi sagte: »Es gibt wirklich wenig wahre Männer unter den Fulbe. Ich werde es aber zeigen, daß es doch welche gibt.« Er stand auf und ging auch in die Stadt.

Als es Abend wurde, nahm Gossi zwei Lanzen und ging damit zu dem Königsviertel. An dem einen Tor war Ngare togo scholi angebunden, der heilige Stier, den niemand bei Todesstrafe schlagen oder stoßen durfte. Er nahm die erste Lanze und stieß sie dem Stier in die Seite. Er nahm die zweite Lanze und stieß sie dem Stier in die Seite.

Der heilige Stier brach tot zusammen. Dann ging Gossi durch das Torhaus und in das Königsviertel. Er fragte eine Frau nach der Wohnung Njelles. Die Frau zeigte ihm die Richtung. Er fragte nochmals eine Frau nach dem Hause Njelles. Sie zeigte Gossi das Haus Njelles. Gossi ging hinein und schlief bei Njelle. Drei Tage war Gossi im Hause Njelles und schlief bei ihr. Alle Frauen und Männer wußten es. Keiner aber wagte es, dem König diese Nachricht zu hinterbringen, denn alle Leute fürchteten seinen Zorn. Am dritten Tage faßte sich die erste Frau Hamadis ein Herz, ging zum König und sagte: »Seit drei Tagen ist der Held Gossi im Königsviertel und im Hause deiner Frau Njelle und schläft bei ihr.« Als der König das hörte, rief er alle seine Vornehmen und Weisen zusammen zu einer Beratung auf dem großen Platz. Der König sagte: »Ich habe das Gesetz erlassen, daß jeder, der den Ngara togo scholi schlägt oder stößt, getötet werden soll. Ich habe das Gesetz erlassen, daß jeder, der auf meine Frauen sieht und sich nicht umwendet, wenn sie irgendwo daherkommen, getötet werden soll. Nun aber ist dieser Gossi gekommen und hat den Ngare togo scholi nicht geschlagen, nein, er hat ihn getöet. Er hat meine Frauen nicht nur angesehen, sondern er hat die liebste meiner Frauen beschlafen. Er ist drei Tage bei Njelle und kümmert sich nicht um meinen Zorn. Wenn man schon wegen Schlagen und Hinschauen tötet, was soll man dann beim Töten und Beschlafen tun? Wer kann mir da einen Rat geben?«

Einige Leute sagten: »Man kann ihn eben nur töten.« Andere sagten: »Man kann ihn in einem großen Topf kochen.« Es wurde vieles von der Art gesprochen. Es war auch ein Bruder Gossis da, der war älter als Gossi und sagte: »Tötet Gossi nicht, sondern weist ihn aus dem Lande.« Gossi hörte in dem Hause Njelles alles, was draußen auf dem Platz gesprochen wurde.

Als der ältere Bruder Gossis gesagt hatte: »Tötet Gossi nicht, sondern weist ihn aus dem Lande!« sagte Gossi zu Njelle: »Höre, es wird mir etwas eng und warm im Haus, ich will ein wenig auf den großen Platz gehen.« Njelle sagte: »Ich komme mit dir.« Darauf traten Gossi und Njelle Hand in Hand aus dem Hause auf den großen Platz, auf dem die Versammlung abgehalten wurde, die wegen Gossis Strafe beratschlagte. Gossi sagte zu Njelle: »Nun kehre zurück.« Njelle sagte: »Nein, ich begleite dich noch ein wenig, denn du bist ein wahrer Mann und der tapferste unter den Fulbe.« Sie gingen also Hand in Hand noch weiter auf die Versammlung und den König zu und dann sagte Gossi: »Guten Weg, Njelle!« Njelle sagte: »Guten Weg, Gossi.« Njelle kehrte in ihr Haus zurück.

Als die versammelten Männer Gossi mit Njelle Hand in Hand aus dem Haus und über den Platz kommen sahen, wandten die einen den Kopf weg, die anderen bedeckten die Augen mit den Händen, die dritten verhüllten das Antlitz, um so den Geboten des Königs zu gehorchen, welche verlangen, daß jeder fortsieht, wenn ein königliches Weib auftritt. So kam es, daß Gossi ganz ungehindert über den Platz auf den König zugehen und neben ihm Platz nehmen konnte. Den König packte aber angesichts solcher Unerschrockenheit große Angst und er rückte furchtsam ein wenig zur Seite.

Gossi setzte sich neben den König und sagte: »Mein älterer Bruder hat hier soeben gesagt: »tötet Gossi nicht, sondern weist ihn aus dem Lande!« Wenn es nicht mein Bruder gewesen wäre, der diese schmähenden Worte gesagt hat, mein Bruder, der gleichen Vater und Mutter mit mir hat, so würde ich ihn auf der Stelle töten. Straft mich, wie ihr wollt. Ihr könnt mich töten. Aber aus der Gemeinschaft der Fulbe werdet ihr mich niemals ausweisen!« Gossi sagte das, stand auf und ging zurück in das Haus Njelles.

Als Gossi den Platz verlassen hatte und wieder in Njelles Haus zurückgekehrt war, kam ein eiliger Bote in die Versammlung gestürzt und teilte mit, daß ein starker Kriegshaufe in der Nachbarschaft der Hauptstadt aufgetaucht sei und da großen Schaden anrichte. Da sagte König Hamadi: »So wollen wir die Sache mit diesem Gossi zunächst sich selbst überlassen und zunächst einmal den Feinden entgegenziehen.« Einer aus der Umgebung sagte: »Wenn wir aber hier weggehen, wird dieser Gossi sehr bald entfliehen und sich so seiner Strafe entziehen.« Ein Einheimischer aber sagte: »Man sieht, daß du nicht aus dieser Stadt bist, sonst würdest du wissen, daß dieser hier ein Held ist, der niemals entfliehen wird.« – Somit brach das Heer auf und zog unter der Führung des Königs Hamadi gegen den Feind.

Gossi hörte alles das mit an. Als die anderen abgezogen waren, sagte er zu Njelle: »O Njelle! Ich höre, daß draußen Krieg ist und nun sitze ich hier tatenlos bei einer Frau! Ach Njelle, wenn ich doch nur ein Pferd hätte!« Njelle sagte: »Höre, es sind hier am Königshof zwei herrliche Pferde, eines hat sieben, das andere hat zehn Sklaven gekostet. Geh hin und wähle eines aus.« Gossi ging hin und wählte ein Pferd aus. Er kam zurück und sagte: »Ach, Njelle, wenn ich nun noch ein gutes Gewehr hätte!« Njelle hatte alle Schlüssel über alle Vorratshäuser. Sie zeigte ihm, wo der Speicher mit den Gewehren sei. Er ging hin und nahm aus dem Haufen von fünfzig eine Doppelbüchse heraus. Njelle zeigte ihm, wo der Speicher mit dem Pulver und den Kugeln sei. Sie sagte zu Gossi: »Nimm dir nur viel Pulver und Kugeln mit!« Gossi sagte: » Ich brauche nur für zwei Schüsse, um uns hier zu befreien.« Er lud und sagte: »Guten Weg, Njelle.« Njelle sagte: »Guten Weg, Gossi!« Inzwischen war es dem Heerhaufen des Königs Hamadi sehr schlecht ergangen. Die Feinde waren mit großer Macht herangekommen und hatten die Fulbe so gut wie zurückgedrängt. Nun waren zwei kühne Helden unter den Truppen des Feindes, die hatten es darauf abgesehen, den König Hamadi zu töten oder gefangen zu nehmen. Der eine hatte gerade die Büchse angelegt, um König Hamadi aus nächster Nähe totzuschießen, der andere hatte schon die Hand ausgestreckt, um den König Hamadi an der Brust zu packen. In diesem Augenblick kam Gossi angejagt. Er erschoß erst den, der sein Gewehr gegen König Hamadi gerichtet hatte, dann tötete er den anderen, der seine Hand nach dem Konig ausgestreckt hatte. Beide sanken tot zu Boden. Gossi packte die beiden Pferde an den Zügeln, reichte dem König die Zügel und sagte: »Bewahre mir diese beiden Pferde gut.« Der König band die Riemen der Pferde zusammen und hielt sie, und so wurde der König Hamadi der Sofa (Diener) des Helden Gossi. – Gossi aber stürzte sich in das Schlachtgewimmel, sprengte überallhin, wo der Feind die Oberhand gewinnen wollte und es gelang, daß das Heer König Hamadis doch noch den Feind zurückschlug.

Als das Heer Hamadis sich versammelte, sprengte Gossi so schnell wie möglich zur Stadt zurück, band sein Pferd am Hause Njelles an und ging hinein. Gossi sagte: »So, Njelle, nun mache mir warmes Wasser, damit ich mich baden kann, denn ich habe schwere Arbeit hinter mir.« Darauf lachte Njelle vor Freude und bereitete alles. Der Held wusch sich.

Das Heer Hamadis versammelte sich auf dem Schlachtfeld und kehrte in die Stadt zurück. Die Versammlung trat wieder auf dem großen Platz zusammen. Als alle anwesend waren, sagte der König: »Wir müssen jene Sache des Helden Gossi, die noch nicht erledigt ist, abschließen. Gossi hatte den Ngare togo scholi getötet und ist in das Haus meines Lieblingsweibes gegangen, um bei ihr drei Tage zu schlafen. Wir haben keine Strafe ersinnen können, die schwer genug gewesen wäre, die genügt hätte, diese Verbrechen zu sühnen. Inzwischen ist aber eine große Änderung eingetreten. Gossi hat mir in der großen Schlacht nicht nur das Leben gerettet, sondern wir haben es ihm zu verdanken, daß wir den Sieg nicht verloren haben. Darum will ich diesem Helden Gossi, statt ihn zu strafen, die Frau Njelle schenken.« Der ältere Bruder Gossis ging hin, um den Helden zu rufen und ihm zu sagen, was der König beschlossen habe.

Gossi kam. Er trat in die Versammlung. Er nahm kühn und unverzagt neben dem König Platz. Er sagte: »König Hamadi! Ihr anderen! Ihr glaubt, daß ich diese Sache um der Frau Njelle wegen getan habe. Das würde ich nicht tun, denn Njelle ist die Frau des Königs. Aber eine Fulbefrau hat mir gesagt, »es gibt keine ordentlichen Männer mehr!« Es ist eine Schande, wenn die Fulbefrauen so sprechen können. Ich habe mit alledem nur zeigen wollen, daß es eben noch echte Männer unter den Fulbe gibt. Deine Frau will ich dir nicht nehmen. Behalte sie, König Hamadi.«

Damit stand Gossi auf und verließ das Viertel des Königs.

Später sagte der Held Gossi: »Ich bin doch der tapferste aller Fulbe. Nur drei Männer werden mich darin übertreffen: Einer, der sich in warmem Wasser wäscht und Geduld genug besitzt, dem Juckreiz zu widerstehen und sich nicht zu kratzen. Dann Einer, der einen Niednagel am Finger hat und den Mut besitzt, ihn nach der Handfläche zu fingerauf wegzuziehen, statt ihn abzubeißen oder abzuschneiden. Und schließlich Einer, der nachts Wasser schöpft, um zu trinken, und dann trinkt, ohne das anzusehen, was er schlürft.«

Bubu Ardo Gallo

Bubu Ardo Gallo war ein Sproß der Ardofamilie. Er war König in Naene, in Massina. Seit seiner Kindheit hatte er nie Furcht gehabt. König Schechu Ahmadu kam ins Land und unterwarf viele Könige. Einige kamen freiwillig zu ihm und erhielten dann ihr Besitztum als Lehen aus seiner Hand. König Bubu Ardo Gallo wurde nicht angegriffen. Die Freunde kamen zu ihm und sagten: »Unterwirf dich doch auch, nimm die neue Lehre an.« Er sagte: »Ich will mich unter einer Bedingung unterwerfen.« Die anderen fragten: »Welche Bedingung ist das?« Er sagte: »Man soll nicht verlangen, daß ich Mohammedaner werde, daß ich in meinem Ort eine Moschee baue, daß meine Frauen daheim eingeschlossen werden – und ich will Besu weitertrinken.« König Schechu Ahmadu hörte das. Er sagte: »Das geht nicht. Bubu Ardo Gallo muß sich auch unter das Gesetz Mohammeds begeben.« Drei Jahre verhandelten sie hin und her.

Eines Tages ritt Bubu Ardo Gallo mit fünfzig Reitern aus. Er kam in das Dorf Tenekung, das der frühere König Bokala Amsala jetzt für Schechu Ahmadu verwaltete. Er hörte eine Frau schreien. Er fragte: »Was hat die Frau?« Die Leute sagten: »Die Frau hat im Streit mit einer anderen dieser einen Zahn ausgeschlagen. Das war gegen das Gesetz des neuen Kadi. Darauf erhielt sie fünfzig Schläge und ist nun gefesselt in Fußeisen.« Bubu Ardo Gallo sagte zu seinem Mabo (Kaste der Sänger und Weber, bei den Fulbe die Träger mündlicher Überlieferung): »Nimm ihr die Fußeisen ab, hebe sie hinter dich aufs Pferd und führe sie mit uns.« Es geschah so. Er kehrte heim.

Am anderen Tage machte sich Bubu Ardo Gallo auf den Weg in die gleiche Gegend und trieb Bokala Amsala alles Rindvieh fort. Bokala Amsala rief andere Bezirksverwalter Schechu Ahmadus und sagte zu ihnen: »Geht zu Bubu Ardo Gallo und sagt ihm, er soll nicht solche Sachen machen – denn er kann nicht gegen den Willen des neuen Königs aufkommen.« Die Freunde machten sich auf, gingen zu Bubu Ardo Gallo und sagten ihm das. Er antwortete: »Freunde, in meinem Land soll weder das neue Gesetz geübt noch eine Moschee aufgebaut werden. Ich will diese Gebete nicht hören und das Recht Schechu Ahmadus nicht anerkennen. Wenn ich tot bin, komme es wie es wolle.« Die Freunde kehrten zurück. Bokala Amsala berichtete alles an Schechu Ahmadu. Der Mabo Bubu Ardo Gallos aber sagte zu seinem Herrn: »Ist es nicht richtiger, wenn wir uns zu Galadio Hambodeju, dem Sohn Hambodejus, in das Land Konare zurückziehen?« Bubu Ardo Gallo antwortete: »Ich werde hier sterben.«

Schechu Ahmadu hörte die Klage Bokala Amsalas und rüstete den Krieg. Er rief siebentausend Reiter zusammen. Das waren alles seine Fulbe und nicht ein Dimadio darunter. Sie zogen nach Naene und umzingelten die Stadt. Sie rückten ganz dicht heran. Der Mabo stieg auf das Dach eines Hauses. Er rief Bubu Ardo Gallo und sagte: »Sieh, wie die Ebene gefüllt ist. Du hast die Sachen durcheinandergemengt und das sind die Folgen. Alle diese Leute sind Ritter und reine Fulbe, und es ist nicht ein einziger Dimadio (Höriger) darunter.« Bubu Ardo Gallo sagte: »Das macht nichts. Rüsten wir uns.« Sie stiegen herunter. Bubu Ardo Gallo hatte ein Pferd, das hieß Dennewell, und dieses Pferd ist bekannter geworden als alle anderen. Er schwang sich in den Sattel und sagte zu seinem Mabo Galosegene: »Spiele das Baudi.«

Galosegene spielte das Baudi. Bubu Ardo Gallo sagte: »Wie komme ich in das Baudi? Was muß ich heute tun, um in das Baudi zu kommen?« Galosegene sagte: »Du hast einhundertzwanzig Reiter. Das da draußen sind siebentausend Fulbe. Wenn du sie besiegst, dann wird man dich im Baudi rühmen.«

Bubu Ardo Gallo sagte: »Sie sollen sich verbreiten.« Er ritt heraus. Er sprengte zwischen die siebentausend. Er packte links zwei und schlug sie gegeneinander. Er packte rechts zwei und schlug sie gegeneinander. Er tötete viele. Er warf den Feind zurück. Er folgte dem Rest der siebentausend bis nach Tenekung. Dann sagte er: »Nehmt den gefallenen Feinden Pferde und Kleider.« Sieben Tage lang griffen die Leute Schechu Ahmadus Bubu Ardo Gallo an. An jedem der sieben Tage schlug er sie in die Flucht.

Unter den Rittern Schechu Ahmadus war ein Reiter mit Namen Samba Ali Sëidu. Der war berühmt wegen seiner Tapferkeit. Er sandte an Bubu Ardo Gallo eine Botschaft und ließ sagen: »Glaube nicht, daß es unter uns keine Tapferen gibt. Aber ich bin als Kind mit dir aufgewachsen und dir deswegen ausgewichen. Wäre das nicht, so würdest du sicherlich mit zehn Reitern nicht gegen mich aufkommen.« Bubu Ardo Gallo antwortete: »Das ist nicht wahr. Ihr seid nicht tapferer als wir.« Samba Ali Sëidu antwortete: »Gut, so erwartet mich morgen um zwei Uhr. Dann wird einer von uns beiden sterben.«

Danach bat Samba Ali Sëidu den Schechu Ahmadu um hundert Reiter. Der gab sie ihm. Er brach auf. Er sandte an Bubu Ardo Gallo die Nachricht: »Rüste dich.« Er kam nach Naene. Dort trafen sie zusammen. Dann stritten sie nach Fulbesitte, d. h. die Reiter kämpften gegeneinander, und die Ritter schlugen sich im Zweikampf. Die beiden Helden nahmen erst die Lanzen und schleuderten sie aufeinander. Die Lanzen zersplitterten. Dann nahmen sie die Schwerter und kämpften gegeneinander. Die Schwerter zersprangen.

Darauf wollte Bubu Ardo Gallo umkehren, Samba Ali Sëidu aber hatte noch einen goldenen Speer, den stieß er Bubu Ardo Gallo in den Rücken. Wer von einem silbernen oder goldenen Speer getroffen ist, stirbt. Bubu Ardo Gallo fiel vom Pferd und starb.

Die einen kehrten zurück und weinten. Die anderen kehrten zurück und lachten.

Duldibulukassu

Eines Tages ging eine Fulbefrau mit Namen Fatumata Hamasiri auf den Markt. Sie hatte fünfzehn Sklaven, die Milch trugen. Die wollte sie auf dem Markt von Deera den Bammana verkaufen. Fatumata Hamasiri war das schönste Mädchen in ganz Kunari. Sie kam nach Deera. Die Sklaven setzten die Schalen mit Milch vor ihr nieder. Dann nahm sie ihren Platz ein. Der Bammanakönig von Deera hatte einen Arrawandu (d. h. Hund), dem durfte niemand etwas tun. Deshalb nahm er das Gute und Wohlschmeckende, wo er es fand. Er lief auf den Markt und begann aus den Milchschalen Fatumata Hamasiris zu saufen. Das Fulbemädchen aber nahm den geflochtenen Schalendeckel und schlug damit auf den Hund. Der Hund lief kläffend und heulend von dannen und in das Haus seines Herrn, des Königs von Deera.

Der Bammanakönig fragte sogleich: »Wer hat meinen Hund geschlagen?« Die Leute sagten: »Das tat ein Fulbemädchen, die auf dem Markte Milch verkauft.« Der König konnte die Fulbe sowieso nicht leiden. Als er das nun hörte, befahl er seinen Leuten: »Schlagt das Fulbemädchen, das meinen armen Hund geschlagen hat. Zerschlagt alle Milchgefäße. Jagt alle Fulbe vom Markt.«

Die Leute taten es. Fatumata Hamasiri wurde geschlagen. Ihre Milchschalen wurden zerschlagen. Sie und alle ihre Leute und auch alle anderen Fulbe wurden aus Deera ausgetrieben. Sie ging nach Sendige zurück. Auf dem ganzen Weg weinte sie. In Sendige weinte sie. Die Leute fragten: »Was hat die schöne Fatumata Hamasiri?« Fatumata Hamasiri erzählte, wie es ihr gegangen sei. Die Leute sagten: »Da gibt es nur einen guten Rat. Trag deine Beschwerde Duldibulukassu vor.« Fatumata Hamasiri hörte auf zu weinen. Sie sagte: »Das werde ich tun.«

Fatumata Hamasiri bereitete fünfzig Boliro (Flaschenkürbisse) voller Butter vor. Sie tat dreitausend Kolanüsse in Körbe. Damit machte sie sich auf den Weg. Sie kam mit den Trägern in Boni, der Stadt Duldibulukassus, an. Sie brachte dem König die Geschenke dar. Duldibulukassu sagte: »Was wünschst du von mir?« Fatumata Hamasiri sagte: »Ich war mit meinen Sklaven auf den Bammanamarkt Deera gegangen. Ich verkaufte meine Milch. Der Hund des Königs kam und soff aus meinen Milchschalen. Ich konnte das nicht mit ansehen und schlug den Hund mit einem geflochtenen Schalendeckel. Der Hund lief heulend fort. Darauf ließ der Bammanakönig mich schlagen, meine Milchgefäße zerbrechen und alle Fulbe vom Marktplatz vertreiben. Diese Schmach kann ich nicht auf mir sitzen lassen. «

Duldibulukassu sagte: »Das ist eine Sache der Fulbe. Ich werde sie zu der meinen machen. Es ist sehr einfach.« Fatumata Hamasiri ging. Duldibulukassu sandte an den Bammanakönig folgende Botschaft: »Du hast ein Fulbemädchen mißhandelt, ihre Milchschalen zerschlagen lassen und die Fulbe vom Marktplatz vertrieben. Wenn die Regenzeit zu Ende ist, werde ich zu dir kommen und dir Unannehmlichkeiten bereiten.« Als der Bammanakönig von Deera diese Nachricht empfing, rief er die Leute aus fünf Dörfern in seine Stadt. Dann verstärkte und verbesserte er die Mauern.

Als er mit seinen Vorbereitungen fertig war, sandte er eine Botschaft an den König Duldibulukassu, die lautete: »Willst du denn nicht bald kommen? Glaubst du, daß ich soviel Zeit übrig habe, um auf dich zu warten?« Als diese (spöttische) Nachricht kam, meinten die Freunde Duldibulukassus: »Sende doch Nachricht aus und suche nach Bundesgenossen. Denn die Stadt Deera ist jetzt fest gebaut und stark verteidigt.« Duldibulukassu sagte: »Wenn ich eine solche Nachricht sende, sende ich sie nur an mein Pferd. Und mein Pferd sendet solche Nachricht an mich. Andere Bundesgenossen gibt es für uns nicht. Mir genügen meine eigenen Dimadio (Hörige).«

Nun weiß jeder, daß der Held des Baudi in der Lage ist, gegen 120 Reiter zu kämpfen. Duldibulukassu hatte außerdem 2500 Dimadio, 120 Reiter, 12 Flötenbläser, 3 Mabo (Sänger). Er versammelte sie. Er ließ die Spielleute das Dondori anstimmen. Das Dondori ist eine Melodie, die macht das Herz schlagen und entflammt den Kriegszorn der Tapferen. Es ist so wirksam, daß ein Schwächling, der es hört, daran sterben kann. Duldibulukassu setzte sich mit seinen Leuten in Bewegung und sandte an den Bammanakönig folgende Botschaft: »Bereite Essen vor, denn in drei Tagen werden wir kommen, es zu verzehren.« Der Bammanakönig ließ antworten: »Nehmt nur allen Mut zusammen. Jeder Flüchtling soll ebenso erschlagen werden, und wenn ihr nicht tapfer seid, könnte es passieren, daß die ganz kleinen Fulbekinder heranwachsen müssen, ehe die Fulbe wieder dazu kommen, in den Städten Milch zu verkaufen.« Duldibulukassu ließ antworten: »Wenn ihr euch nicht verteidigen könnt, laßt es sein. Denn es könnte passieren, daß die Bammanafrauen neue Kinder gebären müssen, damit die als erste wieder die Acker bestellen. «

Die Truppen Duldibulukassus kamen vor Deera an. Die Reiter und das Fußvolk verteilten sich um die Festung und griffen sie von allen Seiten zugleich an. Sie griffen an und schossen. Die Bammana waren aber gut gerüstet und schlugen die Fulbe zurück, und als die nochmals angriffen, wiederum, und dies Spiel wiederholte sich mehrere Male hintereinander. Zuletzt gingen die Fulbe ziemlich weit zurück und schlachteten einige Ochsen. Sie zogen denen die Häute ab und kamen damit wieder.

Duldibulukassu hatte sich bislang um die ganze Sache nicht viel bekümmert. Als er nun seine Leute mit den Ochsenhäuten ankommen sah, fragte er: »Was soll denn das? Was wollt ihr denn damit?« Die Leute sagten: »Das soll uns dazu dienen, die Kugeln und Pfeile der Feinde abzufangen.« Duldibulukassu fragte: »Ja, habt ihr denn die Festung noch nicht eingenommen!« Die Leute sagten: »Nein, die Festung ist zu stark.« Duldibulukassu sagte: »Nun, dann werde ich euch einmal zeigen, wie man so etwas macht. Gebt mir erst einmal etwas zu trinken.« Die Leute reichten ihm Besu. Duldibulukassu nahm drei starke Züge. Dann war er leicht angetrunken. Er machte sich auf den Weg. Unterwegs wetzte er die Spitzen zweier Speere aneinander, so wie man zwei Messer wetzt.

Er kam an das Stadttor, das durch die Festungsmauer führte. Er trat das Tor einfach ein. Er trat dagegen und es zersplitterte. Dann zog er quer durch Deera. Mit dem Speer stieß er immer nach rechts und links. Die Leute wichen so zur Seite und flohen. Drei solche Querzüge machte er durch die Stadt. Dann war der Sieg endgültig.

Die Bammana waren geschlagen. Duldibulukassu hatte zweitausendfünfhundert Bammana-Gefangene. Er band sie untereinander mit Stricken zusammen, sandte sie an Fatumata Hamasiri und ließ ihr sagen: »Nun brauchst du nicht mehr zu weinen und dich nicht mehr zu schämen.«

Seitdem hatte es in Gimbala nie wieder ein Bammana gewagt, einen Fulbe zu schlagen.

Bessema spielt den Herrn

Bessema war ein Dimadio (Kaste der Hörigen) des Fulbeherrschers Galadio. Er hatte ein Dorf namens Suki im Konareland inne, und wenn er auch (als Dimadio) zum Stamm der Unterworfenen gehörte, so gab ihm doch sein gewaltiger Reichtum viel Freiheit. Er hatte nicht weniger als 5000 Pferde, von denen keines mehr als zweijährig war, und die dazugehörigen Reiter waren vom besten Alter. Keiner hatte noch geheiratet. Er selbst ritt nicht, sondern er pflegte sich auf einer Karakalawal (das ist eine Tragbahre, ein Mattenbett) auf den Köpfen der Leute tragen zu lassen. Er und sein Land gehörten Galadio. Er war aber so mächtig wie ein freier Ritter. Wenn er sich nach dem Markt Fatagoma hatte tragen lassen, wurde sogleich die Hälfte von jeder Kanne mit Besu ihm zugemessen, während die andere dem König Galadio zufiel.

Einmal waren wieder einige Freunde Galadios mit diesem auf dem Markt Fatagoma. Sie sagten zu Galadio: »Höre, dieser Bessema aus Suki, dein Dimadio, gefällt uns nicht mehr. Er wird schon zu voll. Er scheint schon wohlhabender als du und wird dir eines Tages große Schwierigkeiten machen. Er tritt hier gerade so auf, als wenn er der König wäre. Paß auf!« König Galadio sagte: »Ach, bis jetzt hat das wohl noch nicht viel zu sagen.« Die Freunde sagten: »Paß auf!«

Galadio blieb noch einen Tag, dann machte er sich auf den Heimweg. Bessema war schon vor ihm in sein Dorf zurückgekehrt.

Unterwegs dachte Galadio: »Mit diesem Dimadio Bessema könnte ich es ja einmal versuchen.« Er brach also auf der Hälfte seines Weges, in Niankungo, seine Reise ab und sandte an Bessema eine Botschaft. Er belud 120 Pferde mit 120 leeren Säcken und ließ diese nach Suki führen. Die Boten sollten sagen: »König Galadio ist in Niankungo liegen geblieben, sende ihm in diesen 120 Säcken Korn.«

Die Boten kamen mit Säcken und Pferden in Suki an und richteten ihre Botschaft aus. Bessema sagte: »Die Pferde mit den Säcken sollen sogleich zurückkehren. Ich bin zwar nur ein Dimadio, ich kann aber meine Sendungen auch so einrichten. Abgaben zahle ich nicht, aber auf eine freundliche Bitte soll ein Geschenk folgen. Meine Gabe wird sogleich kommen.« Damit sandte er die Pferde, Säcke und Leute Galadios zurück. Er ließ dann 120 von seinen eigenen Säcken zurechtstellen und beauftragte seine Leute, allen ekelhaften alten und neuen Unrat, der im Dorf und den umliegenden Weilern herumlag, zusammenzutragen und in die Säcke zu füllen. Alsdann ließ er 120 hinkende, einarmige krankhafte Krüppel zusammenkommen und gab denen den Befehl, die 120 übelriechenden Traglasten nach Niankungo zu tragen. Die Leute nahmen die Säcke auf und brachten sie nach Niankungo. In Niankungo lieferten sie die Säcke ab. Galadio kehrte heim.

Als wieder Markt in Fatagoma war, ließ Bessema sich wieder aus Suki dahin tragen. Als er ankam, gab er sogleich den Befehl: »Alles Besu, das heute hier zu Markte kommt, ist für mich. Wenn es irgend jemand wagt, Galadio auch nur einen Tropfen Honigweines abzutreten, so lasse ich ihn töten, die ganze Einwohnerschaft verkaufen und den Ort anzünden.«

Die Leute sagten: »Laß Galadio doch wenigstens ein wenig zukommen, um den Frieden zu wahren.« Bessema sagte: »Nicht einen Tropfen. Ihr werdet sehen, was ich tue, wenn man meinen Befehl überschreitet.«

Nun brachte man Bessema alles. Er hatte große Mengen zu trinken und betrank sich. Galadio und seine Freunde hatten aber nichts. Abends ging Bessema über den Markt. Da standen die Labo (Holzschnitzer) und boten Mörser und Keulen feil. Bessema fragte: »Was sind das für Leute?« Man antwortete ihm:

»Das sind Labo, Holzschnitzer. Das sind Freie.« Bessema sagte: »Ach was, Freie! Ich bin frei; sonst gibt es keine Freien. Die hier sind meine Sklaven.« Damit gab er den Befehl: »Schneidet ihnen alle Haare ab. Die Haare füllt in einen Korb.« Seine Leute taten es. Dann verkaufte Bessema die Labo für seine Rechnung, ließ den Korb mit den Haaren Galadio hintragen und ihm sagen: »Das ist dein Anteil. Ich habe nämlich meine Labo in Fatagoma verkauft.«

Galadio reiste in seine Ortschaft Gundaga ab. Bessema kehrte nach Suki zurück. Galadio war in großem Zorn. Er sagte zu seinen Freunden: »Ihr habt recht. Dieser Bessema spielt den Herrn. Der Dimadio ist voll. Nun werde ich aber das Nest ausnehmen.«

Galadio sandte sogleich eine Kolonne Reiter nach Suki. Die Reiter nahmen alles Rindvieh Bessemas fort und trieben es nach Gundaga. Bessema ließ Galadio sagen: »Das ist so eure Fulbeart, anderen Leuten das Vieh fortzutreiben. Aber nimm ruhig die Tiere. Solange du nicht meine Angehörigen nehmen kannst, stört mich das nicht. Ich bin wohlhabend genug, um die paar Stück Rindvieh vergeben zu können.« Am anderen Tage zogen Galadios Reiter wieder aus und töteten vierzig von Bessemas Kriegern.

Am dritten Tage drangen Bessemas Truppen bis nach Konbogo vor, wo die Mutter Galadios lebte. Sie verbrannten das Dorf und nahmen die Mutter Galadios gefangen. Bessema sandte an Galadio folgende Botschaft: »Jeder sucht dem anderen das Vieh wegzunehmen, was dem anderen wertvoller ist. Du hast meine Rinder genommen. Ich habe deine Mutter gefangen. Welches Vieh ist nun wertvoller?«

Darauf bereitete Galadio einen großen Kriegszug vor. Er zog aus allen Teilen seines Landes die Truppen zusammen und zog dann nach Suki. Er bedeckte Suki vollkommen (d. h. er umzingelte und belagerte es). Er führte nun täglich Gefechte. Es wurde Tag für Tag gekämpft. Aber Galadio kam nicht in die Stadt. Drei Jahre lang lag Galadio vor Suki. Dann sandte er eine Botschaft nach Gimmini, das ist ein Habedorf, in dem außerordentlich starke Zaubermittel bereitet werden. Er sandte 30 Sklaven als Geschenk und ließ fragen: »Was muß ich tun, um Suki einzunehmen?« Die Zauberleute von Gimmini antworteten: »Schlachte einen schwarzen Hundskopfaffen und eine schwarze Ziege. Laß deren Blut über deine Zaubermittel fließen und wirf die Köpfe über die Stadtmauer. Tust du das, so wirst du Suki mit Leichtigkeit einnehmen können. «

Galadio tat das. Er nahm Suki ein. Aber Bessema floh im letzten Augenblick. Galadio setzte ihm nach und erreichte ihn in Serara. In Serara tötete er ihn.

Die Mabolegende

Es war ein Mabo mit Namen Ali. Der Ali Mabo heiratete zwei Frauen, nämlich eine aus dem Dorf Sosobe, die andere aus Salsalbe. Ali Mabo war auf sein Handwerk außerordentlich eifersüchtig. Er konnte es nicht haben, daß in seinem Ort noch ein zweiter Mabo arbeitete. Deshalb wußte er jedem Mabo, der sich seinem Dorf näherte, so geschickt mit Toru (Zaubermitteln) beizukommen, daß der Betreffende nach einiger Zeit starb, und daß er so der einzige Mabo in dem Ort blieb.

Einmal nun kam wieder ein webender Mabo in diesem Ort an, und er nahm sein Quartier bei einer Fulbefrau aus Salsalbe. Er schlief die Nacht durch und fragte am anderen Morgen die Fulbefrau: »Ich bin ein Mabo und möchte wohl morgen hier arbeiten. Gibt es nicht Wolle und etwas zu tun?« Die Fulbefrau sagte: »Oh, das ist nun eine schlechte Sache. In diesem Ort ist ein Ali Mabo, der ist so eifersüchtig auf seinen Beruf, daß er mit seinen Toru jeden tötet, der neben ihm hier arbeiten will.« Der fremde Mabo sagte: »Das ist mir ganz gleich. Die einzige Frage ist, ob du Wolle oder Wollfaden hast, so daß ich hier etwas arbeiten kann.« Die Fulbefrau sagte: »Ja, den habe ich schon, aber der Ali Mabo wird dich töten, wenn ich dir Wolle zur Arbeit gebe.« Der fremde Mabo sagte: »Ach, das ist mir ganz gleich. Gib nur die Wolle her.« Dann stellte er seinen Tjengu (Webstuhl) auf und begann zu arbeiten.

Die Tochter des Ali Mabo ging in der Stadt spazieren. Sie hörte das Klappern eines Webstuhles, schaute über den Zaun, sah den Mabo, der ein Fremder war, und lief heim. Sie sagte: »Vater, ein fremder Mabo arbeitet in dieser Stadt.« Ali Mabo sagte: »Den wollen wir schon beiseite bringen. Hier, meine Tochter, nimm diese Toru in die Hand. Geh zu dem Mabo und wünsche ihm einen guten Morgen. Er braucht dir nur zu antworten und du wirst sehen, welche Wirkung das hat.« Die Tochter nahm das Toru und ging hin. Sie sagte zu dem fremden Mabo: »Guten Tag.« Der fremde Mabo erwiderte den Gruß. Kaum aber hatte er die Worte ausgesprochen, sofort schlug aus dem Kassastreifen, den er webte, Feuer. Der Mabo warf ein wenig eigenes Toru in das Feuer und sogleich wurde Faden wieder zu Faden, Stoff zu Stoff. Der Mabo webte gelassen weiter. Das Mädchen aber lief nach Hause und erzählte alles seinem Vater.

Der Vater hörte den Bericht mit an und sagte: » Soso! Nun, da werden wir etwas anderes unternehmen müssen.« Er nahm eine Mulle Reis und bereitete ein Gericht. Das gab er seinem Hahn und sagte: »Nimm dieses Gericht, bringe es dem fremden Mabo hin und bestelle ihm einen schönen Gruß von mir und daß ich ihn willkommen heiße.« Der Hahn nahm das Gericht, das in einer Holzschale war, brachte es zu dem fremden Mabo und sagte: »Mein Herr, der Ali Mabo sendet dir dieses Gericht und läßt dir sagen, du solltest es dir gut schmecken lassen.«

Die Fulbefrau, bei der der Mabo abgestiegen war, sah das und sagte: »Iß um alles nichts von diesem Gericht. Denn wenn du das genießt, wird es dir gehen wie den anderen Mabo und du wirst sterben.« Der fremde Mabo aber lachte und sagte: »Ach, das macht mir ja gar nichts.« Er webte noch etwas, dann begann er zu essen und das von Ali gesandte Gericht zu verzehren. Danach setzte er sich wieder an den Webstuhl und begann zu weben. Er webte und webte, warf das Schiffchen hin und her. Aber während er webte, begann der Mann mitsamt dem Webstuhl in Bewegung zu geraten – der Mann und der Webstuhl rückten durch die Stadt fort. Der Mabo webte. Alle Leute, die dem Mabo begegneten, liefen in großer Angst fort. Der Mabo webte und bewegte sich mit seinem Webstuhl so lange fort, bis er auf dem Hof des Ali Mabo angekommen war. Als Ali ihn so kommen sah, wollte er fortlaufen. Der fremde Mabo warf aber seine schwarze Kopfbinde auf den Boden, da wurde sie zur Schlange. Die Schlange wand sich um Ali und ließ ihn nicht fort. Dann sagte der fremde Mabo: »So, Ali, nun gib mir deine Augen.« Ali nahm seine Augen aus dem Kopf und gab sie dem fremden Mabo. Der fremde Mabo steckte sie in seine Tasche. Dann sagte der fremde Mabo: »Ich töte dich nicht. Aber du und deine Nachkommen sollen blind sein.« Er begann wieder zu weben, sein Webstuhl begann wieder zu wandern und kam so wieder bei seiner Fulbewirtin in Salsalbe an.

Es ist wahr: Man trifft heute noch viele Mabo, die blind sind.

Das Reich Mali

Mali, ein Köngigreich, dessen Herrscher von Anfang an Schwarze waren, sog das Alte Reich Gana auf und dehnte sich weiter nach Westen aus. Gebildet hat es sich im Mandeland, am Nordrand des Futa Djalon-Gebirges, und die Stammesgruppe der Malinke (heute noch über 1 Million Menschen) hat ihm den Namen gegeben.

Die Frühgeschichte Malis beginnt im 11. Jahrh. mit einem Fürsten Namens Keita. Er hatte Schwierigkeiten, es im Lande regnen zu lassen und eine Hungersnot abzuwenden; er wandte sich an die sog. Almoraviden (d. h. die Gläubigen »vom Kloster«, die in Allahs Namen 1076 n. Chr. das Reich Gana verwüsten sollten) und auf ihren Rat hin bekehrte er sich zum Islam. Sogleich fiel Regen, und die Autorität Keitas wuchs beträchtlich. Aber es dauerte fast 200 Jahre, bis Mali einen starken Herrscher bekam; ausgerechnet einen, der als verkrüppelt galt und der allein dem Blutbad des Köngis der Sosso entronnen war: Sundjata, jüngster Sohn des ermordeten Häutlings von Mali. Wie durch ein Wunder konnte er wieder laufen und mitsamt seinen Anhängern ins Futa Djalon-Gebirge vordringen. In der alten Hauptstadt traf er lange magische Vorbereitungen und stellte sich dann, dem arabischen Geschichtsschreiber Ibn Khaldun (1406) zufolge, in der Schlacht von Kirina 1235seinem Feind Sumanguru. In dieser sagenhaften Schlacht, welche die Griot, die Sänger von Mali, heute noch feiern, schlug der »Löwe von Mali« den König der Sosso vernichtend. 1240 plünderte er die Hauptstadt Ganas,

zerstörte deren Überreste und herrschte uneingeschränkt über das Gebiet des westlichen Sudan.

An Macht übertroffen wurde er später duch Kankan Mussa (1312 – 1337), »der wohl glänzendste der Schwarzen Herrscher, sowohl wegen seiner Intelligenz, Energie und Tatkraft als auch aufgrund seines unerhörten Prunkes« (Pierre Bertaux). Nach Berichten des Reisenden Ibn Battuta gingen und kamen jedes Jahr 12 000 Kamele von Mali nach Kairo, so intensiv waren Freundschaft und Handelsbezieungen mit Ägypten. Kankan Mussa hatte zwei große Ziele, sein Land mittels arabischer Kunst und Wissenschaft auf eine höhere Kulturstufe zu führen – und den Transsaharahandel zu monopolisieren. Unter seinem Bruder Suleiman (†1360) gewinnt das Reich Mali noch einmal Glanz, und der Besucher Ibn Battuta sieht die Hauptstadt des Landes im Schnittpunkt dreier Zivilisationen, der sudanesischen, der ägyptischen und der des Mghreb. »In diesem Land fühlt man sich vollkommen sicher, weder die Einwohner noch die Reisenden haben Überfälle oder Gewalttaten zu fürchten…« Als sich Suleimans Nachfolger aber als zu schwach erweist, fallen von Süden her die Mossi ins Land ein, von Norden her erobern die Tuareg einige Wüstenstädte und dringen 1435 bis Tumbuktu vor.

Gegen Ende des 15. Jahrhunderts war Malis Niedergang besiegelt, und das Reich Songhai nahm an Bedeutung zu.

Wenden wir uns den Mandevölkern zu, die in den Savannen und Steppen zwischen Ober-Senegal und Niger beheimatet sind und neben

den Fulbe zu den bedeutenden Staatengründern dieser Region gehören. Großviehzucht (Mandingo-Rind) und ausgedehnter Handel in den nördlichen Regionen hat das Entstehen der Handelsreiche begünstigt, die weniger Hoheitsgebieten entsprachen als Herrschaftszentren und deren Einflußbereich stark von Persönlicheiten abhing.

Unter dem Großen König gab es, jedenfalls zur Glanzzeit Malis, noch viele abhängige Könige. Die Macht im Land war stets ungleichmäßig verteilt, hier und da widerstand eine Provinz inmitten der Bezirke, in denen die früheren »Herren« zu Vasallen und Bediensteten degradiert waren; in diesen Inseln der Selbstän digkeit blieben die alten Horo (Kaste der Adligen) am Ruder.

Der König der Mande ist mehr als ein Rittergutsbesitzer anzusehen, wie jeder Horo hatte er seine Ackerwirtschaft. Vor Beginn der Regenzeit fragte man das Erdorakel, ob es ratsam sei, daß der König wie gewöhnlich die Zeremonie des ersten Spatenstichs vollziehe. Bejahte es das, zog alles Volk auf die Äcker des Königs, und dieser hackte mit der Walan (Malinke) oder Tomma (Wolof) vor ihren Augen die »Taba Saba«, die drei Pflanzlöcher. Damit war die königliche Ackerarbeit getan, und die Horo konnten mitsamt den Ulussu (Kaste der Hörigen) ihre Felder bestellen. Wichtig in dem Zusammenhang sind auch die Numu (Kaste der Schmiede), die gegen Ende der Trockenzeit einen besonders hohen Lehmofen errichteten, um darin alle für die Horo notwendigen Hackenklingen zu schmieden; in der Nacht vor dem Brand haben die

Numu die Macht, Dank ihrer magischen Fähigkeiten einen schlechten König abzusetzen oder aber alle Widersacher zu töten. Beispiele für den alten Geister- und Zauberglauben der Mande geben die folgenden Geschichten. Sie zeigen auch die spätere Zuwendung zur mohammedanischen Religion.

Biton, der König von Segu

Biton war aus dem Stamme der Kulloballi hervorgegangen. Sein eigentlicher Name soll Sunu Mamari gewesen sein. Seine Mutter, Sunu Sako, stammte aus Kamba. Biton wanderte nach Djundia. Erst schlug er sich als Jäger durchs Leben.

Segu bestand damals aus den vier Dörfern Segu-korro, Segu-bugu, Segu-kurra und Segu-sikollo, welches seinen Namen nach einem mächtigen Butterbaum (Se-korro) erhalten hatte. Biton beschloß, sich in Segu-korro niederzulassen. Er begann dies auf folgende Weise: Auf der Jagd fand er eines Tages sehr schönen Honig. Er bereitete daraus ein ausgezeichnetes Honigbier (Li-dollo). Er machte sich dann mit seiner Mutter und dem Li-dollo auf den Weg nach Segu-korro, wo er schon verschiedentlich Fleisch von seiner Jagdbeute verkauft hatte. Er bat nun die Leute von Segu-korro, die vordem von seinem Wildbret gekauft hatten, heute mit ihm den Li-dollo zu trinken. Die Leute taten es gerne und fanden sich bei diesem Trinkgelage ganz außerordentlich wohl. Das erste Trinkfest, das Biton in Segu-korro veranstaltete, fand an einem Donnerstag statt. Die Segu-korro-Leute fanden das Fest ganz ausgezeichnet gelungen, und als am folgenden Donnerstag Biton wieder mit einer großen Menge Honigbier erschien, hatte sich die Zahl seiner Gäste ungemein vermehrt und diese verabredeten untereinander, daß, wenn am nächsten (dritten) Donnerstag Biton wieder ein solches Gelage veranstalten würde, ihm jeder Gast ein Geschenk von zwanzig Kaurimuscheln mitbringen solle. Und so geschah es. An diesem Donnerstag tötete Biton für seine Gäste eine Ziege.

Die Folge dieser aufmerksamen Geste war, daß die bewirteten Bewohner Segu-korros verabredeten, am nächsten Donnerstag dem Biton ein weit größeres Geschenk zu machen, indem jeder diesmal hundert Kaurimuscheln beisteuern solle. Nun gab es bei Segu-korro ein Dorf namens Sando. Die Einwohner Sandos sagten unter sich: »Heute hundert Muscheln, das kann ja mit der Zeit eine schöne Abgabe werden. Nein, wir gehen da nicht hin. Wir bleiben diesem Gelage fern und brauchen somit auch keine Kauri zu senden. Wir glauben überhaupt, daß das mit diesem Biton eine ernste Sache werden wird.«

Am kommenden (vierten) Donnerstag tötete Biton für seine Freunde in Segu-korro einen Ochsen, um sich für das letzte Kopfgeschenk von zwanzig Kauri zu revanchieren. Außerdem brachte er heute noch größere Mengen von Li-dollo mit, und da dieses sehr gut und sehr stark und die Vergnüglichkeit sehr groß war, wurden zum Schluß die Bewohner Segu-korros in arge Betrunkenheit versetzt. In diesem bezechten Zustand fiel es einigen Leuten ein zu fragen: »Wer ist heute nicht gekommen? Wer hat unserem Biton heute keine Kauri gebracht?« Andere sagten: »Hallo, die Leute von Sando haben heute Biton ja kein Dankesgeschenk gebracht.« Wieder andere riefen: »Das ist zu undankbar das können wir nicht dulden – wir wollen sie mit Krieg überziehen.« Andere sagten: »Ja, das tun wir.«

Darauf rüsteten sich die Leute von Segu-korro und fielen über die Ortschaft Sando her. Die Bewohner des Weilers wurden von den Wütenden sehr schnell überwältigt und allesamt nach Segu-korro in Gefangenschaft geführt. Daheim wieder angekommen, sagten die Kriegerischen: »Wir wollen die Hälfte der Beute Biton abgeben, der das schöne Gelage am Donnerstag veranstaltet und dazu einen Ochsen geschlachtet hat.« Somit brachten sie die Hälfte der gefangenen Weiber und die Hälfte der gefangenen Burschen dem Biton. Biton verkaufte sogleich alle Weiber und schaffte dafür Stoff an, aus dem er Überhänge und Hosen für die eben erhaltenen männlichen Sklaven machen ließ. Die machten so einen stattlichen Eindruck.

Inzwischen kamen die Bewohner des Dorfes Surroba, die bis dahin auch an dem Umtrunk, der donnerstags stattfand, teilgenommen hatten, zusammen und sagten: »Die Abgaben für Gastmahl und Gelage des Biton werden uns nachgerade zu hoch. Außerdem scheint uns diese Sache in einer anderen Weise enden zu wollen, als man bisher annehmen konnte. Es nimmt für uns Landbewohner kein gutes Ende. Wir wollen nicht mehr hingehen. Wir wollen nächsten Donnerstag fernbleiben.« Und bei diesem Vorsatz blieben sie.

Dieser nächste Donnerstagabend gestaltete sich zu einem großen Fest, denn die Bewohner von Segu-korro hatten die Ortschaft Sando bewältigt und damit eine hübsche Einnahme erzielt, die man dem Umtrunk bei Biton verdankte. Also entsprach der freudigen Stimmung auch bald eine gründliche Bezechtheit. Und als die Bürger soweit waren, fragten einige: »Wer fehlt denn heute beim Umtrunk?« Andere fragten: »Hat jemand auch nur einen Bürger aus Surroba gesehen?« Und dann fragten die Bürger insgesamt Biton: »Willst du, daß wir gegen die Bürger von Surroba mit Waffen und bewaffneten Sklaven zu Felde ziehen? Sieh, sie haben dich beleidigt, indem sie alle fortgeblieben sind.« Biton sagte: »Das ist nicht meine Sache, denn ich will mich nicht derart rächen, aber wenn ihr glaubt, daß die Leute euch damit gekränkt haben und daß das euer Vorteil ist, dann will ich euch mit meinen Sklaven und meinen Waffen gern begleiten.«

Daraufhin eilten alle zu den Waffen und machten sich auf den Weg, die Bewohner Surrobas mit Krieg zu überziehen. Diese Unternehmung war abermals von Glück begünstigt, und alle Surrobaner kamen in Gefangenschaft. Mit reicher Beute kamen sie heim und sagten: »Wir verdanken diese Vermehrung unseres Besitzes Biton und seinen fröhlichen Gelagen. Deshalb wollen wir ihm die Hälfte abgeben.« Somit brachten sie Biton wieder die Hälfte der gewonnenen Sklaven und Sklavinnen als

Geschenk dar. Biton aber verkaufte wieder die Sklavinnen, handelte dafür Kleider, Bogen und Pfeile ein und stattete seine Leute herrlich aus. Viele Leute kamen nun, ihm kleine Geschenke darzubringen und Biton ihren Respekt zu erweisen. Er gab allen Kleidung und Waffen, so daß sie gute Anhänger wurden. Dann errichtete er eine hohe Kugu (Mauer).

Bitons Mutter, Sunu Sako, hatte dicht am Nigerufer ein Feld von Nkojo (Auberginen) angelegt. Jede Nacht nun kam der Faro (eine Art Wasserteufel) aus dem Flusse aufgestiegen und stahl und aß die reifen Nkojo. Sunu Sako sagte: »Manchmal trägt der Garten viele Nkojofrüchte. Manchmal verschwinden alle Nkojo. Es muß noch jemand außer uns davon essen. Ich weiß nicht, wer das ist.« Biton sagte: »Laß nur, Mutter, ich werde einmal aufpassen und der Sache auf die Spur zu kommen suchen. Heute nacht werde ich nachsehen und dir morgen früh Bescheid sagen.«

Biton versteckte sich am Ufer. In der Nacht stieg Faro aus dem Wasser. Er ging in den Garten Sunu Sakos und nahm eine Aubergine. Er aß sie. Er nahm eine zweite Aubergine und aß sie. Er wollte eine dritte Aubergine nehmen, um sie zu essen. Da sprang aber Biton hervor und packte den Affen und sagte: »Aha, du Faro bist es, der die Nkojo meiner Mutter ißt.« Faro sagte: »Oh, töte mich nicht. Töte mich nicht. Schließe lieber mit mir Freundschaft, komm mit mir zu meiner Mutter.« Biton sagte: »Gut, gehen wir also zuerst zu deiner Mutter.«

Faro sagte: »Wenn meine Mutter dir ein Amulett anbietet, damit du viele Sklaven gewinnst, so nimm das nicht an. Wenn meine Mutter dir ein Medikament anbietet, damit du viele Kühe gewinnst, so nimm das nicht an. Fordere aber von meiner Mutter eine Firina (Lampe) und Fini (Kornart). Dieses beides wird dir zu großer Macht und zu großem Ansehen verhelfen.« Beide machten sich dann auf und kamen zur Mutter Faros.

Die Mutter Faros sagte: »Ich will dir ein Amulett geben, damit du viel Gold gewinnst.« Biton sagte: »Das habe ich nicht nötig.« Die Mutter Faros sagte: »Ich will dir ein Amulett geben, damit du viele Sklaven gewinnen kannst.« Biton sagte: »Das habe ich nicht nötig.« Die Mutter Faros sagte: » Ich will dir ein Amulett geben, damit du viele Kühe gewinnen kannst.« Biton sagte: »Das habe ich nicht nötig.«

Die Mutter Faros sagte: »Ja, was willst du denn gern haben?« Biton sagte: »Gib mir eine Firina und Fini.« Die Mutter Faros sagte: »Wer hat dir diesen Rat gegeben?« Biton sagte: »Diesen Wunsch habe ich aus mir selbst.« Darauf gab ihm die Mutter die Lampe und den Fini und sagte: »Für den Fini bereite ein Feld am Niger. Wenn er aufgegangen ist und reif ist, iß ihn nicht, sondern überlaß ihn den Vögeln und Affen.« Biton sagte: »Es ist gut.« Er nahm beides und ging damit nach Hause.

Er kam heim und sagte zu seiner Mutter: »Der Dieb deines Nkojo war der kleine Faro. Ich erwischte ihn und ging mit ihm zu seiner Mutter. Faro hatte mir gesagt, ich sollte nicht die Amulette seiner Mutter zur Vermehrung des Goldes und der Sklaven und der Kühe annehmen, sondern sollte mir eine Firina und Fini ausbitten. Das tat ich. Die Mutter Faros sagte mir, ich solle für den Fini ein Feld am Ufer des Niger herrichten und sollte nachher den Fini nicht essen, sondern das Korn für Affen und Vögel stehenlassen. «

Sunu Sako sagte: »Die Mutter Faros hat dir einen guten Rat gegeben. Denn der Vogel fliegt weit, und die Samenkörner, die er irgendwo aufnimmt, trägt er weit fort bis in sein Heimatland. Die Affen aber ziehen weit herum, und wo der Mist dieser Affen zu Boden fällt und wohin auch die Vögel die Samenkörner deines Ruhmes tragen, wird dein Ruhm und die Kenntnis deiner Macht getragen werden.«

Biton verfuhr nach diesem Ratschlag. Seine Macht und sein Ansehen breiteten sich bald mächtig aus. Die Lampe brennt noch heute in Sekorro und heute noch kann man dort die ganze Nacht hindurch das Licht von Faros Lampe sehen.

Hierzu bemerken die Anwesenden, daß bei allen Malinke bis in die jüngste Zeit hinein nur Holzfackeln als Leuchte gedient hatten, daß man aber da, wo man eine Lampe sah, sagt: »Die kommt aus Segu.« Ebenso soll sich auch das Korn »Fini« von Segu aus in das obere Mandeland ausgedehnt haben.

Als Biton zu großer Macht und Ansehen in Segu gekommen war, so daß er schon zu den einflußreichsten Leuten gehörte, lud er eines Tages alle Alten und Familienältesten der umliegenden Dörfer zum Umtrunk ein. Er ließ sagen: »Kommt nicht am Donnerstag, denn da wird von den Jüngeren soviel getrunken und gestritten. Kommt an einem Montag, dann seid ihr schön unter euch und vergebt auch der Würde eures Alters und eurer Stellung nichts, wenn ihr euch einmal ordentlich betrinkt.« Die Alten sagten alle zu dem Boten: »Gewiß werden wir kommen.«

Inzwischen ließ Biton in seinem Hof in einem Winkel ein großes und vor allem sehr tiefes Loch graben. Er sagte zu seinen Leuten: »Paßt genau auf: Wenn einer der Alten von mir fortgeschickt wird, damit er in einem Winkel seinen Rausch ausschlafe, dann stoßt ihn nur einfach in diese Grube. Schlagt ihm aber vorher den Kopf ab, damit er nicht allzusehr schreit.«

Am besagten Montagabend kamen alle Alten aus den Dörfern Konno Dimini, Gara, Diado und Dugukuna. Biton hatte ein sehr wohlschmeckendes, aber schweres Honigbier bereiten lassen. Dazu gab es gute Gerichte zu essen, derart, daß alsbald eine große Heiterkeit entstand. Als der erste Alte soweit betrunken war, daß er nicht mehr stehen und sitzen konnte, sagte Biton: »Geh, mein Alter, schlaf jetzt in jenem Winkel deinen Rausch aus.« Der Alte ließ sich gerne dahin führen, wo das Loch war, und dort schlugen die Sklaven ihm den Kopf ab und warfen ihn dann in die Grube. So ging es mit einem der Alten nach dem anderen, bis zuletzt alle alten Gäste in dem tiefen Loch versammelt waren.

Am andern Tage rief Biton alle Seguleute zusammen und fragte sie: »Wer ist jetzt König von Segu?« Darauf riefen alle: »Du bist König von Segu.« Biton sagte: »Wenn ihr wollt, daß ich euer König sei, so will ich das sein.« So wurde Biton König.

Der Bruder Bitons, Massa Kulloballi, lebte in Sundiana bei Segu. Als er vernahm, wie sein Bruder zu Macht und Ansehen gekommen war, überfiel ihn Schrecken und er floh, um einem bösen Schicksal zu entgehen, nach Kaarta in das Dorf Girinkume, in dem er sich ansiedelte. Sein Sohn Manso Sita oder Mansa Sata floh mit ihm.

Biton war nun uneingeschränkter Herrscher und von vielen Seiten wurde ihm freiwilliger oder unfreiwilliger Tribut überbracht.

In Njola im Lande Ngonjakalla, nicht weit von Segu, lebte ein Mann namens Niari, der hatte einen kleinen Sohn namens Ngolo. Wenn Ngolo mit den anderen zum Eidechsenfang auszog, hatte niemand soviel Glück wie Ngolo. Wenn die Burschen ausgezogen waren, um Perlhühner, Feldhühner oder andere kleine Tiere zu fangen, brachte bei weitem keiner so viele Beute heim wie der kleine Ngolo. Als nun eines Tages das Djenburi (Erdorakel) befragt wurde, sagte er: »Ngolo wird einmal ein großer König werden.« Darauf sagten die Leute: »Das kann man sich recht gut denken.« Ngolo, der Knabe, war aus dem Stamm der Diarra.

Eines Tages trugen die Leute Njolas ihre Abgabe zu dem König Biton. Sie bestand in Hirse. Aber zu jener Zeit war die Hirseernte nicht geraten. Der König Biton war deswegen sehr ungnädig, und da man seinen Zorn fürchtete, sagten sie: »Der Knabe Ngolo Diarra ist bei uns. Wenn es dir recht ist, wollen wir ihn als Geisel bei dir lassen. Du magst ihn behalten, bis wir unsere Abgaben voll aufgebracht haben werden, was einige Zeit in Anspruch nimmt.« König Biton sagte: »So laßt den Jungen hier.« Ngolo kam an den Hof des Königs Biton.

In Segu gab es damals vier große Baschi (Zaubermittel), die waren über alle Maßen stark. Diese vier waren:

1. Mba Kungoba (angeblich der große Wald),
2. Nangoloko (nichts über den Sinn des Namens zu erfahren),
3. Sammanere (nere = Frucht; samma = hoch?),
4. Binjadiugu (= Horn großer Ochsen).

Wenn man das Fest dieser vier Baschi feiern wollte, bedurfte es eines gefangenen Häuptlings und eines Ochsen. Beide wurden in gleicher Weise geschlachtet und aus ihrem Fleisch wurde ein ausgezeichnetes Essen bereitet. Es war eine Suppe, in der die einzelnen Fleischstückchen durcheinanderlagen. Diese Fleischstückchen waren schon geschnitten), so daß man nicht nötig hatte, noch ein Messer zu nehmen oder sie mit den Zähnen abzubeißen. Zu dem heiligen Zeremonial dieses Mahles setzten sich die Anhänger der vier mächtigen Baschi in kleinem Kreis eng gedrängt nieder, und zwar mit dem Rücken nach innen, mit dem Gesicht nach außen.

Alsdann griff ein jeder viermal in die Schüssel mit der Speise hinter sich. Er nahm einen Fleischbrocken aus der Brühe und führte ihn, ohne ihn anzusehen, zum Mund. Dazu sagte er: »Mbakungoba sugu, sugu bombali« (Mbakungoba = das erste Baschi, sugu = Fleisch, bombali = nicht kennen, d. h. Fleisch des Mbakungoba, das Fleisch kenne ich nicht). Er nahm wieder einen Fleischbrocken aus der Brühe und führte ihn, ohne ihn anzusehen, zum Mund. Dazu sagte er: »Nangoloko sugu, sugu bombali.« Er nahm einen dritten Fleischbrocken aus der Brühe und führte ihn, ohne ihn anzusehen, zum Mund. Dazu sagte er:

»Sammanere sugu, sugu bombali.« Er nahm einen vierten Fleischbrocken aus der Brühe und führte ihn, ohne ihn anzusehen, zum Mund. Dazu sagte er: »Biniadiugu sugu, sugu bombali.« Dieienigen, die an dieser Mahlzeit teilgenommen hatten, gehörten zusammen und waren unter und miteinander zu Brüderschaft verbunden.

Das Blut der Opfer dieser vier Baschi galt als ganz besonders wertvoll und geeignet, die Zaubermittel damit zu besprengen. Besonders Biton wußte die Macht dieser Baschi zu schätzen, und in jeder Mitternacht wusch er sich mit Wasser, das durch die vier Baschi eine besondere Kraft erhalten hatte. Das tat er auf dem Dache des Hauses, und er verfuhr dabei so, daß er das Wasser von vorn gegen sich und von oben über seinen Rücken hinter sich goß.

Der Knabe Ngolo, der sehr klug war, erkannte bald, welche Kraft ihm diese Baschiwäsche verleihen konnte. So hockte er denn eines Nachts, als Biton sich wusch, hinter dem König nieder und ließ sich von dem nach hinten geschleuderten Baschiwasser bespritzen. In der nächsten Nacht machte er es ganz ebenso. Aber Biton sah einmal während des Bades hinter sich, und da merkte er, daß der Knabe Ngolo sich von ihm mitbesprengen ließ. Deshalb brachte er in der dritten Nacht eine Lanze mit, und als er gegen Ende der Zeremonie hinter sich sah und wieder Ngolo erblickte, schleuderte er seine Waffe nach ihm. Ngolo wurde durch die Lanze berührt, aber sie vermochte nicht, ihn zu verwunden, so stark hatten die Bäder mit dem Baschiwasser schon auf ihn gewirkt.

Aber Ngolo mußte fliehen. Ein Moriba (Marabut oder Derwisch) nahm sich seiner an und führte ihn mit sich nach Kong. In Kong erlernte Ngolo das Kaufmannsgewerbe und kam nach einigen Jahren als ein angesehener und wohlhabender Kaufmann nach Segu zurück. Er schenkte Biton, dem König von Segu, die Hälfte aller seiner Waren, und Biton schloß Freundschaft mit ihm. Diese Freundschaft hielt an, bis Biton Kulloballi starb. Nachher wurde Ngolo Diarra König von Segu.

Zaubermittel

Die Bammana wissen von einem Mann zu erzählen, der als Gründer der Baschi-Idee angesehen werden muß. Das ist Suma oder Soma, dem das Beiwort Moriba beigelegt ist, weil er eben sehr gelehrt in diesen Dingen war. Soma war ein junger Jägerbursche, und zwar der Schüler des großen Jägers Mania, nach dem später die Stadt östlich von Kankan genannt wurde und dessen Sohn Silaba war. Soma war damals noch ein sehr unerfahrener junger Geselle, als er eines Tages an dem Felsen Kamaniang Silla, der heute an dem Weg von Bamako nach Kaarta gezeigt wird, ein Bamma (Krokodil) erblickte, das vor sich auf den Stein alle Baschi ausgespieen hatte, damit sie da trockneten. Bamma hatte vor sich liegen: Hörner vom wilden Büffel, Hörner der Gazelle, Sporen des Hahnes, Schwanz der Antilope, Schwanz des Büffels. Rund herum waren aber alle anderen Bamma, und das große Bamma lehrte sie alle Kenntnisse dieser guten Baschi und sagte: »Das ist zu diesem gut, das zu jenem. Man nennt den Namen dessen, den man töten will, man spritzt Hühnerblut darüber, man speit zerbissenes Holz darüber und jener stirbt.« Bamma lehrte einen nach dem andern. Zuletzt sagte er: » Dann habe ich noch zwei kleine Tigakorro, die lasse ich nicht lange am Tageslicht. Wenn da die Menschen dahinterkämen, wäre es ganz schlimm.« Da schoß Soma zwei Kugeln in den Kopf des Bamma. Er war tot. Soma schrie laut auf und raffte alle Baschi auf. Nachher kam sein Lehrer Mania; dem erzählte er alles und gab ihm die Gazellenhörnchen, die gut für Knaben sein sollen und die Hahnensporen, die gut für Mädchen sein sollen, als Geschenk. Heute sind die Numu der Sussoko die Hauptverfertiger guter, starker Baschi. Aber jeder, der ein Baschi macht, murmelt darüber den Namen Soma.

Eine besondere Art der Baschi sind die *Korte*, die in ganz ähnlicher Weise zu den Menschen kamen. Die Mythe berichtet: »Dumsu Golloni (oder Ngolloni, der Jäger) war eines Tages auf der Jagd. Er beobachtete, wie ein Balla (Stachelschwein) in eine Höhle lief. Das Balla hatte ihn nicht gesehen. Der Dumsu Golloni kam dicht heran und sah und hörte nun, wie sich einige Balla miteinander unterhielten. Das alte Balla, das wie alle Balla damals nur eine Borste hatte, sagte: »Das wäre ein ausgezeichnetes Korte für die Menschen. Sie müßten unsern Stachel nehmen, vom Schmied ein Geldstückchen anfertigen und das mit einem Faden an den Stachel binden lassen. Das wäre noch ein ausgezeichnetes Korte für die Menschen. Wenn sie einen Menschen töten wollten, müßten sie seinen Namen aussprechen und das Korte in seine Richtung werfen. Der würde dann sterben.« Ein anderer Balla fragte: »Wenn ein Mensch nun auf diese Weise getroffen ist, gibt es für ihn kein Mittel zu entkommen? Muß er in jedem Fall sterben?« Das alte Stachelschwein sagte: »Es ist gut, daß kein Mensch da ist, der das, was ich hier sage, hört. So kann ich euch das ja auch wiederholen. Gewiß gibt es ein Mittel dagegen, das gibt der Daganindugumalo, ein kleiner Buschbaum. Wenn der trocken ist, kann man davon zerstoßen und aufstreuen oder abkochen und mit dem Wasser sich waschen. Wer das tut, der ist gegen das Korte sicher.« Das andere Balla sagte: »Sei vorsichtig! Es könnte ein Mensch in der Nähe sein.« Das erste Balla sagte: »Nein, es ist kein Mensch da.« Das andere Balla sagte: »Sei vorsichtig!« Das erste Balla zog trotz der Warnung sein Kleid (seine Haut) aus. Dumsu Ngolloni schoß. Er traf. Er hatte nun alles gehört und wußte mit dem

Korte Bescheid. Er nahm die Haut und brachte den Stachel zu den Schmieden. Er gab die Angelegenheit in ihre Hände.

Jäger und Waldgeist

Ein Jäger erhielt von einem Uoklo (Waldgeist) ein Baschi. Der Uoklo sagte: »Ich will dir das Baschi für die Zeit von sieben Jahren geben. Wenn die sieben Jahre abgelaufen sein werden, werde ich dir das Baschi wieder nehmen, und du wirst es mir dann mit deinem Leben bezahlen.« Der Jäger sagte: »Es ist gut; ich warte also sieben Jahre.« Der Jäger hatte einen Hund. Eines Tages vor Ablauf der sieben Jahre fiel der Uoklo den Jäger im Wald an. Der Jäger rief seinen Hund Fotokulumani. Der Hund kam herbei und tötete den Uoklo. Der Jäger nahm nun dem Uoklo alle seine Baschi. Er hatte nun viele Baschi und viel Glück. Auf dem Heimweg erlegte er schon einen Elefanten.

Der große Jäger Kelle-serri

In sehr alten Zeiten lebte in dem Dorfe Sunga, das in Djenne-dugu (im Djennegebiet) gelegen ist, ein größer Jäger, der hieß Kelle-serri. Der Jäger Kelle-serri war aber auch ein großer Trinker, und er pflegte sich alle Abende zu betrinken. Eines Tages hatte er sich auch wieder betrunken. Da sagte er zu seinem Sohn Konni: »Geh in jener Richtung in den Busch. Da wirst du die Tiere treffen. Die Tiere feiern gerade ein Fest und tanzen. Geh hin und sieh dir das an.« Konni sagte: »Gut, ich werde gehen.«

Konni machte sich auf den Weg. Er lief in die Richtung, die der Vater ihm angegeben hatte. Er kam auch nach einiger Zeit an eine Stelle, da tanzten viele Koba. Die Koba-Antilopen waren aber nicht allein. Es waren da auch noch die Dschinn, das waren Geisterchen, die nicht höher waren, als ein Knie reicht, die auf dem Rücken eine Silbermütze trugen und in der Hand einen Wedel mit Zaubermitteln darin führten. Konni schoß auf eine Koba. Er traf sie; sie fiel. Ein kleiner Dschinn schlug die Koba aber mit seinem Wedel. Darauf sprang die getroffene Koba heil und lebendig auf. Der Dschinn rief: »Das hat dein Vater nicht gesagt«, und dann liefen alle Koba und Dschinn in den Busch (Ein »Beisitzender« erklärt, das wäre insofern falsch erzählt, als das nicht viele Koba und viele Dschinn gewesen wären, die hier tanzten, sondern daß da nur ein Dschinn und eine Koba ruhig des Weges gegangen wären. Erst nachher hätte Konni die vielen, und zwar tanzenden Koba und Dschinn getroffen. Andere »Beisitzende« stimmen dem zu und beginnen mit dem sonst sehr sicheren Erzähler einen Streit.)

Konni ging weiter. Nach einiger Zeit kam er an eine Stelle, da waren sehr, sehr viele Koba und Dschinn versammelt. Hier war ein sehr, sehr großes Tanzfest veranstaltet. Sowohl die Dschinn als die Koba hatten einen Balafon (Kalebassen-Piano). Konni sah dem eine Weile zu. Dann nahm er seine Waffe und zielte nach einer trächtigen Büffelkuh. Das ungeborene Kälbchen im Bauch der Büffelkuh rief aber: »Töte nicht meine Mutter!« Dann ging Konni zu den Tanzenden hin. Er setzte sich am Boden nieder. Er schaute dem Spiel der Koba und Dschinn zu und hielt dabei den Bogen stets gespannt in der Hand.

Kelle-serri, der Vater Konnis, saß inzwischen daheim beim Topf mit Dolo und trank. Er sagte bei sich: »Mein Sohn Konni bleibt recht lange fort; ich werde ihm doch einmal nachgehen und sehen, was er macht.« Kelle-serri nahm seinen Bogen und die Pfeile und machte sich auf den Weg. Er folgte so lange, bis er dahin kam, wo die Koba und Dschinn tanzten und wo auch sein Sohn Konni saß. Konni erzählte dem Vater alles, was er gesehen hatte. Kelle-serri sagte: »Es ist gut. Wir wollen nun beide schießen. Wir wollen gleichzeitig schießen, du auf eine trächtige Kuh, ich auf einen Dschinn.« Die beiden schossen. Beide Pfeile trafen. Die trächtige Koba-Kuh und der Dschinn fielen tot zu Boden.

Die anderen Dschinn flohen. Sie nahmen ihr Balafon mit. Die Koba rannten so kopflos von dannen, daß sie ihr Balafon am Boden liegen ließen. Darauf sagte Kelle-serri: »Ich werde den silbernen Armring des getöteten Dschinn abstreifen. Den Armring und das Balafon wollen wir mit uns nehmen. Das andere lassen wir für heute liegen, denn es ist schon sehr dunkel. Morgen können wir zurückkommen und die Koba aufteilen.« Sie taten es und kehrten so in ihr Dorf zurück.

Am anderen Tage kehrten Kelle-serri und Konni zu der Stelle zurück. Sie fanden aber, daß Schakal und Geier die Koba gefressen hatten. Sie waren ärgerlich und wollten den Geier und den Schakal jagen und töten, sahen dann aber nur an einem Baum einen Büffel stehen. Sie nahmen ihre Pfeile und schossen nach dem Büffel. Sie töteten den Büffel. Sie sahen noch einen Büffel. Sie nahmen ihre Pfeile und schossen auch noch diesen Büffel. Sie töteten den Büffel. Der Vater sagte zu Konni: »Nun wollen wir aber für die nötigen Medikamente für Schakal und Geier sorgen, damit es uns nicht heute wieder so mit den Büffeln geht wie gestern mit den Koba.« Kelle-serri und Konni strichen nun starken Vogelleim auf die Zweige des Baumes, unter dem die getöteten Büffel lagen. Sie bauten rund herum Fallen für die Schakale. Dann gingen sie nach Hause.

Als sie am anderen Tage sich vorsichtig dem Platz näherten, sahen sie, daß die Schakale in den Fallen gefangen waren und daß die Geier auf den Baumzweigen festsaßen, von denen aus sie auf die Büffel hatten herunterfliegen wollen. Sie sahen in der Luft zwei kleine Kokako (Vögel mit hübschen Schnäbeln) herumfliegen. Sie hörten, wie ein alter Geier den Kokako zurief:

»Kommt doch, meine beiden kleinen Dialli (Sänger) und helft mir. Singt mir ein hübsches Lied, damit die Jäger nicht alle Tiere töten können.« Die beiden Kokako taten es. Sie holten ihre Jägergitarre und begannen zu singen. Die beiden Jäger hörten und sahen es aber.

So lernten die Menschen die Jägergitarre (die Dusu-ngonni) und das Balafon kennen. Zuerst war die Gitarre in den Händen der Balo (Jägerstamm), die von den Fanne abstammen.

Die Zauberin Subachamussu

Eine Subachamussu (Zauberin, die Menschen frißt; mussu = Frau) gebar jedes Jahr ein Kind und fraß es dann auf. Sie gebar wieder ein Kind. Der Knabe hieß Mamadu bomie. Seine Mutter wollte ihn alsbald essen. Der Knabe sagte: »Laß mich jetzt. Iß mich, wenn ich größer geworden bin. Dann werde ich fett sein und du wirst etwas von mir haben.« Die Subachamussu ging. Nach einiger Zeit kam die Subachamussu wieder, um Mamadu bomie zu verzehren. Der Knabe sagte: »Laß mich erst noch mit den andern Knaben beschnitten sein, dann hast du etwas Rechtes von mir.« Die Subachamussu ging. Sie kam nach einiger Zeit doch wieder, um Mamadu bomie zu verzehren. Mamadu bomie sagte: »Ich bin jetzt von der Beschneidungszeit etwas mager. Warte, bis ich mich herangefüttert haben werde, dann hast du etwas recht Gutes.« Die Mutter ging.

Nach einiger Zeit kam die Subachamussu wieder, um Mamadu bomie zu verzehren. Mamadu bomie sagte: »Laß mich doch erst heiraten, denn dann hast du doch nachher zwei Menschen zu verzehren!« Die Mutter ging und ließ ihn heiraten.

Nach einiger Zeit kam die Subachamussu wieder, um Mamadu bomie zu verzehren. Mamadu bomie sagte: »Kaufe mir erst ein Pferd. Dann hast du nachher dreifach gute Speise.« Die Mutter ging und kaufte ihm ein Pferd. Nach einiger Zeit kam die Subachamussu wieder, um Mamadu bomie zu verzehren. Mamadu bomie sagte: »Kaufe mir erst ein Messer; wenn du das nachher verhandelst, kannst du noch einen Mann dafür einkaufen.« Die Mutter ging und kaufte ihm ein Messer.

Nach einiger Zeit kam die Subachamussu wieder, um Mamadu bomie zu verzehren. Mamadu bomie sagte: »Kaufe mir erst ein Gewehr; wenn du das nachher verhandelst, kannst du noch einen Mann dafür kaufen.« Die Mutter ging und kaufte ihm ein Gewehr.

Eines Tages sagte die Subachamussu: »Heute abend werde ich dich verzehren.« Da nahm Mamadu bomie sein Messer und sein Gewehr, stieg auf sein Pferd, nahm seine Frau hinter sich und ritt heimlich von dannen.

Mamadu bomie kam zu den Blissi (Buschgeistern). Er sagte zu den Blissi: »Ich fliehe vor meiner Mutter, die eine Subachamussu ist.« Die Blissi sagten: »Bleib hier. Deine Mutter kann dich hier nicht essen.« Abends machte sich die Mutter auf und kam hinter Mamadu bomie her. Sie kam wie der Wind: »Wi wu, wi wu, wiiii wuuu!« Sie zerbrach alle Bäume: »Krick krack, krick krack, krick krack!« Die Blissi sagten: »Ist das deine Mutter?« Mamadu bomie sagte: »Ja, das ist meine Mutter!« Die Blissi sagten: »Deine Mutter ist fürchterlich! Flieh weiter.« Mamadu bomie nahm seine Frau, sein Gewehr, sein Messer und bestieg sein Pferd. Er floh weiter.

Mamadu bomie kam zu den wilden Tieren. Er sagte zu den wilden Tieren: »Ich fliehe vor meiner Mutter, die eine Subachamussu ist.« Die wilden Tiere sagten: »Bleib hier, deine Mutter kann dich hier nicht essen.« Als aber abends die Mutter wiii wuuu, wiii wuuu, krick krack, krick krack ankam, sagten sie ihm: »Deine Mutter ist fürchterlich, flieh weiter!« Er bestieg sein Pferd und floh weiter.

Mamadu bomie kam zu Butani (Skorpion). Er sagte zu Butani: »Ich fliehe vor meiner Mutter, die eine Subachamussu ist.« Butani sagte: »Bleib hier, deine Mutter kann dich hier nicht essen.« Mamadu bomie sagte: »Nicht einmal die Blissi und die großen Tiere konnten mich schützen, und du bist ein so kleines Tier.« Butani sagte: »Laß nur!« Butani war Spinner. Butani nahm seine Fäden, setzte Mamadu bomie mit Pferd und Weib hinein und wartete.

Nach einiger Zeit kam wiii wuuu, wiii wuuu, krick krack, krick krack die Subachamussu. Sie fragte Butani: »Hast du Mamadu bomie versteckt?« Butani sagte: »Nein.« Subachamussu sagte: »Wenn du es nicht sagst, töte ich dich.« Sie setzte Butani in ihr Ohr. Butani stach. Sie ließ ihn herausfallen. Sie sagte: »Wenn du es nicht sagst, töte ich dich!« Sie setzte Butani in ihr Auge. Butani stach. Sie ließ ihn herausfallen. Sie sagte: »Wenn du es nicht sagst, töte ich dich!« Sie setzte Butani in ihren Mund. Butani kroch in ihren Bauch. Butani stach sie überall hin. Der Bauch der Subachamussu schwoll mächtig an. Die Subachamussu starb.

Butani kam hinten wieder heraus und nahm Mamadu bomie mit Pferd, Weib, Flinte und Messer wieder aus dem Gewebe.

Die drei Töchter

Eine Frau hatte drei Töchter. Die erste hieß Jamma wai (neunmal denkend), die zweite hieß Jamma jopoī (siebenmal denkend), die dritte hieß Jamma je (einmal denkend). Alle drei Schwestern wuchsen heran.

Eines Tages kam die Schwester des Vaters der drei Mädchen zu der Mutter der drei Mädchen und sagte zu ihr: »Höre, ich habe selbst nur ein Kind; du hast deren drei. Leih mir eines deiner Kinder, daß ich es mit dem meinen zusammen erziehe.« Die Mutter sagte: »Gut, ich will das tun. Ich will dir Jamma wai leihen, wenn sie selbst damit einverstanden ist.« Die Mutter rief Jamma wai und fragte sie in Gegenwart der Tante: »Willst du deine Vaterschwester begleiten. Deine Vaterschwester möchte dich mit ihrem Kind zusammen erziehen.« Jamma wai sah die Tante an und sagte: »Ja, ich will mit ihr gehen!« Mutter und Tante sagten: »Es ist gut.«

Nachher, als die Tante anderwärts war, nahm die Mutter Jamma wai beiseite und sagte zu ihr: »Du hast heute den Vorschlag der Vaterschwester angenommen und dich bereit erklärt, die Tante in ihr Dorf zu begleiten. Du weißt, daß man von ihr sehr Schlechtes erzählt. Sage mir nun, was wirst du tun, wenn die Tante dir etwas anhaben will?« Jamma wai sagte: »Wenn sie mich verfolgt, verwandle ich mich erst in einen Stein. Will sie einen Fuß auf mich setzen, so verwandle ich mich in einen stacheligen Zweig. Will sie den abhacken, so verwandle ich mich in langes Gras. Will sie das mit der Sichel abschlagen, so verwandle ich mich in einen Dongodo-Baum (Nerebaum der Mande).« Die Mutter sagte: »Es ist gut, sprich nicht weiter. Man kann nicht wissen, was die Tante hört. Behalte das übrige für dich.«

Jamma wai reiste mit der Tante ab in deren Dorf und Gehöft. Dort schlief Jamma wai mit dem Kind der Tante zusammen in einem Bett. Nun war die Tante wirklich eine Schoīja (ein Vampirmensch). Jede Nacht versuchte die Tante Jamma wai zu erwischen, um sie zu töten, aber da beide Mädchen in einem Bett lagen, war es ihr unmöglich, sie in der Dunkelheit zu unterscheiden.

Um nun aber doch ein Unterscheidungsmerkmal zu gewinnen, kaufte sie eines Morgens Salz und rieb die Decke Jamma wais heimlich damit ein. Sie sagte sich, wenn sie nun nachts daran lecke, so werde sie beide Kinder leicht voneinander unterscheiden können.

Als Jamma wai sich abends mit ihrem Baumwollüberwurf zudecken wollte, fühlte sie ihn an und sagte: »Das ist ein Gefühl, das ich sonst nicht hatte.« Sie leckte daran und sagte: »Meine Baumwolldecke ist in das Salz der Tante gefallen. Da ist es besser, daß das Kind der Tante die Decke über sich nehme.« Und sie vertauschte unauffällig die Baumwolltücher, so daß in der Nacht das Kind der Tante, in den gesalzenen Stoff eingehüllt, im Bett lag, während sie mit dem Tuch des andern Mädchens zugedeckt war.

Des Nachts nun machte sich die Tante als Schoīja auf, ihr Opfer zu ergreifen. Sie trat an das Bett der Mädchen. Sie leckte erst an dem Laken, das über Jamma wai gedeckt war, und sagte: »Dieser Stoff ist nicht salzig; das ist nicht die richtige.« Dann leckte sie an dem Stoff, in den ihr eigenes Kind gehüllt war, und sagte: »Diese Decke ist salzig; das ist die richtige.« Sie tötete darauf ihr eigenes Kind; sie zerlegte es; sie kochte es. Dann aß sie. Sie aß fast ihr ganzes Kind auf und ließ nur den Kopf, die Beine mit den Füßen und die Arme mit den Händen übrig. Diesen Rest tat sie in eine Kalebasse und stellte die Kalebasse auf einen Sims. Am anderen Morgen machte sich die Tante auf den Weg, um draußen Korn zu schneiden. Sie ging am Bett der Mädchen vorbei und rief dem darinliegenden Mädchen zu: »Ich gehe auf das Feld, Korn zu schneiden. Wenn du aufstehst und Hunger hast, greif auf den Sims dort. Da ist in der Kalebasse Kopf, Arme und Beine als Speise für dich.« Dann ging sie auf das Feld.

Nach einiger Zeit erhob sich Jamma wai, folgte der Tante aufs Feld nach und rief ihr aus der Entfernung zu: »Schwester meines Vaters, ich will dir nur sagen, daß ich solche Sachen, wie du sie mir heute morgen angeboten hast, nicht esse. Übrigens hast du dein eigenes Kind getötet. Endlich sollst du wissen, daß ich ein Mensch bin, der neunmal denkt, daß es dir also nicht so leicht werden wird, mich zu fangen.« Als die Tante das hörte, wollte sie sich auf Jamma wai stürzen und sie töten.

Jamma wai aber verwandelte sich in einen Stein. Die Tante, die das Gespräch zwischen Jamma wai und ihrer Mutter gehört hatte, lief darauf zu, um den Fuß auf den Stein zu setzen. Jamma wai aber verwandelte sich sogleich in einen Stachelzweig. Die Tante wollte ihn zerhacken, Jamma wai aber verwandelte sich in ein Grasbündel. Das wollte die Tante abreißen. Jamma wai verwandelte sich aber in einen großen Dongodo-Baum. Die Tante begann den umzuschlagen.

Nun verwandelte sich Jamma wai in eine Nadel. Die Tante suchte. Bis zur Verwandlung in den Dongodo-Baum hatte Jamma wai mit ihrer Mutter gesprochen, und das hatte die Tante mit angehört, aber die nächste Verwandlung kannte die Tante nicht. Sie suchte überall, während Jamma wai als Nadel dalag. Endlich kehrte die Tante unverrichteter Sache heim. Sie hatte Jamma wai nicht finden können. Jamma wai aber kehrte unbeschädigt heim.

Deshalb muß man, wenn man irgend jemand etwas sagen will, immer nur die Hälfte sagen.

Viele Männer bewarben sich um Jamma jopoī. Aber Jamma jopoī – wollte keinen von ihnen zum Mann haben. Sie sagte stets: »Ich heirate keinen, den mir die Überlegungen meiner sieben Gedanken nicht besonders empfehlen. Ich folge nur meinen sieben Gedanken.« Es kam ein Mann mit einem schönen Pferd, sich um Jamma jopoī zu bewerben. Sie schlug ihn ab. Es kam ein Mann mit Kühen, sich um Jamma jopoī zu bewerben. Sie schlug ihn ab. Es kam ein Mann mit Sklaven, sich um Jamma jopoī zu bewerben. Sie schlug ihn ab. Sie nahm von allen denen, die ihr viel boten, keinen.

Das hörte ein Mann, der nur einseitig war, d. h. nur auf einer Seite ein sehendes Auge, einen brauchbaren Arm, ein brauchbares Bein hatte. Als der vernahm, daß Jamma jopoī alle ordentlichen Leute zurückwies, sagte er (zu sich): »Ich werde es versuchen.« Der Mann ging in den Busch, da wo der Kansobere (ein Vogel mit dunkelblauen Federn, mit langem Schwanz und grünen Augen) wohnte. Er sagte zum Kansobere: »Leih mir dein Kleid.« Im selben Busch wohnte Sansanga (ein bunter kleiner Vogel). Er sagte zu Sansanga: »Leih mir deinen Kopfputz!« Kansobere gab sein Kleid. Sansanga gab seinen Kopfputz. Der Mann kleidete sich dahinein. Nun konnte man nicht mehr sehen, daß er nur einseitig war. Er machte sich auf den Weg nach dem Dorf, in dem die Frau mit den drei Töchtern wohnte. Als der Mann mit dem Kopfputz des Sansanga und im Kleide des Kansobere erschien, sagte Jamma jopoī sogleich: »Diesen Mann will ich heiraten.« Sie ging auf den Mann zu und sagte: »Dich will ich zum Mann haben.« Der Mann sagte: »Es ist gut; komm mit!« Sie wollten sich beide auf den Weg machen. Jamma wai nahm aber ihre jüngere Schwester Jamma jopoī beiseite und sagte zu ihr: »Geh nicht allein. Wenn du dem unbekannten Mann folgen willst, nimm ja einen kleinen Jungen mit dir. Zwei Menschen können immer weit mehr als einer allein.« Jamma jopoī sagte: »Ich habe meine sieben Überlegungen.« Jamma wai sagte: »Mit allen sieben Überlegungen bleibst du doch nur allein. Nimm noch einen Jungen mit.« Jamma jopoī war einverstanden. Sie nahm einen kleinen Jungen mit.

Der Mann trat nun mit Jamma jopoī und dem kleinen Jungen den Heimweg an. Die drei gingen sehr, sehr weit. Sie kamen an den Busch, in dem der Mann bei Sansanga den Kopfputz und bei Kansobere das Kleid geliehen hatte. Er sagte zu seiner Frau: »Warte mit deinem Jungen hier einen Augenblick, ich will nur einmal in den Busch treten.« Er ging in den Busch und gab das Kleid und den Kopfputz zurück Dann kam er wieder auf die Straße. Nun sah man, daß er nur ein Auge, einen brauchbaren Arm, ein brauchbares Bein hatte. Er kam an den Weg zurück und sagte: »Nun kommt weiter mit.« Jamma jopoī sagte: »Ich gehe nicht mir dir. Ich warte auf meinen Mann, der hier in den Busch getreten ist.« Der einseitige Mensch sagte: »Ich bin dein Mann.« Jamma jopoī sagte: »Das ist nicht wahr. Ich folge dir nicht.« Der Mann sagte: »Es ist doch wahr, und wenn du mir nicht mit deinem Jungen folgst, töte ich dich« Jamma jopoī sagte: »Wohin bringst du mich?« Der Mann sagte: »Das wirst du sehen. Wenn du nicht sogleich mitgehst, töte ich dich.«

Jamma jopoī folgte dem hinkenden Mann mit ihrem Jungen. Er brachte sie in sein Haus; das war tief in einer Höhle gelegen. Der hinkende Mann schloß Jamma jopoī in dieses Höhlenhaus ein. Nun quälte er alle Tage Jamma jopoī, weil er sie essen wollte. Er war auch ein Schoīja (Vampir) aber doch mehr Menschenfresser, denn er hatte die Angewohnheit, auch bei Tage Menschen zu essen. Jamma jopoī wußte nicht, was sie machen sollte. Jamma wai hatte aber vor der Abreise ihrer Schwester dem kleinen Jungen den Rat gegeben: »Wenn es meiner Schwester Jamma jopoī einmal sehr schlecht gehen sollte, soll sie sich tot stellen. Sie soll sich in einen Sarg legen lassen. Du mußt dann aber sagen, daß alle Leute unserer Art auch in unserem Land begraben werden müssen, weil sonst ein großes Unglück in dem fremden Land eintritt, in dem Leute unserer Art begraben werden. Darum muß man die Leichen auf jeden Fall zu uns zurücktragen.«

Als es nun Jamma jopoī so schlecht ging, dachte der Junge daran, welchen Rat ihm Jamma wai gegeben hatte, und er sagte zu Jamma jopoī heimlich: »Stell dich tot; ich werde dafür sorgen, daß der Mann dich dann sogleich heimschafft.« Jamma jopoī sagte: »Es ist gut.« Dann legte sie sich in dem Höhlenhaus hin und blieb liegen, als ob sie tot sei. Der Junge lief zu dem einseitigen Mann und sagte: »Jamma Jopoī ist soeben gestorben.« Der einseitige Mann ging sogleich in das Höhlenhaus. Er sah Jamma jopoī an. Er nahm ihren Arm hoch und ließ ihn fallen. Er sagte: »Es ist wahr, sie ist gestorben. Ich will sie sogleich begraben.« Der Junge sagte: »Man darf die Leute unseres Landes nicht an einem fremden Ort begraben. Tut man das, so widerfährt dem Ort großes Unglück, Wassernot, Krankheit, Kindersterben oder so. Du mußt schon wohl oder übel eine große Kiste machen. Du mußt Jamma jopoī hineinlegen. Du mußt einen Topf mit gekochten Bohnen hineinstellen. Du mußt die Kiste schließen und auf deinem Kopf bis vor unser Dorf tragen. Tust du das nicht so, so wird es euch hier sehr schlecht ergehen.«

Der einseitige Mann bekam Angst vor der toten Jamma jopoī. Er tat so, wie der Junge es ihm gesagt hatte. Er machte schnell eine große Kiste, legte Jamma jopoī hinein, stellte einen Topf mit Bohnen daneben und trug die Kiste mit der Frau und dem Bohnentopf auf dem Weg zurück, auf dem er gekommen war. Mittlerweile aß Jamma jopoī in ihrer Kiste von den Bohnen. Als sie in der Nähe des Heimatdorfes Jamma jopoīs und ihrer Mutter angekommen waren, sagte der Junge zu dem Mann: »Nun kannst du die Kiste hinstellen. Geh heim. Ich hole Leute aus dem Dorf, die das Weitere besorgen.«

Der Mann ging. Als er fort war, stieg Jamma jopoī aus der Kiste und ging mit dem Jungen nach Hause. Als sie daheim ankam, sagte Jamma wai: »Du siehst, daß ich recht gehabt habe, meine jüngere Schwester; zwei vermögen immer mehr als einer allein. Ohne den Jungen wäre es dir schwer geworden, so leicht davonzukommen!«

Die dritte Schwester Jamma je verheiratete sich ebenfalls. Der Mann schlug aber Jamma je alle Tage, so daß sie sehr unglücklich war. Eines Tages glaubte sie es nicht mehr ertragen zu können. Sie lief ihrem Mann heimlich fort und wieder zu ihren Schwestern. Sie sagte: »Mein Mann ist sehr schlecht. Er schlägt mich alle Tage. Ich halte es nicht mehr aus.« Die ältere Schwester Jamma wai sagte: »Meine kleine Schwester Jamma je; du bist sehr töricht. Man merkt dir sehr wohl an, daß du nur einen Gedanken hast. Wenn du so fortläufst, können wir dich nicht schützen vor deinem Mann. Wenn er fragt, ob du hier wärst, müssen wir sagen, daß du hier seist. Aber ich will dir einen Rat geben. Verwandle dich in eine Katze und komm wieder zu uns.« Jamma je sagte: »Es ist gut, meine ältere Schwester; so will ich es machen.« Sie ging wieder zu ihrem Mann zurück.

Der Mann schlug wieder die kleine Jamma je. Jamma je lief aus dem Haus und verwandelte sich draußen sogleich in eine Katze. Sie lief als Katze bis zu dem Haus ihrer Mutter und Schwestern zurück. Im Hause ihrer Schwestern versteckte sie sich. Nach einiger Zeit kam auch ihr Mann an und sagte: »Jamma je, meine Frau, ist mir fortgelaufen. Ist sie hier angekommen?« Jamma wai sagte: »Hier ist heute niemand anders angekommen als eine Katze (Njugua). Dort liegt die Katze. Ist das vielleicht deine Frau?« Der Mann sagte: »Nein, das ist meine Frau nicht, das ist eine Njugua!« Jamma wai sagte: »Etwas anderes als die Katze können wir dir nicht zurückgeben.« Der Mann ging wieder nach Hause.

Seitdem ist die Katze ein eigenartiges Wesen geblieben. Wenn man sie schlägt oder ihr nichts zu essen gibt, läuft sie weg. (Damit ist ihre Untreue gemeint.)

Der starke Bursche

Kassa Kena Gananina (ein lustiger Junge) sagte: »Ich bin vielleicht stark. Es gibt unter den Lebenden keinen Menschen, der mir gleichkommt.« Er hatte zwei Kameraden: Iri Ba Farra und Kongo Li Ba Jelema. Kassa Kena Gananina hatte eine Eisenstange. Eines Tages ging er mit der Eisenstange in den Busch und schlug zwanzig große Antilopen mit einem Streich tot. Er sagte zu seinen beiden Kameraden: »Wer geht nun in den Wald, um Feuerholz zu holen.« Sie fürchteten sich beide, allein zu gehen. Darauf sagte er: »Iri Ba Farra mag hier zurückbleiben und das Fleisch bewachen. Ich werde mit Kongo Li Ba Jelema hingehen und Feuerholz holen.« Er ging mit dem Kameraden fort.

Als die anderen beiden weggegangen waren und Iri Ba Farra allein war, kam ein großer Vogel, ein großer Konoba (Weihe), herangeflogen und sagte: »Was soll ich nehmen, dich oder das Fleisch?« Iri Ba Farra sagte: »Dann nimm lieber das Fleisch!« Der Konoba nahm das Fleisch und flog damit von dannen. – Die beiden Kameraden kamen zurück. Iri Ba Farra sagte: »Als ihr gegangen wart, kam ein großer Konoba und fragte: »Was soll ich nehmen, dich oder das Fleisch?« Ich sagte: »Dann nimm lieber das Fleisch.« Der Konoba nahm das Fleisch und flog damit von dannen.« Kassa Kena Gananina sagte: »Da hättest du sagen müssen: Nimm lieber mich.«

Am anderen Tage ging Kassa Kena Gananina mit Iri Ba Farra in den Wald, um Feuerholz zu holen, und Kongo Li Ba Jelema blieb allein zurück, um das Fleisch zu beaufsichtigen. Als die anderen beiden fortgegangen waren, kam ein großer Vogel, ein Konoba, herabgeflogen und sagte: »Was soll ich nehmen, dich oder das Fleisch?« Kongo Li Ba Jelema sagte: »Dann nimm lieber das Fleisch.« Der Konoba nahm das Fleisch und flog fort.

Die beiden Kameraden kamen zurück. Kongo Li Ba Jelema sagte: »Als ihr gegangen wart, kam ein großer Konoba und fragte: »Was soll ich nehmen, dich oder das Fleisch?« Ich sagte: »Dann nimm lieber das Fleisch.« Der Konoba nahm das Fleisch und flog damit von dannen.« Kassa Kena Gananina sagte: »Da hättest du wenigstens sagen sollen: Dann nimm lieber mich! Nun, morgen werde ich das Fleisch beaufsichtigen.«

Am anderen Tag gingen Iri Ba Farra und Kongo Li Ba Jelema in den Wald, um Feuerholz zu holen, und Kassa Kena Gananina blieb allein zurück, um das Fleisch zu bewachen. Als die anderen beiden fortgegangen waren, kam ein großer Konoba herangeflogen und sagte: »Was soll ich nehmen, dich oder das Fleisch?« Kassa Kena Gananina sagte: »Nichts sollst du nehmen, weder mich noch das Fleisch!« Er ergriff seine große schwere Eisenstange und warf sie nach dem Vogel, so daß dieser tot niederfiel.

Eine Feder löste sich aber aus dem Gefieder des Konoba los und fiel Kassa Kena Gananina in den Rücken. Die war so schwer, daß der Bursche hinstürzte und, da die Feder auf ihm liegenblieb, sich auch nicht aufzurichten vermochte. Eine Frau, die ein kleines Kind auf dem Rücken trug, kam vorbei. Der Bursche sagte: »Rufe meine Kameraden aus dem Wald, damit sie die Feder von mir nehmen.« Die Frau ging hin und rief die Burschen aus dem Wald herbei. Die beiden versuchten, die Feder hochzuheben, aber sie vermochten es nicht. Die Feder war für die zwei starken Jungen zu schwer.

Da beugte sich die Frau vor und blies die Feder mit dem Munde fort. Dann nahm sie den toten Vogel auf, gab ihn dem Kind, das sie auf dem Rücken trug, zum Spielen und ging lachend mit Kind und Vogel von dannen.

Hamadi verdient sich eine Kuh

Ein alter Mann nahm eine Kuh mit, ging auf die Wanderschaft und sagte: »Ich möchte doch wissen, wer schlauer ist als ich; dem will ich diese Kuh schenken.« Er kam bald an ein Dorf und sagte: »Gebt mir Wasser für meine Pfeife (zum Rauchen) und Feuer zum Trinken.« Die Leute verstanden ihn nicht und sagten: »Das sind eigenartige Worte. Wo kommst du her?« Der alte Mann sagte: »Ich bin gestern mit einer Sonne (statt Kriegsschar) zusammengekommen um die Zeit, als der Kriegszug (statt Sonne) auf der Mittaghöhe stand.« Darauf sagten die Leute: »Geh weiter, es wird niemand mit deiner Art zu tun haben wollen. Wir verstehen dich nicht.«

Der Alte ging weiter. Er kam in manches Dorf und sagte überall: »Djennigo, dinnigo henni tle!« (Bammanaworte, heißt: Knaben, Mädchen, guten Tag!). Einmal kam er an einen Banianenbaum vor dem Dorf, da spielten die Jungen Mpere (mit Eisenpflöcken). Unter den Jungen war Hamadi Uoloni, der so schlau war wie ein Rebhuhn. Zu dem kam der Alte und sagte: »Geh, hole mir Wasser zum Rauchen.« Der Bursche sagte: »Gern; du aber trag mir den Mpere-Spielplatz aus der Sonne in den Schatten.«

Der Junge ging. Es währte lange, bis er wiederkehrte. Als er mit dem Wasser kam, sagte der Alte: »Du hast lange gebraucht.« Der Bursche sagte: »Ja, das Wasser meiner Mutter, der Topf meiner Mutter hatten die Regel. Da mußte ich warten, bis das vorüber war.« Der Alte sagte: »Hole mir Feuer zum Trinken.« Der Junge ging. Er blieb lange fort. Als er wiederkam, schalt der Alte. Der Junge sagte: »Was willst du, ich mußte das alte Feuer vom neuen trennen.« Der Alte fragte: »Ist deine Mutter daheim?« Der Bursche sagte: »Nein, meine Mutter ist nicht da, sie vertritt Gott.« Der Alte fragte: »Wo ist deine ältere Schwester?« Der Junge sagte: »Meine ältere Schwester schlägt sich gerade mit zwei Männern.« Der Alte sagte: »Wo ist dein älterer Bruder?« Der Junge sagte: »Mein älterer Bruder verrichtet einmal eine ordentliche Arbeit. – Aber mein guter Alter, du fragst und forderst viel und doch hast du meinen Mpere-Spielplatz nicht aus der Sonne in den Schatten gerückt.« Da gab der Alte dem Jungen die junge Kuh, die noch nie geworfen hatte, und sagte: »Nimm sie; du bist klüger als ich. Ich habe von dem, was du sagtest, nur Worte verstanden, sonst nichts. Nun erkläre mir die Worte.«

Der Junge sagte: »Allerdings bist du nicht so klug wie ich, deshalb nehme ich die Kuh gern an. Du brauchtest z. B. nicht den ganzen Mpere-Platz aus der Sonne in den Schatten zu tragen, sondern es hätte genügt, ein neues Loch im Schatten für unser Mpere-Spiel zu graben. – Ich sagte, das Wasser und der Topf meiner Mutter hätten die Regel; d. h. die Sklaven hatten gerade Wasser geschöpft und das Wasser war noch undurchsichtig. Ich mußte warten, bis der Schmutz sich setzte. Ich sagte, ich hätte das alte Feuer vom neuen trennen müssen; d. h. als ich dahin kam, war das Feuer fast ausgegangen. Ich mußte es anblasen. Da flog die glühende Asche, das alte Feuer, davon und das neue hineingelegte Holz entzündete sich. – Ich sagte, meine Mutter verträte Gott. Meine Mutter ist die älteste Frau im Dorf. Man hatte sie zu einer Entbindung gerufen. Gelingt die Entbindung, so sagt man: Gott hat für einen guten Ausgang der Sache gesorgt. Mißlingt die Geburt, so sagt man, Gott habe es nicht anders gewollt. Wenn meine Mutter nun dafür sorgt, daß ein schwieriger Fall doch noch gut abläuft, so vertritt sie Gott. – Ich sagte, meine Schwester schlägt sich mit zwei Männern. Das kommt so: zwei große Chefs wollen meine Schwester zur Frau haben. Nun kämpfen sie miteinander. – Mein älterer Bruder verrichtet ein Werk, das gut ist; d. h. er sucht die beiden Männer miteinander zu versöhnen, und das ist ein gutes Werk. Du siehst, mein armer Alter, ich habe nicht gerade Dummheiten gesagt.«

Der Alte sagte: »Nein, du hast die Kuh in Wirklichkeit verdient. «

Hamadi Uoloni nahm die junge Kuh, die noch nie geboren hatte, und brachte sie zu seinem Onkel, der hatte nur einen einzigen Stier, aber keine Kuh. Er sagte zum Onkel: »Bewahre mir meine Kuh auf!« Der Onkel sagte: »Sehr gern.« Der Junge sagte nichts zu seinen Eltern; er sprach an zehn Jahren nicht davon. Dann sagte er eines Tages zu seinem Vater: »Wir wollen eine Hürde bauen.« Der Vater sagte: »Wozu das? Wir haben doch keine Herde. Wir haben weder Kuh noch Stier!« Der Junge sagte: »Bauen wir nur die Hürde. Nachher gehen wir dann zu meinem Onkel.«

Inzwischen hatten sich die Kühe stark vermehrt. Es war eine Herde daraus geworden. Hamadi Uoloni ging mit seinem Vater zu seinem Onkel und sagte: »Mein Onkel, nun gib mir die Herde, die aus meiner Kuh geworden ist.« Der Onkel sagte: »Aber Junge, die Herde ist doch nicht von deiner Kuh, sondern von meinem Stier geboren worden. Sie gehört also mir!« Hamadi sagte: »Gut, wie du meinst. Dein Urteil soll das selbst entscheiden. Jetzt brauchen wir nicht weiter darüber zu reden.«

Der Junge machte sich mit seinem Vater auf den Heimweg. Sie kamen an einen Sumpf. Der Vater sagte: » Ich will dich hinübertragen.« Er nahm den Jungen auf die Schulter und trug ihn über das Wasser hin.

Plötzlich sagte der Junge: »Laß mich absteigen, mein Vater, mein Fuß tritt auf einen Fisch.« Der Vater setzte ihn ab und sagte: »Du dummer Junge! Erst machst du die Dummheit mit der Hürde und jetzt behauptest du, auf einen Fisch zu treten, wo ich im Wasser gehe und dich über das Wasser hintrage!« Der Bursche sagte: »Komm mir nach, wir wollen schnell das Urteil des Onkels einholen!«

Der Bursche ging voraus, der Vater folgte in einiger Entfernung. Der Bursche sagte: »Onkel, gib mir schnell eine Kalebasse mit Wasser!« Der Onkel fragte: »Wozu brauchst du das?« Der Bursche sagte: »Mein Vater hat unterwegs eine Tochter zur Welt gebracht.« Der Onkel sagte: »Das ist ja Unsinn. Meine Schwester hat vielleicht noch ein Kind geboren. Aber dein Vater – das ist Unsinn. Männer können nicht Kinder gebären.« Hamadi Uoloni fragte darauf den Onkel: »Also können Männer keine Kinder bekommen?« Der Onkel sagte: »Nein, nur Frauen bekommen Kinder.« Der Junge sagte: »Gut, jetzt hast du selbst geurteilt. Wenn mein Vater nicht Kinder gebären kann, so kann das dein Stier auch nicht. Dann ist die Herde von meiner Kuh geboren. Also gib mir meine Herde.« Darauf mußte der Onkel die Herde geben.

Hamadi trieb mit seinem Vater die Herde heim. Der Junge sagte: »Wir wollen die Herde teilen; eine Hälfte soll dir gehören, die andere mir. Zeichne deine Tiere.« Der Vater sagte: »Es ist recht.« Er nahm grüne Zweige und wand sie um die Hörner seiner Viehstücke. Darauf nahm der Bursche welke Zweige und wand sie um die Hörner seines Rindviehs. Als sie abends heimkamen, waren die Zweige an den Hörnern des väterlichen Viehes vertrocknet. Alle Tiere trugen vertrocknetes Laub. Der Junge fragte: »Wo ist dein Vieh?« Der Vater sagte: »Ich kann es selbst nicht herausfinden. Jetzt gehört wieder alles dir.« Der Bursche sagte: »Siehst du, du mußt nicht wieder zu mir sagen, daß ich ein dummer Junge bin, denn ich bin Uoloni (d. h. klug wie ein Rebhuhn).« Der Vater sagte: »Das ist wahr.« Darauf gab der Junge wieder seinem Vater die Hälfte der Herde.

Kallondji erweckt Tote

Kallondji (= Ndji der Lügner) und Tonjandji (= Ndji der Wahrhaftige, der immer die Wahrheit sagt) gingen zusammen auf Reisen. Tonjandji sagte: »Wer von uns beiden ist Silatigi?« (= Reiseleiter). Kallondji sagte: »Ich will Silatigi sein!« Tonjandji sagte: »Nein, ich will Silatigi sein.« Kallondji sagte: »Nein, ich will Silatigi sein!« Tonjandji sagte: »Du kannst drei Tage vor mir abmarschieren, und ich werde dich in einer Stunde einholen. Deshalb ist es besser, wenn ich Silatigi bin.« Da sagte Kallondji: »So sei du Silatigi; wir wollen es versuchen.«

Die beiden wanderten ab. Sie kamen am Abend des ersten Tages an ein Dorf, dessen Häuptling begrüßte sie und fragte: »Wo kommt ihr her?« Tonjandji sagte: »Wir kommen aus Tonjadugu« (aus dem Lande der Wahrhaftigen). Darauf sagte der Dorfchef nichts, aber die zwei Wanderer erhielten nichts zu essen. Sie kamen am anderen Tag in ein Dorf. Es war die gleiche Sache. Sie bekamen wieder nichts zu essen. So ging es während drei Tagen, und als sie dann gar zu großen Hunger hatten, sagte Kallondji: »So geht es nicht weiter.« Tonjandji sagte: »Nein, so geht es nicht weiter, jetzt kannst du einmal Silatigi sein.« Kallondji sagte: »Gut!«

Sie kamen wieder in ein Dorf. In diesem Dorf war gerade der Sohn des Häuptlings gestorben. Es war ein wunderschöner Bursche, und keiner kam ihm im ganzen Lande gleich. Als die beiden in das Dorf kamen, klagten alle Weiber, heulten alle Alten. Kallondji kümmerte sich nicht darum, sondern sagte (brüsk): »Guten Tag, ich will trinken, gebt mir Wasser!« Tonjandji sagte: »Gib acht, daß du die Leute nicht reizt; sieh, alle klagen!« Kallondji sagte: »Ach was! Was gibt es denn?« Die Leute sagten: »Der Sohn unseres Häuptlings ist gestorben, und das war der schönste Bursche im ganzen Land!« Kallondji sagte: »Was? Das ist alles? Könnt ihr ihn denn nicht wiedererwecken?« Die Leute sagten: »Nein, kannst du es denn?« Kallondji sagte: »Nichts einfacher als das. Wenn ihr es wollt, kann ich das ja morgen früh tun. Zunächst gebt mir aber einmal Wasser zum Trinken, denn ich habe Durst.« Die Leute sagten: »Wer so etwas kann, darf nicht Wasser trinken, dem soll man Milch bringen.« Man brachte eine große Schale mit Milch. Alle Leute bemühten sich um Kallondji und Tonjandji. Der Dorfhäuptling kam auch herbei und sagte: »Du kannst meinen Sohn erwecken?« Kallondji sagte: »Nichts ist einfacher. Wenn du es zahlst, will ich es morgen früh ausführen.« Der Dorfchef sagte: »Ich will dir zwei männliche und zwei weibliche Sklaven, zwei Kühe und zwei Pferde geben.« Kallondji sagte: »Gut, also morgen früh!« Darauf kam nun jeder, der einen teuren Verstorbenen hatte, und setzte sich zu Kallondji. Der eine sagte: »Wenn du mir meinen im vorigen Jahre verstorbenen Vater erwecken willst, werde ich dir eine Kuh schenken.« Ein zweiter sagte: »Wenn du mir meine vor zwei Jahren verstorbene Frau erwecken willst, sollst du von mir einen Sklaven erhalten.« Kallondji sagte: »Gut, ich werde euch alle eure Toten morgen früh erwecken und ihr bezahlt mir das dann.« Die Leute brachten Kallondji und Tonjandji sehr viel gute Speise. Abends sagte Tonjandji: »Wollen wir nun nachts fliehen?« Kallondji sagte: »Warum denn? Morgen werde ich gut verdienen und wir werden ausgezeichnet essen.« In der Nacht machte sich Kallondji eine kleine Kalebasse zurecht zu einem Baranikurrukurru. (Dies Instrument wird auch Talimbrani genannt und besteht aus einer Blasekugel, über deren Löcher Membranen von Spinngeweben gezogen sind.) Am anderen Morgen fragte Kallondji: »Habt ihr schon das Grab gegraben?« Die Leute sagten: »Ja, das ist geschehen.« Kallondji sagte: »So bringt den Toten dahin und laßt dort alles Volk zusammenkommen.« Er ging selbst hin, stieg in die Grube und höhlte mit den Händen noch sorgfältig den Seitengraben aus. Dann sagte er: »Legt den Toten hinein und deckt ihn mit einem Tuch zu.« Die Leute taten es. Kallondji kroch unter das Loch. Kallondji wandte nun erst den Kopf nach oben und rief laut durch das Tuch in der Richtung auf das versammelte Volk: »Nakunu« (d. h. »ich erwecken«, soll heißen: »ich will dich wiedererwecken«). Dann beugte er sich vor und herab und sprach gegen den Boden in die Blasekugel: »Nilakunu inam be kunu« (d. h. »Wenn erwecken, mach alle erwecken«, soll heißen: »Wenn du einen erweckst, dann erwecke uns andere Toten auch«). Das wiederholte er dreimal. Dann fuhr er plötzlich auf: »Ach, das ist dumm!« Der Dorfhäuptling fragte: »Was ist dumm?« Kallondji sagte: »Es ist nichts Besonderes. Es ist da nur dein älterer Bruder, der vor dir das Dorf regiert hat, der will durchaus als erster und vor deinem Sohn erweckt werden. Wir werden ihm als dem ältesten Mitglied deiner Familie willfahren müssen. Warte also einen Augenblick, er ist sogleich am Leben.« Der König sagte: »Nein, das will ich nicht. Das will ich auf keinen Fall, das will ich nicht.«

Er sagte das, weil sein verstorbener älterer Bruder ein sehr beliebter Dorfchef gewesen war. Kallondji sagte: »Das geht aber nicht anders. Entweder alle oder keinen, denn man kann nicht so unhöflich sein, einem so angesehenen Mann wie deinem älteren Bruder den Vortritt vor einem so jungen Bengel wie deinem gestern verstorbenen Sohn zu verweigern.« DerHäuptling sagte: »So will ich, daß keiner erweckt wird.« Kollondji sagte: »Und wer bezahlt mich dann?« Der Häuptling sagte: »Ich habe die Sache angeregt und werde dir deswegen zahlen, was ich versprochen habe.« Kallondji sagte: »Gut denn!« Er stieg aus der Grube. Er erhielt die Bezahlung vom Häuptling und kehrte als wohlhabender Mann heim.

Der reiche und der arme Hamadi

Hamadi Fentigi war sehr reich. Er hatte alles: Sklaven, Gold, Ochsen und Pferde. Er war ein Kamerad von Hamadi Bullukullu. Aber Hamadi Bullukullu hatte gar nichts. Er war so arm, daß seine Mutter in den Dörfern umhergehen und betteln mußte. Damit ernährten sie sich erst. Dann ging die Mutter hin und stieß für die wohlhabenden Frauen Korn. Die eine gab ihr dafür eine Handvoll Mehl, die andere eine Handvoll Schrot. Das sammelte die alte Frau mühsam und sparte an diesen Gaben so lange zusammen, bis sie genug hatte, sich dafür ein kleines Kälbchen zu kaufen. Sie kaufte das Kälbchen, und Hamadi Bullukullu nannte das Kälbchen Wuni.

Hamadi Bullukullu pflegte das Kälbchen sorgsam, bis das Kälbchen groß war und eine Kuh wurde. Hamadi Bullukullu liebte das Kälbchen über alle Maßen, weil seine Mutter es sich vom Munde abgespart hatte, und deshalb sagte er: »Wenn je jemand mir meine Wuni tötet, werde ich zwölf seiner Art ums Leben bringen. Wenn es eine Schlange ist, zwölf Schlangen; wenn es ein Löwe ist, zwölf Löwen; wenn es ein Mensch ist, zwölf Menschen; wenn es ein Gott ist, zwölf Götter. Nur meinem Kameraden Hamadi Fentigi werde ich nichts tun.«

In einer anderen Ortschaft wohnte ein Mädchen, das war sehr begehrt, und Hamadi Fentigi wollte es gern heiraten. Er sandte hin und sein Bote fragte: »Will das Mädchen Hamadi Fentigi heiraten? Hamadi Fentigi ist bereit, Gold, Sklaven, Vieh zu schenken.« Das Mädchen sagte: » Ich will Hamadi Fentigi heiraten, aber ich will weder Gold, noch Sklaven, noch Vieh. Ich will nur die Haut von Wuni, der einzigen Kuh Hamadi Bullukullus.« Hamadi Fentigi ließ sagen: »Ich will dir zwölf andere Kühe geben, aber verlange nicht die Haut der einzigen Kuh meines Kameraden.« Das Mädchen sagte: »Ich bekomme die Haut, oder ich heirate dich nicht.«

Eines Tages ging Hamadi Bullukullu in den Busch, um Holz zu schlagen; seine Mutter war aber auf dem fernen Markt. Da sagte er zu Hamadi Fentigi: »Es ist niemand da, der für Wuni sorgen kann. Willst du ihr Futter hinwerfen?« Hamadi Fentigi sagte: »Das will ich gern tun; geh du ruhig in den Busch und schlage dein Holz.« Hamadi Bullukullu ging. Hamadi Fentigi ging, als es Zeit war, zu Wuni. Alle glaubten, er werde sie füttern wollen. Er aber nahm sie, schlug ihr den Kopf ab und zog die Haut von Wunis Leib. Die Haut sandte er seinem Mädchen. Das Mädchen sagte: »Jetzt werde ich dich heiraten«.

Hamadi Bullukullu kam zurück. Er fand Wuni nicht. Er fragte alle Leute. Niemand wollte es sagen. Jeder sagte: »Ich weiß es nicht.« Hamadi Bullukullu sagte: »Dann wird es Gott wissen.« Er ging auf den Markt, auf dem der große Marabut (Derwisch) betete. Er nahm seinen Speer mit. Als der Marabut gerade die Hände aufgehoben hatte, sprang er mit dem Speer auf ihn zu und sagte: »Die Menschen sagen mir nicht, wer Wuni tötete. Wenn es einer weiß, so ist das Gott. Gott lebt in den Marabuts. Wenn du mir nicht Antwort gibst, steche ich für die zwölf Götter zwölf Marabuts tot.« Da sagte der große Marabut: »Geh zu deinem Kameraden Fentigi, der hat Wuni getötet.«

Hamadi Bullukullu ging zu Hamadi Fentigi und sagte: »Sag, wie es mit meiner Wuni ist.« Hamadi Fentigi sagte: »Ich habe unrecht getan, nimmt diese anderen zwanzig Kühe. Ich tat es, weil ich sonst mein Mädchen nicht hätte heiraten können. Erst seit sie die Haut Wunis hat, will sie mich heiraten. Nimm die zwanzig Kühe und sei nicht zornig.« Hamadi Bullukullu sagte: »Mit dir ist es erledigt. Dir tue ich sowieso nichts, weil du mein Kamerad bist.« Hamadi Bullukullu ging mit den zwanzig Kühen von dannen. Als seine Mutter heimkam, sagte er: »Mutter, während du fort warst, ist unsere Wuni niedergekommen und hat diese zwanzig Kühe geworfen. Leider ist sie dabei gestorben.« Der Vater des Mädchens ließ Hamadi Fentigi sagen: »Morgen wird deine Frau zu dir kommen.« Hamadi Fentigi ließ sagen: »Wenn du mir meine Frau sendest, so sorge ja dafür, daß sie von starken Männern begleitet und beschützt wird, denn Hamadi Bullukullu ist sehr zornig auf sie, weil sie den Tod Wunis veranlaßt hat.« Da ließ der Schwiegervater zwölf tapfere Reiter aufsitzen, sechs ritten vor dem Mädchen her, sechs ritten hinter dem Mädchen her. Hamadi Bullukullu, der durch seine Kühe wohlhabend geworden war, kaufte ein Pferd und ritt dem Zug entgegen. Er sah, daß es zwölf Reiter waren und sagte:

»Das ist die Zahl, die zu töten ich angekündigt habe.« Er tötete die vorderen sechs und tötete die hinteren sechs. Die Pferde und das Mädchen nahm er mit nach Hause. Er ließ das Mädchen hinter sich auf das Pferd steigen und kam so an.

Daheim band er das Mädchen an den Pfahl, an dem Wuni angebunden war. Er warf ihr Kuhfutter hin und sagte: »So,

Wuni, nun friß.« Dann sagte er: »Meine alte Wuni kackte sich immer auf die Hacken, tu du das auch, meine neue Wuni.« Das Mädchen mußte es tun. Eine Woche lang mußte das Mädchen so mit dem Hals an den Pfahl gebunden liegenbleiben, dann entließ er sie und sagte: »Geh jetzt zu deinem Mann, der dich billig erhalten hat, denn du hast nur eine Kuhhaut verlangt.«

Das Mädchen ging nicht zu seinem Mann, sondern zu seinem Vater. Der Vater ließ Hamadi Fentigi sagen: »Hol dir deine Frau selbst.« Hamadi Fentigi ließ sagen: »Ich will diese Frau nicht mehr. Die Sache ist erledigt. Da die Geschenke nur eine Wuni betragen haben, mögen sie auch dort bleiben.«

Der Alkali entscheidet

Ein Bosso hatte im Bossoland drei Söhne gezeugt. Der Bosso war ein Tungutu (Magier). Die Söhne wurden groß. Der Bosso sagte zu seinen Söhnen: »Wenn ich einmal sterbe, dürft ihr meinen Besitz nicht teilen, sondern müßt ihn zusammenhalten. Denn unter denen, die teilen, ist ein Bastard, und wenn ich euch auch nicht sage, wer es ist, so genügt doch die Tatsache für solche Vorsichtsnahme. Ich wiederhole also, daß ihr allein schon aus diesem Grunde nach meinem Tod meinen Besitz nicht teilen, sondern ihn zusammenhalten sollt.«

Der alte Bosso war ein sehr angesehener Mann. Die Leute im Dorf sagten, als er krank wurde: »Wenn der Alte stirbt, haben wir nicht mehr einen so tüchtigen Tungutu. Denn die Söhne sind nicht so gut unterrichtet wie der Vater.«

Nach einiger Zeit starb der Vater. Sobald der Vater gestorben war, sah einer der drei Söhne den anderen von der Seite an und sagte bei sich: »Ob das nicht der Bastard ist? Sicher, das ist der

Bastard (Schomo-diong).« Jeder meinte, den anderen gering ansehen zu müssen. Eine Zeitlang gingen sie still (finster) nebeneinander her.

Eines Tages brach der Streit aus. Ein jeder warf dem anderen vor: »Du bist daran schuld, daß nicht jeder aus des Vaters Besitz sein Erbteil nehmen kann. Denn du bist ein Schomo-diong.« Und der andere antwortete: »Du lügst, weil du ein Schomo-diong bist. Alle Bastarde lügen und verderben den Ruf anständiger Menschen. Und weil der Vater deine Betrügerei gefürchtet hat, deshalb dürfen wir unser Besitztum nicht teilen, und deshalb müssen wir anderen beiden mit einem Bastard zusammenleben!« Jeder der drei Brüder sagte dem anderen schlimme Sachen. Von Tag zu Tag wurden die Streitereien schlimmer. Die Leute des Dorfes sagten: »Der alte Bosso war ein ausgezeichneter Tungutu. Aber seine Söhne taugen nichts. Sie streiten den ganzen Tag.«

Endlich sagte eines Tages der älteste: »Wir wollen diesen Zänkereien ein Ende machen und wollen zum Richter gehen. Der Alkali mag entscheiden, was an unserer Sache ist.« Der zweite sagte: »Ich stimme dem zu.« Der dritte sagte: »Ich denke auch, daß das am besten ist.« So machten sich denn die drei Brüder fertig zur Wanderung und traten die Reise an.

Die drei Brüder waren aber so mißgelaunt, daß keiner mit dem anderen gehen mochte. So gingen sie zwar alle drei die gleiche Straße, aber jeder vom anderen ein großes Stück entfernt. Der älteste ging am weitesten vorn, dann kam der zweite, dann der dritte!

Als der älteste ein langes Stück gegangen war, begegnete er einem Alten. Der Alte fragte ihn: »Ich habe mein Kamel verloren. Ist hier nicht ein Kamel entlang gekommen?« Der älteste sagte: »Gewiß ist hier ein Kamel entlang gegangen.« Der Alte fragte: »Hatte es denn ein besonderes Aussehen?« Der älteste sagte: »Ja, es war auf dem linken Auge blind.« Der Alte lief weiter, seinem Kamel nach. Er begegnete dem zweiten Bruder, hielt ihn an und sagte:

»Ich habe mein Kamel verloren. Ist hier nicht ein Kamel entlang gekommen?« Der zweite Bruder sagte: »Gewiß ist hier ein Kamel entlang gekommen.« Der Alte fragte: »Hatte es denn ein besonderes Aussehen?« Der zweite Bruder antwortete: »Ja, es war auf dem Rücken wund.« Der Alte lief also weiter, seinem Kamel nach. Er begegnete dem dritten Bruder, hielt ihn an und sagte: »Ich habe mein Kamel verloren. Ist hier nicht ein Kamel entlang gekommen?« Der dritte Bruder sagte: »Gewiß ist hier ein Kamel entlang gekommen.« Der Alte fragte: »Hatte es ein besonderes Aussehen?« Der dritte Bruder antwortete: »Ja, es war trächtig.«

Darauf sagte der Alte zu dem dritten Bruder: »Das Kamel, das ihr drei mir beschrieben habt, ist mein Kamel. Der erste sagte mir, es sei auf dem linken Auge blind; der zweite, es sei auf dem Rücken wund; du sagst mir, es sei trächtig. Ihr kennt also mein Kamel, und auf dem ganzen Weg ist es weit und breit nicht zu sehen. Also müßt ihr drei mein Kamel gestohlen und beiseitegebracht haben. Wenn ihr mir mein Kamel nicht sogleich wiederverschafft, werde ich zum Alkali gehen und euch verklagen.« Der jüngste Bruder sagte: »Ich habe nichts dagegen einzuwenden. Geh zum Alkali. Es paßt sehr gut, daß wir auch gerade auf dem Wege zum Alkali sind.«

Der Alte kehrte um. Er ging nun mit den drei Brüdern zum Alkali. Der älteste Bruder kam an. Der zweite Bruder kam an. Der jüngste Bruder kam an. Der Alte trug seine Sache dem Alkali vor. Er sagte: »Mein Kamel ist mir gestohlen worden. Ich bin von der anderen Seite gekommen, also konnte niemand auf dieser Seite mein Kamel sehen. Heute morgen war es nicht mehr da. Ich ging nach dieser Seite und traf diese drei Leute, die getrennt voneinander gingen. Ich fragte den ersten, ob er mein Kamel gesehen habe. Er sagte, daß er ein Kamel gesehen habe, das auf dem linken Auge blind war. Ich fragte nachher den zweiten, ob er mein Kamel gesehen habe. Er sagte, daß er ein Kamel gesehen habe, das auf dem Rücken wund war. Ich fragte nachher den dritten, ob er mein Kamel gesehen habe. Er sagte, daß er ein Kamel gesehen habe, das trächtig war. Mein Kamel war aber wirklich auf dem linken Auge blind, auf dem Rücken wund und trächtig. Die drei Männer haben mein Kamel gesehen, aber behaupten, daß sie nicht wissen, wo es ist. Also müssen sie mein Kamel gestohlen haben. «

Der Alkali fragte den ältesten: »Du hast also das Kamel gesehen?« Der älteste sagte: »Nein, ich habe das Kamel nicht gesehen. Ich habe auch zu dem Alten nicht gesagt, daß ich das Kamel gesehen hätte. Ich habe nur gesagt, daß ein Kamel auf meinem Weg entlang gegangen ist.« Der Alkali sagte: »Woran hast du denn erkannt, daß das Kamel, das deinen Weg entlang gegangen ist, auf dem linken Auge blind war?« Der älteste antwortete: »Das habe ich daran erkannt, daß das Gras nur auf der rechten Seite abgenagt war. Daraus schloß ich, daß es auf dem linken Auge blind sein mußte.«

Der Alkali fragte den zweiten Bruder: »Aber du hast wohl das Kamel gesehen?« Der zweite Bruder sagte: »Nein, ich habe das Kamel nicht gesehen. Ich habe auch zu dem Alten nicht gesagt, daß ich das Kamel gesehen hätte. Ich habe nur gesagt, daß ein Kamel auf meinem Weg entlang gegangen ist.« Der Alkali sagte: »Woran hast du dann erkannt, daß das Kamel, das deinen Weg entlang gegangen ist, auf dem Rücken wund war?« Der zweite Bruder antwortete: »Das habe ich daran erkannt, daß am Wege einige abgerissene, mit Blut beschmutzte Blätter lagen. Daraus schloß ich, daß das Kamel auf dem Rücken verwundet sein müsse, denn jedes Kamel hat die Angewohnheit, wenn es verwundet ist, Blätter auf den Rücken zu werfen, um so die Fliegen zu verjagen.«

Der Alkali fragte den jüngsten Bruder: »Hast du denn wenigstens das Kamel gesehen!« Der jüngste Bruder antwortete:

»Nein, ich habe das Kamel nicht gesehen. Ich habe auch gar nicht zu dem Alten gesagt, daß ich das Kamel gesehen hätte. Ich habe nur gesagt, daß ein Kamel auf meinem Weg entlang gekommen wäre.« Der Alkali sagte: »Woran hast du denn aber erkannt, daß das Kamel, das deinen Weg entlang gegangen ist, trächtig war?« Der jüngste Bruder antwortete: »Wenn ein Kamel trächtig ist, macht es eine breite Bahn im Grase. Diese breite Bahn habe ich auf dem Wege gesehen, den das Kamel gegangen ist, und daraus schloß ich, daß das Kamel trächtig sein müsse.«

Darauf sagte der Alkali zu dem Alten: »Laß diese drei jungen Leute, ich kann kein Unrecht an ihnen finden. Du bist ihnen aber zu Dank verpflichtet, denn sie haben dir hier gesagt, an welchen Zeichen man den Weg erkennen kann, den es gegangen ist. Folge diesen Zeichen, und du wirst, wenn Allah will, dein Kamel finden.«

Der Alkali sagte zu den drei jungen Leuten: »Bleibt in meinem Hause als meine Gäste. Nehmt Speise und Trank zu euch. Und wenn ihr euch ausgeruht und erfrischt habt, so kommt zu mir, dann will ich eure Sache hören.« Darauf wies er den drei Brüdern in seinem Hause eine Wohnstatt an und gab den Auftrag, für sie Speise und Trank zu bereiten. Er ließ eine Schüssel mit Reis herrichten und sagte zu einem Sklaven: »Bringe diese Schüssel mit Reis den drei jungen Leuten und setze dich dann an die Tür. Höre zu, was die drei sagen. Merke es dir und komme nachher zu mir, um mir alles zu wiederholen. Achte nur genau auf jedes Wort.« Der Sklave nahm die Schüssel mit Reis und trug sie zu den drei Burschen hinüber. Er sagte: »Der Alkali sendet euch diese Schüssel mit Reis!« Der älteste der drei Brüder nahm die Schüssel und sagte: »Wir danken.« Dann setzte sich der Sklave an der Tür auf den Boden.

Der älteste hob den Deckel von der Schüssel, blickte auf den Reis und sagte, ohne erst zu versuchen: »Die Bereitung ist gut, aber der Reis ist beschmutzt.« Der zweite blickte in die Schüssel und sagte, ohne erst zu versuchen: »Der Reis ist gut, aber das Fleisch darin ist Hundefleisch!« Der jüngste blickte in die Schüssel und sagte, ohne erst zu versuchen: »Der Reis ist gut; die Bereitung ist gut; aber der Alkali selbst ist ein Bastard.« Als der jüngste das gesagt hatte, verließ der Sklave seinen Platz und ging fort. Er ging zum Alkali.

Der Alkali sagte: »Hast du alles gehört, was die Burschen sagten?« Der Sklave sagte: »Ja.« Der Alkali fragte: »Hast du alles gemerkt?« Der Sklave sagte: »Ich habe alles gehört und habe alles gemerkt.« Der Alkali sagte: »So wiederhole es mir.« Der Sklave sagte: »Ich fürchte mich, das zu wiederholen.« Der Alkali sagte: »Ich muß es wissen. Sag es!«

Der Sklave sagte: »Ich brachte die Schüssel mit Reis herein. Der älteste nahm den Deckel ab, blickte hinein und sagte, ohne erst versucht zu haben: »Die Bereitung ist gut, aber der Reis ist beschmutzt.« Der zweite blickte in die Schüssel und sagte, ohne erst versucht zu haben: »Der Reis ist gut, aber das Fleisch darin ist Hundefleisch!« Der jüngte blickte in die Schüssel und sagte, ohne erst versucht zu haben: »Der Reis ist gut; die Bereitung ist gut; aber der Alkali selbst ist ein Bastard!« Als ich das hörte, bin ich aufgestanden und hinausgegangen.«

Der Alkali sagte zu dem Sklaven: »Rufe mir die Sklavin, die den Reis bereitete.« Der Sklave ging; er rief die Sklavin. Die Sklavin kam. Der Alkali sagte zu ihr: »Ich gab dir den Auftrag, eine Schüssel Reis zu bereiten. Wie kommt es, daß man von dem Reis sagen kann, er sei schmutzig.« Die Sklavin begann zu weinen und sagte: »Es ist wahr, ich habe, ehe ich den Reis bereitete, mich von meinem Freund beschlafen lassen und dann in der Eile vergessen, mich zu waschen.« Der Alkali sagte: »Es ist gut! Geh!« Die Sklavin ging.

Der Alkali sagte zu dem Sklaven: »Rufe mir den Schlächter, der den Hammel geschlachtet hat.« Der Sklave ging; er rief den

Schlächter. Der Schlächter kam. Der Alkali sagte zu ihm: »Ich gab dir den Auftrag, ein Schaf zu schlachten, damit den jungen Leuten ein gutes Gericht vorgesetzt werden könne. Wie kommt es, daß man sagen kann, das Fleisch in der Speise sei von einem Hund!« Der Schlächter dachte nach und sagte: »Die Sklavin kam vorhin zu mir und kaufte bei mir ein ganz junges Lamm. Das Lamm war von einem Schaf geworfen, aber ich muß zugeben, daß ich nie sah, daß ein Hammel das Schaf deckte – wohl aber, daß ein männlicher Hund vielfach auf meinem Hof mit dem Schaf spielte. Also könnte sehr leicht nicht ein Hammel, sondern der Hund das Schaf gedeckt haben.« Der Alkali sagte: »Es ist gut! Geh!« Der Schlächter ging.

Darauf begab sich der Alkali zu seiner Mutter und sagte: »Meine Mutter, es sind heute drei junge Männer zu mir gekommen, das sind die Söhne eines sehr weisen Mannes. Die drei jungen Männer wissen in allen Dingen Bescheid. Sie haben mir bewiesen, daß sie so weise sind wie ihr Vater. Ich habe alles, was sie sagen, nachgeprüft und habe gefunden, daß sie sich in nichts täuschen. Diese drei jungen Männer haben nun auch gesagt, ich sei ein Bastard! Sage mir, meine Mutter, was daran wahr ist, denn ich muß gerecht sein!« Als die Mutter des Alkali das hörte, begann die alte Frau zu weinen. Sie sagte nichts. Sie weinte. Der Alkali sagte: »Sage mir meine Mutter, was daran ist. Ich werde nicht zürnen. Ich bin aber Alkali, und als solcher muß ich die Wahrheit wissen.« Die alte Frau weinte. Sie weinte und sprach nicht. Der Alkali sagte: »Sprich! Ich muß es wissen!«

Die alte Frau, die Mutter des Alkali, sagte: »Es ist wahr. Die drei jungen Leute haben die Wahrheit gesagt. Dein Vater war einmal im Krieg. Er blieb sieben lange Jahre fort. Ich blieb immer treu. Eines Tages aber war ich sehr erregt. Dein Vater war schon so lange fort, daß ich nicht mehr an seine Rückkehr glaubte. Ich dachte, er wäre schon längst im Krieg gefallen. Ich war noch jung und meiner Erregung nicht mehr Herr. Es war ein alter Sklave, nur dieser eine alte Sklave im Dorf. Der alte Sklave beschlief mich. Wenige Tage später kam dein Vater aus dem Krieg zurück. – Das ist fünfundsechzig Jahre her. Es weiß das aber außer mir kein lebender Mensch.« Der Alkali ging.

Der Alkali ließ die drei jungen Leute zu sich kommen und sagte: »Ich hoffe, daß ihr nun genügend ausgeruht habt. Nun tragt mir vor, was eure Angelegenheit ist.« Der älteste der drei Brüder sagte: »Unser Vater war ein großer Tungutu. Einige Zeit vor seinem Tode ließ er uns drei Brüder, seine Söhne, zu sich kommen und sagte: »Wenn ich einmal sterbe, dürft ihr mein Besitztum nicht teilen, sondern ihr müßt es zusammenhalten. Denn unter denen, die teilen, ist ein Bastard, und wenn ich euch auch nicht sage, wer es ist, so genügt doch die Tatsache, um diese Vorsicht zu üben. Ich wiederhole also, daß ihr allein schon aus diesem Grunde nach meinem Tode meinen Besitz nicht teilen, sondern ihn zusammenhalten sollt!« Dann aber starb unser Vater, und von dem Augenblick an sind wir in Mißtrauen und in Uneinigkeit. Jetzt sollst du uns sagen, wie wir aus diesem ständigen Streiten und Mißtrauen herauskommen können und was an der Sache mit dem Bastard Wahres ist.« Die anderen beiden Brüder sagten: »Ja, so ist es.«

Der Alkali sagte: »Ihr streitet um den Bastard. Des Bastards wegen könnt ihr beruhigt nach Hause zurückkehren, denn es ist kein Bastard unter euch. Euer Vater hat gesagt, unter denen, die teilen, sei ein Bastard. Euer kluger Vater sah richtig voraus, daß ich diese Angelegenheit zu regeln haben würde, und ich bin in der Tat ein Bastard. Dann hat euer Vater gesagt, daß ihr allein schon aus diesem Grunde nicht teilen, sondern zusammenhalten sollt. Er hat noch einen anderen Grund dafür gehabt. Ihr sollt nämlich mit der Klugheit, die ihr geerbt habt, nicht geteilt und gegeneinander, sondern zusammen und gemeinsam tätig sein! Ich sehe aus allem, was ich von euch gehört und erfahren habe, daß ihr gemeinsam wirken müßt. Bis jetzt habt ihr euch unbeliebt gemacht, weil ihr euch untereinander bekriegt habt. Haltet von nun an zusammen, so wird man euch lieben und ihr werdet zu Macht und Ansehen kommen. Nehmt, um einig zu werden, ein wenig von diesem Medikament, eßt es und streicht euch über das Gesicht. Dann wird alles gut werden.«

Die drei Brüder nahmen das Medikament, aßen es und strichen sich über das Gesicht. Von da an waren sie einig und wurden sehr angesehen.

Das war aber das Medikament der Bastarde, das man auch heute noch kennt und auch heute noch häufig anwendet.

Wie die Rinder zu den Menschen kamen

Ein Massanke (d. h. ein König) hatte eine Frau, die war schwanger. Der ältere Bruder der Frau war auf der Jagd, als die Frau niederkam, und alle Freunde erschienen, um Speisen und Fleisch als Beisteuer für das bevorstehende Fest herbeizubringen. So stand schon viel Essen im Zimmer, als die Frau zum erstenmal wegging, sich zu baden, und das kleine Kindchen allein dalag. Als die Mutter hinausgegangen war, richtete es sich auf, stand von dem Lager auf, warf die Decken fort, ging hin und aß alles auf, was im Zimmer stand. Von einem Hammelbein blieb ihm noch ein Knochen zwischen den Zähnen sitzen. Darauf ging es zum Lager zurück, legte sich wieder hin, deckte sich zu.

Eine alte Frau kam herein, die sah nach dem Kind, sah, daß es den Knochen zwischen den Zähnen hatte, daß alles Essen im Zimmer verzehrt war, und lief wieder fort. Sie lief zum König und sagte: »Dein Kind ist sehr schlecht. Es ist eben erst geboren und hat schon alles Fleisch im Haus gegessen.« Da ging der König hin, ergriff das Kind am Fuß und schleuderte es gegen die Wand, um es zu töten. Das Kind sagte aber: »Nimm dich in acht, daß du die Mauer nicht zerbrichst.« Darauf stand das Kind auf, ging zum Bett zurück und legte sich hin, um zu schlafen.

Das Kind sagte am anderen Tag zum König: »Laß mir Bogen und Pfeile machen.« Der Vater ließ einen eisernen Bogen und eiserne Pfeile herstellen. Das Kind fragte: »Wo ist der ältere Bruder meiner Mutter?« (also der Onkel). Der König sagte: »Der ist auf der Jagd.« Da machte sich das Kind mit seinen Waffen auf den Weg und ging seinem Onkel nach. Es ging mit dem Onkel jagen. Einen Tag später sahen sie Bobofing (schwarze wilde Büffel). Der Onkel sagte: » »Schieße nicht auf sie, denn wenn du einen tötest, wird es ganz schwarz werden. « Die schwarzen Büffel liefen vor den beiden Jägern.über das Land und von einem Busch über eine Lichtung immer zum anderen. Als sie über die dritte Lichtung liefen, schoß der kleine Junge nach einem von ihnen, und der war sogleich tot. Sogleich wurde es aber auch für einen Augenblick um sie herum pechschwarze Nacht. Dabei toste ein gewaltiger Sturm über das Land. Der ergriff die beiden und trug sie weit fort, bis in die Stadt. Hier wurden sie aber vom Wind hinter einem Haus in eine Tuda (das sind die Löcher, die im Boden entstehen, wenn Erde für den Hausbau ausgehoben wird) geschleudert. Der Onkel stand auf und ging hinkend von dannen.

Der kleine Junge blieb zunächst liegen und sah sich die Sache an. Dann kam eine alte Frau, die Mitleid mit ihm hatte, um ihm herauszuhelfen. Da sie glaubte, er müsse getröstet werden, sagte sie: »Warte, mein Kindchen, ich will dir einen Kuchen zurechtmachen.« Der Junge sagte: »Ach, du weißt sicher nicht, wie man das Korn stampft!« Er nahm den Stampfer, beugte sich weit vor über den Mörser und sagte: »So mußt du es machen.« Die Frau wollte es darauf ebenso versuchen. Da packte der Junge sie von hinten und stopfte sie unversehens in den Mörser von oben hinein. Darauf ging er fort.

Er kam an einer Frau vorbei, die brach mit der Daba (Hakke) neben einem Mbang- (kleine Auberginen) Feld das Steppenland um. Der Bursche sagte: »Du bist eine alte Frau, ich aber bin jung und will dir die Arbeit abnehmen. Geh mittlerweile in das Dorf und sieh nach deiner sonstigen Arbeit. Wenn du zurückkommst, werde ich mit meiner Arbeit fertig sein.« Die Frau war damit sehr zufrieden und ging fort in die Stadt. Der Junge aber brach so schnell wie möglich das Feld mit dem guten Mbang um, ließ das Steppenland unberührt und lief eiligst von dannen.

Der Junge traf alsbald eine Frau; die trug ein kleines Kind auf dem Rücken, wollte aber zur Arbeit gehen. Der Junge sagte: »Höre, das Kind stört dich. Ich habe aber nichts Besseres zu tun. Gib mir das Kind, ich will ihm eine Maus fangen und es dann mit der Maus spielen lassen. Derweilen kannst du deine Arbeit erledigen.« Die Frau war sehr froh über diesen freundlichen Vorschlag. Sie gab dem Jungen das Kind und ging fort zur Arbeit.

Der Bursche hatte auch bald eine kleine Ratte gefangen. Er machte ein Feuer, warf sie hinein und röstete sie. Dann hielt er sie dem Kind hin. Das Kind weinte und schrie und fürchtete sich vor der toten Ratte. Der Junge sagte: »Das Kind kann nicht mit der Ratte spielen; nun will ich sehen, ob die Ratte mit dem Kind spielen kann.« Er nahm das Kind, warf es in das Feuer und röstete es. Darauf hielt er das tote, geröstete Kind der Ratte hin. Die Ratte war auch tot und konnte also nichts machen. Der Junge sagte: »Die Ratte kann zwar auch nicht mit dem Kind spielen, aber sie schreit wenigstens nicht.« Darauf setzte er sich hin und wartete, bis die Mutter des Kindes zurückkam. Als sie kam, sagte er: »Ich habe gefunden, daß das Kind nicht mit der kleinen Ratte und die kleine Ratte nicht mit dem Kind spielen konnte.« Dann lief er so schnell als möglich von dannen.

Er sah am Wege drei Säcke liegen. Er sah den ersten und sagte: »Aha, du bist mein Sidibodoni« (= der mir nachher Vergnügen macht). Der Sack sagte: »Nein, ich bin der Mako-labo« (= Auspacken des Notwendigen). Damit schüttete der Sack viele Stricke aus seinem Innern, band den Jungen erst und packte dann die

Stricke wieder in sich hinein. Der Junge sagte: »Na, dich werde ich sehr gut gebrauchen können« und nahm ihn mit. Er ging weiter und kam zu dem zweiten Sack. Er sagte zum Sack das gleiche. Der Sack antwortete auch dasselbe, packte aber aus seinem Innern eine Buschang (Peitsche) aus und fuchtelte damit mächtig herum. Der Junge sagte: »Na, dich werde ich sehr gut brauchen können« und nahm den Sack mit. Er ging weiter und kam zu dem dritten Sack. Er begrüßte den Sack in derselben Weise. Der Sack packte aus seinem Innern einen Muru (Säbel) aus. Mit dem schwang er so mächtig umher, daß der Junge meinte, er wäre in viele Stücke zerschnitten. Dann packte er den Säbel wieder ein. Der Junge sagte: »Na, dich werde ich sehr gut gebrauchen können.« Er ergriff auch den dritten Sack und nahm ihn mit.

Der Junge ging weiter und traf den Soli (Leoparden), der sagte zu ihm: »Djerra, Surukku und ich haben eine große Viehherde. Du kannst uns helfen, sie zu hüten.« Der Junge sagte: »Es ist gut. Ich will mir das ansehen.« Er ging mit Soli und kam zu Djerra. Djerra sagte zum Jungen: »Es ist gut, du kannst morgen mit Soli hüten gehen.« Dann nahm er Soli beiseite und sagte zu ihm: »Du kannst den Burschen morgen früh totbeißen, dann haben wir morgen abend etwas Ordentliches zu essen.« Soli sagte: »So wollen wir es machen.«

Am anderen Morgen gingen Soli und der Junge in die Steppe, um die große Viehherde zu hüten. Soli kletterte auf einen Baum und rief: »Hao! Treibe das Vieh zusammen!« Der Junge tat es. Nach einiger Zeit rief Soli wieder: »Hao, treibe das Vieh zusammen!« Der Junge tat es. Soli blieb auf seinem Ast und ließ den Jungen springen. Einige Male führte der den Befehl aus, dann sagte er: »Ach, wenn du denkst, daß ich nur zum Springen gut bin, dann irrst du dich! Ich tue es nicht mehr.« Soli sagte: »Dann werde ich dich totbeißen!« Damit setzte er zum Sprung an, um sich auf den Jungen zu stürzen. Der aber zog seinen ersten Sack heraus und rief: »Mako-labo«. Darauf sprangen die

Stricke heraus und umfingen den Soli so fest und stark, daß er sich nicht rühren konnte. Soli rief: »Ach, laß mich frei, ich will dir ja nichts tun!« Der Junge sagte: »Nein, ich lasse dich nicht; nachher erzählst du es den anderen und das könnte mir unangenehm sein!« Soli sagte: »Nein, ich verspreche dir, daß ich dir nichts tun werde und auch den anderen nichts von alledem sagen werde.« Da ließ der Junge ihn frei, und Soli trieb nun den ganzen Tag das Rindvieh, während der Junge sich auf den Baum setzte, zusah und von Zeit zu Zeit rief: »Hao! Treibe das Vieh zusammen!« Abends gingen sie dann gemeinsam zurück.

Djerra sah sie kommen, nahm Soli beiseite und fragte ihn: »Warum hast du den Burschen nicht totgebissen, damit wir ein gutes Abendessen haben?« Soli sagte: »Es gab wirklich keine Möglichkeit.« Djerra sagte: »Du bist ungeschickt. Morgen soll Surukku mit dem Burschen das Vieh auf die Weide treiben und ihn totbeißen, damit wir abends ein gutes Essen haben.« Djerra nahm Surukku beiseite und sagte ihm das gleiche. Am anderen Tage gingen also Surukku und der Junge in die Steppe, um das Vieh zu hüten. Surukku legte sich unter einen Baum und ließ den Knaben das Vieh hüten. Von Zeit zu Zeit rief er ihm zu: »Wau! Treibe das Vieh zusammen!« Der Junge tat es. Nach einiger Zeit rief Surukku wieder: »Wau! Treibe das Vieh zusammen!« Der Junge tat es. Surukku blieb unter seinem Baume liegen und ließ den Jungen springen. Einige Male führte der den Befehl aus; dann sagte er: »Ach, wenn du denkst, daß ich nur zum Springen gut bin, dann irrst du dich! Ich tue es nicht mehr.« Surukku sagte: »Dann werde ich dich totbeißen.« Damit setzte Surukku zum Sprung an, um den Jungen anzufallen. Der aber zog seinen ersten Sack heraus und rief: »Mako-labo!« Darauf sprangen die Stricke heraus und umfingen Surukku so fest und stark, daß er sich nicht rühren konnte. Surukku rief: »Ach, laß mich frei, ich will dir ja nichts tun.« Der Junge sagte: »Nein, ich lasse dich nicht frei. Nachher erzählst du es den anderen und das könnte mir unangenehm sein!«

Surukku sagte: »Nein, ich verspreche dir, daß ich dir nichts tun und von alledem auch den anderen nichts sagen werde.« Da ließ der Junge ihn frei, und Surukku trieb nun den ganzen Tag das Rindvieh, während der Junge sich auf den Baum setzte, zusah und von Zeit zu Zeit rief: »Wau! Treibe das Vieh zusammen!« Abends gingen sie dann gemeinsam zurück.

Djerra sah sie kommen, nahm Surukku beiseite und fragte ihn: »Warum hast du den Burschen nicht totgebissen, damit wir ein gutes Abendessen haben?« Surukku sagte: »Es gab wirklich keine Möglichkeit!« Djerra sagte: »Du bist auch ungeschickt. Ihr seid alle ungeschickt. Morgen werde ich selbst mit dem Jungen das Vieh hüten. Dann werde ich ihn totbeißen. Aber dann sollt ihr auch nicht eine Faser davon erhalten. Ich werde den Burschen gleich selbst auf dem Feld essen!« Am anderen Morgen trieben Djerra und der Junge das Vieh auf die Weide. Als sie draußen angekommen waren, sagte der Junge zu Djerra: »Nun fang nur nicht erst wie die anderen mit »Hao« und »Wau« an, sondern hüte dein Vieh hübsch selbst!« Djerra wurde sehr zornig und schrie: »Ich werde dich fressen.« Er wollte sich auf den Burschen stürzen, doch der rief seinem ersten Sack zu: »Mako-labo!« Da sprangen die Schnüre heraus und banden Djerra. Dann nahm er den zweiten Sack und rief ihm auch zu: »Mako-labo!« Da sprang die Peitsche heraus und schlug auf Djerra ein, so daß er jämmerlich zu schreien und zu klagen begann und rief: »Laß ab! Laß ab! Ich will dir auch nichts tun! Ich will dir sicher nichts tun!« Der Junge aber sagte: »Ach, das tut dir sehr gut!« Djerra rief: »Ach, laß ab! Laß ab! Ich will dir auch zehn Kühe schenken und verspreche, dir nichts zu tun!« Darauf rief der Junge die Säcke zurück. Die Schnüre kehrten in ihren Sack zurück, die Peitsche kehrte in ihren Sack zurück. Djerra hütete aber den ganzen Tag die Herde und trieb sie abends mit dem Jungen gemeinsam heim.

Djerra nahm Soli und Surukku zur Seite und sagte zu ihnen: »Wir wollen mit unserem Vieh heimlich in der Nacht, wenn der Junge schläft, fortziehen, denn dieser Bursche ist fürchterlich!« Soli sagte: »So ist es richtig!« Surukku sagte: »So wollen wir es machen!«. Die Tiere hatten eine große Mbarra (Kalebassenkoffer aus zwei gegeneinander gesetzten Kalebassen) für ihre Sachen bei sich. Abends tat der Junge heimlich alles heraus und legte sich zum Schlafen hinein. Djerra, Soli und Surukku, die den Burschen nicht mehr sahen und annahmen, daß er irgendwo unter einem Baum im Busch liege, trieben möglichst leise das Vieh fort und liefen damit so weit sie konnten, weit, weit fort. Als sie weit weg waren, sagte Djerra: »Wir haben die Mbarra mit unseren Sachen liegenlassen. Surukku kann zurückgehen und die Mbarra holen.« Surukku sagte: »Ich kann nicht so leise gehen wie Soli. Ist es nicht besser, wenn Soli geht?« Soli sagte: »Ja, ich will hingehen und die Mbarra holen.«

Soli machte sich auf den Weg und schlich sich leise zurück. Er fand die Mbarra, nahm sie auf und lief, so schnell er konnte, zu den Kameraden zurück. Die anderen fragten: »Hat der Bursche nichts gemerkt?« Soli log und sagte: »Er lag unter einem Baum und schnarchte ganz laut.« Djerra und Surukku lachten ganz laut, davon wachte der Bursche auf, hob den oberen Deckel der Mbarra auf und sagte: »Hier bin ich. Wo habt ihr mich hingetragen?« Erschreckt riefen Djerra, Soli und Surukku: »Wir haben ihm nicht entfliehen können. Er ist wieder da!« Der Junge sagte: »Ja, er ist da, hat seine Säcke bei sich und noch einen mehr, aus dem kommt ein scharfer Säbel!«

Da befiel Djerra, Soli und Surukku Angst. Sie liefen davon und ließen die Viehherde im Stich. Der Junge trieb darauf die Kühe und Ochsen heim in sein Dorf. So sind die Herden zu den Menschen gekommen. Früher hatten nur Djerra, Soli und Surukku Ochsen und Kühe.

Ntji, der Sohn des Königs

Es war in den alten Zeiten, als die jungen Leute noch gezwungen waren, die Töchter ihrer Onkel zu heiraten. Es war damals ein König, dessen ältester Sohn hieß Ntji.

Der König tat den Armen nie etwas zugute. Es war ein sehr schlechter König. Ehe der König starb, rief er seinen Sohn Ntji zu sich, gab ihm einen mit Gold gefüllten Korb und sagte: »Such dir hiermit einen guten Kameraden.«

Ntji ging von dannen, um sich einen Kameraden zu suchen. Er wanderte und wanderte. Er traf einen Ngou (schwarzer Affe, Hundskopf, der sagte: »Wer geht hier so spät zur Mitternacht durch den Wald?« Ntji sagte: »Mein Vater ist ein Fama (König), der nie etwas Gutes getan hat. Er wird nun bald sterben und hat mir einen Korb Gold gegeben, damit ich mir für nachher einen guten Kameraden erwerbe.« Ngou sagte: »So gib mir den Korb mit Gold.« Ntji gab den Korb mit Gold hin. Er kehrte heim. Ntji kam nach Hause zurück. Er kam zu seinem Vater. Sein Vater fragte ihn: »Wem hast du das Gold gegeben?« Ntji antwortete: »Ich habe das Gold dem Ngou gegeben.« Der König rief: »Oh, ich habe keinen guten, keinen klugen Sohn! Er hat das Gold dem Ngou, dem Affen, dem Wilden gegeben! Wie soll Ngou ihm einst nützen können, wenn er einen Kameraden braucht. Oh, mein gutes Gold ist hin! Nimm aber noch einen Korb mit Gold, geh hin und suche dir einen Kameraden.«

Ntji wanderte mit dem Gold fort. Er kam in den Busch. Er traf Fonfonni (die Schlange). Fonfonni fragte ihn: »Was machst du hier?« Ntji sagte: »Mein Vater ist ein Fama, der nie etwas Gutes getan hat. Er wird nun bald sterben und hat mir einen Korb Gold gegeben, damit ich mir für nachher einen guten Kameraden erwerbe.« Fonfonni sagte: »So gib mir den Korb mit Gold.« Ntji gab den Korb mit Gold hin. Er kehrte heim.

Ntji kam nach Hause zurück. Er kam zu seinem Vater. Sein Vater fragte ihn: »Wem hast du das Gold gegeben?« Ntji antwortete: »Ich habe das Gold der Fonfonni gegeben.« Der Vater sagte: »Du hast mein Gold nur Wilden gegeben. Du wirst sehen, wenn du Hilfe brauchst, können Wilde nie einen Menschen retten.« Ntji wollte dem Vater etwas sagen und beugte sich über ihn; da sah er, daß der Vater gestorben war.

Ntji lief zum jüngeren Bruder des Vaters und sagte ihm: »Komm, mein Vater, der König ist gestorben!« Der Onkel sagte: »Oh, ich kenne euch; das ist nur eine Falle, in die du mich locken willst. Wenn ich an den Hof komme, laßt ihr mich töten.« Der jüngere Bruder des Vaters floh. Ntji lief zu seinem jüngeren Bruder und sagte ihm: »Unser Vater, der König, ist gestorben!« Der jüngere Bruder stand auf, lief unter das Volk und rief: »Das Land ist von einem schlechten König befreit, der nie Gutes tat! Freut euch, ein schlechter König ist gestorben. Nun tötet auch gleich sein Ebenbild, den Ntji, ehe er noch das Begräbnis des Königs vollendet hat!« Darauf ergriffen die Leute den Ntji.

Es war da ein alter Mann, der wurde Kemorokobello genannt. Der sagte: »Man muß den Ntji nicht so schnell töten. Der Vater war schlecht. Von ihm weiß man nichts. Man kennt nicht die Kräfte, die er hat. Gebt ihm also lieber eine Arbeit zu verrichten, die er wohl kaum ausführen kann, und wenn er sie nicht zu vollenden vermag, dann tötet ihn.« Die Leute waren damit einverstanden. Es war da eine alte Kuh, die war schon seit 25 Jahren im Hause und hatte noch nie die Augen geöffnet. Ihre Augen waren stets geschlossen. Die Leute kamen zu Ntji und sagten zu ihm: »Sieh zwei- oder dreimal die Kuh an. Wenn sie nicht unter deinen Blicken stirbt, so werden wir dich töten.« Ntji sagte: »Man kann eine Kuh nicht durch Blicke töten.« Die Leute brüllten ihn an und riefen: »Wenn du so etwas noch einmal wiederholst, werden wir dich gleich töten!«

Ntji ging traurig hinweg, dahin, wo er die Fonfonni traf und sagte ihr: »Die Leute wollen mich töten, wenn ich morgen nicht mit zwei oder drei Blicken die alte Kuh töte.« Fonfonni sagte: »Nichts ist einfacher als dieses. Nimm mich mit in das Haus, in dem die alte Kuh steht. Ich werde mich zwischen ihren Klauen verstecken.« Ntji nahm Fonfonni mit nach Hause.

Am anderen Morgen kamen die Leute und weckten Ntji. Sie sagten: » Komm schnell, wir werden dich totschlagen.« Ntji sagte: »Erlaubt mir doch erst, mich zu waschen.« Die Leute sagten: »Wer so bald sterben wird, der braucht sich nicht mehr zu waschen.« Ntji sagte: »So gilt das nicht, was ihr mir gestern gesagt habt?« Die Leute sagten: »Ja, wirst du es denn können?« Ntji sagte: »Ich werde es doch versuchen.« Die Leute führten Ntji zu der alten Kuh.

Sie kamen im Haus bei der alten Kuh an. Ntji sagte: »Gebt acht! Jetzt sehe ich die Kuh zum erstenmal an.« Ntji wandte den Kopf zur Seite und blickte die Kuh scharf an. Fonfonni biß die Kuh in den Fuß. Die Kuh begann zu zittern. Die Leute sahen erstaunt zu. Ntji sagte: »Gebt acht! Jetzt sehe ich die Kuh zum zweitenmal an!« Fonfonni biß die Kuh wieder in den Fuß. Die Kuh stürzte hin und verschied. Die Leute schrien auf und liefen dann eiligst von dannen. Sie fürchteten, unter den Augen Ntjis ebenso zu sterben wie die alte Kuh.

Die Leute versammelten sich wieder und sagten: »Man soll ihm noch eine Aufgabe stellen.« Sie riefen Ntji und sagten ihm: »Wir haben hier einen großen Affenbrotbaum, der hat noch niemals Früchte getragen. Sorge, daß er morgen voller Früchte hängt. Gelingt dir das, so wollen wir dich zum König erheben. Sonst töten wir dich.« Ntji ging von dannen und begab sich in den Busch zu Ngou. Ngou sah ihn und fragte: »Weshalb siehst du so traurig drein?« Ntji sagte: »Mein Vater, der König, der niemals jemand etwas Gutes getan hat, ist gestorben, und nun verlangen die Leute von mir, ich soll es machen, daß morgen ein großer Affenbrotbaum, der nie Früchte trug, voller Früchte hängt. Gelingt das, wollen sie mich zum König erheben; gelingt es nicht, wollen sie mich töten.« Ngou sagte: »Geh nach Hause, morgen werden wir alles sehen.« Ntji ging von dannen.

In der Nacht rief Ngou alle Affen zusammen und ließ sie überall alle Brotfrüchte sammeln. Dann ging er mit allen Affen und Früchten zur Stadt und band im Verlauf der Nacht mit seinen Gehilfen alle Früchte an den Baum. Als am anderen Morgen die Leute erwachten, fanden sie, daß der Baum voller Früchte hing. Die Leute sagten: »Ntji ist ein kluger und vielseitiger Mann. Man soll ihn ja nicht töten.« Dann kam der jüngere Bruder des Vaters. Er sagte: »Hier habe ich dir ein Quant Gold gebracht. Weine mit den anderen Leuten um den Tod deines Vaters, der mir nie etwas Schlechtes zugefügt hat.« Es kam ein anderer und brachte einen Ballen Stoff. Es kam einer, der brachte Salz. Alle Brüder kamen und brachten die Frauen des Vaters mit.

Seit damals setzt man sich nicht mehr gegenüber dem König; seit damals sieht man ihn nicht mehr an, sondern alles setzt sich hinter ihm nieder.

Die Koba

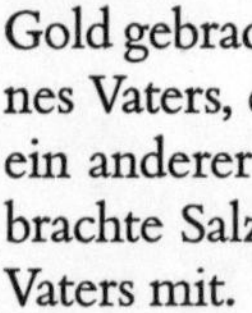

Sangara ist das Land der Traore und der Diara (Stämme der Malinke). Im Land waren zwölf Männer und eine Frau. Jeder Mann hatte ein Dorf. Alle zwölf Brüder mißhandelten die Schwester, obwohl sie vom gleichen Vater und der gleichen Mutter waren. So verwandelte sich denn die Schwester in eine Koba (Pferde-Antilope), wie man sie heute nicht mehr findet. Die Koba tötete jeden Tag in jedem Dorf einen Mann. Sie zeichnete sich aus durch einen Schwanz aus purem Gold. Ein Jäger machte sich auf den Weg und wollte die Koba töten. Er streifte umher. Er jagte elf Tage und vermochte die Koba nicht zu töten. Danach machten sich zwei andere Jäger auf mit Pfeil und Bogen. Die beiden sagten: »Der eine jagt das Tier, der andere kann es dann schießen.« Man kannte damals die Pferde noch nicht, sondern jagte nur zu Fuß. Man nannte die Pferde »Donwe«. Die zwei Jäger vermochten die Koba nicht zu erreichen.

Es machten sich also drei Jäger auf den Weg, um sie endlich zu vernichten. Je einer der Jäger stammte aus einem anderen Dorf. Als die drei Jäger nun auszogen, trafen sie auf die Koba. Sie griff aber jeden einzelnen an, so daß jeder einzeln in den Busch gedrängt wurde und nicht wieder heimkehrte.

Die Leute sagten: »Das ist keine gewöhnliche Koba. Das ist keine Buschkoba!« Der Dodugu (Landesherr) Niamorodiote sagte: »Wer die Koba tötet, der mag unter den Mädchen von zwölf Dörfern die schönste, oder welche ihm am meisten zusagt, auswählen und heiraten.« Es gab viele Menschen im Land. Der Landesherr Niamorodiote hatte aber eine Tochter, die zwar jung, deren Körper aber mit Beulen und Schwären bedeckt war. Dieses junge Mädchen hieß Sugulunkurmang. Die war abschreckend häßlich.

Damals waren Frauen sehr teuer oder schwer zu haben. Deshalb war das Angebot eines Mädchens, das man selbst auswählen konnte, sehr verlockend. So machten sich denn zwei Brüder, Damba Masaulomba (der ältere) und Damba Saulandi (der jüngere), die beiden Onkel der Traore, auf den Weg, um die Jagd zu unternehmen. Zunächst allerdings befragten sie das Kengebugurilala (das Sandorakel), auf welche Weise man die Koba wohl erwischen könne. Kengebugurilala antwortete: »Im Busch nebenan lebt eine alte Frau, die nie ein gutes Wort sagt, die alle beschimpft, die sich ihr nähern. Diese alte Frau ist die einzige, die Auskunft geben kann. Man darf ihren Schimpf nicht erwidern. Dann wird die Frau sagen, wie man die Koba töten kann. Nachher dürft ihr nicht das schönste Mädchen der zwölf Dörfer nehmen, sondern ihr müßt die Beulenbedeckte vorziehen. «

Die beiden Traore machten sich auf den Weg und suchten im Lande nach der alten Frau. Sie kamen in den Busch, in dem sie gerade weilte und Brennholz suchte. Die beiden Jäger sagten: »Guten Tag!« Die alte Frau sagte: »Macht, daß ihr wegkommt!« Die Jäger sagten: »Wir sind gekommen, dir Holz suchen zu helfen.« Die Alte sagte: »Gestern, als ich Holz suchte, wart ihr nicht da. Macht nun heute, daß ihr fortkommt.« Die beiden Jäger lasen unbekümmert das Holz auf und trugen es hinter ihr her. Die Alte sagte: »So, jetzt, wo ihr das Holz angefaßt habt, mag ich es nicht mehr; macht, daß ihr wegkommt! Macht, daß ihr wegkommt!« Die Jäger gingen unbekümmert hinter ihr her. Sie kamen zu einer Hütte im Wald und fragten: »Ist dies das Haus!« Die Alte antwortete nicht. Sie ging in das Haus hinein. Da legten die beiden Jäger das Holz auf den Boden und gingen.

Die beiden Traore gingen zu dem Dodugu Niamorodiote. Sie sagten: »Wir haben deine Botschaft gehört und sind gekommen, um den Versuch zu machen, die Koba zu töten.« Niamorodiote sagte: »Gut, so mögt ihr denn hier schlafen. Allerdings habt ihr wenig Aussicht auf Gelingen des Unternehmens. Es kamen schon viele Jäger, aber keiner vermochte die Koba zu erlegen. Diese Koba ist eine andere als irgendwelche Koba, die je ein Mensch gesehen hat. Sie hat einen Schwanz von Gold. Es ist ein Jäger ausgezogen, sie zu erlegen. Dann sind zwei Jäger ausgezogen, sie zu töten. Dann sind drei Jäger ausgezogen, sie zu töten, aber alle drei mußten nach verschiedenen Richtungen fliehen und sind im Busch verlorengegangen. Ihr seid nun die beiden einzigen eurer Familie; sterbt ihr, so zerbricht euer

Haus. Ich warne euch, damit nicht das Haus eurer Mutter zerbricht. Denn ihr werdet das nicht können.«

Zur Nacht machte man eine gute Kalebasse mit Reis und Fleisch für die beiden Traore. Damba Masaulomba sagte: »Wir wollen der Frau etwas von unserem Essen bringen.« Damba Saulandi sagte: »Mein älterer Bruder, sie wird es nicht nehmen.« Der andere entgegnete: »Nun, so kann man ihr wenigstens die Speise und den guten Willen zeigen. Nimmt sie es nicht, so nimmt sie es nicht. Wir wollen es aber versuchen.« Der Jüngere sagte: »Es ist recht.« Sie machten sich also mit Reis und Fleisch auf den Weg und gingen in den Busch zu der Alten. Sie klopften gegen die Tür und riefen: »Guten Abend, Mutter!« Die Alte antwortete: »Was willst du da draußen?« Damba Masaulomba antwortete: »Dodugu Niamorodiote hat uns Reis und Fleisch als Zukost gegeben. Nun sind wir gekommen, dir ein wenig zu geben, wenn du es annehmen willst.« Die Alte entgegnete: »Kanibukenkenkan Ntafe (muß ein sehr schmutziges Schimpfwort sein, denn niemand will es übersetzen)! Ich will nicht. Für mich gibt es kein Fleisch in diesem Land. Alles, was ich wie Fleisch esse, sind Pilze.« Damba Masaulomba entgegnete: »Ich weiß es, aber wir wollen dir ein Geschenk bringen, weil du eine alte Frau bist.« Die Alte sagte: »Legt das Essen draußen auf das Brennholz und schert euch weg!« Die Brüder taten es und gingen.

Die Traore erhielten darauf Milch. Der ältere Bruder sagte: »Wir wollen der Alten etwas von unserer Milch bringen.« Damba Saulandi sagte: »Sie wird es nicht annehmen und uns wieder beschimpfen.« Damba Masaulomba sagte: »Wir wollen es versuchen. Das Kengebugurilala hat gesagt: Man darf ihren Schimpf nicht erwidern; dann wird die Frau sagen, wie man die Koba töten kann. Also müssen wir es versuchen.« Der Jüngere sagte: »Es ist recht.« Die Bruder brachten der Alten die Milch. Am dritten Tag rief die alte Frau die beiden Traorejäger und sagte: »Kommt einmal her!« Die beiden gingen hin. Die Alte sagte: »Ich will euch mein Leben geben!« Die Traore sagten: »Wir sind nicht gekommen, um nach deinem Leben zu jagen.« Die Alte sagte: »Nun, was wollt ihr denn anders!« Die Jäger sagten: »Wir sind gekommen, um dich zu bitten, uns bei der Jagd auf die Koba zu helfen.« Da lachte die Alte und sagte: »Ich bin ja selbst die Koba. Nun habt ihr mir Geschenke gebracht, und ich habe euch beschimpft. Ihr habt nicht in gleicher Weise geantwortet, sondern habt mir weiter Gutes getan. Wenn iemand einem Gutes erweist, so soll man es erwidern. Ihr habt mir viele Geschenke gemacht, und ich will euch jetzt bei der Jagd auf die Koba helfen. Ich habe mich jeden Morgen in die Koba verwandelt, weil mich meine zwölf Brüder stets schlecht behandelt haben. Meine Brüder haben alles Gute, Dörfer, Sklaven, Reichtümer, mir gaben sie nicht einen Sklaven, daß er mir Wasser bringe und Feuerholz sammle. Und deshalb habe ich mich jeden Morgen in eine Koba verwandelt und in jedem Dorf meiner zwölf Brüder einen Mann getötet. Abends bin ich dann zurückgekommen in meinen Busch und wieder Mensch geworden. Wenn ihr die Koba jetzt töten wollt, so merkt, daß kein Eisen ihre Haute durchdringen kann, wenn nicht am Pfeilschaft ein Baumwollfaden befestigt ist. Besorgt euch also einen Knäuel Baumwollfaden und bindet Baumwollfäden an eure Pfeile. Nicht wahr, das wußtet ihr nicht?« Die Traorebrüder sagten: »Nein, das wußten wir nicht.« Die Alte sagte weiter: »Wenn ihr nun nach der Koba schießt und sie auch trefft, so könnt ihr ihrem letzten Zorn doch nicht schnell genug entfliehen. Darum nehmt drei Steine mit, die als Herd unter einem Kochtopf dienten. Wenn die Koba euch folgt, so werft die Steine hinter euch. Es wird ein Berg entstehen, den die Koba überklettern muß. Die Koba wird euch wieder erreichen. Nehmt ein Ei und werft es hinter euch. Es wird ein Schlammland entstehen, das die Koba nur langsam zu durchwaten vermag.

Nun bin ich müde. Meine Arbeit ist fertig. Ich will schlafen. Morgen müßt ihr früh aufstehen und zu dem Busch gehen. Dort werdet ihr die Koba treffen.« Die Brüder gingen zurück.

Am anderen Morgen machten sie sich ganz früh auf den Weg. Sie nahmen drei Steine mit, die um das Feuer eines Herdes gelegen hatten, und ein Ei. Sie banden an ihre Pfeile Baumwollfäden. Sie gingen damit zu dem Busch, den ihnen die Alte bezeichnet hatte.

Damba Saulandi sah die Koba zuerst; er hielt den Bruder am Arm fest und sagte: »Da, da ist die Koba!« Der Ältere sagte: »Richtig, da ist sie!« Sie krochen nun auf den Knien langsam und behutsam auf die Koba zu. Sie kamen ganz dicht heran. Damba Masaulomba legte einen der mit Baumwollfäden geschmückten Pfeile auf den Bogen und schoß. Er traf die Koba. Die Koba sprang auf. Beide Brüder flüchteten in den Busch. Die Koba umkreiste, mit den Nüstern die Fährten aufwirbelnd, das Gehölz, dann folgte sie der Spur der Brüder.

Die Traore flüchteten, aber die Koba kam ihnen immer näher. Da warfen die Brüder die drei Steine, und es entstand ein mächtiger Berg zwischen ihnen und der Koba. Sie flohen von dannen. Die Koba rannte den Berg hinauf und dann, auf die Brüder zukommend, wieder hinab. Sie war wieder ganz nahe. Damba Saulandi rief: »Wirf das Ei«, und der ältere Bruder warf das Ei hinter sich. Es entstand ein mächtiges Schlammfeld zwischen den Jägern und der Koba. Die Brüder flohen. Die Koba konnte in dem Schlamm nur langsam weiter laufen. Der Jüngere sah zurück und rief: »Mein älterer Bruder, die Koba ist gefallen!« Sie blieben stehen, und der ältere Traore sagte: »Es ist richtig! Sie ist gefallen. Wir wollen aber nicht gleich hingehen; denn die Koba könnte noch nicht ganz tot sein.« Sie warteten eine Weile. Dann gingen sie hin und schnitten der Koba den goldenen Schwanz ab. Der ältere Bruder steckte ihn in seinen Schultersack, und sie gingen zurück zur Stadt

Die Traore gingen zu dem Dodugu Niamorodiote. Damba Masaulomba sagte: »Wir haben im Busch etwas getötet. Versammle alle Leute der Dörfer. Wir wollen es zeigen und fragen, ob das nicht die Koba ist, die jahrelang so schlechte Sachen gemacht hat.« Dodugu Niamorodiote sagte: »Wegen nichts rufe ich nicht die Leute, die auf den Feldern sind, von der Arbeit weg. Wahrscheinlich habt ihr irgendein falsches Tier getötet. Denn die Koba war viel zu schlau, als daß ihr sie hättet erlegen können.« Die Jäger sagten: »Wir verlangen, daß du die Leute zusammenrufst, sonst zeigen wir die Koba nicht. Wenn wir nicht die richtige Koba erlegt haben, so reisen wir eben ohne Lohn wieder ab.«

Darauf ließ der Dodugu alle Leute aus den zwölf Dörfern zusammenrufen, und als alle beisammen waren, sagte Damba Saulandi: »Mein älterer Bruder, alle Leute sind gekommen. Erhebe dich.« Damba Masaulomba stand auf und sagte: »Reich mir den Beutel.« Der jüngere Bruder gab ihm den Schultersack. Der ältere Traore riß den goldenen Schwanz heraus, hielt ihn hoch in die Luft und rief: »Was ist das?« Da schrien alle Leute: »Das ist die ganz große Sache. Das ist die Koba! Wir sind befreit, wir haben wieder Ruhe. Wir brauchen keine Furcht mehr zu haben, daß die Koba uns alle Tage die Leute aus den Dörfern holt. Diese zwei Brüder haben das Unglück von unserem Land genommen. Das ist die große Sache!«

Die beiden Maka

Schon vor der Schöpfung gab es zwei Leute, von denen der eine seine Schulden nie bezahlte und der andere seine Schulden stets einzukassieren wußte. Beide hießen Maka. Der eine wohnte im Osten weit weg bis hinter Sikasso. Der andere wohnte im Westen weit weg bis hinter Kayes. Der im Osten hinter Sikasso wohnende Maka bekam stets wieder, was er verlieh. Der im Westen wohnende Maka bezahlte nie seine Schulden. Der im Westen wohnende Maka sagte: »Ich muß mir den Maka im Osten ansehen. Ich muß den Maka sehen, der es versteht, stets seine Schulden einzukassieren.«

Der Maka wanderte nach Osten über Sikasso hinaus. Er kam zu dem Maka. Der Maka sagte: »Ich weiß, daß du stets Schulden machst, ohne sie je zu bezahlen.« Der angekommene Maka sagte: »Ja, das ist richtig. Ich kenne dich auch schon lange ganz genau. Ich weiß, daß du Geld verleihst und es stets wieder erhältst.« Der Maka des Ostens sagte: »Ja, ich erhalte stets zurück, was ich verleihe. Willst du etwas von mir haben?« Der Maka des Westens sagte: »Leih mir hundert Franken.« Der Maka des Ostens sagte: »Oh, das ist ja so viel wie nichts. So nimm dochwenigstens tausend Franken!« Der Maka des Westens sagte: »Gut, ich werde den Betrag nehmen. Du weißt doch aber, daß ich nie etwas zurückzahle?« Der Maka des Ostens sagte: »Wenn ich dir den Betrag leihe, werde ich ihn auch einmal zurückerhalten.« Der Maka des Westens sagte: »Ich werde es nicht zurückgeben.« Der Maka des Westens ging wieder von dannen.

Während dreißig Jahren dachte der Maka des Ostens: »Ich möchte wohl wissen, was mein Kamerad, der Maka des Westens, mit den tausend Franken angefangen hat, die ich ihm geliehen habe!« Der Maka machte sich auf den Weg und wanderte nach Westen zu. Er kam bei dem anderen Maka an. Er sagte:

»Ich bin gekommen, um von dir zurückzufordern, was ich dir geliehen habe. Du weißt, daß ich immer zurückerhalte, was ich ausleihe.« Der Maka des Westens sagte: »Ich habe dir ja gesagt, daß ich nie zurückzahle, was ich geliehen habe.« Der Maka des Ostens sagte: »Du must jetzt zahlen.« Der Maka des Westens sagte: »So warte hier; ich will in das Haus gehen und sehen, was ich habe, um dir zu zahlen.« Der Maka des Ostens wartete. Der Maka des Westens ging in sein Haus.

Der Maka des Westens ging in sein Haus und auf der anderen Seite wieder hinaus. Er ging auf einen fremden Acker. Auf dem Acker stand ein großer Topf mit Hirsekörnern. Maka stieg hinauf. Er stahl ein Hirsekorn. Er schnitt das Hirsekorn auf und legte sich hinein. Er machte das Hirsekorn wieder zu. Es kam eine Tubani (Taube), die schluckte das Hirsekorn hinunter. Dann kam ein Sege (Adler), der schluckte die Tubani hinunter. Dann kam ein Uarrani (Fuchs), der verzehrte den Sege. Der Uarrani lief ans Ufer, da lag ein Bamba (Krokodil). Der Bamba schluckte den Uarrani hinunter.

Der Maka des Ostens wartete lange Zeit. Endlich ging er in das Haus. Die Spur des Maka des Westens führte auf der anderen Seite wieder hinaus. Sie führte zu dem Acker mit der Hirse. Am Boden lagen die leeren aufgeschnittenen Hirseschalen. Der Maka des Ostens ging weiter. Er kam an das Ufer. Da lagen alle Bamba. Der Maka des Ostens sah alle Bamba durch. Er fand das richtige Bamba heraus. Der Maka des Ostens tötete das Bamba. Er schnitt dem Bamba den Leib auf. Es war der Uarrani darin. Er schnitt dem Uarrani den Leib auf. Es war der Sege darin. Er schnitt dem Sege den Leib auf. Es war eine Tubani darin. Er schnitt der Tubani den Leib auf. Es war der Maka des Westens darin. Der Maka des Ostens sagte zu ihm: »Zahle mir.« Der Maka des Westens sagte: »O mein Freund!« Der Maka des Ostens sagte: »Ich habe dir ja gleich gesagt, daß man mir zahlen muß.«

Der Maka des Westens sagte: »Ich kann nicht zahlen.« Sie gingen zusammen weiter. Sie kamen bei einem alten Mann vorbei, der spann baumwollene Fäden. Der Maka des Westens sagte zu dem Spinner: »Sieh, das ist mein Freund aus dem Osten, dem man immer zurückzahlen muß, was man ihm schuldig ist. Leih mir eine Rolle Faden!« Der Maka des Ostens rief: »Du mußt mir zahlen!« Der Maka des Westens schrie: »Ich werde dir nicht zahlen!« Er nahm den Faden und warf ihn gen Himmel. Er ergriff das Ende und kletterte zum Himmel empor. Der Maka des Ostens folgte ihm sogleich und kletterte auch zum Himmel empor. Beide waren nun am Himmel.

Bis heute hat der Maka des Westens den Maka des Ostens nicht bezahlt. Aber man hört sie heute noch häufig am Himmel als Sampie (Donner) streiten.

Songhai und Yatenga

Am Nigerbogen, zwischen Timbuktu und Gao, ist das Fischervolk der Soroko zuhause. Es gehörte früher mit den Mande, den Fulbe und anderen Völkern zu den Trägern des Reiches Songhai (7. – 16. Jahrh. n. Chr.). Der Legende nach waren es hellhäutige Berber, die sich mit den schwarzen Songhai vermischten; ihre Nachkommen, die Dia, wurden zur Königsdynastie erhoben. Die nicht so seßhaften Soroko zogen weiter stromaufwärts, auch neuer Fischgründe wegen. Sie bauten Gao und Bumba auf.

König Kossoi, 15. Dia, der 1010 zum Islam übertrat, verlegte die Hauptstadt nach Gao (Südpunkt der Karawanenroute Niger-Kairo). Zur Zeit Kankan Mussas unterwarf sich Songhai dem Reich Mali. Das wurde anders, als der Sonni (Titel) Ali, mit dem Beinamen Ali Ber oder Ali der Große, zu Kolumbus' Zeiten eine Großmachtstellung begründete, vergleichbar mit dem Reich Kaiser Karls. Er nahm den Tuareg Timbuktu ab (1468), eroberte die Stadt Djenne am Niger (1473), griff die Borgo und die Mossi an; nur das Bergvolk der Dogon leistete erbitterten Widerstand. Ali Ber wurden magische Kräfte zugeschrieben, aber sie hinderten nicht, daß er 1492, beim Überqueren eines reißenden Gebirgsbaches, ertrank.

Ein Soninke-General brachte in Allahs Namen die Macht an sich und begründete die Dynastie der Askia, Könige der Songhai. Als Askia

Mohammed (1493 – 1528) kämpfte er gegen Yatenga, Reich der Mossi, das eher einem rituellen Gott-Königtum glich und sich nicht zum Islam bekehren wollte. Er festigte seine Macht im Inneren, durch Ernennung von Gouverneuren, ein stehendes Heer, Tributpflichten, Handelssteuern. Nach außen reichte diese Macht bis an den Tschadsee im Osten, den Senegal im Westen, im Norden bis zu den Salzbergwerken von Teghaza. Ende des 16. Jahrh.s stieß eine marokkanische Truppe nach Gao vor, mit Kanonen! Sie fand zwar nicht die erhofften Goldgruben – doch sie beendete die Vorherrschaft von Songhai.

In den Geschichten spiegelt sich das Leben der Fischer, Jäger und Bauern. Intime Kenntnis der Kanäle und Wasserläufe des Niger hat die Bosso-Soroko davor bewahrt, von den Herrschern Segus oder den Fulbe Massinas ausgerottet zu werden. Sie haben zwar immer irgendeinem Fama (König) Abgaben bezahlt oder ihm als Bootsleute Dienste geleistet; aber in dem, was sie zu erzählen haben, sind sie souverän.

Die Mossi kennen alle ihre Ahnen bis hinauf ins Jahr 1329. Denn würde einer der Ahnherren im Gebet fortgelassen, nicht ersucht werden, vom Blut des Opferhuhnes zu nehmen – dann gäbe es im nächsten Jahr auch kein Bier!

Auadia und seine Nachkommen

Der Ahnherr aller Sorokostämme hieß Auadia. Alle Soroko von Sansanding bis Gao oder Gavo bis weit den Niger hinab stammen von Auadia ab. Alle diese Stämme heißen Soroko, aber die Leute von Timbuktu und Djenne nennen sie Sorkoi oder Sonrhai, und die Bammana nennen sie teilweise Bosso. Sie sind nicht mit den Sommono (der Bammana) oder wie die Südsoroko sie nennen, den Kommio oder wie die Ostsoroko sagen, den Korongoi verwandt. Mit jenen sind sie nicht verwandt, denn sie stammen nicht von Auadia ab.

Auadia kam aus dem Osten. Er war so groß, daß eine Überschwemmung, die Menschen und Vieh fortriß, ihm nur bis an die Knie reichte. Wenn er essen wollte, nahm er einen Joromo, d. i. ein Kapitänfisch, oder ein Schobo (Nilpferd) aus dem Wasser und hielt die Beute ein wenig gegen die Sonne hin, daß die sie brate. Er war so groß, daß er die Beutestücke ganz dicht an die Sonne halten konnte. Auadia war mächtig und groß. Er bat und lieh nicht, sondern er nahm. Er aß so viel, daß um ihn Not entstand und die Menschen bald nichts mehr zu essen hatten. Es war da ein Mohammedaner mit Namen: Sirifi Moula. Der sagte zu den Leuten: »Wartet ab!«

Auadia kam eines Tages zu Sirifi Moula und sagte: »Gib mir ein Kleid!« Sirifi Moula sagte: »Geben kann ich dir kein Kleid; denn ich habe nur zwei, und die beiden sind für alle Welt. Aber ich kann dir eines leihen!« Auadia sagte: »So leihe mir ein solches Kleid!« Sirifi Moula tat es. Da machte sich Auadia einen Überhang daraus. Der reichte aber nur bis zum Nabel.

Bis dahin hatte Auadia nie geliehen, sondern nur genommen. Vor dem Leihen hatte er Angst gehabt. Nun kam einer nach dem andern. Der eine sagte: »Ich habe dir Korn geliehen, gib es mir wieder.« Der andere sagte: »Ich habe dir Reis geliehen, gib ihn mir wieder.« Alle Leute kamen nun und wollten Zahlung haben für das, was er genommen. Da floh Auadia weit von dannen. Er kam von Mekka bis nach Bammana Moudu, das liegt am Niger oberhalb von Gavo (oder Gao), nordöstlich von Bandjangara. Dann reiste er den Niger hinauf und kam bis nach Gura und bis hinauf nach Sansanding.

Auadia hinterließ zwei Söhne, den einen in Gura, dem entstammte Fono (oder Fuono), den andern in Bammana Moudu, dem entstammte Fara Maka. Die Grenze ihrer Gebiete lag bei Kabara (bei Timbuktu). Von Nachkommen Auadias stammen alle Soroko ab.

Fara Maka war groß und stark, aber er war häßlich. Er hatte eine Tochter, die hieß Nana Miriam, und er unterrichtete sie in allen Dingen. Oft lag er mit ihr auf der Sandbank und fragte sie: »Was schwimmt da und was schwimmt dort?« Dann antwortete Nana Miriam: »Ich denke, es ist diese oder jene Fischart.« Fara Maka sagte: »Das will ich nicht wissen. Ich will wissen, ob es ein Männchen oder Weibchen ist.« Nana Miriam sagte: »Ich weiß es nicht, mein Vater.« Fara Maka sagte dann: »Das ist ein Weibchen, das ist ein Weibchen, das ist ein Weibchen, das dort ist ein Männchen.« So unterrichtete Fara Maka seine Tochter in allem und seine Tochter Nana Miriam lernte alle magischen Künste ihres Vaters.

Im Gavoland war damals ein Nilpferd, das fraß alle Reisfelder, so daß große Not entstand. Das Nilpferd hatte das Vermögen, sich in allerhand Verwandlungen zu zeigen und sich so allen Verfolgungen zu entziehen. Fara Maka machte sich auf, das Land von dem Nilpferd zu befreien. Er nahm seine Lanzen mit. Das Nilpferd hatte aber um seinen Nacken und auf seinem Rücken viele Öfen und brennende Feuer. Als Fara Maka auf das Tier stieß, schleuderte er eine Lanze nach der anderen auf das Tier, und jede einzelne fiel in einen Feuertopf, schmolz darin und wurde von dem Nilpferd verschlungen. Unverrichteter Sache kehrte Fara Maka heim. Es war im Gavoland ein Jäger mit Namen Kara-digi. Der hatte eine Meute ganz wunderbarer Hunde, von denen jeder einzelne größer war als ein Pferd. Das Leittier unter diesen Hunden hieß Kunjima Mbana. Kunjima Mbana war ganz schwarz.

Fara Maka sagte: »Wenn Kara-digi mit seinen hundertundzwanzig Hunden das Nilpferd nicht vernichten kann, weiß ich nicht, was weiter geschehen soll.« Fara Maka ließ den Jäger mit seinen hundertundzwanzig Hunden kommen. Er ließ viele gute Speise, große Mengen der besten Speise zubereiten, damit die Hunde viel Kraft und Mut hätten. Alle Hunde waren jeder einzelne an einer Kette festgelegt. Die Hunde fraßen alle die Speise, die zubereitet war, auf. Es blieb von der Reisspeise bis zum andern Tag nichts übrig. Am andern Morgen führte Kara-digi Mao Fosi-Fasi die hundertundzwanzig Hunde in die Gegend, wo das Nilpferd war. Als sie in seiner Nähe waren, löste er einen Hund nach dem anderen aus seiner Kette. Einer der großen Hunde nach dem andern sprang gegen das Nilpferd. Das Nilpferd zerriß einen nach dem andern und verschlang ihn. Es vernichtete alle hundertundzwanzig Hunde und fraß sie auf. Dann schritt das Nilpferd weiter und graste das Reisfeld ab. Es ging nicht in den Fluß. Da sah Fara Maka, daß er dem Nilpferd nichts anhaben konnte.

Fara Maka ging nach Hause und legte sich im Schatten nieder. Nana Miriam lag neben ihm und sagte: »Sag, Vater, du kannst dem Nilpferd nichts anhaben?« Fara Maka sagte: »Ja, ich kann dem Nilpferd nichts anhaben.« Nana Miriam sagte: »Ich will ein wenig fortgehen, ich will mir Gavo ansehen.« Fara Maka sagte: »Es ist gut!« Nana Miriam machte sich auf den Weg und ging dahin, wo das Flußpferd war.

Das Nilpferd sagte: »Guten Tag, Nana Miriam.« Nana Miriam sagte: »Guten Tag.« Nana Miriam gürtete sich die Kleider fest um die Lenden. Das Nilpferd sagte: »Ich weiß, du bist gekommen, um mich zu töten. Aber kein Mensch kann mich mit Waffen töten. Ich habe Fara Makas Lanzen gefressen, ich habe die hundertundzwanzig Hunde Kara-digis gefressen. Niemand kann mich töten.« Nana Miriam sagte: »Ich bin nur eine Frau, aber wir wollen sehen, was heute geschieht. Wir wollen abwarten.« Das Nilpferd sagte: »Wir werden sehen.« Nana Miriam sagte: »Bereite dich vor, entweder tötest du heute mich, oder ich töte dich heute.«

Da zündete das Nilpferd rund um sich mächtige Feuer an, so daß kein Mensch imstande gewesen wäre hindurchzukommen. Nana Miriam aber ergriff ihre Medikamente, murmelte Zaubersprüche und streute die Pulver auf der Erde aus. Darauf verwandelte sich alles Feuer in Wasser. Nun aber schuf das Nilpferd um sich eine hohe Eisenmauer, so daß es wieder gegen alle Angriffe der Menschen geschützt war. Nana Miriam verwandelte sich aber in einen Schmied, ergriff Blasebalg, Hammer und Amboß und zerhämmerte sehr bald den ganzen Eisenkreis. Nun überkam das Nilpferd große Angst. Es wollte zum Wasser laufen; es verwandelte sich in einen Wasserarm, der zur Hauptstraße hin entrann; Nana Miriam warf aber wiederum Pulver in das Wasser, so daß der Wasserlauf austrocknete. Nun mußte das Nilpferd zu Fuß laufen. Nana Miriam lief hinter ihm her. Als es nahe dem Niger war, ließ Nana Miriam eine mächtige Mauer entstehen, die lief am Nigerufer entlang und war so angelegt, daß das Nilpferd nicht zum Strom durchbrechen konnte. Nun rannte das geängstigte Tier an der Mauer hin und in der Richtung auf Fara Maka zu. Nana Miriam sah es kommen, daß ihr Vater es nun abfinge. So sprang sie schnell hinzu und ergriff das mächtige Tier am Hinterfuß. Sie schwang es in die Luft und schleuderte es fort. Das Tier flog so weit, daß man zehn Jahre lang täglich seinen Tagesmarsch machen müßte, um die Entfernung zurückzulegen, die das von Nana Miriam geschleuderte Tier bei diesem Schwung im Nu durchflog.

Fara Maka sah das. Er sagte: »Was habe ich für eine herrliche Tochter! Nana Miriam, ich danke dir.« Dann rief Fara Maka alle Kie (Sänger). Er ersann ein schönes Lied und lehrte das die Kie singen und spielen. Alle Leute im Lande, alle Sänger, alle Fischer und Bauern, alle Soroko sangen das Lied von Nana Miriam.

Darauf sandte Nana Miriam in alle Dörfer der Soroko und ließ allen, allen Soroko sagen: »Laßt alle Waffen und alles Jagdgerät daheim liegen. Achtet aber wohl auf alles, was im großen Strom vorgeht, und bringt alle gute Beute schnell beiseite, damit sie nicht verlorengehe! Denn ihr sollt Fleisch in Fülle und solchen Mengen erhalten, daß ihr nicht wissen sollt, wie ihr das aufessen könnt.« Darauf ließ Nana Miriam sich von ihrem Vater Fara Maka ein Ei geben. Sie zerbrach es und schleuderte es gleichzeitig unter Zaubersprüchen in den Niger. Auf einmal war der ganze Niger von Gavo bis Sandanding derart mit getöteten Nilpferden angefüllt, daß die Soroko nicht wußten, wie sie das Fleisch in aller Eile beiseite bringen und aufbewahren könnten. Überall, wo ein Dorf der Soroko stand, gab es tote Nilpferde in Menge.

Es waren nun alle Nilpferde getötet bis auf eins; das befand sich weit im Inland und war ein trächtiges Weibchen. Nana Miriam wußte das recht gut. Nana Miriam ging zu ihrem Vater und sagte: »Gib mir noch ein Ei.« Fara Maka fragte: »Was willst du mit dem Ei?« Nana Miriam sagte: »Es ist noch ein Nilpferd übriggeblieben. Das will ich auch töten, dann sind alle vernichtet.« Fara Maka sagte: »Verzeih mir, Nana Miriam, meine Tochter! Du hast Herrliches getan. Aber wenn du dieses letzte trächtige Nilpferd auch noch tötest, dann werden die Soroko in Zukunft kein Nilpferdfleisch mehr essen können.« Nana Miriam sagte: »Wie du denkst! Du hast recht, mein Vater.«

Nana Miriam tat dem Nilpferd nichts. Das Nilpferd hörte, daß Nana Miriam es hatte töten wollen, daß sie aber sein Leben geschont hatte, weil es trächtig und zur Zeit das letzte Tier des

Nilpferdgeschlechtes war. Dies Nilpferd machte sich auf den Weg und reiste zu Nana Miriam. Es erwies Nana Miriam seine Ehrfurcht und Dankbarkeit. Es sagte: »Nana Miriam, ich danke dir. Du hast mir das Leben geschenkt. Nun bitte ich dich, laß es mir auch ferner.« Nana Miriam sagte: »Geh nur, dein Leben ist dir sicher.« Das trächtige Nilpferd ging von dannen. Dies Nilpferd wurde die Ahnfrau aller heutigen Nilpferde.

Der Name Nana Miriam war aber seitdem unter allen Soroko hoch geehrt. Wenn irgend jemand ein Jagdamulett für Nilpferdpirsch bereitet oder anwendet, so murmelt er darüber Nana Miriams Namen.

Fono, der Nachkomme Auadia Bunanais, der im Guragebiet (am Lac Debo) heimisch war, hörte von dem mächtigen Fara Maka. Fono war tapfer und schön. Fono hatte nie Furcht. Fono legte all sein Fischergerät und seine Waffen in sein Boot und machte sich auf, stromab nach Gavo und Bammana Moudu zu fahren. Er fuhr zu seinem Bruder (eigentlich Vetter) Fara Maka und sagte: »Guten Tag, mein Bruder.« Fara Maka antwortete nicht. Fara Maka sah ihn nicht. Fara Maka bekümmerte sich nicht um seinen Bruder Fono. Fono ging. In Gavo lebte ein Nachkomme des Marabut Sirifi Moula, der hieß Sinti. Fono fuhr zu Sinti und sagte: »Guten Tag!« Sinti sagte: »Guten Tag.« Er empfing Fono freundlich und bot ihm Nahrung und Lager. Fono sagte zu Sinti: »Mein Bruder, Fara Maka, hat mich sehr schlecht empfangen. Ich werde jetzt nach Hause zurückkehren. Ich werde meine Waffen und mein Fischereigerät daheimlassen; dann werde ich aber wiederkommen, denn ich möchte Nana Miriam, die Tochter Fara Makas, zur Frau haben.« Fono fuhr nach Hause, nach Gura.

Fono unternahm dann eine zweite Reise von Gura nach Gavo. Er nahm diesmal weder Waffen noch Fischereigerät mit. Er traf den Marabut Sinti. Er sagte zu Sinti: »Guten Tag! Ich will jetzt hingehen und meinen Bruder um seine Tochter bitten.« Sinti sagte: »Ich bin gut Freund mit Fara Maka. Ich bin gut Freund mit dir. Ich will sehen, ob ich die Sache in Ordnung bekomme. Ich werde selbst hingehen.« Fono blieb in Sintis Haus.

Sinti ging zur Wohnung Fara Makas. Fara Maka sah schon aus der Ferne den Marabut kommen. Er wußte sogleich, um was es sich handelte. Er schloß sogleich seine Tür. Es war eine feste Eisentür. Sinti kam an das Haus. Sinti rief: »Fara Maka.« Fara Maka antwortete nicht. Sinti rief: »Fara Maka!« Fara Maka antwortete nicht. Sinti rief: »Fara Maka!« Fara Maka antwortete nicht. Da ergrimmte Sinti und trat mit dem Fuß gegen die eiserne Tür, so daß sie zerschellte. Sinti trat hinein. Sinti fragte Fara Maka: »Weshalb antwortest du mir nicht!« Fara Maka sagte: » Ich weiß alles. Ich weiß, daß mein Bruder (eigentlich Vetter) Fono gekommen ist, weil er meine Tochter Nana Miriam heiraten will. Ich weiß, daß du ihm Gastfreundschaft geboten hast und gekommen bist, für ihn zu werben. Ich weiß das alles und ich weiß, daß, wenn Fono meine Tochter Nana Miriam heiratet, es ein großes Unglück geben wird, das alle Bosso trifft. Deshalb habe ich dir nicht aufgemacht und deshalb sage ich dir jetzt: »Geh von mir, denn ich will Fono meine Tochter nicht geben.«« Darauf wandte sich Sinti ab und ging zu Fono zurück. Er sagte zu Fono: »Ich hätte gern etwas für dich getan, aber es war unmöglich; denn dein Bruder Fara Maka will von alledem nichts wissen. «

Fono sagte: »Gut, so werde ich ihn mir jetzt selbst ansehen.« Fono legte seine schönen Kleider an und ging zum Hause Fara Makas. Fara Maka saß mit Nana Miriam vor seiner Haustür und Nana Miriam suchte ihrem Vater gerade die Flöhe ab. Als Nana Miriam den Fremden kommen hörte, sah sie auf. Sie sah Fono. Sie sah Fono und liebte ihn. Fono sagte: »Guten Tag!« Fono sagte: »Ich werde sogleich wieder nach meiner Heimat, nach Gura zurückkehren.« Fono nahm Abschied, bestieg sein Boot und fuhr von dannen.

Einige Tage, nachdem Fono von dannen gefahren war, sagte Nana Miriam zu ihrem Vater: »Laß mich gehen, ich will den großen Marabut in Gavo besuchen.« Fara Maka sagte: »Nana Miriam, glaubst du, daß du mir etwas vorlügen kannst? Ich weiß, daß du Fono liebst. Ich will aber nicht, daß ihr euch heiratet. Ich werde es nicht zugeben.« Nana Miriam sagte: »Ich will den großen Marabut in Gavo besuchen.« Fara Maka erlaubte es. Nana Miriam bestieg ihr Boot. Sie fuhr hinab bis nach Gura. Sie traf Fono. Sie sagte: »Guten Tag, Fono!« Fono begrüßte sie. Nana Miriam blieb einen Tag lang in Gura; dann kehrte sie nach Gavo zurück. Sie suchte den Marabut Sinti auf. Sie sagte zu ihm: »Ich will auf jeden Fall diesen Fono heiraten. Richte die Sache ein, so gut du kannst. Sprich mit meinem Vater. Aber ich will diesen Fono heiraten, ob mein Vater nun will oder nicht.« Sinti ging nach Bammana Moudu und suchte Fara Maka auf. Er sagte zu Fara Maka: »Deine Tochter Nana Miriam will diesen Fono heiraten; gib sie ihm zur Frau. Denn sie wird ihn heiraten wollen, ob du willst oder ob du nicht willst.«

Fara Maka sagte: »Ich habe nur ein Mädchen. Es ist mein einziges Kind. Dieses Kind habe ich alles gelehrt, was ich weiß. Alle meine magischen Kräfte habe ich ihr offenbart. Wenn sie nun einen anderen Mann heiratet, so wird sie dem all mein Wesen und alles, was ich kann, offenbaren. Sie wird ihm eines Tages alle meine magischen Geheimnisse verraten, und ich werde meine ganze Kraft verlieren. So wird es denn eine schlimme Sache unter den Soroko geben, wie sich vordem keine ereignet hat.« Sinti sagte: »Was willst du tun? Dieser Fono ist ein vorzüglicher Mann. Wenn du es hindern willst, wird Nana Miriam gegen deinen Willen diesen Fono heiraten. Und das ist noch schlimmer.« Fara Maka sagte: »Sinti, du hast recht. Es wird geschehen. Wenn Nana Miriam sagt, sie wolle Fono nichts verraten, will ich meine Zustimmung geben. Aber du wirst sehen, das große Unglück unter den Soroko wird damit seinen Anfang nehmen.«

Sinti sagte: »Es ist gut so.« Sinti rief Nana Miriam. Sinti fragte sie: »Willst du, wenn dein Vater dich Fono zur Frau gibt, Fono die magischen Kräfte deines Vaters verraten?« Nana Miriam sagte: »Solange mein Vater meinen Mann nicht kränkt, werde ich Fono nichts sagen.« Da gab Fono Maka die Ehe zu. Fono erlegte die Unkosten und dann heiratete Fono Nana Miriam in Bammana Moudu, dem Ort Fara Makas.

Fono sagte: »Ich will dem Vater meiner Frau Nana Miriam, ich will Fara Maka ein Geschenk darbringen.« Er machte sich mit seinen Booten und mit seinen hundertundzwanzig Ruderknechten auf den Weg und brachte eine große Menge von Sobo (Nilpferden), Joronong (Kapitänfischen) und Schuong (Kaimanen) zur Strecke. Es war eine reiche Beute. Fono war reich an magischen Kräften und wußte seinen Fang zu sichern. Fono brachte seinem Schwiegervater die Beute dar und sagte: »Nimm das und sieh, daß du keinen unwürdigen Schwiegersohn hast.« Fono brachte auch dem Marabut Sinti Gaben dar. Fara Maka ärgerte sich darüber, daß Fono auch so gut zu fischen verstand. Fara Maka sagte eines Tages zu Fono: »Kommst du mit mir fischen?« Fono sagte: »Gern begleite ich dich.« Fara Maka bereitete seine Zaubermittel.

Fara Maka hatte auch hundertundzwanzig Ruderknechte. Jeder rüstete sein Boot. Beide gingen zum Fischlager herab. Beide stiegen in ihre Boote und fuhren auf das Wasser hinaus. Fara Maka hatte sich mit allen seinen Zaubermitteln ausgerüstet; er hatte auf die Pa (Lanze) Fonos Zaubermittel geworfen. Fara Maka warf einmal um das andere. Fono warf einmal um das andere. Fara Maka hatte viele und schwere Beute. Fono aber hatte gar nichts zur Strecke gebracht. Fara Maka hatte alles. Fono hatte nichts. Sie fuhren beide zurück.

Sie kamen in das Fischerlager zurück. Sie fuhren an den Strand. Sie stiegen aus. Fara Maka lachte und sagte: »Nun, mein

Fono, wirst du wohl nicht mehr so stolz auf deine Kräfte und Fischereikünste sein. Du siehst, ich habe alle Beute, du aber hast nichts. Nun ist es wohl nichts mehr mit deinem Stolz?« Fono war zornig. Er sagte nichts. Er ging heim. Er aß nicht. Er sprach nicht mit Nana Miriam. Nachts fragte Nana Miriam: »Was hast du, Fono?« Fono antwortete: »Ich habe nichts!« Nana Miriam wartete. Sie sagte nach einiger Zeit: »Was hast du, Fono?« Fono antwortete: »Ich habe nichts.« Nana Miriam wartete. Sie fragte nach einiger Zeit: »Was hast du, Fono?« Fono antwortete: »Ich habe nichts!« Nana Miriam fragte nicht mehr. Nana Miriam ging am anderen Morgen zu dem Marabut Sinti und fragte: »Wenn eine Frau verheiratet ist, hat sie dann ihrem Mann zu folgen oder ihrem Vater? Wenn eine Frau verheiratet ist, hat sie dann für ihren Vater zu sorgen oder für ihren Mann?« Der Marabut Sinti sagte: »Die verheiratete Frau hat nur ihrem Mann zu folgen. Sie hat nur für ihren Mann zu sorgen.« Darauf ging Nana Miriam wieder heim. Nana Miriam sagte: »Lache, denn morgen wirst du alle Jagdbeute haben, und mein Vater Fara Maka wird nichts heimbringen.« Nana Miriam nahm die Pa (Harpunenlanze) Fonos. Sie löste das letzte Stück der Schnur am Eisen ab und band dafür ein neues ein, das sie mit Zaubermitteln – und sprüchen gefeit hatte. Sie löste den alten Verbandfaden und wickelte einen neuen darum. Sie rieb die Pa mit Medikamenten ein. Nana Miriam sagte zu Fono: »Laß deine Ruderknechte frische Zweige schneiden und in das Boot legen. Wenn du mit meinem Vater wieder ausfährst zur Jagd, so nimm diese Pa und die frischen Zweige mit. Wenn mein Vater einmal seine Pa wirft, so schleudere einen Zweig in das Wasser und erlege dann die Beute.« Fono sagte: »Es ist gut!«

Am anderen Morgen sagte Fara Maka zu Fono: »Komm mit zur Jagd. Wir wollen sehen, wie es heute mit dem Erfolg steht.« Fono sagte: »Es ist gut.« Er nahm seine Pa. Sie gingen zum Fischerlager hinunter. Sie bestiegen ihre Boote. Im Boot Fonos lagen die frischen Zweige. Jeder fuhr mit seinen hundertundzwanzig Ruderknechten hinaus. Sie fuhren nebeneinander. Fara Maka schleuderte seine Pa nach einem großen Fisch. Fono warf einen Zweig hinterher, und die Pa traf ihr Ziel nicht. Der unverwundete Fisch schwamm auf Fono zu, und Fono erlegte ihn. Und so ging es weiter. So ging es mit Fischen, Krokodilen und Nilpferden. Alle Tiere, auf die es Fara Maka abgesehen hatte, wurden von der Pa verfehlt. Fono warf einen Zweig nach dem andern ins Wasser und erlegte ein Tier nach dem andern. Zuletzt war das Boot Fonos mit Beute beladen, während das Fara Makas noch leer war.

Fara Maka sagte (bei sich): »Nun ist die Sache so gekommen, wie ich es mir gedacht habe. Ich habe immer gesagt, wenn ich meine Tochter einem Mann zur Frau gebe, so wird sie meine Geheimnisse verraten, und mit den Soroko muß es ein böses Ende nehmen. Mit dieser Ehe ist nun die Sache abgemacht. Jetzt wird es dem Ende entgegengehen. Ich habe doch recht gehabt.« Fara Maka sagte (laut) zu Fono: »Wir wollen nun heimkehren.« Fono sagte: »Es ist gut!« Sie fuhren beide heimwärts, aber Fono fischte noch weiter und kam mit dem schwer beladenen Boot nicht so schnell vorwärts wie Fara Maka mit dem leeren und leichten Kahn. Fono blieb zurück.

Fara Maka fuhr so schnell wie möglich heim. Fara Maka eilte in das Dorf. Fara Maka ging in das Haus seiner Tochter Nana Miriam. Er sagte zu Nana Miriam: »Ich habe dir gesagt, du solltest nie ein Wort über meine Geheimnisse deinem Mann sagen. Ich habe dir gesagt, es würde das größte Unglück werden unter den Soroko. Ach, weshalb habe ich dich mit einem Soroko verheiratet?« Und damit tötete er Nana Miriam. Darauf zog er Nana Miriam aus dem Hause. Er nahm aber eine Sklavin, die Nana Miriam an Figur ähnlich war, legte ihr die Kleider Nana Miriams an und sagte ihr: »Nun kannst du sein, was deine Herrin war.«

Fara Maka dachte, Fono würde sich täuschen lassen.

Fono kam inzwischen heim. Er kam an das Haus Nana Miriams. Er rief: »Nana Miriam!« Eine Stimme sagte: »Ja, Fono.« Fono sagte: »Das ist nicht Nana Miriam!« Er rief: »Nana Miriam!« Die Stimme antwortete: »Ja, Fono!« Fono sagte: »Das ist nicht die Stimme meiner Frau Nana Miriam!« Er rief: »Nana Miriam!« Die Stimme rief: »Ja, Fono!« Fono sagte: »Das ist nicht die Stimme meiner Frau Nana Miriam! Es muß ein Unglück geschehen sein.« Er ging hinein. Er sah die angekleidete Sklavin. Er sagte zu sich: »Mein Bruder Fara Maka hat meine Frau Nana Miriam getötet. Er muß eine böse Sache gemacht haben. Ich werde aber das gleiche tun. Wenn Fara Maka zum Fischen ausfährt, werde ich seine Lieblingsbeischläferin Aminata töten.«

Fono ging zu Fara Maka und sagte: »Wir wollen zusammen ausfahren zum Fischen und sehen, wer diesmal die Beute haben wird.« Fara Maka sagte: »Ja, wir wollen das tun.« Fara Maka sagte(zu sich): »Er will meine Beischläferin Aminata töten, weil ich seine Frau, meine Tochter Nana Miriam, getötet habe. Ich werde aber Aminata mit mir nehmen, um sie zu schützen.« Sie gingen zum Boot hinab. Fara Maka nahm Aminata mit in sein Boot, das hieß Kalankona. Über Aminata hatte er im Boot eine Hütte, ein Schutzdach gebaut.

Sie fuhren auf das Wasser hinaus. Fono sagte zu Fara Maka: »Über das, was heute zwischen uns passiert, wird man noch lange nach uns sprechen, solange, wie es überhaupt Soroko gibt.« Fara Maka hörte es. Fono fragte Fara Maka: »Bist du gut vorbereitet?« Fara Maka sagte: »Ja, ich bin es. Ich habe dir großes Unglück zugefügt, nun willst du dich an mir rächen. Du bist im Recht.« Fono sagte: »Es ist gut!« Er ergriff seine Pa. Er warf seine Pa empor zum Himmel. Sie flog empor zu den Wolken. Fara Maka schaute hinter ihr her. Die Pa durchbrach die Wolken. Sie wendete in den Wolken und schoß mit furchtbarer Wucht herab. Sie kam auf das Boot Kalankona zugesaust. Sie durchbrach das Schutzdach, das Fara Maka über seinem Boot hatte errichten lassen; sie traf Aminata im Scheitel. Sie durchstach Aminata von oben bis unten. Sie fuhr wie ein Blitz durch Aminata, spaltete das Boot, sauste unten in das Wasser und spießte noch ein Krokodil, das unten im Flußbett lag, am Boden fest.

Fara Maka ergrimmte. Er ergriff seine Pa und rief Fono zu: »Bereite dich vor!« Dann schleuderte er seine Lanze. Die Lanze schlug an den Rand von Fonos Boot. Pang! Aber sie vermochte die Bootswand nicht zu durchbohren. Fono rief: »Bereite dich vor!« Dann schleuderte er seine Lanze. Die Lanze schlug an den Rand von Fara Makas Boot: Pang! Aber sie vermochte die Bootswand nicht zu durchbohren. Beide Helden (Gara, entsprechend den Gana der Mande) hatten starke, magische Schutzmittel. Einer nach dem andern warf seine Speere, einer nach dem andern warf. Keiner vermochte den andern zu treffen oder auch nur zu verwunden.

Endlich fühlte Fono, daß Fara Maka ihm doch überlegen war und daß er auf die Dauer ihm nicht im Speerkampf würde Widerstand bieten können. Da begann er zu entfliehen. Das Boot flog über das Wasser hin. Fara Maka folgte. Fono sah, daß Fara Maka ihm immer näher kam. Fono ließ sein Boot auflaufen und sprang ans Land. Er lief landeinwärts. Fara Maka ließ sein Boot auflaufen und sprang hinaus. Er lief landein. Das Land, in dem die beiden Boote aufs Ufer gezogen wurden, heißt Farimaka.

Als Fono Fara Maka hinter sich herlaufen hörte, befiel ihn die Angst. Er verwandelte sich in ein Hirsekorn. Fara Maka lief vorbei, fand ihn nicht und sagte bei sich: » Ich lief an einem Hirsekorn vorbei, ich will das aufpicken.« Dann rannte er zurück, verwandelte sich in einen Hahn und wollte das Korn aufpicken. Fono aber verwandelte sich wieder in einen Mann und lief von dannen. Fara Maka verwandelte sich auch wieder in einen Mann und lief ihm nach. Da verwandelte sich Fono in einen Fingerring und ließ sich zu Boden fallen. Fara Maka lief eine

Weile in der Richtung weiter, fand Fono nicht und sagte: »Halt, ich sah einen Fingerring am Boden. Ich will zurücklaufen und ihn aufnehmen.« Er kehrte um und kam an die Stelle. Als Fara Maka angestürmt kam, verwandelte sich Fono wieder in einen Mann und lief von dannen. Fara Maka hatte ihn aber bald wieder eingeholt. Da verwandelte sich Fono in einen Fluß und rann dem Inland zu. Fara Maka aber verwandelte sich in einen Elefanten und begann sogleich den Fluß aufzusaugen. Da verwandelte sich Fono wieder in einen Mann. Fara Maka verwandelte sich auch in einen Mann und rannte hinter Fono her. Als Fono Fara Maka dicht hinter sich hörte, kletterte er auf einen Karande (Tamarindenbaum).

Fono war auf dem Tamarindenbaum. Fara Maka stand unten und rief: »Fono!« Als Fono sich beim Namen rufen hörte, wandte er sich um. Kaum aber hatte er Fara Maka ins Angesicht gesehen, als er in einen Kolewala (eine Affenart) verwandelt war. Fara Maka ging nun von dannen. Er fuhr bis Gavo. Der Affe, in den Fono verwandelt war, folgte ihm immer am Ufer. Bei Gavo rief Fono: »Fara Maka!« Da wandte sich der um. Kaum aber hatte er Fono ins Gesicht gesehen, da war er zu Tode getroffen und starb sogleich.

Die Felsen, in die alle Besitztümer Fara Makas verwandelt sind, werden heute noch am Niger gezeigt.

Dunu Mussa und Maliki-Napon

Dunu Mussa war ein Tonjimu, das heißt ein Mann von außerordentlicher Klugheit und Zauberkraft. Er stammte aus der Familie Fonos. Eines Tages versperrte ein mächtiger Kaiman den Strom. Es war ein ungewöhnliches Tier. Der Kaiman pflegte mit seinem Schwanz die am Ufer stehenden Menschen oder auch Reiter durch einen Schlag nieder- und ins Wasser zu werfen und dann Mann und Pferd, Weib und Kind aufzufressen.

Dunu Mussa hatte einen Bruder, der hieß Kumba ti Mussa. Dunu Mussa sagte eines Tages zu seinem Bruder: »Ich will dieses Krokodil töten.« Kumba ti Mussa warnte ihn und sagte: »Laß es, Bruder, es ist ein ungewöhnliches und starkes Tier, du hast nicht genug Zauberkraft.« Dunu Mussa sagte: »Nein, heute werde ich ausziehen. Heute noch werde ich das Unternehmen beginnen.«

Dunu Mussa nahm seine Waffen und sein Gerät, machte sich auf und begab sich in das Dorf Taku. Der Häuptling von Taku hieß Maliki Napo. In Taku wurde ein großes Fest veranstaltet. Dunu Mussa sagte: »Ich bin ausgezogen, den großen Kaiman zu töten. Morgen werde ich euch aber erst ein Nilpferd töten und euch dessen Tochter bringen, damit ihr mit dem Flußpferdmädchen spielen und tanzen könnt.« Die großen Soroko hörten alle zu, wie Dunu Mussa das sagte.

Am anderen Morgen machte sich Dunu Mussa auf, um zunächst das Nilpferd zu töten. Er nahm seine Waffen mit und ging zu der Ruine des alten Dorfes Niapung. In der Ruine ging das alte Nilpferdweibchen umher. Die Tochter des Nilpferdes aber war mit Sattel und Zaumzeug versehen und lief, derart gesattelt, fröhlich umher. Dunu Mussa wollte die Alte töten. Das alte Flußpferd rief: »Laß mich doch leben!« Dunu Mussa sagte: »Ich habe dem Häuptling Maliki Napo versprochen, dich zu töten und deine Tochter in sein Dorf zu senden, damit die Kinder mit ihr tanzen und spielen können. Wenn ich nun die Pa (Lanze) hier nach dir werfe, will ich nicht, daß du auf dem Fleck stirbst, sondern du sollst erst noch bis Taku und bis vor die Haustür Maliki Napos laufen und dann erst sterben.«

Dann warf Dunu Mussa seine Lanze. Er zog sie unter Zaubersprüchen wieder heraus und befahl: »Nun geh bis zur Tür Maliki Napos. Dort stirb dann!« Er schlug dreimal auf das alte Nilpferd. Das alte Nilpferd lief von dannen. Dunu Mussa führte das Mädchen am Zügel hinterher. Er sagte: »Macht, daß ihr nach Taku kommt, denn ich will mich euretwegen nicht eines nichterfüllten Versprechens wegen zu schämen haben. Macht, daß ihr nach Taku kommt!« Die Flußpferde kamen bis nach Taku. Da fiel die Alte vor der Haustür Maliki Napos tot nieder. Dunu Mussa aber übergab das junge, gesattelte Nilpferd den Kindern zum Spielen. In Taku freute sich alle Welt. Man aß. Alle tranken. Die Kinder spielten mit dem gesattelten, kleinen Nilpferdmädchen. Dunu Mussa aber sagte: »Das habe ich nur getan, um Maliki Napo zu zeigen, was ich vermag. Nunmehr werde ich ausziehen und das große Krokodil töten.«

Am anderen Morgen machte sich Dunu Mussa mit seinen Waffen auf den Weg. Der Weg führte durch das Dorf Niani. Der Kaiman lag dahinter bei dem Dorfe Bina. In Niani war ein Djegu (Wassergeist der Bosso). Der Djegu fragte: »Wo willst du hingehen?« Dunu Mussa sagte: »Ich bin auf dem Wege nach Bina. Ich will den großen Kaiman töten.« Der Djegu sagte: »Ich werde dich aber hier nicht vorbeilassen. Du wirst hier nicht vorbeikommen.« Dunu Mussa sagte: »Laß mich nur vorbei. Ich weiß, du kannst nicht Eisen aneinanderschlagen hören. Ich will das also vermeiden. Der Kampf wird ja im Wasser vor sich gehen, und da wirst du nichts vom Eisen hören.« Der Djegu war ein Tegu, das heißt er war taub. Dunu Mussa wollte vorbeifahren. Der Djegu sagte: »Ich lasse dich nicht.« Dunu Mussa zog an seinem Boot. Der Djegu wollte es hindern. Dunu Mussa warf ihm die Kette um den Hals und schleppte ihn in das Dorf Niani.

Dann kehrte Dunu Mussa zum Ufer zurück. Er bestieg sein Boot und fuhr dahin, wo der Kaiman lag. Er sah den Kaiman. Er packte seine Lanze, um sie nach dem Kaiman zu werfen. Der Kaiman aber schlug mit dem Schwanz und schleuderte Dunu mit dem Boot ins Wasser. Als Dunu Mussa im Wasser lag, verschluckte ihn der Kaiman, ohne ihn aber mit dem Rachen und den Zähnen auch nur im geringsten zu verletzen. Dunu Mussa befand sich nun im Bauch des Kaimans und blieb sieben Tage darin.

Danach verkündete man im ganzen Land, daß Dunu Mussa von dem großen Kaiman verschluckt sein müsse. Die Soroko aber sagten: »Dunu Mussa hielt ja nur auf Maliki Napo und dessen Rat etwas. Auf uns hat er nicht gehört. Unsern Rat hat er nicht wissen wollen. Nun mag sein Freund Maliki Napo ihm helfen.« Maliki Napo hörte das und sagte: »Es ist gut.«

Dann rief Maliki Napo alle Soroko auf dem großen Platz zusammen und fragte, ob ein mit besonderen Zauberkräften Begabter dabei sei, der mehr könne als er. Dann begab er sich in sein Haus. Er sprach drinnen mit seinem Bammana-digi-da, das ist seinem Zaubertopf. Alle Leute konnten es draußen hören, wie er mit seinen Bammanadigi-da sprach. Maliki Napo schlachtete eine schwarze Ziege und brachte sie als Opfer dar. Dann zwang er unter Aufbietung aller seiner magischen Kraft den großen Kaiman aus dem Strome bei Bina nach Taku in seinen Hof. Der große Kaiman mußte kommen. Maliki Napo sprach zum Kaiman: »Nun übergib dich und speie den Dunu Mussa aus.« Darauf würgte der große Kaiman und spie den Dunu Mussa wirklich aus. Nun begannen alle Sorokoweiber auf Maliki Napo Lobgesänge zu erheben. Im ganzen Lande wurde Maliki Napo bekannt. Die Weiber lobten und verehrten ihn. Die Männer sahen ihn aber scheel an.

Da begann Maliki Napo den Neid seiner Genossen zu fürchten und so floh er nach Djenne und wurde Mohammedaner. Lange Zeit blieb er in Djenne. Dann wanderte er in sein Dorf zurück. Auf dem Rückweg kam er an einem Kaiman vorbei, der war so alt, daß ihm Gras auf dem Rükken wuchs. Der Kaiman wollte Maliki Napo verschlucken. Maliki Napo aber schlug mit einem Stab auf ihn. Da wurde dieser zu Stein. Der Stein hat den Namen: Jalunkurru. Man zeigt ihn noch heute. Darauf kam Maliki Napo glücklich nach Taku zurück.

Die Leute von Taku sind noch heute große Zauberer.

Pa-Sini-Jobu

In uralten Zeiten lebte einmal eine Bossofrau mit Namen Pa-Sini-Jobu. Damals gab es nur vier Dörfer und noch nicht mehr. Sie galt als die Ahnfrau eines unterhalb Djennes wohnenden Sorogio-Bossostammes, wurde uralt und verfügte über die wunderbarsten (magischen) Zauberkräfte.

Als sie in das Alter kam, in dem die Frauen sonst heiraten, wies sie, Pa-Sini-Jobu, alle Freier zurück. Sie hatte keine Lust zu heiraten. Es waren aber immer viele Freier da, die sie gern erworben hätten. Wenn sie sich irgendwo niederließ, saßen immer zahlreiche junge Leute um sie herum und sprachen mit ihr. Wenn die jungen Männer kamen, setzte Pa-Sini-Jobu ihnen ausgezeichnete Speisen vor, Reis und Hammel, soviel sie nur begehrten. Es konnte aber niemand ohne die Erlaubnis Pa-Sini-Jobus ihr Haus verlassen. Wenn er aufstehen wollte, ohne gefragt zu haben, klebte er an dem kleinen Sitzschemelchen fest und war nicht ohne besondere Genehmigung der klugen Pa-Sini-Jobu von dieser Stelle zu entfernen.

Eines Nachts begab sich auch ein junger Bosso zu der schönen Frau. Auf dem Wege begegnete ihm der Lieblingshammel des Königshauses, und der junge Mann, der den Hammel für einen Schakal hielt, schoß das prächtige Tier einfach tot. Dann ging er zu Pa-Sini-Jobu und verbrachte bei ihr die Nacht bis zum anderen Morgen. – Dieser Hammel hatte aber eine gewisse Heiligkeit. Mit seinem Leben war das Glück des Königshauses verbunden.

Am anderen Morgen fand man den toten Hammel und brachte ihn in das Haus des Königs. Es entstand große Trauer. Die Frau des Königs weinte. Der König ließ ausrufen: »Wer hat den Hammel getötet?« Es wurde in allen Häusern gefragt: »Wer hat den Hammel getötet?« Aber niemand meldete sich, und es fand sich niemand, der ausgesagt hätte, wer den armen Hammel getötet habe.

Darauf ließ der König im ganzen Gebiete die Nachricht verbreiten: »Wem es gelingt, den Hammel wieder zum Leben zu bringen, den will ich nicht nur hoch ehren, sondern ich will ihn auch mit Gold, mit Sklaven, mit Vieh und allem so reichlich beschenken, daß ihm im Leben nichts mehr mangeln wird.«

Auch zu Pa-Sini-Jobu sandte der König eine Nachricht und ließ ihr sagen: »Bei dir verkehren viele Menschen. Sag allen, daß ich den, dem es gelingt, den Hammel wieder ins Leben zu rufen, überreich bedenken will.« Pa-Sini-Jobu sagte: »Ich werde es allen mitteilen und selbst mein Bestes geben, um einen Mann ausfindig zu machen, der diesen Hammel wieder lebendig machen kann.« Dann rief Pa-Sini-Jobu alle ihre Freunde zusammen und teilte ihnen mit: »Wem es gelingt, diesen Hammel wieder lebendig zu machen, den will ich selbst heiraten. Ich beanspruche dafür, daß ich mich ihm als Frau zu eigen gebe, kein Geld, keinen Schmuck, keinen Besitz. Aber ich will den Hammel lebendig sehen.«

Da kamen von allen Himmelsrichtungen alle möglichen Menschen herbei, alle die Tungutu waren (das heißt Inhaber starker magischer Kräfte – »Zauberer« ist etwas anderes). Da waren einige, die konnten drei Tage lang unter dem Wasser bleiben. Da waren Leute, die konnten sich drei Tage lang unter der Erde aufhalten. Da waren Leute, die konnten sich in Tiere verwandeln. Jeder einzelne versuchte seine (magischen) Kräfte. Aber der Hammel blieb tot, er verweste allmählich und war nicht zum Leben zurückzurufen.

Weit fort lebte ein Mann namens Jena (oder Djena), der hörte von dem toten Hammel und glaubte als Tungutu über genügend Kräfte zu verfügen, um das schwierige Stück ausführen zu können. Er machte sich auf den Weg und kam zu Pa-Sini-Jobu. Pa-Sini-Jobu sagte: »Jena, ich habe schon von dir gehört und weiß, daß du über ganz besondere Kräfte verfügst. Nun ist hier ein ganz eigener Fall. Dieser Hammel ist vor kurzer Zeit erschossen und er soll wieder zum Leben erweckt werden. Wenn du das vollbringst, sollst du mich als Frau haben.«

Jena sah den Hammel an. In jener Nacht, als er erschossen wurde, waren Schakale gekommen und hatten das Tier angefressen und ein Stück herausgerissen. Außerdem war der Kadaver nun schon recht alt und in Verwesung übergegangen. Jena sah, daß die Sache sehr schwer war; außerdem wollte er die (magischen) Kräfte Pa-Sini-Jobus auf die Probe stellen, und so sagte er: »Es ist gar keine Schwierigkeit, diesen Hammel ins Leben zurückzurufen. Aber leider haben irgendwelche Raubtiere ein Stück der Leber herausgerissen. Wenn du mir nun diese Stücke zur Stelle schaffen kannst, dann kann ich den Hammel sogleich wieder ins Leben zurückrufen.«

Pa-Sini-Jobu sagte: »Wenn es sich um nichts anderes handelt, so ist die Angelegenheit sehr bald erledigt; denn es gibt nichts Einfacheres als das.« Sie rief einen Sklaven herbei und sagte: »Geh in den benachbarten Wald. Du findest dort die Reste einer sehr alten, zerstörten Stadt. Es steht daneben noch ein mächtiger Baobab (Affenbrotbaum). Neben dem Baobab ist im Boden eine tiefe Grube. In die Grube steige hinein. Du wirst darin zwei Schakale antreffen. Den beiden Schakalen sage, daß sie so schnell wie möglich zu mir kommen sollen.«

Der Sklave ging in den Wald. Neben dem Baobab war die tiefe Grube. Er stieg hinein und traf richtig darin zwei Schakale an. Er sagte zu ihnen: »Pa-Sini-Jobu befiehlt euch, sogleich zu ihr zu kommen.« Darauf machten sich die beiden Schakale auf den Weg und liefen so schnell sie konnten in das Dorf zu Pa-Sini-Jobu.

Pa-Sini-Jobu sagte: »Hier ist vor einiger Zeit der große Hammel des Königs in einer Nacht totgeschossen worden. Ihr seid vorbeigekommen und habt ein Stück der Leber herausgerissen. Ist es nicht so?« Die beiden Schakale sagte: »So ist es, und seitdem haben wir weder gekackt noch uns übergeben, so daß jeder noch das Stück, das er herausgerissen hat, im Leibe haben muß. Such also nur ein Mittel, uns zu entleeren, und du wirst die gesuchten Hammelteile finden.« Pa-Sini-Jobu sagte: »So übergebt euch auf der Stelle.« Die beiden Schakale würgten und brachen auch richtig die Masse heraus.

Der Auswurf war aber ganz unkenntlich, und Jena war weder imstande die Leber wieder herzustellen, noch vermochte er den Hammel wieder ins Leben zurückzurufen. Jena sagte zu Pa-Sini-Jobu: »Du hast mit deiner Geschicklichkeit und unter Anwendung deiner (magischen) Kräfte die verlorengegangenen Teile wieder herbeigebracht, so daß ich dich nicht genug bewundern kann und deine Überlegenheit ohne weiteres anerkenne. Aber ich bin nicht imstande, den Hammel wieder ins Leben zurückzurufen.« Damit kehrte Jena wieder in sein Land zurück.

Der Hammel des Königs (König = Sembeng oder Kaneke) verweste und stank immer mehr. Die Frau des Königs weinte

Tag und Nacht, weil er nicht mehr zum Leben zu erwecken war. Der König sandte noch einmal zu Pa-SiniJobu und ließ fragen: »Weißt du kein Mittel, den Hammel wieder lebendig zu machen?« Pa-Sini-Jobu ließ antworten: »Es ist gut. So will ich diese Sache denn selbst machen. Der Hammel soll wieder leben. Wenn das aber geschehen ist, so werde ich von dannen ziehen. Und ich werde niemals einen Bosso heiraten, denn die Männer meines Volkes vermögen nichts! Daher will ich nachher nichts mehr mit ihnen zu tun haben, sondern das Land verlassen.« Darauf ließ der König alle Kie (Spielleute, die Dialli der Mande) zusammenkommen, damit sie ihre Kalebassen schlügen. Die Kie nahmen rund herum Platz. In der Mitte ließ sich Pa-Sini-Jobu nieder. Infolge ihrer Eigenschaften als Tungutu hatte sie so lange Haare, daß sie weit, weit am Rücken herabfielen und sie so auf dem eigenen Haar statt auf einem Sessel oder einer Matte niedersitzen konnte. Diese Haare waren eine Folge ihrer (magischen) Kräfte. Die Kie begannen den Takt zu schlagen. Die Kie spielten. Sie spielten und sangen, schnell und immer schneller. Pa-Sini-Jobu begann in Begeisterung zu kommen. Ihre Kräfte erwachten. Die Kie spielten und sangen und schlugen den Takt schneller und schneller. Die Kräfte Pa-Sini-Jobus wuchsen. Pa-Sini-Jobu schrie auf! Die Kie schlugen den Takt. Pa-Sini-Jobu erhob sich, sie schwebte empor. Sie stieg empor bis zu den Wolken. In den Wolken verwandelte sich ihre Arme in Flügel, wie sie die großen Vögel haben, und dann sank sie langsam hernieder auf den Hammel.

Während sechs Tagen ruhte Pa-Sini-Jobu über dem Hammel. Während der Zeit bedeckte sie den Hammel mit ausgebreiteten Flügeln. Am siebenten Tag erhob sie sich. Der Hammel lebte.

Pa-Sini-Jobu verließ ihren Ort. Sie wollte mit den Leuten (ihres Landes) nichts mehr zu tun haben. Sie begab sich auf die Wanderschaft und kam in ein Land, in dem war nicht ein Mann

König. In dem Land herrschte eine Frau, die Königin Na-Manj. Als Pa-Sini-Jobu sich dem Hauptort der Königin Na-Manis näherte, sandte sie eine Botschaft an die Herrscherin und ließ ihr sagen: »Pa-Sini-Jobu kommt, komm du ihr vor den Toren der Stadt entgegen.« Na Manj rüstete sogleich einen stattlichen Zug aus und machte sich auf den Weg und kam der herannahenden Tungutu entgegen. Sie begrüßte sie aufs freundlichste und sagte: »Ich habe von deinen magischen Fähigkeiten gehört. Tu mir die Freude an und bleibe eine Zeitlang bei mir, damit ich dir zeigen kann, wie ich dich verehre.«

Pa-Sini-Jobu sagte: »Du bist sehr freundlich. Ich werde eine Zeitlang bei dir bleiben.« Sie zog in die Stadt Na-Manjs ein. Die Königin tat ihr alles Gute an, was sie konnte. Alle Leute des Landes kamen, Pa-Sini-Jobu zu begrüßen, ihr Geschenke zu überbringen und sie zu ehren.

Na-Manj fragte nach einigen Tagen Pa-Sini-Jobu: »Willst du so freundlich sein, mir zu sagen, was du weißt?« Pa-Sini-Jobu sagte: »Ich weiß alles, was vorgegangen ist. Frage mich also, und ich will dir gern auf alle deine Fragen antworten.« Na-Manj sagte: »Ich habe eine Bitte. Hier in meiner Nachbarschaft ist ein Königreich, das wird von einem König regiert. Seine Leute kämpfen ständig gegen die meinen, und stets, zu welcher Tageszeit oder an welchem Ort es auch sein mag, stets siegen die Krieger jenes Königs. Ich weiß nicht mehr, was und wie wir etwas anfangen können. Da ist nun meine Frage, ob du, Pa-Sini-Jobu, uns in unserer Not gegen jenen König helfen kannst und willst.« Pa-Sini-Jobu sagte: »Das scheint mir so schwer nicht zu sein. Wenn du mit deinen Leuten nach jener Richtung wieder ausziehst, werde ich euch begleiten und werde dann sehen, was sich machen läßt.« Pa-Sini-Jobu sagte ferner: »Sorg dafür, daß wir dann einen schwarzen Stier, einen schwarzen Hammel, einen schwarzen Ziegenbock, einen schwarzen Kater und einen schwarzen Hahn bei uns haben. Das werde ich auf jeden Fall nötig haben, wenn ich mit euch zum Krieg ausziehen und euch helfen soll. Also sorg dafür.«

Der feindliche König wohnte auf einer Insel, die mitten in dem großen Fluß gelegen war, so daß sein Wohnsitz rings von Wasser umflutet war. Dieser große Fluß hieß Wie. In dem Flusse lebten drei Jine (dienstbare Geister). Diese drei Jine waren es, die dem König zu Siegen verhalfen.

Na-Manj zog mit Pa-Sini-Jobu und ihren Truppen nach dem Wiefluß hin. Sie hatten den schwarzen Stier, den schwarzen Hammel, den schwarzen Ziegenbock, den schwarzen Kater und den schwarzen Hahn bei sich. Gegenüber der Insel mit der Stadt des Königs ließ die Königin das Lager aufschlagen. Die Sklaven gingen an das Ufer, um Wasser zu schöpfen und ins Lager zu tragen.

Als die Jine die Sklaven kommen sahen, verwandelte der eine sich in einen Menschen und setzte sich am Ufer hin. Als ein Sklave kam, sagte er: »Bei euch im Zuge ist ein Tungutu mit Namen Pa-Sini-Jobu. Ist es nicht so?« Der Sklave sagte: »Ja, eine Frau dieses Namens ist bei uns.« Der Jine sagte: »So gehe zu ihr und sage ihr, sie möchte doch einmal an das Flußufer kommen, denn da sei jemand, mit dem sie sicher gern sprechen würde.« Der Sklave sagte: »Ich will das ausrichten.«

Der Sklave kam in das Lager zurück. Er suchte Pa-Sini-Jobu auf und sagte zu ihr: »Am Fluß ist jemand, den du sicher gern sprechen würdest. So hat er mir gesagt.« Die Tungutu machte sich sogleich auf den Weg und traf den Jine am Fluß. Der Jine sagte: »Du bist Pa-Sini-Jobu.« Sie sagte: »Das bin ich.« Der Jine sagte: »Ich ließ dir sagen, du würdest mich gern sprechen. Ich bin einer der drei Jine, die dieses Wasser hier beherrschen und dies Wasser hier auch gegen deine Freundin Na-Manj verteidigen müssen. Was geht dich der Zwist zwischen Na-Manj und diesem König an? Weshalb willst du dieser Sache wegen mit uns Streit anfangen?« Pa-Sini-Jobu sagte: »Na-Manj ist meine

Freundin, und ich denke doch das Recht zu haben, meiner Freundin in ihren Angelegenheiten helfen zu können. Was dagegen gehen mich die Jine des Wie an? Wenn ihr eurem König gehorchen und ihm helfen wollt, na dann tut es doch! Wir werden ja sehen, wessen (magische) Kräfte größer sind!« Der Jine sagte: »Pa-Sini-Jobu, du bist sehr stolz, aber du bist nicht gut unterrichtet. Du bist eine Bossofrau. Was willst du in diesem Land Krieg führen? Du kannst es mir glauben, du kannst hier nichts, gar nichts ausrichten. Wir sind die Jine dieses Landes. Du bist eine fremde Tungutu, die groß und mächtig ist an anderem Ort, hier sicher nicht. Laß es, Pa-Sini-Jobu!« Die Frau sagte: »Nein, ich werde es nicht lassen. Ich werde sehen, was an deinen großen Worten Wahres ist.« Pa-Sini-Jobu wandte sich um und kehrte ins Lager zurück.

Der Jine stieg wieder in den Fluß und rief seine Kameraden. Alle drei Jine kamen zusammen. Der Jine, der in Menschengestalt oben am Ufer war, sagte: »Ich habe mit Pa-Sini-Jobu lange gesprochen. Ich habe ihr abgeraten den Krieg für Na-Manj gegen den König unserer Insel zu führen. Aber sie ist zu stolz. Es ist nichts zu erreichen gewesen. Was wollen wir nun machen?« Die anderen beiden Jine sagten: »Was wollen wir jetzt machen?« Die Jine hatten einen Sklaven. Der Jinesklave sagte: »Wollt ihr mir erlauben, diese Sache zu erledigen?« Die drei Jine sagten: »Gut, mach du es!«

Der Jinesklave machte sich sogleich auf den Weg und begab sich in das Lager der Königin Na-Manj. Er suchte Pa-Sini-Jobu auf und sagte: »Du bist die große Pa-Sini-Jobu.« Die Tungutu sagte: »Ja, die bin ich.« Der Jinesklave sagte: »Ich bin nur ein ganz unbedeutender Sklave der Jine. Aber in welchem Verhältnis sie und ich stehen, kannst du daran sehen: Du hast hundertdreiundachtzig Jahre und ich bin nur sieben Jahre alt, und doch kenne ich weit mehr als du, kenne deinen Vater, deinen Großvater und nicht weniger als zehn Generationen deiner

Vorfahren. Danach bemiß die Kraft meiner Jahre.« Pa-Sini-Jobu sagte: »Schwatz nicht.« Der Jinesklave sagte: »Spotte nicht. Glaub mir, es wird nicht gut sein, mit den Mannschaften der Königin Na-Manj zu nahe an den Fluß heranzurücken. Glaub mir, du wirst besser daran tun, deine Hände von dieser Sache zu lassen. Dieser Fluß Wie gehört den Jine, und die Jine werden sich ihre Rechte von einer Bossofrau nicht beeinträchtigen lassen.« PaSini-Jobu sagte: »Schwatz nicht, du kleiner Siebenjähriger, sondern mach, daß du von dannen kommst. Es wird soviel nicht mit dir auf sich haben.« Der Jinesklave sagte: » Ich habe alles getan, was ich tun konnte. Nunmehr ist es an dir, deinen Stolz zu erhalten.« Der Jinesklave ging und kehrte in den Wiefluß zurück.

Der Jinsesklave machte sich auf den Weg, suchte den König auf, der auf der Insel wohnte, und sagte zu ihm: »In einigen Tagen wird deine Feindin Na-Manj mit ihren Leuten und auch mit einer Tungutu herankommen und dich angreifen. Bleib dann mit allen deinen Leuten nur ganz ruhig. Tu, als merktet ihr es nicht, laßt sie schießen und stürmen. Rührt euch gar nicht. Was zu machen ist, das werde ich machen.« Der König sagte: »Es ist gut, wir werden uns so verhalten, wie du es wünschst.« Der Jinesklave ging zu seinen Herren und sagte: »Ich bitte euch, wenn jetzt der Kampf beginnt, zur Seite zu bleiben und nichts zu unternehmen, denn ich möchte diese Angelegenheit kurz und schnell erledigen.« Die drei Jine sagten: »Es ist gut; wir werden zur Seite gehen und nur zusehen.«

Nach sieben Tagen rückte Na-Manj mit den Kriegsscharen und Pa-Sini-Jobu an das Ufer des Wie und schlug gegenüber der Insel des Königs das Lager auf. Pa-Sini-Jobu sagte: »Nun sende mir die schwarzen Tiere an das Ufer hinab!« Na-Manj sagte: »Es soll sogleich geschehen!« PaSini-Jobu ging zum Ufer hinab. Sie schnitt dem schwarzen Stier die Kehle durch und ließ das ausströmende Blut in den Fluß träufeln. Sie schnitt dem schwarzen Hammel die Kehle durch und ließ das ausströmende Blut in den Fluß träufeln. Sie schnitt dem schwarzen Bock die Kehle durch und ließ das ausströmende Blut in den Fluß träufeln. Sie schnitt dem schwarzen Kater die Kehle durch und ließ das ausströmende Blut in den Fluß träufeln. Sie schnitt dem schwarzen Hahn die Kehle durch und ließ das ausströmende Blut in den Fluß träufeln. Dann sagte sie zu den Leuten: »Nunmehr könnt ihr angreifen.«

Die Mannschaft der Königin Na-Manj ergriff ihre Waffen. Sie begann auf die Stadt des Königs zu schießen. Aus der Stadt des Königs kam keine Antwort. Die Mannschaft der Königin Na-Manj schoß weiter, immer wieder, bis alles Pulver verschossen war. Aber keine Antwort kam von der Insel des Königs. Die Königin Na-Manj sagte: »Jetzt wird es Zeit, über den Fluß zu gehen.«

In diesem Augenblick erhob sich der kleine Jinesklave aus dem Wasser. Er schwebte über dem Wasser. Darauf begann ihm die Zunge aus dem Mund zu wachsen. Sie wuchs immer weiter vor, so daß sie über das Gesicht auf den Hinterkopf zurückschlagen konnte. Dann wuchs die Zunge immer mehr in die Länge und in die Breite, so daß sie sich ausdehnte wie eine dicke Wolke. Plötzlich schnellte der kleine Jinesklave die gewaltige Zunge nach vorn und traf mit ihr auf einen Heerhaufen am Land. Soweit die Zunge reichte, wurde alles, was auf dieser Fläche vordem lebendig umherging, zerschmettert und zermalmt. Es blieb kein Leben auf diesem Boden. Der kleine Jinesklave nahm seine Zunge wieder empor und über den Kopf. Wieder schnellte er sie nach vorn. Wieder wurde ein Heerhaufen unter ihrem wuchtigen Schlag zertrümmert und zermalmt. Wieder zog er das mächtige Gebilde empor, mehrmals traf der Schlag der Riesenzunge auf das Volk Na-Manjs, dann war die Königin mit all ihren Leuten vernichtet, und von allen Menschen blieb nur noch die Bossofrau Pa-Sini-Jobu am Leben.

Der kleine Jinesklave aber ergriff die Frau, zog sie an sich und nahm sie mit sich unter den Spiegel des Wie. Da unten brachte er sie in sein Haus.

In seinem Haus sagte der kleine Jinesklave zu Pa-Sini-Jobu: »Dieses war notwendig und nicht zu vermeiden. Ich habe dir damit Bitteres zugefügt, aber du hast es nicht anders gewollt. Nunmehr aber will ich dir einiges von der (magischen) Kraft und der Kunst der Jine zeigen und will dir eröffnen, wo die Größe deiner Zukunft liegt. Sieh also hierher und merk auf das, was ich dir zeigen und was ich dich lehren werde.«

Der kleine Jinesklave nahm darauf drei Töpfe. Er sagte zu Pa-Sini-Jobu: »Du siehst, sie sind alle drei ganz leer.« Dann nahm er drei Deckel und deckte einen jeden über je einen Topf. Nach einiger Zeit hob er die Deckel auf, da waren alle drei Töpfe gefüllt. Der erste Topf war angefüllt mit Die (Blut). Der zweite Topf war angefüllt mit Jugu duo (Blättern). Der dritte Topf war angefüllt mit Tungu (Zaubermitteln, entspricht den Kirsi der Bammana). Jine fragte: »Weißt du, wozu alles dieses ist?« Pa-Sini-Jobu sagte: »Nein, ich weiß es nicht.«

Der kleine Jinesklave sagte: »Ich will es dir erklären. Merk dir's und vergiß nichts.«

Darauf berichtete der kleine Jinesklave von allen Krankheiten und allem Unglück und allem Wesen der Erde, und er setzte genau auseinander, wie dieser oder jener Sache beizukommen, wie jene Krankheit zu behandeln, wie einem Unglück zu steuern sei. Er setzte ihr auseinander, daß alles, was im Wesen der Erde bei Krankheit und Unglück Einfluß und Besserung schaffen könne, in diesen drei Töpfen enthalten sei.

Der kleine Jinesklave sagte zu Pa-Sini-Jobu: »Du hast Unrecht getan als Bossofrau. Denn die Bosso sollen fischen, ihre Landarbeit und ihre sonstigen Beschäftigungen ausüben. Sie sollen aber nicht in den Krieg ziehen. Die Bosso sind kein kriegerisches Volk und sollen sich mit kriegerischer Tätigkeit nicht abgeben. Danach richte dich in Zukunft. Nimm diese drei Töpfe mit dir und gehe in dein Land zurück! Verfahre mit dem Inhalt so, wie ich es dich gelehrt habe, und du wirst angesehener sein, als je eine Bossofrau vor dir es gewesen ist.«

Darauf gab der kleine Jinesklave der Pa-Sini-Jobu die drei Töpfe. Sie nahm sie und ging mit ihnen von dannen.

Bana Baïnde

Im Dorfe Korro lebte eine Frau, die war schon seit fünf Monaten schwanger, als ihr Mann starb. Das Kind war erst fünf Monate im Mutterleib, da starb sein Vater. Dann kam die Zeit, in der die Frau gebären sollte. Wenige Tage vorher ging sie nochmals mit andern Frauen in den Wald, um Holz aufzusuchen. Als sie im Wald waren, stürzte eine Räuberbande aus dem Busch, packte die Frauen und schleppte sie fort. Aber die schwangere Frau kam nicht weit mit. Die Räuber mußten sie liegen lassen. Denn die Wehen setzten ein. Die Frau schleppte sich noch bis zu einem Uo (das ist der Diallabaum der Mande). Dort fiel das Kind am Boden nieder.

Das neugeborene Kind war ein Mädchen. Es regnete. Es regnete auf die Mutter und auf das Kind. Die Mutter starb. Es regnete. Es regnete auf das Kind bis zum anderen Morgen. Das Kind blieb unter dem Baum liegen. Drei Jahre lag das Kind unter dem Baum, ohne daß jemand es wahrgenommen hätte. Danach aber stand das Kind auf.

Das Kind reckte sich unter dem Uobaum. Es erhob sich. Es begann zu singen: »Ich bin eine Frau, die jedermann liebt. Ich bin eine Frau, die der Teufel liebt. Ich bin eine Frau, die Gott liebt. Ich bin eine Frau, die alle Menschen lieben! Bana baïnde koboni dia. Mein Name ist Bana Baïnde!«

Das Mädchen stand unter dem Baum auf und suchte den Weg. Gonningkung (der Geier) zeigte dem kleinen Mädchen den Weg. Er sagte zu Bana Baïnde: »Gehe dorthin den Weg, dort wirst du eine Stadt finden!« Das Mädchen ging.

Das Mädchen ging den Weg immer weiter und kam an eine Stadt. Als sie in der Stadt war, begann sie zu singen. Die Leute hörten es. Andere Leute kamen dazu. Die Leute sagten: »Ah! Das ist herrlich!« Alle Leute der Stadt kamen zusammen, um Bana Baïnde singen zu hören. Alle Leute sagten: »So etwas haben wir noch nicht gehört.« Alle Menschen waren entzückt. Frauen, deren Stunde noch gar nicht gekommen war, legten sich hin und gebaren.

Die Frauen versammelten sich um Bana Baïnde. Sie schlugen die Kalebassen. Dann baten einige Frauen: »Das war sehr schön gesungen. Wir haben es aber noch nicht verstanden. Denn die Worte sind fremd für uns.« Andere Frauen aber sagten: »Laßt das! Wenn es schön ist, gehen uns die Worte nichts an.« In ihrer Begeisterung hoben die Frauen Bana Baïnde auf eine Rinderhaut. Sie hoben die gespannte Rinderhaut hoch in die Luft. Das Mädchen stand auf der Haut. Dann ließen sie die Haut wieder auf die Erde fallen. Es geschah aber, daß das Mädchen frei in der Luft stehen blieb, obwohl die Haut auf der Erde lag. Alle Leute sahen es.

Dann tanzte Bana Baïnde auf der ausgespannten Ochsenhaut. Bana Baïnde tanzte anders als andere Leute. Sie tanzte wunderbar schön. Alle Leute jubelten. Viele drängten sich heran, die ausgespannte Ochsenhaut hochzuhalten. Bana Baïnde tanzte lange; aber dann wurde Bana Baïnde müde. Sie winkte der Musik ab. Bana Baïnde stieg herab. Alle Leute brachten nun Bana Baïnde Geschenke. Alle Frauen trugen Gaben herbei. Bana Baïnde aber fragte nach den Armen und verteilte wieder unter die Armen. Es kamen Leute aus anderen Teilen der Stadt. Die baten: »Tanz auch bei uns!« Bana Baïnde ging in andere Teile der Stadt und tanzte auch dort. Als sie aber am Stadttor angekommen war, begann sie mit den Armen aneinander zu schlagen. Sie hob sich in die Luft und flog wie ein Vogel von dannen. (Die Bosso nennen Menschen, die fliegen können, Apirtiga. Ihrer Meinung nach kann man diese Kunst durch Zaubermittel gewinnen, die aus dem Kopf des Kumans, des Kronenkranichs, hergestellt werden.) Bana Baïnde flog so von einer Stadt zur andern, und bald waren alle Bossostädte voll des Rühmens. Alle Leute liebten Bana Baïndes Gesang mehr als jeden andern.

In einer Stadt lebte damals ein großer Sänger, ein Bosso, der hieß Tiamani. Tiamani war ein Sänger, verfügte aber auch über starke Zaubermittel. Als Tiamani immer mehr von dem schönen Gesang der Bana Baïnde hörte, wurde er böseë. Er sagte: »Wenn ich das Mädchen doch auch einmal hörte! Wenn das Mädchen doch auch einmal in unsere Stadt käme!« Die Leute sagten ihm: »Warte nur, das Mädchen wird schon kommen! Du wirst das Mädchen schon auch noch in dieser Stadt singen hören.« Tiamani fragte immer: »Wo ist zur Zeit Bana Baïnde?« Mittlerweile stellte er ein starkes Zaubermittel her.

Eines Tages kam das Mädchen Bana Baïnde an die Stadt, in der Tiamani lebte. Das Mädchen sang vor dem Tor: »Bana Baïnde Koloni dia.« Aber niemand achtete darauf. Die Leute gingen gleichgültig aus und ein. Niemand sah das Mädchen an oder hörte zu ihm hin. Endlich kam eine alte Frau an Bana Baïnde vorüber. Das Mädchen sagte zu der Alten: »Das ist eine Sache Tiamanis. Wenn Tiamani nicht ein Zaubermittel bereitet hätte, würden die Leute mich schon längst eingeholt und in die Stadt gebracht haben!« Die alte Frau ging in die Stadt und sagte das, was sie eben von dem Mädchen gehört hatte, der Frau Tiamanis. Die Frau Tiamanis sagte zu ihrem Mann: »Tu es nicht so! Wenn du Bana Baïnde töten willst, so mach das in anderer Weise.« Tiamani aber war eifersüchtig auf den Ruf, den Bana Baïnde genoß. Er war selbst ein berühmter Sänger, aber sein Ruhm wurde durch den des Mädchens verdunkelt. Als seine Frau ihm das sagte, zog er das Zaubermittel, mit dem er die Begeisterung der Menge gebannt hatte, aus der Erde.

Kaum aber hatte Tiamani sein Zaubermittel zurückgezogen, so jubelten alle Leute Bana Baïnde entgegen. Bana Baïnde tanzte. So schön hatte Bana Baïnde noch nie getanzt. Die Leute umringten sie. Sie hoben das Mädchen hoch in die Luft. Sie überschütteten Bana Baïnde mit Geschenken. Nie hatte Bana Baïnde so schön gesungen, so schön getanzt. Es war so schön, daß die Bosso nicht vorher, nicht nachher so Schönes sahen. Dreimal noch tanzte Bana Baïnde in dieser Nacht. Dann schrie sie plötzlich auf und fiel tot zu Boden. Die Familien von Korro leiten von dieser Frau ihren Ursprung ab.

Somba narrt die großen Tiere

Somba (Hase) ging zu Uobogo (dem Elefanten) und sagte: »Gib mir deine kleine Tochter; ich bin bereit, sie großzuziehen.« Uobogo war es zufrieden. Somba nahm die kleine Tochter des Uobogo mit nach Hause. Dort tötete er sie und lebte mehrere Tage von ihrem guten Fleisch. Eines Tages begegnete er Uobogo. Uobogo fragte: »Nun, wie geht es meiner kleinen Tochter?« Somba sagte: »Sie wächst; sie wächst. Man hat seine Freude an dem Kind.« Uobogo war zufrieden und ging weiter.

Somba ging zu Junde (dem Nilpferd) und sagte: »Gib mir deine kleine Tochter; ich bin bereit, sie großzuziehen.« Junde war damit einverstanden. Er übergab sie Somba. Somba nahm die kleine Tochter des Junde mit nach Hause. Dort tötete er sie und lebte mehrere Tage von ihrem guten Fleisch. Eines Tages begegnete er Junde. Junde fragte: »Nun, wie geht es meiner kleinen Tochter?« Somba sagte: »Sie wächst; sie wächst.

Man hat seine Freude an dem Kind.« Junde war damit zufrieden.

Während drei Jahren trafen Uobogo und Junde Somba häufig. Sie fragten ihn dann stets, wie es ihren Töchtern ginge, und Somba antwortete ihnen stets, daß sie ausgezeichnet wüchsen und daß es ihnen vorzüglich ginge. Eines Tages sagte Somba zu Uobogo: »Höre einmal, deine Tochter wird mir nun nachgerade zu groß. Sie ist schon weit größer als du selbst bist. Du wirst also deine Schwierigkeiten mit ihr haben. Sie will auch nicht ohne weiteres die Flußuferwiese verlassen, in der sie nun drei Jahre lebte. Ich werde ihr also morgen eine Schnur um den Hals legen; ich werde dir das Ende der Schnur bringen, und du magst dann auf meinen Ruf anfangen, sie aus der Uferwiese in deinen Buschwald hinaufzuziehen.« Uobogo sagte: »Es ist gut so.«

Somba ging zu Junde und sagte: »Höre, Junde, deine Tochter wird mir nun nachgerade zu groß. Sie ist schon weit größer als du selbst bist. Du wirst also deine Schwierigkeiten mit ihr haben. Sie will auch nicht ohne weiteres die hochgelegene Buschsteppe verlassen, in der sie nun seit drei Jahren lebt. Sie sagt, sie fühle sich oben im Busch so wohl, daß sie nicht wieder zur Uferwiese zurückkehren will. Auch hat sie Angst vor dem Wasser. Ich werde ihr also morgen eine Schnur um den Hals legen; ich werde dir das Ende der Schnur bringen, und du kannst dann auf meinen Ruf hin anfangen, sie von der Buschsteppe zur Uferwiese herabzuziehen. Vielleicht gelingt es dir so.« Junde sagte: »Es ist gut so.«

Am anderen Morgen legte Somba eine lange und starke Schnur zurecht. Das eine Ende derselben brachte er dem Uobogo hinauf und sagte: »Faß das an! Wenn ich dir zurufe, kannst du beginnen, an der Schnur deine Tochter zu dir hinüberzuziehen. Aber warte meinen Ruf ab, ich will dem großen Mädchen noch ein wenig zureden.« Uobogo sagte: »Es ist gut.« Dann ging Somba zur Uferwiese herab, nahm das andere Ende der Schnur und trug es zu Junde in den Fluß hinab. Somba gab Junde das Ende der Schnur und sagte: »Faß das an! Wenn ich dir zurufe, kannst du beginnen, an der Schnur deine Tochter zu dir herunterzuziehen. Aber warte meinen Ruf ab; ich will dem großen Mädchen erst ein wenig zureden.« Junde sagte: »Es ist gut.«

Somba kehrte dann in die Mitte des Weges zwischen Wasser und Buschsteppe zurück und rief: »Zieht!« Es begannen Uobogo und Junde jeder an einem Ende der Schnur zu ziehen. Sie zogen so stark sie konnten. Einmal zog Uobogo Junde ein wenig aus dem Wasser auf die Uferwiese hinauf, einmal zog Junde Uobogo ein wenig aus der Buschsteppe zur Talwiese hinab. Während eines ganzen Tages zogen sie immer hin und her. Am Abend aber ermüdete Junde, und nun zog Uobogo den Junde aus dem Wasser über die Flußwiese hin zur Buschsteppe hinauf.

Als Uobogo ihn so weit gezogen und vor sich in die Buschsteppe geholt hatte, sagte er: »Was, du bist es, der am anderen Ende der Schnur den ganzen Tag über gezogen hat? Somba hatte mir gesagt, ich zöge meine Tochter!« Und Junde sagte zu Uobogo: »Was, du bist es, der am anderen Ende der Schnur den ganzen Tag über gezogen hat? Somba hatte mir gesagt, ich zöge meine Tochter!« Uobogo sagte: »Somba hat uns arg hintergangen. Wir wollen uns dafür an ihn halten. Ich will ihn überall auf dem hohen Land und in der Buschsteppe verfolgen.« Junde sagte: »Ja, wir wollen diesen Betrug nicht so hinnehmen. Ich will ihn überall, wo er auf den Uferwiesen oder am Uferrand herumläuft, aufstöbern und ihn, wenn ich ihn treffe, töten.«

Somba wußte sehr wohl, daß man ihn nun verfolgte. Er wußte, daß er in der Buschsteppe und im Uferwiesenland den beiden großen Tieren preisgegeben war. So lief er dann zu Njebaga, dem Kaiman. Er trat in dessen Höhle am Ufer und sagte: »Guten Tag!« Njebaga sagte: »Guten Tag, Somba, was machst du?« Somba sagte: »Ich bin gekommen, dich, meinen klugen Njebaga, um Rat zu bitten. Ich habe augenblicklich keine rechte Beschäftigung und will doch irgend etwas Nützliches unternehmen.« Njebaga sagte: »Das paßt ja ganz ausgezeichnet. Ich habe sieben Junge, sieben Töchter. Seitdem die gebären sind, kann ich nicht mein Haus verlassen, um mich draußen auf die Sandbank zu legen oder zu promenieren. Würdest du nun wohl die Wartung der sieben Töchter übernehmen, so könnte ich mich für einige Tage draußen auf die Sandbank legen. Du könntest mir die Kinder von Zeit zu Zeit bringen, und ich brauchte nicht selbst aufzupassen.«

Somba sagte: »Das ist gerade so etwas, wie ich es mir gewünscht habe. Ich will ausgezeichnet für deine sieben Töchter sorgen und will sie schnell zum Aufwachsen bringen.« Njebaga sagte: »Gut, so kannst du ihnen ja immer das Essen machen. Hier ist ein großer Kochtopf und hier sind Bohnen. Koch nur immer Bohnen, und wenn eine meiner Töchter Hunger hat und herankriecht, so gib ihr zu essen.« Somba sagte: »Das ist sehr einfach. Ich will das ordentlich und gut besorgen.« Njebaga also verließ die Höhle.

Somba setzte sich an den Bohnentopf. Wenn eins der kleinen Njebaga-Kinder herankam, so steckte er es einfach in den Kochtopf und ließ es kochen. Natürlich starb es. Wenn es tot war, nahm er es heraus und legte es auf die Seite. – Inzwischen lag Njebaga draußen vor seiner Höhle. Junde kam des Weges. Junde suchte Somba, um ihn zu töten. Njebaga, der dachte, der große Junde könne es auf seine Kinder abgesehen haben, sagte barsch: »Was willst du hier, Junde?« Junde sagte: »Ich suche die Schwester meines Vaters. Ich dachte, sie sei vielleicht hier.« Njebaga sagte: »Die Schwester deines Vaters kommt nie hierher; mach, daß du fortkommst.« Junde hatte vor Njebaga arge Angst. Er machte, daß er von dannen kam.

Njebaga rief zu Somba hinein: »Gib mir ein Kind, daß ich es an die Brust lege.« Somba gab eines der Kinder heraus. Da aber nicht mehr alle am Leben waren, so gab er jedes Kind zweimal.

Als die Kinder zum zweitenmal an die Mutterbrust gelegt wurden, nahmen sie keine Milch mehr an, weil sie schon gesättigt waren. Njebaga sagte zu Somba: »Wie kommt das? Die ersten Kinder nahmen gut die Brust, diese aber weisen sie zurück!« Somba sagte: »Ich habe sie eben schon ausgezeichnet gut an die Bohnen gewöhnt. Du wirst sehen, sie werden alle sehr bald nur noch Bohnen essen wollen und dann ungemein schnell wachsen.« Njebaga sagte: »Es scheint ja, als ob du es vorzüglich verständest. Ich bin sehr zufrieden.«

Allmählich tötete Somba eine der Töchter des Njebaga nach der anderen, indem er sie in den Bohnentopf steckte und kochen ließ. Er machte aber kleine Kaimane aus Lehm, die waren sehr natürlich. Am anderen Tage sagte Njebaga: »Bring mir doch etwas zu essen heraus!« Somba brachte sogleich Bohnen mit etwas Fleisch von den jungen Njebaga-Töchtern. Njebaga aß. Njebaga sagte: »Du kochst ausgezeichnet. Ich verstehe, daß meine Töchter nur noch dein Bohnengericht und nicht mehr meine Milch haben wollen. Immerhin bring die Kinder ein wenig heraus und lege sie in die Sonne.« Somba brachte ein Lehmbildnis nach dem anderen heraus und legte sie alle in die Sonne. Njebaga sagte: »Meine Töchter sind ja ungemein gewachsen. Das ist ja ausgezeichnet. Bring sie mir doch noch ein wenig näher.« Somba sagte: »Verzeih einen Augenblick. Ich will nur schnell einmal ans Land springen, um zu kacken!« Somba sprang fort.

Vom Land aus rief Somba dem auf der Sandbank liegenden Njebaga zu: »War mein Bohnengericht nicht gut?« Njebaga antwortete: »Es war ausgezeichnet.« Somba rief: »Es waren auch deine eigenen Kinder darin gekocht!« Njebaga fuhr wütend auf. Somba rief: »Hüte nur gut die Lehmpuppen!« Njebaga sah die jungen Töchter auf der Sandbank näher an. Jetzt erkannte er, daß sie aus Lehm hergestellt waren. Er ging in die Höhle und fand darin die gekochten und beiseitegeworfenen Überreste seiner Kinder. Voller Wut machte er sich auf, Somba zu verfolgen. Somba aber versteckte sich in einem Grasbüschel. Njebaga konnte ihn nicht finden.

Seitdem versteckt sich Somba immer in Grasbüscheln, und seitdem stellen die Menschen Lehmbilder von Njebaga her. (Ich habe nie eines im Mossiland gesehen.)

Somba sagte (bei sich): »Jetzt verfolgen mich alle großen Tiere, wenn ich ihnen nicht Furcht mache.« Er fand da im Busch eine gefallene Antilope, die war innerlich ganz verfault, wimmelte von Würmern und stank weithin. Somba kroch in diesen stinkenden, ausgefaulten Kadaver, steckte seine Beine in die Antilopenbeine und ging in diesem Zustand dahin, wo Uobogo (der Elefant) war. Uobogo fragte: »Wer bist du denn?« Somba antwortete: »Ach, ich bin die Antilope.« Uobogo sagte: »Wie bist du denn in diesen Zustand gekommen? Du stinkst ja durch den ganzen Busch, und auf dir kriechen Würmer umher.« Somba sagte aus dem Antilopenkadaver: »Ich habe Somba geärgert, ich wußte nicht, daß er so starke Zaubermittel (kavogo) hat. Ich hatte ihn nur eben ein wenig geärgert, da sagte er zu mir: »Kafo« (Anmerkung: Bei den Mande kennt man ein gleich schlimmes Zauberelement. Man sagte dort Allami. Das *Kafo* scheint mir aber aus den Mandesprachen zu stammen und gleich »Sprich« zu sein), und ich verlor im selben Augenblick meine Gesundheit und meine Kraft!« Uobogo sagte: »Und nur auf den Ruf Kafo hin bist du in diesen ekelhaften Zustand gekommen?« Somba sagte aus dem Antilopenkadaver: »So ist es. Jetzt stinke ich und bin von Würmern zerfressen.« Uobogo sagte: »Man muß sich also vor Somba hüten?« Somba sagte: »Sein Kavogo ist schrecklich. «

Darauf kroch Somba in seiner stinkenden Antilopenhülle auf die Uferwiese, und dann wiederholte sich zwischen ihm und Junde das gleiche Gespräch. Nachher suchte er noch Njebaga zu gleicher Aufklärung auf. (In beiden Fällen wiederholte der

Erzähler die Unterhaltung in selber Ausführlichkeit wie im Falle mit Uobogo). Danach streifte Somba aber am Flusse die schmutzige Antilopenhaut ab und wusch sich gründlich.

Als Somba sich gründlich gereinigt hatte, ging er hinauf in die Buschsteppe und sah sich um, ob er nicht irgendwo Uobogo (den Elefanten) sähe. Als er ihn erblickt hatte, ging er auf ihn zu und sagte: »Guten Tag, mein alter Uobogo, wie geht es dir denn?« Sobald aber Uobogo Somba sah, lief er von dannen und rief nur: »Ich weiß, du hast ein schreckliches Kavogo. Laß mich! Ich will dir gar nichts Schlimmes tun.«

Njakas Tochter und Somba

Njaka (das ist eine kleine Antilopenart, alle Stämme im Westen, auch die Mossi, bezeichnen sie als besonders klug und auch zauberkräftig) hatte eine kleine Tochter, die war sehr hübsch, und viele hätten sie gern geheiratet. Njaka aber machte bekannt: »Ich gebe dem meine Tochter zur Frau, der mir die Milch der Padere (wilde Büffel), die Haut der Abaga (Leoparden) und den Zahn der Uobogo (Elefanten) bringt.« Auch Somba der Hase hörte das, und er dachte bei sich: »Das ist doch gar nicht so schwer! Das werde ich schon zusammenbringen.«

Zunächst mischte sich Somba einen feinen Brei aus wilden Grassamen und Salz. Es gab eine ausgezeichnete Speise. Die füllte er in seinen Quersack. Er ging in den Busch dahin, wo er den Padere wußte. Padere sagte: »Wohin gehst du!« Somba sagte: » Ich will mich ein wenig zurückziehen, um von einem Medikament zu essen, das gut zu schmecken scheint.« Padere sagte: »Zeig her, ich will ein wenig davon versuchen.« Somba gab ihm ein wenig. Padere versuchte es und sagte: »Das ist ja ganz ausgezeichnet. Wo hast du das her?« Somba sagte: »Ich fand das in jenem Baobab (Affenbrotbaum). Allerdings kann ich mit meinen kleinen Zähnchen nur wenig abkratzen. Du aber mit deinen mächtigen Hörnern brauchst nur einmal gründlich dahineinzufahren, um ein weites Loch in die dünne Baumwand zu schlagen. Dann kannst du der Baumhöhle entnehmen, soviel du willst, denn der Baum ist immer ganz angefüllt mit dieser Nahrung.« Padere sagte: »Gut. Wo ist der Baum?» Somba sagte: »Sieh! Ganz dicht dort drüben!«

Padere senkte den Kopf; er rannte mit aller Gewalt auf den Baum zu. Er wollte die dünne Wand zerstoßen, aber er rannte nur seine Hörner fest. Er wollte sie zurückziehen, aber er war so fest dagegen gestürmt, daß er nicht wieder vom Baum abzukommen vermochte. Als er nun so fest saß, sagte Somba: »Du erlaubst mir wohl!« Er kam mit einer kleinen Kalebasse heran und begann den Padere, der sich nicht zu wehren vermochte, zu melken. Als seine kleine Kalebasse gefüllt war, lief er damit zu Njaka und sagte: »Hier ist zunächst einmal die Milch des Padere.« Dann begab sich Somba zu Abaga und fragte: »Willst du mich vielleicht begleiten? Ich möchte baden gehen.« Abaga sagte: »Ich will schnell meine Sachen ein wenig ordnen, dann komme ich mit dir.« Abaga ging in sein Haus. Somba ging in sein Haus. Somba stopfte seinen Quersack fest voller Tjeperrenga (roter Pfeffer). Abaga regelte in seinem Hause noch einige Unordnungen, dann trafen sie sich beide auf dem Weg zum Bade. Sie gingen gemeinsam zum Wasser hinab. Am Ufer warf Somba seinen Sack ins Gras und sagte: »Wollen wir uns nicht unserer guten Kleider entledigen?« Abaga sagte: »Gewiß lege ich mein gutes Kleid ab.« Er tat es. Er warf seinen fleckigen, schönen Überzug neben Sombas Sack. Dann stiegen beide ins Wasser und nahmen ihr Bad.

Als sie eine Zeitlang herumgeschwommen waren, sagte Somba: »Ach, ich habe ganz vergessen, etwas beiseitezulegen. Nun habe ich es mit ins Wasser genommen. Ich will schnell ans Ufer gehen, es ins Trockene zu legen. Gleich bin ich wieder zurück.« Somba sprang ans Ufer. Er öffnete seinen Sack und rieb so schnell wie möglich Abagas Kleid gründlich mit rotem Pfeffer ein. Als das geschehen war, ging er zurück in das Wasser.

Sie schwammen noch eine Weile umher, dann stiegen sie ans Ufer. Abaga wollte sein Kleid anlegen. Er bewegte sich ein wenig darin (in seinem Fell.) Er zog das Kleid wieder aus und sagte: »Pfui, das juckt ganz abscheulich.« Er zog sein Kleid wieder aus. Somba hatte inzwischen seinen Sack genommen. Er roch daran und rief: »Pfui, das ist ja ganz abscheulich. Es ist etwas über meinen Sack gekommen, während wir badeten.« Abaga trat herzu und sagte: »Es ist dasselbe, das in mein Kleid gekommen ist.« Somba sagte: »So kann ich meinen neuen Sack nicht mit nach Hause nehmen.« Abaga sagte: »Ich kann auch mein Kleid nicht anziehen.« Somba sagte: »Ich muß meinen Sack erst gründlich waschen.« Abaga sagte: »Mein Kleid muß auch erst gewaschen werden.« Somba sagte: »Laß es hier; ich will es gleich mit reinigen.« Abaga sagte: »Es ist gut!« Somba sagte: »Du bekommst es dann morgen.« Abaga ging. Somba nahm das schöne Kleid Abagas, trug es zu Njaka und sagte: » Hier ist wunschgemäß zum zweiten das Fell des Abaga.«

Somba begab sich dahin, wo die große Herde der größten Uobogo (Elefanten) war. Somba setzte sich neben den größten Uobogo und blickte unaufhörlich mit weit geöffneten Augen gen Himmel. Von Zeit zu Zeit schüttelte er wie vor Verwunderung den Kopf und sagte: »Nein, ist das schön!« Der größte Uobogo guckte auch in die Richtung, in die Somba schaute, und sagte: »Guten Tag, mein Somba! Was gibt es denn da?« Somba tat so, als ob er erstaunt zusammenführe und jetzt erst den Uobogo sähe. Er sagte: »Verzeih mir, mein Uobogo, daß ich dich nicht beachtete und dir nicht guten Tag sagte. Aber ich war davon so ganz eingenommen.« Der Uobogo sagte: »Wovon warst du eingenommen?« Somba sah den größten Uobogo erstaunt an und sagte: »Ja, siehst du denn nicht das Herrliche da oben am Himmel?« Der größte Uobogo sah empor und sagte: »Nein, ich sehe nichts.« Somba sagte: »Was, das siehst du nicht?« Uobogo fragte die anderen Uobogo: »Nein, wir sehen es nicht.«

Somba sagte: »Nein! Der große Uobogo sieht das Herrliche da oben am Himmel nicht!« Alle Uobogo sahen zum Himmel empor. Der größte Uobogo sagte: »Ich sehe es nicht, ich möchte es aber sehr gern sehen.« Die anderen Uobogo sahen ständig empor und sagten: »Ja, wir möchten wohl auch recht gern wissen, was dies Herrliche da oben am Himmel ist.« Somba sagte: »Daß ihr das nicht seht, das kommt wohl daher, daß ihr im Verhältnis zu eurer Größe eigentlich kleine Augen habt, während ich als kleines Tier mit recht großen Augen versehen bin. Aber ihr seid so große, so wunderbar große Tiere, daß die Sache gar nicht so schwer ist. Es muß nur einer immer auf den Rücken des anderen steigen. Wenn dann der ganz große Uobogo zu oberst auf den Rücken des letzten steigt, so kann er das Herrliche da oben nicht nur sehen, sondern er kann es sogar ergreifen.« Die Uobogo sagten: »Das ist richtig.« Der größte Uobogo sagte: »Ich will auf euch alle hinaufsteigen. Ihr müßt aber ganz fest stehen, damit ich nicht falle.« Die Uobogo sagten: »Wir werden ganz fest stehen. «

Danach stieg ein Uobogo immer auf den Rücken des anderen. Es entstand eine ganz, ganz hohe Säule. Zu oberst stieg der ganz große Uobogo. Als er oben war, hielt Somba unter den Hinterfuß des untersten Uobogo schnell einen Feuerbrand. Das schmerzte den derart, daß er nicht anders konnte, als einen Schritt nach vorn zu machen. Dadurch kam die Reihe der Uobogo aber ins Wanken, der größte Uobogo, der zu oberst stand, fiel herab und brach sich einen Zahn ab. Alle Uobogo fielen scheltend über den Uobogo, der zu unterst war, her. Der sagte:

»Verzeiht mir, aber ich trat mir einen scharfen Dorn in den Fuß, und ihr wart so schwer auf mir!«

Während sie schalten, brachte Somba schnell den abgebrochenen Zahn beiseite und versteckte ihn im Busch. Der große Uobogo suchte zornig seinen Zahn. Im Zweige des Baumes nebenan saß ein kleines Vögelchen, das hatte alles mit angesehen und rief dem größten Uobogo zu: »Du suchst deinen Zahn an der falschen Stelle. Du mußt deinen Zahn da drüben suchen. Somba hat ihn gestohlen und versteckt.« Der größte Uobogo hatte nicht recht verstanden. Er fragte: »Was ist los?« Somba sagte: »Dieser freche kleine Vogel wagt es, auch noch über dein Unglück zu lachen.« Als Uobogo das hörte, war seine Wut grenzenlos. Er jagte mit seinen Genossen hinter dem kleinen Vogel her, ihn zu vernichten. Während die Uobogo von dannen jagten, nahm Somba seinen Zahn, trug ihn zu Njaka und sagte: »Hier ist zum dritten der Zahn des Uobogo.«

Njaka sagte: »Es ist wahr. Du hast mir die Milch des Padere, das Fell des Abaga und den Zahn des Uobogo gebracht.« Somba sagte: »Nun gib mir deine Tochter!« Njaka sagte: »Mein Somba! Meine Tochter kann ich dir nicht geben. Du bist, wie du mir gezeigt hast, ganz ungewöhnlich klug. Ich bin auch ein ganz ungewöhnlich kluges Tier. Wenn unsere Familien sich zusammentun und aus unseren beiden Stämmen ein Kind geboren wird, so wird es klug wie Wende (wie Gott), und das wäre nicht gut. Deshalb kann ich dir meine Tochter nicht geben.«

Die Yoruba

»In meinem Land ist jeder Mann aus alter Zeit ein großer Stein« – Der Ausspruch eines schwarzhäutigen Schiffsjungen, den der 19jährige Frobenius in Hamburg kennenlernte, und der ihn nie losließ. Auf seiner zweiten Expedition hinauf in den Sudan sprach er in Timbuktu mit Yoruba-Sklaven, alten Leuten, die bereitwillig von den Steinmenschen ihrer Heimat erzählten. Aber erst auf der vierten großen Reise, die Frobenius 1910/12 quer durch Nigeria und das Grasland von Kamerun bis Adamaua unternahm, beginnt er mit eigenen Grabungen. In Ife (Nigeria) fördert er Urnen, Schmuckstücke und vor allem Terrakottaköpfe zutage, die Yoruba erkennen sie als »die zu Stein gewordenen und in die Tiefe gesunkenen Götter« wieder. Ein Fund fesselt ihn besonders, der Kopf des Meeresgottes Ori Olokun in Gelbguß, mit hohem Diadem (1. Jahrtausend v. Chr.).

Mit ihm hat Frobenius den Schlüssel zu den antropomorphen Gottheiten in Händen, und »wenn ihn seine Spekulationen auch zu kühnen Phantasien verführten, er hat die Mythen- und Sagenwelt der Yoruba als logisches System begriffen« (Janheinz Jahn). Frobenius selbst schreibt darüber in der »Atlantischen Götterlehre« (1926): »An der Spitze des westafrikanischen atlantischen Götterkreises steht Olokun, der Gott des Meeres, Poseidon. Der Götterkreis ist gebildet nach der Zahl der Sechzehn, die überall wiederkehrt, in der Zahl der Orakelwürfel, der Zahl der Flammen,

der Opferlampe, der Zahl der Kräfte und Teile, in der hierarchischen Ordnung der Priester. Das Symbol aller Ordnung ist ein Steinbeil, aufragend aus einem Blitzbündel von sechzehn Stäben. Wesenheit einer alles schreckhaft beherrschenden und niederhaltenden düsteren Religion ist Edschu, der Gott mit den Schlangenhaaren, der Gott, der über dem Weltkreis der vier Wassertiere sich erhebt.«

Der Grundgedanke dieses Religionssystems liegt in der Vorstellung, daß jeder Mensch von einer Gottheit (Orischa) abstammt. Die sterbenden kehren zum Orischa zurück, und jedes Neugeborene stellt die Wiedergeburt eines verstorbenen Mitglieds der gleichen Familie dar. Das Volk der Yoruba zeigt sich gegliedert in viele Klane, an deren Spitze jeweils ein Gott steht. Es kann der Gott des Gewitters sein oder der Schmiede oder eines Flusses oder sonst einer Kraft oder Wirkung. Einige Tiere sind dieser Gottheit widerwärtig; deswegen müssen sie von »der Familie« vermieden werden, was zu den Ewuo (Speiseverboten) führt. Jedem in Orischa besondere Kräfte zu eigen, insofern wird er nicht nur von »seinen Kindern« verehrt, sondern auch von denen, die gerade seiner Hilfe bedürfen. Kein Yoruba wird aus dem Klanverband austreten können, um etwa die Vaterschaft eines anderen Orischa zu gewinnen; selbst als Christ oder Muslim bleibt er ihm verhaftet.

Einige der Götter hängen miteinander zusammen, so das Welteltempaar, das aus Obatalla dem Himmelsgott und Odudua der Erdgöttin besteht. Die Gottheit der schwarzen Erde wird im Landesinneren aber als Mann angesehen, und Obatalla lebt unter dem

Namen Oschalla weiter, dargestellt durch zwei weißbemalte aufeinanderliegende Kalebassen: die untere repräsentiert die Erde, die darüberliegende den Himmel.

Von Schango dem Donnergott soll der erste König des Landes abstammen. Es ist der Gott auf dem Widder, er brennt die Gehöfte und Städte nieder, erschlägt die Menschen, läßt die Fluten steigen. Er hat eine gewaltige Medizin eingenommen, deswegen sprüht sein Mund Feuer. Seine Gattin Oja, der Nigerstrom, soll einst von dieser Medizin genommen haben, deshalb ist auch ihr Mund erleuchtet. Schankpanna ist der grauenvolle Gott der Pocken; die Leute in Ibadan führen seine Abstammung ebenso wie die des Donnergotts Schango auf das Volk der Takba (Nupe) zurück.

Ogun, der Gott der Schmiede und darüber hinaus jedes kunstfertigen Handwerks – und der des Krieges – wird im ganzen Yorubaland verehrt. So auch Oko, der Gott des Feldbaues, dessen Name die Hacke wie deren Form bezeichnet.

Interessanterweise hat jede Stadt (und das Volk ist durch Stadtkulutr geprägt, Ibadan war die erste schwarze Großstadt des Kontinents) einen Schutzherrn, eine besondere Stadtgottheit.

Einzigartig ist das Stadtstaatensystem. In Oyo, bereits um 1300 gegründet, residierte bis 1830 der weltliche Herrscher, der Alafin. Ife dagegen war heilige Stadt und Sitz des Oni, des religiösen Oberhauptes. Die einzelnen Städte glichen freilich mehr Republiken, dank der Einrichtung des Ogboni, eines Senats der angesehensten Männer.

Aus seiner Mitte kam der Bale, das gewählte Stadtoberhaupt, dessen Amtsdauer streng bemessen war. Die ganze Macht des Ogboni zeigte sich im Mummule, im Orakelnehmen (siehe Anhang).

Die Volkserzählungen der Yoruba zeigen, wie selbstverständlich Menschen und Götter miteinander umgehen. Ahun, die Schildkröte, der Fabelheld der Yoruba, gehört ebenso selbstverständlich zum Alltag; er ist ein Bote zwischen den Menschten, tritt sogar in Gemeinschaft mit den Göttern.

Wie die Erde entstand

Vordem gab es keine Erde. Es gab nur Okun (Olokun) das Meer, ein Wasser, das unten überall ausgebreitet war. Oben war Olorun. Olorun (der Orischa oder Gottheit des Himmels) und Olokun (der Orischa des Meeres) waren gleich alt. Sie besaßen alles. Olorun hatte zwei Söhne. Der ältere hieß Orischala, der jüngere Odudua. Olorun rief Orischala. Er gab ihm Sand. Er gab ihm ein Huhn mit fünf Fingern. Er sagte zu ihm: »Steig hinab und mach auf dem Okun die Erde.« Orischala ging. Unterwegs fand er Palmwein. Orischala begann davon zu trinken und betrank sich. Dann schlief er ein. Olorun sah das. Da rief er Odudua und sagte zu ihm: »Dein älterer Bruder hat sich auf dem Wege nach dort unten betrunken. Geh du jetzt, nimm den Sand und das Huhn mit den fünf Fingern und mach die Erde auf dem Okun.«

Odudua ging. Er nahm den Sand. Er ging hinab und legte ihn auf das Meer. Er setzte das Huhn mit den fünf Fingern darauf. Das Huhn begann zu scharren und dehnte den Sand aus und drängte das Wasser beiseite. Die Stelle, wo das geschah, war Ilife, um das zuerst noch das Meer floß. Odudua herrschte als erster König über dem Land Ilife. Das Olokunmeer wurde kleiner und kleiner und rann durch ein kleines Loch von dannen, durch ein Loch, aus dem man noch heute das Gotteswasser nehmen kann, sehr viel, ohne daß es versiegt. Man nennt es Oscha. Orischala aber war wütend darüber, daß er die Erde nicht gemacht hatte, er begann einen Krieg gegen Odudua. Sie kämpften lange miteinander, danach aber schlossen sie Frieden. Sie gingen später beide in die Erde, und man sah sie nicht wieder.

Nachtflucht des Flötenbläsers

Ein Mann heiratete eine Frau. Sie hatten ein Kind, das war ein Sohn. Der Sohn wuchs heran. Der Vater fragte den Jungen: »Welche Arbeit macht dir Freude?« Der Sohn entgegnete: »Ich blase gerne Flöte.« Der Sohn bekam eine Flöte und blies immer Flöte (Ferre). Der Vater nahm den Jungen immer mit, wenn er auf die Farm ging. Der Junge blies auf dem Weg. Der Junge blies beim Ausruhen. Der Junge blies, wenn sie nach Hause gingen.

Eines Abends war der Junge mit seinem Vater von der Farm wieder fortgegangen, um nach Hause zu wandern. Sie waren schon ein Stück gegangen. Es begann schon dunkel zu werden. Der Junge sagte zu seinem Vater: »Ich habe meine Flöte vergessen. Ich muß noch einmal zurücklaufen.« Der Vater sagte: »Laß das bis morgen. Es wird Nacht bis du heimkommst. Man soll nicht nachts auf der Farm herumlaufen!« Der Junge sagte: »Ich muß aber zurückgehen, denn ich kann meine Flöte nicht liegen lassen.« Der Vater sagte: »Laß es!« Der Junge sagte: »Ich muß!« Der Junge lief zurück. Als er zur Farm zurückkam, war es Nacht, aber der Mond schien. Er sah, daß alle Tiere da waren. Die Tiere standen um die Föte. Ein Tier nach dem anderen versuchte darauf zu blasen. Aber keines konnte es. Die Tiere sahen den Burschen. Der Elefant sagte: »Komm, Junge! Dir gehört die Ferre. Zeig uns, wie man die Ferre bläst.« Sie gaben ihm die Flöte. Der Bursche nahm die Flöte. Er begann die Flöte zu blasen. Der Elefant sagte zu dem Burschen: »Wir wollen auf und ab tanzen!« Der Elefant sagte zu dem Affen: »Bleib du bei dem Jungen, daß er nicht wegläuft!«

Der Junge blies die Flöte. Alle Tiere begannen zu tanzen. Die Tiere tanzten immer weiter fort. Als die anderen Tiere ganz weit fortgetanzt waren, sagte der Affe: »Nun blase für mich! Ich will auch ein wenig tanzen!« Der Junge blies für den Affen. Der

Affe tanzte. Dann kamen die anderen Tiere zurückgetanzt. Der Leopard sagte: »So, nun blase für mich besonders. Der Affe soll solange bei dir bleiben!« Die anderen Tiere waren wieder weggetanzt. Der Leopard tanzte weg. Dann blieb auch der Affe nicht mehr da. Er tanzte auch weg. Als auch der Affe fortgetanzt war, begann der Junge wegzulaufen, so schnell er konnte.

Zwischen der Farm und seinem Vaterdorf waren sieben Hügel. Der Junge lief fort so schnell er konnte. Er kam ungehindert bis auf den vierten Hügel. Als er auf dem vierten Hügel war, kamen die Tiere auf den Spielplatz zurück.

Der Leopard fragte den Affen: »Wo ist der Junge? Ich sagte dir doch, auf ihn aufzupassen!« Der Affe sagte: »Ich sehe ihn nicht.« Die Tiere sagten: »Es muß jemand hinter ihm herlaufen und ihn zurückbringen.« Die Tiere sagten: »Der Elefant soll hinterherlaufen.« Der Elefant sagte: »Ich will nicht!« Die Tiere sagten: »Dann soll der Leopard hinter ihm herlaufen und ihn holen.« Der Leopard sagte: »Ich will nicht!« Die Tiere sagten: »Für dich hat er zuletzt geblasen! Du mußt ihn zurückholen!« Der Leopard sagte: »Gut, ich will hinlaufen, wenn Ulingini (Hauskatze) meinen Sack trägt und vor mir herlaufen will.« Die Tiere sagten: »Das muß die Hauskatze tun!«

Der Leopard und die Hauskatze machten sich auf den Weg. Ehe der Junge auf den fünften Hügel kam, war der Leopard mit der Hauskatze schon auf dem vierten. Vom vierten Hügel sah der Leopard den Jungen und er sang: »Aquode-Illide! Aquode-Illide!« (ein Zaubergesang, der den Jungen zwingen soll, langsam zu gehen, bis der Leopard ankommt). Als der Junge das hörte, sang er: »Ojiben-jakaja ferekujae oji!« (ein Zaubergesang, der den Wind veranlassen soll, ihn schnell zu seiner Mutter zu tragen.) Als der Junge das gesungen hatte, nahm ihn der Wind auf und setzte ihn vor der Tür des Elterngehöftes nieder. Der Leopard war ganz dicht hinter ihm. Seine Mutter war im Hause gerade mit dem Wäsche-Einseifen beschäftigt. Sein Vater war gerade mit dem Färben mit Indigo beschäftigt. Als der Junge nun in der Tür ankam und die Eltern den Leoparden hinter ihm sahen, spritzten sie die beschmutzten Hände gegen den Leoparden. So konnte der Leopard mit seinen Pranken nur noch am Rücken des Jungen herabfahren.

Von diesem Prankenstreich kommt es, daß die Menschen eine Vertiefung längs des Rückens haben. Von den Seifen und Indigospritzern kommen die Flecken des Leoparden.

Der Uofa

Ein alter Mann hatte sehr viel Geld und Besitz. Er hatte zwölf Kinder, von denen waren sieben Burschen und fünf Mädchen. Außerdem hatte er einen Uofa (d. h. einen Burschen, der verpfändet ist, meist von seinem Bruder, der eine größere Summe schuldet und dafür die jüngeren Geschwister als Uofa für den Gläubiger arbeiten läßt, bis er seine Schuld tilgen kann). Eines Tages rief der Alte seine Söhne zusammen und sagte: »Mein Kopf möchte einen Ekun (Leoparden) haben. Mein Kopf möchte eine Irre (Schlange mit zwei Hörnchen) haben. Mein Kopf möchte etwas ganz Besonderes (heißt soviel: Ich habe nun mal den Einfall oder die Marotte usw.).« Die Söhne sagten: »Es ist gut! So laß es dir doch besorgen!«

Der alte Mann rief den Uofa und sagte: »Ich werde dich heute aussenden. Wo ich dich heute hinschicke, brauchst du nur einmal hinzugehen. Du sollst mir eine Arbeit verrichten. Wenn du die verrichtet hast, brauchst du sie nicht wieder zu machen. Mach die Sache kurz und komm wieder! Erst geh hin und zünde auf dem Wasserspiegel ein Feuer an. Dann hast du hier eine Nadel (Aberre), schlage damit Feuerholz. Dann bring mir einen Ekun und eine Irre. Einer meiner Söhne wird mit dir gehen und sehen, ob du auch alles richtig machst. Er soll alles sehen und mir dann berichten. Geh und erfülle meinen Auftrag!« Der alte Mann sagte zu einem seiner Söhne: » Geh hin und sieh, ob der Mann alles macht, wie ich es ihm aufgetragen hatte.«

Der Uofa ging mit einem der Söhne des alten Mannes in den Busch. Sie gingen bis zum Wasser; als sie am Wasser angekommen waren, rief der Uofa: »Das, was der alte Herr mir gesagt hat, kann ich nicht, du Olorun (Schöpfer-Gott), du aber kannst es!« Der Uofa sang:

»Der Uofa soll Feuer auf Wasser anzünden.

Der Uofa ist ein Mensch.

Der Uofa weiß, daß ein Mensch das nicht kann. Du aber, Olorun, kannst es.

Olorun, tu du es für den armen Uofa! Zünde auf diesem Wasser Feuer an!«

Darauf entzündete Olorun auf dem Wasser ein Feuer. Der Uofa fragte den Sohn des alten Mannes: »Siehst du das Feuer auf dem Wasser?« Der Sohn sagte: »Ja, ich sehe es!« Der Uofa fragte ihn: »Wirst du das deinem Vater sagen?« Der Sohn antwortete: »Ja, ich werde das meinem Vater sagen. «

Darauf ging der Uofa mit dem Sohn seines Herrn zu einem trocknen Baum, zog die Nadel heraus und sang:

»Der Uofa soll mit der Nadel Feuerholz schlagen.

Der Uofa ist ein Mensch.

Der Uofa weiß, daß das ein Mensch nicht kann. Du aber, Olorun, kannst es.

Olorun, tu du es für den armen Uofa! Schlage mit dieser Nadel Feuerholz!« Darauf schlug die Nadel den trockenen Baum klein, so daß er als Feuerholz zuletzt dalag. Der Uofa fragte den Sohn des alten Mannes: »Hast du gesehen, wie die Nadel das Feuerholz geschlagen hat?« Der Sohn sagte: »Ja, ich habe es gesehen.« Der Uofa fragte: »Wirst du es deinem Vater sagen?« Der Sohn sagte: »Ja, ich werde es meinem Vater sagen.«

Darauf gingen der Uofa mit dem Sohn seines Herrn in den Busch, dahin, wo ein Ekun wohnte. Der Uofa sang:

»Nur du, Olorun, kannst dem Uofa helfen, Den Ekun zu fangen. Der Uofa bittet dich, hilf ihm!«

Er ging in den Busch. Er fand zwei Ekun, einen männlichen und einen weiblichen. Er fing beide. Dann ging er mit dem Sohne seines Herrn in den Busch, in dem eine Irre lebte. Der Uofa sang:

»Nur du, Olorun, kannst dem Uofa helfen, die Irre zu fangen.

Der Uofa bittet dich, hilf ihm!«

Er ging in den Busch. Er fand die Irre. Er fing sie. Der Uofa sang:

»Olorun entzündete für den Uofa das Feuer auf dem Wasser.
Olorun schlug für den Uofa mit der Nadel Feuerholz.
Olorun half dem Uofa die Ekun zu fangen.
Olorun half dem Uofa, die Irre zu fangen!«

Der Uofa nahm die beiden Leoparden und die Schlange. Er sagte zu dem Sohn des alten Mannes: »Nun bin ich fertig. Komm heim!« Sie gingen zusammen nach Hause. Als sie daheim ankamen, fragte der alte Mann seinen Sohn: »Was hat der Uofa gemacht?« Der Sohn sagte: »Er hat Feuer auf dem Wasserspiegel angezündet. Er hat mit der Nadel Feuerholz geschlagen. Er hat zwei Leoparden und eine Irre gefangen.« Der alte Mann sagte: »Der Uofa soll den Leoparden und die Irre hinter dem Hof anbinden. Ich komme sogleich, um sie anzusehen.«

Der Uofa hatte gesagt: »Alle Leute sollen zusammenkommen. Alle Leute sollen sehen, was ein Mensch mit Oloruns Hilfe kann!« Alle Leute kamen. Dann wurden die Leoparden und die Irre im Agballa (d. h. hinter dem Haus) angebunden. Der alte Mann ging hin, um sie anzusehen. Kaum trat er näher, da sprangen die Leoparden auf ihn und bissen ihn tot.

Der Uofa ging nach vorn und sagte zu den Söhnen des alten Mannes: »Was steht ihr hier und guckt?! Geht einmal ins Agballa und seht, was eures Vaters Kopf gerne möchte. Es ist ihm erfüllt worden.« Die Kinder des alten Mannes gingen nach hinten. Sie sahen, daß ihr Vater von den Leoparden getötet war. Als sie dastanden und hinschauten, sprangen die Leoparden auf und unter die Kinder des alten Mannes. Sie töteten von ihnen neun.

Wenn jemand eigene Kinder hat, soll er anderer Leute Kinder nicht schlechte Aufgaben geben, sondern sie durch seine eigenen Kinder ausführen lassen.

Der Teufelsjunge

Eine Frau schlief die Nacht bei ihrem Mann. Am anderen Tage war sie schwanger. Am gleichen Tage gebar sie. Als der Junge aber eben geboren war, sagte er: »Ich will mit meinem Vater auf die Farm gehen!« Der Vater antwortete: »Was? Du bist eben erst geboren und willst am gleichen Tage schon auf die Farm gehen? Nein, das tu ich nicht. Ich nehme dich gewiß nicht mit auf die Farm.« Das Kind sagte: »Ich will aber heute mit dir gehen!« Der Vater sagte: »Ich werde dich doch nicht mitnehmen.« Der Junge sagte: »So gebt mir Oko (Hacke) und Ada (Grasmesser). Ich werde dann allein gehen!« Der Vater gab dem eben geborenen Kind Oko und Ada.

Der Vater ging fort. Das Kind ging weg. Der Vater stieg auf einen Palmbaum, um die Krone zu kappen. Das Kind ging eben dahin. Als der Vater oben war, sagte das Kind: »Schneide die Spitze nur ab und wirf sie herunter; ich bin stark genug, sie aufzufangen (was kein erwachsener Mann kann)!« Der Vater stieg von der Palme herab und sagte: »Wie kannst du eben geborenes Kind solche Dinge reden!« Das Kind sagte: »Nun, so werde ich hinaufsteigen und etwas herunterwerfen, was du auffangen kannst.« Der Vater sagte: »Das soll mir recht sein.«

Das Kind stieg hinauf. Der Vater stand unten. Als das Kind oben auf dem Baume angelangt war, begann es die Krone abzuschlagen. Die Krone brach endlich. Der Vater stand unten, bereit, sie aufzufangen. Die Krone stürzte hinunter und dem Vater gerade in die Arme. Der Vater wollte sie auffangen. Die Krone aber schlug ihn tot. Als das eben geborene Kind sah, daß sein Vater totgeschlagen war, kam es von dem Palmbaum herab.

Das eben geborene Kind ging mit dem Ada zu dem totgeschlagenen Vater. Das Kind schob die Palmspitze beiseite und begann den Vater mit dem Ada zu zerhacken. Es zerhackte den Vater in ganz kleine Stücke. Das Kind nahm die Augen aus dem Kopf und die Leber aus dem Bauch. Alle anderen Stücke streute das Kind weithin aus. Dann nahm es die Augen und die Leber und ging damit heim.

Daheim ging das Kind mit den Augen des Vaters zu der ersten Frau und sagte: »Dies ist ganz besonders gut. Der Vater sendet es und läßt dir sagen, du sollst es essen.« Die Frau nahm die Augen. Dann ging das Kind mit der Leber des Vaters zu der zweiten Frau und sagte: »Der Vater sendet dir dies. Es ist ganz besonders gut, du sollst es essen.« Die erste Frau bereitete die Augen des Vaters und aß sie. Die zweite Frau bereitete die Leber des Vaters und aß sie. Als beide gegessen hatten, schrie das kleine Kind durch die Tür hinein: »Die erste Frau meines Vaters hat seine Augen gegessen. Die zweite Frau meines Vaters hat seine Leber gegessen!« Als die beiden Frauen das hörten, schrien sie laut auf. Sie stürzten auf das Kind zu. Sie riefen andere Leute.

Das Kind lief fort. Andere Leute kamen. Die Leute liefen hinter dem Kind her. Sie wollten es fangen. Das Kind lief in den Busch und dann immer weiter. Endlich kam das Kind zu Edsu

(Bringer-Gott). Das Kind sagte zu Edsu: »Ich bin aus der Stadt wegen nichts weggelaufen. Laß mich bei dir bleiben. Ich will für dich arbeiten.« Edsu sagte: »Es ist gut! Bleibe da!« Das Kind blieb. Am andern Morgen sagte Edsu zu dem Kind: »Bring mir meinen Eko!« (Eko ist gleich dem Kaffa Togos, ist bereitet aus Sorghummehl, das aufgebrüht ist wie Kakao.) Das Kind ging hin, um den Eko zu bereiten. Es nahm aber nicht nur Sorghum, sondern vor allem Adi (Adi ist das letzte schwarze Öl, das nach dem Brennen der Palmkerne noch aus ihnen gewonnen wird). Das Adi machte das Kind in dem Eko für Edsu zu unterst. Das Kind wollte sehen, ob Edsu daran sterben würde, denn Adi ist das Ewuo (das Speiseverbot) des Edsu. Diesen Eko setzte er dann dem Edsu vor und der trank es bis zur Neige aus. Das Kind sah ihm eine Zeitlang zu und sagte dann: »Ich bin ein Edsu-oma und habe immer gehört, daß Adi das Ewuo des Edsu ist. Wenn Edsu ein Gericht mit Adi ißt, soll er sterben. Ich habe dir deinen Eko mit Adi zubereitet, aber du bist noch ganz gesund. Wirst du nicht daran sterben?« Edsu nahm einen dicken Knüppel, um auf das Kind zu schlagen. Edsu wollte das Kind töten. Das Kind aber lief fort.

Das Kind lief weit, weit fort, bis der Edsu es nicht mehr erreichen konnte. Es kam zu einer alten Frau, die war krank und lag auf einer alten Matte. Die alte Frau schlief. Das Kind weckte die alte Frau und sagte: »Hilf mir, ich bitte dich! Das Unglück ist hinter mir! Laß mich bei dir bleiben; ich will für dich arbeiten.« Die alte Frau sagte: »Bleibe bei mir! Ich habe es kalt! Mach mir Feuer!« Das Kind sagte: »Das will ich schnell tun!« Die alte Frau drehte sich um und schlief schnell wieder ein. Das Kind sagte (bei sich): »Es ist kein Feuerholz hier. Es ist sehr lästig, noch herumzulaufen und Holz zu suchen. Werde ich denn nichts anderes finden, womit ich Feuer machen kann?« Die alte Frau ernährte sich durch Spinnen. Die Leute brachten ihr Baumwolle. Sie spann Fäden. Die alte Frau hatte viel Baumwolle und ganze Bündel Garn daliegen. Das Kind sagte: »Dies wird besser brennen als Holz!« Das Kind nahm die Baumwolle und zündete sie an. Das Kind warf alle Garnknäuel hinein und machte ein großes Feuer damit.

Am anderen Morgen ganz früh erwachte die alte Frau. Sie erhob sich und wollte an ihre Arbeit gehen. Sie sah nach ihrer Baumwolle und fand sie nicht. Sie sah nach ihrem Garn und fand es nicht. Sie fragte das Kind: »Wo ist meine Baumwolle? Wo ist mein Garn?« Das Kind sagte: »Ich habe damit Feuer gemacht. Es war ein sehr gutes Feuer und du hattest Wärme davon.« Als die Frau das hörte, schrie sie auf. Das Kind lief fort, so schnell es konnte.

Das Kind lief, bis es endlich zu Orisa (Familiengottheit) kam. Das Kind sagte zu Orisa: »Das Unglück ist hinter mir. Hilf mir! Ich will für dich arbeiten! Laß mich bei dir bleiben.« Orisa sagte: »Es ist gut. Du kannst bei mir bleiben.« Das Kind blieb da. Am andern Morgen sagte Orisa zu dem Kinde: »Geh hin und kaufe mir meinen Eko!« Das Kind sagte: »Ich werde sogleich gehen!« Das Kind ging hin. Das Kind kaufte Emu (Palmwein; Palmwein ist aber das Ewuo, das Speiseverbot Orisas); dann mischte es den Emu in den Eko und brachte die Schüssel zu Orisa. Orisa versuchte und trank dann. Orisa sagte: »Das ist ja ausgezeichneter Eko! So guten Eko habe ich noch nicht getrunken.« Orisa trank den Eko aus und sagte: »So guten Eko habe ich noch nicht gehabt. Wo hast du ihn denn herbekommen?« Das Kind sagte: »Das kommt nur, weil ich ihn von ganz unten her genommen habe.« (Der Art des Getränkes entsprechend ist in der Tiefe des Kübels die dicke, gute Masse, während die dünnere oben schwimmt.)

Einige Zeit aber, nachdem Orisa den Eko getrunken hatte, begann es ihn um den Mund her zu jucken. Er kratzte sich. Das Jucken wurde immer schlimmer. Es zog über das ganze Gesicht hin. Orisa sagte: »Sollte mein Eko heute so gut gewesen sein, weil dieser Teufelsjunge mir von meinem Ewuo hineingetan hat?« Orisa wurde sehr zornig. Er ergriff einen Knüppel und schlug auf das Kind. Er rief: »Weg mit dir!« Das Kind aber sprang auf und lief so schnell es konnte davon. Orisa konnte es nicht einholen.

Das Kind lief durch den Busch und kam zu einem Ode, einem Jäger. Der Ode stieß gerade in einem Mörser Inia (Jams). Das Kind kam heran und sagte: »Laß mich ein wenig bei dir. Ich will für dich arbeiten.« DerJäger sagte: »Es ist gut. Nimm hier die Mörserkeule und stampfe mir zunächst einmal den Jams!« Das Kind nahm die Keule. Das Kind begann die Arbeit. Der Jäger ging abseits. Das Kind schaute umher. Neben dem Jamsmörser hing das Jagdgerät des Jägers in den Zweigen. Das Kind griff nach dem Behälter, in dem das Gift für die Pfeile aufbewahrt war und mischte es in den Brei. Dann stampfte das Kind den Jams fertig und bereitete das Essen.

Der Jäger kam inzwischen zurück. Er sagte: »Wir wollen essen.« Er sagte zu dem Kind: »Komm, iß mit mir!« Das Kind sagte: »Ich kann jetzt nicht essen.« Der Jäger aß alles allein auf. Als er fertig gegessen hatte, wurde ihm sehr übel und er mußte sich übergeben. Da merkte er, daß er an einer schlechten Sache beinahe gestorben wäre. Er nahm sein Gewehr. Das Kind lief fort. Das Kind rannte in den Busch. Der Jäger sprang hinterher. Das Kind rannte weit weg, aber der Jäger legte das Gewehr an, schoß und tötete es. Darauf nahm er sein Jagdmesser heraus und teilte das Kind auf. Von dem Fleisch gab er einen Teil der alten Spinnerin, einen Teil Orisa, einen Teil der ersten und einen Teil der zweiten Frau des toten Vaters.

Man soll sehen, daß die Kinder nicht zu schnell aufwachsen.

Orisas Geschenke

Ein Bursche hatte keinen Vater. Der Bursche hatte keine Mutter. Der Vater hatte eine zweite Frau gehabt, die hatte ein Kind, ein Mädchen. Die Frau und das Mädchen nahmen alles, als der Vater starb. Das Mädchen hatte vieles, der Bursche hatte nichts. Der Bursche hatte nichts zu essen. Er ging zu einem Freunde seines Vaters und lieh sich viertausend Kauri. Er ging mit den viertausend Kauri zu einem Schmied und ließ sich eine Oko (Hacke) machen. Mit der Oko ging er auf den Markt, und dort verkaufte er sie. Er ging zum Schmied zurück und ließ sich eine zweite Oko machen. Er hatte aber genug übrig, um zu essen. Er verkaufte auch die zweite Hacke. So ließ er sich jeden Tag eine Hacke machen, und die verkaufte er dann. Davon lebte er.

Eines Tages saß er mit seiner Hacke auf dem Markt. Es kam eine Orisafrau (eine Priesterin Osallas). Die Priesterin nahm die Oko und sagte: »Ich werde sie dir in fünf Tagen bezahlen.« Der Bursche sagte: »Das geht nicht, dann müßte ich fünf Tage lang hungern. Wenn du die Hacke nicht gleich bezahlen kannst, kann ich sie dir auch nicht verkaufen.« Die Orisafrau sagte: »Ich will die Hacke aber haben, ich nehme sie mit und zahle in fünf Tagen.« Der Junge sagte: »Dann gebe ich dir die Hacke nicht!« Die Orisafrau sagte: »Ich nehme aber die Hacke!« Die Frau ging mit der Hacke fort. Der Bursche lief hinterher. Die Frau wandte sich um und sagte: »Mach, daß du fortkommst! Lauf zurück!« Der Bursche lief ihr immer nach. Die Orisafrau ging mit der Hacke fort. Der Bursche folgte ihr. Die Frau wandte sich um und sagte: »Wir kommen an den Blutfluß. Mach, daß du zurückgehst!« Der Bursche sagte: »Du schreckst mich nicht. Ich gehe auch durch den Blutfluß.« Sie gingen weiter. Sie gingen durch den Blutfluß.

Die Frau wandte sich um und sagte: »Wir kommen an den schwarzen Fluß! Mach, daß du zurückgehst!« Der Bursche sagte: »Du schreckst mich nicht. Ich gehe auch durch den schwarzen Fluß.« Sie gingen weiter. Sie gingen durch den schwarzen Fluß. Die Frau wandte sich um und sagte: »Wir kommen an die Himmelsbäume (egigun owa loke orun, das sind die Bäume, die zum Himmel emporragen. Es war schwer, die Vorstellung der Eingeborenen zu erkennen. Einige Leute sagten, man ginge an den Bäumen zum Himmel empor, sie ständen vor dem Eingang zum Himmel)! Mach, daß du zurückgehst!« Der Bursche sagte: »Du schreckst mich nicht. Ich werde auch über die Himmelsbäume hinweggelangen.« Sie gingen weiter. Sie gelangten über die Himmelsbäume hinweg. Die Frau wandte sich um und sagte: »Wir kommen an die Himmelstür! Mach, daß du zurückgehst!« Der Bursche sagte: »Du schreckst mich nicht! Ich gehe auch durch die Himmelstür!« Sie gingen weiter. Sie gingen durch die eiserne Himmelstür. Die Frau wandte sich um und sagte: »Wir kommen nun an das Schlangenwasser!« Der Bursche sagte: »Mach, was du willst, ich gehe nicht fort!« Sie kamen an das Wasser. Die Frau legte die Kleider ab und stieg in das Wasser. Da kamen viele Schlangen aus ihrer Haut heraus. Die Frau stieg drüben an das Land. Die Schlangen krochen in die Haut zurück. Die Frau legte die Kleider an, sie gingen weiter.

Als sie durch das Schlangenwasser gekommen waren, wandte sich die Orisafrau um und sagte: »Nun aber kommen wir zu Orisa selbst.« Der Bursche sagte: »Ich werde Orisa selbst sehen!« Der Bursche ging weiter. Der Bursche kam zu Orisa. Der Bursche bedeckte das Gesicht mit den Händen und warf sich vor Orisa nieder. Orisa (der Gott Osalla) sagte: »Öffne die Hände!« Der Bursche nahm die Hände vom Gesicht. Orisa fragte: »Was willst du?« Der Bursche sagte: »Ich habe keinen Vater. Ich habe keine Mutter. Ich habe nichts zu essen. Ich kaufe jeden Tag beim Schmied eine Hacke. Ich verkaufe die Hacke jeden Tag auf dem Markt. Dann habe ich jeden Tag zu essen. Eine Orisafrau nahm meine Hacke. Sie sagte, sie wolle in fünf Tagen bezahlen. Ich sagte, dann müsse ich fünf Tage hungern. Ich ging hinter der Frau her. Ich kam hierher.« Orisa sagte: »Es ist gut!«

Orisa sagte: »Setz dich!« Der Bursche setzte sich. Orisa ließ für den Burschen Essen bringen. Der Bursche aß. Orisa sagte zu dem Burschen: »Nun rasier mir den Kopf!« Der Bursche rasierte Orisa den Kopf. Aus dem Kopfe Orisas kroch ein Regenwurm (ekolo) durch das Haar. Der Bursche betrachtete ihn. Orisa fragte: »Was siehst du auf meinem Kopf?« Der Bursche sagte: »Ich sehe nichts.« Orisa sagte: »Es ist gut!«

Orisa sagte zu dem Burschen: »Wasche mein Kleid! Geh hin und wasche mein Kleid mit Sand!« Der Bursche sagte: »Ich werde dein Kleid waschen!« Der Bursche nahm das Kleid Orisas und Seife. Er ging zum Wasser und wusch das Kleid mit Seife. Er brachte das Kleid Orisa. Orisa fragte: »Womit hast du das Kleid gewaschen?« Der Bursche sagte: »Ich habe das Kleid mit Seife gewaschen!« Orisa sagte: »Es ist gut!«

Orisa sagte zu dem Burschen: »Reibe den Fußboden meines Hauses mit Hundemist ein!« Der Bursche sagte: »Ich werde den Fußboden deines Hauses einreiben.« Der Bursche ging hin in das Haus. Er holte Pferdemist (also entsprechend der Yorubasitte, die Fußböden und Wände mit Pferdemist abzureiben) und rieb den Fußboden mit Pferdemist ein. Er ging zu Orisa und sagte: »Ich habe den Fußboden abgerieben!« Orisa fragte: »Womit hast du ihn abgerieben?« Der Bursche sagte: »Ich habe ihn mit Pferdemist abgerieben!« Orisa sagte: »Es ist gut!«

Orisa gab dem Burschen noch drei Tage Essen. Dann sagte Orisa zu dem Burschen: »Du kannst nun zurückkehren. Geh vorher aber in mein Agballa (Hinterhof). Im Agballa wachsen meine Ado (Kalebassen, die mit magischem Inhalt gefüllt werden). Einige der Ado sagen: »Kami! Kami! Kami!« (Nimm mich, nimm mich, nimm mich.) Diese Kalebassen nimm nicht. Andere Kalebassen sind still und sagen nichts. Von diesen Kalebassen nimm drei Stück. Nimm drei von den stillen Kalebassen und gehe mit ihnen nach Hause. Auf dem Weg nach Hause wirst du erst an eine Stelle kommen, an der der Weg sich in drei Teile teilt. Dort wirf die erste Ado zu Boden. Nach einiger Zeit wirst du an eine Stelle kommen, an der du den Weg nicht mehr weiter wissen wirst. Dort wirf die zweite Ado auf den Boden. Wenn du nach Hause kommst, geh in dein Zimmer und schließ es hinter dir. Dann wirf die dritte Ado auf den Boden. Nun geh!«

Der Bursche ging in das Agballa Orisas. Er fand da viele Ado, die dort wuchsen. Einige Ado sagten: »Kami, kami, kami!« Andere Ado sagten nichts. Der Bursche ging nun und pflückte drei von den stillen Ados ab. Dann machte er sich auf den Heimweg.

Nach einiger Zeit kam er an eine Stelle, da teilte der Weg sich in drei Arme. Der Bursche sagte: »Hier soll ich die erste Ado hinwerfen!« Er nahm eine der Ados und warf sie auf den Boden. Sie zersprang. Es kamen viele Sklaven aus der Ado, die gingen mit dem Burschen weiter.

Nach einiger Zeit kam der Bursche an eine Stelle, an der wußte er nicht mehr den Weg. Der Bursche sagte: »Nun ist es Zeit, die zweite Ado hinzuwerfen!« Er nahm eine zweite Ado und warf sie auf den Boden. Sie zersprang. Es kamen einige Trommler heraus. Sie gingen vor dem Burschen her und wiesen ihm den Weg.

Nach einiger Zeit kam der Bursche heim. Er hatte seine Sklaven und seine Trommler bei sich. Er wies ihnen Plätze an. Dann ging er in sein Haus. Er schloß die Tür hinter sich und sagte: »Nun werde ich die dritte Ado auf den Boden werfen müssen.« Der Bursche nahm die dritte Ado. Er warf sie auf den Boden. Sie zersprang. Es kamen viele Lekke (Perlen) und Kaurimuscheln heraus. – Der Bursche war nun wohlhabend. Er hatte viele Sklaven, Trommler, Perlen und Kauri.

Der Bursche sagte (bei sich): »Ich bin nun ein reicher Mann. Ich muß meiner (Stief)schwester ein Geschenk machen.« Er sandte einen Sklaven mit zwanzigtausend Kauri zu seiner (Stief)schwester. Er sandte sie als Geschenk. Die (Stief)schwester wohnte an ihrem Platz. Sie empfing das Geschenk ihres Bruders. Sie sagte: »Ist mein Bruder reich? Woher hat er solchen Reichtum, daß er solche Geschenke machen kann?« Der Mann (Überbringer) sagte: »Dein Bruder verkaufte jeden Tag eine Hacke auf dem Markt. Eine Orisafrau kam und nahm eine Hacke. Sie sagte, sie wolle in fünf Tagen bezahlen. Da sagte dein Bruder, er müsse die Hacke behalten. Die Frau ging fort. Dein Bruder hinterher. Die Frau ging bis zu Orisa. Dein Bruder lief bis zu Orisa. Orisa schenkte ihm drei Ados. Aus den drei Ados ist aller Reichtum deines Bruders gekommen.« Die (Stief)-schwester sagte: »Das Geschenk meines Bruders brauche ich nicht. Ich kann es mir selber von Orisa holen. Bring ihm den Sklaven und die Kauri zurück!« Der Mann brachte das Geschenk zurück. Der Bruder sagte: »Sie muß wissen, was sie tut!«

Die Schwester des Burschen sagte: »Ich werde auch zu Orisa gehen. Ich will auch von Orisa Reichtum haben. Ich werde es geradeso anfangen, wie mein Bruder.« Das Mädchen ging zu einem Schmied. Es ließ sich eine Hacke machen. Als die Hacke fertig war, setzte sie sich mit der Hacke auf den Markt und verkaufte sie. Am anderen Tag ließ sie vom Schmied eine neue Hacke machen. Sie setzte sich auf den Markt und verkaufte sie. Sie ließ nun jeden Tag vom Schmied eine Hacke herstellen und verkaufte die dann auf dem Markt.

Eines Tages kam eine Orisafrau über den Markt. Das Mädchen sprang auf und lief hinter ihr her. Das Mädchen hielt die Orisafrau am Kleid fest und fragte sie: »Willst du nicht eine Hacke kaufen?« Die Orisafrau sagte: »Ich brauche keine Hacke.« Das Mädchen zog die Orisafrau zu ihrem Platz und sagte: »Kauf doch diese Hacke!« Die Orisafrau sagte: »Ich mag aber keine Hacke kaufen!« Das Mädchen sagte: »Kauf sie! Du brauchst sie auch nicht sogleich bezahlen.« Die Orisafrau sagte:

»So gibt sie her. Wieviel soll ich dafür zahlen?« Das Mädchen sagte: »Zahle dafür später einmal, was du willst.« Die Orisafrau sagte: »Nein, ich will sogleich bezahlen.« Das Mädchen sagte: »Ich will aber jetzt nichts dafür haben.« Die Orisafrau sagte: »Ich will aber doch zahlen!« Das Mädchen aber sagte: »Ich will nichts dafür bezahlt haben. Ich will hinter dir her zu Orisa laufen.« Die Frau sagte: »Was willst du? Du willst hinter mir her zu Orisa laufen?« Das Mädchen sagte: »Ja, ich will hinter dir her zu Orisa laufen.« Die Frau sagte: » Kennst du den Weg?« Das Mädchen sagte: »Der Weg schreckt mich nicht.« Die Orisafrau nahm die Hacke, legte die Kauri hin und sagte: »Bleib zurück!« Das Mädchen nahm die Kauri, legte sie der Orisafrau auf die Last und sagte: »Ich mag keine Bezahlung!«

Die Orisafrau ging mit der Hacke fort. Das Mädchen folgte ihr. Die Orisafrau wandte sich um und sagte: »Wir kommen an den Blutfluß. Mach, daß du zurückgehst!« Das Mädchen sagte: »Das schreckt mich nicht. Ich gehe auch durch den Blutfluß.« Sie gingen weiter. Sie gingen durch den Blutfluß.

Die Frau wandte sich um und sagte: »Wir kommen an den schwarzen Fluß. Mach, daß du zurückgehst!« Das Mädchen sagte: »Du schreckst mich nicht. Ich gehe auch durch den schwarzen Fluß.« Sie gingen weiter. Sie gingen durch den schwarzen Fluß.

Die Frau wandte sich um und sagte: »Wir kommen an die Himmelsbäume. Mach, daß du zurückgehst!« Das Mädchen sagte: »Du schreckst mich nicht. Ich werde auch über die Himmelsbäume hinweggelangen.« Sie gingen weiter. Sie gelangten über die Himmelsbäume hinweg.

Die Frau wandte sich um und sagte: »Wir kommen nun an die Himmelstür. Mach daß du zurückgehst!« Das Mädchen sagte: »Du schreckst mich nicht, ich gehe auch durch die Himmelstür.« Sie gingen weiter. Sie gingen durch die eiserne Himmelstür.

Die Frau wandte sich um und sagte: »Wir kommen nun an das Schlangenwasser!« Sie kamen an das Wasser. Die Frau legte die Kleider ab und stieg in das Wasser. Da kamen viele Schlangen aus der Haut der Orisafrau heraus. Sie stieg drüben ans Land. Die Schlangen krochen in die Haut zurück. Die Frau legte die Kleider wieder an. Sie gingen weiter.

Als sie durch das Schlangenwasser gekommen waren, wandte die Orisafrau sich um und sagte: »Nun aber kommen wir zu Orisa selbst.« Das Mädchen sagte: »Das ist es gerade, was ich will. Ich erschrecke nicht davor. Ich werde alles von ihm erbitten.« Das Mädchen ging weiter. Das Mädchen kam vor Orisa. Das Mädchen bedeckte das Gesicht mit den Händen und warf sich vor Orisa nieder. Orisa sagte: »Öffne die Hände!« Das Mädchen nahm die Hände vom Gesicht. Orisa fragte: »Was willst du?« Das Mädchen sagte: »Mein Bruder war hier. Du hast ihn reich gemacht. Ich möchte auch reich werden, denn ich habe nicht viel. Was ich habe, hat meine Mutter mit vielen Mühen meinem Vater abgeredet. Ich habe mich mit einer Hacke auf den Markt gesetzt wie mein Bruder. Ich habe jeden Tag eine Hacke verkauft. Als eine Orisafrau kam, habe ich sie festgehalten und habe ihr gesagt, sie solle die Hacke nur nehmen. Sie wollte mich bezahlen. Ich habe das Geld nicht genommen. Ich wollte den Weg zu dir wissen. Sie wollte mich wegjagen. Ich bin ihr nachgelaufen. Sie ist über den Blutfluß gegangen und wollte mich wegjagen.

Aber ich bin ihr nachgelaufen, denn ich will von dir viele Geschenke haben. Sie ist über den schwarzen Fluß gegangen und wollte mich wegjagen. Aber ich bin ihr nachgegangen, denn ich will von dir viele Geschenke haben. Sie ist an den Himmelsbäumen entlanggegangen und wollte mich wegjagen. Aber ich bin ihr nachgelaufen, denn ich will von dir viele Geschenke haben. Sie ist durch das eiserne Himmelstor gegangen und wollte mich wegjagen. Aber ich bin ihr nachgelaufen, denn ich will von dir viele Geschenke haben. Sie ist über das Schlangenwasser gegangen und viele Schlangen kamen aus ihrer Haut. Sie wollte mich wegjagen. Aber ich bin hinter ihr hergelaufen, denn ich will von dir viele Geschenke haben. Ich bin bis zu dir gekommen, denn ich will viele Geschenke haben und will so reich werden wie mein Bruder.«

Orisa sagte: »Setz dich!« Das Mädchen setzte sich. Orisa ließ für das Mädchen Essen bringen. Das Mädchen aß. Orisa sagte zu dem Mädchen: »Nun rasier mir den Kopf!« Das Mädchen rasierte Orisa den Kopf. Auf dem Kopf Orisas kroch ein Regenwurm durch das Haar. Das Mädchen sah den Regenwurm. Orisa fragte: »Was siehst du auf meinem Kopf?« Das Mädchen sagte: »Ich sehe einen häßlichen Regenwurm, der durch dein Haar kriecht.« Orisa sagte: »Äh!«

Orisa sagte zu dem Mädchen: »Wasche mein Kleid. Geh hin und wasche mein Kleid mit Sand!« Das Mädchen nahm das Kleid Orisas und ging damit zum Wasser. Das Mädchen nahm Sand und wusch das Kleid Orisas mit Sand. Dann brachte das Mädchen Orisa das Kleid. Orisa fragte: »Womit hast du mein Kleid gewaschen?« Das Mädchen sagte: »Ich habe dein Kleid mit Sand gewaschen.« Orisa sagte: »Äh!«

Orisa sagte zu dem Mädchen: »Reibe den Fußboden meines Hauses mit Hundemist ein!« Das Mädchen sagte: »Ich werde den Fußboden deines Hauses mit Hundemist einreiben.« Das Mädchen ging hin und tat, wie Orisa gesagt hatte; es rieb den Fußboden mit Hundemist ein. Das Mädchen ging dann zu Orisa und sagte: »Ich habe den Fußboden deines Hauses eingerieben.« Orisa fragte: »Womit hast du den Fußboden eingerieben?« Das Mädchen sagte: »Mit Hundemist!«

Orisa sagte: »Äh!« Orisa gab dem Mädchen noch drei Tage Essen. Dann sagte Orisa zu dem Mädchen: »Du kannst zurückkehren. Du hast Geschenke von mir erbeten. Du sollst Geschenke von mir haben. Die Geschenke werden dich bezahlen.

Geh in mein Agballa. Im Agballa wachsen meine Ado. Einige der Ado sagen: »Kami, kami, kami!« Diese Ado nimm nicht. Andere Ado sagen nichts und sind still. Von diesen stillen Ado nimm drei Stück und gehe mit ihnen nach Hause. Auf dem Weg nach Hause wirst du erst an eine Stelle kommen, an der der Weg sich in drei Teile teilt. Dort wirf die erste Ado zu Boden. Nach einiger Zeit wirst du an eine Stelle kommen, an der du den Weg nicht mehr weiter wissen wirst. Dort wirf die zweite Ado auf den Boden. Wenn du dann nach Hause kommst, geh in dein Zimmer und schließ es hinter dir zu. Dann wirf die dritte Ado auf den Boden. Nun geh!« Das Mädchen ging in das Agballa Orisas.

Das Mädchen fand dort viele Ado, die dort wuchsen. Einige Ado sagten: »Kami, kami, kami!« Andere Ado sagten nichts. Das Mädchen sagte bei sich: »Weshalb hat Orisa mir gesagt, ich solle die stillen Ado pflücken. Orisa wird nichts Gutes gemeint haben. Die Ado müssen selbst wissen, was in ihnen ist. Die immer Kami sagen, müssen die vollsten sein. Orisa wird sie für sich behalten wollen.« Das Mädchen ging hin und pflückte drei von den Ado, die immer Kami, kami, kami sagten. Dann machte das Mädchen sich auf den Heimweg.

Nach einiger Zeit kam das Mädchen an eine Stelle, da teilte sich der Weg in drei Arme. Das Mädchen sagte: »Hier soll ich die erste Ado hinwerfen!« Das Mädchen nahm eine Ado und warf sie auf den Boden. Die Ado zersprang und heraus kam ein Schwarm von Agban (Stechfliegen wie die in Ilife). Die fielen über das Mädchen her und zerstachen es, so daß es so schnell wie möglich weiter lief. Nach einiger Zeit kam das Mädchen an eine Stelle, an der wußte es nicht mehr den Weg. Das Mädchen sagte: »Nun ist es Zeit, die zweite Ado hinzuwerfen.« Es nahm eine zweite Ado und warf sie auf den Boden. Sie zersprang. Es kam eine Sklavin heraus, die hatte eine Trommel. Sie hatte nur ein Auge. Das Mädchen lief. Die Trommlerin ging hinter ihr her.

Nach einiger Zeit kam das Mädchen heim. Es rannte schnell in sein Haus. Es schloß die Tür hinter sich zu und sagte: »Nun werde ich die dritte Ado hinwerfen. In ihr wird das viele Geld sein!« Das Mädchen warf die Ado zu Boden. Die Ado zersprang. Es kam ein Leopard heraus und biß das Mädchen tot.

Der Bruder schnitt dem Mädchen den Kopf ab und legte ihn neben seiner Haustür zu Boden. Jeden Morgen spie er auf den Kopf und sagte: »Du hast dich selbst getötet.«

Man soll jedes Geschenk annehmen, wenn es auch nur klein ist.

Der Jäger und die Tierfrau

Ein großer Jäger war der Führer aller andern Jäger. Der Mann hatte zwanzig Frauen. Aber keine seiner Frauen wurde schwanger. Der Orisa dieses Jägers war Ogun (der Gott der Schmiede). Er opferte Ogun fleißig und bat um Kinder. Aber keine seiner Frauen wurde schwanger. Da ging der Jäger zu den Alufa (den Mohammedanern) und betete fleißig und trank nur Wasser. Aber keine seiner Frauen wurde schwanger. Darauf sagte er sich: »Mohammed ist nicht gut für mich. Ich will zu Ogun zurückkehren.«

Darauf bereitete der Jäger Ogun ein großes Opfer und sprach: »Wenn mein erstes Kind geboren wird, will ich dir auch einen Leoparden opfern.« Nachdem der Jäger dies dem Orisa Ogun versprochen hatte, vergingen keine drei Monate und alle seine zwanzig Frauen waren auch insgesamt schwanger. Als der Jäger das hörte, ging er voller Freude in den Busch. Er traf einen Leoparden. Er sagte: »Warte; wenn mein erstes Kind geboren wird, will ich Ogun einen Leoparden schlachten.« Er ging weiter und traf einen anderen Leoparden. Er sagte: »Warte;

wenn mein erstes Kind geboren ist, will ich Ogun einen Leoparden schlachten.« Er ging weiter und traf einen anderen Leoparden. Er sagte: »Warte; wenn mein erstes Kind geboren ist, will ich Ogun einen Leoparden schlachten.« Er ging durch den Busch und traf viele Leoparden. Aber er tötete keinen. Er wollte warten, bis sein erstes Kind geboren war. Er sagte: »Ich kann euch nicht töten, bis meine Frauen geboren haben. Dann aber will ich es tun.«

Als die Zeit gekommen war, gebaren alle zwanzig Frauen Kinder. Als der Jäger das gehört hatte, nahm er seine Flinte und ging in den Busch, um für Ogun einen Leoparden zu töten. Er ging durch den Busch und sah keinen Leoparden. Er ging weithin durch den Busch und sah keinen Leoparden. Nirgends war ein Leopard zu sehen. Der Jäger lief überall umher und suchte, aber er konnte keinen Leoparden finden. An einem Baum traf der Jäger Ahun (die Schildkröte). Ahun fragte den Jäger: »Was suchst du?« Der Jäger sagte: »Ich habe Ogun einen Leoparden zu opfern versprochen, wenn ich ein Kind erhalte. Nun sind mir heute zwanzig Kinder geboren. Ich kann aber keinen Leoparden finden.« Ahun sagte: »Ich weiß einen Leoparden, der wohnt mit seiner Frau und seinen drei Kindern daheim. Jetzt ist die Mutter der Kinder zu Hause. Wenn sie aber weggegangen ist, kannst du die drei Kinder mitnehmen und für Ogun schlachten.« Der Jäger sagte: »Es ist gut. Ich werde wiederkommen.«

Als der Jäger wiederkam, sagte er: » Ist die Leopardenmutter jetzt bei den Kindern?« Ahun sagte: »Ich bin hier aufgestellt, darauf zu achten, daß niemand hineinkommt. Ich weiß also, daß die Leopardin nicht zu Hause ist. Komm! Ich werde es dir zeigen.« Ahun zeigte dem Jäger den Weg. Der Jäger fand die drei jungen Leoparden. Er nahm sie mit nach Hause. Er tötete sie für Ogun. Er pflockte ihre Felle zum Trocknen in der Sonne auf die Erde.

Nach einiger Zeit kam die Leopardin nach Hause. Sie suchte ihre Kinder und fand sie nicht. Sie fragte Ahun: »Wo sind meine Kinder?« Ahun sagte: »Während du fort warst, kam der große Jäger und nahm sie mit. Ich bat ihn, sie hier zu lassen. Er kümmerte sich aber nicht darum, sondern nahm sie mit nach Hause in das Dorf.« Die Leopardin sagte zu ihrem Mann (dem Leoparden): »Komm, wir wollen unseren Jungen nachgehen!« Der Leopard sagte: »Ich mag nicht mitgehen. Er schießt mich auch noch!« Die Leopardin sagte: »Komm!« Der Leopard sagte: »Ich bleibe!« Die Leopardin sagte: »Dann gehe ich allein!«

Die Leopardin machte sich auf den Weg. Sie ging aus dem Busch, dem Ort zu. Als sie aus dem Busch in die Farm kam, legte sie alle Kleidung ab und wurde eine schöne Frau (in Menschengestalt). Die schöne Frau kam in das Dorf. Sie fragte einen Mann: »Wo wohnt hier der große Jäger?« Der Mann zeigte es ihr. Die Frau ging dahin. Sie kam an das Haus des großen Jägers und fragte: »Wohnt hier der große Jäger, der letzthin wieder drei Leoparden getötet hat?« Die Leute sagten: »Ja, der wohnt hier!« Die schöne Frau ging hinein. Sie traf den großen Jäger. Die schöne Frau sagte: »Bist du der erste der Jäger?« Der Jäger sagte: »Ja, der bin ich.« Die schöne Frau sagte: »Ich will heute bei dir schlafen.« Der Jäger sagte: »Es ist recht. Setz dich.« Nachher fragte der Jäger die schöne Frau: »Was willst du essen? Darf ich dir Leopardenfleisch anbieten. Ich habe davon.« Die schöne Frau sagte: »Ich esse nie Leopardenfleisch. Gib mir eine Suppe!« – Nachher schlief der Jäger mit der schönen Frau.

Die schöne Frau blieb fünf Tage bei dem ersten Jäger und schlief mit ihm. Am fünften Tage sagte sie: »Ich will nun heute heimgehen. Willst du mich ein wenig begleiten?« Der Jäger sagte: »Ja, ich will dich begleiten.« Er ging hinein und zog sein Jagdkleid (ein altes Kleid, mit dem die Jäger immer zur Jagd gehen und das auch seine Amulette enthält) an. Als er in dem Kleid wieder herauskam, sagte die schöne Frau: »So sollst du nicht mit mir gehen, als wenn du zur Jagd gingest. Geh zurück und lege dein gutes Kleid an.« Der Jäger ging zurück und legte seine Stadtkleider an. Im Hause sah er seine erste Frau. Die erste Frau sagte zu ihm: »Wenn du mit der schönen Frau fortgehst, nimm dir ja ein gutes Messer mit!« Darauf steckte der Jäger ein Messer zu sich und kam heraus. Die schöne Frau sagte: »So komm mit. Ich will dir mein Haus zeigen.«

Der Jäger ging mit der schönen Frau durch das Farmland. Als sie an den Busch kamen, sagte die schöne Frau: »Warte hier eine Weile. Ich komme sogleich wieder.« Sie trat in den Busch und legte die Kleider wieder an, die sie hier zurückgelassen hatte. Nun wurde wieder aus der schönen Frau eine Leopardin. Als sie wieder aus dem Busch kam, sagte der Jäger: »Jetzt sehe ich erst. Du bist eine Leopardin.« Die Leopardin sagte: »Das macht nichts aus. Komm nur bis an mein Haus.«

Der Jäger ging mit der Leopardin weiter. Sie kamen an das Haus, aus dem der Jäger neulich die drei jungen Leoparden genommen hatte. Sie kamen zu dem Leoparden hinein. Die Leopardin sagte: »Das ist der Jäger, der meine drei Kinder genommen hat.« Der Jäger sagte: »Ahun hat sie mir gezeigt.« Ahun sagte: »Nichts habe ich ihm gezeigt. Er hat das allein gefunden. Ich habe ihm noch gesagt: ›Geh hier fort!‹ Da hat er mich fortgejagt. Ich bin ihm mit meiner Frau entgegengekommen. Ich will euch zeigen, wie er es gemacht hat. Denkt einmal, ihr wäret Ahun und seine Frau. Legt die Hände vors Gesicht und werft euch vor mir nieder. Ich werde dann so tun, als sei ich der große Jäger.«

Der Leopard und die Leopardin legten darauf die Hände vors Gesicht und warfen sich vor Ahun auf die Erde. Der Jäger nahm sein Messer heraus und tötete sie alle beide. Er beschenkte Ahun reichlich und kehrte nach Hause zurück.

Die Frau des Hahnes

Eine Frau hatte nichts zu essen. Sie hatte nichts anzuziehen. Sie hatte keine Kleider. Sie war arm. Sie trug Blätter. Sie hatte schon als Kind nichts. Ihre Brüste schwollen. Ein Mann sagte: »Ich schicke dir Stoffe. Schlafe bei mir.« Die Frau sagte: »Nein, ich weiß nichts von einem Mann.« (Heißt etwa: bin Mädchen und will Mädchen bleiben, bis ich heirate.) Die Frau hatte nichts zu arbeiten. Sie hungerte. Sie ging zu dem Mann abends und sagte: »Ich will bei dir schlafen.« Sie schlief mit dem Mann. Sie blieb bei dem Mann bis zum andern Morgen. Der Mann gab ihr am andern Morgen ein Kleid und sagte zu ihr: »Bleibe bei mir!« Die Frau blieb bei dem Mann.

Die Frau wurde schwanger. Die Frau gebar Zwillinge. Eins der Kinder war ein Mädchen. Als die Frau die Zwillinge geboren hatte, stellte der Mann seine erste Frau beiseite und seine zweite Frau beiseite (d. h. er stellte die Frau, die ihm die Nachkommenschaft beschert hatte, über seine rechtmäßigen Frauen). Er schenkte der Mutter der Zwillinge schöne Kleider. Er gab ihr Perlen.

Das Mädchen (von dem Zwillingspaar) war sehr hübsch. Alle Leute kamen und wollten es heiraten. Das Mädchen sagte: »Ich will die nicht heiraten.« Der Leopard kam und sagte: »Ich möchte dich zur Frau haben.« Das Mädchen sagte: »Ich will dich nicht zum Mann haben!« Der Elefant kam und sagte: »Ich möchte dich zur Frau haben.« Das Mädchen sagte: »Ich will dich nicht zum Mann!« Der Büffel sagte: »Ich will dich zur Frau haben.« Das Mädchen sagte: »Ich will dich nicht zum Mann!« Jedes Tier kam und sagte: »Ich will dich zur Frau haben.« Das Mädchen sagte jedem: »Ich will dich nicht zum Mann!« Der Osi (König) sagte: »Ich will dich zur Frau haben!« Das Mädchen sagte: »Ich will auch dich nicht zum Mann!«

Das Mädchen sah den Akuko (Haushahn). Das Mädchen sagte: »Ich will den Akuko zum Mann haben.« Alle Leute sagten: »Wie viele und angesehene Männer wollten dich zur Frau haben, und du wolltest nicht! Und jetzt willst du den Akuko zum Mann nehmen?« Der Akuko hörte es. Er kam zu dem Mädchen und sagte: »Ich möchte dich zur Frau haben!« Das Mädchen sagte: »Es ist mir recht; ich möchte dich auch zum Mann haben!« Das Mädchen ging zu seinem Vater und sagte: »Ich möchte den Akuko heiraten!« Der Vater sagte: »Wir werden sehen, was er kann; wer am meisten kann, soll dich zur Frau haben. Wir wollen das schon sehen. Alle sollen meine Farm bestellen, und wer mit seinem Acker zuerst fertig ist, dem werde ich dich zur Frau geben.«

Als der Akuko das hörte, ging er zu einem Babalawo (Orakelkenner) und sagte: »Kannst du mir einen Rat geben?« Der Babalawo sagte: »Du willst das Mädchen heiraten, das viele Leute zur Frau haben wollen. Wenn du nicht aufpaßt, kannst du sie nicht zur Frau gewinnen. Wenn sie deine Frau wird und du sie nicht gut bewachst, wird sie dir genommen werden. Wenn du mich nun verläßt und aus dem Hause gehst, wirst du eine alte Frau treffen. Diese Frau wird eine Last am Boden stehen haben. Hilf ihr, sie auf den Rücken nehmen und du wirst Vorteil haben!« Akuko sagte: »Es ist gut!« Akuko ging.

Akuko ging fort. Bald traf er eine alte Frau, die hockte am Wege und neben ihr am Boden stand ihre Last. Die alte Frau sagte: »Hilf mir die Last auf den Kopf nehmen!« Akuko ging weiter und sagte: »Ich mag nicht!« Die alte Frau rief ihm nach: »Mufi Oloru beo!« (Tu es um Gottes willen.) Da wandte sich Akuko um und half der alten Frau die Last auf den Kopf. Die alte Frau sagte: »Ich kann dir etwas zu essen geben. Wenn du das ißt, wird dir jeder Wunsch erfüllt werden!« Akuko sagte: »So gib mir das nur zu essen!« Die Frau fuhr mit ihrer Hand in die Nase und zog ihren Nasenschleim heraus. Sie sagte: »Schlucke dies hinunter!« Akuko nahm es und verschluckte es. Akuko ging nach Hause.

Am anderen Tage gingen der Vater und die Mutter des Mädchens mit ihrer Tochter auf die Farm. Auf der Farm standen sechs Termitenhaufen. Der Vater setzte seine Tochter auf das Feld. Der Vater teilte das Feld in lauter gleiche Teile und sagte: »Jeder soll einen Teil meines Feldes bearbeiten. Wer mit seinem Teil zuerst fertig ist, kann meine Tochter mit nach Hause nehmen.« Alle nahmen ihre Hacken, um die Arbeit zu beginnen.

Die anderen kamen zu Akuko und sagten: »Der Griff deiner Oko (Hacke) ist ja zerbrochen!« Der Griff der Hacke Akukos war in der Tat zerbrochen. Akuko sagte: »Der Nasenschleim der alten Frau ist so stark, daß die Hacke die Arbeit aushalten wird. Seht her!« Damit schlug Akuko gegen einen Ogan (Termitenhaufen). Die Hacke Akukos zersprang nicht. Aber der Termitenhaufen stürzte um, die fliegenden Ameisen kamen heraus und alle stürzten sich darauf, sie zu fangen und zu verzehren. Während die andern die Ameisen fingen und fraßen, begann Akuko seine Arbeit und verrichtete ein gut Teil.

Als die anderen alle fliegenden Ameisen gegessen hatten, kamen sie zu Akuko zurück und sagten: »Der Griff deiner Oko ist zerbrochen!« Akuko sagte: »Der Nasenschleim der alten Frau ist so stark, daß die Hacke die Arbeit aushalten kann. Seht hier!« Damit schlug Akuko gegen einen zweiten Ogan (Termitenhaufen). Die Hacke zersprang nicht. Aber der Termitenhaufen stürzte um; die fliegenden Ameisen kamen heraus, und alle stürzten sich darauf, sie zu fangen und zu verzehren. Während die andern die Ameisen fingen und fraßen, setzte Akuko seine Arbeit fort und verrichtete ein gut Teil.

Das Spiel wiederholte sich, bis Akuko auch den sechsten Termitenhaufen umgestürzt hatte. Die anderen Tiere arbeiteten jetzt rasch. Sie waren groß und kamen schnell vorwärts. Als sie aber beinahe bei dem Vater und der Mutter des Mädchens ankamen (man muß sich vorstellen, daß sie mit der Hackarbeit auf das Elternpaar zukamen), hatte Akuko diese gerade erreicht.

Akuko kam bei dem Vater des Mädchens an und sagte: »Ich habe mein Feldstück vollendet! Gebt mir jetzt das Mädchen zur Frau.« Der Vater sagte: »Ja, du bist mit deiner Arbeit zuerst fertig geworden. Hier hast du meine Tochter!« Er gab Akuko seine Tochter. Die andern sahen es, sie kamen auch heran und sagten: »Hat Akuko nicht doch noch die Frau bekommen? Hat er nicht mit seiner zerbrochenen Hacke die Arbeit schneller vollendet als wir?«

Alle gingen in die Stadt zurück. Die anderen sprachen untereinander: »Wir wollen Akuko auf dem Heimweg seine Frau fortnehmen.« Die anderen kamen zu Akuko und fragten: »Welchen Weg willst du nach Hause gehen?« Akuko sagte: »Ich werde den Weg an dem großen Fluß entlang nehmen.« Die anderen sagten: »Dann gehen wir ja den gleichen Weg.« Alle gingen nun mit Akuko nach Hause.

Nachdem die andern eine Weile mit Akuko dahingegangen waren, kamen sie an den großen Fluß. Die andern sagten: »Wir wollen baden.« Akuko sagte: »Ich mag nicht baden.« Die andern sagten: »Wir wollen doch baden und du mußt mit uns baden.« Da sagte sich Akuko: »Die anderen wollen dir deine Frau wegnehmen. Ich werde meine Frau lieber in den Mund nehmen.« Akuko nahm seine Frau in den Mund. Die andern stießen, als sie das sahen, Akuko in das Wasser. Um ihm seine Frau wegzunehmen und um ihn zu zwingen, seine Frau aus dem Mund zu geben, steckten sie Akukos Kopf unter das Wasser. Sie sagten: »Nun muß er den Mund aufmachen. Dann nehmen wir die Frau heraus.« Als Akuko das hörte, schluckte er seine Frau hinunter, so daß sie in seinem Bauch war.

Als Akuko die Frau hinuntergeschluckt hatte, ließen ihn die andern heraus. Er kam ans Land. Akuko wollte die junge Frau nun wieder aus dem Bauch heraus haben. Die junge Frau hieß

Aruege. Er schrie also immer: »Aruege! Aruege! Aruege!« Aber die Frau kam nicht wieder heraus, und so schreit er noch immer: »Aruege! Aruege! Aruege!«

Himmelsleiter

Es war eine große Hungersnot. Niemand hatte etwas Rechtes zu essen. In der Stadt starben sechs Menschen, weil sie nichts zu essen hatten. Im Busch starben zweihundert Antilopen, weil sie nichts zu essen hatten. Die Ziegen (Ewure) schärften die Messer und leckten sie ab. Die Menschen fragten sie: »Weshalb eßt ihr die Messer?« Die Ziegen sagten: »Wir denken (stellen uns vor), es sei Jams, und das ist angenehm.« Es fiel Regen (Odjo). Die Hühner liefen hin und pickten die Tropfen auf. Die Leute fragten sie: »Weshalb eßt ihr Regentropfen?« Die Hühner sagten: »Wir denken (stellen uns vor), es sei Mais und das ist angenehm. «

Erri (Elefant) rief alle Tiere im Busch zusammen und sagte zu ihnen: »Wir wollen alle unsere Mütter, jeder die seine rufen und jeder soll seine Mutter töten, soll sie schlachten und aufessen.« Die Tiere sagten: »Es ist recht!« Alle Tiere gingen in den Busch. Jedes Tier rief im Busch seine Mutter und tötete sie, schlachtete sie dann und aß sie nach und nach auf.

Nur Ehoro (Kaninchen) tat nicht so. Ehoro rief seine Mutter und sagte: »Alle andern Tiere töten ihre Mütter, schlachten sie und essen sie auf. Ich will dich aber nicht töten. Ich will dich vor den andern Tieren verstecken, und du machst mir dann jeden Tag guten Jamsbrei zurecht.« Dann ging er mit seiner Mutter fort. Er versteckte sie nun ganz nahe am Himmel. Da machte Ehoros Mutter jeden Tag Jamsbrei, während Ehoro unten auf der Farm arbeitete. Wenn Ehoro ausgearbeitet hatte, ging er an die Stelle und sang: »Meine Mutter, schicke die Keke (Spindel).«

Seine Mutter ließ die Spindel am Faden herab, dann setzte sich Ehoro schnell darauf und die Mutter zog ihn nach oben. Wenn Ehoro sich sattgegessen hatte, sang er: »Mutter! Mutter! Laß die Spindel herunter! Ich will wieder heruntergehen!« Dann fuhr er auf der Spindel am Spindelfaden wieder herab. So hatte Ehoro immer gutes Essen, während die andern Tiere hungerten.

Ahun sah, daß Ehoro immer gut zu essen hatte. Ahun schloß mit Ehoro Freundschaft. Ahun ging mit Ehoro auf seine Farm und half ihm arbeiten. Als sie von der Farm fortgingen, sagte Ahun zu Ehoro: »Du hast immer gut zu essen. Sage mir doch, wo der Platz ist, an dem du dein Essen gewinnst?« Ehoro sagte: »Wenn ich es dir sagen würde, würdest du es allen anderen Tieren erzählen. Du würdest herumlaufen und überall sagen: »Ich weiß den Platz, an dem Ehoro viel Essen findet.« Ahun sagte: »Nein, ich will es niemand erzählen, ich verspreche es dir, ich will es niemand sagen!« Ehoro sagte: »So komm an die Stelle, dann werde ich es dir zeigen.«

Ahun lief nach Hause. Er nahm eine Tasche und versteckte sie in seinen Kleidern. Er kam nun mit Ehoro an der Stelle zusammen. Ehoro sang: »Meine Mutter, schicke die Spindel herab!« Seine Mutter ließ darauf die Spindel am Faden hinab. Dann setzte sich Ehoro schnell darauf, und die Mutter zog ihn nach oben. Als sie oben waren, setzte Ehoros Mutter ihnen eine große Schüssel mit Essen vor. Ehoro aß wenig. Ahun aber steckte immer nach einem Bissen für den Mund einen in die Tasche, bis auch die Tasche voll war. Als Ehoro und Ahun gegessen hatten, sang Ehoro: »Mutter! Mutter! Laß die Spindel hinunter, wir wollen wieder hinuntergehen!« Dann setzten sie sich auf die Spindel und fuhren wieder hinunter. Als sie unten waren, trennten sie sich. Ehoro ging auf seine Farm.

Ahun aber lief in den Busch zum Erri (Elefant) und sagte: »Laß alle, alle Tiere zusammenkommen. Ich weiß einen guten Platz, wo es viel Essen gibt.« Der Erri rief alle Tiere. Alle Tiere kamen zusammen. Als sie zusammengekommen waren, zog Ahun den Beutel mit der Speise Ehoros heraus und sagte: »Ist das nicht gute Speise?« Alle sagten: »Ja, das ist gute Speise.« Die Tiere sagten: »Gewiß ist das gute Speise.« Ahun sagte: »Wir alle haben unsere Mütter getötet, geschlachtet und aufgegessen. Nur Ehoro hat das nicht getan. Ehoro hat seine Mutter nahe am Himmel versteckt. Da macht sie ihm gute Speise. Jeden Tag fährt er zu ihr empor und läßt sich von ihr gute Speise geben. Wenn ihr wollt, können wir alle dahin gehen und es sehen!« Die Tiere sagten: »Gewiß wollen wir das sehen!« Ahun sagte: »So kommt mit!«

Alle Tiere gingen mit Ahun zu der Stelle. Als sie dort angekommen waren, sang Ahun: »Meine Mutter, schicke die Spindel herab.« Ehoros Mutter dachte, es sei Ehoro dort unten, der sang, und ließ die Spindel am Faden hinab. Alle Tiere setzten sich schnell darauf und wurden in die Höhe gezogen. Als sie oben angekommen waren, schlugen sie Ehoros Mutter tot und schlachteten sie.

Nach einiger Zeit hatte Ehoro seine Arbeit auf der Farm beendet. Er sagte (bei sich): »Ich bin hungrig und werde hingehen, um zu essen.« Er ging an die Stelle. Er sang: »Meine Mutter, schicke die Spindel herab!« Als die Tiere das hörten, ließen sie die Spindel hinab. Ehoro setzte sich darauf. Die Tiere zogen ihn hinauf. Dann töteten sie auch Ehoro selbst und schlachteten ihn. Sie aßen Ehoro und seine Mutter auf.

Jeder, der etwas zu verbergen hat, soll es bei sich behalten und niemand, auch nicht seinem besten Freund, erzählen.

Die Nupe

Die Yoruba sind auf dem rechtem Ufer des unteren Niger ansäßig, sie teilen sich mit dem Königreich Benin die heilige Stadt Ife. »Hier erblühte in alten Zeiten die schwarze Seele und Imagination zu schönster Reife, sie schuf Mythen, verfaßte Gebete und entwickelte herrliche Kunstformen« (L. S. Senghor 1971). Den Yoruba gegenüber, zwischen Niger und Benue, liegt das Land Nupe. Für die Ethnologen und Sagenforscher ist es kaum weniger interessant.

1275 ist eine Dynastie des Nupelandes durch Invasion der Yoruba zerstört worden. König Edegi (1369 – 1437) machte Ost-Nupe frei von Tributen (an das Igarreich) und befreite dann West-Nupe vom Druck der Yorubaherrschaft. Lange Zeit galt Nupe als »das Bollwerk der atlantischen und der sudanischen Kultur gegen den Ansturm des Islam« (Frobenius), und ohne seinen Schutz wären auch die anpassungswilligeren Yoruba jener Religion ausgeliefert gewesen.

Nupe hatte keinen Drang zu Eroberungen. Alte matriarchalische Vorstellungen lebten in ihm fort: beim jährlichen Totengedenktag, an dem manistische Priester die Ahnherren anriefen, sollen bei den einfachen Familien z. T. nur die Mütter erwähnt worden sein; bei regierenden Familien galt freilich die Abfolge der Söhne und Brüder. Wenig ist davon

überliefert, denn 1806 kamen die Fulbe ins Land und mit ihnen der Malem-Dando (islamische Autorität). Man verwüstete das Land und räumte mit den alten Sitten auf. Vordem hatten die Nupe Ereignisse ihrer Geschichte auf Leder geschrieben; mit dem Islam kam andere Schrift und Papier ins Land, und erst seit der Zeit datiert exakte Historiographie.

Einem Priester des alten tellurischen Manismus, der sich vor den Fulbe in die Berge rettete, danken wir die Niederschrift der Herrscherabfolge. Denn bei jedem von ihnen hat er (wie im Jahresgebet) hinzugefügt, wie lange einer regiert habe. Dann wurde resumiert: »Söhne Edegis, die ihr 22 Köpfe durch 366 Jahre 9 Monate über die Nupe geherrscht habt. Malem-Dando hat euch (d. h. die Nachkommen) ausgewiesen.«

Das aus alten Legenden und Jahresgebeten gebildete Geschichtswerk rankt sich um Edegi, der Nupe vom Joch befreit hat. Seine Nachfolger, die Edsu, waren absolute Herrscher; Relikte des alten Matriarchats zeigen sich noch in der Stellung weiblicher Beamter und in den drei Stadtherrinen: Sagi, Ninguje und Edjiwogbo.

Geschichten von Edegi

Edegi lebte vor langen, langen Jahren. Er war ein Nupe. Im Krieg wurde er vom Atagarrahäuptling (dem Häuptling der Igbirra) gefangengenommen und nach Ida oder Eda am Niger gebracht. Edegis Heimatland war Danji, das nordwestlich von Bida zwischen Moregi und Edegi in Transkaduna liegt. Seiner Familie nach stammte er von Issa ab, der vordem aus Nafada kam. Edegi arbeitete in Ida so ausgezeichnet, daß er sich bald allgemeiner Beliebtheit erfreute. Eines Tages wurde der Atagarrahäuptling sehr krank. Seine Familie fragte einen Boschi (den Schamanen): »Wie kann der Edsu (König) wieder gesund werden?« Der Boschi sagte: »Der Edsu kann wieder gesund werden, wenn er ein Palmölgericht genießt. Die Palmkerntraube darf aber, wenn sie abgeschnitten wird, nicht auf den Boden fallen; sie darf nicht den Boden berühren, sondern muß von einem Mann aufgefangen werden.« Verschiedene Leute stiegen auf Palmbäume und schnitten die Trauben ab. Unten standen Leute, sie aufzufangen. Einige Leute sprangen beiseite, wenn die Trauben herabkamen, andere wurden von ihnen zu Boden gedrückt und getötet. Alle Trauben berührten die Erde. Edegi trat hervor und sagte: »Ich will es versuchen! Geht ihr andern fort!« Es stieg ein Mann auf einen Palmbaum und schnitt eine Palmtraube ab. Edegi stand unten und fing sie auf mit beiden Armen. Die Traube war sehr schwer. Sie vermochte Edegi nicht zu zermalmen. Sie zerschlug ihm aber das Gesicht und spaltete ihm die Oberlippe. Man bereitete das Öl. Der König genoß die Speise und wurde so von seiner Krankheit geheilt. Nach einiger Zeit erkrankte der Atagarrahäuptling jedoch zum zweiten Mal. Da rief er Edegi. Er sagte zu Edegi: »Es nützt alles nichts. Ich werde doch immer wieder krank werden. Kehr also wieder in deine Heimat zurück. Ich werde dich zum Herrn von Nupe machen. Ich werde dir ein Boot geben, daß du in deine Heimat zurückfahren kannst.« Der Atagarrahäuptling gab Edegi ein Boot. Edegi hatte damals noch seine gespaltene Oberlippe und auch viele Nachkommen Edegis kann man an der gespaltenen Oberlippe erkennen. Edegi fuhr den Niger hinauf. Edegi kam in das Nupeland.

Edegi kam ohne kriegerische Zwischenfälle nach Nupe und wurde Nupekönig in der Stadt Gbarra. Viele sagen, Edegi habe Gbarra gegründet. Edegi war kein unabhängiger Nupekönig. Er herrschte im Namen des Atagarrakönigs und sandte, wie es immer gewesen war, Kleider, Salz und junge Leute nach Ida. Die jungen Leute wurden in Ida als Sklaven verkauft. Sie wurden in Nupeland, weil sie arm und besitzlos waren, zu Sklaven gemacht. Diese Abgaben sandte man erst an den Häuptling des Ortes Kotonkarifi, das am Niger, nicht weit jenseits von Lokoja, liegt. Von da wurden sie dann bis Ida gebracht und dem Atagarrahäuptling übergeben.

Djama das Chamäleon, Tanquollo der Frosch und Bidingako (die große, schwarze, übelriechende Ameise, die immer den Krieg mit den Termiten macht) stritten miteinander. Djama sagte: »Ihr müßt mich ehren, denn ich bin sehr alt. Ich war dabei, als Soko (Gott) die Erde gemacht hat.« Tanquollo sagte: »Du lügst. Ich bin älter als du, denn ich war da, ehe die Erde fertig war.« Bidingako sagte: »Ihr lügt alle beide. Ich bin der älteste von allen, denn ich war da, ehe die Erde überhaupt vorhanden war.«

Djama, Tanquollo und Bidingako stritten sich.

Edsu Edegi hörte von dem Streit. Edegi sagte: »Bringt mir alle drei hierher!« Man brachte Djama, Tanquollo und Bidingako herbei. Edsu Edegi sagte zu Djama: »Du sagst, du seist dabei gewesen, als Gott die Erde machte? Wie kannst du das beweisen?« Djama sagte: »Als meine Mutter mich geboren hatte, war die Erde noch nicht hart. Sie war noch weich. Meine Mutter sagte deswegen zu mir: »Mach keine schnellen Bewegungen, sonst könntest du im Schlamm versinken. Geh immer ruhig!« Aus dieser Zeit stammt der langsame Gang, den ihr heute noch an mir sehen könnt. Daraus siehst du, daß die Erde vor meinen Augen gemacht ist.« Edsu Edegi sagte: »Du hast recht. Setz dich!«

Edsu Edegi sagte zu Tanquollo: »Du sagst, du warst da, ehe die Welt fertig war. Wie willst du das beweisen?« Tanquollo sagte: »Als meine Mutter mich gebar, waren nur einzelne Spitzchen von Erde da. Hier eines und da eines und dazwischen war noch alles hohl. Auf einer solchen kleinen Erdspitze gebar mich meine Mutter. Als meine Mutter mich geboren hatte, sagte sie zu mir: »Die Erde ist noch nicht fertig. Es sind erst einige Häufchen. Dazwischen ist alles hohler Raum. Wenn du also deinen Platz wechseln willst, so hüte dich, daß du nicht in den hohlen Raum fällst. Spring von einem Erdhäufchen über die hohlen Räume weg zum andern!« Aus der Zeit habe ich den hüpfenden Gang behalten. Daraus siehst du, daß ich da war, ehe die Erde fertig war!« Edsu Edegi sagte: »Du hast recht, setz dich!«

Edsu Edegi sagte zu Bidingako: »Du sagtest, du wärest da gewesen, ehe die Welt überhaupt vorhanden war. Wie willst du das beweisen?« Bidingako sagte: »Als meine Mutter mich gebar, war überhaupt noch keine Erde da. Es war alles und allenthalben Wasser. Meine Mutter hat mich auf dem Wasser geboren. Nachdem meine Mutter mich geboren hatte, starb sie. Ich nahm meine tote Mutter auf den Kopf und lief überall umher, nach einem Erdplatz suchend, auf dem ich sie begraben könnte. Während zwölf Jahren suchte ich so. Inzwischen verfaulte meine Mutter auf meinem Kopf. Das ist aber der Grund, warum ich heute noch stinke. Daraus siehst du, daß ich da war, ehe die Erde fertig war.« Edsu Edegi sagte; »Du hast recht, setz dich! Bidingako ist älter als ihr andern alle!«

Ein anderes Mal hatte Edsu Edegi einen Streit von vier Leuten zu schlichten. Der war so entstanden:

Ein Fremder kam in Edsu Edegis Stadt. Er war ein Haussa. Edsu Edegi wies ihn einem angesehenen Mann zu. Der gab ihm eine Hütte in seinem Gehöft. Nach einiger Zeit bekam der Mann Hunger. Er ging hinaus auf den Markt. Er kaufte von einer Frau einen Issa (gleich den Furra der Haussa, das sind Ballen aus Guineakornmehl). Der Haussa nahm den Issaballen. Er wollte die zwanzig Kauri aus seiner Tasche nehmen, um ihn zu bezahlen. In die Tasche war ein Skorpion geschlüpft. Der Skorpion stach den Mann in die Hand. Dann lief er durch die Falten auf den Rücken des Mannes und stach ihn in den Rücken. Der Haussa zog nun schnell den Rock aus. Die Frau, von der er den Issa gekauft hatte, erschrak. Sie schrie. Das hörte der Mann der Frau. Er kam herbeigelaufen. Er sah den nackten Mann vor seiner Frau. Er fragte nicht, was sich ereignet habe. Er begann auf den Haussa loszuschlagen. Das sah der Hausherr des Haussa. Er rief: »Man schlägt den Fremden Edsu Edegis!« Er rannte dazu und schlug auch auf den Ehemann ein, ohne zu fragen.

Edsu Edegi hörte von dem Streit. Er ließ alle vier Leute zu sich kommen. Edsu Edegi fragte den Ehemann: »Was hat sich ereignet? Weshalb hast du meinen Fremden geschlagen?« Der Ehemann sagte: »Ich hörte meine Frau schreien. Ich eilte herbei. Ich sah deinen Fremden vor ihr. Ich fragte nicht, was sich ereignet habe. Ich schlug auf den Fremden ein.« Edegi sagte: »Setz dich!« Edegi fragte den Haussamann: »Wie kam es, daß die Frau schrie?« Der Haussa sagte: »Ich hatte Hunger. Ich ging auf den Markt. Ich kaufte bei der Frau einen Issa. Ich griff in die Tasche, um die zwanzig Kauri herauszunehmen. Ein Skorpion stach mich in die Hand. Der Skorpion lief mir auf den Rücken und stach mich da. Ich warf schnell die Kleider ab. Da schrie die Frau. Der Mann kam und schlug mich.« Edegi sagte: »Setz dich!« Edegi fragt den Hausherrn: »Wie kam es, daß du den Mann der Frau schlugst?« Der Hausherr des Haussa sagte: »Du hast mir den Fremden zugewiesen, daß ich für ihn sorge. Ich habe ihm ein Haus gegeben. Ich sah, wie der Mann dort auf ihn zusprang und ihn schlug. Ich sagte: ›Das ist ein Fremder des Königs, den der mir zugewiesen hat!‹ Ich fragte nicht, was sich ereignet habe. Ich sprang heraus und schlug den Ehemann.‹ Edegi sagte: »Setz dich!« Edegi fragte die Frau: »Nun sage du mir, weshalb du geschrien hast?« Die Frau sagte: »Der Haussa kaufte bei mir einen Issa. Ich dachte, er würde ihn mir bezahlen. Aber plötzlich sprang er auf und warf die Kleider ab. Da schrie ich, denn ich dachte, er sei verrückt.« Edsu Edegi sagte: »Ich kann bei keinem von euch ein Unrecht finden. Ihr könnt alle gehen.«

Edsu Njikako und sein Adoptivsohn

Als Edsu Njikako in Jeni König war, wurde jedes Kind acht Tage, nachdem es geboren war, zu ihm gebracht, und der König gab ihm dann einen Namen. Ein ganz armer Mann heiratete. Der Mann hatte nichts. Die Frau hatte nichts. Die Frau wurde schwanger. Die Frau gebar am Freitag ein Kind. Das Kind war ein Knabe. Edsu Njikako hörte davon. Edsu Njikako sagte: »Bringt mir heute schon das Kind her.« Man brachte das Kind zu Edsu Njikako. Edsu Njikako schenkte dem Knaben zehn Sklaven und zehn Stück Stoff. Edsu Njikako sagte: »Bring das Kind am nächsten Freitag wieder zu mir.« Am nächsten Freitag brachte die Mutter das Kind wieder zu Edsu Njikako. Edsu Njikako schenkte dem Kinde zehn Ochsen, zehn Pferde, fünf Sklaven und zehn Gewehre. Edsu Njikako sagte: »Das Kind soll Mama heißen.« Dann sagte Edsu Njikako: »Bringt mir das Kind jeden Freitag und zeigt es mir!«

Das Kind wuchs heran. Der Knabe Mama war erst jeden Freitag im Hause des Königs. Nachher war der Knabe jeden Tag im Hause des Königs. Der König hielt ihn wie seinen eigenen Sohn. Die Leute sagten: »Ist Mama nicht der Sohn des Edsu?« Als Mama zehn Jahre alt war, suchte der Edsu ein ordentliches Mädchen. Das Mädchen gab er Mama zur Frau. Mama heiratete das Mädchen. Sie wurde Mamas erste Frau. Mama ritt (eines Tages) durch die Stadt. Er sagte zu einer Frau: »Komm zu mir!« Die Frau kam zu Mama. Mama beschlief sie. Mama sagte: »Bleibe bei mir!« Die Frau blieb bei ihm. Nach drei Monaten war die erste Frau schwanger. Nach drei Monaten war die Frau schwanger, die er zu sich genommen hatte. Nach neun Monaten gebar die erste Frau ein Kind, es war ein Knabe. Nach neun Monaten gebar die Frau, die er zu sich genommen hatte, ein Kind, es war ein Knabe.

Mama hatte auf seinem Kopf von vorn nach hinten sieben Haarzöpfe. Diese sieben Haarzöpfe hütete er sehr. Jede der sieben Haarlocken hatte einen eigenen Namen. Mama war klug. Der Edsu Njikako sagte: »Wir wollen Esi (Mangallaspiel, Brettchenspiel) spielen.« Edsu Njikako spielte mit Mama. Mama spielte gut. Edsu Njikako sagte: »Wir wollen jeden Morgen Esi spielen.« Jeden Morgen ging Mama zu Edsu Njikako und spielte mit ihm. Eines Tages sagte Mama: »An dem Tag, an dem du die Namen meiner sieben Haarzöpfe erfährst, kannst du mich töten! Ich gebe mich in deine Hand!« Edsu Njikako sagte: »Es ist gut! Ich werde sehen, ob ich sie in Erfahrung bringe.« Jeden Morgen spielte Mama mit König Njikako. Jeden Morgen sagte er: »An dem Tag, an dem du die Namen meiner sieben Haarzöpfe erfährst, kannst du mich töten. Ich gebe mich in deine Hand.« Jeden Morgen antwortete König Njikako: »Es ist gut. Ich werde sehen, ob ich sie in Erfahrung bringe. «

Edsu Njikako sandte Mama fort. Mama sollte Edsu Njikakos Gruß einem andern König bestellen. Mama sattelte sein Pferd.

Er ritt fort. Als Mama fortgeritten war, rief Edsu Njikako Mamas erste Frau. Mamas erste Frau kam. Edsu Njikako ließ vier Millionen Kauri bringen. Edsu Njikako gab der ersten Frau die Säcke mit Kauri und sagte: »Dieses Geld und zehn Sklaven gehören dir, wenn du mir sagst, welches die Namen der sieben Haarzöpfe Mamas sind.« Die erste Frau sagte: »Die Namen der sieben Haarzöpfe Mamas darf ich dir nicht sagen. Nimm dein Geld wieder!« Die erste Frau schob dem König das Geld hin und ging wieder zurück. Als sie nach Hause kam, sagte sie zu der Frau, die Mama zu sich genommen hatte: »Der König hat mir vier Millionen Kauri und zehn Sklaven geboten, wenn ich ihm die Namen der sieben Haarzöpfe Mamas nenne.«

Die Frau, die Mama zu sich genommen hatte, lief zu Edsu Njikako und sagte: »Was möchtest du von Mama wissen?« Edsu Njikako sagte: »Wenn du mir die Namen der sieben Haarzöpfe Mamas nennst, gebe ich dir eintausend Kauri und einen Sklaven.« Die Frau, die Mama zu sich genommen hatte, sagte: »Es ist gut. Sobald Mama zurückgekommen ist, werde ich es wissen. Dann werde ich es dir sagen.«

Mama kam wieder. Nachts ging er zu seiner zweiten Frau, um mit ihr zu schlafen. Mama legte sich zu ihr. Die Frau, die Mama zu sich genommen hatte, sagte: »Laß mich! Ich will dich nicht!« Mama sagte: »Was hast du denn?« Die Frau sagte: »Du hast mir die Namen deiner sieben Haarzöpfe nicht gesagt. Weshalb hast du sie mir nicht gesagt? Hast du mich nicht von der Straße her zu dir genommen? Bin ich etwa deine erste Frau? Muß ich mich nicht schämen, so bei dir zu wohnen?« Mama sagte: »Komm.« Die Frau sagte: »Ich will an einem andern Ort schlafen!« Mama sagte: »Bleib hier. Ich will dir die Namen der sieben Haarzöpfe auf meinem Kopf nennen. Der erste Haarzopf heißt: Bana awuonuna baga schinogo (die Stelle der Farm, an der man die Pflanzenarbeit beginnt). Der zweite Haarzopf heißt: Sana agbako ja nisagi adesalaja (man soll seine Geheimnisse, die Geheimnisse seines Bauches, nicht den Frauen erzählen, sonst weiß sie bald alle Welt). Der dritte Haarzopf heißt: Udjischoko gabosa soko gadakun (jedem Sklaven Gottes kann in seiner Not geholfen werden). Der vierte Haarzopf heißt: Sudan mutun (einen Mann fürchte). Der fünfte Haarzopf heißt: Baueie una je kudan baga (soweit man sieht, kein Weg da). Der sechste Haarzopf heißt: Eboga-ona, gabaea dafi (wenn eine Sache ganz heiß ist, wird sie auch wieder kalt). Der siebente Haarzopf heißt: Ikudji-aui jagba gabaea ejele (eine hilflose Waise muß still sein, wenn sie lange leben will).«

Mama sagte diese Namen der Frau, die er zu sich genommen hatte. Mama fragte: »Ist es jetzt gut?« Die Frau sagte: »Es ist gut.« Die Frau nahm Mama zu sich. Mama beschlief sie. Nachdem Mama die Frau, die er zu sich genommen hatte, beschlafen hatte, schlief er ein.

Die Frau, die er zu sich genommen hatte und der er die Namen seiner Haarzöpfe gesagt hatte, schlief aber nicht ein. Als Mama eingeschlafen war, stand sie auf. Sie ging aus dem Hause. Sie ging aus dem Gehöft. Sie ging in das Gehöft Edsu Njikakos. Sie sagte zu dem Wächter: »Weckt den Edsu Njikako. Ich habe ihm etwas zu sagen.« Die Wächter weckten den König. Der König kam. Der König sagte: »Du hast es eilig. Was willst du?« Die Frau sagte: »Du wolltest die Namen der Haarzöpfe auf Mamas Kopf wissen.« Edsu Njikako sagte: »So ist es. Weißt du sie?« Die Frau sagte: »Ich weiß es. Was gibst du mir dafür?» Der König gab ihr tausend Kauri und einen Sklaven. Die Frau, die Mama zu sich genommen hatte, erzählte dem König alle Namen. Der König sagte: »Es ist gut.« Die Frau lief fort. Sie lief in Mamas Gehöft. Sie lief in das Haus. Mama schlief noch. Sie legte sich neben Mama auf die Erde. Mama wachte erst am Morgen auf.

Am anderen Morgen stand Mama auf. Mama ging in Edsu Njikakos Gehöft. Mama begrüßte den König. Edsu Njikako sagte: »Was hast du mir jeden Tag gesagt?« Mama sagte: »Ich habe dir jeden Tag gesagt: »An dem Tag, an dem du die Namen meiner Haarzöpfe erfährst, kannst du mich töten. Ich gebe mich in deine Hand!«« Edsu Njikako sagte: »So hast du gesagt!« Mama sagte: »Wenn du die Namen kennst, so sage sie.« Edsu Njikako sagte: »Der erste deiner sieben Haarzöpfe heißt: Die Stelle der Farm, an der man die Pflanzenarbeit beginnt. Der zweite deiner Haarzöpfe heißt: Man soll seine Geheimnisse nicht den Frauen erzählen, sonst weiß sie bald alle Welt.« Mama rief dem Edsu Njikako zu: »Hör auf! Das genügt! Ich weiß jetzt, daß du sie alle kennst. Laß mich von deinen Leuten töten!« Edsu Njikako sagte: »Es ist gut. So werde ich es tun. «

Edsu Njikako nahm alle Sachen Mamas. Er nahm Mama alles wieder, was er ihm vorher gegeben hatte. Er nahm ihm seine Sklaven, seine Pferde. Edsu Njikako rief seine Dogari (Leibwache). Er sagte ihnen: »Nehmt Mama gefangen! Bindet Mama! Führt Mama zum Tore hinaus! Tötet Mama!« Der Anführer (Serki) der Dogari ließ Mama fangen. Er ließ Mama binden. Er zog mit dem gefesselten Mama zur Stadt hinaus.

Der Serki Dogari ritt mit dem gefangenen Mama zum Tore hinaus. Viele Menschen liefen nebenher. Sie wollten sehen, wie Mama getötet wurde. Neben dem Serki Dogari lief der kleine Sohn der Frau, die Mama zu sich genommen hatte. Er war Mamas zweiter Sohn. Der Sohn der Frau, die Mama zu sich genommen hatte, sagte zum Anführer der Dogari: »Wenn du meinen Vater totgeschlagen hast, gib mir seine Mütze!« Auf der andern Seite lief der Sohn der ersten Frau Mamas. Der Sohn der ersten Frau Mamas lief neben dem Anführer der Dogari her und rief: »Wenn du den Vater tötest, töte auch den Sohn. Schlag mich mit meinem Vater tot.« Der Sohn der mitgenommenen Frau schrie: »Wenn du meinen Vater totgeschlagen hast, gib mir seine Mütze!« Der Sohn der ersten Frau schrie: »Wenn du den Vater tötest, töte auch den Sohn. Schlag mich mit meinem Vater tot!«

Sie kamen an den Platz, an dem Mama getötet werden sollte. Der Serki Dogari zog sein langes Schwert. Der Serki Dogari holte zum Schlag aus. Der Serki Dogari wollte Mama den Kopf abschlagen. Der Sohn der ersten Frau Mamas sprang Mama an den Hals. Er umschlang den Vater. Er schrie: »Töte mich mit dem Vater!« Der Serki Dogari schlug zu. Die Klinge schlug flach auf den Körper des Sohnes der ersten Frau Mamas. Der Serki Dogari sagte: »Ich habe den Auftrag, einen Mann zu töten. Ich habe nicht den Auftrag, zwei Leute zu töten. Wir wollen zurückgehen und den Edsu Njikako fragen, was ich tun soll.«

Der Serki Dogari ließ wieder zur Stadt marschieren. Sie zogen durch die Straßen der Stadt. Viele Leute liefen nebenher. Sie wollten hören, was der König sagen werde. Der Serki Dogari kam mit seinen Leuten und Mama zu dem Edsu Njikako zurück. Der Serki Dogari sagte zu dem Edsu Njikako: »Du befahlst mir, Mama zu töten. Ich wollte Mama töten. Dieser Junge kam und schrie, man solle ihn mit töten. Der Junge hing sich dem Mama an den Hals. Als ich Mama totschlagen wollte, traf mein Hieb diesen Jungen. Du hast mir gesagt, ich solle einen Mann töten. Du hast mir nicht gesagt, daß ich auch den Jungen töten solle. Deshalb bin ich zurückgekommen.« Edsu Njikako sagte zu Mama: »Was ist es für eine Sache mit diesem Kind?« Mama sagte: »Es ist der Sohn der Frau, die du mir gegeben hast. Es ist mein Sohn.« Edsu Njikako fragte: »Hast du nur diesen einen Sohn?« Mama sagte: »Ich nahm noch eine Frau mit zu mir. Ich beschlief sie. Sie wurde schwanger. Von ihr habe ich einen anderen Sohn.« Edsu Njikako fragte: »Wo ist der andere Sohn?« Mama sagte: »Dort steht er.« Edsu Njikako fragte den Serki Dogari: »War dieser Junge auch mit draußen?« Der Serki Dogari sagte: »Dieser Junge lief auch nebenher. Er rief: »Wenn du meinen Vater totgeschlagen haben wirst, gib mir seine Mütze.«

Der Edsu Njikako sagte: »Ruft mir die erste Frau des Mama! Ruft mir die Frau, die Mama zu sich genommen hatte.« Die Dogari riefen beide Frauen. Die erste Frau kam. Sie weinte. Die Frau, die Mama zu sich genommen hatte, hatte sich ein neues Kleid gekauft. Edsu Njikako fragte die erste Frau Mamas: »Was war zwischen uns?« Die erste Frau sagte: »An dem Tag, an dem du Mama mit dem Gruße an den andern König wegsandtest, riefst du mich zu dir. Du fragtest nach dem Namen der Haarzöpfe Mamas. Du botest mir vier Millionen Kauri und zehn Sklaven an. Ich sagte dir, daß ich das nicht sagen dürfte. Ich ging. « Edsu Njikako fragte die Frau, die Mama zu sich genommen hatte: »Was war zwischen uns?« Die Frau sagte: »Die erste Frau sagte mir, daß du die Namen der sieben Haarzöpfe wissen wolltest. Ich ging zu dir und fragte, ob das wahr sei. Du botest mir tausend Kauri und einen Sklaven, wenn ich es dir sage. Am Tage, als Mama zurückkehrte, schlief er bei mir. Er wollte mich beschlafen. Ich sagte, ich müsse die Namen der Haarzöpfe wissen. Er sagte sie mir. In der Nacht noch lief ich zu dir und sagte dir die Namen. Du gabst mir tausend Kauri und einen Sklaven dafür. Für das Geld kaufte ich mir dieses Kleid.«

Edsu Njikako stand auf. Er ging zu der ersten Frau. Er sagte zu ihr: »Ich danke dir! Ich danke dir! Ich danke dir! Gott schütze dich! Gott schütze dich! Kehre heim. Nimm deinen Sohn. Er wird ein guter Mann werden. « Edsu Njikako sagte zu Mama: »Ich gebe dir alle deine Sachen wieder. Du hast eine gute Frau. Du hast einen guten Sohn.« Edsu Njikako sagte zu dem Serki Dogari: »Nimm die Frau, die Mama zu sich genommen hat. Sie hat für tausend Kauri und einen Sklaven das Schlechte getan, was die erste Frau Mamas nicht für vier Millionen und zehn Sklaven tun wollte. Nehmt ihren Sohn, der nur die Mütze seines Vaters haben wollte. Tötet sie beide.«

Edsu Njikako befahl, daß nur ordentliche Hochzeiten zu feiern seien. Er setzte das Fest (das Fest der neuen Frau) ein. Damit sollen gute Kinder kommen.

Der Saura

Ein Mann hieß Datoaba. Datoaba hatte sieben Söhne. Datoaba war 114 Jahre alt. Er hatte in seinem Leben 1000007 Rechtsstreitigkeiten in der Stadt. Er starb. Sein ältester Sohn sagte: »Wir haben nichts zu essen. Wir wollen an einen anderen Ort gehen.« Der jüngste Sohn sagte: »Verkauft mich nur an irgendeinen Reichen. Dann wird für uns alle gesorgt sein.« Die älteren Brüder sagten: »Das ist gut.« Die älteren Brüder brachten den jüngsten Bruder auf einen Markt. Es kam ein reicher Mann, der wollte einen Sklaven kaufen. Der reiche Mann war aus einer anderen Stadt. Der reiche Mann kaufte den jüngsten Bruder. Der reiche Mann zahlte das Geld für ihn und nahm ihn dann mit sich in seine Stadt.

Der reiche Mann kam mit dem jüngsten Bruder in seiner Stadt an. Der reiche Mann fragte den jüngsten Bruder: »Welche Art von Arbeit verstehst du am besten?« Der jüngste Bruder sagte: »Welche Arbeit meinst du?« Der reiche Mann sagte: »Kannst du die Farm bestellen?« Der jüngste Bruder sagte: »Nein, die Farm bestelle ich nie!« Der reiche Mann sagte: »Kannst du Kaufmann sein?« Der jüngste Bruder sagte: »Nein, Kaufmannsarbeit mache ich nie!« Der reiche Mann sagte: »Kannst du Vieh hüten?« Der jüngste Bruder sagte: »Nein, Hirtenarbeit mache ich nie!« Der reiche Mann sagte: »Kannst du Schmiedearbeit machen?« Der jüngste Bruder sagte: »Nein, Schmiedearbeit mache ich nie!« Der reiche Mann sagte: »Du kannst also keine Arbeit machen?« Der jüngste Bruder sagte: »Nein, solche Arbeit mache ich nie, wie du sie von mir haben willst.« Der reiche Mann fragte den jüngsten Bruder alle Tage, ob er eine Arbeit machen wolle. Der jüngste Bruder sagte: »Nein, diese Arbeit mache ich nicht.«

Der Reiche kehrte zurück zu den Brüdern. Er sagte zu den Brüdern: »Euer jüngster Bruder, den ihr mir verkauft habt, macht keine Arbeit. Ich kann ihn nicht gebrauchen. Gebt mir mein Geld zurück.« Die Brüder sagten: »Du hast nicht unsere Arbeit gekauft, sondern unseren Bruder.« Der Reiche sagte: »Der Bursche soll aber arbeiten!« Die Brüder sagten: »So bringe ihn zurück und nimm einen anderen von uns!« Der Reiche sagte: »Ihr seid alle von demselben Vater und derselben Mutter. Keiner von euch wird besser sein als euer Bruder. Gebt mir das Geld zurück!«: Die Brüder sagten: »Du hast recht! Wir sind alle von einem Vater und einer Mutter. Keiner von uns ist anders als der andere. Jeder von uns versteht die gleiche Arbeit wie der andere.« Der Reiche fragte: »Welche Arbeit versteht ihr denn?« Die Brüder sagten zu dem Reichen: »Kehr zurück an deinen Ort und frage unseren jünsten Bruder. Er wird es dir sagen. Du hast einen guten Kauf getan.«

Der Reiche verließ die Brüder. Der Reiche kehrte in seine Stadt zurück. Der Reiche kam zu dem jüngsten Bruder, den er gekauft hatte. Er sagte zu ihm: »Deine Brüder haben mir gesagt, ich solle dich fra gen, welche Arbeit ihr versteht? Du sollst es mir sagen. Ich soll einen guten Kauf getan haben.« Der jüngste Bruder sagte: »Ich verstehe die Arbeit der Saura« (Müßiggänger, Hallodri). Der Reiche sagte: »Du bist also ein Sauramann?! Ich habe Arbeit für dich.« Der Reiche hatte vier Frauen. Zu der ersten Frau kam jede Nacht ein Mann, sie zu beschlafen. Der Mann stieg immer über die Mauer. Er stieg stets an der gleichen Stelle über die Mauer. Der Reiche sagte zu dem Sauratschi: »Meine erste Frau wird jede Nacht von einem Mann besucht. Kann man den nicht fangen?« Der Sauramann sagte: »Du kannst ihn schon fangen. Hol deine Hacke her.« Der Reiche holte die Hacke. Er hielt die Hacke dem Sauramann hin und sagte: »Hacke ein Loch!« Der Sauramann sagte: »Ich sagte dir schon, daß ich nicht arbeite. Hack dir dein Loch selbst!« Der Reiche sagte: »Wozu habe ich dich denn gekauft? Bist du nicht mein Sklave? Hast du nicht für mich zu arbeiten?« Der Sauramann sagte: »Du hast mich gekauft. Ich bin dein Sklave. Aber ich sagte dir schon, daß ich nicht arbeite. Wenn du dir den Beischläfer deiner ersten Frau fangen willst, so hack dir dein Loch selber.« Der Reiche begann sein Loch zu hacken. Er hackte es halbmannstief. Der Reiche sagte: »Ist es genug?« Der Sau ramann sagte: »Nein, es ist nicht tief genug; es muß noch viel tiefer werden.« Der Reiche hackte das Loch tiefer. Er hackte es brusttief. Der Reiche sagte: »Ist es genug?« Der Sauramann sagte: »Nein, es muß noch tiefer werden.« Der Reiche hackte das Loch noch tiefer. Er hackte es mannstief. Der Reiche fragte: »Ist es genug?« Der Sauramann sagte: »Ja, jetzt ist es tief genug. Nun trag alle Erde weg.« Der Reiche sagte: »Du bist der Sklave. Trag du die Erde weg!« Der Sauramann sagte: »Ich sagte dir schon, daß ich nicht arbeite. Wenn du den Beischläfer deiner Frau fangen willst, trag deine Erde selbst fort.« Der Reiche trug die Erde fort, der Reiche holte auch Stroh. Der Reiche deckte die Grube zu. Der Sauramann sagte: »Nun stell in das Zimmer deiner Frau einen Stab und verstecke dich. Dann kannst du den Beischläfer deiner Frau fangen.« Der Reiche stellte in das Zimmer seiner ersten Frau einen Stock und versteckte sich in der Nähe. Der Sauramann sagte: »Nun ist alles gut. Fang du dir den Beischläfer deiner Frau. Ich werde mich auf mein Lager legen und schlafen.« Der Sauramann ging.

Als es dunkel war, kam der Beischläfer der ersten Frau des reichen Mannes an die Mauer. Er stieg auf die Mauer. Er sprang auf der anderen Seite herab. Er sprang auf das Stroh. Er fiel in die Grube. Der Reiche hatte sich in der Nähe versteckt. Er hörte den Fall. Er rannte in das Zimmer der ersten Frau. Er nahm den Stock, den er darin aufgestellt hatte. Er lief zu der Grube zurück. Er schlug den Beischläfer seiner Frau tot. Als der Reiche den Beischläfer seiner ersten Frau totgeschlagen hatte, lief er schnell in das Haus des Sauramannes.

Der Sauramann schlief. Der Reiche weckte den Sauramann und sagte zu ihm: »Ich habe den Beischläfer meiner ersten Frau in der Grube gefangen und totgeschlagen.« Der Sauramann sagte: »Ruf deine Frauen. Laß Licht bringen. Zeige ihnen, wie du es machst, wenn die Frauen sich von Fremden beschlafen lassen. Sie werden es dann in Zukunft nicht mehr tun.« Der Reiche sagte: »Das ist gut!« Der Reiche ging hin. Er weckte die Frauen. Er nahm Licht. Der Reiche, die Frauen des Reichen und der Sauramann gingen zu der Grube. Der Sauramann hielt die Lampe darüber. Der Sauramann sagte: »Diesen Mann hast du totgeschlagen?« Der Sauramann hielt die Lampe tiefer hinab.

Der Sauramann sagte: »Du hast den Saba (Thronfolger) totgeschlagen!« Der Reiche sagte: »Wen habe ich totgeschlagen?« Der Sauramann sagte: »Den Saba hat er getötet. Weshalb hast du den Saba totgeschlagen?«

Es waren da die vier Frauen des Reichen. Es kamen noch andere Leute. Der Reiche hielt dem Sauramann den Mund zu und sagte: »Schweig doch! Die Leute hören es!« Der Sauramann rief: »Weshalb hast du den Saba totgeschlagen! Jetzt willst du mir auch noch den Mund zuhalten? Ich will aber nicht schweigen. Ich will es aller Welt sagen!« Der Reiche sagte: »Ich will deinen Brüdern das Geld lassen, das sie für dich erhielten und will dich frei lassen! Aber schweig und geh!« Der Sauramann sagte: »Nein, ich will aller Welt sagen, daß du den Saba erschlagen hast!« Der Reiche sagte: »Ich will dir 500000 Kaurimuscheln geben, aber schweig und geh!« Der Sauramann sagte: »Er hat den Saba totgeschlagen. Ich muß es ja aller Welt sagen und wenn er mir sein ganzes Geld und sein Gehöft schenkt.« Der Reiche sagte: »Ich schenke dir mein ganzes Geld und mein Gehöft. Aber schweig und geh!« Der Sauramann sagte: »Es soll mir recht sein! Aber trag den toten Saba aus meinem Gehöft!« Der Reiche sagte: »Es ist gut.«.

Der Reiche gab dem Sauramann all sein Geld. Er gab ihm sein Gehöft. Der Sauramann sagte: »Nun nimm den toten Saba und bringe ihn hinaus zu einer Schmiede. Ich will dir den Weg zeigen.« Der Sauramann ging voran. Der Reiche nahm den toten Saba auf den Rücken und folgte ihm. Der Sauramann ging in die Schmiede. Der Sauramann sagte: »Lehne den toten Saba hier gegen die Wand!« Der Reiche tat es. Der Sauramnn sagte: »Du kannst jetzt gehen. Laß dich aber nicht wieder in meinem Gehöft sehen!« Der Reiche lief davon. Der Sauramann versteckte sich in der Nähe.

Gegen Morgen kam der Schmied in seine Werkstatt. Der Schmied sah den Mann an der Wand. Der Schmied sagte: »Wer ist da?« Der Mann an der Wand antwortete nicht. Der Schmied sagte: »Wer ist da?« Der Mann an der Wand antwortete nicht. Der Schmied sagte: »Das muß ein Dieb sein!« Der Schmied sprang auf den Mann an der Wand zu und gab ihm einen Stoß. Der Mann an der Wand fiel um. Der tote Saba fiel um. Der Sauramann sah es. Er ging von seinem Platz auf die Schmiede zu. Er fragte den Schmied: »Wen hast du erschlagen? Ach, du hast den Saba erschlagen!« Der Schmied sagte: »So sei doch still!« Der Sauramann sagte: »Weshalb soll ich still sein? Bald werden alle Leute wissen, daß du den Saba erschlagen hast!« Der Schmied sagte: »Ich will dir 500000 Kauri geben, aber schweig!« Der Sauramann sagte: »Und wenn du mir 500000 Kauri gibst, bleibt der tote Saba, den du erschlagen hast, doch hier liegen.« Der Schmied sagte: »Ich will dir 500000 Kauri und zwei Pferde geben, aber schweig und sag mir nur, wie ich den toten Saba hier wegbekomme.« Der Sauramann sagte: »Bring erst das Geld und die Pferde in mein Haus. Dann werde ich es dir sagen!« Der Schmied brachte die 500000 Kauri und die zwei Pferde in das Gehöft des Sauramannes, dann kam er wieder.

Der Sauramann sagte zu dem Schmied: »Nimm den toten Saba auf den Rücken! Komm mit!« Der Schmied lud sich den toten Saba auf. Der Sauramann ging voran. Der Schmied mit dem toten Saba auf dem Rücken folgte. Der Sauramann ging voran an die Stelle, wo die Leute ihre Indigogruben hatten. Der Sauramann sagte: »Stell den toten Saba hier hin, dann geh!« Der Schmied stellte den toten Saba hin. Dann lief er weg. Nachts kam der Inhaber der Färbereien zu seinen Indigogruben. Der Färber rief: »Wer ist da?« Der tote Saba antwortete nicht. Der Färber nahm eine lange Rührstange und schlug gegen den toten Saba. Der tote Saba fiel um. Der Sauramann kam des Weges her. Der Sauramann sagte: »Was, du schlägst hier einen Mann tot, und ich muß gerade dazu kommen?« Der Färber sagte: »Nein, ich bitte dich! Ruf nicht so laut!« Der Sauramann sagte: »Und ist das nicht der Saba, den du da erschlagen hast?« Der Färber sagte: »Ruf nicht so laut! Ich will dir 100 Kleider schenken!« Der Sauramann sagte: »Und wenn du mir 200 Kleider gäbst, würden es die Leute erfahren, daß du den Saba erschlagen hast!« Der Färber sagte: »Ich will dir 200 Kleider geben, aber hilf mir, den Toten wegzuschaffen.« Der Sauramann sagte: »Bring die 200 Kleider in mein Gehöft, dann will ich dir helfen, den toten Saba fortzuschaffen.« Der Färber brachte die 200 Kleider in das Gehöft des Sauramannes, dann kam er zum Färberplatz zurück.

Der Sauramann sagte: »Nimm den toten Saba auf den Rücken!« Der Färber nahm den toten Saba auf den Rücken. Der Sauramann ging voran. Der Saba hatte immer Streitigkeiten mit dem Etsubaba gehabt. Der Sauramann ging zu dem Gehöft des Königs. Der Färber mit dem toten Saba auf dem Rücken folgte ihm. Der Sauramann ging voran in die Katamba. Der Sauramann sagte: »Stell den toten Saba an die Wand, dann geh!« Der Färber stellte den toten Saba an die Wand. Der Färber lief fort. Der Sauramann versteckte sich in der Nähe.

Gegen Morgen kamen zwei Pferdeburschen in die Katamba. Sie sahen den toten Saba an der Wand. Die Pferdejungen sagten: »Wer ist dort?« Der tote Saba antwortete nicht. Die Pferdejungen fragten: »Wer ist dort?« Der tote Saba antwortete nicht. Die Pferdejungen gingen hierauf zum Etsubaba. Die Pferdejungen sagten: »Unten in der Katamba steht ein Mann, der will nicht sagen, wer er ist.« Etsubaba sagte: »Fragt ihn dreimal. Wenn er dreimal nicht antwortet, so schlagt ihn tot!« Die Pferdejungen gingen wieder hinunter in die Katamba. Sie fragten den Mann: »Wer bist du?« Der tote Saba antwortete nicht. Sie fragten den Mann: »Wer bist du?« Der tote Saba antwortete nicht. Sie fragten den Mann: »Wer bist du?« Der tote Saba antwortete nicht. Darauf schlugen die Pferdejungen mit ihren Stöcken auf ihn, so daß der tote Saba umfiel. Die Pferdejungen sagten: »Diesen Mann haben wir totgeschlagen.« Der Sauramann hörte es. Er ging nach Hause.

Am anderen Morgen fragte Etsubaba: »Wer war der Dieb, der diese Nacht in meine Katamba kam und totgeschlagen wurde?« Die Leute sagten: »Es war der Saba, der dir schon immer viele Streitigkeiten machte. Er kam in dein Gehöft, um dich zu töten. Aber Gott ließ es nicht zu. Die Pferdejungen haben ihn totgeschlagen, ehe er das Schlechte begehen konnte.« Darauf ließ Etsubaba den Saba begraben. Der Sauramann war nun wohlhabend. Er ließ alle seine Brüder in die Stadt kommen.

Wer lügt am besten

Ein Mann hatte drei Frauen. Die erste wurde schwanger und gebar einen Sohn. Die zweite wurde schwanger und gebar einen Sohn. Die dritte wurde schwanger und gebar einen Sohn. Die Söhne wuchsen heran. Seine Söhne wurden große, starke Männer. Der Vater fragte seine Söhne: »Welche Arbeit wollt ihr machen?« (Heißt also, welchen Beruf sie ergreifen wollen.) Der älteste Sohn sagte: »Ich werde es dir sagen, wenn du gestorben sein wirst.« Der zweite Sohn sagte: »Ich werde es dir sagen, wenn du gestorben sein wirst.« Der dritte Sohn sagte: »Ich werde es dir sagen, wenn du gestorben sein wirst.« Der Vater sagte: »Das ist nicht gut! Sagt es mir jetzt schon!«

Der erste Sohn sagte: »Wenn du gestorben sein wirst, werde ich herumgehen und Frauen beschlafen!« Der zweite Sohn sagte: »Wenn Vater gestorben ist, werde ich herumgehen und Krieg machen!« Der dritte Sohn sagte: »Wenn Vater gestorben ist, werde ich herumgehen und werde Kleider machen.«

Der Vater sagte zum ersten Sohn: »So geh, bring eine Frau und zeig, wie du es machen wirst!« Der erste Sohn ging hin. Er riß einen dicken Baum aus. Er trug ihn in das Haus seines Vaters. Er legte die Kleider ab. Er umfaßte den Baumstamm. Er zerspaltete ihn mit seinem Penis. Der Vater sagte: »Wenn du das so weiter machst, werden die Leute dich bald töten.«

Der Vater sagte zum zweiten Sohn: »So geh und zeig mir, wie du dein Werk ausführen willst.« Der zweite Sohn ging hinaus. Er nahm 200 Pfeile; er nahm 100 Bogen; er bestieg 2 Pferde. Dann ritt er aus dem Gehöft heraus und begann die Mauern des anderen Gehöftes zu beschießen. Er schoß die 200 Bogen ab. Die Mauern stürzten.

Der Vater sagte: »Wenn du das so weiter machst, werden dich die Leute bald zum Edsu machen.«

Der Vater sagte zu seinem dritten Sohn: »So geh, nimm Nadel und Zwirn und zeige mir, wie du es machen wirst.« Der dritte Sohn ging in das Haus. Er brachte Nadel und Faden. Er legte die Nadel unter einen Baum auf die Erde. Er stieg mit dem Faden auf den Baum. Er ließ vom Baum den Faden herab. Er ließ von oben den Faden durch die Öse fallen. Dann zog er die eingefädelte Nadel zu sich herauf. Der Vater sagte: »Wenn du so weiter machst, wirst du bald ein reicher Mann sein.«

Der Vater starb. Als er gestorben war, machte sich der älteste Sohn auf den Weg. Er ging ins Haussaland. Er traf unterwegs einen Mann. Er fragte den Mann: »Wo gehst du hin?« Der Mann sagte: »Ich gehe nach Bida.« Er fragte den Mann: »Was machst du in Bida?« Der andere sagte: »Ich bin ein Lügner. Ich bin der beste Lügner im Haussaland. In Bida wohnt ein Mann, der ist der beste Lügner im Nupeland. Ich will sehen, wer besser lügen kann. Ich will sehen, ob er mehr lügen kann als ich.« Der erste Sohn sagte: »Dann gehe ich mit dir nach Bida.« Sie machten sich auf den Weg nach Bida. Sie kamen nach Bida.

Der Nupelügner in Bida hörte, daß der Haussalügner unterwegs zu ihm sei. Der Bidalügner sagte: »Grabt mir ein tiefes Loch. Stellt viele Kalebassen hinein. Bringt mir Essen und Trinken. Ich werde mich in der Erdhöhle verstecken. Wenn der Haussalügner kommt, sagt ihm, daß ich in den Himmel gegangen sei, um ein Palaver mit Soko zu erledigen.« Die Leute gruben ein Loch. Sie stellten Kalebassen hinein. Der Nupelügner stieg hinein, sie deckten die Grube zu.

Der Haussalügner kam an. Die Leute des Nupelügners empfingen ihn in der Katamba. Der Haussalügner fragte: »Wo ist denn der große Nupelügner?« Die Leute sagten: »Der große Nupelügner ist in den Himmel gegangen. Er erledigt ein Palaver mit Soko (Gott).« Der Haussalügner sagte: »Zeigt mir doch den Weg zum Himmel.« Die Leute führten ihn zu der Erdgrube. Der Haussalügner beugte sich über die Decke. Unten schlug der Nupelügner die Kalebassen aneinander. Die Leute sagten: »Hörst du den Streit?« Der Haussalügner sagte: »Ja, ich höre es! Das ist gut gelogen.«

Der Haussalügner sagte: »Gebt mir zu trinken!« Die Leute des Nupelügners gingen morgens um 6 Uhr fort, um Wasser zu holen. Sie blieben den Tag über fort. Sie kamen abends um 6 Uhr wieder. Sie gaben dem Haussalügner eine kleine Kalebasse mit Wasser. Der Haussalügner sagte: »Um mir eine kleine Kalebasse voll Wasser zu bringen, braucht ihr vom Morgen um 6 Uhr bis abends um 6 Uhr?«

Die Leute des Nupelügners antworteten: »Wir wollten dir sehr gutes Wasser bringen. Deshalb sind wir zum Dreschplatz gegangen und haben von der Tenne (die bekanntlich der trockenste Platz im ganzen Gehöft ist) mit den Fingerspitzen einen Wassertropfen nach dem anderen aufgelesen und in die Kalebasse getan.« Der Haussalügner sagte: » Ihr lügt besser als ich und meine Leute!«

Die fünf Sklaven

Ein Mann heiratete ein junges Mädchen. Die junge Frau wurde nicht schwanger. Die Frau wurde ganz alt. Der Mann schlief noch einmal bei ihr. Da wurde sie schwanger. Ihr Knie schwoll an. Das Knie schwoll mehr und mehr an. Der Mann sagte: »Bisher hat die Frau mir kein Kind gegeben. Gott (Soko) wolle mir helfen, wenn das Kind schlecht ist!«

Am anderen Tage schwoll das Knie der Frau noch mehr an. Der Vater nahm seine Hacke und ging auf die Farm. Die Frau nahm einen Topf und ging zum Fluß hinab. Sie schöpfte den Topf voll Wasser. Sie trug ihn heim. Sie wollte den Topf absetzen. Sie stützte ihn gegen das geschwollene Knie. Das Knie platzte auf. Aus der Öffnung kam ein ganz kleines Kind heraus. In der einen Hand hatte das Kind einen Bogen und Pfeil, in der andern ein Messer. Die Mutter erschrak. Das Kind sagte: »Weshalb erschrickst du? Dein Mann hat gesagt, daß Gott ihm helfen solle, wenn ich ein schlechtes Kind wäre. Ich bin aber kein schlechtes Kind.« Dann lief der kleine Junge mit seinen Waffen hinaus in die Farm, in der der Vater arbeitete.

Der kleine Junge war ganz klein. Er war noch kleiner als andere Kinder, die eben geboren sind. Er lief mit den Waffen durch die Farm. Der Vater sah ihn kommen. Der Vater erschrak. Der Vater wollte weglaufen. Der kleine Knabe rief: »Weshalb willst du weglaufen? Ich bin das Kind, das aus dem Knie deiner Frau geboren ist. Ich bin dein eigener Sohn. Mein Name ist Mama.« Der Vater hörte das. Der Vater blieb stehen. Mama kam heran. Mama sagte zu seinem Vater: »Gib mir eine Hacke. Ich will deine Arbeit verrichten.« Der Vater gab Mama eine Hacke. Mama griff zu. Er hatte sogleich die ganze Arbeit gemacht. Mama sagte: »Jetzt bin ich durstig. Gib mir eine Kalebasse.« Der Vater sagte: »Warte, kleiner Mama, ich werde dir sogleich Wasser bringen.« Mama sagte: »Gib mir nur die Kalebasse her. Es gehört sich nicht, daß der Vater für den Sohn solche Arbeit verrichtet!« Der Vater gab Mama die Kalebasse. Dann sagte er: »Es ist gut! Geh selbst zum Bach. Achte aber darauf, daß du auf dieser Seite des Baches schöpfst und nicht auf der anderen. Denn auf der anderen ist eine ganz böse Schlange.« Mama sagte: »Es ist gut!« Dann ging Mama mit der Kalebasse zum Bach hinab. Er ging erst auf diese Seite und schöpfte Wasser. Dann ging er auf die andere Seite, wo die böse Schlange war. Er griff die böse Schlange. Er knotete sie zu einer Topfunterlage zu sammen, legte sie auf den Kopf und hob die Kalebasse darauf. Mama kam zum Vater zurück. Er setzte die Kalebasse ab. Beide tranken. Mama sagte: »Ich bin hungrig. Nun muß ich essen. Wir wollen die Schlange rösten und verzehren.« Der Vater sagte: »Ich kann von der Schlange nicht essen, denn ich bin Maun (Mohammedaner).« Mama sagte: »Du mußt unbedingt von der Schlange essen, damit du noch lange lebst, wenn du auch alt bist.« Mama tötete die Schlange. Mama röstete die Schlange. Sie aßen beide von der Schlange. Der Vater wollte nicht von der Schlange essen. Mama zwang ihn, von der Schlange zu essen. Nachdem sie gegessen hatten, gingen Mama und sein Vater zusammen heim. Alle Leute des Ortes kamen zu Mamas Vater und wünschten ihm Glück zur Geburt eines Sohnes. Mama sagte zu seinem Vater: »Ich möchte arbeiten.« Der Vater sagte zu Mama: »Was möchtest du arbeiten?« Mama sagte: »Ich möchte nicht Bauer oder Hirte, sondern Wanderkaufmann werden. Gib mir dazu einiges Geld!« Der Vater sagte: »Das ist mir sehr recht.« Der Vater gab Mama 20 000 Kauri. Mama ging mit dem Geld auf den Markt. Er kaufte für 10 Kauri eine Taube. Er kaufte für 10 Kauri eine Ratte. Er kaufte für 15 Kauri einen Frosch. Er kaufte für 1000 Kauri einen Hund. Damit wollte er nach Hause gehen. Da sah er eine Katze. Er sagte: »Was soll die Katze kosten?« Die Leute sagten: »Die Katze soll 1000 Kauri kosten.« Mama betrachtete die Katze. Mama kaufte die Katze. Mama ging mit der Taube, mit der Ratte, mit dem Frosch, mit dem Hund, mit der Katze nach Hause. Er sagte: »Das sind meine fünf Sklaven.«

Der Vater und die Mutter kamen auf den Markt. Sie begrüßten Mama. Der Vater sagte zu Mama: »Bring mir alles, was du gekauft hast, und sage mir, was es nützen soll.« Mama sagte: »Das will ich gerne tun. Ich werde mit meinen Sklaven zu dir kommen.«

Mama brachte die Taube (Sukenji) zu seinem Vater und sagte: »Das ist mein erster Sklave.« Der Vater sagte: »Diese Taube soll dir als Sklave nützen?« Mama sagte: »Wenn ich morgens schlafe, soll sie mich rechtzeitig wecken.« Der Vater sagte: »Es ist recht. Was hast du sonst noch gekauft?«

Mama brachte die Ratte (Eru) zu seinem Vater und sagte: »Das ist mein zweiter Sklave.« Der Vater sagte: »Diese Ratte soll dir als Sklave nützen?« Mama sagte: »Wenn ich nur trockenen Brei habe, soll diese Ratte mir dazu Sumbala stehlen.« Der Vater sagte: »Es ist recht. Was hast du sonst noch gekauft?«

Mama brachte den Frosch (Tanquollo) zu seinem Vater und sagte: »Das ist mein dritter Sklave.« Der Vater sagte: »Dieser Frosch soll dir als Sklave nützen?« Mama sagte: »Wenn ich einmal nicht weiß, was gut ist, werde ich zu einem Magier oder Propheten gehen. Und wenn ich dann nicht weiß, womit ich zahlen soll, gebe ich ihm den Frosch.« Der Vater sagte: »Es ist recht. Was hast du sonst noch gekauft?«

Mama brachte seinen Hund (Eschegi) zu seinem Vater und sagte: »Das ist mein vierter Sklave.« Der Vater sagte: »Dieser Hund soll dir als Sklave nützen?« Mama sagte: »Wenn meine Mutter einmal auf der Farm ist, kann er das Haus hüten.« Der Vater sagte: »Es ist recht. Was hast du sonst noch gekauft?«

Mama brachte seine Katze zu seinem Vater und sagte: »Das ist mein fünfter Sklave.« Der Vater sagte: »Diese Katze soll dir als Sklave nützen?« Mama sagte: »Wenn meine Ratte nicht gehorcht, wird sie sie in Ordnung bringen.« Der Vater sagte: »Es ist recht. Fehlt dir nun noch etwas!«

Mama sagte: »Mein sechster Sklave ist die Gelegenheit, die kann ich nicht kaufen. Die wird mir von den anderen gebracht.«

Mama ging mit seinen fünf Sklaven nach Hause. Mama fragte seinen ersten Sklaven, die Taube: »Was wirst du machen?« Die Taube sagte: »Ich werde dich jeden Tag wecken.« Mama sagte: »Das ist es nicht, was ich am meisten brauche.« Mama fragte seinen zweiten Sklaven, die Ratte: »Was wirst du machen?« Die Ratte sagte: »Ich werde für dich Kula stehlen.« Mama sagte: »Das ist es nicht, was ich am meisten brauche.« Mama sagte seinen dritten Sklaven, den Frosch: »Was wirst du machen?« Der Frosch sagte: »Ich werde den ganzen Tag zu Soko beten, wie die Mallem (Mohammedaner in der Haussasprache).« Mama sagte: »Das ist es nicht, was ich am meisten brauche.« Mama fragte seinen vierten Sklaven, den Hund: »Was wirst du machen?« Der Hund sagte: »Ich werde für dich auf die Jagd gehen, werde für dich Eichhörnchen, Ratten, Kaninchen im Busch fangen.« Mama sagte: »Das ist es nicht, was ich am meisten brauche.«

Mama fragte seinen fünften Sklaven, die Katze: »Was willst du machen?« Die Katze sagte: »Komm mit mir in das Haus. Wir wollen allein sein!«

Mama ging mit der Katze in sein Haus. Die Katze sagte: »Schließ hinter mir die Tür zu.« Mama verschloß die Türe. Die Katze verwandelte sich in ein hübsches Mädchen. Das Mädchen sagte: »Bring mich nach Ebagi. In Ebagi wohnt mein Vater. Verkauf mich meinem Vater. Mein Vater wird dir Geld anbieten. Nimm das Geld nicht an. Mein Vater wird dir Stoffe anbieten. Nimm die Stoffe nicht an. Mein Vater hat eine rote Mütze. Das ist es, was du am meisten brauchst.« Mama sagte: »Das wollen wir machen!«

Mama ging mit dem hübschen jungen Mädchen fort. Sie gingen nach Ebagi. Sie kamen zu dem Haus des Vaters des jungen Mädchens. Mama ging zu ihm. Mama fragte ihn: »Willst du deine Tochter kaufen?« Der Alte sagte: »Ich will meine Tochter kaufen. Ich will dir 400000 Kauri für sie bezahlen.« Mama sagte: »Das Geld will ich nicht. Das ist es nicht, was ich brauche.« Der Alte sagte: »Ich will meine Tochter kaufen. Ich will dir 200 Kleider geben.« Mama sagte: »Kleider will ich nicht. Das ist es nicht, was ich brauche.« Der Alte sagte: »Was willst du denn haben!« Mama sagte: »Ich will dir das Mädchen verkaufen. Du mußt mir aber die rote Mütze, die du da auf dem Kopf hast, dafür geben.« Der Alte sagte: »Diese rote Mütze willst du haben. Diese rote Mütze kann ich dir nicht geben. Diese rote Mütze hatte ich, ehe ich mein Gold, meine Kleider, meine Pferde, meine Waffen gewann. Die Mütze ist mehr wert als Geld. Die rote Mütze kann ich dir nicht geben.« Mama sagte: »Es ist recht.« Mama stand auf und ging hinaus.

Die Mutter des Mädchens kam zu dem Alten herein. Die Mutter sagte: »Gib dem Mann die Mütze. Das Mädchen ist mehr wert als die Mütze.« Der Alte rief Mama zurück. Der Alte sagte zu Mama: »Ich will das Mädchen kaufen. Ich will dir meine rote Mütze dafür geben.« Mama sagte: »Es ist recht.« Mama gab dem Alten das Mädchen. Der Alte gab Mama die Mütze. Mama ging mit der Mütze nach Hause. Als Mama wieder zu Hause war, verwandelte sich das Mädchen im Hause des Alten wieder in eine Katze. Die Katze lief auf ihren vier Füßen von dannen. Die Katze kam wieder bei Mama an. Die Katze blieb bei Mama.

Mama hatte die rote Mütze. Er tat die rote Mütze in einen Korb. Er versteckte den Korb. Wenn Mama nur zehn Kauri ausgab, nahm Mama 10000 Kauri ein. Wenn er das Geld für ein Pferd fortgab, standen nachher 10 Pferde in seinem Gehöft. (Die letzten beiden Sätze sind mühsam aus den Leuten herausgeholt. Weder der Spielmann, der dieses Märchen vortrug, noch ein anderer hatten eine rechte Vorstellung davon, wie es kommen könne, daß der Besitz der Mütze den Mama reich machte. Von Zauberkraft sprachen nur einige beisitzende Haussa, die Nupe nicht).

Mama wurde reich. Mama hatte bald 8000 Pferde. Als Mama die rote Mütze hatte und ein reicher Mann war, ging er wieder in seine Heimatstadt Igbarra.

In Igbarra sah Mama eine Frau. Mama nahm die Frau in sein Haus. Mama sagte zu der Frau: »Leg dich nieder.« Die Frau legte sich nieder. Als es gegen Morgen war, wollte Mama die Frau beschlafen. Die Frau sagte: »Laß das!« Mama bat sie. Die Frau sagte: »Laß das!« Mama bat sie. Die Frau sagte: »Laß das!« Mama fragte: »Was hast du?« Die Frau sagte: »Früher warst du arm.

Jetzt bist du reich. Wie ist das gekommen? Ich möchte das wissen!« Mama sagte: »Ich habe eine rote Mütze, die gibt mir alles.« Die Frau fragte: »Wo hast du die rote Mütze?« Mama sagte: »Ich habe sie in einem Korb versteckt.« Die Frau sagte: »Zeig mir die rote Mütze!« Mama stand auf. Mama zeigte der Frau die Stelle, an der der Korb stand. Mama öffnete den Korb und zeigte der Frau die Mütze. Die Frau sagte: »Es ist recht.« Die Frau legte sich wieder hin. Mama legte sich zu ihr. Mama beschlief die Frau. Mama schlief ein. Als Mama eingeschlafen war, stand die Frau auf. Die Frau ging zu dem Korb. Die Frau öffnete den Korb. Die Frau nahm die rote Mütze heraus. Die Frau steckte die rote Mütze in ihr Kleid. Die Frau lief fort. Als die Frau mit der roten Mütze fortgelaufen war, begann das Haus zu brennen. Alle Häuser brannten. Alle Pferde, alle Kleider, alle Waffen verbrannten. Alles, was Mama besaß, verbrannte. Es blieb Mama nichts übrig.

Mama ging zu einem Boschi (Wahrsager) und fragte: »Wie kam das Feuer in mein Haus!« Der Boschi sagte: » Ich habe mir alle Mühe gegeben. Ich kann es dir nicht sagen.« Die fünf Sklaven Mamas kamen von den Farmen. Die Taube sagte zu Mama: »Ich kann ganz genau sagen, wie das Feuer ausgebrochen ist.« Mama sagte: »Sag es!« Die Taube sagte: »Du hast eine Frau zu dir genommen. Du wolltest die Frau beschlafen. Die Frau sagte: »Laß das!« Die Frau wollte die rote Mütze sehen. Du zeigtest der Frau die rote Mütze. Du schliefst ein. Die Frau nahm die rote Mütze. Die Frau steckte die rote Mütze in ihr Kleid. Die Frau lief mit der roten Mütze fort. Dein Haus brannte. Alles, was du gewonnen hattest, war fort. Ich habe aber die Frau gesehen.« Mama fragte: »Weißt du, wo die Frau hingegangen ist?« Die Taube sagte: »Ich weiß, wo die Frau wohnt.« Mama sagte: »Kannst du die rote Mütze wiederfinden?« Die Taube sagte: »Ich kann den Platz sagen, an dem die rote Mütze liegt.« Mama sagte: »Wie kann ich die rote Mütze wiedererlangen?«

Die Taube sagte: »Wenn mir ein anderer deiner Sklaven hilft, kannst du die rote Mütze wiedererlangen.« Die Ratte sagte: »Ich gehe mit der Taube.« Der Frosch sagte: » Ich gehe mit der Taube.« Der Hund sagte: »Ich gehe mit der Taube.« Die Katze sagte: »Ich gehe mit der Taube.« Alle fünf Sklaven Mamas machten sich auf den Weg. Die Taube flog vor ihnen her.

Die fünf Sklaven Mamas kamen an ein Wasser. Der Frosch sagte: »Ich warte, bis ihr zurückkommt! Ich werde hier bleiben.« Die anderen Sklaven Mamas setzen den Weg fort. Die Taube flog immer vor ihnen her. Sie kamen an eine andere Stadt. Die Taube flog auf ein Haus zu. Die Taube setzte sich auf das Dach des Hauses. Die Taube sagte: »In diesem Haus hat die Frau die rote Mütze versteckt.«

Die Katze ging in das Haus hinein. Im Haus war nur eine Frau. Die Frau spann. Die Katze ging zu ihr. Sie strich ihr am Bein entlang. Die Frau beugte sich vor. Sie streichelte die Katze. Die Frau spielte mit der Katze. Die Frau achtete nur auf die Katze. Auf der Rückseite des Hauses begann die Ratte derweilen einen Gang zu scharren. Sie scharrte einen Gang unter die Hauswand. Sie kam in das Innere. Die Frau spielte mit der Katze. Die Frau achtete nur auf die Katze. Die Ratte kam ins Haus und suchte überall nach der roten Mütze. Der Hund steckte die Schnauze in den Gang der Ratte und fragte: »Siehst du die rote Mütze? Siehst du die rote Mütze?« Die Ratte sagte: »Ich suche die rote Mütze! Ich suche die rote Mütze!« Die Frau spielte mit der Katze. Die Frau achtete nur auf die Katze. Die Ratte fand die Mütze in einem Korb. Die Ratte nagte den Korb durch. Die Ratte zog die Mütze heraus. Der Hund fragte: »Siehst du die rote Mütze?« Die Ratte sagte: »Ich habe die rote Mütze!« Die Ratte trug die rote Mütze in ihren Gang. Die Frau spielte mit der Katze. Die Frau achtete nur auf die Katze. Die Ratte gab dem Hund die Mütze. Der Hund nahm die Mütze. Der Hund bellte. Der Hund sprang fort. Die Katze sprang fort. Die Ratte sprang fort. Die Taube flog fort.

Die vier Sklaven machten sich auf den Rückweg zu Mama.

Der Hund trug die Mütze. Die vier Sklaven kamen an das große Wasser. An dem großen Wasser war der Frosch. Die Taube flog über das große Wasser. Die Ratte schwamm über das große Wasser. Die Katze schwamm über das große Wasser. Der Hund sprang mit der roten Mütze im Maul in das große Wasser. Am großen Wasser waren Menschen, die schlachteten eine Kuh. Ein Mann warf dem Hund einen Knochen zu. Da ließ der Hund die rote Mütze ins Wasser fallen und packte den Knochen. Mit dem Knochen im Maul schwamm er über das große Wasser. Die rote Mütze sank im großen Wasser unter. Im Wasser saß der Frosch. Er fing die rote Mütze auf und trug sie im Maul durch das Wasser.

In Mamas Gehöft kam die Taube geflogen. Die Taube setzte sich auf eine Stange und sagte: »Wir haben die rote Mütze! Der Hund trägt sie.« Die Katze kam angelaufen und sagte: »Wir haben die rote Mütze! Der Hund trägt sie!« Die Ratte kam angelaufen und sagte: »Wir haben die rote Mütze! Der Hund trägt sie!« Der Hund kam angelaufen und trug im Maul den Knochen. Mama sagte: »Wo hast du die rote Mütze?« Der Hund sagte: »Am Wasser warfen die Leute mir einen Knochen zu. Ich nahm den Knochen und ließ die Mütze im Wasser. Denn ich lebe nicht von roten Mützen, sondern von Knochen.«

Der Frosch kam angehüpft. Der Frosch sagte: »Ich war am großen Wasser geblieben. Der Hund kam und brachte die rote Mütze im Maul. Am Wasser warfen die Leute ihm einen Knochen hin. Da ließ er die Mütze ins Wasser fallen und schwamm mit dem Knochen weiter, ich fing sie unten auf und trug sie durchs Wasser. Ich trug die Mütze hierher.« Mama sagte: »Wo hast du die rote Mütze?« Der Frosch zog die rote Mütze aus dem Maul. Er sagte: »Hier ist sie.« Er gab die rote Mütze Mama. Mama nahm die rote Mütze.

Mama hatte wieder Pferde, Kleider, Geld, Waffen. Er hatte wieder alles.

Der unnütze Junge

Ein Mann heiratete eine Frau. Die Frau gebar ein Kind. Das Kind war ein Junge; sie nannten ihn Mama. Der Junge war sehr ungezogen. Er verdarb alles. Er konnte nichts fertigbekommen. Die Mutter wußte nichts mit ihm anzufangen. Eines Tages warf die Mutter den Mama auf den Misthaufen (Susunti).

Mama saß auf dem Susunti. Der Jäger kam aus dem Busch. Er kam an dem Susunti vorbei. Er sah Mama auf dem Susunti sitzen. Er sagte: »Wer hat den hübschen Jungen auf den Susunti geworfen?« Mama sagte: »Ich wollte immer in den Busch gehen, da hat mich meine Mutter auf den Susunti geworfen.« Der Jäger sagte: »So komm mit mir, du kannst dann immer in den Busch gehen und wirst Jäger.« Mama sagte: »Es ist mir recht.« Sie gingen zusammen fort. Der Jäger ging mit dem Burschen in den Busch. Sie kamen an einem Edinschibaum vorbei. Der Edinschibaum hat kleine Früchte. Der Jäger gab Mama einige Handvoll von den Früchten und sagte: »Iß die, du mußt lernen, sie zu essen. Es ist Jägerspeise.« Mama versuchte die Früchte. Sie schmeckten ihm nicht. Darauf schüttelte er heimlich die Pfeile des Jägers aus dessen Köcher und füllte statt dessen die Edinschifrüchte hinein. Der Jäger sah es nicht.

Nach einiger Zeit kamen sie ganz nahe an einen Büffel heran. Der Jäger sagte zu Mama: »Reiche mir einen Pfeil aus dem Köcher; ich will den Büffel schießen.« Mama gab ihm einige Edinschifrüchte aus dem Köcher. Der Jäger sagte: »Die meine ich nicht. Gib mir einen Pfeil aus dem Köcher. Ich will den Büffel schießen.« Mama sagte: »Ich sollte vorhin die Edinschifrüchte essen. Ich mochte sie aber nicht. Da schüttete ich die Pfeile unter dem Baum aus und füllte den Köcher mit Früchten.« DerJäger sagte: »Du bist wirklich zu nichts zu gebrauchen.«

Er brachte den Mama wieder auf den Susunti. Mama saß auf dem Susunti. Ein Trommler kam auf dem Wege nach der Stadt vorbei. Er kam an dem Susunti vorbei. Er sah Mama auf dem Misthaufen sitzen. Der Trommler sagte: »Wer hat denn den hübschen Jungen auf den Susunti geworfen?« Mama sagte: »Ich trommelte immer so gerne, da hat mich meine Mutter auf den Susunti geworfen.« Der Trommler sagte: »Komm mit mir zum König, du kannst Trommler werden.« Mama sagte: »Es ist mir recht.« Sie gingen zusammen fort.

Mama ging mit dem Trommler bis gegen Sonnenuntergang. Sie kamen in der Stadt an. Der Trommler sagte: »Wer wird nachts die Trommeln bewachen, wenn wir anderen drinnen schlafen? Sollte das nicht gut für Mama sein?« Die Trommler gingen in das Haus. Mama blieb draußen bei den Trommeln. Als Mama allein war, fror ihn. Er sagte: »Die Trommler haben mir dies wohl als Feuerholz gelassen.« Er nahm eine Trommel, zerschlug sie und machte daraus ein Feuer. Als sie verbrannt war, zerschlug er eine andere Trommel und warf sie in das Feuer. Er verbrannte eine Trommel nach der anderen. Er verbrannte alle Trommeln.

Am anderen Morgen, als der Hahn schrie, kam der Trommler aus dem Haus. Er sagte zu Mama: »Nimm eine Trommel und schlage sie für den König!« Mama sagte: »Welche Trommel soll ich schlagen? Hast du mir für die Nacht anderes Feuerholz gekauft? Glaubst du, daß das Feuer der Trommeln die ganze Nacht gereicht hat? Es ist keine Trommel übrig geblieben.« Der Trommler sagte: »Ich habe dir allerdings kein Feuerholz gekauft.« Mama sagte: »Deshalb machte ich mit den Trommeln ein Feuer.« Der Trommler schlug den Mama. Er sagte: »Du bist wirklich zu nichts zu gebrauchen.«

Er brachte den Mama wieder auf den Susunti. Mama saß auf dem Susunti. Ein Afa (Mohammedaner in der Sprache der Yoruba) kam auf dem Wege nach der großen Stadt an dem Susunti vorbei. Er sah Mama auf dem Susunti sitzen. Der Afa (oder Mallem) sagte: »Wer hat den hübschen Jungen auf den Misthaufen geworfen?« Mama sagte: »Ich betete so viel zu Hause. Ich bat immer darum, schreiben lernen zu dürfen. Da hat mich meine Mutter auf den Misthaufen geworfen.« Der Mallem sagte: »Komm mit mir in die ganz große Stadt. Da kannst du ein Mallem werden.« Mama sagte: »Es ist mir recht.« Der Mallem gab ihm den Ledersack mit seinen Büchern zu tragen. Sie gingen zusammen nach der ganz großen Stadt.

Sie kamen in die ganz große Stadt. Die Stadt war größer als irgendeine andere. In dieser großen Stadt war aber kein Afa (Lehrer des Islam). Der König der Stadt hatte einen Knaben, der sollte lesen und schreiben lernen. Es war aber kein Afa in der großen Stadt. Der König hörte nun, daß ein Afa angekommen war. Er gab einem Boten 200 Sklaven und sagte: »Geh und bring die dem Afa, der soeben angekommen ist!« Der König gab einem Boten 200 Pferde und sagte: »Geh und bring die dem Afa, der soeben angekommen ist!« Der Afa fragte: »Wo soll ich schlafen?« Der König sagte: »Führt ihn in das Gehöft eines ganz großen Mannes, der für ihn sorgen soll.« Man brachte den Afa bei einem ganz großen Mann unter. Am Abend sandte der König seinen Sohn mit einem Boten. Der Bote sagte: »Hier ist der Sohn des Königs, lehre ihn Tuschi Sokos Buch!« (Tuschi = Bote, Prophet, Soko = Gott aller) Der Afa sagte: »Es ist recht!« Nachher gab der König einem Boten 200 Matten und sagte: »Bringe die dem Afa, der heute angekommen ist!«

Als es Nacht wurde, rief der Afa den Knaben Mama und sagte: »Dies hier ist der Sohn des Königs. Es ist der Junge, den ich unterrichten soll. Schlaf mit ihm in diesem Zimmer. Ich werde im Raum nebenan schlafen.« Der Afa ließ die beiden Jungen in ihrem Raum und legte sich selbst nebenan nieder. Der Sohn des Königs schlief ein. Der Afa schlief ein. Mama war noch wach. Der Sohn des Königs furzte. Mama hörte dies. Er ging in den anderen Raum zu dem Afa, weckte ihn und sagte: »Der Junge, mit dem ich schlafen soll, furzt zu sehr. Ich kann nicht mit ihm schlafen.« Der Afa sagte: »So rücke ein wenig von ihm ab und schlaf an einem anderen Platz.« Mama sagte: »Ich will es versuchen. «

Mama ging zurück. Er rückte seine Matte von der des Königssohnes ab und legte sich an einem anderen Platz nieder. Nach einiger Zeit furzte der Sohn des Königs abermals. Mama stand auf, ging in den Nebenraum, weckte den Afa und sagte: »Der Sohn des Königs furzt so, daß ich nicht schlafen kann. Wenn er noch einmal furzt, muß ich ihn töten.« Der Afa sagte: »Nun schlaf endlich und laß mich schlafen!«

Der Afa schlief wieder ein. Mama ging in den Raum des Königssohnes zurück und legte sich auf seine Matte. Nach einiger Zeit furzte der Sohn des Königs abermals. Mama stand auf. Er nahm ein Messer. Er ging zu dem schlafenden Sohn des Königs. Er schnitt dem Sohn des Königs den Hals durch. Dann ging er in den Nebenraum. Er weckte den Afa. Er sagte zum Afa: »Der Sohn des Königs hat noch einmal gefurzt, da habe ich ihn getötet. Nun wird er nicht mehr furzen.« Der Afa sagte: »Was hast du getan?« Der Afa ging in den anderen Raum. Er sah das Blut. Er sah den Kopf des Königssohnes.

Der Afa rannte von dannen. Mama rannte hinter ihm her. Der Afa rannte aus der Stadt hinaus. Mama rannte hinter ihm her. Der Afa rannte durch die Farmen. Mama rannte hinter ihm her. Der Afa nahm einen Stock, schlug Mama und sagte: »Lauf in die Stadt zurück!« Der Afa rannte weiter. Mama rannte hinter ihm her. Der Afa nahm einen Stock, schlug nach Mama und sagte: »Lauf in die Stadt zurück.« Der Afa rannte weiter! Mama rannte hinter ihm her. Der Afa nahm einen Stock, schlug nach Mama und sagte: »Lauf in die Stadt zurück!« Der Afa rannte immer weiter fort. Mama rannte immer hinter ihm her.

Am anderen Morgen rief der König einen alten, angesehenen Mann und sagte: »Nimm einige angesehene Leute und gehe in das Haus des Afa. Sage ihm meinen Gruß! Frage ihn, ob er sich wohlbefindet!« Der angesehene Mann stieg mit 200 Leuten zu Pferd. Er ritt mit den 200 Leuten zu dem Haus des Afa. Er stieg mit seinen 200 Leuten ab. Er ging hinein. Er trat in die Tür. Er sah das Blut. Er sah den Kopf des Königssohnes. Er sah, daß der Afa fortgelaufen war. Er kam zu seinen 200 Reitern zurück. Alle setzten sich aufs Pferd. Sie ritten sogleich hinter dem Afa her.

Mama und Afa sahen die Reiter in der Ferne kommen. Es war da ein Baum. Mama und Afa stiegen auf den Baum. Sie versteckten sich in den Zweigen. Nach einiger Zeit kam der Anführer mit den 200 Reitern an. Der Anführer stieg mit den 200 Reitern ab. Sie ruhten unter dem Baume aus. Der Anführer setzte sich im Schatten nieder. Der Anführer nahm seine Mütze ab. Er war ein alter Mann. Er hatte keine Haare auf dem Kopf. Mama war gerade über dem Kopf des Anführers. Mama sah den kahlen Kopf des Anführers. Mama sagte zu dem Afa: »Sieh den nackten Kopf des Anführers! Ich sitze gerade über ihm. Ich möchte ihm auf den Kopf kacken. Ich würde ihn treffen.« Der Afa erschrack. Der Afa sagte: »Wenn du das tust, werden sie uns sehen. Dann werden sie uns totschlagen.« Der Mama sagte: »Ich werde es nicht tun.« Einige Zeit nachher kackte Mama aber trotzdem. Er traf den nackten Kopf des Anführers. Der Anführer blickte empor und sagte: »Welche Art von Vögeln kackt denn auf meinen Kopf?« Alle Leute begannen aufzublicken. Sie sahen Mama und den Afa. Die Leute begannen den Baum umzuhauen. Der Baum begann zu wanken.

Oben flog der Vogel Lao (eine große weiße Adlerart mit roten Fängen und rotem Schnabel) vorüber. Der Vogel Lao sagte zu Mama und dem Afa: »Versteckt euch in meinen Federn. Aber berüht nicht die Federn meines Schwanzes!« Mama schlüpfte unter den linken Flügel des Lao. Afa schlüpfte unter den rechten Flügel des Lao. Sie hielten sich fest. Mama sagte zu dem Vogel Lao: »Wie könnte ich dir Schlechtes tun, wo du uns von hier forttragen und retten willst!« Der Vogel Lao flog mit ihnen von dannen.

Nach einiger Zeit flog der Vogel Lao mit Mama und dem Afa ganz hoch oben in der Luft. Mama sagte zu dem Afa: »Sieh den schönen Schwanz des Vogels Lao. Ich muß ihn einmal anfassen!« Der Afa erschrak. Der Afa sagte: »Der Vogel Lao hat das untersagt. Wenn er uns fallen läßt, stürzen wir herab. Wenn wir herabstürzen, werden wir sterben, noch ehe wir zur Erde kommen.« Mama sagte: »Ich werde es nicht tun!« Nach einiger Zeit faßte Mama an den Schwanz des Vogels. Als der Vogel Lao das fühlte, schüttelte er sich. Mama stürzte herab. Der Afa stürzte herab. Ehe Afa zur Erde kam, hatte er sich in langes Gras verwandelt. Ehe Mama zur Erde kam, hatte er sich in das kurze harte Gras verwandelt, das jeden Fuß verwundet, der darauf tritt.

Wenn eine Mutter ihr Kind auf den Misthaufen wirft, kann man sicher sein, daß es nicht mehr viel taugt.

Die Löwenfrau

Mama heiratete. Musa heiratete. Mamas Frau wurde schwanger. Musas Frau wurde schwanger. Mama sagte: »An dem Tage, an dem meine Frau niederkommen wird, werde ich am Boden Kauris ausstreuen. Über ihnen soll meine Frau gebären.« Musa sagte: »An dem Tag, an dem meine Frau niederkommen wird, werde ich am Boden ein Löwenfell ausbreiten. Über dem soll meine Frau gebären.« Mamas Frau kam in die Wehen. Mama streute auf dem Boden Kauris aus. Über ihnen gebar seine Frau.

Musas Frau kam in die Wehen. Musa nahm Erdnüsse und Guineakorn und ging damit in den Busch. Er ging in die Gegend, in der die Löwen sind. Musa traf da auf eine alte Frau. Die alte Frau sagte: »Was willst du?« Musa sagte: »Ich will das Fell eines Löwen.« Die alte Frau fragte: »Was bringst du?« Musa sagte: »Ich bringe Erdnüsse und Guineakorn.« Die alte Frau sagte: »So gib sie her!« Musa gab die Erdnüsse und das Guineakorn hin. Die alte Frau zeigte Musa den Platz eines Löwen. Die Löwin war ausgegangen. Es waren zwei junge Löwen da. Musa nahm die beiden jungen Löwen. Er ging mit ihnen nach Hause. In seinem Gehöft band er den einen jungen Löwen an. Den anderen jungen Löwen tötete er. Er zog ihm die Haut ab. Musa breitete die Löwenhaut auf dem Boden aus. Über der Löwenhaut gebar die Frau Musas.

Die Löwin kam an ihren Platz zurück. Die Löwin sah, daß ihre Jungen gestohlen waren. Die Löwin suchte die Spuren. Die Löwin fand Musas Weg bis zur Stadt. Am Ebang (Stadtwall) sagte die Löwin: »In dieser Stadt sind also meine Kinder!» Die Löwin ging in den Busch zurück. Die Löwin nahm ein Blatt. Sie schlug es. Das Blatt verwandelte sich in ein Kleid. Die Löwin selbst verwandelte sich in eine Frau. Die Frau schlug einen

Stein. Der Stein verwandelte sich in einen Korb. Die Frau nahm den Korb auf den Kopf. Sie ging so in die Stadt.

Die Frau kam an einer Stelle vorbei, an der viele junge Männer in der Grube Lehm kneteten und Luftziegel formten. Ein junger Mann sah sie. Der junge Mann rief: »Die Frau soll bei mir schlafen!« Ein anderer sagte: »Nein, sie soll bei mir schlafen!« Jeder der jungen Leute wollte, daß die Frau zu ihm komme. Die Frau sagte: »Werft alle mit Steinen nach meinem Korb! Wer in den Korb trifft, bei dem will ich schlafen!« Die Frau setzte den Korb auf die Erde. Alle jungen Leute sagten: »Es ist recht!« Die jungen Leute begannen mit Steinen nach dem Korb zu werfen. Einer warf nach dem anderen seinen Stein. Es traf aber keiner hinein. Sie warfen alle. Es traf keiner. Nur Musa hatte noch nicht geworfen. Die Frau sagte: »Der Mann dort hat noch nicht geworfen!« Musa nahm einen Stein. Er warf den Stein nach dem Korb. Der Stein fiel in den Korb. Die jungen Leute riefen: »Die Frau wird bei Musa schlafen!« Die Frau sagte: »Ich werde im Hause Musas schlafen.«

Musa nahm die Frau mit in sein Haus. In dem Haus hatte Musa sieben Hunde. Die Frau kam an Musas Haus. Die Frau sah den jungen Löwen, der an Musas Haus angebunden war; die Frau sah das Fell des getöteten Löwen. Die Frau sagte: »Du bist stark. Wie hast du den Löwen gewonnen, den du getötet hast?« Musa sagte: »Ich fand sie im Busch und brachte sie heim.« Die Frau sagte: »Was willst du mit dem lebenden jungen Löwen? Schenke ihn mir!« Musa fragte: »Was willst du (als Frau) damit machen?« Die Frau sagte: »Schenke ihn mir!« Musa sagte: »Nein, ich werde ihn dir nicht schenken, denn die Leute werden fragen, warum ich das getan habe.« Die Frau sagte: »Es ist gut.«

Die Frau schlief nachts im Hause Musas. Musa schlief. Die Frau wachte. Die Frau stand auf. Sie trat aus dem Hause. Sie band den jungen Löwen los. Der junge Löwe lief fort. Der junge Löwe lief in den Busch.

Die Frau ging in das Haus zurück. Sie legte sich neben Musa nieder. Es waren die Hunde noch mit im Zimmer. Die Frau dachte: »Nun werde ich Musa töten.« Die Hunde sagten zu der Frau: »Wenn du Musa tötest, töten wir dich!« Die Frau weckte Musa und sagte: »Deine Hunde lassen mich nicht schlafen.« Musa brachte alle seine Hunde heraus. Er legte sich hin. Er schlief wieder ein.

Die Frau dachte: »Nun werde ich Musa töten! Nun ist niemand mehr da.« Es stand ein Topf mit Sibi (magische Mittel) im Zimmer. Der Topf mit Sibi sagte: »Wenn du Musa tötest, töten wir dich!« Die Frau weckte Musa und sagte: »Dein Topf mit Sibi läßt mich nicht schlafen.« Musa brachte den Topf mit Sibi hinaus. Auf dem Wege aber fielen einige Tropfen der Flüssigkeit auf die Erde. Dann legte Musa sich wieder hin. Er schlief wieder ein.

Die Frau dachte: »Nun werde ich Musa töten! Nun ist niemand mehr da!« Die Sibitropfen aber sagten: »Wenn du Musa tötest, töten wir dich!« Die Frau weckte Musa und sagte: »Dein Haus läßt mich nicht schlafen!« Musa sagte: »Ich habe kein anderes Haus. Du mußt in diesem schlafen.« Er legte sich wieder hin. Er schlief wieder ein.

Der Hahn schrie. Sie standen auf. Musa trat aus dem Hause. Musa sah, daß sein Löwe nicht mehr da war. Musa sagte: »Wo ist mein Löwe?« Die Frau sagte: »Die Schnur ist zerrissen, da ist er fortgelaufen. Sieh hier das Strickende!« Die Frau sagte: »Ich werde jetzt gehen. Willst du mich begleiten?« Musa sagte: »Ja, ich will dich begleiten.« Musa wollte sein Pferd besteigen. Die Frau sagte: »Nein, auf dem Pferd darfst du nicht mitkommen, das tritt mich tot.« Musa sagte: »Dann werde ich nur einen Stock mitnehmen.« Die Frau sagte: »Du darfst keinen Stock mitnehmen, ich fürchte mich davor.« Musa nahm ein Kamel und bestieg es. Sie machten sich auf den Weg.

Sie kamen zu der Stelle, an der Musa die jungen Löwen mitgenommen hatte. Musa sagte: » Hier werde ich umkehren.« Die Frau sagte: »Es ist auch weit genug!« Musa wandte das Kamel um. Die Frau verwandelte sich in eine Löwin. Die Löwin sprang auf Musa zu. Musa trieb sein Kamel an. Er jagte zurück. Musa verlor seinen Turban. Die Löwin rief: »Nimm deinen Turban mit!« Musa sagte: »Ich brauche meinen Turban nicht.« Musa kam mit seinem Kamel bis an die Stadtmauer. Musa wollte durch das Tor reiten. Die Löwin packte mit den Vorderpranken gerade noch das Kamel am Hinterteil und riß Fleischstücke herab. So kommt es, daß die Hinterteile der Kamele dünner sind als die der Pferde.

Haussa

Südlich des Air-Massivs, zwischen Taschadsee, dem Benue und dem unteren Niger, liegt das Gebiet der Haussa: keine ethnische, sondern eine Sprachengruppe. Einer dunklen Legende nach soll Abu Yazid, ein von Norden kommender Jäger, das Land von einem Untier befreit und mit der Königin Daura einen Sohn gezeugt haben. Der gründete dann mit seinen sechs Söhnen die sieben »legitimen« Haussastaaten, nämlich Daura (Hauptstadt), Kano (dicht besiedelt), Gobir, Katsena, Biram, Zegzeg und Rano.

Sieben weitere Haussastaaten, darunter Djukun und sogar Nupe und Yoruba, gelten wegen des Vorherrschens älterer Sprachgruppen als »illegitim«.

Regierten die Haussakönige mit Hilfe eines ihnen verantwortlichen Premierministers, so war der Herrscher von Djukun Kultkönig; begabt mit magischen Kräften, umgeben von manchen Tabus.

Den Geschichtsverlauf ab 1000 n. Chr. hätten Chroniken belegen können. Doch die 1807/08 ins Land eindringenden Fulbe machten, wie bei den Nupe, tabula rasa: sie vernichteten einzigartige Dokumente. Doch die Stadtkultur, das hochentwickelte Handwerk der Haussa hat sich erhalten; 90% der sechs Millionen leben heute in Nigeria.

Frobenius ordnet die Haussa dem hamitischen Kukturbereich zu, die Nupe dem äthiopischen. Die Erzählkunst der bäuerlichen Nupe gilt ihm als schmucklos, doch innerlich beseelt und imaginativ; das Wunder sei ihr selbstverständlich, der Zauber »Anwendung einer nur der Allgemeinheit unbekannten, physisch verständlich gemachten Kraft und Kunst«. Die Literatur der Haussa stuft er formal höher ein, sie sei weniger humorvoll, dagegen witzig. Das Seelische kenne sie kaum; sie erkläre die Welt, und »wo Erfahrung und Verstand nicht ausreichen, greift sie zum Zauber als einem Werkzeug, das nach Erfahrungen gebildet ist«.

Eine dualistische Betrachtungsweise, ein sehr persönlicher Kulturbegriff. Er wirft die Frage der Verstehbarkeit fremden (magischen) Denkens auf und auch die nach den Voraussetzungen für ein Verstehen (vgl. Evans-Pritchard, Hexerei, Orakel und Magie bei den Zande, engl. 1937, dt. 1978).

Sicher zu Recht sieht Frobenius die religiösen Institutionen, etwa den Borikult, aufs engste mit der Sozialstruktur verbunden. Und er sieht den Begriffswandel in Richtung Nordost: bei den Haussa bedeute Bori den Kultus sowie die Kultgemeinschaft, bei den Mande dagegen alle Zauberkräfte, Amulette, Masken, die Rituale der Geheimbünde.

Die Bori

Der Bori-Kult in den Haussaländern geht von der uns Europäern nur schwer verständlichen Anschauung aus, daß es Geister oder Gespenster gibt, die willkürlich, ständig oder mit Unterbrechung von einem Menschen Besitz ergreifen. Die Besitzergreifung ist erwünscht, so furchtbar und so schrecklich die Geister auch zu sein scheinen.

Ein alter Mann aus Kano erzählte über die Herkunft der Bori: Alle Bori stammen aus Tabuka, einer großen Stadt weit hinter Massr und Mekka. Tabuka hat 333 Tore, und von einem Tor zum andern ging man drei Tage. Tabuka hieß auch der erste König, Gründer der Stadt und Gott zugleich. Dieser Gottkönig kam von Osten, seine Frau kam von Westen. Keiner von beiden hatte je zuvor einen Menschen gesehen. Da gründeten sie die Stadt Tabuka, wo fortan alle Borileute wohnten. Doch später kamen auch andere Menschen in die Stadt. Das gefiel den Borileuten nicht und sie ließen sich in Alledjenu (Dämonen) verwandeln, wurden unsichtbar und zerstreuten sich in alle Winde.

Seitdem leben die Alledjenu in Bäumen und Felsen, befallen die Menschen und zeigen ihnen die Plätze, die ihre Heiligtümer sein sollen und deren Kenntnis sich von Mutter auf Tochter vererbt. Auch alle Trommeln stammen aus Tabuka (obwohl die Borileute keine benutzen).

Alle Trommeln wurden früher in gleicher Weise geschlagen. Als sie aber Tabuka verlassen hatten, wurden sie alle in einer anderen Sprache getrommelt und keine verstand mehr den Rhythmus der andern.

Serkin Rafin, der Gott der Flüsse

Ein Gott, der mehr an Beachtung und Verehrung bei den Borileuten gewonnen hat als irgendein anderer Alledjenu (Dämon), ist der Serkin (König) Rafin (der Flüsse). Hier nun das, was die Kanoleute über den Flußgott zu sagen haben. Es ist eine längere Tradition:

Eine Frau war mit einem Mann verheiratet. Die Frau war schon drei Jahre mit dem Mann verheiratet, aber die Frau hatte noch immer kein Kind. Die Frau wurde nicht schwanger. Die Frau sagte (eines Tages) zu ihrem Mann: »Ich will meinen Wassertopf nehmen und will hinab zum Fluß gehen und will Wasser heraufbringen.« Der Mann sagte zu seiner Frau: »Laß das! Warte damit! Die Sonne steht nun gerade in der Mitte (das heißt es war Mittag). Es soll niemand zum Wasserholen gehen, wenn die Sonne in der Mitte steht. Niemand tut das. Tu du dies auch nicht! Warte damit!« Die Frau sagte: »Was soll ich denn tun? Ich habe kein Wasser für meine Arbeit. Ich habe alles Wasser heute morgen verbraucht. Ich will meine Arbeit jetzt machen. Ich will nicht warten bis nachher.« Der Mann sagte: »Geh nicht!« Die Frau sagte: »Ich will gehen! Ich muß meine Arbeit tun!« Der Mann sagte: »Geh nicht!« Die Frau sagte: » Ich will gehen. Ich muß gehen. Ich will meine Arbeit tun!« Die Frau nahm ihren Wasserkrug. Die Frau ging zum Fluß hinab. Der Weg zum Fluß war ganz kurz. Der Mann wartete auf die Frau. Die Frau kam nicht wieder. Der Weg zum Fluß war ganz kurz. Der Mann wartete sehr lange. Die Frau kam nicht wieder. Die Sonne war schon bis dahin (etwa zwei Uhr) herabgekommen. Die Frau kam nicht wieder. Der Mann sagte: »Ich muß sehen, wo meine Frau bleibt. Ich habe meiner Frau gesagt, daß niemand mittags Wasser holen soll. Es ist etwas geschehen, ich will gehen und sehen, wo meine Frau ist.« Der Mann ging zum Fluß hinab.

Der Mann kam an den Fluß. Der Mann sah seine Frau. Seine Frau stand bis an die Hüften im Wasser. Die Frau konnte nicht mehr aus dem Wasser herauskommen. Die Frau wurde im Wasser festgehalten. Die Frau war im Wasser festgehalten und schrie. Die Frau schrie und schrie. Der Mann sah, wie seine Frau im Wasser festgehalten wurde und schrie. Der Mann lief fort. Der Mann lief in die Stadt zurück. Der Mann lief in die Stadt zu seinem Vater und sagte: »Mein Vater! Heute mittag wollte meine Frau im Fluß Wasser holen. Ich sagte zu meiner Frau: »Laß das! Warte damit! Es soll niemand zum Wasserholen gehen, wenn die Sonne in der Mitte steht!« Meine Frau sagte: » Ich will gehen! Ich will meine Arbeit tun!« Meine Frau ging. Ich wartete auf sie. Ich wartete lange. Ich bin soeben hinabgegangen, um nach ihr zu sehen. Ich habe meine Frau gesehen. Meine Frau steht bis an die Hüften im Wasser. Meine Frau kann nicht mehr aus dem Wasser herauskommen. Meine Frau steht im Wasser und schreit und schreit!« Der Vater des Mannes sagte: »Ich werde mit dir hinabgehen zum Fluß und diese Sache ansehen.«

Der Mann ging mit seinem Vater zum Fluß hinab. Der Vater sah, wie die Frau im Wasser stand. Die Frau stand bis an die Hüften im Wasser und konnte nicht fort. Die Frau schrie und schrie. Der Vater sagte: »Ich will deine Frau herausziehen.« Der Vater ergriff die Frau und wollte sie herausziehen. Die Frau schrie und schrie. Der Vater zog. Der Vater zog stark. Der Vater konnte die Frau nicht herausziehen. Die Frau wurde im Wasser festgehalten und konnte nicht herauskommen. Der Vater sagte: »Was soll ich da tun? Ich kann sie nicht herausziehen!« Die Frau schrie und schrie. Der Mann schrie. Der Vater sagte: »Was soll ich da tun?« Die Frau stand im Wasser. Der Mann stand am Ufer. Der Vater stand am Ufer.

Dann (nach langer Zeit) konnte die Frau aus dem Wasser kommen. Niemand hielt sie. Niemand half ihr.

Die Frau konnte herauskommen. Die Frau kam aus dem Wasser. Als die Frau aus dem Wasser kam, war sie ganz trocken. Das Kleid der Frau war trocken. Die Hüften der Frau waren trocken. Die Frau war nicht ein bißchen feucht. Die Frau ging mit dem Mann und dem Vater des Mannes nach Hause. Als die Frau nach Hause kam, legte sie sich hin.

Als es (am gleichen Tage) dunkel wurde, sprang die Frau von ihrem Bett auf. Die Frau schrie. Die Frau weinte und schrie: »Ich muß zu meinem Ehemann an den Fluß! Ich muß zu meinem Ehemann an den Fluß!« Die Leute sagten: »Was willst du?! Dein Ehemann ist doch nicht am Fluß. Dein Ehemann ist doch hier im Haus!« Die Frau weinte und schrie: »Ich muß zu meinem Ehemann an den Fluß! Ich habe am Fluß einen Ehemann, der diesen hier weit übertrifft!« Die Frau weinte und schrie. Die Frau lief hinaus. Die Frau lief zum Fluß hinab. Die Frau kam an den Fluß. Die Frau weinte am Fluß und sagte: »Serkin Rafin! Ich bitte dich! Serkin Rafin! Ich bitte dich! Hilf mir, daß ich bald ein Kind bekomme. Ich bin schon drei Jahre verheiratet und habe kein Kind.« Serkin Rafin sagte: »Geh in dein Haus. Sage zu deinem Mann, daß ich zu euch kommen will, wenn er mir das geben will, was ich brauche. Wenn dein Mann mir das gibt, will ich zu euch ins Haus kommen. Dann soll dein Mann noch einmal bei dir schlafen und du wirst schwanger werden. Ich will immer bei euch bleiben, aber ihr müßt mir immer das meine geben.« Die Frau sagte: »Ich will sogleich nach Hause laufen und will das meinem Mann sagen.«

Die Frau lief nach Hause. Die Frau kam zu ihrem Mann. Die Frau sagte zu ihrem Mann: »Mein Mann! Serkin Rafin will zu uns ins Haus kommen, wenn du ihm das gibst, was er braucht. Du sollst dann noch einmal mit mir schlafen, und dann soll ich schwanger werden.« Der Mann sagte: »Es ist gut. Ich will gern dem Serkin Rafin das geben, was er nötig hat. Warte aber. Ich will erst mit meinem Vater reden.« Der Mann ging zu seinem

Vater und sagte: »Serkin Rafin will zu uns ins Haus kommen, wenn ich ihm das gebe, was er braucht. Ich soll noch einmal mit meiner Frau schlafen, und dann soll sie schwanger werden.« Der Vater sagte: »Weshalb soll es nicht so werden? Weshalb soll Serkin Rafin nicht kommen? Ich bin ein reicher Mann und kann dir alles geben, was Serkin Rafin braucht.« Der Mann ging zu seiner Frau und sagte: » Geh hin und sag dem Serkin Rafin, er solle kommen; ich könne ihm alles geben, was er braucht.«

Die Frau lief zum Fluß. Die Frau sagte zu Serkin Rafin: »Komm mit mir. Mein Mann wird dir alles geben, was du haben willst. Komm mit in unser Haus und wohne mit uns!« Serkin Rafin sagte: »Es ist gut. Ich werde meinen Boten mit dir senden. Mein Bote soll mit deinem Mann sprechen.« Die Frau ging mit dem Boten. Nur die Frau konnte Serkin Rafin und seinen Boten sehen. Niemand außer ihr konnte den Serkin Rafin und seinen Boten sehen. Der Bote kam mit der Frau in das Haus. Der Bote sagte zum Mann: »Serkin Rafin braucht weißen Stoff, weiße Kauri, weißen Widder und weiße Tiere. Aber wenn du Serkin Rafin weiße Tiere opfern willst, mußt du immer ein männliches und ein weibliches (also ein Paar weißer Tiere) opfern.« Der Mann sagte: »Das will ich tun!«

Der Bote ging zu Serkin Rafin zurück. Der Bote sagte zu Serkin Rafin: »Du wirst erhalten, was du brauchst.« Serkin Rafin kam. Serkin Rafin kam in das Haus. Nur die Frau konnte ihn sehen. Der Mann opferte Serkin Rafin weißen Stoff, weiße Kauri, weißen Widder und männliche und weibliche weiße Tiere. Nachts schlief dann der Mann bei seiner Frau. Serkin Rafin machte ein Magani (Medikament) für die Frau. Er machte in einer Topfschale Feuer. Auf das Feuer schüttete er Pulver. Es stieg Rauch auf. Die Frau setzte sich über den Topf, aus dem der Qualm aufstieg. Die Frau schlug ihr Kleid um sich und den Topf. Aller Qualm stieg ihr in den Mund. Sie saß und atmete den Qualm ein.

Serkin Rafin sagte: »Ich werde nun wieder gehen. Nach drei Monaten wird dein Leib aber so stark sein, daß alle Welt es sieht.« Serkin Rafin ging. Serkin Rafin ging wieder in das Wasser zurück. Nach einigen Monaten war die Frau hochschwanger. Serkin Rafin kam aus dem Wasser zurück (also befiel die Frau wieder). Die Frau schrie laut auf. Die Frau schrie: »Holt eine Goye (Geige), ich will tanzen! Holt eine Goye, ich will tanzen!« Die Leute sagten: »Das ist nicht gut. Warte, bis du dein Kind geboren hast. Dann kannst du wieder tanzen. Wenn du heute tanzt, gibt es ein Unglück!« Die Frau schrie: »Holt eine Goye. Ich will tanzen! Holt eine Goye! Ich will tanzen!« Die Leute holten eine Goye. Sie spielten die Goye. Die Frau tanzte zur Goye. Es schadete der Frau nichts. Sie blieb gesund. Sie gebar ein Kind. Das Kind war gesund. Seitdem spielt man die Goye, wenn ein Mann oder eine Frau von Serkin Rafin befallen wird.

Serkin Rafin bei den Menschen

Serkin Rafin ist ein Alledjenu, der früher im Wasser lebte. Dieser Alledjenu wurde von einer Frau zu den Menschen gebracht. Vorher kannten die Menschen ihn nicht. Serkin Rafin lebte nämlich im Tschadi, einem sehr großen Wasser (anscheinend dem Tschadsee), und niemand wußte etwas Genaues von ihm.

Niemand durfte aber damals zur Mittagszeit an dieses Wasser treten. Es pflegte niemand damals zur Mittagszeit Wasser zu schöpfen. Eines Tages war aber in einem Hause das Wasser, das am Morgen geholt war, schon in der Mittagszeit verbraucht. Die Frau des Hauses hatte aber ihre Arbeit noch nicht beendet. Also nahm sie den Wassertopf auf und ging damit an den Tschadi, um Wasser zu holen. Als die Frau an das Wasser kam, sagte jemand zu ihr: »Frau! Du kommst um die Zeit, in der die Sonne in der Mitte steht, an das Wasser? Weißt du nicht, daß um diese Zeit niemand an dies Wasser kommen darf?« Die Frau hörte die Stimme. Die Frau sagte: »Ich hatte kein Wasser im Haus. Ich hatte meine Arbeit nicht beendet. Was sollte ich tun? Ich muß doch meine Arbeit machen. Die Leute wollen zu trinken haben. Ich muß den Leuten Essen kochen. Ich mußte also herkommen, um Wasser zu holen.« Die Frau ging an das Wasser. Die Frau bückte sich im Wasser. Die Frau reinigte ihren Topf. Die Frau schöpfte Wasser und füllte ihren Topf. Den gefüllten Topf stellte sie dann auf das Ufer. Nachdem die Frau das getan hatte, legte sie ihre Kleider ab. Die Frau wollte sich baden. Als sie sich ausgezogen hatte, trat sie in das Wasser und warf sich hinein. Die Frau badete. Sie wandte sich im Wasser hierhin und wandte sich im Wasser dorthin.

Serkin Rafin war im Wasser. Serkin Rafin sah die Frau baden. Serkin Rafin fragte die Jan-rua (Leute des Wassers): »Wer nimmt um diese Zeit hier Wasser?« Die Leute im Wasser sagten: »Wir wissen es nicht.« Serkin Rafin fragte die Jan-rua: »Wer badet um diese Zeit in diesem Wasser?« Die Leute im Wasser sagten: »Wir wissen es nicht.« Serkin Rafin kam aus dem Wasser. Serkin Rafin kam an das Ufer. Am Ufer stand ein großer Stein. Serkin Rafin setzte sich auf diesen Stein und sah der Frau zu, wie sie im Wasser badete und sich hierhin warf und dahin warf.

Als die Frau sich gebadet und gewaschen hatte, kam sie heraus. Sie zog ihre Kleider an. Sie nahm den Topf mit Wasser auf. Sie ging zum Dorf zurück. Serkin Rafin ließ die Frau ein Stück weit gehen. Als die Frau ein Stück weit gegangen war, folgte er ihr. Als die Frau wieder ein Stück weit gegangen, aber immer noch nahe am Wasser war, sagte er zu ihr: »Frau, geh nicht weiter! Warte hier auf mich!« Die Frau blieb stehen. Serkin Rafin kam heran an die Frau. Serkin Rafin sagte zu der Frau: »Frau!

Du bist zu schön (kjau deowa). Ich mag dich leiden. Du aber magst mich nicht leiden. Ist es nicht so?« Die Frau sagte: »So ist es. Ich habe meinen Mann zu Hause. Ich brauche keinen zweiten Mann.« Serkin Rafin sagte: »Du hast mich nicht verstanden! Ich will nichts Schlechtes von dir. Ich will nur deine Freundschaft. Das ist alles. Ich will als dein Freund bei dir sein, sonst nichts.« Die Frau sagte: »Wenn es so ist, komm mit mir. Mein Mann wird dich dann gut aufnehmen und dir nichts Schlimmes tun.« Die Frau ging voran. Serkin Rafin folgte ihr.

Die Frau kam an ihr Gehöft. Die Frau trat in das Gehöft. Der Mann der Frau saß im Gehöft. Die Frau sagte zu Serkin Rafin: »Komm herein, dies ist das Gehöft meines Mannes.« Serkin Rafin sagte: »Ich danke dir, daß du mich mitgenommen hast.« Die Frau sagte: »Dies dort ist mein Mann.« Serkin Rafin sagte: »Ich grüße deinen Mann!« Die Frau sagte: »Komm, hilf mir! Nimm mir den schweren Wasserkrug ab.« Serkin Rafin sagte: »Ich will das gern tun.« Serkin Rafin nahm der Frau den Wasserkrug ab und stellte ihn auf die Erde. Die Frau sagte: »Ich danke dir.« Der Mann hörte, wie seine Frau mit Serkin Rafin sprach. Der Mann konnte aber Serkin Rafin nicht sehen. Der Mann hörte Serkin Rafin antworten, er konnte aber Serkin Rafin nicht sehen. Der Mann stand auf und sah umher. Der Mann sah niemand anders als seine Frau. Der Mann sagte zu seiner Frau: »Frau, mit wem sprichst du? Frau, wer antwortet dir?« Die Frau sagte: »Es ist ein Fremder mit mir gekommen.« Der Mann sagte: »Kann ich ihn sehen?« Die Frau sagte: »Gewiß kannst du ihn sehen. Komm nur näher und sieh ihn an.« Der Mann trat ganz dicht heran und sah nach dem andern, mit dem seine Frau sprach. Der Mann sah überall hin. Der Mann konnte ihn aber nicht sehen.

Der Mann trat zu seiner Frau und sagte: »Ich habe den Fremden gehört. Ich habe aber den Fremden nicht gesehen. Ich suche den Fremden und kann ihn nicht finden. Kannst du mir diesen Fremden nicht zeigen?« Die Frau sagte: »Der Fremde ist da, ich will ihn dir zeigen.« Dann nahm die Frau Magani und strich mit den Magani über das Gesicht ihres Mannes. Der Mann öffnete die Augen wieder. Der Mann konnte nun den Serkin Rafin sehen.

Der Mann trat zu Serkin Rafin. Der Mann begrüßte ihn. Der Mann sagte zu Serkin Rafin: »Was willst du hier? Was willst du von meiner Frau?« Serkin Rafin sagte: »Ich mag deine Frau. Deine Frau mag mich. Ich bin der Freund deiner Frau. Etwas anderes ist es nicht. Ich will nichts anders. Deine Frau will nichts anders. Ich bin der Freund deiner Frau und mag nicht wieder von ihr gehen.« Die Frau sagte: »Ja, ich mag diesen meinen Freund nicht mehr von mir lassen. Laß ihn bei uns bleiben.« Serkin Rafin sagte zu der Frau: »Ich danke dir. Wenn mich dein Mann auch liebt, will ich bei euch bleiben. Wenn mich dein Mann aber nicht liebt, will ich wieder weggehen!« Der Mann sagte: »Wenn du sonst nichts von meiner Frau willst, dann bleib nur bei mir. Ich mag dich wohl leiden.« Serkin Rafin sagte: »So ist es mir recht, ich muß nur mein eigenes Essen haben. Ich kann nicht das gleiche Essen zu mir nehmen wie die andern.« Der Mann fragte: »Sag mir genau, was du brauchst.« Serkin Rafin sagte: »Was ich esse, ist dieses: ich brauche weiß- und schwarzgefleckten Schafbock (genannt waki-waki-rago), dann Kürbis (kubewa), dann Früchte des Baobab (kuka), dann Blätter des Ramakrautes, dann kleine Kräuter von allerhand andern Bäumen, dann Kola (gogo). Aus diesem bereitet Essen für mich. Wenn ihr mir das gebt, kann ich bei euch bleiben. Dann werde ich in eurem Hause stehen und nicht wieder fortgehen.«

Der Mann sagte: »Das, was du gesagt hast, will ich dir geben. Bleib aber bei uns.« Serkin Rafin sagte: »Es ist gut, nun kann ich bei euch bleiben. Deine Frau wird dann gute Kinder von dir haben, und ich will für diese deine Kinder sorgen. Wenn ihr mir mein Essen gebt, will ich bei euch bleiben und euch in allem raten. Merk dir aber eines: Deine Frau wird weiße Hände und weiße Füße bekommen, wie jemand, der aus dem Wasser kommt.« Der Mann sagte: »Jetzt ist es gut! Bleibe bei uns!«

Serkin Rafin kam so zu den Menschen. Serkin Rafin blieb bei den Menschen. Seitdem tritt Serkin Rafin dann und wann in den Kopf einer Frau. Dann werden ihre Hände und Füße weiß. Wenn er aber von ihr läßt, werden die Hände und Füße wieder dunkel wie zuvor.

Illadja, Gott der Schlächter

Der mißachtetste Beruf der Haussa und auch Nupe ist der der Schlächter. Daher ist es verständlich, daß dem Zunftgott dieser Leute nicht besondere Hochachtung entgegengebracht wird. Die Legende erzählt:

In alter, alter Zeit war ein König in Katsena, der hieß Haua. Haua führte viele Kriege. Er führte ununterbrochen Krieg gegen vielerlei Städte und Völker. Er führte vor allem immer wieder Krieg gegen Sokoto, aber er konnte in diesem Krieg nicht siegen. Haua unterlag immer wieder. Haua wurde besiegt. Haua schrie. Haua schrie und sagte: »Was tu ich? Welcher Alledjenu hilft mir?« Haua sagte: »Ich will Raka-dodo (die Gottheit des Königsgeschlechts der Kano-Herrscher, der Oberherr aller Geister) selbst um Hilfe angehen.« Haua wandte sich mit Opfern an Raka-dodo. Raka-dodo wies aber Haua ab. Raka-dodo wollte mit Haua nichts zu tun haben.

Raka-dodo hatte aber einen Schlächter (der natürlich auch ein Alledjenu war), der hieß Illadja. Illadja hatte gehört, daß Raka-dodo Hauas Bitte abgeschlagen hatte. Illadja ging nachts zu Haua. Es war Mitternacht. Illadja sagte zu Haua: »Ich weiß, daß Raka-dodo deine Bitte abgeschlagen hat. Ich bin ein Mann Raka-dodos. Sage mir nun deine ganze Sache und ich will mit Raka-dodo für dich sprechen.« Haua aber beachtete den Schlächter Illadja nicht. Am andern Tage ging Haua zu Tschiroma, der war ein Sohn Illadjas (aber anscheinend kein Schlächter). Haua sagte zu Tschiroma: »Hilf mir und sprich für mich bei Raka-dodo!« Tschiroma sagte: »Das will ich tun.« Dann ging Tschiroma mit Haua zu Raka-dodo und sagte: »Dies ist der König Haua. Er hat die Hilfe Illadjas, des Schlächter meines Vaters, abgelehnt, und hat sich an mich gewendet.« Raka-dodo sagte: »Es ist gut! Der König Haua soll mir ein Kamel, zwei schwarze Bullen, zwei schwarze Hähne und zwei schwarze Rigas (Kleider) bringen.« Haua sagte: »Das will ich sogleich tun.« Haua opferte dann ein Kamel, zwei schwarze Bullen, zwei schwarze Hähne und zwei schwarze Rigas. Raka-dodo nahm dies Opfer an.

Raka-dodo rief seinen Sohn Isiaku (einer anderen Legende nach Schmied) und sagte zu ihm: »Du sollst der Führer des Königs Haua sein!« Raka-dodo sagte zu Haua: »Der hier, mein Sohn Isiaku, wird dein Führer sein. Folge immer genau meinem Sohn, der immer vor euch hergehen wird. Dann nimm diesen Sandang Karifi (das ist ein eiserner Stab). Wenn du nahe an den Feind kommst, steck ihn in die Erde. Den ersten Pfeil, der ankommt, mußt du auffangen und neben den Sandang Karifi in die Erde stecken.« Haua sagte: »Das will ich tun.« Haua nahm den Stab.

Haua zog mit dem Sandang Karifi von dannen. Haua zog in einen Krieg gegen Segi segi. Haua folgte der Weisung Raka-dodos. Isiaku zog vor seinem Volk her. Haua gewann den Krieg. Haua wurde ein großer König. Haua kam zurück. Haua kam zu Raka-dodo. Haua begrüßte Raka-dodo. Haua dankte Raka-dodo. Haua wollte zurückkehren nach Katsena. Haua fragte Raka-dodo: »Willst du mit mir kommen nach Katsena?« Raka-dodo sagte: »Nein, ich will nicht mit dir gehen. Aber Isiaku, mein Sohn, soll mit dir nach Katsena kommen. Isiaku kann immer bei dir bleiben. Du bist nun aber ein großer König. Ich werde allen

Alledjenu sagen, daß sie auch zu dir kommen und dich begrüßen sollen.«

Haua ging zurück nach Katsena. Dann kamen die Alledjenu und begrüßten ihn. Ein Alledjenu kam nach dem andern. Die Alledjenu kamen zu ihm und begrüßten ihn. Aber Alledjenu Illadja kam nicht zu ihm. Die Frau Illadjas sah und hörte, daß alle Alledjenu zu Haua gingen und ihn begrüßten. Die Frau Illadjas sah und hörte, daß ihr Mann nicht zu Haua ging, um diesen zu begrüßen. Abends wollte Illadja bei seiner Frau schlafen. Seine Frau sagte: »Geh! Ich schlafe nicht mehr mit dir!« Illadja sagte: »Warum willst du denn nicht mehr mit mir schlafen?« Die Frau sagte: »Alle Alledjenu sind zu Haua gegangen und haben ihn gegrüßt. Nur du bist nicht zu Haua gegangen. Ehe du nicht bei Haua gewesen bist und ihn begrüßt hast, schlafe ich nicht mehr mit dir.« Illadja sagte: »Ich werde gehen!« Illadjas Frau sagte: »Sieh, daß er für dich (bei Raka-dodo oder einer noch höheren Instanz) spricht.« Illadja ging.

Illadja begrüßte Haua. Illadja sagte zu Haua: »Nun hilf mir! Ich will dir jeden Tag für zweihundert Kauri Fleisch bringen. Aber ich bitte dich, für mich zu sprechen, daß ich viel Geld verdiene.« Haua sagte: »Das ist zuviel. Ich will nicht immer für zweihundert Kauri Fleisch von dir haben.« Illadja sagte: »Hilf mir! Ich will dir jeden Tag für hundert Kauri Fleisch bringen. Aber ich bitte dich, für mich zu sprechen, daß ich viel Geld verdiene.« Haua sagte: »Das ist zuviel. Ich will nicht immer für hundert Kauri Fleisch von dir haben.« Illadja sagte: »Hilf mir! Ich will dir jeden Tag für fünfzig Kauri Fleisch bringen. Aber ich bitte dich, für mich zu sprechen, daß ich viel Geld verdiene!« Haua sagte: »Das ist zuviel. Ich will nicht immer für fünfzig Kauri Fleisch von dir haben.« Illadja sagte: »Hilf mir. Ich will dir jeden Tag für fünfundzwanzig Kauri Fleisch bringen. Aber dich bitte ich, für mich zu sprechen, daß ich viel Geld verdiene!« Haua sagte: »Das ist mir recht. Raka-dodo wird dir Reichtum gewähren.« Illadja ging heim. Illadja sagte zu seiner Frau: »Haua spricht für mich bei Raka-dodo.« Illadjas Frau sagte: »Ich bin zufrieden!« Illadjas Frau schlief wieder mit ihrem Mann.

Eines Tages machte die Frau Illadjas etwas, was nicht gut war. Illadja schlug seine Frau. Die Frau lief darauf weg. Die Frau lief zu Haua. Die Frau sagte zu Haua: »König! König! König!« Haua fragte sie: »Was hat du? Was ist mit dir?« Die Frau sagte: »Ich bin die Frau Illadjas des Schlächters. Mein Mann ist unzufrieden, weil ich ihm nicht genug gekocht habe. Du gabst ihm gute Worte. Nun ist aber Illadja übermütig geworden. Das ist die Sache!« Haua sagte zu Raka-dodo: »Dieser Illadja ist kein guter Mann. Er wollte viel für nichts. Nun hat er seine Frau auch noch um nichts geschlagen. Dieser Illadja ist kein guter Mann.« Raka-dodo sagte: »Wenn es so ist, dann soll dieser Mann kein Geld mehr verdienen, und wenn er noch so viele Ochsen an einem Tage schlachtet!«

Seitdem ist kein Schlächter mehr reich geworden. Denn der Schlächter schuldet stets den Leuten, von denen er Vieh kauft, Geld. Wenn er von einem Geld bekommt, bezahlt er den, dem er schuldig ist. Jeder Schlächter hat viele Gläubiger und er ist immer verachtet. Man opfert diesem Alledjenu Illadja stets Rinderkot. Illadja kommt immer nur zu Schlächtern, um sie besessen zu machen.

Diese Legende stimmt genau mit der Stellung überein, die hier im Lande die Schlächter genießen. Haussa und Nupe haben gegen Schmiede nicht das geringste einzuwenden und heiraten die Tochter eines Schmiedes ebensogut wie die eines anderen achtbaren und ansehnlichen Mannes. Niemals aber wollen sie sich mit der Familie der Schlächter vermischen. Nie wird ein Haussa oder Nupe ein Kleid anziehen, das vorher ein Schlächter anhatte. Haussa und Nupe wollen nicht einmal die Hand eines Schlächters berühren, und wenn der Haussa dem Schlächter den schuldigen Betrag bezahlen will, reicht er ihm das Geld an einem Stock hin, um so jede Berührung zu vermeiden.

Die beiden Diebe

Mogunda Katsena (der Dieb aus Katsena) füllte einen Sack voll Kaurimuscheln und sagte: »Ich will hingehen und mir ein Kleid kaufen!« Mogunda Katsena betrachtete den Sack mit Kaurimuscheln. Mogunda Katsena wog den Sack mit Kaurimuscheln in der Hand. Mogunda Katsena sagte: »Weshalb soll ich alle meine Kaurimuscheln weggeben, wenn ich statt ihrer auch Steine nehmen kann?« Mogunda Katsena entleerte den Sack wieder; er brachte die Kaurimuscheln an einen andern Ort und versteckte sie. Er behielt nur zweihundert Kaurimuscheln zurück. Dann ging er hinaus, sammelte am Ufer runde kleine Steine, füllte damit den Sack und legte darauf die zweihundert Kauri. Mogunda Katsena sagte: »Dafür werde ich mein Kleid auch erhalten.« Mogunda Katsena nahm den Sack und ging fort, einen Mann zu suchen, der ein Kleid zu verkaufen hatte.

Mogunda Kano (der Dieb von Kano) nahm ein Kleid heraus. Mogunda Kano sagte: »Ich brauche Geld (Kaurimuscheln)!« Mogunda Kano betrachtete das Kleid. Mogunda Kano strich mit der Hand an dem Kleid herab. Mogunda Kano sagte: »Weshalb soll ich so dumm sein wie die andern Leute? Weshalb soll ich mein Kleid weggeben, wo ich doch sicher einen Dummen finden kann, der mir auch für Blätter das Geld gibt, was ich brauche?« Mogunda Kano legte das Kleid zusammen. Mogunda Kano legte das Kleid wieder fort. Mogunda Kano ging hinaus und sammelte große Blätter. Mogunda Kano wusch die Blätter. Er tauchte sie in Indigo. Er faltete sie zusammen. Er schlug die Blätter ein wie ein Kleid. Er betrachtete das Paket. Er sagte: »Wer dumm ist, oder wer eilig ein Kleid kaufen will, wird dies gern kaufen, wenn ich es billig abgebe.« Mogunda Kano nahm das Paket und ging fort um einen Mann zu finden, der ein Kleid kaufen wolle.

Mogunda Katsena kam von der einen Seite. Mogunda Kano kam von der andern Seite. Mogunda Katsena und Mogunda Kano trafen sich in der Mitte. Mogunda Katsena sah Mogunda Kano. Mogunda Kano sah Mogunda Katsena. Mogunda Katsena sagte (für sich): »Hm!« Mogunda Katsena sagte (für sich): »Hm!« Mogunda Katsena zog seinen Beutel heraus und sagte: »Ich suche ein Kleid.« Mogunda Kano sagte: »Ich verkaufe ein Kleid.« Mogunda Katsena sagte: »Ich kann nur 40000 Kauri geben.« Mogunda Kano sagte: »Das ist sehr wenig.« Mogunda Katsena befühlte das Paket. Mogunda Katsena sagte: »Es ist kein weicher Stoff.« Mogunda Kano sagte: »Nein, es ist kein weicher Stoff. Gib mir den Sack mit den Kauri!« Mogunda Katsena gab Mogunda Kano den Sack mit den Kauri. Mogunda Kano gab Mogunda Katsena das Paket. Mogunda Katsena ging den Weg zurück. Mogunda Kano ging den Weg zurück.

Als Mogunda Katsena ein Stück gegangen war, blieb er stehen. Er sagte: »Der Mann hat mir das Kleid sehr schnell gegeben. Es wird ein schlechtes Kleid sein!« Mogunda Katsena band das Paket auf. Mogunda Katsena schlug das Paket auseinander. Mogunda Katsena sah, was er gekauft hatte. Mogunda Katsena sagte: »Hamdulai (Gelobt sei Gott)!« Mogunda Katsena betrachtete die Blätter. Mogunda Katsena befühlte die Blätter. Mogunda Katsena sagte: »Der andere ist ein sehr kluger Dieb. Ich werde dem Mogunda Kano sein Kleid wiedergeben!« Mogunda Katsena nahm das Kleid, schlug es wieder ein und ging zurück.

Als Mogunda Kano ein Stück gegangen war, blieb er stehen. Er sagte: »Der Mann hat mir seine Kauri sehr schnell gegeben. Es werden nicht so viele sein, wie er gesagt hat.« Mogunda Kano band den Beutel auf. Mogunda Kano öffnete den Sack.

Mogunda Kano schüttete ihn aus. Mogunda Kano sagte: »Hamdulai!« Mogunda Kano betrachtete die Steine. Mogunda Kano befühlte die Steine. Mogunda Kano sagte: »Der andere ist ein sehr kluger Dieb. Ich werde dem Mogunda Katsena seine Kauri wiedergeben!« Mogunda Kano füllte die Steine wieder in den Sack. Er legte die Kauri wieder oben auf. Er band den Sack wieder zu und ging zurück.

Mogunda Katsena und Mogunda Kano trafen einander wieder. Mogunda Katsena hockte nieder. Mogunda Kano hockte nieder. Mogunda Katsena betrachtete Mogunda Kano. Mogunda Kano betrachtete Mogunda Katsena. Mogunda Katsena sagte: »Hamdulai!« Mogunda Kano sagte: »Hamdulai!« Mogunda Katsena sagte: »Nimm dein Kleid!« Mogunda Kano sagte: »Nimm deine Kauri.« Mogunda Katsena sagte: »Vier Augen sehen mehr als zwei Augen.« Mogunda Kano sagte: »Vier Ohren hören mehr als zwei Ohren.« Mogunda Katsena sagte: »Vier Hände greifen mehr als zwei Hände.« Mogunda Kano sagte: »Auf zwei Köpfen können wir mehr tragen als auf einem Kopf.« Mogunda Katsena sagte: »Gut! Gehen wir nach Katsena, das ist eine große Stadt.« Mogunda Kano sagte: »Nein, wir wollen nach Kano gehen, da lagern die reichen Madugus (Karawanenführer) « Mogunda Katsena sagte: »Gut, dann gehen wir nach Kano.«

Mogunda Katsena und Mogunda Kano gingen beide zusammen den Weg nach Kano. Als sie nahe bei Kano waren, sagte Mogunda Katsena: »Wir wollen uns gut vorbereiten.« Mogunda Kano sagte: »Du hast recht. Jedes Huhn legt seine Eier am liebsten in ein Nest.« Mogunda Katsena sagte: »Wir wollen daran denken, daß kein Mussuru (Zibetkatze) die Eier findet und uns stiehlt.« Mogunda Kano und Mogunda Katsena gruben eine tiefe Grube. Sie deckten sie mit Stangen und Blättern zu.

Mogunda Kano sagte zu Mogunda Katsena: »Was verstehst du?« Mogunda Katsena sagte: »Ich werde ein Makapho (Blinder) sein.« Mogunda Kano sagte: »Es ist gut; ich werde ein Gulugu (beinloser Krüppel) sein.« Mogunda Katsena wurde Makapho. Mogunda Kano wurde Gulugu. Makapho und Gulugu gingen nach Kano hinein.

Makapho und Gulugu gingen auf den Markt. Sie saßen auf dem Markt. Die Leute schenkten ihnen einige Kauri. Makapho sagte: »Wo werden wir schlafen?« Gulugu sagte: »Ich weiß einen guten Hühnerstall. Komm mit.« Makapho und Gulugu machten sich auf den Weg. Es war ein Madugu (im allgemeinen Karawanenführer, hier ist ein reicher Kaufmann gemeint) angekommen. Der hatte hundert Kamellasten mit Seidenstoffen aus Tarabulus gebracht. Der Madugu hatte ein großes Haus gemietet und alle seine Lasten dahineingelegt. Makapho und Gulugu gingen zu dem Madugu. Makapho sagte: »Du großer und reicher Mann!« Gulugu sagte: »Du bist der große Elefant unter den Tieren; du bist der Löwe unter den Madugus, du bist der König unter den Madugus.« Makapho sagte: »Du hast hier ein Haus wie der König von Istambul.« Gulugu sagte: »Wir haben nichts, wo wir schlafen können.« Makapho sagte: »Wir wollen zu Allah beten für dich.« Gulugu sagte: »Laß uns in deinem Haus wohnen, wie eine Laus im Haar einer Königsfrau.« Der Madugu sagte: »Es ist gut; ich habe in dem großen Hause Platz. Legt euch hier hin zum Schlafen.«

Makapho und Gulugu kamen herein. Sie legten sich auf die Ballen mit Seide. Der Madugu schlief in seinem Haus. Als es Nacht war, begannen der Makapho und Gulugu ein Loch in die Mauer zu machen. Dann nahmen sie einen Ballen nach dem andern und trugen sie hinaus aus dem Haus und aus der Stadt. Sie legten sie in ihre Grube. Die Grube war nun voll. Gulugu sagte: »Nun können wir zum letztenmal in unseren Hühnerstall kriechen und das Rattenloch zumachen.« Makapho sagte: »Ja, das Nest ist voller Eier, morgen können wir anfangen zu brüten.« Makapho und Gulugu gingen heim. Sie krochen durch das Loch in der Mauer und machten es zu.

Als es Morgen war, kamen Makapho und Gulugu zu dem Madugu. Makapho sagte: »In dieser Stadt können wir nicht leben.« Gulugu sagte: »Jeder denkt nur an sein Geschäft und keiner an Allah.« Makapho sagte: »Von den Körnern, die hier aus dem Stampfmörser springen, können nur kleine Vögel leben.« Gulugu sagte: »Unsere Haut vertrocknet« (d. h. wir hungern). Der Madugu schenkte Makapho und Gulugu 1000 Kauri. Makapho und Gulugu gingen. Makapho und Gulugu versteckten sich im Busch. Am andern Tage wollte der Madugu weiterreisen. Man brachte die Esel herbei und fing an sie zu beladen. Als die Leute die ersten Ballen weggenommen hatten, sah der Madugu, daß ein großer Teil der Ballen nicht mehr im Hause war. Der Madugu lief zum Alkali (Richter) und sagte: »Man hat mich bestohlen, man hat mir viele Ballen aus meinem Hause genommen.« Der Alkali sagte: »Was willst du? Hast du nicht fremde Leute in deinem Haus schlafen lassen?« Der Madugu sagte: »Die können nicht gestohlen haben. Es waren ein Blinder und ein Krüppel.« Der Alkali sagte: »Kanntest du diese Leute?« Der Madugu sagte: »Nein, ich kannte sie nicht.« Der Alkali sagte: »Es wird dir niemand helfen können, aber wenn du noch einige Monate hier bleiben willst, können wir die Diebe vielleicht finden.« Der Madugu sagte: »Wenn ich noch länger bleibe, wird mir in dieser schlechten Stadt alles gestohlen.« Der Alkali sagte: »Willst du uns beschimpfen?« Der Madugu ging schnell weg. Er belud seine Esel und zog seine Straße weiter.

Der Madugu ritt hinter seiner Karawane her auf der Straße durch den Busch von dannen. Mogunda Katsena und Mogunda Kano lagen im Busch. Mogunda Katsena sagte zu Mogunda Kano: »Der Vogel Strauß kommt, aber er hat nur noch wenige Federn.« Mogunda Kano sagte zu Mogunda Katsena: »Wir werden uns nun einen schönen Federhelm machen können.« Der Madugu ritt fort. Mogunda Katsena und Mogunda Kano kamen aus dem Busch. Sie gingen zu der Grube, in der sie die Ballen von Madugu versteckt hatten. Sie nahmen die Blätter und Stangen von der Grube weg. Unten lagen die Ballen.

Mogunda Katsena und Mogunda Kano blickten in die Grube hinein. Sie sahen beide auf die Ballen. Die Ballen lagen unten. Mogunda Katsena sagte: »Die Ballen liegen sehr tief unten. Ich habe sehr kurze Beine.« Mogunda Kano sagte: »Deine Beine sind so lang wie die meinen und einer muß hinabsteigen und die Ballen dem andern heraufreichen.« Mogunda Katsena und Mogunda Kano hockten am Rande der Grube nieder und blickten auf die Ballen hinab. Mogunda Kano sagte: »Es war ein guter Hühnerstall, den ich in Kano gezeigt habe.« Mogunda Katsena und Mogunda Kano saßen auf dem Rand der Grube und blickten auf die Ballen hinab. Mogunda Kano sagte: »Wir wollen die Grube wieder zudecken und wollen sehen, ob wir einen anderen Mann finden, der die Ballen uns heraufreicht.« Mogunda Katsena sah auf die Ballen in der Grube hinab. Mogunda Katsena sagte: »Ich werde hinabsteigen und dir die Ballen heraufreichen.

Mogunda Katsena sprang in die Grube. Mogunda Kano blieb oben. Mogunda Kano nahm einen Strick, hielt das eine Ende fest und warf das andere Ende hinab. Unten fing Mogunda Katsena das andere Ende des Strickes auf und knüpfte einen Ballen daran. Mogunda Kano zog nun den Ballen aus der Grube empor. Mogunda Kano knüpfte den Ballen ab und warf das leere Ende des Strickes wieder in die Grube zu Mogunda Katsena hinab. Mogunda Kano nahm dann aber den heraufgezogenen Ballen und trug ihn an eine andere Stelle des Busches, wo er ihn wieder versteckte. Dann nahm er einen großen Stein auf und nahm ihn mit zurück zu der Grube.

Mogunda Katsena hatte einen zweiten Ballen an das untere Ende des Strickes gebunden. Mogunda Kano zog den Ballen wieder empor, trug ihn in das andere Versteck im Busch und brachte einen anderen Stein. Mogunda Katsena sagte (bei sich):

»Mein Bruder braucht so lange, um einen jeden Ballen wegzubringen, daß man in der gleichen Zeit eine Kalebasse voll Brei kochen kann. Ich habe aber nicht solchen Hunger, daß ich diese ganzen Speisen, die er da kocht, aufessen möchte und ich würde sicher einen kranken Magen bekommen, wenn ich es versuchen wollte! Es ist besser, wenn ich mich ein wenig vorsehe!« Mogunda Katsena knüpfte einen Ballen auf und band sich selbst hinein.

Mogunda Kano zog alle Ballen hinauf und brachte sie beiseite und jedesmal, wenn er einen Ballen wegtrug, brachte er dafür einen Stein wieder. Es war nur noch ein Ballen in der Grube. Es war Abend und schon dunkel. Mogunda Katsena band das leere Ende des Strickes an den letzten Ballen, in dem er selbst mit eingeschnürt war und rief hinauf: »Nun, mein Mogunda Kano, ist nur noch ein Ballen hier. Er ist der schwerste und wertvollste von allen. Es wird dir Mühe machen, ihn hinaufzubringen. Wenn du diesen aber hinaufgebracht hast, dann wirf den Strick noch einmal herunter, damit ich selbst hinaufklettern kann.« Mogunda Kano sagte: »Es ist gut, mein Mogunda Katsena; binde den letzten wertvollen Ballen nur recht fest an, dann will ich ihn schon heraufziehen und dann auch dir zu deiner Sache verhelfen.« Mogunda Katsena sagte: »Der Ballen ist festgebunden, sieh nur, ob du ihn in die Höhe bekommst!« Mogunda Kano begann zu ziehen. Mogunda Kano rief: »Oh, was ist er schwer! Was muß er für wertvolle Sachen enthalten!« Mogunda Kano zog den Ballen ein Stück weiter. Mogunda Kano rief: »Ich denke, er muß das Beste von allem enthalten! Was ist er schwer, was ist er schwer!« Mogunda Kano zog den Ballen wieder ein Stück in die Höhe und rief: »Was ist er schwer! Nun warte noch ein wenig, mein Mogunda Katsena. Ich tragen den Ballen fort und helfe dir dann!« Mogunda Kano nahm den Ballen, in dem Mogunda Katsena war, und trug ihn zu den andern in den Busch. Im

Busch nahm Mogunda Kano einen Stein auf und ging damit zu der Grube zurück.

Als Mogunda Kano mit seinem Stein weggegangen war, kroch Mogunda Katsena aus seinem Ballen heraus. Mogunda Katsena sagte: »Mein Bruder Mogunda Kano hat hier alles mit viel Mühe versteckt, so daß sogar ich es nur schwer finden kann. Ich werde es nun noch besser verstecken.« Dann trug Mogunda Katsena alle Ballen an eine andere Stelle im Busch.

Mogunda Kano ging mit dem Stein zu der Grube zurück. Er sagte zu der Grube hinunter: »Mein Bruder Mogunda Katsena, nun werde ich dir zu dem deinen verhelfen!« Dann warf Mogunda Kano alle die großen Steine hinab, die er herangebracht hatte. Die Steine fielen auf die Hölzer und die Sanamatten, auf denen die Ballen vorher gelegen hatten. Die Hölzer und Sanamatten wurden von den Steinen Mogunda Kanos zerschlagen. Die Hölzer und Sanamatten zerbrachen und krachten. Mogunda Kano sagte: »Ich höre die Knochen meines Bruders Mogunda Katsena zerbrechen. Ich werde schnell noch einige Steine hinunterwerfen, damit er nicht noch Schmerzen hat!« Mogunda Kano warf alle Steine hinunter. Mogunda Kano warf Erde darauf. Mogunda Kano schüttete die Grube zu. Mogunda Kano ging dann dahin, wo er die Ballen im Busch versteckt hatte.

Mogunda Kano kam an die Stelle, an der er die Ballen versteckt hatte. Er sah, daß alle Ballen weggetragen waren. Er sagte: »Hamdulai!« Mogunda Kano setzte sich auf die Erde hin und sah auf die Stelle, auf der er die Ballen versteckt hatte. Mogunda Kano sah lange auf die leere Stelle. Mogunda Kano sagte: »Es ist wahr, der letzte Ballen war der schwerste und wertvollste! Mein Bruder Mogunda Katsena hatte recht. Nun werde ich hingehen und meinen Bruder Mogunda Katsena und unsere Ballen suchen.«

Mogunda Kano legte sich hin und schlief. Als Mogunda Kano einige Stunden geschlafen hatte, stand er auf und begann wie ein Esel zu schreien. Mogunda Kano schrie wie ein Esel und sprang wie ein losgerissener Esel durch den Busch. – Mogunda Katsena schlief an der Stelle im Busch, an der er die Ballen versteckt hatte. Als Mogunda Kano schrie, wachte Mogunda Katsena auf. Mogunda Katsena hörte die Schreie und Sprünge. Mogunda Katsena sagte: »Das ist ein Esel, der hat sich losgerissen. Ich werde ihn heranlocken. Der Esel kann mir helfen, diese Ballen weiterzutragen!« Mogunda Katsena begann den Esel (durch Schnalzlaute) heranzulocken. Mogunda Kano hörte die Lockrufe Mogunda Katsenas. Mogunda Kano kam ein wenig näher. Mogunda Katsena lockte wieder. Mogunda Kano schrie wieder. Mogunda Kano versteckte sich hinter einem dicken Baum und schrie wieder. Mogunda Katsena sagte: »Nun weiß ich die Richtung, in der der Esel ist. Ich werde ihn bald haben.«

Mogunda Katsena ging auf den großen Baum zu. Als Mogunda Katsena an dem großen Baum ankam, sprang Mogunda Kano hervor. Mogunda Kano packte Mogunda Matsena. Mogunda Katsena rief: »Hamdulai!« Mogunda Kano sagte: »Ich bin glücklich, daß du nicht verloren bist! Ich habe dich so gesucht, mein Mogunda Katsena. Komm, nun wollen wir zu unseren Ballen gehen.« Mogunda Kano faßte Mogunda Katsena bei der Hand. Mogunda Katsena sagte: »Was habe ich mich gefürchtet, als du gar nicht kamst, mein Mogunda Kano. Ich dachte schon, du wärst in die Grube gefallen, oder die Löwen hätten dich getötet.« Mogunda Katsena führte dann Mogunda Kano zu der Stelle, an der er die Ballen versteckt hatte. Mogunda Katsena und Mogunda Kano schliefen bei den Ballen.

Am anderen Morgen sagte Mogunda Kano: »Wir haben diese wertvollen Sachen gemeinsam gefunden (!). Nun teile du, mein Mogunda Katsena!« Mogunda Katsena sagte: »Nein, es ist deine Sache zu teilen, mein Mogunda Kano.« Mogunda Katsena sagte: »Teile du!« Mogunda Kanos sagte: »Teile du!« Mogunda Kano und Mogunda Katsena stritten lange hin und her. Mogunda Katsena sagte: »Wir können uns heute nicht einigen. Ich will in meine Stadt Katsena zurückkehren. Ich werde drei Monate in Katsena bleiben. Bewahre du solange diese Ballen in deinem Hause hier in Kano auf. Wenn ich nach drei Monaten wiederkomme, können wir teilen.« Mogunda Kano sagte: »So ist es mir recht. Ich werde die Ballen aufbewahren und wenn du wiederkommst, wollen wir, wenn Allah mir das Leben läßt, teilen.« Mogunda Katsena nahm von Mogunda Kano Abschied und kehrte nach Katsena zurück.

Mogunda Kano nahm alle Ballen und brachte sie in sein Haus in der Stadt. Mogunda Kano sagte (bei sich): »Wenn ich mit meinem Bruder Mogunda Katsena teile, erhalte ich nur die Hälfte dieser guten Ballen und kann ihm nichts mehr davon nehmen. (Das ist ein gewissermaßen heiliges Gesetz auch unter den Dieben. Wenn eine Beute geteilt und der Besitz dann gegenseitig als rechtmäßig anerkannt ist, können auch Buschkumpane dieses Gut des andern nie wieder zu gewinnen suchen. Dagegen ist es jedem Dieb unbenommen, die Beute, die er mit einem andern zusammen gemacht hat, ihm zu stehlen, solange er nicht den Besitzanteil des andern durch Teilung anerkannt hat. Solche gewissermaßen ritterlichen Ehrengesetze der Diebe und Räuber fand ich auch bei den Tuarek und bei nördlichen Mandestämmen in der Richtung auf Timbuktu zu.) Wenn mein Bruder Mogunda Katsena die Ballen aber mit sich wegnimmt, kann ich sie ihm alle wieder nehmen, und ich werde dann nicht nur die Hälfte, sondern das Ganze gewinnen. Ich werde also sagen lassen, ich sei gestorben. Ich werde mir eine Grube herrichten lassen.« Mogunda Kano ging in den Busch. Mogunda Kano machte eine Grube, aus der ein Gang herausführte. Er deckte die Grube zu. Er trug in den Gang ein Bett und alles, was er brauchte, hinein. Er rief seine erste Frau und sagte: »Ich werde mich nun begraben lassen. Du aber bringe mir täglich in diese Grube Essen und Trank. Wenn Mogunda Katsena kommt, sage ihm, er solle alle Ballen mitnehmen. Sag ihm, ich sei tot. Sag ihm, er würde der Erbe meiner Ballen sein.« Mogunda Kano stieg in die Grube. Er lebte in der Grube. Seine erste Frau brachte ihm jeden Tag Essen und Trank in die Grube.

Nach drei Monaten kam Mogunda Katsena nach Kano. Mogunda Katsena kam in das Haus Mogunda Kanos. Mogunda Katsena sagte: »Wie geht es meinem Bruder Mogunda Kano?« Die erste Frau Mogunda Kanos schrie. Die erste Frau Mogunda Kanos sagte: »Mogunda Kano ist schon vor zwei Monaten gestorben und begraben. Mogunda Kano sagte vor seinem Tode: »Wenn mein Bruder Mogunda Katsena kommt, wird er alle Ballen mitnehmen wollen. Laßt das alles meinen Bruder Mogunda Katsena mitnehmen«. Mogunda Katsena sagte: »Ich bin sehr betrübt darüber, daß mein Bruder Mogunda Kano gestorben ist. Wenn er aber gestorben ist, dann sind die Ballen wohl eher das Erbe seiner Frauen. Wenn also Mogunda Kano gestorben ist, so gehören die Ballen euch. Ich werde noch einige Tage in Kano bleiben und dann nach Katsena zurückkehren.«

Mogunda Katsena ging. Mogunda Katsena versteckte sich in der Nähe des Hauses Mogunda Kanos. Als es Abend war, kam die erste Frau Mogunda Kanos heraus mit dem Essen und mit dem Trank. Mogunda Katsena folgte ihr. Die Frau ging in den Busch. Mogunda Katsena folgte ihr. Die Frau ging in den Gang, der in die Grube führte. Mogunda Katsena sah es. Mogunda Katsena ging wieder in die Stadt. Nachts machte sich Mogunda Katsena auf. Er ging in die Gegend, in der die Grube Mogunda Kanos war. Er begann zu schreien wie eine Hyäne. Als er an die Stelle kam, wo Mogunda Kano unter der Erde auf seinem Bett lag, schrie er stark. An der Stelle begann er die Erde aufzuscharren, wie eine Hyäne. Er schrie und scharrte. Mogunda Katsena schrie und scharrte. Mogunda Katsena kam immer näher an die Decke, die über dem Bett Mogunda Kanos war.

Mogunda Kano hörte die Hyäne schreien. Mogunda Kano hörte die Hyäne näher kommen. Mogunda Kano hörte die Hyäne scharren. Mogunda Kano sprang von seinem Bett auf. Mogunda Kano nahm einen Stock und stieß von unten gegen die Decke. Die Hyäne schrie und scharrte weiter. Mogunda Kano schrie: »Geh weg! Geh weg! Geh weg!« Die Hyäne schrie und scharrte weiter. Mogunda Kano sprang vor Angst auf und rannte nach dem Gang, der aus der Grube herausführte. Mogunda Katsena hörte Mogunda Kano rennen. Mogunda Katsena lief zu dem Eingang der Grube. Mogunda Kano sprang heraus. Mogunda Katsena sprang ihm entgegen. Mogunda Katsena fiel Mogunda Kano um den Hals. Mogunda Katsena rief: »Wie bin ich glücklich, daß du lebst, mein Bruder Mogunda Kano!« Mogunda Kano sagte: »Hamdulai!«

Mogunda Kano und Mogunda Katsena gingen in die Stadt. Mogunda Kano sagte: »Nun wollen wir gemeinsam teilen.« Mogunda Katsena sagte: »Ja, wir wollen teilen.« Am andern Tage teilten Mogunda Katsena und Mogunda Kano die Sachen, die in den Ballen waren. Mogunda Katsena lud seine Sachen auf ein Kamel, nahm von Mogunda Kano Abschied und ritt nach Katsena zurück.

Dilla

Dilla (schlaues kleines Raubtier, trinkt Wasser, indem es den Schwanz in Wasser taucht und ihn dann ableckt), kam zu Kare (dem Hund). Dilla sagte zu Kare: »Sage mir doch, mein Kare, wollen wir nicht zusammen auf Wanderschaft gehen?« Kare sagte: »Es ist gut, wir beide wollen uns gemeinsam aufmachen.« Dilla und Kare machten sich zurecht; dann begaben sie sich beide auf den Weg.

Unterwegs fragte Dilla Kare: »Mein Kare, wieviel Klugheit (wajo) besitzt du? Kannst du dreierlei oder fünferlei oder wieviel?« Kare sagte: »Ich habe zwölf Eigentümlichkeiten. Erstens: Wenn ich einen sauberen Platz sehe, scheiße ich darauf. Zweitens: Wenn ich einen dicken Baum sehe, hebe ich ein Bein hoch und pinkle dagegen. Drittens: Wenn ich einen dicken Knochen sehe, esse ich ihn und wenn er noch so dick ist und wenn ich noch so viele Tage dazu brauche. Viertens: An dem Platz, wo gegessen wird, soll der Mann vor der Frau hingehen. Fünftens: Wenn mir irgend jemand mit Stöcken oder Steinen zusetzt, schreie ich laut, so daß alle meine Leute (also alle anderen Hunde) es hören und in Zukunft den Platz vermeiden. Sechstens: Wenn ich viel Essen sehe, kann ich erst soviel zu mir nehmen, daß die Speise mir bis an den Hals reicht, dann gehe ich hin, kaue ein wenig Gras, übergebe mich und beginne von vorne. Siebentens: Nachts schlafe ich nicht. Ich bin Wächter und laufe daher umher, so daß mich niemand überraschen kann. Achtens: Ich bin treu (alkauwali). Neuntens: Wenn mein Herr stirbt und begraben ist, liege ich drei Tage auf seinem Grab und laufe nicht davon. Zehntens: Niemand soll mich im Schlaf stören, denn dann kann ich beißen. Elftens: Ich kann sehr weit und lange laufen und dann wieder zurück. Zwölftens: Ich kann über einen Fluß schwimmen.«

Dilla fragte: »Sind das alle Klugheiten, die du hast?« Kare sagte: »Ja, das sind alle meine Eigentümlichkeiten.« Dilla sagte: »Nun, es genügt für unsere Wanderung. Ich habe dafür umso mehr Klugheit.« Kare fragte: »Wieviel Klugheiten (wajo) hast du?« Dilla sagte: »Ich habe nur eine: ich kann einen jeden zum Lachen bringen!« Kare sagte: »Das ist eine gute Sache; damit werden wir gut vorankommen.« Dilla und Kare gingen eine Zeitlang. Sie gingen durch den Busch. Im Busch trafen sie auf einen Baum. In dem Baum war ein Loch. Dilla sagte: »Hier ist sicher Honig darin!« Dilla ging hin. Dilla fand in dem Baumloch den Honig. Dilla hatte eine Gora (Trinkkalebasse) bei sich. Dilla füllte die Gora mit Honig. Dann schloß Dilla die Kalebasse. Kare begann von dem Honig zu essen. Dilla sagte: »Nimm dir mit, das ist besser.« Kare sagte nichts, sondern begann von dem Honig zu essen. Dilla sagte: »Nun komm nur, nun komm nur!« Kare sagte: »Mein Bauch ist noch nicht voll. Ich will aber nicht eher weggehen, als bis ich meinen Bauch gefüllt habe.« Kare fraß weiter. Kare fraß, bis sein Bauch ganz voll war. Kare sagte: »Nun ist mein Bauch voll. Nun können wir weitergehen. Nun muß ich Wasser trinken.«

Dilla kam mit Kare zum Fluß. Es war aber die Stelle am Fluß, an der alle Tiere Wasser trinken. Kare sagte: »Ich will hier trinken!« Dilla sagte: »Das ist nicht ein Platz zum Wasser trinken für dich. Ich will dir einen anderen Platz zeigen, der besser für uns ist.« Kare sagte: »Dann geh voraus.« Dilla ging voraus. Sie gingen hin. Kare sagte: »Ich muß jetzt trinken. Ich kann es nicht mehr aushalten.« Dilla sagte: »Dann trinke schnell. Beeil dich!« Kare begann zu trinken. Dilla sagte: »Trink schnell! Beeil dich!« Kare sagte: »Ich muß mich erst volltrinken! Ehe mein Bauch nicht voll ist, kann ich nicht weitergehen.« Dilla sagte: »Ich gehe voran!« Dilla ging.

Als Dilla ein Stück weit gegangen war, kam Kare ihm nachgelaufen und sagte: »Mein Dilla! Ich kann nicht weiterlaufen. Mein Dilla, ich habe vom Honig solche Bauchschmerzen; mein Bauch schmerzt mich zu sehr!« Dilla sagte: »Das habe ich dir ja vorher gesagt. Du hast zuviel Honig gegessen und hast zu viel Wasser getrunken!« Kare legte sich hin. Dilla sagte: »Komm, mein Kare! Dies ist der Platz, wo Saki (Löwe), Damissa (Leopard), Kurra (Hyäne), Kare-ndauwa (Buschhund), Bauna, Gonki (Pferdeantilope), Giwua, Maissa (Riesenschlange) und Kassa (eine dicke, aber kurze Schlange mit zwei Hörnern) trinken.« Kare sagte: »Ich kann nicht weitergehen. Mein Bauch schmerzt mich zu sehr.« Kare lag am Boden. Dilla blieb bei ihm.

Nach einiger Zeit kam Kurra (die Hyäne). Kurra sah Dilla und Kare. Kurra sah Kare am Boden. Kurra sagte zu Dilla: »Was ist das dort?« Dilla sagte: »Dieser hier ist ein Kalebassenflicker, der krank hingefallen ist. Nun warte ich auf ihn, bis es ihm besser geht.« Kurra sagte: »Was du sagst ist gut; aber ich werde den fangen, denn der hat noch nie eine Kalebasse geflickt.« Dilla sagte: »Es ist sicher wahr, du kannst es mir glauben. Dieser Mann flickt Kalebassen für die Könige. Er will auch die zerbrochenen Kalebassen deines Königs flicken.« Kurra sagte: »Gut, bleibt hier. Geht nicht eher fort, als bis ich wieder hier bin. Wenn ihr fortgeht, sehe ich das an euren Fußspuren, ich laufe euch nach und es geht euch schlecht!« Dilla sagte: »Weshalb sollen wir weglaufen?«

Kurra ging weg. Kurra ging zu Saki (dem Löwen). Kurra sagte: »Wieviel Ohren hast du?« Saki sagte: »Ich habe zwei Ohren.« Kurra sagte: »Dann nimm noch ein drittes dazu, denn ich habe dir etwas zu sagen!« Saki sagte: »Sag es mir!« Kurra sagte: »Ich habe zwei Tiere getroffen, von denen eines sagt, es könne Kalebassen flicken. Es sagt, es flicke Kalebassen für Könige.« Saki sagte: »Gut denn, wir wollen das sehen. Nimm die zerbrochenen Kalebassen, die hinter meinem Hause liegen!«

Kurra ging hinter das Haus. Kurra nahm die zerbrochenen Kalebassen. Kurra setzte sie sich (als Last) auf den Kopf und ging voran. Saki folgte ihm. Kurra und Saki kamen zu Dilla und Kare. Dilla warf sich vor dem König auf die Erde. Saki fragte: »Ist das dort der Kalebassenflicker?« Dilla sagte: »Ja, das da ist der Kalebassenflicker.« Saki sagte: »Gut denn, wenn derMann meine Kalebassen nicht gut flickt, dann werde ich ihn und dich auffressen!« Dilla sagte: »Es ist recht so.« Kurra setzte die zerbrochenen Kalebassen auf die Erde. Kare stand auf. Kurra gab Kare die Kalebassen. Kare sagte: »Ich habe aber meine Schnur daheim gelassen!« Saki sagte: »Was für Schnur brauchst du zu deiner Arbeit?« Kare sagte: »Ich brauche die Sehnen vom Rücken der Hyäne (Kurra).« Saki sagte zu Kurra: »Zieh dir von deinem Rücken Sehnen!« Kurra zog sich einige Sehnen vom Rücken. Dilla nahm die Sehnen. Dilla öffnete die Gora, in der der Honig war und tunkte die Sehnen hinein. Dilla sagte: »Nun muß die Schnur weich gezogen werden. Saki, du hast die besten Zähne. Willst du die Schnur einmal zwischen den Zähnen durchziehen. Dann wird das andere schnell gehen.« Saki nahm die in Honig getunkte Schnur. Er führte sie an den Mund. Er wollte sie durch die Zähne ziehen. Da schmeckte er den süßen Honig. Saki verschluckte die Sehne.

Dilla sagte: »Nun, Saki, gib mir bitte die Sehnenschnur zurück, damit wir die Arbeit anfangen können!« Saki sagte: »Ich habe die Schnur verschluckt! Kurra zieh dir einige andere Sehnen vom Rücken!« Kurra schrie: »Hoho!« Kurra sprang auf. Kurra rannte weg durch den Busch. Saki sagte: »Ich muß mehr von seinen Sehnen haben. Sie sind zu süß!« Saki sprang auf und lief Kurra nach. Dilla sagte zu Kare: »Komm! Wir wollen nun gehen!« Kare stand auf. Dilla und Kare gingen weg. Kare und Dilla kamen in ein Dorf der Jäger.

Die Jäger waren im Busch gewesen. Die Jäger hatten das Gras angezündet und hatten gejagt. Alle Jäger hatten ihre gute Beute gehabt. Nur ein junger Jäger hatte nichts gewonnen. Die anderen Jäger sagten: »Wir haben genug, wir gehen nun heim!« Der junge Jäger sagte: »Ich will noch hier draußen bleiben. Ich will sehen, ob ich nicht noch etwas gewinne.« Die anderen Jäger gingen. Der junge Jäger blieb im Busch.

Der junge Jäger ging durch den Busch. Er kam an eine hohe Sandbank. Auf der hohen Sandbank lag Kadda (ein Alligator). Kadda war weit fort vom Wasser. Kadda konnte nicht an das Wasser finden. Kadda sah den Jäger und sagte: »Mein junger Jäger, bring mich an das Wasser. Ich will dir am Wasser Sinaria (Gold) geben. Ich habe viel Sinaria im Wasser, du kannst dir dann dafür Fleisch kaufen, soviel du willst!« Der junge Jäger sagte: »Wenn ich dir jetzt Tag mache, wirst du mir dann nachher auch nichts Schlechtes antun?« (Ko-nai maka rana, kata kai mani dere?) Kadda sagte: »Nein, ich werde dir nichts Schlimmes antun!« Der Jäger sagte: »So kann ich dich aber nicht tragen. Ich muß dir erst das Maul zubinden.« Kadda sagte: »Wenn es nicht anders geht, dann tu es!«

Der junge Jäger band dem Kadda erst das Maul zu. Dann wollte er Kadda aufnehmen. Kadda war sehr schwer. Der junge Jäger sagte: »Du bist sehr schwer. Ich muß dir einen Strick um den Leib binden.« Kada sagte: »Wenn es nicht anders geht, dann tue es.« Der junge Jäger band ein Tau um den Leib Kaddas. Der junge Jäger schleppte einen Teil Kaddas auf der Schulter. Er zog das Hinterteil Kaddas am Strick durch den Sand. Der junge Jäger schleppte Kadda hin, bis er ans Wasser kam.

Der junge Jäger kam mit Kadda ans flache Wasser. Der junge Jäger fragte: »Ist es gut hier?« Kadda sagte: »Nein, es ist nicht gut hier. Bring mich dahin, wo das Wasser tiefer ist.« Der junge Jäger brachte Kadda bis dahin, wo das Wasser knietief war. Der junge Jäger fragte: »Ist es gut hier?« Kadda sagte: »Nein, es ist nicht gut hier. Bring mich dahin, wo das Wasser tiefer ist. Da kann ich dir dann das Gold geben!« Der junge Jäger brachte Kadda bis dahin, wo das Wasser lendentief war. Der junge Jäger fragte: »Ist es gut hier?« Kadda sagte: »Ja, hier ist es gut. Nun binde mir noch den Strick vom Maul, daß ich das Sinaria (Gold) von unten aufheben und dir geben kann.« Der junge Jäger band den Strick vom Maul Kaddas. Als der junge Jäger den Strick vom Maul Kaddas gebunden hatte, schnappte Kadda sogleich nach dem Fuß des Jägers und packte den Jäger fest. Der junge Jäger rief: »Nun laß mich los mein Kadda und gib mir mein Gold!« Kadda sagte: »Nein, ich kann dich nicht loslassen mein Jäger!« Der junge Jäger rief: »Laß mich! Laß mich! Ich habe dir Gutes getan und du tust mir Schlechtes!« Kadda aber sagte: »Nein!«

Dilla und Kare kamen in das Dorf der Jäger. Die Jäger sagten untereinander: »Was ist es nur, daß der junge Jäger nicht wiederkommt?« Dilla hörte, was die Jäger untereinander sagten. Dilla sagte zu den Jägern: »Was gebt ihr mir, wenn wir den jungen Jäger suchen und euch wiederbringen! Wir können es nicht umsonst machen, denn wir sind Händler, die ihr Geld verdienen müssen.« Die Jäger sagten: »Wenn ihr den jungen Jäger wiederbringt, schenken wir euch viel!« Dilla sagte zu Kare: »Komm!« Beide gingen.

Dilla sagte zu Kare: »Ich habe eine Stelle im Sand gesehen, da waren Menschenfüße, und Füße und Schwanz eines Kadda abgedrückt. Da wollen wir hingehen.« Dilla und Kare gingen zu der Sandbank. Dilla und Kare folgten der Fußspur. Dilla und Kare kamen an das Wasser. Der junge Jäger stand im Wasser und schrie: »Laß mich!« Das Kadda hielt den Jäger fest und sagte: »Nein, ich kann dich nicht lassen. «

Dilla sagte: »Mein Jäger, mit wem streitest du denn da?« Der junge Jäger sagte: »Ich streite mit Kadda.« Dilla sagte: »Kommt beide heraus, ich will über den Fall urteilen!« Kadda sagte: »Nein, ich komme nicht hinaus!« Dilla sagte: »Komm nur ruhig heraus, mein Kadda! Du und ich, wir sind beides Tiere. Das hier ist aber ein Jäger, der die Tiere jagt!« Kadda sagte: »Das ist wahr.« Kadda kam heraus Kadda sagte: »Nun richte!« Dilla sagte: »Wir müssen da anfangen, wo euer Streit anfing. Wer brachte dich, mein Kadda, denn von der Sandbank zum Flusse?« Der junge Jäger sagte: »Das tat ich!« Dilla sagte zu Kadda: »Deine Sache steht gut. Denn der Mann beginnt mit einer dicken Lüge. Wie kann ein so junger Jäger ein so großes Kadda tragen. Ich will den lügnerischen Jäger erst einmal dazu verurteilen, daß er dich wieder hinaufträgt!« Der Jäger sagte: »Ich trug und zog Kadda.« Dilla sagte: »Das muß ich sehen. Rede nicht viel, sondern bringe Kadda wieder hinauf!« Der Jäger band Kadda wieder den Strick um den Bauch. Er nahm den Oberteil Kaddas wieder auf die Schulter. Er schleppte Kadda wieder zu der Sandbank hinauf. Dilla sagte: »Womit hat die Sache nun angefangen?« Kadda sagte: »Mein Dilla, dieser hinterlistige Jäger hat mir das Maul zugebunden!« Dilla sagte: »Das war schlecht von dem Jäger! Du, Kadda, leg deinen Kopf nun auf diesen Stein hier. Du, Jäger, geh auf die andere Seite. Ich stehe als Richter in der Mitte.« Kadda fragte: »War die Arbeit für den Jäger leicht oder schwer?« Der Jäger sagte: »Ich denke, sie war schwer genug!« Dilla sagte: »Dann braucht sie der Jäger nicht wieder zu beginnen!«

Das Kadda rief: »Nun bringt mich zum Wasser hinab!« Dilla sagte: »Es ist schwer, zweimal hintereinander einen Dummen zu finden. Mein junger Jäger, du kannst nun tun, was du willst!« Der junge Jäger sagte: »Auf das Gold will ich nicht wieder hoffen.« Der Jäger schoß das Kadda tot. Dilla ging mit Kare und dem jungen Jäger ins Dorf. Die Leute dankten Dilla. Die Leute holten das Fleisch des Kadda und verteilten es. Die Leute fragten: »Dilla, was willst du nun haben?« Dilla sagte: »Gebt mir Hühner!« Seitdem stiehlt Dilla Hühner in den Dörfern.

Der Mann, den alle Frauen liebten

Ein Mann hieß Koki. Er hatte eine Frau, von der »gebar er« zwei Kinder, das waren Mädchen. Die Mädchen wuchsen heran. Es kamen zwei junge Männer von auswärts. Der eine junge Mann sagte: »Ich bitte dich, laß mich deine Tochter ein einziges Mal beschlafen. Nachher kannst du mich dann töten!« Der andere Bursche sagte zu Koki: »Gib mir eine Ziege zu essen! Weiter will ich nichts. Mit den Weibern will ich nichts zu tun haben!«

Der Vater gab dem Burschen, der darum gebeten hatte, die Ziege.

Der Vater nahm den andern Burschen und dazu seine Tochter. Er führte beide zu einem großen einsamen Haus und sagte: »Darin kannst du meine Tochter diese Nacht beschlafen. Morgen aber werde ich dich dann töten.« Darauf schloß er den Burschen mit dem Mädchen im einsamen Haus ein und ging weg. Der Bursche beschlief das Mädchen.

Nachdem der Bursche das Mädchen beschlafen hatte, sagte das Mädchen: »Du hast zu meinem Vater gesagt, du wolltest mich nur einmal beschlafen, nachher wolltest du dich von meinem Vater töten lassen.« Darauf beschlief der Bursche das Mädchen noch einmal. Das Mädchen sagte: »Wird es gut für dich sein, wenn ich mache, daß mein Vater dich nicht tötet? Willst du mich dann heiraten?« Der Bursche sagte: »Ja, das wird gut für mich sein. Ich möchte dich sehr wohl heiraten.« Das Mädchen sagte: »Warte ein wenig. «

Nach einiger Zeit begann das Mädchen laut nach seinem Vater zu schreien. Der Vater kam und fragte durch die Tür: »Was schreist du? Was hast du?« Das Mädchen sagte: »Mein Bauch schmerzt mich so sehr. Öffne uns doch die Tür, daß wir einmal hinauskönnen.« Der Vater öffnete darauf die Tür. Das Mädchen und der Bursche kamen heraus, um sich zu entleeren. Beide nahmen draußen zwei große Holzstücke auf und trugen sie in das Haus. Sie legten sie dahin, wo sie vorher gelegen hatten. Dann liefen sie fort in den Busch. Nach einiger Zeit kam der Vater und blickte in das Haus, um zu sehen, ob der Bursche und das Mädchen wieder darin wären. Er sah die beiden Holzstükke. In der Dunkelheit hielt er die für den Burschen und das Mädchen. Er schloß die Tür also von außen zu und ging wieder in sein Haus.

Der Bursche und das Mädchen liefen im Busch so schnell sie konnten weg. Sie liefen weit, weit fort. Es war aber eine Schlange am Weg. Die Schlange biß den Burschen. Er fiel hin und sagte: »Eine Schlange hat mich gebissen; nun werde ich sterben.« Das Mädchen setzte sich zu dem Burschen und fing an zu weinen. Der Bursche weinte. Das Mädchen weinte. Nach einiger Zeit kam ein fremdes Mädchen. Das sah die beiden weinen. Das fremde Mädchen fragte: »Was ist euch? Weshalb weint ihr?« Die junge Frau sagte: »Sieh hier den Fuß meines Mannes. Eine Schlange hat ihn gebissen; nun wird er sterben.« Das fremde Mädchen sagte: »Wenn es sonst nichts ist, kommt nur mit mir. Mein Vater hat daheim Medizin gegen Schlangenbisse. Kommt nur schnell mit. Der junge Mann da muß mich nachher aber auch heiraten.« Der junge Mann sagte: »Wenn ich nicht sterbe, will ich dich auch heiraten.« Der junge Mann ging mit seiner jungen Frau und dem fremden Mädchen schnell zum Hause ihres Vaters. Der Vater des fremden Mädchens gab dem jungen Mann Medizin. Er wurde gesund. Danach heiratete der junge Mann auch das fremde Mädchen.

Der junge Mann brach mit seinen beiden jungen Frauen auf, um in ein anderes Land zu wandern. Sie gingen weit weg. Dann kamen sie an einen großen Fluß. Sie konnten über diesen großen Fluß nicht hinweg. Sie sagten: »Was tun wir? Wie kommen wir über diesen großen Fluß?« Ein fremdes Mädchen kam und fragte: »Was wollt ihr?« Der junge Mann sagte: »Wir können nicht über den großen Fluß kommen.« Das fremde Mädchen sagte: »Ich will meinem Vater sagen, daß er euch übersetzt. Der junge Mann muß mir aber versprechen, mich nachher zu heiraten.« Der junge Mann sagte: »Das will ich tun.« Das fremde Mädchen ging fort und rief ihren Vater. Der setzte alle drei und seine eigene Tochter auf das andere Ufer. Der junge Mann heiratete die Tochter des Bootsmannes.

Der junge Mann ging mit seinen drei Frauen weiter. Sie gingen sehr weit. Sie kamen in das Land des Königs Mado. An einem Platz im Busche sagte der junge Mann: »Hier wollen wir unsere Stadt bauen!« Der junge Mann schnippste mit den Fingern. Da kamen Mauern hervor, kamen Häuser hervor. Darin lebte der junge Mann mit seinen drei Frauen. Der König Mado hörte davon. Der König Mado sandte eine Botschaft an den jungen Mann und ließ ihn fragen: »Gehört das Land, in dem deine Häuser und deine Mauern stehen, etwa dir?« Dann sandte König Mado Leute zu dem jungen Mann. Die Leute kamen in den neuen Ort des jungen Mannes. Sie fingen und banden ihn. Dann schleppten sie ihn zum König Mado.

Der König Mado sagte zu dem jungen Mann: »Du hast in meinem Land eine neue Stadt gebaut. Das Land gehört mir. Ich werde dich töten, wenn du mir nicht den Namen meiner ersten Frau nennen kannst. Wenn du dagegen imstande bist, mir den Namen meiner ersten Frau zu nennen, dann magst du mich töten und an meiner Stelle König werden.« Der junge Mann sagte: »Du bist hier König und hast die Gewalt.« Der König ließ den jungen Mann fortführen. Die erste Frau König Mados hatte den jungen Mann gesehen. Sie sandte eine Botschaft an ihn und ließ ihm sagen: »Ich bin die erste Frau des Königs. Ich habe dich gern, merke dir meinen Namen. Ich heiße Jentebe.« Der König Mado rief alle Tiere des Busches zusammen. Alle Tiere des Busches kamen zu König Mado. König Mado sagte: »Ich werde den Burschen töten. Wenn ich den Burschen getötet haben werde, könnt ihr ihn essen.« Alle Tiere des Busches fragten König Mado: »Was hat dir dieser Bursche getan, daß du ihn töten willst?« König Mado sagte zu den Buschtieren: »Ich habe zu dem jungen Mann gesagt: »Du hast in meinem Land eine neue Stadt gebaut. Das Land gehört mir, ich werde dich also töten, wenn du mir nicht den Namen meiner ersten Frau nennen kannst. Wenn du dagegen imstande bist, den Namen meiner ersten Frau zu nennen, dann magst du mich töten und an meiner Stelle König werden.« Das habe ich dem jungen Mann gesagt. Wenn er nun also den Namen meiner ersten Frau nicht nennen kann, dann sollt ihr ihn töten!«

Am andern Tage kamen alle Leute zusammen. Als alle zusammengekommen waren, wurde der junge Mann in die Mitte geführt. Als nun so viele Leute ringsherum waren, vergaß der junge Mann den Namen der ersten Frau des Königs. Der König Mado fragte: »Welches ist der Name meiner ersten Frau?« Der junge Mann hatte den Namen vergessen. Als er ihn nun nicht gleich sagen konnte, bliesen die Leute auf ihrer Rigita (große Trompete) den Namen. Der junge Mann wußte ihn nun wieder. Der junge Mann sagte: »Der Name deiner ersten Frau ist Jentebe.« Der König stand auf, er ging zu seinem Pferd und bestieg es. Er wollte nach Hause reiten. Die großen Leute kamen hinter ihm her und schlugen ihm den Kopf ab. Dann setzten sie den jungen Mann auf des Königs Pferd. Der Bursche wurde nun König. Als der junge Mann nun König war, rief er die drei Frauen, die mit ihm in König Mados Land gekommen waren. Er hieß sie alle sich um ihn herum niederzusetzen. Dann nahm er den Schwanz eines Büffels und sagte: »Welche Frau will diesen Büffelschwanz?« Alle drei Frauen sagten: »Ich möchte den Schwanz des Büffels haben! Ich möchte den Schwanz des Büffels haben!« Die erste Frau sagte zu dem jungen Mann: »Gib ihn mir, denn ich habe dir aus dem eisernen Haus geholfen, in das uns mein Vater gesperrt hatte.«

Die zweite Frau sagte: »Gib ihn mir, denn ich habe dafür gesorgt, daß mein Vater dich heilte, als du von der Schlange gebissen warst.«

Die dritte Frau sagte: »Wenn ich nicht an dem großen Fluß gewesen wäre und meinen Vater herbeigerufen hätte, daß er euch über den Fluß setze, dann wären wir alle nicht hierher gekommen, und du, mein Mann, wärst hier nicht König geworden.« Der junge Mann gab darauf den Büffelschwanz der Tochter des Bootsmannes.

Es kam aber Jentebe und sagte: »Ich denke, der Büffelschwanz kommt mir zu.« Darauf nahm der junge Mann der Bootsmannstochter den Büffelschwanz wieder weg und gab ihn Jentebe. Der junge Mann aber sagte: »Du, Jentebe, sollst Nguotsi (Herrin über alle Frauen und Mädchen) sein. Du, Bootsmannstocher, sollst Aijondo (entspricht den Maidaki in Haussa), du, deren Vater mich vom Schlangenbiß heilte, sollst Akinda (zweithöchster Beamter), du, die mich aus dem eisernen Haus rettete, du sollst Aunku (= Siroma in Haussa) sein.«

Sieben Klöße für den Mann

Ein junger Mann hatte viel Geld. Er hatte sehr viel Geld. Er wollte aber vor allem nichts ausgeben für Essen. Der junge Mann heiratete ein junges Mädchen. Er ging in seinen kleinen Speicher (awen; bei den Haussa: rumbu; bei den Nupe: edo; bei den Yoruba: aka), er nahm ein klein wenig Guineakorn heraus. Das gab er seiner jungen Frau und sagte: »Bereite hiervon sieben Klöße Brei.« Dann ging der junge Mann auf seine Farm.

Die junge Frau kochte von dem Korn sieben Klöße. Abends kam ihr Mann von der Farm. Er sagte: »Bring mein Essen!« Die junge Frau brachte die sieben Klöße.

Der junge Mann setzte sich zum Essen nieder und aß alle sieben Klöße auf. Seiner jungen Frau gab er nichts davon. Die Haut der jungen Frau trocknete ein (das heißt sie hungerte, fiel ein; in der Tat ist es auffallend, wie verschieden die Hautspannung ein und desselben Schwarzen ist, je nachdem er einen Tag nichts oder eine große Portion des beliebten Breies gegessen hat), weil sie nichts zu essen bekam.

Der Mann gab ihr jeden Tag ein wenig Korn und sagte: »Mach hiervon sieben Klöße.« Und wenn er dann abends heim kam, aß er sie auf und gab der jungen Frau nichts ab. Vier Tage hintereinander erhielt die junge Frau nichts von den sieben Breiklößen, die sie jeden Tag für ihren Mann machen mußte.

Am fünften Tag ging der junge Mann wieder zu seinem Speicher und nahm ein wenig Korn heraus. Das gab er seiner Frau und sagte: »Bereite hiervon sieben Klöße Brei.« Dann ging der junge Mann auf seine Farm. Die junge Frau begann das Korn zu reiben. Es kam eine alte Frau aus dem Nachbargehöft, die wollte ein wenig Feuer holen. Die alte Frau sah die junge an und sagte: »Was ist das mit dir, daß deine Haut so trocken ist?« Die junge Frau sagte: »Mein Mann gibt mir nichts zu essen. Ich bekomme jeden Tag Korn für sieben Klöße. Die bereite ich. Abends ißt er sie dann auf und gibt mir nichts davon ab.« Die alte Frau sagte: »Wenn er dir nur soviel Korn gibt und nichts von der Speise übrig läßt, dann nimm einen der sieben Klöße beiseite. Dann wirst du ihn erkennen!« Die junge Frau sagte: »Es ist gut.« Die alte Frau nahm das Feuer und ging von dannen.

Die junge Frau machte die sieben Breiklöße. Sie nahm einen davon und legte ihn beiseite. Abends kam der Mann von der Farm. Er sagte: »Bringe mir mein Essen!« Die junge Frau brachte die sechs Breiklöße. Der junge Mann setzte sich zum Essen hin und zählte. Der junge Mann fand nur sechs Breiklöße. Der junge Mann rief seine junge Frau und sagte: »Wer nahm den einen Breikloß?« Die junge Frau sagte: »Es kam eine Ziege und stahl ihn.« Der junge Mann sagte: »Wenn ich den einen Breikloß nicht noch heute sehe, muß ich sterben.« Die junge Frau sagte: »Die Ziege wird ihn gefressen haben.« Der junge Mann sagte: »Wenn ich den einen Breikloß nicht noch heute sehe, muß ich sterben!« Der junge Mann stand auf; er ging einige Schritte. Er fiel hin. Er stand auf; er ging einige Schritte; er fiel hin. Er stand auf; er ging einige Schritte; er fiel hin und blieb liegen. Er sagte: »Du siehst, ich sterbe! Bring den einen Breikloß!« Danach sagte er nichts mehr und bewegte sich auch nicht mehr.

Die junge Frau schrie: »Mein Mann stirbt wegen eines Breikloßes! Kommt und seht ihn! Mein Mann stirbt wegen eines Breikloßes! Kommt und seht ihn!« Die Familie der jungen Frau kam herbei. Die junge Frau sagte zu ihrer Familie: »Ihr seht, mein Mann ist gestorben; er lebt nicht mehr! Grabt also eine Grube, daß wir ihn begraben!« Sie legten den jungen Mann hin. Einige gingen hin, das Grab auszuheben. Sie wuschen den Körper des jungen Mannes. Die junge Frau sagte: »Erst bringt ein großes Tuch, damit wir ihn einwickeln!« Sie brachten das Tuch. Die junge Frau deckte das Tuch über den jungen Mann. Sie kroch selbst darunter und sprach leise zu ihm: »Sieh, die Leute sind gekommen, dich zu begraben. Willst du dich eines Breikloßes wegen begraben lassen!« Der Mann antwortete leise: »Hast du den Breikloß wieder zurückgebracht?« Die junge Frau kam unter dem Leichentuch hervor und sagte: »Mein Mann ist wirklich tot. Bringt ihn ins Grab.«

Darauf nahmen die Leute den jungen Mann auf und trugen ihn hinaus. Sie legten ihn an den Rand des Grabes. Die junge Frau sagte: »Nun tretet alle zurück!« Alle Leute traten zurück. Die junge Frau beugte sich über den jungen Mann und sagte ihm leise durch das Leichentuch ins Ohr: »Sieh, die Leute sind gekommen, dich jetzt in das Grab zu legen. Du liegst am Rande des Grabes. Willst du dich eines Breikloßes wegen begraben lassen?« Der Mann antwortete leise: »Hast du den Breikloß zurückgebracht? Wenn du den Breikloß zurückgebracht hast, bin ich nicht tot!« Die Frau trat zurück und sagte zu den Leuten: »Begrabt ihn jetzt! Laßt aber ein ganz kleines Loch!«

Der junge Mann wurde begraben. Die Leute ließen aber ein ganz kleines Loch, das in die Grabkammer hinabführte. Die Leute gingen. Die junge Frau trat an das Grab. Sie sprach durch das kleine Loch: »Nun bist du begraben; willst du nun auch wirklich eines einfachen Breikloßes wegen sterben?« Der junge Mann antwortete von unten: »Hast du meinen Breikloß zurückgebracht?«

Die junge Frau antwortete: »Ja, er ist wieder da!« Der Mann rief von unten: »Das muß ich sehen. Ruf die Leute, sie sollen schnell wieder kommen und das Grab öffnen, damit ich nach meinen Breiklößen sehen kann.« Die junge Frau rief die Leute. Die Leute öffneten das Grab. Der junge Mann kam heraus. Die junge Frau rief alle Leute von ihrer Familie und alle Leute von der Familie ihres Mannes zusammen. Sie sagte: »Kommt alle, denn ich will mit allen sprechen, so daß es alle hören.« Alle Leute kamen zusammen.

Die junge Frau sagte: »Dieser Mann heiratete mich. Er gab mir jeden Morgen das Korn heraus für das Essen, das er am Abend selbst verzehrte. Ich erhielt nichts zu essen. Meine Haut ist verwelkt. Darauf nahm ich einen Breikloß. Er zählte die Klöße und merkte es. Er sagte, er müsse sterben, wenn er den Breikloß nicht wiedererhalte. Er ließ sich begraben, weil er den Breikloß nicht wiedererhielt. Endlich ließ er sich wieder ausgraben, um zu sehen, ob der Breikloß wieder da wäre. Hier steht er. Er hat seinen Breikloß wieder bekommen. Hier ist der Breikloß. Es liegt ihm am Breikloß mehr als an seinem Leben. Es liegt ihm am Breikloß mehr als an mir. Dann muß er auch mit seinem Breikloß allein bleiben. Ich will jedenfalls mit dem Breikloßzähler nicht mehr zusammenleben.«

Die junge Frau ging. Ihre Familie nahm sie zurück. Der junge Mann bekam keine andere Frau. Von da an mußte er sich sein Essen stets selbst machen.

Bassari, Tim und Tiwi

Längs der Oberguineaküste, zwischen Senegal und Benue (»Mutter der Gewässer«), liegt Frobenius' Atlantische Kultur *mit ihrer durch Mythen, Symbole und Kulte sich zeigenden kosmischen Ordnung. Das Volk der Bassari im nördlichen, das der Tim im südöstlichen Togo rechnet er dazu, ebenso ein Nachbarvolk der Djukun, die Muntschi oder Tiwi, wie sie sich nennen. Die einen sind stark von der Eisenindustrie geprägt, die anderen durch Handeslmärkte, die dritten mehr durch bäuerlichen Habitus und ihre Nähe zu den Waldvölkern im Süden.*

Diese Völker kennen keine Geheimbünde, da es an Beschneidungsriten, Männerorden, an Alters- oder Geschlechtertrennung fehlt. Sie sind den Ahnen verpflichtet (Manismus), glauben z. T. an Wanderungen der Totenseele, an Wiedergeburt. Vor allem ist der sudanische Schamanismus klar bei ihnen entwickelt.

Bei den Bassari bedient sich der Uboa, der Schamane oder Prophet, eines Stockorakels; der 1,20 m lange, mit drei Ringen und Hühnerblut versehene Stab gibt ihm die Kraft, alle an ihn gerichteten dringlichen Fragen im Gesprächszeremoniell zu beantworten. Die Zeremonie des Feuertanzes führt zur Entdeckung der in Funkenform sichtbaren kannibalischen Vampire (Usopu, Pl. Bussopobe).

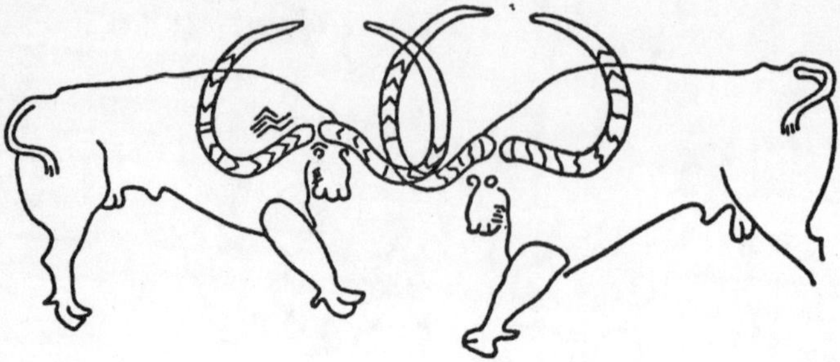

Usopu ist man, ebenso wie ein Uboa, von Geburt an. Der Usopu zieht die Seele aus dem Körper des Opfers und verwandelt sie in ein vierfüßiges Tier. Dieses Seelentier schleppt er auf den Marktplatz, schlachtet es und verzehrt es mit anderen Vampiren. Er kann nur Mitglieder der eigenen Familie in seine Gewalt bringen. Und der Uboa kann nur helfen, solange das Tier nicht getötet ist. Er darf auf keinen Fall den Namen des Täters nennen, das besorgt der Uboa eines Nachbardorfes.

Bei den Tim heißt der Vampir Ivellu, pl. Ifella. Nachts streunt er als Hyäne umher; wenn man sie tötet, stirbt zur geichen Stunde der Ivellu-Mann im Dorf. Der Teu (Schamane) der Tim befragt bei der Krankendiagnose ein Sandorakel. Im Kulthaus stehen neben den Lisassi (paarweisen Holzfiguren) zwei eiserne Schlangen, Songoiwa. Eine gilt als Mann und eine als Frau: Symbol göttlicher Fruchtbarkeit. Adam und Evas Sündenfall läßt sich durchaus anders verstehen…

Bei den Tiwi geht die Menschheit auf einen Mann und eine Frau zurück. Die beiden waren verheiratet und hatten erst nichts zu essen außer drei Nüssen von Bäumen. Die Frau suchte im Busch weiter, der Mann blieb zuhause.

Das Horn mit Blut

Ein Jäger hatte stets große Erfolge. Sooft er mit Bogen und Pfeil fortging, erlegte er Wasserböcke, Kuhantilopen, Pferdeantilopen, Riedböcke, Büffel oder andere Tiere. Eines Tages waren alle Tiere überall entflohen. Sie waren alle in einen großen Wald entronnen. Der Jäger konnte hingehen, wohin er wollte, überall waren die Antilopen fortgelaufen. Der Jäger suchte. Zuletzt kam er an einen großen Wald. Da sah er viele, viele Spuren auf der Erde. Wohin er sah, waren Spuren. Er stieg auf einen Baum und sagte: »Hier oben will ich warten. Es sind hier so viele Spuren, daß sicher Antilopen kommen werden, ehe es Nacht ist.« Der Jäger wartete auf dem Baum.

Nach einiger Zeit kam aus dem Busch eine kleine Antilope. Die legte sich nieder und sagte: »Ich will hier warten, bis Teba, mein Vater, kommt.« Der Jäger sagte (für sich): »Es wird noch ein großes Tier kommen, ich will warten.« Nach einiger Zeit kam ein Riedbock aus dem Busch. Der Jäger sagte: »Das wird wohl Teba, der Vater der kleinen Antilope sein.« Der Riedbock legte sich nieder, wälzte sich auf der Erde und sagte: »Ich will warten, bis Teba, mein Vater, kommt.« Der Jäger sagte: »Das ist also noch nicht der Vater der Antilopen. Ich will warten.« Dann kamen noch andere Antilopen und legten sich unter dem Baum nieder.

Nach einiger Zeit kam eine Pferdeantilope aus dem Busch. Der Jäger sagte: »Das wird wohl Teba, der Vater der Antilopen sein.« Die Pferdeantilope legte sich nieder, wälzte sich auf der Erde und sagte: »Ich will warten, bis Teba, mein Vater, kommt.« Der Jäger sagte: »Das ist also noch nicht der Vater der Antilopen. Ich will warten.« Dann kamen noch andere Antilopen und legten sich unter dem Baum nieder.

Nach einiger Zeitkam ein Büffel aus dem Busch. DerJäger sagte: »Das wird wohl Teba, der Vater der Antilopen sein.« Der Büffel legte sich nieder, wälzte sich auf der Erde und sagte: »Ich will warten, bis Teba, mein Vater kommt.« Der Jäger sagte: »Das ist also noch nicht der Vater der Antilopen! Ich will warten.« Dann kamen noch andere Büffel und legten sich unter dem Baum nieder.

Nach einiger Zeit kam ein Elefant aus dem Busch. Der Jäger sagte: »Dies wird wohl Teba, der Vater der Tiere sein.« Der Elefant legte sich nieder, wälzte sich auf der Erde und sagte: »Ich will warten, bis Teba, mein Vater kommt.« Der Jäger sagte: »Das ist also noch nicht der Vater der Tiere. Was muß der Vater der Tiere für ein mächtiges Geschöpf sein. Ich will warten.« Dann kamen noch andere Elefanten und legten sich unter den Baum.

Dann wurde es oben und unten rot.

Aus dem Busch kam ein ganz großer Mensch, der war von oben bis unten rot. Wenn der Jäger nach oben sah, sah er nur Rot. Wenn der Jäger nach unten sah, sah er nur Rotes. Das war Teba, der Vater der Antilopen und Tiere. Der Jäger sagte: »Das muß Teba, der Vater der Antilopen und Tiere sein!« – Teba setzte sich. Alle Antilopen und Tiere drängten sich zu ihm und schmiegten sich an ihn. Alle lagen unter dem großen Baum, auf dem der Jäger saß.

Die Ukoni (das ist eine kleine, angeblich nur einen Fuß hohe Antilope, die bei den Tieren den Namen Quellure führt. Sie soll immer an Flußläufen wohnen und eine außerordentlich zauberkräftige Antilope sein) schnupperte in der Luft und sagte: »Ich rieche einen Menschen!« Die anderen Tiere und Antilopen schlugen die Ukoni und sagten: »Du lügst! Das ist nicht wahr! Draußen hat der Jäger viele von uns geschossen. Hier gibt es aber nicht solche Menschen. Du willst doch immer alles besser wissen als wir anderen.« Die Ukoni sagte: » Ich sage die Wahrheit. Es muß ein Mensch in der Nähe sein!« Die anderen

Tiere schlugen die Ukoni noch einmal und sagten: »Du lügst!« Nach einiger Zeit sagte die Ukoni nochmals: »Ich habe recht. Ich rieche einen Menschen. Ich sehe jetzt auch den Menschen. Er sitzt dort oben auf dem Baum.« Die Tiere sahen nun auf den Baum. Sie sahen den Jäger. Teba sah auf den Baum. Teba sah den Jäger.

Teba sagte zu dem Jäger: »Komm herunter, oder ich töte dich.« Der Jäger sagte: »Nein, ich komme nicht.« Teba sagte: »Ich werde dich töten, ob du kommst oder nicht kommst. Es ist besser, du kommst herab.« Der Jäger sagte: »Ich werde kommen.« Der Jäger stieg vom Baum herab und trat mitten zwischen die Tiere. Er ging zu Teba hin, der unter den Tieren saß.

Teba sagte: »Was willst du denn hier?« Der Jäger sagte: »Ich bin hier, um Antilopen und andere Tiere zu jagen.« Teba sagte: »Welche Tiere willst du denn jagen?« Der Jäger sagte: »Ich will kleine Antilopen, Riedböcke, Wasserböcke, Schirrantilopen, Kuhantilopen, Waldantilopen, Pferdeantilopen, Büffel, Elefanten jagen.« Teba sagte: »Es ist gut! Paß auf!« Teba schlug ein Horn der Ukoni ab. Er gab das dem Jäger und sagte: »Ich will dich nicht töten. Nimm dies Horn. Wenn du in Zukunft eine Antilope, oder einen Büffel oder einen Elefanten tötest, so tu von ihm immer ein wenig Blut in dieses Horn. Versäum das nie und es wird nicht dein Schaden sein.« Der Jäger nahm das Horn. Er sagte: »Es ist gut«. Er ging mit dem Horn nach Hause.

Am anderen Tag ging der Jäger mit Pfeil und Bogen auf die Jagd. Er sah eine Antilope, schoß und traf. Als er sie zerlegte, füllte er etwas von dem Blut in das Ukonihorn. Er traf nun alle Tage auf Antilopen und andere Tiere, erlegte sie und füllte von ihrem Blut in das Ukonihorn. Er erlegte viele Tiere, und von allen tat er Blut hinein.

Eines Tages ging der Jäger in seine Farm. Aus der Ferne sah er in seiner Farm einen Elefanten. Er pirschte sich ganz dicht an den Elefanten heran. Er zog einen Pfeil heraus. Er schoß. Der

Elefant fiel. Sogleich eilte der Jäger hin. Er fing einiges heraustropfendes Blut in dem Ukonihorn auf. Er gab es seinem Burschen und sagte: »Nimm das Horn, lauf nach Hause und stell das Horn vorsichtig in eine Ecke, damit mir nichts von dem Blut verschüttet wird. Dann ruf andere Leute, sag ihnen, daß ich einen Elefanten erlegt habe und daß sie kommen sollten, mir beim Aufteilen zu helfen.« Der Bursche nahm das mit Blut gefüllte Horn. Er sagte: »Es ist gut.« Er lief mit dem Horn von dannen.

Im Hause des Jägers stellte der Bursche das Horn in eine Ecke. Dann lief er durch das Dorf und rief: »Der Jäger hat in der Farm einen Elefanten getötet. Kommt und helft ihm aufteilen.« Die Männer nahmen ihre Messer und folgten dem Burschen hinaus. Inzwischen wollte die Frau des Jägers das Haus reinigen. Sie fegte den Boden. Dabei stieß sie gegen das Horn. Das Horn fiel um und das Blut floß heraus. Die Frau begann zu weinen. Sie weinte in einem fort. Der Jäger kam heim. Er sah seine Frau weinen. Er sagte: »Was weinst du denn?« Die Frau sagte: »Ich habe das Horn umgestoßen, und dabei ist alles Blut herausgeflossen.« Der Jäger sagte: »Deshalb brauchst du nicht so zu weinen. Das ist nicht so schlimm. Morgen gehen wir zusammen zum Vater der Tiere und erzählen ihm die Sache.« Inzwischen kamen die Leute und luden das Elefantenfleisch ab.

Am anderen Morgen sagte der Jäger zu seiner Frau: »Mach dich bereit! Wir wollen zu Teba, dem Vater der Tiere gehen.« Die Frau machte sich bereit. Sie machten sich beide auf den Weg. Gegen Mittag kamen sie in den Wald. Der Jäger stieg mit seiner Frau auf den Baum. Als sie auf dem Baum saßen, kam die kleine Antilope, legte sich hin und sagte: »Ich warte auf Teba, meinen Vater.« Dann kamen andere Antilopen, legten sich nieder und sagten: »Ich warte auf Teba, meinen Vater.« Es kamen die Büffel und Elefanten. Jeder sagte: »Ich warte auf Teba, meinen Vater.«

Endlich wurde es unten und oben rot. Teba, der Vater der Tiere kam. Er ließ sich zwischen den Tieren nieder. Alle Tiere drängten sich an ihn. Ukoni schnupperte in der Luft und sagte: »Ich rieche einen Menschen!« Die anderen Antilopen und Tiere schlugen sie und sagten: »Du lügst! Das ist nicht wahr!« Die Ukoni sagte: »Ich sage die Wahrheit; es muß ein Mensch in der Nähe sein!« Die anderen Tiere schlugen die Ukoni wieder und sagten: »Du lügst!«

Nach einiger Zeit sagte Ukoni nochmals: »Ich habe recht. Ich rieche einen Menschen. Ich sehe jetzt auch einen Menschen. Er sitzt dort oben auf dem Baum. Es sind sogar zwei Menschen.« Die Tiere sahen auf den Baum. Sie sahen den Jäger und seine Frau. Teba sah auf den Baum. Teba sah den Jäger und seine Frau.

Teba sagte zu dem Jäger: »Ich kenne dich von früher; komm herunter!« Der Jäger stieg herab. Teba fragte den Jäger: »Hast du das Blut von allen Tieren in das Horn getan, wie ich dir sagte?« Der Jäger sagte: »Ja, ich habe das Blut von allen Tieren hineingetan.« Teba sagte: »So zeig das Horn her!« Der Jäger gab dem Teba das Horn, Teba sagte nach einiger Zeit: »Wo ist das Blut vom Elefanten?«

Der Jäger sagte: »Ich habe den Elefanten getötet und von seinem Blut, wie du wolltest, in dem Horn aufgefangen. Nachher hat aber meine Frau das Horn umgestoßen und ausgegossen. «

Teba rief die Frau und sagte zu ihr: »Was hast du mit dem Blut gemacht?« Die Frau sagte: »Ich habe im Haus gefegt und sah das Horn nicht gleich. Da stieß ich es um und das Blut floß heraus.« Als die Frau das gesagt hatte, nahm Teba das Blut aus dem Horn und warf es gegen die Beine der Frau.

Seitdem haben die Frauen die monatliche Reinigung. Teba hatte aus dem Blut dem Jäger ein Amulett herrichten wollen. Nun wurde dieses Blut zum Merkzeichen des weiblichen Körpers, der damit anzeigen will, daß er bereit ist, schwanger zu werden.

Njiteko

Ein Häuptling heiratete hintereinander zehn Frauen. Die erste Frau gebar dem Häuptling ein Kind. Es war ein Junge, der hieß Njiteko. Dann gebar eine der Frauen nach der andern ein Kind. Dann gebar die erste Frau wieder ein Kind. Alle Kinder wuchsen heran. Nur Njiteko blieb klein und wuchs nicht weiter. Njiteko wurde nie größer. Der Häuptling hatte alle seine Frauen sehr gerne; aber die Mutter Njitekos konnte er nicht leiden. Der Häuptling zog überall alle anderen Frauen der Mutter Njitekos vor. Einmal ließ der Häuptling alle andern Frauen zusammenkommen. Er rief die Mutter Njitekos nicht. Aber die Mutter Njitekos kam doch. Sie sagte vor allen andern Frauen zu dem Häuptling: »Was soll ich machen? Du ziehst alle andern Frauen mir vor. Du liebst mich nicht und meine zwei Kinder ebensowenig. Was soll ich machen?« Der Häuptling sagte: »Ich mag dich nicht, weil du eine schlechte Frau, eine Asuboa bist.« (Eine Asuboa ist eine schmutzige Frau, die nichts auf reine Kleidung hält, eine Frau, die schlecht kocht. Es ist ein böses Schimpfwort für eine Frau. Soweit die ausdrückliche Erklärung. Es scheint aber noch ein anderer Vorwurf darin enthalten zu sein, nämlich der einer gewissen Hexenhaftigkeit.)

Einmal rief der Häuptling alle zehn Frauen zusammen und sagte zu ihnen: »Morgen früh sollen alle meine Frauen mit mir in die Felder kommen. Ich will Yams und Sorghum (Guineakorn, Hirse) herausgeben.« – Am anderen Morgen fanden sich alle Frauen des Häuptlings mit seinen Kindern auf den Farmen bei den Speichern ein. Der Häuptling ging zu dem Yams und fragte: »Wie heißt der Yams?« (Der Sinn dieser Frage ist mir nicht ganz klar geworden. Daß jede Frau und jedes Kind bei den Bassari weiß, wie der Yams wirklich heißt, versteht sich von selbst. Es muß sich bei den nachfolgend angegebenen Namen um irgendeine besondere Art oder einen besonderen Sinn handeln.) Keine der Frauen vermochte eine Antwort zu geben. Endlich kam Njiteko. Er sagte: »Wie der Yams hier heißt? Er heißt Katafai ni'nquem.« Der Häuptling sagte (spöttisch): »Njiteko weiß so gut mit dem Yams Bescheid, daß seine Mutter bei dem Yams bleiben kann und kein Sorghum braucht.« So bekam die Mutter Njitekos Yams. Allen anderen Frauen aber gab der Häuptling Sorghum und sagte dann zu allen zehn Frauen: »Nun mache jede aus dem, was ich ihr gegeben habe, Bier! Ich werde sehen, wer das beste Bier zu machen versteht!« – Die Mutter Njitekos hatte aber nur Yams und kein Korn bekommen.

Alle Frauen gingen mit dem, was sie bekommen hatten, nach Hause. Die Mutter Njitekos legte ihren Yams daheim hin und begann zu weinen. Nach einiger Zeit kam Njiteko dazu. Er sah seine Mutter weinen und sagte: »Weshalb weinst du?« Die Mutter Njitekos sagte: »Wir sollen alle zehn Bier machen. Der Häuptling will sehen, wer von uns das beste Bier zu machen versteht. Alle Frauen haben Korn bekommen. Mir hat er aber kein Korn, sondern nur Yams gegeben. Wie soll ich nun aus Yams Bier machen?« Njiteko sagte: »Deshalb weine nicht. Bis wann soll denn das Bier bereitet sein?« Die Frau sagte: »Bis übermorgen!« Njiteko sagte: »Das ist noch genug Zeit. Bis dahin wollen wir ein schönes Bier machen. Schäle nur erst einmal den Yams!« Njitekos Mutter sagte: »Ich kann doch aber aus Yams kein Bier machen! Das kann doch kein Mensch.« Njiteko sagte: »Das laß nur meine Sorge sein! Schäle den Yams.« Die Mutter Njitekos schälte den Yams. Als der Yams geschält war, sagte Njiteko: »Nun stampfe den Yams!« Die Mutter Njitekos stampfte den Yams. Inzwischen ging Njiteko in den Busch und holte aus den Bienenwaben Honig. Den Bienenhonig brachte er heimlich heim.

Abends ging Njiteko zum Häuptling. Er fragte den Häuptling: »Nicht wahr, du hast gesagt, daß morgen alle deine Frauen Bier fertig haben sollen?« Der Häuptling sagte: »Ja, so habe ich gesagt.« Njiteko sagte: »Nun, dann werden ja alle deine Frauen Bier fertig haben?« Der Häuptling sagte: »Ja, die guten Frauen werden alle ihr Bier haben. Ich werde es probieren lassen.« Njiteko ging. Njiteko machte nachts ein Loch. Dann kam er zu seiner Mutter und sagte: »Nun wirf allen Yams in dieses Loch!« Die Mutter sagte: »Ich werde es machen, wie du angibst.« Sie warf allen Yams in das Loch. Njiteko aber hatte aus dem Honig ein Getränk hergestellt, das brachte er seiner Mutter.

Am andern Tage sandte der Häuptling seine Sobabe (Diener) aus. Er sagte ihnen: »Geht bei den Frauen herum und versucht, welche Frau das beste Bier gebraut hat.« Die Sobabe gingen herum von einer Frau zur andern und versuchten das Bier. Sie gingen von einer der neun Frauen zur andern. Einer von ihnen kam auch zu Njitekos Mutter und sagte (spöttisch): »Hast du auch Bier bereitet?« Njitekos Mutter sagte: »Hier, versuche, ob das Bier ist!« Der Sobabe schöpfte und versuchte von dem Getränk Njitekos. Er sagte: »Das Bier ist gut; es ist süß. Gib mir noch mehr!« Njitekos Mutter fuhr den Sobabe aber an und sagte: »Mach, daß du fortkommst! Ihr meint ja, die Asuboa könne kein Bier machen!« Njiteko aber beruhigte seine Mutter und sagte: »Laß ihn doch nur trinken, Mutter! So sehen sie doch, was wir können!« Der Sobabe schöpfte nochmals und trank nochmals.

Dann sandte der Sobabe eine Botschaft an den Häuptling und ließ ihm sagen: »Wir haben das Bier von allen Frauen versucht. Das Bier der Asuboa ist aber weitaus das beste.« Der Bursche mit der Botschaft kam zum Häuptling und richtete aus, was er zu sagen hatte. Als der Häuptling das hörte, sagte er: »Ihr lügt ja! Sorghumbier ist gut. Aber Yamsbier ist schlecht.« Der Bote sagte: »Ich habe trotzdem die Wahrheit gesagt. Das Bier der Asuboa ist das beste. Willst du es selber versuchen?« Der Häuptling sagte: »Es ist gut, ich will es also versuchen!« Der Häuptling machte sich auf.

Der Häuptling kam zu der Mutter Njitekos. Er trat ein. Er ergriff den Schöpflöffel, schöpfte und trank. Der Häuptling sagte: »Das Bier hier ist ausgezeichnet. Bring mir sogleich meine Sachen hierher; ich will hier bleiben.« Die Mutter Njitekos wurde böse und sagte: »Früher hast du mich nicht geliebt; früher hast du mich Asuboa genannt. Nun haben wir hier ein Bier gemacht, das dir schmeckt. Da willst du zu mir kommen und bei mir bleiben, weil mein Bier gut ist. Nein, jetzt will ich dich nicht haben.« Njiteko aber sagte (beiseite) zu seiner Mutter: »Laß ihn nur. Er will ja nur dein Bier hier trinken und nur deswegen zu dir ziehen. So laß ihn doch nur. Sei zufrieden und still!« Der Häuptling sandte Leute fort, die seine Sachen holen sollten. Die Leute brachten seine Sitzleder, seinen Sessel, seine Decken und legten alles in das Haus der Mutter Njitekos nieder. Der Häuptling machte es sich bequem. Er trank und trank. Als der Häuptling aber alles Bier im Hause der Mutter Njitekos getrunken hatte, sagte die Mutter Njitekos: »Früher hast du mich nicht gemocht, mich beschimpft und mir nur Yams zum Biermachen gegeben (soll heißen »mich verspottet«). Jetzt, wo dir mein Bier schmeckt, willst du bei mir bleiben. Geh doch zu den andern Weibern, die Sorghumbier gemacht haben!« Die Mutter Njitekos warf des Häuptlings Sitzleder und alle seine Sachen zur Türe hinaus.

Der Häuptling ging. Er ging zu den andern neun Frauen, zu einer nach der andern und versuchte deren Bier. Er schalt sie. Er sagte: »Ihr seid liederliche Frauenzimmer. Ich habe euch Korn für das Bier gegeben und der Asuboa nur Yams. Aber das Yamsbier der Asuboa ist viel besser als euer Kornbier. Früher hat die Asuboa aus Korn das schlechteste, jetzt hat sie aus Yams das beste Bier gemacht. Schämt euch!« – Der Häuptling ging nach Hause. Er sandte einen Boten an die Mutter Njitekos und ließ sagen: »Mach sogleich wieder von diesem ausgezeichneten Bier!«

Der Häuptling ließ in seinem Hause eine tiefe Grube ausheben. Njiteko kam aber eines Tages unbemerkt hin und sah die Grube. Njiteko ging unbemerkt wieder nach Hause zurück und machte im Hause seiner Mutter ebenfalls eine Grube. Als die Grube tief genug war, begann er einen Seitengraben auszuheben, den führte er auf die Grube zu, die der Häuptling in seinem Gehöft angelegt hatte. Als die Verbindung hergestellt war, legte er in den Kanal, da, wo er in seines Vaters Grube mündete, Eier. Dann kehrte er nach Hause zurück. Im Hause seiner Mutter setzte er sich hin und spielte die Kebeju (Kalebassensaiteninstrument).

Eines Tages sandte der Häuptling eine Botschaft in das Haus der Mutter Njitekos und ließ sagen: »Njiteko soll kommen.« Als Njiteko die Botschaft vernahm, antwortete er: »Ich komme nicht.« Seine Mutter aber sagte zu ihm: »Geh hin zu ihm. Weshalb willst du nicht hingehen?« Njiteko sagte: »Ich will nicht hingehen.« Seine Mutter sagte: »Weshalb willst du nicht hingehen?« Njiteko sagte: »Früher hat mein Vater dich nicht geliebt, sondern beschimpft.« Die Mutter sagte: »Es ist dein Vater, der dich geboren (gezeugt) hat. Du mußt seinem Gebot folgen!« Njiteko sagte: »Gut, ich will hingehen.« Die Boten gingen zurück zum Häuptling und sagten: »Njiteko wird kommen. «

Der Häuptling sagte: »Legt ein Sitzleder über die Grube!« Die Leute taten es. Der Häuptling sagte: »Bringt das Bier, das die andern neun Frauen gebraut haben.« Die Leute sagten: »Es ist noch heiß!« Der Häuptling sagte: »Das ist gerade gut.« Die Leute brachten die großen Töpfe mit dem Bier. Der Häuptling ließ sie in das Haus setzen, in dem er die Grube gegraben hatte, die mit dem Sitzleder bedeckt war. Njiteko kam.

Der Häuptling ließ Njiteko in das Haus rufen, in dem die Grube war und die Biertöpfe standen. Der Häuptling sagte zu Njiteko: »Setz dich auf das Sitzleder hier!« Njiteko sagte: »Nicht doch! Das ist der Platz, der dem Häuptling zukommt!« Der Häuptling sagte: »Setz dich nur auf das Sitzleder; ich will dich ehren!« Njiteko setzte sich darauf. Das Leder gab nach. Njiteko stürzte hinab in die Grube. Sobald er unten angekommen war, sprang er blitzschnell in den Seitengraben, den er von der Grube im Hause seiner Mutter herübergeleitet hatte. Als Njiteko hinunterstürzte, ließ der Häuptling sogleich das heiße Bier der neun Frauen hinuntergießen. Das heiße Bier kam unten auf die Eier. Die Eier platzten mit lautem Knallen. Als der Häuptling das Knallen hörte, sagte er: »Ich habe den Burschen getötet! Habt ihr es gehört?« Die Burschen sagten: »Ja, wir haben es gehört.«

Njiteko war aber durch den Kanal in die Grube gelaufen, die im Hause seiner Mutter war. Er war hinaufgestiegen und saß im Hause seiner Mutter. Er spielte die Kebeju. Ein Sobabe ging vorbei. Er hörte Njiteko auf der Kebeju spielen. Er ging zum Häuptling und sagte: »Njiteko ist nicht tot. Wir haben uns geirrt. Njiteko ist daheim und spielt die Kebeju und singt.« Der Häuptling sagte: »Ihr lügt. Ich habe ihn selbst unten im Loch sterben hören.« Die Sobabe sagten: »Alle Leute sagen, daß er nicht tot ist.« Alle Leute kamen zum Häuptling und sagten: »Njiteko ist nicht tot. Njiteko lebt. Wir haben Njiteko spielen gehört. Er spielt auf seiner Kebeju und singt.« Alle Leute sagten es dem Häuptling. Der Häuptling sagte nichts mehr. Endlich sagte der Häuptling zu den Sobabe und zu den andern Leuten: »Mein Sohn ist klüger geworden als ich, sein Vater, es bin. Ich will meinem Sohn Njiteko nun nichts mehr tun.«

Drei Tage nachher gingen alle andern zehn Söhne des Häuptlings hinaus zur Farmarbeit. Aber Njiteko war nicht mit hinausgegangen. Er saß daheim und spielte die Gitarre (Kebeju) und sang dazu.

Die zehn Brüder waren auf dem Felde und arbeiteten. Da kam Jquite-bo (nähere Beschreibung dieses Wesens gab der Erzähler nicht). Jquite-bo kam aus dem wilden Busch in die Farm, auf der die Brüder arbeiteten. Jquite-bo hatte ganz lange Haare. Die Brüder aßen gerade Yams. Sie erschraken, als Jquite-bo kam. Sie sagten: »Willst du mit uns Yams essen?« Sie gaben Jquite-bo von ihrem Yams ab. Jquite-bo aß mit den zehn Brüdern Yams. Dann gaben die Brüder dem Jquite-bo Wasser zu trinken.

Als sie zusammen gegessen und getrunken hatten, sagte Jquite-bo zu den Brüdern: »Ich habe lange Haare. Schneidet mir die Haare ab!« Die Brüder fürchteten sich. Sie sagten: »Wir haben nichts zum Schneiden.« Jquite-bo sagte: »Was, ihr habt kein Schneidemesser hier?« Die Brüder sagten: »Nein, wir haben nichts zum Schneiden hier.« Darauf zog sich Jquite-bo einen Nagel aus dem Finger und sagte zu den Brüdern: »Schneidet mir die Haare mit diesem Fingernagel ab!« Darauf begannen die Brüder die Arbeit. Sie schnitten die Haare Jquite-bos mit dem Fingernagel ab. Es war ein großer, großer Haufen von Haaren.

Als die Brüder damit fertig waren, sagte Jquite-bo: »Ihr habt mir meine Haare abgeschnitten: Ich verlange, daß ihr sie mir nun auch wieder ansetzt.« Die zehn Brüder erschraken. Sie sagten: »Das können wir nicht.« Jquite-bo sagte: »Ihr habt mir meine Haare abgeschnitten. Ich verlange, daß ihr sie mir nun auch wieder ansetzt. Wenn ihr es nicht tut, werde ich euch alle fressen.« Die Brüder wußten nicht, was sie machen sollten. Da sandten sie eine Botschaft an Njiteko und ließen ihm sagen: »Komm schnell und hilf uns. Jquite-bo ist hier und will uns fressen.«

Als Njiteko die Nachricht erhielt, machte er sich mit seiner Kebeju auf den Weg. Er kam auf die Farm als die Sonne da (1 Uhr) stand, dahin, wo die Brüder mit Jquite-bo waren Er setzte sich hin und begann die Kebeju zu spielen. Dann fragte er: »Nun, Jquite-bo, was wollen die Leute dir denn machen?« Jquite-bo sagte: »Diese Burschen haben mir die Haare abgeschnitten. Nun verlange ich, daß sie sie mir wieder ansetzen.« Njiteko sagte: »Was? Das ist alles? Das ist leichter als manches andere.« Jquite-bo sagte: »Was, du kleiner Kerl willst etwas tun, was nicht einmal die großen Leute hier können?!«

Njiteko spielte die Gitarre. Dann sagte er: »Ja, es ist leichter als manches andere.« Jquite-bo sagte: »So sage mir etwas, was schwerer ist.« Njiteko sagte: »Von wo bist du gekommen?« Jquite-bo sagte: »Ich komme von so weit her, wie Paratau entfernt liegt.« Njiteko sagte: »Nun gut, so wisch alle Spuren aus, daß man nicht sieht, woher du gekommen bist.« Jquite-bo sagte: »Weshalb das?« Njiteko sagte: »Weil das für dich schwerer ist als für mich deine Haare wieder anzusetzen.« Jquite-bo sagte: »Es ist mir recht. Wir wollen sehen, ob du die Wahrheit sagst.« Jquite-bo begann die Fußspuren auszuwischen, die er hinterlassen hatte, als er gekommen war. Als er am andern Ende angekommen war, machte er kehrt und kam laufend wieder zurück. Als er zurückkam, sagte er: »Ich habe nun die Spuren ausgewischt, die ich auf den Weg gemacht habe, auf dem ich gekommen bin. Nun setz du mir meine Haare wieder an.« Njiteko sagte: »So, du hast alle deine Fußspuren auf dem Wege hierher ausgewischt?« Jquite-bo sagte: »Ja, das habe ich getan!« Njiteko sagte: »Dann sieh nur hinter dich! Da sind ja deine Spuren!« Jquite-bo sah zurück und sah die Spuren, die er gemacht hatte, als er wieder zurückgelaufen war. Er begann sogleich die Spuren wieder auszulöschen. Als er sich umsah, sah er wieder Spuren. Er begann wieder. Aber jedesmal, wenn er wieder zurücksah, sah er wieder Spuren. Da bekam Jquite-bo große Angst. Jquite-bo lief fort. Aber Njiteko rief seinen Brüdern zu: »Lauft ihm nach! Fangt ihn!« Die zehn Brüder stürzten hinter ihm her. Sie vermochten aber Jquite-bo nicht mehr einzuholen.

So hat Njiteko die Leute verjagt, die im Busch die Menschen fingen.

Des Häuptlings Söhne

Ein großer und sehr reicher Häuptling hatte sechs Frauen, von denen er je einen Sohn hatte, und eine ganz junge Frau, die sehr schön war. Die sechs Söhne des Häuptlings waren erwachsen. Sie hüteten jeden Tag die Ochsen und Kühe des Häuptlings. Eines Tages hüteten sie draußen bei den Farmen die Kühe. Sie hatten Yams gegessen. Sie sprachen miteinander.

Der älteste Sohn sagte: »Ich möchte einmal während sechs Tagen alle Kühe meines Vaters haben. Ich würde sie mir dann alle jeden Tag vorführen lassen, würde täglich einige schlachten, würde das Fleisch verteilen und alles verbrauchen. Am siebenten Tag würde ich dann meinetwegen mich selber töten. Aber während der sechs Tage möchte ich das einmal ganz nach meinem Kopf betreiben.«

Der zweite Sohn sagte: »Ich möchte einmal während sechs Tagen alles Korn und allen Yams meines Vaters haben. Ich würde mir dann alle Tage alle Frauen der Dörfer zusammenkommen lassen, würde jeden Tag viel, sehr viel Speise machen und Bier brauen lassen, und so alles in sechs Tagen verbrauchen. Am siebenten Tag würde ich mich dann meinetwegen selbst töten. Aber während der sechs Tage möchte ich das einmal ganz nach meinem Kopf betreiben.«

Der dritte Sohn sagte: »Ich möchte einmal während sechs Tagen auf dem Ledersitz meines Vaters sitzen. Ich würde alle Leute zu mir kommen lassen, würde Geschenke verteilen, würde mir alle Angelegenheitert vortragen lassen, würde Menschen töten und einmal alles so ordnen, wie es nach meinem Kopf einem großen Häuptling geziemt. Ich würde reiten und Krieg führen und Gefangene machen. Am siebenten Tag würde ich mich dann meinetwegen selbst töten. Aber während der sechs Tage möchte ich es einmal ganz nach meinem Kopf betreiben.«

Der vierte Sohn sagte: »Ich möchte einmal während sechs Tagen alles Fleisch haben, das in meines Vaters Dorf zu schlachten ist. Ich würde während der sechs Tage alles schlachten, kochen lassen und verteilen. Ich würde essen, was mir schmeckt und alles vertun. Am siebenten Tag würde ich mich dann meinetwegen selbst töten. Aber während der sechs Tage möchte ich es einmal ganz nach meinem Kopf betreiben.«

Der fünfte Sohn sagte: »Ich möchte einmal während sechs Tagen über alle jungen Leute meines Vaters gebieten. Einige würde ich um mich versammeln und tanzen lassen. Einige würde ich auf die Jagd senden. Einige würde ich auf die Felder schicken. Einige würde ich in den Krieg schicken. Einige würde ich verkaufen und jeden, der mir nicht paßt, würde ich töten lassen. Am siebenten Tag würde ich mich dann meinetwegen selbst töten. Aber während der sechs Tage möchte ich es einmal ganz nach meinem Kopf betreiben. «

Der sechste Sohn sagte: »Ich möchte einmal während sechs Tagen mit der jungen Frau meines Vaters in einer Hütte leben. Ich würde morgens mit ihr schlafen, mittags mit ihr schlafen, nachts mit ihr schlafen. Ich würde sie nicht aus den Armen lassen, und wenn sie darüber stürbe. Am siebenten Tag würde ich dann meinetwegen mich selbst töten. Aber während der sechs Tage möchte ich das Weib so beschlafen, daß ich darüber alle meine Kraft verlöre!«

Ein Mann (es liegen drei Versionen vor, nach der einen ist er ein fremder Mann, nach der andern ein siebenter Sohn, nach der dritten der Vater selbst, der es hörte) belauschte das Gespräch der sechs Brüder. Er ging hin und sagte dem Häuptling, was er gehört hatte. Der Häuptling ließ seine Söhne zu sich kommen und sagte zum ersten: »Nimm du alle meine Kühe.« Er sagte zum zweiten: »Nimm du all mein Korn und meinen Yams!« Er sagte zum dritten: »Nimm du Platz auf meinem Ledersitz!« Er sagte zum vierten: »Nimm du alles Fleisch!« Er sagte zum fünften: »Nimm du alle jungen Leute!« Er sagte zum sechsten: »Nimm du das junge Weib hin!«

Die sechs Söhne nahmen alles an sich, so wie der Vater es nach ihren Wünschen erlaubt hatte. Während der sechs Tage lebte jeder nach seinem Sinn. Alle Kühe und Ochsen des Häuptlings wurden getötet, alles Korn und Yams verbraucht, alles Fleisch gekocht und geröstet, alles Bier getrunken. Alle Leute zogen aus und ein, in Krieg, auf Jagd, zum Tanz. Viele Leute wurden getötet, verkauft, verjagt. Es wurde alles durcheinander gebracht. Der sechste Sohn aber hatte sich mit der jungen Frau des Häuptlings eingeschlossen und hielt sie ständig umschlungen, und die junge Frau sagte: »Dein Schwanz ist süß! Dein Schwanz ist süß!«

Nach sechs Tagen war aller Besitz des Häuptlings zerstört, alles Gesinde versprengt und der Friede mit den Nachbarn zuende. Der Häuptling aber hatte inzwischen sechs Löwen geholt. Die stellte er vor den Gehöften der Söhne auf. Die sechs Löwen sollten die sechs Söhne, wenn sie am siebenten Tag herauskommen, verschlingen. Nach sechs Tagen kam der erste Sohn heraus; er wurde verschlungen. Nach sechs Tagen kam der zweite Sohn heraus; er wurde verschlungen. Nach sechs Tagen kam der dritte Sohn heraus; er wurde verschlungen. Nach sechs Tagen kam der vierte Sohn heraus; er wurde verschlungen. Nach sechs Tagen kam der fünfte Sohn heraus; er wurde verschlungen.

Am siebenten Tag sagte (auch) der sechste Sohn: »Heute ist der siebente Tag. Heute will ich sterben.« Die junge Frau sagte:

»Nein, du sollst nicht sterben. Wir werden entfliehen. Ich werde dir den Weg zeigen.« Die junge Frau hob an der Hinterseite der Hütte die Grasdecke (die Dachkappe) vom Mauerwerk empor. Sie sagte: »Komm mit mir hier heraus.« Der junge Mann stieg mit der jungen Frau heraus. Der junge Mann ging mit der jungen Frau ein Stück weit. Die junge Frau sagte: »Wir wollen hier eine Kuh töten und die vier Beine mitnehmen. Wir werden die Beine gebrauchen.« Der junge Mann tötete die Kuh. Sie schnitten die Beine ab und nahmen sie mit sich.

Als sie ein Stück weit gegangen waren, kam der Löwe hinter ihnen her. (So weit ich verstehen konnte, wurden sie nur von einem Löwen verfolgt. Es muß aber erwähnt werden, daß ein in Sokode nachträglich nochmals befragter Bassarimann behauptete, »Löwen« hätten sie verfolgt. Es wurde aber widersprochen und wieder *»der«* Löwe als Verfolger betont.) Er kam ganz dicht bis an die Flüchtlinge. Da warfen sie ihm einen Kuhfuß hin. Der Löwe stürzte sich auf den Kuhfuß und begann ihn zu zermalmen. Inzwischen liefen die Flüchtlinge weiter. Aber nach einiger Zeit hatte der Löwe seinen Kuhfuß verzehrt und kam wieder ganz dicht hinter ihnen angejagt. Da warfen sie ihm einen zweiten Kuhfuß hin. Der Löwe stürzte sich auf den Kuhfuß und begann ihn zu zermalmen. Inzwischen liefen die Flüchtlinge weiter. Aber nach einiger Zeit hatte der Löwe den zweiten Kuhfuß verzehrt und kam wieder ganz dicht hinter ihnen angejagt. Da warfen sie ihm den dritten Kuhfuß hin. Der Löwe stürzte sich auf den Kuhfuß und begann ihn zu zermalmen. Inzwischen liefen die Flüchtlinge weiter. Aber der Löwe hatte nach einiger Zeit auch den dritten Kuhfuß verzehrt und kam wieder ganz dicht hinter ihnen angejagt. Da warfen sie ihm den vierten Kuhfuß hin. Der Löwe stürzte sich auf den vierten Kuhfuß und begann ihn zu zermalmen.

Inzwischen kamen die Flüchtlinge an einen Fluß, über den konnte man nicht hinüber, denn er war breit und tief, und es gab da keine Boote. Auf der andern Seite ging aber ein junges Mädchen, das war die Tochter Unji-bugaras. Das Mädchen rief über den Fluß zu dem jungen Mann hinüber: »So kommt ihr nicht auf diese Seite. Wenn du mich aber heiraten willst, will ich euch helfen.« Der junge Mann sagte: »Ja, ich will dich heiraten.« Das Mädchen lief fort. Es holte seinen Vater, der hatte einen langen, langen Bart. Der Mann warf den Bart hinüber. Das Ende des Bartes wurde von dem jungen Mann aufgefangen. Der junge Mann und die junge Frau, die er aus seines Vaters Haus entführt hatte, kamen auf die andere Seite hinüber. Kaum waren sie drüben angelangt, kam auch der Vater des jungen Mannes mit seinen Leuten an. Er hatte sich selbst aufgemacht, als er gehört hatte, daß sein Sohn mit seiner Tochter (jungen Frau!) dem Löwen entronnen sei. Aber nun war der junge Mann mit seiner Frau auf der andern Seite, und sein Vater konnte mitsamt seinen Leuten nichts anfangen.

Das junge Mädchen sagte zu dem jungen Mann (als er an dem Barte des Alten hinübergekommen war): »Du hast versprochen, mich zu heiraten.« Der junge Mann sagte: » Ich will es gern tun.« Das Mädchen sagte: »Dann will ich euch in das Gehöft meines Vaters bringen. Mein Vater ist ein großer Häuptling. Er bringt oft Menschen um. Du mußt dir also folgendes merken. Mein Vater heißt Unji-bugara. Er hat zehn Frauen, von denen neun gut sind. Unjankann aber ist schlecht. Mein Vater fragt jeden, welche Frau schlecht ist. Wenn du sie ihm nun nennen und zeigen kannst, so bist du der Gefahr entronnen.« Der junge Mann kam in das Gehöft. Das junge Mädchen zeigte auf eine Frau und sagte: » Siehst du, das ist Unjankann, die schlechte, zehnte Frau meines Vaters!«

Sie kamen zu Unji-bugara. Unji-bugara gab den Auftrag, ihnen eine Hütte richten zu lassen, Speise und Trank zu machen. Nachher sandte er zu dem jungen Mann und ließ ihm sagen: »Wir wollen zusammen auf dem Jworra (Brettspiel) spielen.«

Der junge Mann kam und spielte mit Unji-bugara. Unji-bugara sagte: »Ich habe zehn Frauen. Eine davon ist schlecht. Wenn du mir die nicht herausfindest, schneide ich dir den Kopf ab. Findest du sie aber heraus, so schneide du mir den Hals durch.« Der junge Mann sagte: »Es ist gut.« Unji-bugara sagte: »Alle meine Frauen sollen kommen.« Die zehn Frauen kamen. Unji-bugara sagte: »Welche ist es?« Der junge Mann betrachtete sie der Reihe nach; dann zeigte er auf die zehnte und sagte: »Das ist Unjankann, die schlechte unter deinen Frauen.« Unji-bugara sagte: »Du hast es getroffen. Schneide mir den Hals ab.« Der junge Mann schnitt Unji-bugara den Hals ab.

Der junge Mann heiratete, wie er versprochen hatte, die Tochter Unji-bugaras. Er erbte außerdem alle Frauen und die tausend Kühe Unji-bugaras. Er war nun ein reicher Mann und ein sehr großer Häuptling. Seine Kühe waren sehr groß und weiß. Es war eine Kuh darunter, die war so groß wie ein Berg und ganz, ganz weiß.

Die Tochter Unji-bugaras wurde schwanger und gebar ihrem Mann ein Kind. Die erste Frau des jungen Mannes wurde auch schwanger und gebar ein Kind. Beide Kinder wuchsen heran. Sie konnten laufen. Sie spielten miteinander. Das Kind der Tochter Unji-bugaras sagte: »Der Schwanz der weißen Kuh gehört mir.« Das andere Kind sagte: »Wie kommst du dazu! Ich will den Schwanz haben.« Das erste Kind sagte: »Nein, der-Schwanz ist mein.« Das andere Kind sagte: »Nein, der Schwanz gehört ganzallein mir.«

Der Vater der Kinder hörte das. Er gab Auftrag, die weiße große Kuh zu schlachten. Er ließ den Schwanz abschneiden. Er ließ den Schwanz auf der der Quaste entgegengesetzten Seite mit buntem Leder umflechten (nach Art der Dagombalederarbeiten.) Dann nahm er ihn und rief die beiden Kinder. Er sagte zu ihnen: »Ihr habt euch um den Schwanz dieser weißen Kuh gestritten. Ihr sollt euch nicht streiten. Nun werde ich den Schwanz in die Luft werfen. Wer ihn auffängt, der kann ihn behalten.« Die beiden Kinder stellten sich sprung- und laufbereit hin. Der Vater warf den Schwanz der großen ganz, ganz weißen Kuh in die Luft. Der Schwanz flog hoch und höher. Aus dem Schwanz wurde der Mond und aus den Haaren wurden die Sterne.

Seitdem sind die Kühe nicht mehr so groß wie früher.

Der entlaufene Junge

Ein Junge saß neben einem Stampfmörser. Ein Aasgeier (Kadjigo) kam herangeflogen, ließ sich daneben nieder und begann aus dem Abwurf Nahrung zusammenzupicken. Das Kind fragte den Aasgeier: »Warum hast du denn keine Haare auf dem Kopf?« (Meint damit die Federnlosigkeit.) Der Aasgeier sagte: »Weil ich ein armer Mann bin.« Das Kind fragte: »Was ist das: ein armer Mann? Was ist das: arm?« Der Aasgeier sagte: »Warte bis morgen, dann will ich es dir zeigen, was arm ist.« Dann erhob sich der Aasgeier und flog von dannen. Der Junge lief nach Haus. Er sagte nichts von der Unterhaltung.

Am anderen Morgen saß das Kind wieder neben dem Stampftrog. Nach einiger Zeit kam der Aasgeier angeflogen. Er ließ sich neben dem Jungen nieder und sagte: »Setz dich auf meine Schulter; ich will dich dahin bringen, wo du kennenlernen wirst, was arm ist.« Der Junge setzte sich auf die Schultern des Vogels, und der hob sich hoch und flog mit dem Jungen auf dem Rücken von dannen; er flog weit fort. Über einem Fluß ließ er sich wieder herab. In dem Flusse war eine felsige Insel, die ständig von Wasser umgeben war. Man konnte von der Insel nicht an die Ufer des Flusses gehen. Auf der Insel setzte der

Aasgeier den Jungen ab. Er sagte: »Nun wirst du erfahren, was ein armer Mann ist.« Dann flog der Aasgeier von dannen.

Das Kind saß nun allein auf der Felseninsel. Alle Tage kam der Aasgeier über ihm vorbeigeflogen, ließ etwas Scheiße auf des Jungen Kopf herunterfallen und fragte: »Weißt du nun, was arm ist?« Das tat er so sieben Tage lang, einen wie den andern, und der Junge wußte nicht, wie er von der Felseninsel fortkommen sollte.

Eines Tages stritten sich dicht neben der Felseninsel zwei Krokodile (Upoanjaga, Plural: Iponjaga). Sie stritten sich um eine Frau. Erst merkten sie nicht, daß der Junge ihnen zusah. Der Stärkere nahm dann dem Schwächeren die Frau fort. Dann erblickten die Krokodile den Jungen. Die Krokodile fragten: »Hast du uns gesehen!« Der Junge sagte: »Nein, ich habe nichts gesehen.« Die beiden Krokodile schwammen fort. – Nach einiger Zeit kam aber das schwächere der beiden Krokodile wieder und fragten den Jungen: »Was hast du da über Schulter und Nacken hängen?« Der Junge sagte: »Das sind Bogen und Pfeile.« Das Krokodil fragte: »Was machst du damit?« Der Junge sagte: »Damit kann ich töten.« Das Krokodil fragte: »Kannst du damit auch das andere, stärkere Krokodil töten?« Der Junge sagte: »Gewiß kann ich das!« Das Krokodil sagte: »So tu es morgen, und ich werde es dir reichlich lohnen. Ich werde morgen mit ihm hierherkommen, damit du den Rechtsstreit entscheidest. Dabei werde ich vorangehen. Schieß also auf das zweite Krokodil.« Der Junge sagte: »Ich werde es tun.« Das Krokodil ging.

Am anderen Tag kamen die beiden Krokodile auf die Felseninsel gekrochen. Das schwächere war voran. Das stärkere kam hinterher. Als sie beide nahe genug waren, legte der Junge einen Pfeil auf den Bogen und schoß nach dem Krokodil. Er schoß es mitten durchs Herz. Das größere Krokodil schlug einmal mit dem Schweif um sich; dann lag es still. Das schwächere

Krokodil sah von der Seite aus hin. Es sagte: »Ist der andere tot?« Der Junge sagte: »Geh hin und lege deine Hand darauf: du wirst sehen, es rührt sich nicht.« Das schwächere Krokodil ging hin. Es legte seine Hand auf den Körper des stärkeren Tieres. Das Tier rührte sich nicht. Das stärkere Krokodil war tot.

Das schwächere Krokodil kam von nun an jeden Tag und brachte dem Jungen frische Nahrung. Drei Jahre lang kam das Krokodil Tag für Tag. Die Haare des Jungen wuchsen. Niemand war da, sie mit einem Messer abzuschneiden. Sie wurden länger und länger. Einmal fragte das Krokodil den Jungen: »Wo bist du denn zu Hause?« Der Junge sagte: »Auf jener Seite dort drüben liegt mein Dorf.« Das Krokodil sagte: »Ich werde dich hinübertragen.« Das Krokodil nahm den Jungen auf den Rücken und schwamm mit ihm über das Wasser. Das Krokod\il sagte: »Steig hier ans Land. Du wirst oben zwei Wege sehen, einen breiten und einen schmalen. Geh ja nicht den breiten Weg! Geh den schmalen Weg!«

Der Junge stieg am Ufer empor. Er sah da oben die beiden Wege. Er sagte: »Ich werde den schmalen Weg nicht gehen, auf dem würde ich mich verlaufen. Ich werde auf dem breiten Weg gehen, den kann ich nicht verfehlen.« Der Bursche ging auf dem breiten Wege. Nach einiger Zeit kam er dahin, wo die Hyäne (Usaquan), der Leopard (Ubuij) und der Löwe (Biginte) zu Hause waren. Er traf die Hyäne. Die Hyäne sagte: »Du bist fremd hier?« Der Bursche sagte: »Ja, ich bin fremd hier.« Die Hyäne sagte: »Komm mit mir. Ich werde dir zu essen geben.« Der Junge ging mit der Hyäne. Die Hyäne zeigte ihm den Weg. Die Hyäne, der Leopard und der Löwe nahmen den Burschen freundlich auf.

Sobald der Bursche sich niedergelassen hatte, setzten die drei ihm eine gut zubereitete Antilope vor. Am nächsten Tag wurde ihm wieder reichlich Antilopenfleisch angeboten, und alle drei waren freundlich zu ihm. Drei Tage lang waren sie freundlich und gaben ihm reichlich zu essen. Am vierten Tag sagten aber die drei zu ihm: »Wir sind drei und haben dir drei Tage lang reichlich zu essen gegeben. Heute ist es nun an dir, eine Antilope zu erlegen, sonst müssen wir uns an dich halten und dich aufessen.« Der Bursche sagte: »Ich bin gern bereit dazu.« Der Bursche machte sich auf den Weg. Er schoß nach einer kleinen Antilope. Sie fiel. Er ging mit den Beil hin, gab ihr den Gnadenschlag. Er zog den Pfeil heraus. Er ging weiter. Er schoß nach einer zweiten kleinen Antilope. Sie fiel. Er ging mit dem Beil hin, gab ihr den Gnadenschlag. Er zog den Pfeil heraus. Er ging heim. Er brachte den Tieren die zwei Antilopen.

Am anderen Tage sagten die Hyäne, der Leopard und der Löwe zu dem Burschen: »Heute mußt du uns wieder eine Antilope bringen, sonst müssen wir dich töten und als Nahrung verzehren.« Der Bursche sagte: »Ich bin gern bereit dazu.« Der Bursche machte sich auf den Weg. Er erlegte zwei große Antilopen. Er brachte sie heim. Am andern Tage sagten die drei Tiere wieder: »Heute mußt du uns wieder eine Antilope bringen, sonst müssen wir dich töten und als Nahrung verzehren.« Der Bursche sagte: »Ich will es gern tun.« Er ging fort, erlegte einige große Antilopen und brachte sie nach Hause.

Hyäne, Leopard und Löwe sagten: »Wir möchten wissen, wie der Bursche es anfängt, die Tiere so zu töten!« Der Affe (Ulantann) sagte: »Ich bin bereit, den Burschen einmal zu beobachten.« Die Tiere sagten: »Es ist gut; wenn du es siehst und uns dann berichtest, wollen wir dir etwas schenken.« Am nächsten Tag sagten die Tiere wieder zu dem Burschen: »Du mußt heute wieder hingehen und sehen, wie du eine Antilope zur Stelle schaffst. Gelingt es dir nicht, so müssen wir dich töten und dich als Nahrung verzehren.« Der Bursche sagte: »Ich will es gern tun.« Der Bursche ging fort. Der Affe folgte ihm. Nach einiger Zeit sah der Bursche eine große Antilope. Er griff mit der Hand an den Nacken (die Bassari legen die Köcher direkt an den Hals, so daß mit einem Griff unter das Ohr die Hand die Pfeile erreicht), zog einen Pfeil aus dem Köcher, legte ihn auf den Bogen, schoß. Die Antilope fiel tot zur Erde.

Der Affe sah es. So schnell er konnte, lief er fort und zurück in das Haus der Hyäne, des Leoparden und Löwen. Er sagte: »Ich habe gesehen, wie der Bursche die Tiere tötet. Der Bursche zieht den Tod aus dem eigenen Nacken. Wenn er den rechten Arm hebt, zieht er jedesmal mit der rechten Hand einen Tod aus dem Nacken.« Hyäne, Leopard und Löwe sagten: »Nun wissen wir, wie er zu der vielen Beute kommt.«

Nach einiger Zeit kam der Bursche heim. Er brachte zwei große Antilopen mit. Als er bei den Tieren eintraf, lief gerade eine Eidechse an ihm vorbei. Er hob die rechte Hand, um sie noch schneller zu verscheuchen. Die Hyäne, der Leopard und der Löwe riefen: »Jetzt zieht er einen Tod aus dem Nacken.« Dann liefen sie schnell zur Türe hinaus und stürzten Hals über Kopf in den Busch.

Der Bursche nahm Bogen und Pfeil und ging seinen Weg weiter. Als er eine Weile gegangen war, traf er eine Katze (Tonto), die trug ein gestohlenes Huhn im Maul. Der Bursche griff sie. Er sagte ihr: »Zeig mir den Weg in das Gehöft meines Vaters oder ich töte dich.« Die Katze sagte: »Ich will dir den Weg zeigen.« Die Katze ging voran. So kam der Bursche heim. Vor dem Gehöft stand der Vater des Burschen. Der Bursche sagte: »Guten Tag, Vater.« Der Vater sagte: »Wer bist du, ich kenne dich nicht. Ich habe noch nie einen Menschen mit so langen Haaren gesehen.« Der Bursche erzählte (der Erzähler wiederholt die ganze Geschichte). Darauf erkannte der Vater seinen Sohn und nahm ihn mit zu sich hinein. Der Vater sagte: »Warum hast du mich damals nicht gefragt? Ich hätte dir gesagt, was ein armer Mann ist, und du hättest dann nicht so lange herumzulaufen brauchen.«

Seitdem sagen die Jungen immer alles ihren Eltern und laufen nicht mehr so im Busch herum.

Spinne und Häuptlingstochter

Ein Obote (Häuptling) hatte eine kleine Tochter, die hieß Anima. Als Anima herangewachsen war, war sie ein sehr hübsches Mädchen. Viele wollten Anima heiraten. Der Häuptling rief alle Leute zusammen und sagte zu ihnen: »Meine Tochter Anima ist reif zum Heiraten. Ich werde sie dem zum Manne geben, der mir das Krokodil (Upoanja) lebendig fängt und hierher bringt.« Viele Leute gaben darauf den Gedanken an Anima auf. Einige sannen darüber nach, wie das zu machen sei. Keiner aber wagte die Sache zu versuchen.

Auch Spinne (Nati) hatte davon gehört und beschloß den Versuch, das Krokodil zu fangen. Spinne nahm einen Sack, ging an das Flußufer hinunter, dahin, wo das Krokodil lag, und sagte: »Der Häuptling hat gesagt, wir sollten miteinander spielen.« Das Krokodil sagte: »Es ist gut. Wir wollen miteinander spielen. Aber was wollen wir denn miteinander spielen?« Spinne sagte: »Hier habe ich einen Sack mitgebracht. Einmal kriecht der eine hinein und der andere macht zu; dann kriecht er wieder heraus und die Reihe hineinzukriechen kommt an den andern. Gefällt dir das?« Das Krokodil sagte: »Ja, das sagt mir zu. Wer soll zuerst hineinkriechen?« Spinne sagte: »Mach du den Anfang.« Das Krokodil sagte: »Gut!«

Spinne hielt den Sack auf. Das Krokodil kroch hinein. Spinne machte den Sack zu. Nach einiger Zeit machte Spinne den Sack auf, das Krokodil schlüpfte heraus und Spinne hinein. Nachher wurde Spinne wieder herausgelassen und das Krokodil kam hinein. Diesmal band Spinne den Sack ganz fest zu, machte auch nicht wieder auf, sondern nahm ihn samt seinem Inhalt auf den Kopf und trug ihn von dannen.

Als Spinne den Sack mit dem Krokodil ein Stück weit getragen hatte, kam er an einer Stelle vorbei, da lag ein Mann auf den Knien und tastete mit den Händen umher. Der Mann war blind und suchte auf dem Boden. Spinne fragte: »Was machst du denn da?« Der blinde Mann antwortete: »Der Obote hat gesagt, er wolle seine Tochter Anima dem zum Mann geben, der ihm ein lebendes Krokodil bringe. Nun suche ich hier ein Krokodil!« Spinne hatte den Sack auf die Erde gelegt. Spinne sagte zu dem blinden Manne: »Du suchst vergebens; ich habe schon ein Krokodil.« Als Spinne das gesagt hatte, stürzte der blinde Mann unversehens auf den Sack, in dem das Krokodil war, und riß ihn an sich. Spinne sagte: »Was willst du? Das ist mein Krokodil!« Der blinde Mann sagte: »Das ist mir gleich, was du sagst. Jetzt ist es mein Krokodil.« Spinne sagte: »Ich habe das Krokodil gefangen. Deshalb will ich jetzt Anima dafür haben.« Der blinde Mann sagte: »Will nur, was du willst. Ich werde mir jetzt Anima holen.«

Der blinde Mann nahm den Sack, in dem das Krokodil war, ging zu dem Obote und sagte: »Du wolltest deine Tochter Anima dem zur Frau geben, der dir ein lebendiges Krokodil bringt. Hier ist es.« Darauf erhielt der blinde Mann Anima zur Frau.

Spinne überlegte, wie er sich an dem Häuptling dafür rächen könne, daß er ihm nicht seine Tochter Anima zur Frau gegeben hatte. Endlich ging Spinne in den Wald und holte dort flüssigen Gummi (Tekanquinn). Den goß Spinne auf den Stuhl des Häuptlings.

Als der Häuptling nun darauf Platz nahm, drang der Saft in seinen Hintern und verschloß dessen Öffnung. Sie war verklebt, und der Häuptling wurde krank. Er konnte essen, so viel er wollte, er vermochte sich nicht zu entleeren. Er aß und aß, wurde dicker und dicker und zuletzt über alle Maßen elend.

In seiner Not rief der Obote alle Leute zusammen und sagte: »Ich bin sehr krank! Wer von euch kann mir helfen?« Von allen Seiten kamen die Leute an und ließen sich die Krankheit erklären. Sie versuchten dies und jenes Medikanent. Aber nichts half; keiner konnte helfen. Jeder ging unverrichteter Sache wieder von dannen. Endlich sagte einer: »Wenn da einer helfen kann, so ist es Spinne.«

Der Obote ließ zu Spinne senden; der Bote kam zu Spinne und sagte: »Der Obote ist krank. Er läßt dich fragen, ob du helfen kannst?« Spinne sagte: »Was fehlt denn dem Obote?« Der Bote sagte: »Er ißt, aber er kann nicht scheißen. Alles bleibt in ihm.« Spinne sagte: »Ich werde kommen.« Spinne ging zu Obote. Er betrachtete den Obote. Der Obote sagte: »Kannst du mir helfen?« Spinne sagte: »Ja, ich kann dir helfen; es ist eine sehr einfache Sache. Nur brauche ich die Zunge jenes Blinden dazu. Gebt mir die Zunge jenes Blinden, dem Obote seine Tochter Anima zur Frau gegeben hat, und ich werde den Obote sogleich heilen.«

Die Leute sagten zu dem Blinden: »Spinne braucht deine Zunge, um die Krankheit des Obote zu heilen.« Der Blinde sagte: »Brauchst du sie trocken oder naß?« Spinne sagte: »Ich brauche sie naß.« Dann schnitten die Leute dem Blinden die Zunge heraus. Spinne nahm die Zunge, spießte sie auf ein spitzes, längeres Stäbchen und bohrte dann die Spitze dieses Stäbchens dem Obote in sein Arschloch. Durch diesen Stoß wurde der Gummi beiseite gedrückt. Die Folge war, daß Obote wieder scheißen konnte. Darauf nahm der Obote dem Blinden seine Tochter Anima fort und gab sie Spinne zur Frau. Seitdem läßt man die Spinnen im Haus und tötet sie nicht, denn sie bringen gute Medizin.

Ziegenbock und Schafbock

Gott stellte den Menschen auf die Erde. Der Mensch baute sich ein Haus. Gott stellte die Ziegen auf die Erde. Es wurden bald viele. Sie hatten ihre Wohnung. Gott stellte die Schafe auf die Erde. Es wurden bald viele. Sie hatten ihre Wohnung. Gott stellte die Leoparden, die Hyänen, die Löwen auf die Erde und jeder hatte seine eigene Wohnung. Die wilden Tiere aber fraßen alle Abende Ziegen und Schafe.

Eines Tages kam der Ziegenbock zum Schafbock und sagte: »Was sollen wir machen? Jeden Tag rauben die wilden Tiere einen oder mehrere von uns! Was sollen wir dagegen machen?« Der Schafbock sagte: »Dagegen können wir nichts machen. Man soll das gehen lassen, wie es geht. Wenn wir etwas dagegen tun, geht es uns womöglich noch viel schlechter.« Der Ziegenbock sage: »Doch, wir wollen etwas dagegen tun. Ich werde gegen die wilden Tiere in den Krieg ziehen!« Der Schafbock sagte: »Aber was denkst du! Die wilden Tiere sind ja viel zu stark!« Der Ziegenbock sagte: »Das ist mir ganz gleich! Ich werde es genau nach meinem Kopf machen. Und wenn ich allein Krieg führen muß, werde ich es eben ganz allein tun. Du wirst aber sehen, daß es mir gelingt.« Der Schafbock sagte: »Sei vorsichtig! Es wird dir schlecht dabei gehen.« Der Ziegenbock sagte: »Ich werde es genau so machen, wie ich denke.« Der Schafbock ging und ließ den Ziegenbock allein.

Der Ziegenbock sagte zu seiner Frau: »Mach bis morgen früh schöne frische Kuchen!« Dann holte der Ziegenbock ein langes Haussaschwert mit einem schönen dicken Bandelier. Von dem Menschen lieh er sich getrocknete Felle vom Leoparden, von der Hyäne, vom Löwen. Zwischendurch flocht er sich eine Tasche. Abends spät sagte er zu seiner Frau: »Halte dich mit deiner Last morgen früh bereit. Wir werden ein gutes Stück weit gehen.« Die Frau packte abends schon alle Sachen zusammen und zog das Netz darüber.

Am anderen Morgen früh ging der Ziegenbock den Weg auf das Gehöft des Leoparden zu. Seine Frau ging mit der Last auf dem Kopf hinter ihm her, die, oben aufgepackt, die Kuchen enthielt. Sie kamen ganz dicht zu des Leoparden Haus. Der Leopard lag gerade im Hintergrund des Hauses auf seinem Lager. Die Leopardin aber schaute die Straße entlang. Die Leopardin rief: »Mann! Da kommen die Ziegen, die wir immer essen; sie gehen gerade auf uns zu.« Der Leopard sagte: »Das ist ja gar nicht möglich. So dumm sind die Ziegen nicht!« Die Leopardin sah noch einmal scharf hin und rief dann: »Doch! Es sind die Ziegen.« Der Leopard erhob sich und sagte: »Das sind nicht die, die wir immer essen, das sind andere. Die wir essen, die schreien und laufen fort. Die hier kommen aber ganz unbekümmert auf uns zu. Geh hin und bring dem Bock eine Schale Wasser!« (Wasserbringen ist eine übliche Begrüßungsform dem durstigen Wanderer gegenüber).

Die Leopardin holte eine Schale mit Wasser, um sie dem Ziegenbock entgegenzubringen. Der Leopard versteckte sich hinter der Tür und schaute zu. Die Leopardin ging dem Ziegenbock mit der Schale voll Wasser entgegen. Sie kniete vor dem Ziegenbock nieder. Derweilen setzte die Ziege ihre Last zu Boden. Der Ziegenbock sah die Leopardin grimmig an und sagte grob: »Habe ich vielleicht schon gegessen!?« Er gab der Schale mit Wasser einen Tritt, daß sie umschlug. Der Ziegenbock sagte: »Ich habe die Gewohnheit, immer erst zu trinken, nachdem ich meine übliche Leopardenleber gegessen habe. Ich nähre mich am liebsten mit Leopardenleber. Frau, gib mir aus deinem Korb von der Leber zu essen. Ich hoffe, daß die von gestern noch gut ist, sonst kann ich ja auch aus diesem Leoparden die Leber herausschneiden!«

Frau Ziege nahm oben von ihrer Last einen Kuchen, kniete nieder und reichte ihn dem Ziegenbock. Der Ziegenbock nahm, biß ab, spie aber das Abgebissene sogleich wieder aus und rief: »Pfui, das ist ja trocken geworden! Ich werde mir eine frische Leber herausschneiden.« Er griff an sein Haussaschwert, er zog das Haussaschwert aus der Scheide und schlug gegen den Sack und die trockenen Felle, daß es knallte. Als die Leopardin und der hinter der Tür versteckte Leopard das sahen und hörten, ergriff sie die Furcht und sie liefen mit ihren Jungen von dannen, so schnell sie konnten. Der Ziegenbock aber zündete das Haus hinter ihnen an und sagte: »Da sieht man, was ein Ziegenbock kann!«

Der Ziegenbock sagte zu seiner Frau: »Pack deine Last zusammen. Wir wollen weitergehen.« Die Ziege packte ihre Sachen zusammen und nahm die Last auf den Kopf. Der Bock ging voran auf der Spur des Leoparden. Die Ziege folgte ihm. Sie gingen auf das Haus der Hyäne zu.

Hyäne lag gerade im Hintergrund seines Hauses auf seinem Lager. Die Hyänin aber schaute die Straße entlang. Die Hyänin rief: »Mann, da kommen die Ziegen, die wir immer essen, an; sie gehen gerade auf uns zu.« Hyäne sagte: »Das ist ja gar nicht möglich. So dumm sind die Ziegen nicht.« Die Hyänin sah noch einmal scharf hin und rief dann: »Doch! Es sind die Ziegen.« Hyäne erhob sich und sagte: »Das sind nicht die, die wir immer essen, das sind andere. Die wir immer essen, die schreien und laufen fort. Die hier kommen aber ganz unbekümmert auf uns zu. Geh hin und bring dem Bock eine Schale Wasser!«

Die Hyänin holte eine Schale mit Wasser, um sie dem Ziegenbock entgegenzubringen. Hyäne versteckte sich hinter der Tür und schaute zu. Die Hyäne ging dem Ziegenbock mit der Schale voll Wasser entgegen. Sie kniete vor dem Ziegenbock nieder. Derweilen setzte die Ziege ihre Last zu Boden. Der Ziegenbock sah die Hyänin grimmig an und sagte grob: »Habt ihr vielleicht schon gegessen!?« Er gab der Schale mit Wasser einen Tritt, daß sie umschlug. Der Ziegenbock sagte: »Ich habe die Gewohnheit, immer erst zu trinken, nachdem ich meine übliche Hyänenleber gegessen habe. Ich nähre mich am liebsten von Hyänenleber. Frau, gib mir aus deinem Korb von der Leber zu essen. Ich hoffe, daß die von gestern noch gut ist, sonst kann ich auch aus dieser Hyäne die Leber herausschneiden!«

Frau Ziege nahm von oben von ihrer Last einen Kuchen, kniete nieder und reichte ihn dem Ziegenbock. Der Ziegenbock nahm, biß ab, spie aber das Abgebissene sogleich wieder aus und rief: »Pfui, das ist ja trocken geworden! Ich werde mir eine frische Leber herausschneiden.« Er griff an sein Haussaschwert. Er zog das Haussaschwert aus der Scheide und schlug gegen den Sack und die trockenen Felle, daß es knallte. Als die Hyänin und der hinter der Tür versteckte Hyäne das sahen und hörten, ergriff sie Furcht und sie liefen mit ihren Jungen von dannen, so schnell sie konnten. Der Ziegenbock aber zündete das Haus hinter ihnen an und sagte: »Da sieht man, was ein Ziegenbock kann!«

Der Ziegenbock sagte zu seiner Frau: »Pack deine Last zusammen. Wir wollen weitergehen.« Die Ziege packte ihre Sachen zusammen und nahm die Last auf den Kopf. Der Bock ging voran auf der Spur der Hyänen. Die Ziege folgte ihm. Sie gingen auf das Haus des Löwen zu. Der Löwe lag gerade im Hintergrund seines Hauses auf seinem Lager. Die Löwin aber schaute die Straße entlang. Die Löwin rief: »Mann! Da kommen die Ziegen an, die wir immer essen; sie gehen gerade auf uns zu.« Der Löwe sagte: »Das ist ja gar nicht möglich. So dumm sind die Ziegen nicht!« Die Löwin sah noch einmal scharf hin und rief dann: »Doch! Es sind die Ziegen.« Der Löwe erhob sich und sagte: »Das sind nicht die, die wir immer essen, das sind andere. Die wir essen, die schreien und laufen fort. Die hier kommen aber ganz unbekümmert auf uns zu. Geh hin und bring dem Bock eine Schale Wasser!«

Die Löwin holte eine Schale mit Wasser, um sie dem Ziegenbock entgegenzubringen. Der Löwe versteckte sich hinter der Tür und schaute zu. Die Löwin ging dem Ziegenbock mit der Schale Wasser entgegen. Sie kniete vor dem Ziegenbock nieder. Derweilen setzte die Ziege ihre Last zu Boden. Der Ziegenbock sah die Löwin grimmig an und sagte grob: »Habe ich vielleicht schon gegessen!?« Er gab der Schale mit Wasser einen Tritt, daß sie umschlug. Der Ziegenbock sagte: »Ich habe die Gewohnheit, immer erst zu trinken, nachdem ich meine übliche Löwenleber gegessen habe. Ich nähre mich am liebsten von Löwenleber. Frau, gib mir aus deinem Korb von der Leber zu essen. Ich hoffe, daß die von gestern noch gut ist, sonst kann ich j a auch aus diesem Löwen die Leber herausschneiden!« Frau Ziege nahm oben von ihrer Last einen Kuchen, kniete nieder und reichte ihn dem Ziegenbock. Der Ziegenbock nahm, biß ab, spie aber das Abgebissene sogleich wieder aus und rief: »Pfui, das ist ja trocken geworden! Ich werde mir eine frische Leber herausschneiden.« Er griff an sein Haussaschwert. Er zog das Haussaschwert aus der Scheide und schlug gegen den Sack und die trockenen Felle, daß es knallte. Als die Löwin und der hinter der Tür versteckte Löwe das sahen und hörten, ergriff sie Furcht und sie liefen mit ihren Jungen von dannen, so schnell sie konnten. Der Ziegenbock aber zündete das Haus hinter ihnen an und sagte: »Da sieht man, was ein Ziegenbock kann!«

Der Ziegenbock sagte zu seiner Frau: »Pack deine Last zusammen. Wir wollen heimgehen.« Die Ziege packte ihre Sachen zusammen und nahm die Last auf den Kopf. Der Bock ging voran auf dem Wege nach seinem Gehöft. Als der Ziegenbock heimkam, veranstalteten alle Ziegen und Schafe ein Fest und sangen dem Ziegenbock ein Lied. Der Schafbock ging zum Ziegenbock und fragte ihn: »Erzähle mir, wie du es gemacht hast, daß du die Leoparden, Hyänen und Löwen vertrieben hast.« Der Ziegenbock sagte: »Es war sehr einfach.« Der Ziegenbock erzählte es (der Erzähler wiederholt wörtlich). Der Schafbock sagte: »Das ist ja sehr einfach, das kann ich auch.«

Der Schafbock sagte zu seiner Frau: »Mach bis morgen früh schöne frische Kuchen.« Dann holte der Schafbock ein langes Haussaschwert mit einem schönen, dicken Bandelier. Von dem Menschen lieh er sich getrocknete Felle von Leoparden, von der Hyäne, vom Löwen. Zwischendurch flocht er sich eine Tasche. Abends spät sagte er zu seiner Frau: »Halte dich mit deiner Last morgen früh bereit. Wir werden ein gutes Stück weit gehen.« Die Frau packte abends schon ihre Last zusammen und zog das Netz darüber.

Am andern Morgen früh ging der Schafbock den Weg auf das Gehöft des Leoparden zu. Seine Frau ging mit der Last auf dem Kopf, auf der oben die Kuchen aufgepackt waren, hinter ihm her; sie kamen ganz dicht zu des Leoparden Haus. Der Leopard war mit der Leopardin und den Jungen zurückgekehrt und hatten das Haus, das der Ziegenbock niedergebrannt hatte, wieder aufgebaut. Als der Schafbock mit seiner Frau näher kam, lag der Leopard gerade im Hintergrund seines Hauses auf seinem Lager. Die Leopardin aber schaute die Straße entlang.

Die Leopardir. rief: »Mann, da kommen die Schafe, die wir immer essen; sie gehen gerade auf uns zu.« Der Leopard sagte: »Sie werden es ebenso machen wollen wie die Ziegen. Wir müssen also wohl auf unserer Hut sein, damit sie uns nicht erwischen.« Die Leopardin sagte: »Ja, der Schafbock hat auch ein Schwert und tritt stark auf den Boden.« Der Leopard sagte: »So geh ihm mit einer Schale Wasser entgegen.«

Die Leopardin holte eine Schale mit Wasser, um sie dem Schafbock entgegenzubringen. Der Leopard versteckte sich hinter der Tür und schaute zu. Die Leopardin ging dem Schafbock mit der Schale voll Wasser entgegen. Sie kniete vor dem

Schafbock nieder. Derweilen setzte die Frau des Schafbocks ihre Last zu Boden. Der Schafbock sah die Leopardin grimmig an und sagte: »Hab ich vielleicht schon gegessen?« Der Schafbock gab der Schale mit Wasser aber nicht wie der Ziegenbock einen Tritt, sondern er sagte: »Setz zunächst die Schale mit Wasser zur Seite, damit ich essen kann. Erst esse ich, dann erst trinke ich. Ich habe die Gewohnheit, des Morgens eine Leopardenleber zu verzehren. Leopardenleber ist meine liebste Speise. Frau, gib mir mal aus dem Korb von der Leber. Ich hoffe, daß wir noch davon haben und daß sie noch gut ist; sonst müssen wir den Leoparden bitten, uns eine andere zu besorgen.«

Die Frau des Schafbocks nahm oben von ihrer Last einen Kuchen, kniete nieder und reichte ihn dem Schafbock. Der Schafbock nahm, biß ab, spie aber das Abgebissene nicht wieder aus wie der Ziegenbock, sondern kaute, schluckte es hinunter und sagte: »Ach, das schmeckt gut!« Der Leopard hinter der Tür gab wohl acht. Als der Schafbock sich niederbeugte, um noch einmal abzubeißen, sprang er ihm in den Nacken und biß ihn tot. Die Leopardin aber sprang auf die Frau des Schafbocks und tötete auch sie.

Seitdem ist es so geblieben. Leoparden, Hyänen und Löwen rauben Ziegen und Schafe. Was der Ziegenbock erreicht hat, hat der Schafbock wieder verdorben. Aber wenn Leopard, Hyäne oder Löwe Ziegen überfallen, so schreien die Ziegen. Überfallen sie Schafe, so gibt es kein Geräusch, denn Schafe lassen sich lautlos niederschlagen und wehren sich niemals gegen die Räuber.

Die ungeliebte Frau

Ein Häuptling hatte viele Frauen. Die liebte er alle bis auf eine. Diese liebte er nicht und deshalb wurde sie von den andern verhöhnt. Die andern Frauen reinigten alle Tage ihre Hütten, und um die ungeliebte Frau zu verspotten, warfen sie den zusammengekehrten Unrat in deren Haus und vor deren Haus, so daß es schmutzig und häßlich aussah.

Der Häuptling hatte viele Frauen. Aber keine der Frauen hatte ein Kind. Keine der Frauen wurde schwanger. Der Häuptling war kinderlos. Als das eine lange Zeit so gegangen war, wandte er sich an einen Mohammedaner und erlangte von dem ein Mittel, das einen Kindersegen versprach. Als der Häuptling das Mittel hatte, ließ er alle Frauen zu sich kommen. Nur die ungeliebte Frau ließ er fern bleiben. Er nahm das Mittel und sagte: »Dieses Medikament hat die Wirkung, daß ihr Kinder bekommen werdet. Reibt das Medikament, teilt es und jede nehme ihr Teil ein.« Die Frauen nahmen das Medikament.

Die Frauen gingen zum Mahlstein. Sie rieben das Zaubermittel in Pulver; dann teilten sie es untereinander. Der Häuptling schlief bei allen diesen Frauen. Sie nahmen alle ihr Teil an dem Medikament und warteten nun darauf, schwanger zu werden. Die ungeliebte Frau hatte von den andern nichts von dem Medikament abbekommen. Sie ging aber nachts zu dem Mahlstein, auf dem die Frauen das Medikament des Mohammedaners zerrieben hatten. Die Frau goß Wasser auf den Mühlstein, wusch mit dem Wasser die Reibfläche des Mahlsteins ab und trank das Wasser. Darauf wurde die ungeliebte Frau alsbald schwanger.

Als die ungeliebte Frau sich schwanger fühlte, versteckte sie sich und zeigte sich niemand mehr. Niemand sah es, daß sie ein Kind gebar. Als das Kind aber geboren war, trug sie es heimlich in das Haus des Häuptlings und versteckte es da. Das Kindchen wurde gefunden. Der Häuptling ließ alle seine Leute zusammenkommen, verteilte Geschenke und sagte: »Eine meiner Frauen hat mir ein Kind geboren.« Die Leute fragten: »Welche von deinen Frauen ist es denn?« Der Häuptling ließ herumfragen, welche von seinen Frauen das Kind geboren habe. Es war aber nicht zu erfahren.

Darauf sagte ein (weiser) Mann (wohl ein Teu, das ist der Schamanenpriester bei den Tim; Plural Teoa) dem Häuptling: »Laß alle deine Frauen Essen kochen. Stell alle Näpfe mit dem Essen um das Kind herum. Das Kind wird das Essen seiner Mutter nehmen.« Der Häuptling sagte: »Es ist gut.« Er sandte seine Boten bei allen seinen Frauen herum und ließ sagen: »Jede soll eine Schüssel mit Essen machen und hierher senden, damit man sehe, wer die Mutter des Kindes sei.« Der Bote lief überall herum. Nur zu der ungeliebten Frau ging er nicht. Alle Frauen machten Essen. Sie trugen ihre Schüsseln zu dem Häuptling. Es war Essen von allen Frauen da. Nur von der ungeliebten Frau war kein Essen da. Man brachte das Kind herein, damit es sich unter den Schüsseln das Gericht seiner Mutter aussuche. Das Kind aber schrie und wollte nichts annehmen. Das Kind schrie und wollte fort. Die Leute sagten: »Unter allen diesen ist seine Mutter nicht.« Die Leute sagten: »Es ist noch die ungeliebte Frau da.« Der Häuptling sagte: »Die ist sicher nicht seine Mutter!« Der (weise) Mann sagte: »Laß auch die eine Schüssel mit Essen bereiten und herschicken!«

Der Häuptling sandte einen Boten zu der ungeliebten Frau und ließ sagen: »Bereite eine Schüssel mit Essen und sende sie hierher.« Die ungeliebte Frau bereitete sogleich Essen. Die Gerichte der anderen Frauen waren lecker bereitet, denn der Häuptling gab ihnen reichlich aus den Speichern. Das Gericht der ungeliebten Frau aber war unansehnlich, denn sie mußte sich mit dem Kümmerlichsten, das sie selbst verdient hatte, behelfen. Die Schüssel mit dem Essen der ungeliebten Frau wurde neben die Speisen der anderen Frauen hingestellt. Man brachte das Kind wieder herein. Da hörte das Kind sogleich mit Weinen auf, lief auf die Eßschüssel seiner Mutter zu und lachte. Es begann zu essen. Der (weise) Mann sagte: »Dieses Essen kommt von der Mutter des Kindes!« Die Leute sagten: »Die ungeliebte Frau ist die Mutter des Kindes!« Der Häuptling ließ die ungeliebte Frau sogleich rufen. Er fragte sie: »Ist dies dein Kind?« Die ungeliebte Frau sagte: »Ja, das ist das Kind, das ich von dir habe.« Darauf schenkte der Häuptling ihr Kleider.

Die andern Frauen machten sich sogleich daran, den Mist, den sie gegen das Haus der ungeliebten Frau geworfen hatten, wegzuräumen. Sie reinigten ihr Haus so gut sie es nur konnten. Von da ab zog der Häuptling diese Frau allen andern vor. Und die andern Frauen erwiesen ihr alle Ehrerbietung.

So soll man nicht sagen, daß eine Frau schlechter oder minderwertiger sei als eine andere, bloß weil man sie nicht so lieb hat.

Jäger und Schlange

Eines Tages ging ein Jäger in den Busch, um zu jagen. Am gleichen Tage ging Löwe in den Busch, um zu jagen. Am gleichen Tag ging Dom (Schlange) in den Busch, um zu jagen. Jeder ging seinen Weg. Keiner wußte vom anderen. Sie kamen an einen Platz, auf dem stand eine Kuhantilope. Der Jäger nahm seinen Bogen und wollte einen Pfeil auflegen. Da sah er, wie Dom aufschnellte und die Antilope totbiß.

Löwe sah auch, wie Dom auf die Antilope sprang und sie totbiß. Löwe kam aus dem Busch heraus und sagte zu Dom: »Ich verfolgte diese Antilope. Gib sie mir heraus. Sie kommt mir zu. Ich habe sie gehetzt.« Dom sagte: »Die Antilope kommt mir zu, denn ich habe sie erlegt.« Löwe sagte: »Wir wollen einen andern fragen, was er meint.« Dom sagte: »Es ist mir recht. Wir wollen einen andern fragen, was er meint.«

Der Jäger dachte: »Wenn ich der Schlange recht geben würde, würde mich Löwe beißen.« Dom hatte die Fähigkeit, alles zu verstehen, was ein anderer denkt. Dom sagte: »Wir wollen den Jäger fragen, der hinter dem Baum steht.« Dom sagte zu dem Jäger: »Komm nur hervor und sage deine Meinung. Wir werden dir nichts tun.« Löwe sagte: »Nein, wir werden dir nichts tun, wenn du deine Meinung sagst.« Darauf kam der Jäger hinter seinem Baum hervor.

Der Jäger sagte: »Löwe hat mit seiner Forderung nicht recht. Denn Schlange und nicht Löwe hat das Wild getötet. Wenn mehrere Jäger ein Wild verfolgen und erlegen, so teilen sich der, der es zuerst verwundete, und der, der es endlich tötete, die Beute. Also gehört die Antilope zuerst Dom. Ich denke aber, man kann sich hier ohne Schwierigkeiten einigen. Wir wollen die Antilope teilen.«

Dom sagte: »Ich bin damit einverstanden. Wir wollen die Antilope in drei Teile zerlegen, einen für den Jäger (als Richter), einen für den Löwen, einen für mich!« Löwe sagte: »Gut, so bin ich zufrieden.« Danach zerlegten sie die Antilope. Sie teilten das Fleisch und häuften es in drei Teilen auf. Löwe nahm seinen Anteil und ging von dannen.

Dom sagte zum Jäger: »Nimm meinen Teil auch auf. Begleite mich und trage meinen Teil mit in mein Haus.« Der Jäger dachte bei sich: »Diese Schlange wird mich in ihrem Hause töten wollen.« Dom wußte sogleich, was der Jäger gedacht hatte, und sagte: »Du hast meine Angelegenheit mit dem habgierigen Löwen gut geregelt. Hab also keine Angst. Ich werde dir sicherlich nichts Böses tun.«

Sie gingen weiter. Nachdem sie weit gegangen waren, kamen sie an einen großen Fluß. Dom sagte: »In dem Fluß liegt meine Stadt. Komm mit in den Fluß.« Der Jäger sagte: »Ich werde im Wasser ertrinken.« Dom sagte: »Du wirst nicht ertrinken. Komm nur!« Sie gingen in das Wasser. Sie kamen unter das Wasser. Unter dem Wasser war eine große Stadt. In der Stadt lag auch das Gehöft Doms. Sie kamen in das Gehöft Doms. Der Jäger legte sein Fleisch ab. Die Frau und die zwei Kinder Doms nahmen es und trugen es zur Seite. Das eine der beiden Kinder Doms war ein sehr schönes Mädchen. Als der Jäger das Mädchen sah, dachte er bei sich: »Ich möchte einmal mit diesem Mädchen schlafen. Nachher will ich dann gern sterben.« Dom (der immer alle Gedanken sogleich liest) sagte: »Dies Mädchen ist meine Tochter. Schlaf mit ihr nach Herzenslust. Du brauchst deswegen nicht zu sterben.«

Der Jäger dachte (bei sich): »Woher weiß nur Dom alles, was ich denke!« Dom sagte: »Gott sagt es mir! Gott sagt mir alles.« Dom gab dem Jäger ein großes Haus. Dom rief dann seine Tochter. Der Name der Tochter war: »Wenn du den Mann gut bedienst, wird Gott dich nicht strafen.« Die Tochter Doms kam. Dom sagte zu seiner Tochter: »Mach das Haus für den Jäger rein!« Das Mädchen tat es. Am Abend bereiteten die Frauen gutes Essen. Das Mädchen brachte dem Jäger eine Schüssel mit guter Speise in das Haus. Der Jäger aß. Das Mädchen blieb bei ihm. Er schlief mit dem Mädchen. Der Jäger blieb sechs Tage in dem Hause Doms.

Der Jäger ging dann zu Dom und sagte: »Nun muß ich nach Hause gehen. Ich möchte dich bitten, mir von der Medizin zu geben, die dir die Eigenschaft gibt, die Gedanken anderer Leute lesen zu können.« Dom sagte: »Ich werde dir von der Medizin geben und ich werde dir auch meine Tochter als Frau mitgeben.« Dom ging und brachte die Medizin herbei. Dom sagte: »Nimm diese Medizin und tu sie daheim auf das Essen. Aber jage die Ziegen nicht weg, wenn sie mit davon essen wollen!« Der Jäger sagte: »Es ist gut!«

Der Jäger nahm seine Medizin, die Tochter Doms und ging von dannen. Er ging mit seiner Frau aus dem Flusse und dann dem Dorf zu, in dem er wohnte. Als er daheim angekommen war, beschloß er, die Medizin sogleich zu versuchen. Als er die Medizin hervorsuchen und eben auf sein Essen tun und dies zum Munde führen wollte, drängten sich die Ziegen heran. Der Jäger schlug darauf nach den Ziegen. Dabei fiel aber die Medizin herab, und zwar gerade auf den Schwanz des Jägers.

So kam es, daß die Eigenschaft, die Gedanken anderer lesen zu können, nicht auf den Kopf des Jägers, sondern auf seinen Schwanz überging. Und seitdem weiß es der Schwanz sogleich, wenn eine Frau verliebt an den Mann denkt. Und seitdem geht der Schwanz in die Höhe.

Spinne und Salzstoff

Spinne hatte eine Frau aus einem anderen Dorf. Spinne wollte einmal deren Eltern besuchen. Aber Spinne hatte kein Kleid. Spinne kam zu einer Häuptlingsfrau und sagte: »Ich möchte einmal die Eltern meiner Frau in ihrem Dorf besuchen, aber ich habe kein Kleid anzuziehen. So wie ich bin, kann ich nicht gehen.« Die Häuptlingsfrau sagte: »Ich will dir behilflich sein und dir einen Stoff leihen, den du umhängen kannst. Aber du darfst den Stoff nicht im Freien tragen, wenn es regnet. Sobald es zu regnen beginnt, mußt du den Stoff mit andern Sachen bedecken.« Spinne sagte: »Es ist gut.« Die Häuptlingsfrau gab Spinne den Stoff.

Der Stoff der Häuptlingsfrau war aber von Salz.

Spinne machte sich auf den Weg in das Dorf der Eltern seiner Frau. Alle Leute, die Spinne unterwegs sahen, sagten: »Was hat Spinne für ein schönes weißes Kleid!« Als Spinne in dem

Dorf der Eltern seiner Frau ankam, sagten alle: »Was hat Spinne für ein schönes weißes Kleid! Es muß Spinne recht gut gehen, daß er so schöne Kleider haben kann.« Man setzte Spinne sogleich Essen und Trinken vor. Spinne blieb einige Tage fort. Nach einigen Tagen machte sich Spinne dann auf den Heimweg.

Als Spinne auf dem Weg nach Hause war, schlug der Wind ihm einen Zipfel seines Kleides in den Mund. Spinne schlug den Stoff zurück, aber er hatte den Salzgeschmack im Munde. Spinne sagte: »Der Stoff schmeckt nach Salz.«

Spinne leckte noch einmal daran. Spinne leckte wieder. Spinne leckte wieder. Spinne leckte zuletzt den ganzen Stoff auf, so ausgezeichnet schmeckte ihm der Stoff. Es blieb nichts von dem Stoff übrig. Als Spinne merkte, daß der Stoff ganz aufgeleckt war, bekam er einen Schrecken. Er lief nicht nach Hause, sondern versteckte sich anderweitig voller Angst.

Die Häuptlingsfrau sandte zu Spinnes Haus und ließ fragen: »Wo ist mein Stoff?« Niemand konnte es sagen. Die Leute suchten Spinne und suchten den Stoff. Endlich machten sich die Häuptlingssöhne auf den Weg. Sie suchten Spinne und fanden Spinne. Die Leute fragten: »Wo ist der Stoff?« Spinne konnte es nicht sagen. Da schlugen die Häuptlingssöhne Spinne so, daß er platt wurde. Seitdem ist Spinne platt und versteckt sich in den Nischen und Löchern der Mauern. Auch versucht Spinne das Kleid wieder zurechtzuweben. Spinne spinnt und spinnt. Aber Spinne bekommt das Kleid nicht fertig.

Wie der Hase sein Dorf baut

Alle Tiere versammelten sich im Busch. Die Tiere sagten: »Wir wollen uns Hütten bauen, damit wir gegen den Regen geschützt sind.« Die Tiere sagten: »Ja, wir wollen uns Hütten bauen!« Die Tiere sagten: »Wie sollen wir es aber machen? Wir haben keine Hacken, die Erde aufzureißen!« Der Hase (Kossongo) sagte: »Ich kann euch einen Rat geben. Jeder soll sich ein Stück von seinem Ohr abschneiden. Das Stück soll er auf den Markt tragen und als Fleisch verkaufen. Für den Erlös soll sich dann jeder eine Hacke kaufen.« Die andern Tiere sagten: »Ja, so wollen wir es machen.«

Darauf gingen alle Tiere hin und schnitten sich ein Stück von ihren Ohren ab. Hase aber schnitt sich nichts von seinen Ohren ab.

Die Tiere gingen hin und verkauften das Fleisch, das sie sich abgeschnitten hatten, auf dem Markt. Für den Erlös aber kauften sie sich eine Hacke. Alle Tiere erwarben so Hacken. Nur Hase hatte keine Hacke.

Die Tiere begannen die Arbeit. Der Hase sagte dann zu den Tieren: »Holt viel Wasser; ich will dann die Hütten ganz alleine bauen.« Die Tiere holten Wasser. Der Hase baute nicht mit. Die Tiere bauten allein. Alle Tiere hatten bald Hütten, aber Hase hatte keine Hütte.

Es kam ein Regen. Hase lief zu den Antilopen und sagte: »Es regnet, laßt mich hinein!« Die Antilopen sagten: »Warum hast du dir denn nicht eine eigene Hütte gebaut? Mach, daß du fortkommst.« Hase floh. Hase kam zu den Gehöften der andern Tiere. Alle Tiere jagten ihn fort. Hase kam zu der Hütte des Elefanten. Der Elefant hatte als Wächter einen großen Affen. Hase kam und sagte: »Es regnet, laßt mich hinein!« Der Affe aber sagte: »Warum hast du dir denn nicht eine eigene

Hütte gebaut! Mach, daß du fortkommst!« Hase floh. Hase lief in den Busch.

Hase floh weit fort durch den Busch. In dem Busch fand er eine große Farm. In der Farm standen zwei große Töpfe. Der eine war mit Bier gefüllt, der andere war mit dem dicken Bodensatz vom Bier gefüllt. Daneben lag ein Blashorn. Hase nahm die Töpfe und das Blashorn an sich. Er lief zu den Tieren zurück.

Hase kam zu den Hütten der Antilopen und fragte: »Wo ist hier die Stelle, an der man pißt!« Die Antilopen zeigten ihm den Pißwinkel und sagten: »Dort pißt man!« Hase ging hin. Er stellte den Topf mit dem Bier hin. Nach einiger Zeit kam er zurück. Er sagte: »Laßt nachher das wegschütten, was ich abgeschlagen habe.« Die Antilopen gingen hin und sahen den großen Topf voll Bier. Die Antilopen sagten: »Seht, was Hase alles herausgepißt hat! Muß Hase aber ein starkes Tier sein!« Dann liefen die Antilopen fort. Die Hütten gehörten nun dem Hase.

Hase kam zu den Hütten der andern Tiere und fragte: »Wo kann ich mich hier entleeren?« Die Tiere zeigten ihm die Stelle und sagten: »Dort kannst du dich entleeren.« Hase ging hin. Er stellte den Topf mit den Bierresten hin. Nach einiger Zeit kam er zurück. Hase sagte: »Laßt das nachher wegschütten, was ich dort ausgeleert habe.« Die Tiere gingen hin und sagten: »Seht, was Hase alles ausgeleert hat! Muß Hase aber ein starkes Tier sein!« Dann liefen alle andern Tiere fort. Die Hütten gehörten nun dem Hase.

Der Hase lief weiter; er kam zum Elefanten. Hase sagte zum Elefanten: »Ich will mich schnäuzen. Geh also zur Seite!« Dann blies Hase in das Blashorn, so stark er konnte. Es gab einen starken Ton. Als der Elefant das hörte, sagte er: »Muß der Hase ein starkes Tier sein, wenn sein Schnäuzen so laut klingt!« Der Elefant bekam einen Schrecken. Er lief von dannen. Der große Affe, sein Soldat, sah das kaum, als auch er sich beeilte, von dannen zu kommen und seinem Herrn nachzulaufen.

Als der Elefant und der große Affe, sein Soldat, ein langes Stück weit gelaufen waren, blieb der Elefant stehen und sagte: »Ich habe meine Tasche in der Eile liegen lassen! Du mußt zurückgehen und sie holen!« Der große Affe bekam einen Schreck und sagte: »Wer soll zurücklaufen? Ich?« Der Elefant sagte: »Ja, du mußt zurücklaufen. Du bist doch mein Soldat!« Da machte sich der große Affe auf den Rückweg.

Der Hase war aber inzwischen mit seinem Blashorn in die Tasche des Elefanten gekrochen. Der Affe wußte das nicht. Er kam zu der Hütte zurück. Er sah sich um. Hase war nicht da. Der große Affe sah die Tasche und band sie sich um den Leib. Dann machte er sich auf den Rückweg zu seinem Herrn, dem Elefanten. Als er ein Stück weit gelaufen war, begann Hase in der Tasche sein Blashorn zu blasen. Als der Elefant das hörte, wartete er seinen Soldaten, den großen Affen, nicht mehr ab, sondern stürzte Hals über Kopf von dannen. Der große Affe wollte sich die Tasche abbinden. Aber in der Angst zog er nur den Gurt noch fester zusammen.

Seit der Zeit hat der Affe über seinem dicken Hintern einen dünnen Bauch.

Djowalegende

Ein Toro (Häuptling) hatte fünf Kinder. Alle fünf Kinder waren Mädchen. Sie gingen zusammen in den Busch, um Feuerholz zu sammeln. Jede sammelte ein gutes Bündel und band es zusammen. Die vier ältesten nahmen dann ihre Holzbündel auf den Kopf und gingen damit von dannen. Sie gingen nach Hause. Die Fünfte konnte aber ihr Holzbündel nicht aufnehmen. Sie blieb da. Die Kleinste weinte. Da kam ein Djowa (ein Buschgeist gleich den Alledjenu oder Alisami der Haussa). Der Djowa fragte das Mädchen: »Was gibst du mir, wenn ich dir die Holzlast auf den Kopf setze? Willst du dich von mir beschlafen lassen? Und willst du mir versprechen, nachher niemand zu sagen, wer dich beschlafen hat?« Das Mädchen sagte: »Tu es; es ist mir recht!« Der Djowa beschlief das Mädchen. Dann half der Djowa dem Mädchen die Last auf den Kopf. Das Mädchen ging darauf mit seiner Last in den Ort zurück.

Das Mädchen wurde schwanger. Der Vater befragte das Mädchen: »Wer beschlief dich, so daß du schwanger wurdest?« Das Mädchen sagte: »Ich kann es dir nicht sagen; ich würde sterben.« Der Vater sagte: »Wenn du es mir nicht sagst, werde ich dich töten!« Das Mädchen sagte: »Ich kann es dir nicht sagen; ich würde sterben!«

Der Toro rief alle seine Leute zusammen. Er sagte zu den Leuten: »Meine jüngste Tochter ist schwanger. Sie will mir nicht sagen, wer sie beschlafen hat.« Die Tochter sagte: »Töte mich nicht, mein Vater. Ich will es dir sagen. Ich konnte meine Holzlast nicht auf den Kopf nehmen. Da kam Djowa. Er sagte, er wolle mir die Holzlast aufheben, wenn ich mich von ihm beschlafen ließe. Er beschlief mich.«

In der nächsten Nacht kam ein Wind (ahumbe) über den Ort. Alle Leute im Orte schliefen. Nur das fünfte Mädchen war wach. Es sah den Wind kommen. Es sprang auf. Das Mädchen sprang auf und lief zu dem Hause des Vaters. Das Mädchen klopfte am Hause des Vaters und sagte: »Mein Vater, komm! Hier ist der Djowa, der mich beschlief!« Djowa fuhr aber (also als Wind) über die glühende Asche, die am Boden in der Hütte des Vaters war. Djowa entfachte eine Flamme. Die Flamme verbrannte das Haus des Vaters. Dann ergriff der Wind das Mädchen und führte es fort in den Busch. (Der Wind war dasselbe wie Djowa, sagte der Erzähler, näher befragt). Der Vater schrie.

Das Mädchen war einem Burschen versprochen. Der Bursche war weit fort gegangen, um Handel zu treiben. Der Bursche kam nach Hause zurück und fragte: »Wo ist mein Mädchen?« Der Vater sagte: »Dein Mädchen wurde von etwas (man spricht auch bei den Muntschi den Namen des Djowa nicht gern aus!) im Busch beschlafen. Sie wurde schwanger. Sie wollte den Mann nicht nennen. Ich wurde zornig, dann nannte sie die Sache. Darauf kam die Sache heraus, brannte mich und meine Hütte und nahm das Mädchen mit fort. Sie hat sie mit sich in den Busch genommen.« Der Mann, dem das Mädchen versprochen war, sagte: »Nun also!«

Dann ging der Bräutigam nach Hause. Er ergriff seine Pfeile und ging in den Busch, um sein Mädchen zu suchen. Der Mann ging mit seinen Pfeilen weit, weit fort, bis dahin, wo kein Mensch mehr wohnt. In dem weit entfernten Busche lebte Djowa mit dem jungen Mädchen, das er gestohlen hatte.

Einmal ging der Djowa in den Busch, um Feuerholz zu holen. Er suchte Feuerholz abseits. Der Bräutigam sah ihn. Der Bräutigam nahm einen Pfeil; er schoß auf den Djowa. Der Djowa wurde getroffen. Der Djowa zog den Pfeil heraus und warf ihn fort. Der Bräutigam nahm einen zweiten Pfeil; er schoß auf den Djowa. Der Djowa wurde getroffen. Der Djowa zog den Pfeil heraus und warf ihn fort. Der Bräutigam nahm einen dritten Pfeil; er schoß auf den Djowa. Der Djowa wurde getroffen. Der Djowa zog den Pfeil heraus und warf ihn fort. Der Bräutigam nahm einen vierten Pfeil; er schoß auf den Djowa. Der Djowa wurde getroffen. Der Djowa zog den Pfeil heraus und warf ihn fort. Der Bräutigam nahm einen fünften Pfeil; er schoß ihn auf den Djowa. Der Djowa fiel hin und starb. Der Bräutigam nahm sein Messer und schnitt dem Djowa den Kopf ab. Dann ging er im Busch zur Seite. Er suchte nach dem Wohnplatz des Djowa. Er fand ihn. Er sah sein Mädchen. Der Bräutigam sagte zu dem Mädchen: »Komm! Ich habe das Ding getötet, das dich genommen hat. Sieh, hier ist sein Kopf. Komm jetzt mit mir zurück nach Haus!« Das Mädchen sagte: »Es ist recht.«

Dann nahm der Mann sein Mädchen. Er trug den abgeschnittenen Kopf des Djowa. Er ging mit ihr zurück. Er ging weit durch den Busch, bis er zurückkam. Dann ging der Bräutigam in den Ort. Der Bräutigam ging zu dem Toro. Der Bräutigam sagte zu dem Toro: »Ich habe das Ding getötet und das Mädchen mit heimgebracht.« Der Toro sagte: »Das ist wohl eine Lüge. Denn dazu bist du nicht imstande.« Der Bräutigam ging weg. Er holte das Mädchen und den Kopf des Djowa. Er brachte das Mädchen und den Kopf des Djowa zum Toro. Der Toro sah das Mädchen und den Kopf des Djowa. Der Toro sagte: »Du übertriffst alle Leute in diesem Ort. Du übertriffst auch mich. Darum sollst du von jetzt ab statt meiner an diesem Ort Toro sein.« Darauf wurde der Bräutigam Toro.

Der Schmied und das Elefantenweib

Eine Frau gebar drei Kinder. Alle drei waren Söhne. Zwei der Söhne heirateten. Einer der Söhne war unverheiratet. Der war Schwarzschmied (Oro-warrinwa). Der Schmied hieß Ade.

Ein Mädchen kam mit einer Kalebasse (diondo) auf dem Kopf in die Stadt. Der Schmied und viele junge Männer standen auf dem Platz. Das junge Mädchen stellte seine Kalebasse hin und sagte zu den Männern: »Wer von euch diese Kalebasse mit einen Steinwurf zerstört, den will ich heiraten.«

Die jungen Männer traten alle, jeder mit einem großen Stein heran, warfen, trafen aber nicht. Alle jungen Männer warfen; nur Ade (der Schmied) hatte nicht geworfen. Die andern jungen Männer sagten: »Schmied, jetzt bist du an der Reihe. Du bist der letzte.« Ade nahm einen kleinen Stein. Ade warf mit dem kleinen Stein. Ade traf die Kalebasse. Der kleine Stein zerstörte die Kalebasse. Das Mädchen sagte: »Komm Ade, dich will ich heiraten!«

Der Schmied nahm das Mädchen mit nach Hause. Ade behielt das Mädchen zehn Tage lang bei sich. Nach zehn Tagen sagte die Frau: »Nun will ich ausgehen.« Der Schmied sagte: »Was, nach zehn Tagen willst du schon ausgehen? Warte einen Monat ab!« Die Frau sagte: »Gut, ich will einen Monat bleiben.« Die Frau blieb einen Monat lang bei dem jungen Schmied.

Als der Monat verstrichen war, sagte die Frau: »Heute will ich in den Busch gehen um Holz zu holen.« Der Schmied sagte: »Ich will mit dir gehen.« Der Schmied begleitete die Frau. Sie gingen ein gutes Stück weit. Die Frau sagte: »Warst du hier schon früher?« Der Schmied sagte: »Ja, hier war ich schon früher.« Die Frau ging mit ihrem Mann weiter, viel weiter. Die Frau fragte den Schmied: »Warst du hier schon früher?« Der Schmied sagte: »Ja, hier war ich schon früher. Hier war ich schon oftmals auf der Jagd und habe viele Tiere geschossen.« Sie gingen noch weiter, viel weiter. Die Frau fragte den Schmied: »Warst du hier schon früher?« Der Schmied sagte: »Nein, hier bin ich noch nicht gewesen.« Die Frau sagte: »Gut, warte hier auf mich. Ich will hier in den Busch gehen um Holz zu sammeln. «

Die Frau ging in den Busch. Die Frau verwandelte sich in einen Elefanten. Der Elefant lief aber gerade auf den Schmied zu. Der Schmied begann wegzurennen. Er sprang fort auf die Stadt zu. Er lief so schnell er laufen konnte. Der Elefant lief immer hinter ihm her. Der Schmied erreichte die Stadt. Er sprang durch das Tor. Dann versteckte er sich hinter der Stadtmauer.

Gleich darauf kam auch der Elefant an. Als der Elefant die Stadtmauer erreichte, verwandelte er sich wieder in eine Frau. Die Frau rief laut: »Adeu!Adeu!« Als die Frau das rief, starben alle Leute in der Stadt. Nur Ade blieb am Leben. Ade begann wieder wegzulaufen. Er rannte in ein anderes Land. Als Ade fortgesprungen war, verwandelte die Frau sich wieder in einen Elefanten und rannte hinter ihm her.

Ade kam laufend in ein anderes Land. Er kam zu der Stadt des anderen Landes. Er lief hinein. Er sprang zum Toro der Stadt und sagte zu ihm: »Eine Frau läuft hinter mir her; sie läuft als Elefant. Sie hat in der andern Stadt alle Menschen getötet. Wie kann man sie überwinden?« Der Toro sagte: »Es ist gut! Laß mich nur machen.«

Der Toro nahm ein langes Messer und Knochen vom Hund. Er versteckte sich dann selbst hinter der Stadtmauer. Der Elefant kam heran. Er verwandelte sich in eine Frau. Die Frau kam heran und rief: »Adeu! Adeu!« Der Toro sprang aber hervor, schnitt der Frau mit dem Messer den Kopf ab und schlug mit dem Hundeknochen auf sie ein. Darauf starb die Frau.

Die Leute sagten zum Toro: »Du hast diese Frau getötet. müssen wir nun nicht alle sterben?« Der Toro sagte: »Bringt mir ein kleines Messer und eine Kalebasse mit Wasser!« Man brachte die Kalebasse mit Wasser und das kleine Messer. Der Toro schnitt den Leib der Frau auf und nahm die Leber (ihiri) und das Leben (schima) heraus und warf beides in die Kalebasse mit Wasser. Dann nahm er einen (magischen) Besen aus Sorghumblättern (akoowoa) und tauchte ihn in das Wasser. Er sagte: »Geht nun in eure Häuser. Wenn einer stirbt, spritzt von dem Wasser auf ihn.« Dann sagte der Toro: »Man soll nicht eine Frau heiraten, die sich so zur Ehe anbietet. Man soll ordentlich um sie bitten.«

Bruderzwist

Es waren zwei Brüder. Der ältere Bruder konnte den jüngeren nicht leiden. Wenn der jüngere Bruder etwas tat, sagte der ältere Bruder: »Laß das! Du verstehst das nicht!« Wenn der jüngere Bruder etwas nicht tat, sagte der ältere: »Weshalb tust du das nicht? Du läßt mich alles allein machen!« Als der jüngere Bruder klein war, wurde er vom älteren geschlagen; als er größer war, wurde er vom älteren beschimpft; als er so groß war wie der ältere Bruder, konnte er ihm nichts recht machen.

Der jüngere Bruder sagte (eines Tages) zum älteren Bruder: »Ich will in den Busch gehen; ich will mir ein eigenes Haus und eine eigene Farm anlegen.« Der ältere Bruder sagte: »Das ist deine eigene Sache.« Der jüngere Bruder ging mit seiner Frau in den Busch. Er baute sich im Busch ein Haus. Er legte sich eine Farm an. Er kam zu seinem älteren Bruder und sagte: »Gib mir deine Jtio (Deichsel)!« Der ältere Bruder gab ihm die Jtio und sagte ihm: »Bring sie mir aber wieder!« Der jüngere Bruder ging mit seiner Jtio zurück in sein Haus im Busch.

Am anderen Tag ging der jüngere Bruder in den Busch, um mit der Jtio Palmbäume zu schlagen. Seine Frau blieb allein im Haus. Als der Jüngere eine Zeitlang fort war, kam ein Adengegua (muß eine Art von Buschgeist sein; sie werden ebenso wie die Djowa und Baku den Alledjenu der Haussa gleichgestellt) in das Haus des Jüngeren. Er traf die Frau des Jüngeren allein zu Hause und fragte sie: »Wo ist dein Mann?« Die Frau des Jüngeren sagte: »Mein Mann ist heute früh in den Busch gegangen. Er schlägt Palmbäume!« Adengegua sagte zu der Frau: »Dann bereite mir Berre« (ist ein Aufguß kochenden Wassers auf Sorghummehl, ein sehr bitteres Getränk). Die Frau sagte: »Du sollst es haben.«

Die Frau ging. Sie machte den Berretrank zurecht; aber sie beeilte sich nicht so sehr damit. Die Frau sagte (bei sich): »Mein Mann wird bald nach Hause kommen. Dann kann er den Burschen wegbringen!« Als der Adengegua merkte, daß die Frau sich gar nicht beeilte, kam der Adengegua zu der Frau, packte sie und biß sie überall in den Körper. Er biß sie oben; er biß sie unten; er biß sie hier; er biß sie da. Er biß sie überall. Danach nahm er Baumwolle, zerrupfte sie und drückte sie überall auf ihren Körper.

Einige Zeit später kam der Mann der Frau zurück aus dem Busch. Er warf den Palmbaum, den er geschlagen hatte, vor der Tür hin und rief: »Frau bring mir Wasser zum Trinken heraus.« Die Frau sagte zum Adengegua: »Höre! Das ist mein Mann!« Der Adengegua sagte: »Frau! Geh nicht hinaus! Bring ihm nichts zu trinken!« Die Frau sagte: »Weshalb soll ich meinem Mann nichts zu trinken geben? Willst du es mir verbieten?« Darauf schöpfte die Frau aus dem Wassertopf in eine Schale, und brachte sie ihrem Mann hinaus.

Die Frau kam zum Mann hinaus. Der Mann sah die weiße Baumwolle, die überall auf dem Körper der Frau war. Der Mann fragte: »Was ist das mit dir? Wie siehst du aus?« Die Frau antwortete: »Während du weg warst, kam ein Adengegua. Der fragte mich wo du wärst. Dann verlangte er Berre. Ich machte ihm die Berre nicht so sehr schnell, weil ich glaubte, du würdest kommen und ihn wegjagen. Da kam der Adengegua mir nach, und packte mich, und biß mich überall in den Körper. Er biß mich oben, er biß mich unten; er biß mich hier; er biß mich da; er biß mich überall. Danach nahm er Baumwolle, zerrupfte sie und drückte sie überall darauf. Daher kommt es, daß ich so aussehe.«

Der Mann fragte: »Wo ist jetzt der Adengegua?« Die Frau sagte: »Er ist noch nicht weggegangen; er ist noch im Haus!« Der Mann nahm darauf seine Jtio und ging damit ins Haus. Der

Mann sah den Adengegua. Er sagte: »So, du bist also der Adengegua!« Damit hob er die Jtio hoch und schlug sie dem Adengegua in den Kopf.

Die Jtio saß so fest in dem Kopf des Adengegua, daß der Mann sie nicht mehr zurückziehen konnte. Adengegua hatte die Jtio im Kopf. Er lief mit der Jtio im Kopf von dannen in den Busch.

Der junge Mann sagte: »Nun habe ich die Jtio meines Bruders verloren. Nun muß ich eine neue Jtio herstellen.« Der junge Mann begann die Arbeit. Er machte eine neue Jtio. Er nahm die neue Jtio und brachte sie in den Ort. Er suchte seinen älteren Bruder auf und sagte zu ihm: »Mein älterer Bruder! Du hattest mir deine Jtio geliehen. Es kam ein Adengegua in mein Haus während ich im Busch war. Der biß meine Frau überall; hier und da, oben und unten. Ich kam aus dem Busch, während der Adengegua noch da war. Ich wollte ihm mit der Jtio den Kopf zerschlagen. Die Jtio blieb aber in seinem Kopf stecken, er lief damit fort. Ich kann dir also die alte Jtio nicht wieder geben. Ich habe aber eine neue gemacht, und diese habe ich dir für die alte wiedergebracht.«

Der ältere Bruder sagte zu dem jüngeren Bruder: »Ich brauche keine neue Jtio. Ich will meine alte Jtio wiederhaben. Nimm deine neue Jtio also wieder mit. Geh hin und bringe mir meine alte Jtio!« Der jüngere Bruder nahm hierauf seine neue Jtio. Er ging damit in sein Haus im Busch zu seiner Frau zurück.

Der Mann sagte zu seiner Frau: »Stampf mir eine gute Menge Sorghummehl, ich werde für einige Zeit weggehen.« Die Frau bereitete ihrem Mann Mehl. Der Mann füllte es in seinen Beutel. Der junge Mann sagte zu seiner Frau: »Mein Bruder will die neue Jtio nicht nehmen. Ich soll ihm seine alte Jtio wieder bringen. Ich werde also in den Busch gehen und nach dem Adengegua suchen, dem ich die Jtio in den Kopf geschlagen habe. Ich werde sehen, ob ich die Jtio zurückerhalten kann.«

Der junge Mann ging. Er ging weit in den Busch hinein. Er ging dahin, wohin er zuvor noch nie gekommen war. Er kam dahin, wo keine Menschen sind. Er kam in das Land der Adengegua! (sagt ein erklärender alter Tiwi). Der junge Mann kam an einen Fluß. An dem Fluß saß eine Adengeguafrau, die wusch sich da. Die Frau war krank; sie hatte die Kweja (eine Pickelkrankheit; kann auch Krätze sein). Die Adengeguafrau sah den jungen Mann kommen. Die Adengeguafrau sagte zu dem jungen Mann: »Nimm die Rinde von dem Baum dort und wasch mich damit; wasch mir damit die Krankheit ab.« Der junge Mann sagte: »Weshalb soll ich Rinde nehmen? Was ist das für eine Sache, daß ich nicht meine Hände nehmen soll!?« Die Adengeguafrau sagte: »Gut; tu es auch so!«

Der junge Mann wusch die Adengeguafrau dann mit den Händen ab. Als er das getan hatte, fragte ihn die Frau: »Junger Mann, sag mir wohin du gehst!« Der junge Mann sagte: »Ich habe einen älteren Bruder, der war immer schlecht zu mir. Als ich klein war, hat er mich immer geschlagen. Als ich größer wurde, hat er mich immer beschimpft. Als ich groß war, konnte ich ihm nichts recht machen. Ich ging daher mit meiner Frau in den Busch und habe mir dort ein neues Haus und eine neue Farm angelegt. Ich lieh mir eines Tages meines Bruders Jtio. Ich ging damit weiter in den Busch, um einen Palmbaum zu schlagen. Als ich fort war, kam ein Adengegua in mein Haus, fragte meine Frau, wo ich wäre. Dann verlangte er Berre. Meine Frau machte das nicht schnell. Da kam der Adengegua hinter ihr her und packte sie. Er biß sie überall. Er biß sie oben, er biß sie unten. Er biß sie hier; er biß sie da. Er biß sie überall. Dann zupfte er Baumwolle und drückte sie überall darauf. Gleich danach kam ich nach Hause. Meine Frau sagte, was geschehen war. Der Adengegua war noch da. Ich nahm die Jtio meines älteren Bruders und schlug sie ihm in den Kopf. Sie saß darin so fest, daß ich sie nicht wieder zurückziehen konnte. Der Adengegua lief damit fort. So hatte ich meines Bruders Jtio verloren. Ich machte eine neue und brachte sie meinem älteren Bruder. Ich erzählte meinem älteren Bruder, wie ich die andere verloren hatte. Mein Bruder antwortete: »Ich brauche keine neue Jtio. Ich will meine alte Jtio wieder haben. Nimm deine neue Jtio also wieder mit; geh hin und bringe mir meine alte Jtio!« Ich habe mich also auf den Weg gemacht und suche die alte Jtio meines älteren Bruders.«

Die Adengeguafrau sagte: »Hast du ein Rasiermesser bei dir?« Der junge Mann sagte: »Ja, ich habe ein Rasiermesser bei mir.«Die Adengeguafrau sagte: »Das ist sehr gut. Wir spielen und tanzen morgen. Morgen ist das große Fest der Adengegua. Dazu will sich aber ein jeder die Haare schneiden lassen. Sei in der Nähe und mache deine Sache gut, dann kannst du den Adengegua sehen, in dessen Kopf die Jtio steckt.« Der junge Mann sagte: »Dies werde ich wohl ausführen können. Wo ist die Gegend, in der das Fest gefeiert wird?« Die Adengegua sagte: »Geh in jene Richtung!«

Der Bursche machte sich auf. Er ging in die Richtung. Nach einiger Zeit begegnete ihm ein kleiner Adengeguajunge, der weinte. Der junge Mann fragten den Jungen: »Was ist mit dir?« Der Adengeguajunge sagte: »Alle bereiten sich auf das große Fest vor. Alle haben geschorene Köpfe. Nur ich habe lange Haare. Ich habe niemand, der mir die Haare schneiden könnte.« Der junge Mann sagte: »Wenn es sonst nichts ist, was dir fehlt, so komm her. Ich will dir deine Haare schneiden!« Darauf zog der junge Mann sein Rasiermesser heraus und schor dem Adengeguajungen die Haare. Der Adengeguajunge lief von dannen, dahin wo die anderen Adengegua waren.

Als der kleine Junge zu den anderen Adengegua kam, riefen alle: »Wer hat dir die Haare geschoren? Du bist sehr schön geschoren. Wer hat dir die Haare geschoren?« Der kleine Junge sagte: »Ich ging weinend von hier fort, weil ich niemand hatte, der mir die Haare scheren wollte. Im Busch dort hinten traf ich einen Mann. Der Mann fragte mich, was mir sei. Ich sagte ihm, daß ich niemand hätte, der mir die Haare schneiden könne. Darauf zog der Mann sein Messer heraus und hat mich geschoren, wie ich bin.« Die anderen Adengegua fragten: »Wo ist der Mann? Wo ist der Mann!« Der Junge sagte: »Der Mann ist nicht weit weg von hier im Busch.«

Die Adengegua liefen sogleich alle zu dem jungen Mann. Sie trafen ihn am Wege. Sie baten: »Schere uns den Kopf, wie du ihn dem Jungen geschoren hast!« Der junge Mann sagte: »Ich will es tun. Ich will einem nach dem andern den Kopf scheren.« Der junge Mann schor den Adengegua den Kopf. – Zuletzt kam auch der Adengegua angelaufen, dem der junge Mann seine Jtio in den Kopf geschlagen hatte. Dieser Adengegua kam an. Er sah den jungen Mann. Er sagte: »Das ist der Mann, der mir seine Jtio in den Kopf geschlagen hat.« Die anderen Adengegua sagten: »Das ist nicht wahr! Das ist nicht wahr! Du willst nur Streit anfangen. Das ist ein Bursche, der eben erst hier angekommen ist und der uns allen die Köpfe geschoren hat. Das ist ein guter Bursche!« Der Adengegua mit der Jtio im Kopf sagte: »Dann soll es gut sein! Dann mag er mir auch die Haare schneiden!«

Der junge Mann begann seine Arbeit. Im Kopf des Adengegua stak seine Jtio. Er stieß einmal von der Seite gegen sie, um sie locker zu machen. Der Adengegua schrie laut auf, so schmerzte ihn das. Der junge Mann schor weiter. Nach einiger Zeit stieß er noch einmal von der andern Seite an die Jtio, um sie locker zu machen. Der Adengegua schrie laut auf, so schmerzte ihn das. Der junge Mann schor weiter. Von Zeit zu Zeit aber stieß er an die Jtio, um sie locker zu machen. Jedes Mal schrie der Adengegua auf vor Schmerz. Nach einiger Zeit war die Jtio locker. Als die Jtio locker war, ergriff der junge Mann sie und zog sie mit einem Ruck aus dem Kopf des Adengegua. Der

Adengegua schrie laut auf. Der junge Mann rannte aber mit der Jtio, so schnell er konnte, von dannen.

Der junge Mann kam nach einiger Zeit an den Fluß. Am Fluß saß wieder die Adengeguafrau mit der Kwejakrankheit. Die Adengeguafrau fragte ihn: »Hast du deine Jtio wiedergewonnen?« Der junge Mann sagte: »Ja, ich habe sie wiedergewonnen, hier ist sie.« Die Adengeguafrau fragten den jungen Mann: »Willst du mich noch einmal waschen?« Der junge Mann sagte: »Was ist das für eine Sache, daß ich dich nicht noch einmal waschen sollte!?« Der junge Mann wusch darauf die Frau noch einmal mit den Händen.

Als er das getan hatte, gab die Frau ihm einen Ring aus Kupfer. Die Adengeguafrau sagte zu dem jungen Mann: »Wenn deine Frau einmal schwanger wird und ein Kind gebärt, soll sie diesen Ring dem Kind um den Hals legen. Danach soll sie ihn aber wieder abnehmen und zur Seite tun. Wird sie dann wieder schwanger und bekommt wieder ein Kind, soll sie dem zweiten Kind den Ring wieder um den Hals legen. Danach soll sie ihn aber wieder abnehmen und beiseite tun. Sie soll jedem Kind ihn um den Hals legen und ihn dann wieder abnehmen und in einem Topf aufbewahren.« Der junge Mann nahm den Ring und ging von dannen.

Der junge Mann ging weit im Busch hin, bis er an sein Haus kam. Der junge Mann traf seine Frau. Seine Frau sagte: »Hast du die Jtio deines älteren Bruders?« Der junge Mann sagte: »Ja, ich habe die Jtio meines älteren Bruders und dann habe ich noch einen Ring aus Kupfer, den legen wir in einen Topf, und jedesmal, wenn wir ein Kind haben, legen wir ihm den Ring um, danach sollen wir ihn aber wieder in einen Topf tun.« Die Frau sagte: »So wollen wir es machen.«

Der ältere Bruder hörte im Ort, daß sein jüngerer Bruder von den Adengegua wieder gekommen sei, daß er die alte Jtio und einen Kupferring mitgebracht habe. Der ältere Bruder sagte:

»Ich muß nach meinem jüngeren Bruder sehen und muß meine Jtio wieder von ihm abholen.« Der ältere Bruder machte sich auf den Weg. Er kam zu dem jüngeren Bruder. Er sagte: »Du hast meine alte Jtio wieder mitgebracht?« Der jüngere Bruder sagte: »Ja, ich habe die alte Jtio wieder mitgebracht. Hier ist sie. Nimm sie nur mit. «

Der ältere Bruder nahm die Jtio. Dann sagte er: »Du hast noch einen Ring aus Kupfer mitgebracht, der Kindern gut ist?« Der jüngere Bruder sagte: »Ja, ich habe einen solchen Ring mitgebracht.« Der ältere Bruder sagte: »Meine Frau ist schwanger. Sie wird in den nächsten Tag ein Kind gebären. Leihe ihn mir, daß ich ihn dem Kind umlege.« Der jüngere Bruder sagte: »Es ist gut. Nimm ihn. Aber wenn ich ihn selbst brauche, muß ich ihn unbeschädigt zurückerhalten.« Der ältere Bruder sagte: »Dann wirst du ihn unbeschädigt zurückerhalten.« Der ältere Bruder nahm den Ring und ging mit ihm nach Hause.

Die Frau des älteren Bruders gebar bald darauf ein Mädchen. Der ältere Bruder legte dem Mädchen den Kupferring um, den er von seinem jüngeren Bruder geliehen hatte. Das Mädchen wuchs schnell heran. Der Hals des Mädchens wurde schnell dick. Der Ring war ganz fest. Kurze Zeit darauf kam der jüngere Bruder zum älteren Bruder und sagte: »Meine Frau ist schwanger; sie wird in den nächsten Tagen ein Kind gebären. Gib mir den Kupferring wieder, den ich dir geliehen habe.« Der ältere Bruder sagte: »Wart ein wenig; ich will gleich einen Schmied holen, der den Ring durchschneidet. Er ist sehr fest um den Hals meiner Tochter gewachsen.«

Der jüngere Bruder sagte: »Du darfst den Ring nicht durchschneiden lassen. Ich will ihn unbeschädigt zurückerhalten.« Der ältere Bruder sagte: »Wie soll ich dann aber den Ring vom Hals meiner Tochter herunterbekommen? Soll ich ihr etwa den Hals durchschneiden?« Der jüngere Bruder sagte: »Wie du den Ring vom Hals deiner Tochter nimmst, das kann mich nichts angehen. Ich will nur meinen unbeschädigten Ring wiederhaben, so wie du früher genau die alte Jtio wieder haben mußtest.«

Der ältere Bruder mußte seiner Tochter den Hals durchschneiden, um den Kupferring abzunehmen. Der ältere Bruder gab dann dem jüngeren Bruder den Ring zurück. Der jüngere Bruder nahm ihn und sagte: »Nun ist die Sache erledigt!« – Der jüngere Bruder ging mit dem Kupferring heim. Seine Frau gebar ein Kind. Der jüngere Bruder legte dem Kind den Ring um. Nach einiger Zeit nahm er ihn wieder ab und legte ihn in einen Topf. Bald darauf war seine Frau wieder schwanger. Der jüngere Bruder hatte viele Kinder. Der ältere Bruder hatte keine Kinder.

Die Kassaiden

(Völker des Kongobeckens)

»Es war am Abend eines Herbsttages 1905. Ich stand am Ufer eines der tausende von kleinen Gewässern, die sich zum Flusse Lulua, dann zum Strom Kassai, endlich zum gewaltigen Kongo vereinigen. Uns (d. h. die deutsche innerafrikanische Forschungsexpedition) trennten nur noch wenige Marschtage von Wissmanns Luluaburg, jener Station, die er auf Anraten Pogges mitten in das Herz des Kassaibeckens gelegt hatte – in das Land der prächtigsten aller Negervölker, der zierlichsten, klugen, kunstfertigen, dichterisch hochveranlagten Bena Lulua.

Was hatte ich in diesem Jahre erlebt – ich, der ausgezogen war, das in Europa hinsiechende Glück bei den Naiven zu finden? Die Waldvölker der Kuilu hatten uns mit Pfeilen empfangen, weil sie uns für die Kautschuk- und Menschenräuber Bula Matadis hielten. Den mittleren Kassai hatte ich auf weite Strecken menschenleer gefunden; die Stämme waren dem Machtbereich der Dampferlinie entflohen. Im Bakubaland qualmten noch die Ruinen in gebrandschatzten Dörfern. Bula Matadi hatte einen Bürgerkrieg »beschwichtigt«. Wo war das Glück?

Zwischen den Büschen tauchte eine drollige Figur auf, ein zierlicher kleiner Neger. Als er ganz nahe war, öffnete er die Lippen und sang mit ganz leiser Stimme näselnd: »Seht Kalamba / wie er die Tschipulumba (Feinde der Religion Kalambas) vernichtet / wie er Lubuku (das Land der Freundschaft) bereitet. / Es gibt viele Bena Lulua / es hat nur den einen Kalamba Munene gegeben. / Der Mensch stirbt, aber sein Schicksal (Mojo) lebt. / Ein Kopf / ein Schicksal…

Seht Kabassu-Babu / wie er Kalamba zu den Basonge führt / wie er Kalamba und die Bena Lulua reich macht. / Es gibt viele Menschen in Mputu / es hat aber nur den einen Kabassu-Babu gegeben. / Der Mensch stirbt, aber sein Schicksal lebt. / Ein Kopf / ein Schicksal…«

Jahrelang bin ich dann durch fremde Länder zu immer anderern Völkern gewandert. Immer wieder tauchte vor mir der kleine Kaschubaneger auf, immer wieder fiel mir sein Lied ein, sein Refrain: Ein Kopf / ein Schicksal!« (Leo Frobenius 1924)

Den Waldvölkern im Kassai- und Kongobecken galt jene erste große Reise 1904/06. Sie führte ihn in ein Gebiet, »wo alter Stil geboren war im Schutz der großen Wälder«. – Er schrieb alles auf: knappe, suggestive Berichte von Jagdzauber, Vampiren, Doppelgängern; vom mächtigen Schöpfergott Fidi Mukullu (Bena Lulua) und von Gott Mwille (Bassonge), der den einen fleißigen Sohn mit weißer Farbe und den faulen schwarz beließ und in die Wildnis verbannte.

Die Wunderjäger

Zwei Bilembi (Jäger), Bandakulu (der in die Höhe geht) und Tschassamikomo (der in die Fährten schießt), gingen auf die Jagd. Sie trafen auf einen fünf Tage alten Wechsel. Bandakulu sagte: »Die Fährten sind sehr alt. Es sind keine Tiere (in den letzten Tagen) mehr gegangen.« Bandakulu ging dem Wechsel nach. Tschassamikomo ging den Spuren nicht nach. Er blieb da, hob den Bogen und schoß in die Fährte. Es war die Fährte einer Gulungwe (Antilope). Der Pfeil fiel in die Fährte. Es lag (sogleich) eine tote Gulungwe da.

Bandakulu kam. Er sah die tote Gulungwe und sah, daß alle Fährten herum alt waren. Er sagte: »Wie ist das gekommen?« Tschassamikomo sagte: »Ich schieße in die Fährte und das Tier liegt und ist tot.« Bandakulu war sehr erstaunt. – Tschassamikomo kam (nachher) an die Fährte einer Kassumbi (Antilope). Er schoß in die Fährte. Eine Kassumbi lag tot da. Die beiden Bilembi kehrten um.

Die beiden Bilembi kamen durch den Wald. Tschassamikomo sah eine Kautschukfrucht. Er sagte: »Wenn ich einen Jungen da hätte, sollte er hinaufsteigen und die Frucht herabbringen.« Bandakulu sagte: »Was, du kannst Tiere erlegen, indem du in die Fährte schießt, und die Früchte kannst du nicht herabholen? Ich werde es tun. Häng deinen Sack (mit den Antilopen) an den Busch!« Tschassamikomo hing seinen Sack in den Busch. Bandakulu stieg zu den Früchten hinauf. Bandakulu stieg so hinauf, daß der Körper bis zum Gürtel unten blieb, der obere Teil aber hinaufklomm. Bandakulu warf zehn Früchte hinab. Tschassamikomo rief: »Es ist genug!« Er sah hinauf und sah, daß Bandakulu geteilt war. Bandakulu rief: »Du sollst mich nicht ansehen. Du sollst die Früchte in den Sack tun!« Tschassamikomo tat die Früchte in den Sack. Bandakulu stieg hinab und war (unten) wieder ganz. Bandakulu sagte zu Tschassamikomo: »Höre, du mußt es nicht aller Welt sagen, wie ich mich teilen kann. Sprich nicht darüber.« Tschassamikomo sagte: »Du mußt es nicht aller Welt sagen, wie ich in die Fährten schieße. Sag nichts.«

Sie gingen in ihre Dörfer (jeder in seines). Die Frau Tschassamikomos sagte: »Gib mir von den Kautschukfrüchten!« Tschassamikomo sagte: »Nimm sie.« Die Frau sagte: »Gib mir das Messer. Ich will essen!« Der Bilembi sagte: »Iß nicht davon. Es ist eine Sache, ich kann sie nicht sagen.« Die Frau sagte: »Erzähl mir doch.« Der Bilembi sagte: »Ich soll nicht sagen, was im Busch vorging.« Die Frau sagte: »Erzähl mir doch, was im Busch vorging.« Tschassamikomo sagte: »Im Busch teilte sich Bandakulu. Die eine Hälfte blieb auf der Erde, die andere stieg empor. Er warf die Früchte herab. Er war ganz durchgeschnitten.« Die Frau sagte: »Das habe ich noch nicht gesehen.« Die Frau war (im gleichen Augenblick) auch zerschnitten. Sie war nicht tot. Der Mund sprach. Sie war aber in zwei Teilen.

Eine (andere) Frau sah die Frau Tschassamikomos. Sie fragte: »Warum bist du so zerschnitten?« Die Frau des Bilembi erzählte: »Mein Mann brachte Kautschukfrüchte mit nach Hause. Ich wollte davon essen. Er sagte: »Laß es!« Er hat mir dann erzählt, was vorgefallen ist. Im Busch teilte sich Bandakulu. Die eine Hälfte blieb auf der Erde, die andere stieg empor. Er warf die Früchte herab. Er war ganz durchgeschnitten. Ich sagte: ›Das habe ich noch nicht gesehen!‹ Ich war (im gleichen Augenblick) ebenso geteilt!« – Die andere Frau sagte: »Soooo!« (Erstaunungsruf!) Die andere Frau war (im gleichen Augenblick) ebenso geteilt. Die beiden Frauen waren nicht tot. Sie bestanden aber aus vier Teilen.

Alle Leute und der Häuptling des Dorfes sagten: »Bandakulu muß kommen!« Bandakulu kam. Bandakulu sah die zwei Frauen. Bandakulu sagte: »Ich habe mich allerdings geteilt, als ich auf den Baum stieg. Ich wurde aber (gleich wieder) heil. Ich sagte zu Tschassamikomo: ›Sprich nicht darüber.‹ Er hat Tiere erlegt, indem er nur in die Fährten schoß. Tschassamikomo sagte: ›Sprich nicht darüber.‹ Ich habe nicht über seine Sache gesprochen. Tschassamikomo hat über meine Sache gesprochen.« Bandakulu sagte zu Tschassamikomo: »Gib mir deine Tochter (zur Strafe), so will ich die Sache in Ordnung bringen.«

Der Häuptling sagte: »Ja, so soll es geschehen.« Bandakulu ging in sein Dorf. Er schloß die beiden geteilten Frauen in seine Hütte ein. Er schlug einmal mit der Hand gegen das Haus. Die Frauen waren sogleich gesund.

Der Zauberschuß

Tschinangu hatte einen Sohn Buabu. Buabu brachte jeden Tag eine erlegte Antilope ins Dorf und verkaufte ihr Fleisch. Die Leute wußten nicht, wo Buabu seine Antilopen erlegte.

Buabu ging (eines Tages) auf die Jagd. Er kam an eine Stelle im Walde. Ein Mann war da, der zapfte Kautschuk. Buabu sah den Mann nicht. Buabu machte mit dem Zeigefinger einen Kreis im Boden und schoß in den Kreis. Er legte klein geschlagenes Holz in den Kreis. Er ging wieder nach Haus.

Der Mann, der den Kautschuk zapfte, hatte alles gesehen. Der Mann sagte (zu sich): »Wir haben geglaubt, dieser Mann sei ein großer Jäger. Jeden Morgen bringt er Fleisch zum Verkauf ins Dorf. Er erlegt die Tiere, indem er einen Kreis im Boden macht.« Der Mann kam halb tot (vor Schreck) zu Hause an. Er erzählte das allen Leuten. Die Leute sagten: »Was, der Buabu verkauft hier Fleisch, das er so erlegt?«

Buabu wußte nichts. Er kam am andern Morgen in das Dorf, um eine Antilope zu verkaufen. Die Leute sagten: »Hier in dem Dorf darfst du von deinen Antilopen nichts mehr verkaufen. Geh in ein anderes Dorf. Du hast einen Kreis gemacht. Du hast in den Kreis geschossen. Du hast Holz hineingelegt. Die Antilopen hast du so gewonnen. Geh!«

Fischer und Jäger

Pivua ua Tschitafesoka (der Fischer) ging zur Arbeit. Er fuhr den Fluß hinauf und traf auf zwei kleine Hütten am Ufer. Es kam eine Frau mit einem kleinen Kind heraus. Es kam noch eine Frau mit einem kleinen Kind heraus. Dann kam Pivua ua Mutamba (der Jäger) selbst heraus. Der Fischer verließ seinen Kahn und stieg zum Ufer empor. Er ging in das Häuschen. Der Jäger ließ Speise bereiten und setzte sie dem Fischer vor. Der Jäger sagte dann: »Schick mir doch in den nächsten Tagen einige Fische her, denn ich bin nur Jäger und nicht Fischer.« Der Fischer sagte: »Es ist gut.« Der Fischer fuhr von dannen.

Der Fischer kehrte nach einigen Tagen zurück und brachte viele Fische. Er traf aber den Jäger selbst nicht daheim, sondern nur die Frauen und Kinder. Die Frauen sagten: »Der Jäger ist nicht daheim, bleib ein wenig im Hause. Dein Freund wird bald von der Jagd zurückkehren.« Der Fischer sagte: »Zeigt mir den Weg. Ich will ihm im Walde entgegengehen.« Die Frauen sagten: »Bleib lieber hier.« Der Fischer sagte: »Nein, ich will in den Wald gehen.« Die Frauen zeigten ihm den Weg.

Der Fischer ging den Weg entlang. Im Walde traf er den Jäger. Der Jäger befand sich mit den Händen auf der Erde und mit den Füßen schnitt er in der Spitze einer Ölpalme die Früchte ab. Der Jäger sagte: »Warum bleibst du nicht in meinem Hause? Weshalb mußt du sehen, wie ich die Palmfrüchte abschneide? Das ist nicht gut. Nun macht es nichts. Warte, bis ich fertig bin.« Als der Jäger seine Arbeit vollendet hatte, gab er dem Fischer von den Früchten zu tragen und schickte ihn nach Hause voraus. Der Jäger selbst ging hinterher. Er legte die Ölfrüchte auf Hände, Arme, Füße, Beine, Rücken und Brust und ging hinterdrein. Beide kamen bei den Hütten an. Der Jäger sagte: »Du hast gesehen, wie ich Ölfrüchte schneide. Erzähle es nicht deinen Leuten, sonst stirbst du!« Der Fischer sagte: »Es ist gut.« Der Fischer ging.

Der Fischer kehrte in sein Dorf zurück und erzählte alles seiner Frau. Der Fischer starb sogleich. Die Frau weinte sehr. Andere Leute fragten nun, warum sie so weine. Sie erzählte die ganze Geschichte und starb auch. Darauf wollte ein Mann nach der wundersamen Sache sein Lubuka (Orakel) befragen. Der Mann starb. Ein anderer Mann wollte fragen, warum dieser starb. Auch er starb.

Die Entdeckung der Frauen

In alter, alter Zeit (Kallekallekalle) war einmal ein Mann, der hieß Nkolle. Er ging mit zwei Hunden in den Wald. Im Walde traf er eine Gulungwe (Antilope). Einer der Hunde setzte sogleich hinter ihr her. Nkolle kam zum Schuß. Nkolle tötete die Gulungwe. Die Gulungwe lag am Boden. Nkolle hatte vorn ein Fell und hinten ein Fell als Schurz. Über der Schulter hatte Nkolle einen Fellbeutel. Nkolle begann die Gulungwe zu zerschneiden. Er zerschnitt die Gulungwe.

Nkolle hatte die Antilope zerschnitten. Es kamen zwei Menschen aus dem Walde. Nkolle sah sehr wohl, daß es keine Männer waren. Sie waren ganz nackend. Sie hatten gar nichts an. Sie hatten vorn zwei Säcke (der Erzähler markiert mit einer Handbewegung die Frauenbrüste). Nkolle sah auch die andern Körperteile. Nkolle hatte seine Gulungwe zerschnitten. Er steckte alles Fleisch in den Sack. Er machte sich daran fortzugehen.

Die beiden Menschen waren Frauen. Sie sahen mit Erstaunen auf den Menschen, der hinten und vorn Felle hatte. Sie sahen den Fellsack. Sie sahen das Fleisch der Antilope und sagten: »Was hast du da?« Nkolle sagte: »Es ist Fleisch von der Gulungwe.« Die Frauen wollten es haben. Nkolle sagte: »Ich muß es zum Essen haben.« Die Frauen fragten: »Was machst du damit?« Nkolle sagte: »Ich esse es roh.« Die Frauen sagten: »Wenn du uns ein Stück Fleisch gibst, so geben wir dir das Feuer.« Er gab den Frauen ein Stück Fleisch. Die Frauen sagten: »Komm morgen wieder an diesen Platz, dann werden wir dir das Feuer geben.«

Nkolle ging am andern Tage wieder in den Wald zurück. Er traf nur eine Frau. Die Frau fragte: »Warum sind nicht mehr Männer gekommen! Gibt es denn nur einen von deiner Art?« Nkolle antwortete: »Es gibt deren viele.« Die Frau fragte: »Warum sind sie denn nicht mitgekommen?« Nkolle sagte: »Ich habe den andern Männern erzählt, daß ich Menschen mit zwei Bibumbi (= Säcke; damit sind die Frauenbrüste gemeint) gesehen habe.« Die Männer haben mir gesagt: »Du lügst!« Nkolle ging mit der Frau darauf ein wenig im Walde hin. Sie kamen an einen Platz, auf dem saßen lauter Menschen mit Bibumbi und alle waren nackt (Frauen). Es waren große, es waren kleine, es waren dicke, es waren dünne. In der Mitte war ein großes Feuer. Alle die Sackmenschen (die Frauen) sagten zu Nkolle: »Guten Tag!« Nkolle sah, daß alle Frauen ganz nackt waren. Er sah, daß ihre Haut ganz glatt und kein Haar auf der Haut war. Da dachte er: »Die sind ganz glatt und haben kein Haar auf der Haut; das kommt vom Feuer. Wir haben kein Feuer, wir haben Haare auf der Haut und frieren. Die haben es warm!«

Die Frau brachte einen Stuhl für Nkolle. Der Sitz war ganz aus Kräutern. Nkolle setzte sich auf die Kräuter. Er saß ganz nah am Feuer. Nkolle wurde ganz warm. Er sah in das Feuer. Da lag das Fleischstück, das er gestern der Frau gegeben hatte. Nkolle sagte: »Ich esse alle Tage mein Fleisch roh. Die Sackmenschen verstehen besser, es zuzubereiten. Das muß gut sein!« Er nahm alles Fleisch, das in seinem Schultersack war. Er gab es den Frauen, damit sie es zubereiteten. Die Frauen bereiteten es. Die Frau nahm den Sack von seiner Schulter, breitete ihn am Boden (wie eine Serviette) aus, legte das bereitete Fleisch darauf und sagte: »Iß und du wirst gut (!) werden!«

Die Frau fragte wieder: »Weshalb kommst du nicht mit den andern?« Nkolle sagte: »Gebt mir von dem zubereiteten Fleisch! Steckt es in meinen Schultersack. Ich will es mit in mein Dorf nehmen und es werden viele Männer kommen.« Nkolle nahm das Fleisch, steckte es in den Sack und ging in sein Dorf. Er rief alle Leute zusammen und sagte: »Ihr sagtet mir, daß ich gelogen habe; nun werde ich euch zeigen, ob ich gelogen habe!« Nkolle sagte: »Bringt mir euer Fleisch herbei!« Die Leute kamen mit ihrem Fleisch. Das Fleisch war roh, das Fleisch war schwarz (vom Blut), das Fleisch war alt und stank. Nkolle nahm das Fleisch, das die Frauen zubereitet hatten, aus dem Sack und sagte: »Seht meines.« Das Fleisch war braun und duftete sehr gut. Alle Männer kamen und rochen daran. Das Fleisch duftete sehr gut. Nkolle sagte: »Seht, das kommt von meinen Sackmenschen.« Es rief ein Mann: »Ich will auch hingehen!« Es rief ein anderer Mann: »Ich will auch hingehen!« Es rief ein dritter Mann: »Ich will auch hingehen!« Sie riefen alle: »Ich will auch hingehen!« Nkolle sagte: »Es ist gut, kommt mit mir. Ich gehe zu den Sackmenschen. Ich komme aber nie wieder zurück. Ich bleibe bei den Sackmenschen!« Die andern sagten: »Es ist gut!« Nkolle ging voran. Ein Mann nach dem andern kam hinter ihm her.

Alle Männer gingen mit. Sie kamen zu dem Feuer der Frauen. Die Männer sahen erstaunt auf die Frauen. Sie sahen die glatte Haut, sie sahen die Bibumbi, sie sahen, daß sie nackt waren; sie sahen alles. Die Frauen sahen auf die Männer; sie sahen die Fellschürze; sie sahen die Fellsäcke. Jede Frau trat vor einen Mann. Jede Frau kniete vor einem Mann nieder. Jede Frau setzte einem Mann einen Kräutersitz hin. Jeder Mann setzte sich ans Feuer. Jeder Mann gab sein Fleisch der Frau vor ihm. Jede Frau bereitete das Fleisch. Jede Frau breitete den Sack eines Mannes aus. Jeder Mann nahm das zubereitete Essen. Die Männer wagten erst nicht zu essen. Sie sahen, ob Nkolle äße. Nkolle aß. Die Männer aßen auch. Sie sagten: »Alle Tage war unser Fleisch blutig und schwarz. Alle Tage haben wir schlecht gegessen. Dies Essen ist gut.«

Nach dem Essen sagte Nkolle: »Ich bleibe hier!« Vier von den andern Männern sagten: »Wir bleiben hier!« Fünf Männer blieben im ganzen bei den Frauen. Alle andern Männer kehrten zurück. Nkolle ging in den Busch und schlug Stangen. Die Frauen schauten zu und sagten: »Was wird das?« Nkolle und die Männer sagten: »So machen wir es immer.« Nkolle ging hin und holte Koddi (Lianen). Nkolle baute ein Haus. Die Frauen starrten und sagten: »Was wird das?« Die Männer sagten: »So machen wir es immer.« Als die fünf Hütten fertig waren, nahmen die fünf Frauen der fünf Männer Brände und zündeten im Haus Feuer an. Die Frauen brachten Wasser hinein (der Berichterstatter betont, daß die Frauen nur Feuer, Holz und Wasser besessen hätten). Es regnete. Die Frauen sahen, daß die Hütten ein guter Schutz seien und staunten. Die Frauen sagten: »Das ist sehr gut.« Es war allen sehr wohl. – Denen aber, die in das Männerdorf zurückgekehrt waren, wurde nach einigen Tagen das Herz sehr schwer. Sie kamen ebenfalls wieder ins Fraudorf, bauten Hütten und blieben dort.

Nkolle hatte seine Hütte vollendet. Die Frau hatte Feuer, Holz, Wasser hineingetragen. Es wurde Abend. Nkolle nahm sein hinteres Fell ab und breitete es nahe dem Feuer aus. Das sollte das Lager für die Frau sein. Er nahm das vordere Fell ab und breitete es zwischen dem Lager der Frau und der Wand aus. (Der Mann schlief also weiter vom Feuer ab; bei den Bassonge schläft die Frau immer am Feuer, der Mann mehr der Außenwand zu.) Nkolle legte sich nieder und schlief ein. Die Frau legte sich nieder und schlief ein. Morgens krähte der Hahn. Da schwoll das Glied Nkolles, wie dies bei Männern gewöhnlich so ist. Die Frau war erwacht. Sie sah das Glied Nkolles steigen und wußte nun, was das sei. Nkolle aber schlief und wußte es nicht. Die Frau näherte sich nun dem Mann. Der Mann lag schräg auf der Seite. Die Frau tat ihre Beine auseinander und stieg über ihn. (Toller Jubel bei den Zuhörern.) Die Frau führte den Penis ein und begann den Beischlaf. (Es ist bei den Bassonge auch heute noch beliebte Sitte, daß die Frauen sich neben die Männer drängen und die eigentliche Bewegung ausführen.) Als der erste Beischlaf vollzogen war, stand die Frau auf, ging hinaus und wusch sich. Nkolle fühlte sich aber wie zerschlagen und schlief wieder ein. Die Frau trat wieder herein und fragte: »Nkolle, weshalb schläfst du?« Nkolle sagte: »Ach, ich bin so schlaff.« Am Tage darauf gingen alle Männer zur Jagd. Nkolle war zu erschöpft um mitzugehen. Die Männer kamen mit Beute von der Jagd zurück. Man bereitete Essen. Sie aßen. Die Frau sagte zu Nkolle: »Wenn die Sonne untergeht und die Hühner ins Haus gehen, dann wollen wir zu Bett gehen, und während der Nacht wollen wir zweimal machen, was wir vorige Nacht einmal gemacht haben.« So sagte die Frau. Sie taten es. Die Frau war sehr hübsch. Die Frau war sehr schön! Aber nur Nkolle und seine Frau machten es so. Die andern schliefen tschernana. (Tschernana bedeutet soviel wie ledig und wird nicht nur auf Junggesellen, sondern auch auf jede andere Besitz- oder Tatenlosigkeit angewendet.)

Die Frau Nkolles wurde stärker. Die Brüste der Frau Nkolles wuchsen. Die Männer sagten: »Was wird das werden?« Die Frauen sagten: »Was wird das werden?« Nkolle rief alle Männer in seiner Hütte zusammen und sagte: »Wir Männer sind anders als diese Beutelmenschen.« Die Männer sagten: »So ist es!« Nkolle sagte: »Nähert euch nur abends der Frau und führt euren Schwanz ein. Das andere macht dann die Frau. Ihr werdet sehen, darauf kommt dann ein anderer Mensch aus eurer Frau. Es wird ein anderer Mensch aus eurer Frau kommen!« – Einer der Leute, die Nkolle in seine Hütte gerufen hatte, um sie zu unterrichten, lief hin zu seiner Frau und führte den Beischlaf aus. Er kam in die Hütte Nkolles zurück: Es waren noch alle Leute beisammen. Der Mann rief: »Bibua bikalabale!« (Es war ausgezeichnet. - Die Gebärde des Wohlbehagens, mit der der Erzähler diese Stelle begleitet, ist von gradezu urkomischer Echtheit.)

Nkolle hatte die Männer unterrichtet. Die Männer gingen zu den Frauen. Die Männer sagten zu den Frauen: »Warum habt ihr uns das nicht schon lange gesagt?« Die Frauen sagten: »Ja, seid ihr keine Männer?« – Wer nun Schamgefühl hatte, der führte den Beischlaf mit seiner Frau in der Nacht aus. Wer kein Schamgefühl hatte, der tat es bei Tage. Nach einem Monat waren viele schwanger. Nkolles Frau war nur einen Monat schwanger. Dann brachte sie einen Knaben zur Welt. – Das Dorf war in sehr gutem Zustand. Die Frauen waren gesund. Man hatte viel Essen. Die Gesundheit war gut.

Mwilles Falle

Kampao, ein Mann, hatte keine Frau. Aber alle Frauen machten für ihn Essen. Eines Tages kam die Tochter Nges. Die Tochter Nges sagte: »Ich will dich heiraten.« Kampao sagte: »Es ist gut.« Die Frauen des Dorfes sagten zu Kampao: »Heirate sie nicht, denn sie kann kein Essen bereiten!« Kampao heiratete die Tochter Nges. Die Frau Kampaos (die Tochter Nges) ging alle Tage zu ihrem Vater und aß dort. Aber Kampao brachte sie nichts. Kampao hatte nichts zu essen. Er schalt seine Frau.

Eines Tages war die Tochter Nges auf dem Wege zu ihrem Vater. Sie traf an einem Kreuzweg Mununu und Mwille (Gott). Die Tochter Nges sagte zu Mwille: »Ich bin die Tochter Nges. Ich habe Kampao geheiratet. Gib mir eine Falle, damit ich für meinen Mann Essen fangen kann.« Mwille nahm einen Stock und bog ihn krumm. Dann machte er ein Loch unter der Spitze des Stockes. Er machte aber keine Schlingen. Mwille sagte: »Hier wirst du immer Tiere fangen. Wenn du aber einmal ein Tier fängst, das auf der einen Backe schwarz und weiß ist, so gib ihm einen Klaps und sage: »Lauf!« Du darfst es nicht an dich nehmen. Und bringe nie deine Hand in die Grube der Falle!« Nges Tochter sagte: »Es ist gut!«

Nges Tochter fing am andern Tage ein Tier. Sie fing alle Tage Tiere. Es ging alles ausgezeichnet. Eines Tages wollte sie zu ihrem Vater gehen. Sie rief einen Pibua (Jäger) des Dorfes und sagte: »Ich gehe für mehrere Tage in das Dorf meines Vaters. Nimm du für mich die Tiere aus der Falle. Wenn du aber einmal ein Tier fängst, das auf einer Seite schwarz und weiß ist, so gib ihm einen Klaps und sage: »Lauf!« Du darfst es nicht an dich nehmen und bringe nie deine Hand in die Grube der Falle!« Der Pibua sagte: »Es ist gut!«

Der Pibua fand am andern Tage eine Luschia (Antilope). Der Pibua fand am andern (dritten) Tage eine Luschia. Der Pibua sagte: »Weshalb soll ich wohl meine Hand nicht in die Fallengrube stecken? Ich möchte doch einmal sehen, was wird!« Der Pibua steckte die Hand hinein. Die Hand saß sogleich fest. Er wollte sie zurückziehen, die Hand war fest und wurde stark nach unten gezogen. Der Pibua rief einen Mann herbei, der in der Nähe Holz schlug. Der Pibua sagte: »Es ist besser, ich verliere nur die eine Hand und nicht den ganzen Körper. Schlag mir die Hand ab!« Der andere schlug die Hand ab. Der Pibua ging ohne die Hand ins Dorf zurück. Nges Tochter kam. Der Pibua sagte: »Zahle mir zur Sühne für meine Hand.« Nges Tochter sagte: »Ich habe dich ja gewarnt! Habe ich dir nicht gesagt: ›Bringe nie deine Hand in die Grube der Falle!?‹«

Am andern Tage ging Nges Tochter zur Falle. Sie fand darin ein Tier, das auf der einen Seite schwarz und weiß war. Sie hatte die Warnung Mwilles vergessen. Sie ließ das Tier nicht laufen. Sie nahm das Tier aus der Falle und versuchte es zu sich zu ziehen. Da fiel der rechte Fuß des Tieres zur Seite. Da fiel ihr rechter Fuß zur Seite. Da fiel der linke Fuß des Tieres zur Seite. Da fiel ihr linker Fuß zur Seite. Da fiel der rechte Arm des Tieres zur Seite. Da fiel ihr rechter Arm zur Seite. Da fiel der linke Arm des Tieres zur Seite. Da fiel ihr linker Arm zur Seite. Der Kopf des Tieres fiel. Ihr Kopf fiel.

Die Tochter Nges kam nicht zu Kampao zurück. Kampao sagte: »Ich muß sehen, wo meine Frau bleibt.« Er ging zur Falle. Da sah er alle Glieder herumliegen. Er wollte die Leichenteile seiner Frau in die Grube legen. Da sagte der Kopf des Tieres: »Wenn du deine Frau hier in die Grube wirfst, so wirf mich dazu.« Da lief Kampao fort und ließ alles liegen.

Ono Ilenga

Ono Ilenga, ein Knabe, war so klug, daß er von niemand betrogen werden konnte. Einmal gaben ihm die Frauen des Dorfes Bananen zu kochen. Ono Ilenga schnitt die Bananen. Ono Ilenga tat sie aufs Feuer. Die Frauen schickten ihn fort, Wasser zu holen. Während er fort war, nahmen die Frauen seinen Topf vom Feuer, taten die Bananen heraus und an ihre Stelle Blätter in das Wasser. Ono Ilenga kam mit dem Wasser wieder. Er sah in den Topf. Er sah die Blätter. Er sagte: »Das macht nichts.«

Am andern Tage kochten die Frauen ihre Erdnüsse. Er sagte: »Ein Tier ist dahinten bei euren Kindern.« Die Frauen liefen fort. Ono Ilenga nahm die Erdnüsse der Frauen aus dem Topf und tat Blätter hinein. Die Frauen kamen wieder. Die Frauen sahen in den Topf. Es waren keine Erdnüsse mehr da. Sie sagten zu Ono Ilenga: »Wo sind unsere Erdnüsse?« Ono Ilenga sagte: »Es wird heute mit euren Erdnüssen gegangen sein, wie es gestern mit meinen Bananen war!«

Leute Mwilles kamen in das Dorf. Sie nahmen Ono Ilenga mit zu Mwille, zeigten ihn Mwille und sagten: »Der Knabe ist so klug, daß ihn niemand betrügen kann.« Mwille sagte: »Es ist gut! Wir wollen ihm gutes Essen bereiten.« Mwille schlachtete die Mutter Ono Ilengas. Mwille bereitete viele Speisen aus der Mutter Ono Ilengas. Es waren viele verschiedene Gerichte. Nur im Djesse (Gemüse) war nichts von der Mutter Ono Ilengas. Mwille rief Ono Ilenga zum Essen. Ono Ilenga kam. Ono Ilenga aß nur von dem Djesse.

Am andern Tage sagte Mwille: »Wir wollen Palmfrüchte holen.« Sie gingen in den Wald. Sie kamen an eine Palme. Mwille sagte: »Steige du hinauf.« Ono Ilenga gab seinen Armring Okalla aus Mbondofasern Mwille und sagte: »Halte ihn.« Ono Ilenga stieg hinauf. Mwille sagte: »Wachse hinauf.« Der Palmbaum wuchs gen Himmel. Ono Ilenga sagte: »Werde eng.« Der Ring schloß sich fest um Mwille. Mwille sagte: »Werde klein!« Der Baum wurde wieder klein. Ono Ilenga sagte: »Lasse frei.« Der Ring ließ Mwille frei. Ono Ilenga stieg herab. Sie gingen ins Dorf zurück.

Mwille gab Ono Ilenga vier Böcke und zwei Ziegen. Ono Ilenga nahm aber nur drei Böcke und nur eine Ziege an. Er ging zur Erde.

Die eine Ziege aber warf so viele Junge, daß Mwille Ilenga sagen ließ: »Meine Böcke haben bei dir so geworfen, daß du mir ein Geschenk machen mußt.« In den Tagen kam (gerade) eine Frau Ilengas nieder. Ilenga nahm das Kind mit aller Nachgeburt und legte es seinem Vater in den Schoß. Er ließ Mwille sagen: »Mein Vater hat dir ein Kind zur Welt gebracht. Sende mir ein Geschenk.« Mwille ließ antworten: »Das ist nicht möglich. Ein Mann kann nicht gebären.« Ilenga ließ antworten: »Weshalb kann ein Mann nicht gebären? Haben deine Böcke etwa nicht geworfen?« Mwille sagte: »Man kann Ono Ilenga nicht betrügen.«

Das Tanzverbot

Loamakullu (»große Füße«) war ganz allein. Er war der einzige Sohn seiner Mutter. Er hatte weder Vater noch Mutter. Er war so arm, daß er zur Bedeckung seiner Blößen vorn und hinten nur zwei ganz kleine Stückchen Zeug hatte. Alle Leute schlugen ihn.

Es war (einmal) Markt. Er ging hin. Auf der Wanderung traf er an einem Kreuzweg eine Lukassu (offene Hackenklinge). Er nahm die Lukassu auf und ging auf den Markt. Er sagte: »Ich habe nun eine Lukassu und kann jetzt kaufen. Ich werde mir dafür ein Stück Stoff kaufen.« Aber alle Männer und Frauen auf dem Markt wollten keine Lukassu haben. Er kehrte zurück. Er weinte.

Er ging wieder zurück mit seiner Lukassu und weinte sehr. Da rief jemand am Wege: »Loamakullu, weshalb weinst du in einem fort?« Loamakullu sah sich um. Er konnte niemanden sehen. Er ging jedoch auf die Stimme zu. Die Stimme sagte: »Geh in dein Dorf zurück und baue dir ein Haus. Wenn das Haus fertig ist, spanne vor der Haustür eine Schinga (Rotangsehne) zwischen zwei Pfosten auf und hänge abends deine Kleiderläppchen daran auf.«

Loamakullu kehrte heim. Er machte alles, wie die Stimme ihm gesagt hatte. Er schlug Stangen, richtete sie auf, richtete Dach und Wände, und abends spannte er eine Schinga zwischen zwei Stangen, auf die er dann seine Schamläppchen hängte. Dann ging er in das Haus um zu schlafen. Es lag aber auf seinem Lager eine sehr schöne Frau (deren Name: Mukelenge Moadi = Häuptlings erste Frau). Als er sich am Morgen erhob, fand er an der Schinga am Haus (statt der Schamläppchen) alles Nötige hängen: Hosen, Hemden, Röcke, Mützen, Stoffe, viele Stoffe. Er konnte sich nun sehr elegant kleiden.

Loamakullu und seine Frau gingen zu der Stimme am Kreuzweg. Loamakullu sah den Mann nicht. Die Stimme sagte aber: »Höre, Loamakullu, morgen mußt du zehn Häuser bauen. Du wirst ein sehr großer Chef werden. Tanz aber nie mit beiden Füßen und beiden Händen, tanze immer nur mit der rechten Seite. An dem Tag, an dem du mit der linken tanzst, wirst du eine schlimme Sache erleben.«

Loamakullu kehrte mit seiner Frau zurück. Er baute am folgenden Tage zehn Häuser. Einen Tag später fand er bei Sonnenaufgang (also in der Nacht darin erstanden) in jeder Hütte eine Frau. Die Leute, die ihn bis dahin verächtlich behandelt und geschlagen hatten, kamen nun zu ihm. Sie siedelten sich bei ihm an. Alle Leute kamen. Wenn Loamakullu »ähä« hustete und Malafu (Palmwein) trank, klatschten alle in die Hände und riefen: »Jaja, Jaja, Jaja, Jaja!«

Loamakullu gab ein großes Fest. Er rief alle Fumus (den Adel) zusammen. Es kamen Zappu Zapp, Bulu Matari, Lupungu usw. Es kamen alle, alle, alle. Die Häuptlinge tranken Malafu. Die Häuptlinge aßen. Die Häuptlinge tanzten. Ein Chef nach dem andern tanzte. Alle Chefs tanzten mit zwei Händen. Loamakullu wollte auch tanzen. Er wollte mit zwei Seiten tanzen. Seine Frau sagte: »Laß das! Tanz nur mit einer Seite!« Loamakullu kümmerte sich nicht darum. Loamakullu tanzte mit beiden Händen und beiden Füßen.

Alle Häuptlinge gingen von dannen. Loamakullu ging in sein Haus. Loamakullu schlief. Loamakullu erwachte. Er war allein. Mukelenge Moadi war verschwunden. Alle Gewänder, Hemden, Hosen waren verschwunden. Die Lukassu war verschwunden.

Vor dem Haus war eine Schinga über zwei Stangen gezogen. Daran hingen Loamakullus Schamläppchen.

Iß nicht von dem, was über dir hängt

Ein Jäger, Kabeji Tschilembi, hatte zwei Hunde: Kuatschilafifi (der in der Nähe greift) und Kuatschilapale (der in der Ferne packt). Kabeji (Kabeja = greif!) Tschilembi ging mit den beiden Hunden zur Jagd. Kuatschilafifi stellte in der Nähe ein Tier. Kuatschilapale griff in der Ferne ein Tier. Am andern Tage lief jeder der beiden Hunde noch etwas weiter. Am dritten Tage liefen sie soweit wie am zweiten.

Am dritten Tage jagte Kuatschilapale eine Antilope auf. Die Antilope lief. Kuatschilapale lief hinter ihr her. Die Antilope lief in ein kleines Haus. Kuatschilapale lief auch hinein. Im Hause wohnte ein Mukische (Geist eines Verstorbenen) mit seiner Frau. Der Mukische nahm die Antilope, schnitt sie auf und nahm das Innere heraus. Das Innere hängte er im Dach seines Hauses auf. Der Mukische nahm den Hund Kuatschilapale, schnitt ihn auf und nahm das Innere heraus. Das Innere hängte er im Dach seines Hauses auf.

Kabeji kam hinter Kuatschilapale her. Der Mukische nahm Kabeji in sein Haus und gab ihm eine Matte zum Sitzen. Er ließ seine Frau für Kabeji Matamba (Gemüse) machen. Mukische und seine Frau waren vor dem Hause. Kabeji war im Haus. Die Frau brachte ihm die Matamba und ging wieder hinaus. Kabeji versuchte die Matamba. Sie schmeckte sehr schlecht.

Der Mukische und seine Frau saßen vor dem Hause und rauchten Riamba (Hanf). Der Mukische zog den Rauch ein und stieß ihn aus und sagte: »Iß nicht von dem, was über dir hängt!« Kabeji sah in der Hütte oben die Herzen hängen. Die Matamba war schlecht. Er schnitt von einem Herzen ab, tat es ins Feuer und aß es dann.

Der Mukische zog noch einmal (draußen) den Rauch ein, stieß ihn aus und sagte: »Iß nicht von dem, was über dir hängt!«

Kabeji schnitt (noch einmal) von dem Herzen ab, tat es ins Feuer und aß es dann.

Der Mukische zog noch einmal (draußen) den Rauch ein und stieß ihn aus und sagte: »Iß nicht von dem, was über dir hängt!« Kabeji schnitt (noch einmal) von dem Herzen ab, tat es ins Feuer und aß es dann.

Mukische fragte (draußen): »Bist du fertig? (mit Essen).« Kabeji antwortete aus dem Hause: »Ich bin fertig.« Der Mukische kam herein. Er nahm einen Ssompo (Grasbüschel) und sprengte Wasser gegen das Innere der Tiere, die oben im Hause hingen.

Darauf sprang die Antilope auf und davon. Der Hund blieb liegen. Mukische sagte: »Sieh Kabeji, es hat jemand vom Herzen des Hundes abgeschnitten. Es hat hier jemand gestohlen.« Der Jäger steckte die Überreste seines toten Hundes ein und ging von dannen.

Im Dorf der Verstorbenen

Ein Jäger ging mit einem Hund auf die Jagd. Der Hund scheuchte eine Mbambi (Antilopenart) auf. Die Mbambi lief von dannen, der Hund setzte hinterher. Die Mbambi lief in das Dorf der Misiangi (der Verstorbenen). Die Misiangi ergriffen die Mbambi. Sie schnitten den Leib heraus und hängten ihn im Hause über das Feuer. Das Fell und das Übrige hingen sie hinter dem Hause auf. Der Hund lief hinterher. Er kam in das Dorf der Misiangi. Die Misiangi ergriffen ihn. Sie schnitten den Leib heraus und hängten ihn im Haus über das Feuer. Das Fell und das übrige hängten sie hinter dem Hause auf.

Der Jäger kam. Die Misiangi fragten: »Wer bist du?« Der Tschilembi sagte: »Ich bin ein Mensch wie ihr.« Die Misiangi ergriffen den Tschilembi. Sie schnitten den Leib heraus und hängten ihn im Haus über das Feuer. Die Haut und das übrige hängten sie hinter dem Hause auf.

Nach zwei Tagen sagte der Bruder des Jägers zu seinem Vater: »Mein Bruder ging vor zwei Tagen auf die Jagd, er ist nicht zurückgekommen. Ich will sehen, wo er ist.« Der Vater sagte: »Es ist recht.« Der Bruder ging der Spur des Hundes und seines Bruders nach. Er kam in das Dorf der Misiangi. Die Misiangi fragten: »Wer bist du?« Der Mann sagte: »Ich bin ein Mensch wie ihr.« Die Misiangi ergriffen den Mann. Sie schnitten den Leib heraus und hängten ihn im Haus über das Feuer. Die Haut und das übrige hängten sie hinter dem Hause auf.

Nach zwei Tagen sagte der Vater der beiden Jäger: »Meine Söhne sind ausgegangen und kommen nicht wieder. Ich muß selbst sehen, wo sie hingegangen sind.« Der Vater ging von dannen, er ging der Spur seiner Söhne nach. Er kam in das Dorf der Misiangi. Die Misiangi fragten: »Wer bist du?« Der Mann sagte: »Ich bin ein Mensch wie ihr.« Die Misiangi führten ihn in das Haus. Die Misiangi machten für den Mann Biddia (Hirsebrei). Sie machten ihm zwei große Schüsseln voll Biddia. Sie legten zwei Mpassu (Heuschrecken) darauf. Sie brachten das Essen dem Mann als Mittagsspeise ins Haus. Der Mann begann zu essen. Er sagte: »Zwei große Schüsseln mit Biddia und nur zwei Mpassu? Und hier hängt über dem Feuer ein Stück Fleisch neben dem andern? Das ist nicht recht.«

Über dem Feuer hing zu hinterst der Leib der Mbambi. Dann hing der Leib des Hundes; dann hing der Leib des ersten Jägers da. Vorn an hing der Leib des andern Sohnes. Der Mann nahm sein Messer und schnitt von dem vordersten Leib ein ganzes Stück ab. Dann aß er. Er schnitt noch ein Stück ab und aß gut.

Am Abend machten die Misiangi wieder zwei große Schüsseln mit Biddia. Sie legten nur einen kleinen Katende (Vogel) darauf. Der Mann aß. Er sagte: »Auf den zwei Schüsseln liegt nur ein kleiner Katende. Und hier hängt die Hütte voller

Fleisch, das ist nicht recht.« Der Mann nahm sein Messer und schnitt ein gutes Stück von dem zweiten Leib ab und aß gut. Dann legte er sich hin und schlief.

Am Morgen riefen die Misiangi: »Ich bin ein Mensch wie ihr.« Der Mann sagte: »Hier bin ich.« Die Misiangi sagten: »Hast du gut geschlafen?« Der Mann sagte: »Ich habe vorzüglich geschlafen!« Die Misiangi nahmen darauf den Leib der Mbambi und das Fell. Sie setzten beides zusammen. Die Mbambi lief von dannen. Die Misiangi nahmen darauf das Fell des Mboa und den Leib des Mboa. Der Mboa war lebendig, lief von dannen und hinter der Mbambi her. Die Misiangi nahmen darauf die Haut des ersten Tschilembi und dessen Leib und setzten ihn zusammen. Aber der Tschilembi wurde nicht wieder lebendig. Und die Misiangi klopften ihn und kehrten ihn, aber er wurde nicht lebendig. Sie nahmen den Leib und die Haut des Bruders. Aber auch der wurde nicht wieder lebendig

Da sagten die Misiangi zu dem Mann: »Du bist ein Mensch. Du bist der Vater dieser beiden Brüder. Du hast von ihrem Fleisch gegessen. Wir können zerschneiden und töten und dann zusammensetzen und lebendig machen, wenn nichts fehlt. Wir würden auch diese beiden wieder lebendig machen können, wenn nichts fehlen würde.«

Der Mann hörte das. Er floh weit von dannen.

Der Hundertkopf

Ein Pibua (Jäger) ging mit drei Söhnen und zwei Hunden auf die Jagd. Er erlegte im Wald ein Stück Wild. Mit dem Beutestück wollte er in das Dorf zurückkehren. Ein starker Regen begann. Sie gingen im Regen hin. Von weitem sahen sie ein Feuer. Der Pibua sandte einen Sohn. Der ging hin und fand am Feuer einen Mann mit 100 Köpfen. Es war ein riesengroßer Mann. Der hatte viele, viele Münder. Alle Münder sagten: »Maanga, maanga, maanga!« (Geh fort, geh fort, geh fort!) Der Junge kehrte erschrocken zum Vater zurück. Der Vater war sehr böse. Er sandte seinen zweiten Sohn. Er kehrte fliehend zurück. Er sandte seinen dritten Sohn. Er kehrte fliehend zurück. (Beidemal vom Berichterstatter mit gleicher Ausführlichkeit wie die erste Sache erzählt.)

Der Pibua machte sich selbst auf den Weg. Er kam an das Feuer und fand da einen Mann mit 100 Köpfen. Es war ein riesengroßer Mann. Er hatte viele, viele Münder. Der Pibua starrte den Hundertkopf an. Er starrte und starrte. Der Hundertkopf sagte endlich: »So ist es recht, daß du als Alter selbst kommst. Ich bin auch alt. Wenn du einen Jungen schickst, so ist das, als ob ich auch jung wäre.« Der Hundertkopf gab dem Pibua Feuer. Der Hundertkopf sagte: »Das Tier, das du erlegt hast, iß nicht selbst mit deinen Söhnen. Koch es und gib es den Hunden. Die Hunde werden dir dann viel Wild erbeuten.« Der Pibua ging.

Das Tier mit den zehn Häuten

Tschilembi munene mundele kuta war (einmal) auf der Jagd. Er traf ein Tier. Er tötete das Tier. Das Tier war am Kopf wie eine Antilope, an Leib und Füßen wie ein Hund gestaltet. Tschilembi sagte: »Ein solches Tier habe ich noch nicht gesehen!« Ein Vogel flog ganz dicht über Tschilembi hin. Der Vogel rief: »Pioooo, piooooh! Tschilembi, das Tier hat zehn Häute.« Tschilembi begann das Tier abzudecken. Unter der ersten Haut war eine zweite, unter der zweiten Haut war eine dritte, unter der dritten Haut war eine vierte, unter der vierten Haut war eine fünfte, unter der fünften Haut war eine sechste. Tschilembi wußte, daß das Tier nun noch fünf Häute hatte.

Ein anderer Mensch sagte zu Tschilembi: »Das kommt davon: Du hast vor langer, langer, langer Zeit einem Mann einmal zehn Stoffe mit Unrecht abgenommen. Nun hast du das Unglück und die Arbeit!«

Tschilembi ging hin und bezahlte dem Mann die zehn Stücke Stoff. Da war er mit den zehn Häuten in Ordnung.

Mutter Muloschi

Ein Mann und eine Frau hatten eine Tochter. Die Tochter wuchs heran. Ein Mann aus einem andern Lande kam, um sie zu heiraten. Er nahm sie mit in sein Dorf. Sie gebar ihm ein Mädchen und einen Knaben. Eines Tages schlug der Mann die Frau. Da nahm die Frau ihre Kinder, tat Mehl und Fleisch in einen Korb und ging zurück zum Dorf ihrer Mutter. Die Frau traf aber ihre Mutter nicht. Sie setzte die beiden Kinder in das Haus und wartete in einer Ecke. Die beiden Eltern der Frau waren Muloschi (menschenfressende, vampirartige Ungeheuer, Plur. Baloschi). Die Frau wußte das nicht.

Als sie nun in das Haus ihrer Eltern zurückkehrte, waren diese gerade ausgeflogen, um als Baloschi Menschen zu fressen. Nach einiger Zeit kam aber der Vater als großer Vogel zurück. Er setzte sich in die Dachspitze. Der Vater sah die Tochter nicht. Die Tochter sah aber den Vater. Der Vater flog herab auf sein Bett und ließ sich auf dem Bett nieder. Da erkannte die Tochter den Vater. Nach einiger Zeit kam die Mutter. Die Mutter flog in die Dachspitze als Vogel. Die Tochter sah den Vogel. Der Vogel sah aber die Tochter nicht. Der Vogel setzte sich auf sein Bett. Da wurde der Vogel Mensch, und die Tochter erkannte die Mutter.

Der Vater fragte die Mutter: »Hast du auf deiner Seite Fleisch gefunden?« Die Mutter sagte: »Nein.« Der Vater sagte: »Dann wollen wir zu unserer Tochter fliegen. Sie hat zwei Kinder.

Nimm Essen mit und hole eines der Kinder.« Die Tochter in der Ecke hörte es. Die Eltern sahen die Tochter nicht. Die Eltern gingen nach einiger Zeit aus dem Hause. Die Tochter floh mit ihren Kindern von dannen in das Dorf ihres Mannes zurück. Die Mutter bereitete inzwischen Passu (Heuschrecken). Wenn jemand die aß, so mußte er sterben, und wenn ein Enkelkind starb, so hatten die Großeltern Fleisch.

Die Mutter kam bei der Tochter an. Die Mutter gab den kleinen Kindern die Passu zum Naschen. Die Mutter der Kinder nahm sie aber heimlich fort und tat sie in den Kropf eines Huhnes. Das Huhn setzte sie der Mutter als Speise vor. Die Mutter aß. Die Mutter sagte: »Meine Tochter, du hast mir ein schlechtes Zaubermittel gemacht.« Die Tochter sagte: »Ich habe dir kein Zaubermittel gemacht. Das Huhn hat nur von deinem Passu gegessen.« Die Mutter ging in ihr Dorf zurück. In ihrem Dorf starb sie nach zwei Tagen. Alle Leute trauerten. Die Tochter kam auch. Die Leute sangen den Trauergesang. Die Tochter sagte: »Laßt das Klagen!« Sie erzählte die ganze Geschichte. Da warfen die Leute die Frau ohne Klagen in die Erde.

Die menschenfressenden Mädchen

Alle Mädchen eines Dorfes wohnten zusammen in einem Haus. Die Leute glaubten, es seien gute Mädchen, die in dem Hause wohnten. Das Mädchen Tschidibi wohnte auch in dem Hause. Lutumba, ein Jüngling, sah Tschidibi. Er sagte zu Tschidibi: »Wo wohnst du?« Tschidibi sagte: »Ich wohne in dem Haus, wo die andern Mädchen wohnen.« Lutumba sagte: »Ich möchte dich des Nachts besuchen.« Tschidibi sagte: »Du kannst kommen. Komm aber nicht, wenn es regnet. Wenn es regnet, sind wir nicht im Hause. Komm, wenn es nicht regnet und verstecke dich im Stroh der Hauswand.« Lutumba sagte: »Es ist gut.« Tschidibi sagte nicht, daß alle Mädchen im Hause Muloschi (Zauberfrucht, die auf dem Muloschibaum wächst) aßen.

Lutumba kam mehrmals, wenn es nicht regnete, in das Haus der Mädchen und schlief bei Tschidibi. Einmal kam er in das Haus, als es regnete. Die Mädchen waren nicht da. Lutumba versteckte sich im Stroh der Hauswand. Beim ersten Hahnenschrei kamen alle Mädchen von der Menschenjagd zurück. Sie ließen sich im Haus zum Essen nieder. Die Mädchen kochten das Fleisch in einem Topf, der war ganz durchlöchert. Er war wie ein Sieb. Das Essen war bereitet.

Als das Essen bereitet war, nahm eines der Mädchen zwei hölzerne Lupingu (Menschenfiguren) aus dem Dache. Sie steckte die beiden Lupingu neben sich am Feuer in die Erde. Das Mädchen reichte dem einen Lupingu ein Menschenherz mit Biddia (Hirsebrei). Der Lupingu sagte: »Ich esse nicht, ein Mensch sieht mir zu.« Die Mädchen suchten in allen Ecken. Sie konnten aber keinen Menschen entdecken. Das Mädchen reichte nun dem andern Lupingu das Menschenherz mit Biddia. Der andere Lupingu sagte: »Der Mensch ist in der Hauswand.« Die Mädchen untersuchten die Hauswand. Sie fanden Lutumba. Die Mädchen zogen Lutumba heraus. Sie schlugen Lutumba. Lutumba floh. Die Mädchen liefen hinter ihm her und schlugen ihn. Lutumba floh. Die Mädchen schlugen ihn. Er lief in sein Haus.

Lutumba war sehr krank. Lutumba rief am andern Tage Leute. Er erzählte den Leuten alles. Lutumba starb. Die Leute sagten: »Wir dachten, die Mädchen in dem Haus dort wären gute Mädchen. Es sind Baloschi.« Sie zogen alle Mädchen aus dem Haus. Die Mädchen wurden an den großen Baum auf den großen Marktplatz gebracht. Die Mädchen wurden am Baum hochgezogen. Die Mädchen wurden an dem Baum erhängt. Als sie tot waren, schleuderte man sie an die Erde.

Laeja und Lingeo

Eine Frau gebar einen Knaben. Am gleichen Tage wollte man ihm einen Namen geben. Der Knabe sagte: »Laßt, ich weiß alles sehr gut. Ich will Lingeo heißen.« Der Knabe schlief drei Tage, dann war er ein ausgewachsener Mann. Am fünften Tage sagte sein Vater Laeja: »Wir wollen in den Busch gehen, um Früchte der Mba (Ngaschi-Palme) zu schlagen.« Sie gingen in den Busch. Jeder ging in eine andere Richtung. Nach einiger Zeit fand Laeja zwei Bäume; der eine hatte zwei, der andere vier Fruchtbündel. Laeja rief: »Lingeo, komm!« Lingeo sagte: »Ich weiß schon, du hast zwei Mba gefunden; der eine Baum hat zwei, der andere Baum vier Fruchtbündel.« Laeja sagte (für sich): »Was ist das für ein Knabe, der das alles weiß? Er ist geboren, er spricht; er ist drei Tage alt, da ist er erwachsen! Was soll das bedeuten?«

Lingeo kam. Er stieg auf eine Mba. Er schlug die Blätter. Er wollte die Früchte abhacken. Lingeo rief: »Vater, geh beiseite, daß die Früchte dich nicht treffen!« Laeja sagte: »Ich weiß«. Die Früchte stürzten herab und trafen Laeja auf den Kopf. Sie zerdrückten Laeja. Laeja starb. Aber Laeja hatte ein starkes Zaubermittel. Laeja teilte sich. Der eine Laeja blieb unter dem Palmbaum liegen, der andere Laeja ging schnell ins Dorf. Lingeo sah ihn nicht.

Lingeo rief: »Vater!« Der Vater antwortete nicht. Lingeo rief nochmals: »Vater!« Laeja antwortete nicht. Lingeo stieg vom Baum herab. Lingeo fand den Vater unter dem Baume tot. Lingeo lief schnell in das Dorf. Er traf den andern Laeja. Er war lebend und gesund und fegte das Dorf. Lingeo lief schnell in den Wald zurück. Da lag Laeja und war gestorben. Lingeo lief schnell in das Dorf. Da sah er Laeja die Wege fegen. Lingeo lief fünf- bis sechsmal hin und her und verglich die beiden Laeja. Endlich blieb er vor dem Laeja im Dorf stehen und fragte: »Bist du mein Vater?« Laejasagte: »Du weißt ja alles. Ich bin nicht deinVater. Dein Vater ist im Wald gestorben.« Lingeo lief zu seiner Mutter und sagte: »Im Wald ist mein Vater von Mbafrüchten erschlagen. Der Mann hier hat die gleichen Augen, Mund, Nase, Ohren, Arme, Füße. Ist er mein Vater?« Die Mutter sagte: »Du sagtest: ›Ich weiß alles‹. Weißt du dieses nicht?«

Im Totenreich

Kapompo und Kakutschi, zwei Männer, machten keine Feldarbeit. Wenn die andern Leute ihre Acker bestellten und nicht daheim waren, gingen sie hin und stahlen. Kapompo aß immer nur die eine Hälfte der gestohlenen Bohnen, des Mais, Maniok usw. auf und die andere Hälfte versteckte er in einem hohlen Baum, der im Walde stand. Dort hob er sie auf. Kakutschi aß aber alles Gestohlene stets sogleich auf. Kakutschi sagte: »Ach, es sind ja so viele Äcker. Wenn ein Acker abgegessen ist, kommt ein anderer an die Reihe.« Als die Regenzeit vorüber war, ernteten die Leute alles und füllten es in die Speicher und Heuböden. Kapompo aß nun von seinen Vorräten im Baumloch. Er hatte viele Früchte. Kakutschi hatte aber nichts mehr zu essen. Es stand nur auf einem Feld noch Mais. Kakutschi ging zu dem Feld um zu stehlen. Die Leute packten ihn. Kakutschi aber hatte eine Munjinga (Armring mit Zaubermittel aus Varanushaut). Er verwandelte sich in Kräuter, wartete bis seine Verfolger fort waren und ging dann nach Hause.

Die Leute der Maisfelder gingen zum Häuptling Ja Nkolle moana na Fidi Mukullu und sagten: »Wir haben Kakutschi beim Maisstehlen überrascht.« Der Häuptling sagte: »Wo ist er?« Die Leute sagten: »Er ist im Gras entflohen.« Der Häuptling sagte: »Das ist nicht wahr.« Ein anderes Mal stahl Kakutschi ein Huhn.

Ein Junge sah es. Kakutschi versteckte dann das Huhn unter seinem Bett und deckte es mit Erde zu. Die Leute suchten das Huhn im ganzen Dorf, in allen Speichern, in allen Häusern. Sie fanden das Huhn nicht. Der Junge sagte: »Ich habe gesehen, wie Kakutschi das Huhn stahl.«

Die Leute wiesen Kakutschi aus dem Dorf.

Kakutschi ging in den Wald. Es rief jemand: »Komm!« Er lief zu der Stelle und sah nichts. Er sah niemand. Neben ihm sagte jemand: »Komm!« Er sah einen großen Baum, den er vordem dort nicht sah. Der Baum lag quer über den Weg. Die Stimme sagte: »Geh in dies Baumloch hier.« Kakutschi sagte: »Hier soll ich hineingehen?« Die Stimme sagte: »Ja.« Kakutschi ging hinein. Er sah da ein großes, großes Dorf. Es waren darin lauter Leute, die vor langer Zeit gestorben waren. Kakutschi sah seine Mutter, seinen Sohn, seinen Bruder. Alle waren ganz, ganz klein. Ihre Haare reichten bis auf die Schultern. Die Füße standen verkehrt, nämlich mit den Hacken nach vorn und mit den Zehen nach hinten.

Die Mutter sagte: »Ich muß dich verstecken, denn die Leute hier lieben die Lebenden nicht.« Die Mutter versteckte ihn. Sie brachte ihm Tschijangalla (Mistkäfer). Er aß nicht. Sie brachte ihm Regenwürmer. Er aß nicht. Die Mutter sagte: »Das ist alles, was man hier ißt. Etwas anderes essen die Leute hier nicht.« Die Nacht kam. Die Mutter versteckte Kakutschi auf der Erde unter der Matte. Der Vater Kakutschis kam. Kakutschi sah, daß sein Vater verkehrte Füße hatte, daß er ganz lange Haare hatte, daß er ganz klein war. Der Vater setzte sich auf die Matte, gerade auf Kakutschis Hals. Kakutschi starb fast. Der Vater stand nicht auf. Die Mutter sagte leise: »Schrei ja nicht, sonst töten sie dich.« – Nach einiger Zeit ging der Vater hinaus. Die Mutter setzte Kakutschi schnell in einen Korb auf den Zwischenboden. Sie sagte: »Weine ja nicht!«

Der Vater kam zurück. Er schürte das Feuer an. Der Rauch stieg Kakutschi in die Augen. Kakutschie hielt es endlich nicht mehr aus und jammerte: »Ach, ich halte es nicht mehr aus, ich sterbe! Ach, ich halte es nicht mehr aus, ich sterbe. Ach, ich halte es nicht mehr aus, ich sterbe!« Der Vater sagte zur Mutter: »Was hast du da versteckt?« Der Vater rief Leute herbei. Die Leute stiegen auf den Zwischenboden. Sie fanden Kakutschi. Kakutschi kam herunter. Der Vater sagte: »Wer hat dich da versteckt?« Kakutschi sagte: »Meine Mutter hat mich hier versteckt.« Der Vater rief alle Leute zusammen. Alle, alle Leute kamen. Alle waren ganz klein, alle hatten lange Haare, die bis auf die Schulter fielen. Allen standen die Füße verkehrt herum, nämlich mit den Zehen nach hinten und mit den Hacken nach vorn. Die Leute packten Kakutschi und töteten ihn. Dann sagten die Leute zur Mutter: »Geh, du gehörst nicht hier her.« Sie verjagten die Mutter. Die Mutter ging. Sie traf auf dem Weg in ihr altes Dorf zwei Frauen. Die Mutter fragte: »Habt ihr nicht mein Kind Kitenga gesehen?« Die Frauen liefen in großer Angst von dannen und riefen Kitenga. Sie sagten: »Am Wege sitzt eine alte kleine Frau mit verkehrten Füßen und langen Haaren und sagte, sie wäre deine Mutter.« Kitenga ging hin. Kitenga sah sie und hatte große Furcht. Kitenga sagte: »Das ist meine Mutter nicht.« Kitenga lief von dannen. Es kam ein großer, großer Regen, der spülte alles fort, Hütten, Bananen und Äcker. Und als die Mutter Kakutschis an die Stelle des Dorfes kam, war es verschwunden.

Tschibamba lag im Sterben. Da gab er seinem jüngeren Bruder Kassongo sein Messer und sagte: »Das soll dein sein.« Tschibamba starb. Kassongo begrub ihn. Er ließ (aus Versehen) sein Messer in die Grube fallen. Im Dorfe sagte er zu seinen Leuten: »Wo ist mein Messer? Wer hat mein Messer gestohlen?« Die Leute sagten: »Wir haben dein Messer nicht gestohlen. Es wird in die Grube gefallen sein.« Kassongo sagte: »Gut, dann gehe ich hin und grabe das Messer wieder aus.« Kassongo ging hin und begann zu graben. Er grub aber (aus Versehen) nicht die Erde des Grabes Tschibambas auf, sondern die Erde daneben. Er kam auf einen großen Weg.

Er stieg hinab und ging den Weg entlang. Er kam zu Tata Mukullu (ein Mann, »der längst verstorben ist«). Tata Mukullu sagte: »Bist du Kassongo?« Kassongo sagte: »Ich bin Kassongo!« Tata Mukullu sagte: »Dein Bruder Tschibamba ist vor kurzem diesen Weg hier gekommen. Er hat mir dies Messer für dich gegeben.« Tata Mukullu gab Kassongo das Messer. Kassongo nahm das Messer und sagte: »Ich bin jetzt auf diesem Weg; ich will jetzt hier weiter gehen und sehen, wohin er führt.« Kassongo ging an Tata Mukullu vorüber den Gang weiter. Kassongo kam endlich zu Mwille. Mwille sagte: »Was willst du?« Kassongo sagte: »Ich hatte das Messer, das mir mein Bruder Tschibamba gegeben hatte, in dessen Grab fallen lassen und bin herabgestiegen, um es zu holen. Tata Mukullu hat mir das Messer gegeben.« Mwille sagte: »Geh zurück, ich habe dich nicht gerufen. Nimm diese Lupembe (weiße Farbe) und iß Lupembe in Zukunft. Sowie du eine andere Speise ißt, oder sowie du sagst, wo du warst, mußt du sterben.« Kassongo ging zurück. Im Dorf aß er Lupembe. Seine Frau fragte: »Weshalb ißt du nicht die Speisen, die ich dir mache?« Kassongo sagte nichts. Eines Tages war die Lupembe ganz verzehrt. Kassongo aß die Speise seiner Frau. Er starb.

Eine Frau gebar fünf Knaben. Drei Knaben starben. Es waren noch zwei am Leben. Sie wurden größer. Sie liebten einander sehr. Es starb noch einer. Der letzte Jüngling sagte: »Alle meine Geschwister sind gestorben, ich bleibe nun nicht allein. Mein liebster Bruder ist gestorben. Ich bleibe nun nicht allein. Ich will mit begraben werden.« Er wurde mit dem Verstorbenen am Ende eines langen Ganges (die früher geübte Bestattungsform) begraben. Der Jüngling schlief.

Nach einiger Zeit wachte der Jüngling auf. Er sah einen langen Gang vor sich. Er ging in dem Gang unter der Erde hin. Er sah an der Wand eine Nkolle (Schnecke). Er wollte an der Nkolle vorbeigehen. Da sagte die Nkolle: »Komm!« Der Jüngling ging hin. Da sagte die Nkolle: »Putz mir die Augen aus. Wenn du mir die Augen ausputzt, will ich dir sagen, wo der Weg gut und wo er schlecht ist.« Der Jüngling putzte der Nkolle die Augen aus. Nkolle sagte: »Geh hier den Weg unter der Erde hin. Du kommst in eine Versammlung. Vorn sitzt ein Großer, dahinter ein Kleiner. Wende dich nicht an den Großen, wende dich an den Kleinen. Iß nicht, was man dir vorsetzt.« Der Jüngling ging.

Der Jüngling kam zu der Versammlung. Es war ein großes Dorf. Es saß da ein Großer und dahinter ein Kleiner. Er sagte: »Alle meine Brüder sind gestorben. Ich will nicht allein auf der Erde bleiben. Ich habe mich mit begraben lassen, und so bin ich hierher gekommen.«

Der Kleine sagte: »Gebt ihm ein Haus.« Der Jüngling wurde in ein Haus geführt. Man brachte ihm eine Schüssel mit Speise. Der Jüngling ging mit der Speise zu Nkolle und fragte: » Kann ich das essen!« Nkolle sagte: »Iß das nicht.« Nkolle sagte: »Iß das nicht, es ist Menschenfleisch. Du wirst aber im Dorf deinen Vater und deine Brüder sehen. Umarme sie, so werden sie mit dir zurückkehren.« Der Jüngling ging in das Dorf zurück. Er aß die Speise nicht. Er sah seinen Vater; er umarmte ihn. Er sah seine kleinen drei Brüder; er umarmte sie. Er sah seinen großen Bruder; er umarmte ihn. Sie gingen mit ihm. Sie gingen den Gang entlang zurück. Sie kamen zur Erde. Der Jüngling wurde ein großer Häuptling.

Die Elefantenlegende

Ein Mann suchte kleine Tiere (Masakka) auf den Zweigen, um sie zu kochen. Er kletterte auf einen hohen Baum, auf dem sehr viele Masakka waren. Viele warf er hinab. Viele steckte er in seinen Sack, den er über der Schulter hatte. Er sah, wie zwischen den Büschen ein mächtiger Ndambi (Elefant) einherkam. Der Mann blieb ganz still auf seinem Baum. Der Ndambi kam an den Baum heran. Er sah die vielen Masakka auf dem Boden. Er begann seine Zähne abzulegen. Er begann seine Haut abzulegen. Er war ein Mensch mit einem Sack.

Der Ndambimensch nahm einen Topf und ein Feuerzeug aus dem Sack. Er machte ein Feuer. Er sammelte die Masakka in den Topf. Er begann die Masakka zu kochen. Er aß sie. Er zog eine lange Pfeife aus dem Sack und begann zu rauchen. Er saß unter dem Baum und rauchte seine Pfeife. Dann holte er Wasser, wusch sich, putzte die Zähne, tat alles in seinen Sack, zog die Haut an, legte die Zähne an und ging als Ndambi von dannen.

Als er ein Stück fort war, rief der Mann auf dem Baum: »Jetzt weiß ich es, die Elefanten sind Menschen.« Der Ndambi wandte sich um, kam zurück, schüttelte an den Bäumen. Er fand den Mann, der sehr hoch in den Zweigen war, nicht und ging von dannen. Der Mann rief nochmals: »Jetzt weiß ich, daß die Elefanten Menschen sind!« Der Ndambi kehrte wieder um, suchte und suchte und fand (sah) den Menschen endlich. Der Ndambi legte seine Haut und seine Zähne ab und war wieder Mensch. Der Mann sah, daß der Ndambimensch ein verstorbener Verwandter von ihm war. Der Ndambimensch rief: »Komm herunter.« Der Mann stieg herab. Der Ndambimensch sagte: »Du siehst, ich bin einer aus deiner Familie, der gestorben ist. Du hast mich gesehen. Nun rate ich dir, sprich nicht über das

Erlebnis, sage es niemand, sonst stirbst du im gleichen Augenblick und wirst auch ein Ndambi!« Darauf trennten sie sich. Der Ndambimensch kleidete sich wieder an und rannte in den Busch. Der Mann ging in sein Dorf zurück.

Zwanzig Tage lang erzählte der Mann nichts. Dann begann er eines Tages zu berichten. Im selben Augenblick aber starb er. Er wurde sogleich ein Ndambi und rannte als Ndambi in den Busch. Der andere Ndambi traf ihn. Er sagte: »Siehst du, du hast gesprochen, nun bist du auch ein Ndambi.«

Die Büffellegende

Ein Mann hatte viele Mahussu (= Raphia vinifera, d. h. Palmen, von denen Wein und Webfaser gewonnen wird). Er befestigte alle Tage Kalebassen in den Kronen und zapfte Palmwein. Eines Tages fehlte eine seiner Mahussu. Am andern fehlte eine zweite Mahussu. Jeden Tag fehlte eine weitere Mahussu. Dann war nur noch eine Mahussu da und am nächsten Tage war auch diese verschwunden. Der Mann sagte: »Jetzt möchte ich doch wissen, wer alle meine Mahussu stiehlt. Es ist hier nur die Spur eines Pakassa (Büffels). Ich will der Pakassaspur folgen. «

Der Mann ging der Pakassaspur nach. Da kam er an eine Stelle, da stand eine Mahussu. Der Mann sah, es war seine Mahussu. Er sah einen Mann hinaufklimmen. Er sah, es war sein Vater, der lange gestorben war. Er rief: »Oaa, der Dieb meiner Mahussu ist mein Vater.« Der Vater war ganz erstaunt. Er sagte: »Wie kommst du hierher?« Der Sohn sagte: »Alle meine Mahussu wurden mir gestohlen; da folgte ich der Büffelspur.« Der Vater sagte: »Du bist hier, komm, ich will dir unser Dorf zeigen. Du wirst sehen, daß wir die Mahussu brauchen.« Der Vater legte Buanga (Zaubermittel) auf seinen Leib; da war er ein

Pakassa. Der Vater legte Buanga auf den Leib seines Sohnes. Da wurde er auch ein Pakassa. Beide Pakassa liefen weit weg.

Sie kamen an einen Platz, da war ein sehr schönes Dorf; da waren sehr viele Mahussu. Es waren die genommenen Mahussu. Es waren viele Menschen da. Es waren die verstorbenen Verwandten und Freunde des Sohnes. Der Vater legte Buanga auf sie. Sie waren wieder Menschen. Der Vater sagte: »Siehst du, wir haben die Mahussu nötig für unseren Wein und für die Stoffweberei. Bleib zunächst bei uns.« Der Sohn blieb zwei Jahre im Pakassadorf. Dann sagte der Vater: »Nun geh wieder.« Er schenkte dem Sohne Kakula (rote Farbe), eine Ziege, ein ganz weißes Huhn. Er sagte: »Das Huhn legt jeden Tag ein Ei. Du mußt es essen; denn wenn du es nicht ißt, und ein Kücken auskriecht, so wirst du krank. Iß in Zukunft nur Ziegen, Hühner usw: Iß kein Fleisch vom Pakassa, denn sowie du davon ißt, stirbst du und wirst auch ein Pakassa. Sprich nicht von deinen Erlebnissen hier; denn sowie du davon sprichst, mußt du sterben und als Pakassa zu uns kommen.«

Der Sohn kehrte zurück.

Der Mann kam mit seinen Geschenken in sein Dorf zurück. Das Huhn legte jeden Tag ein Ei. Er aß das Ei. Einmal aber legte das Huhn zwei Eier. Er sah das erstaunt an und aß die Eier nicht. Am andern Tage krochen zwei Kücken aus. Zugleich wurde er sehr krank. Die Leute sagten: »Was ist das mit dir?« Er begann von den Mahussu zu erzählen. Er sagte: »Ich hatte viele Mahussu. Jeden Tag war mir eine Mahussu gestohlen. Zuletzt war keine Mahussu mehr da. Ich sah nur eine Spur vom Pakassa.« Das sagte der Mann. Dann starb er. Er kam als Pakassa zu dem Dorf seines toten Vaters.

Kabutondo

Vier Frauen gingen in den Wald, Holz zu hacken. Sie schlugen viel Holz. Eine Frau sagte: »Wir wollen es in Bündel binden.« Jede band ein großes Paket zusammen. Eine Frau sagte: »Wir wollen unsere Holzpakete auf den Kopf nehmen.« Drei Frauen nahmen ihre Holzstöße auf den Kopf und gingen heim. Die vierte Frau war zu schwach. Sie stand im Wald und konnte die Last nicht auf den Kopf heben. Sie stand im Wald. Da kam Tschilumitschikullu (alter Mann). Tschilumitschikullu fragte: »Was machst du in meinem Wald?« Die Frau sagte: »Ich bin schwanger und deswegen schwach. Wenn du das Holzbündel auf meinen Kopf hebst, dann will ich dir das Kind geben. Sobald es geboren ist, magst du es nehmen. Ist es ein Mädchen, so heirate es. Ist es ein Junge, so iß ihn.« Tschilumitschikullu hob ihr das Holzbündel auf den Kopf. Die Frau ging in das Dorf.

Nach zwei Monaten kam Tschilumitschikullu in das Dorf. Er fragte: »Ist das Kind geboren?« Sie sagten: »Es ist geboren, es ist ein Junge.« Tschilumitschikullu kam zu der Mutter und fragte: »Ist dein Sohn hier?« Die Frau entgegnete: »Er ist heute fortgegangen, aber er ist morgen wieder hier. Du kannst ihn daran erkennen, daß er Kabutondo heißt.« Tschilumitschikullu ging in den Wald zurück.

Am andern Tage kam Tschilumitschikullu wieder. Er ging auf den Dorfplatz. Die Kinder spielten auf dem Platze. Tschilumitschikullu spielte mit den Kindern Kreisel. Er fragte die Jungen: »Welcher von euch ist Kabutondo?« Tschilumitschikullu hatte alle Kinder um sich versammelt. Die Jungen antworteten alle zusammen: »Wir alle heißen Kabutondo!« Tschilumitschikullu ging zu der Mutter des Kindes. Er sagte: »Sie nennen sich alle Kabutondo!« Die Mutter sagte: »Komm morgen wieder. Du wirst Kabutondo, meinen Sohn, daran erkennen, daß er ein grünes Blatt hinter dem Ohr trägt.« Tschilumitschikullu ging in den Wald zurück.

Kabutondo sprach zu seinen Kameraden: »Meine Mutter liebt mich nicht; sie will mich dem Tschilumitschikullu ausliefern. Er wird mich an einem grünen Blatt erkennen, das ich hinter dem Ohr trage. Tragt morgen alle ein grünes Blatt hinter dem rechten Ohr!« Tschilumitschikullu kam am andern Tag. Er trat zu den Jungen. Er spielte mit ihnen Kreisel. Tschilumitschikullu sprach: »Wer von euch ist Kabutondo?« Die Jungen traten alle an ihn heran. Sie hielten alle ihren Kopf hin. Sie sprachen: »Wir alle sind Kabutondo, sieh, wir haben alle ein grünes Blatt hinter dem rechten Ohr!« Tschilumitschikullu ging zu der Mutter des Kindes. Er fragte: »Wo ist mein Kabutondo? Die Jungen tragen alle ein grünes Blatt hinter dem rechten Ohr.« Die Mutter sagte: »Tritt in mein Haus, du sollst Kabutondo noch heute erhalten. Er ist der Junge, der auf jene Dibuepalme steigen wird.« Tschilumitschikullu trat in das Haus der Mutter des Kindes. Die Kinder wußten es nicht.

Die Mutter des Jungen rief: »Kabutondo, steig auf jene Dibue und schlage mir die Spitze ab!« Kabutondo sagte: »Mach ich.« Kabutondo trat an den Baum. Er stieg am Baum empor. Er war am Baum oben angelangt. Tschilumitschikullu trat aus dem Hause. Er rief: »Jetzt kenne und habe ich dich!« Kabutondo sagte: »Gut, du hast mich, breite einen Sack zwischen deinen Armen aus, ich werde hinunterspringen in den Sack. Schließe aber die Augen!« Tschilumitschikullu war einverstanden. Er breitete einen Sack aus; er schloß die Augen. Kabutondo schlug mit einem Schlag die Spitze des Baumes ab. Sie fiel plung! in den Sack Tschilumitschikullus. Er band schnell den Sack zu und eilte mit dem Sack auf dem Rücken in den Wald.

Kabutondo sagte: »Meine Mutter liebt mich nicht; ich gehe zu Sambi (Fidi Mukullu, dem Schöpfer-Gott der Kassaiden).«

Die Kinder riefen: »Wir gehen zu Sambi.« Die Kinder nahmen die Madimba, tanzten und sangen:

»Geh zu unserm Hause.
In den Wassertümpeln von Kabamba
Zu uns, sie haben getötet, sie haben getötet Hühner
Die Hühner töten, töten und sie sind tot.«

Die Kinder sangen und gingen in die Welt hinaus. Sie kamen an ein großes Wasser. Es war kein Boot da. Kabutondo rief: »Tande (Spinne), mach eine Brücke!« Tande machte schnell eine lange und starke Brücke. Kabutondo und die andern zehn Kinder gingen hinüber. Sie kamen an einen Wald, der war so zugewachsen, daß ein Durchgehen unmöglich war. Kabutondo rief zehn Elefanten. Die zehn Elefanten kamen und traten einen schönen Weg. Sie kamen an eine Stelle, die war mit Tuffi (menschlicher Unrat) so bedeckt, daß niemand hindurchkam. Kabutondo rief: »Hund, iß den Schmutz!« Es kam ein Hund, der fraß alles auf. Sie konnten auf dem Weg gehen. Sie kamen zu Fidi Mukullus Dorf. Fidi Mukullu nahm sie auf. Fidi Mukullu gab ihnen ein Haus und schickte ihnen Essen. Fidi Mukullu sagte: »Wenn es meine wahren Kinder sind, können sie nicht umkommen.« Fidi Mukullu schloß die Tür hinter den Jungen ab. Dann zündete er ihr Haus und alle Häuser seines Dorfes an.

Kabutondo rief zu Gulungwe (Antilope): »Grab einen Weg zwischen hier und draußen!« Gulungwe tat so. Alle Kinder waren mit Kabutondo gerettet. Fidi Mukullu sagte: »Es sind meine guten Leute!« Er ließ ein neues Dorf für sie bauen.

Der Selbstgewordene

Kalombo mui fangi soll heißen: Kalombo, der sich selbst gemacht hat.

Mwille (Gott) sagte zu seinen Leuten: »Die Menschen sprechen viel von Kalombo mui fangi. Ich will Kalombo mui fangi sehen.« Die Leute gingen zu Kalombo mui fangi und sagten: »Mwille will dich sehen.« Kalombo sagte: »Ich werde kommen.« Kalombo mui fangi rief Quaddi (Perlhuhn), Nkanga, Kamanji (der Donner, der den Menschen tötet; der Blitz tötet angeblich nicht), Tande (Spinne), Jiji (Fliege), Nkullu (Erdkatze). Mit den Tieren machte er sich auf den Weg zu Mwille. Kalombo mui fangi kam mit den Tieren an ein großes Wasser. Kalombo mui fangi sagte zu Tande: »Mach ein Seil!« Tande spann ein Seil. Alle gingen über den Fluß. Sie kamen an einen Berg. Kalombo mui fangi sagte: »Ich gehe nicht über den Berg.« Er sagte zu Nkullu und Kamanji: »Macht einen guten Weg.« Nkullu und Kamanji machten einen ebenen Weg. Kalombo mui fangi kam mit seinen Leuten zu Mwille.

Mwille sagte: »Wer bist du?« Kalombo sagte: »Kalombo mui fangi.« Mwille sagte: »Das ist nicht wahr. Ich habe alle gemacht. Mach dies!« Mwille nahm Erde. Er spie auf die Erde, daß sie feucht wurde. Er drehte die Erde (wie man Töpfe hier macht, also Quirldrehen zwischen den Händen). Er formte die Erde zum Menschen. Er setzte die Figur auf die Erde. Es war ein lebender Mensch. Kalombo mui fangi nahm Erde. Er spie auf die Erde, daß sie feucht wurde. Er drehte die Erde. Er formte die Erde zum Menschen. Er setzte die Figur auf die Erde. Es war ein lebender Mensch. Mwille sagte: »Mach deinen Menschen sprechend.« Kalombo sagte: »Mach du deinen Menschen sprechend!« (Noch zweimal hin und her) Mwille sagte (endlich) zu seinem Menschen: »Sprich!« Der Mensch sprach. Kalombo sagte zu seinem Menschen: »Sprich!« Der Mensch bewegte nur die

Lippen. Er sprach nicht. Er bewegte nur die Lippen. Mwille sagte: »Ich vernichte meinen Menschen.« Mwille strich mit der Hand über ihn. Der Mensch Mwilles war gestorben. Mwille sagte: »Vernichte deinen Menschen auch!« Kalombo mui fangi strich mit seiner Hand über seinen Menschen. Der Mensch Kalombos war gestorben.

Mwille sagte: »Ich sehe, daß du das kannst. Geh jetzt aber mit deinen Leuten in jenes große Haus dort. Ich werde die Türen fest schließen und das Haus anzünden. Dann werde ich sehen, wer du bist. Ich habe alles geschaffen. Ich kann alles vernichten.« Kalombo mui fangi ging mit seinen Leuten in das Haus. Er sagte zu Nkullu und Kamanji: »Grabt einen Weg unter die Erde bis in mein Dorf.« Dann sagte er zu Quaddi und Nkanga: »Legt Eier auf die Erde.« Quaddi legte fünfzehn, Nkanga zwanzig Eier. Kalombo mui fangi ging mit allen seinen Leuten durch das Loch in sein Dorf. Das Haus brannte. Die Eier knallten mit lautem »Pang.« Mwille sagte: »Da verbrennt Kalombo mui fangi.« Das Haus brannte ganz hernieder. Mwille ging zur Asche. Er suchte die Knochen Kalombo mui fangis. Er sah die Eierschalen.

Es kam ein Mann, der sagte: »Kalombo mui fangi ist mit seinen Leuten in seinem Dorf angekommen.«

Das Sterben

Fidi Mukullu macht alle Menschen, Tiere, Hunde, Ziegen, Hühner; er machte alles, alles, alles alles. Wenn Frauen und Männer alt wurden, so starben sie. Ein Mann nahm einen Tschendo (Holzpauke) und ging in den Wald. Im Wald stand ein Baum, der war innen hohl und reichte bis zum Himmel empor. Der Mann trat in den hohlen Baum und schlug den Tschendo und sang: »Fidi Mukullu, du hast alles so recht gemacht, weshalb hast du es so gemacht, daß die Menschen sterben?« Der Mann sang das alle Nächte. Er sang es in jeder Nacht.

Fidi Mukullu hörte es und sagte: »Da singt ein Mensch alle Tage: »Fidi Mukullu, du hast alles so recht gemacht! Weshalb hast du es so gemacht, daß die Menschen sterben?« Ich weiß nicht, wo er ist, es sollen Leute hingehen und ihn suchen.« Die Leute gingen hin und suchten. Die Leute fanden ihn nicht. Der Mann sang. (Sein Sang wird wiederholt.) Endlich sandte Fidi Mukullu Lufumbe (die rote arg beißende Ameise, deren Heere sich Wege machen). Die Lufumbe lief hin und fraß. Die Lufumbe lief hin und fraß. Die Lufumbe lief hin und fraß. Die Lufumbe kam an den Baum. Die Lufumbe fand den Mann. Die Lufumbe brachte den Mann zu Fidi Mukullu.

Fidi Mukullu fragte den Mann: »Wie kannst du das alle Tage so singen?« Der Mann sagte: »Du hast (doch) die Menschen so gemacht, daß sie sterben. Ich bin ein Mensch und muß sterben. Und nun darf ich nicht nachts (wenigstens) singen, daß ich sterben muß?« Fidi Mukullu sagte: »Du hast Recht. Du darfst so singen, denn ich lasse die Menschen sterben. Ich mache die Menschen. Die Menschen machen Zaubermittel, Krankheiten, Messer, Pfeil, Krieg. Ohne Zaubermittel, Krankheiten, Messer, Pfeil, Krieg, Sterben ist das Leben ein Essen, Trinken, Schlafen, Verdauen. Ohne Sterben ist es nicht gut.«

Die Regenfrau

Kapinga, ein Mann, hatte keine Frau. Er ging einmal auf die Wanderschaft. Auf dem Kreuzwege traf er eine Frau. Er nahm sie mit in sein Dorf. Er heiratete sie. Die Frau wollte nichts essen. Die Frau sagte: »Du kennst meinen Namen nicht. Ehe du meinen Namen nicht kennst, esse ich nichts.« Die Frau aß nichts. Wenn es regnete, so fing sie die Tropfen auf und kochte das Wasser. Sie trank das Wasser. Es war alles, was sie zu sich nahm.

Kapinga ging eines Tages spazieren. Er traf Kakulutu Kamuntu (der Tschilumi Tschikullu der Baluba). Kakulutu Kamuntu sagte: »Du weißt den Namen deiner Frau nicht? Ich will ihn dir sagen. Deine Frau heißt Tumba.« Kapinga kam in sein Dorf. Er sagte zu seiner Frau: »Dein Name ist Tumba.« Tumba sagte: »Es ist gut; kommt mit mir in das Dorf meines Vaters.« Kapinga sagte: »Es ist gut.« Sie machten sich beide auf den Weg. Sie kamen beide in das Dorf. Die Eltern legten ihm eine schöne Matte hin. Es war ein angenehmes Dorf. Kapinga blieb lange dort.

Eines Tages sagte Kapinga: »Ich will gehen.« Die Eltern sagten: »Es ist gut; aber Tumba kann dich nicht begleiten. Wenn es regnet, dann kannst du wieder hierher kommen; komm aber nicht, wenn es nicht regnet.«

Kapinga ging. Er kam heim. Nach zwanzig Tagen machte er sich wieder auf den Weg. Es regnete noch nicht. Als er an die Stelle des Dorfes seiner Frau kam, fand er nichts von dem Dorf, keine Menschen und keine Hütten. Es waren da nur Kalebassen und Steine. Kapinga zog sein Messer hervor und wetzte es an einem Stein. Dann ging er wieder heim. Es regnete. Er machte sich wieder auf den Weg. Als er an die Stelle kam, fand er das Dorf und die Menschen. Er ging zum Vater seiner Frau und sagte: » Gebt mir meine Frau, ich will sie mit mir nehmen.« Der Vater sagte: »Nein, du kannst deine Frau nicht wiederhaben; denn ich sagte dir: »Komm nicht, wenn es nicht regnet«. Du bist doch gekommen, als es nicht regnete. Du hast dein Messer an einem Stein gewetzt. Der Stein war mein Kreuz und du hast mich arg verwundet.« Kapinga ging ohne Frau in sein Dorf zurück.

Aschi

Der Häuptling Boanjama hatte viele Frauen. Einmal ging er an das Wasser. Er traf am Wasser eine schöne Frau. Er fragte: »Wie heißt du?« Die Frau sagte: »Ich heiße Aschi.« Aschi war viel schöner als alle andern Frauen. Der Häuptling sagte zu Aschi: »Ich möchte dich gern heiraten.« Aschi sagte: »Es ist gut; du kannst mich hier am Wasser abholen. Vorher mußt du aber alle deine andern Frauen fortjagen und ihre Hütten verbrennen. Boanjama sagte: »Du bist eine schöne Frau; ich will es tun.« Boanjama ging nach Hause.

Boanjama warf alle seine Frauen hinaus. Er jagte sie zurück zu ihren Eltern. Er verbrannte ihre Hütten. Boanjama kam zurück, um Aschi zu holen. Aschi war im Wasser. Aschi sagte: »Hast du alle deine Frauen verjagt und ihre Hütten verbrannt?« Boanjama sagte: »Ich habe alle Frauen verjagt und alle Hütten verbrannt.« Aschi sagte: »So binde mir ein Tau um den Leib und ziehe mich daran aus dem Wasser.« Boanjama sagte: »Ach was, ich trage dich.« Boanjama wollte einen Arm Aschis fassen. Der Arm riß aus. Boanjama wollte ein Bein fassen und ziehen. Das Bein riß aus. Boanjama lief von dannen. Boanjama lief von dannen und weinte. Boanjama rief: »Nun habe ich alle meine Frauen fortgejagt um eine Aschi. Und diese Aschi ist zerrissen.« Ein alter Mann hörte das. Er sagte: »Boanjama, du warst nicht klug. Nun folge meinem Ratschlag. Geh in jede Familie jeder deiner früheren Frauen. Setz dich mit betrübter Miene hin. Wenn man dir Essen vorsetzt, so rühr es nicht an, sondern starre immer nur zu deiner Frau hinüber. Dann wird man dir deine Frau sehr schnell aus Mitleid senden. Sind die Frauen bei dir, dann sag: ›Ach, ich bin ja so krank, so krank. Ihr wißt nicht, wie krank ich bin. Ruft den Uetsi (Häuptling).‹ Dann werden alle eilen, dir nützlich zu sein und werden dich sehr gut pflegen. Sag aber nie den wahren Sachverhalt.« Boanjama sagte: »Es ist gut.« Boanjama machte es so, wie der Alte es ihm geraten. (Der Erzähler wiederholt natürlich ausführlich.) Alle Frauen kamen zu ihm zurück. Er begann über seine Krankheit zu jammern. Alle Frauen gingen weg, und jede brachte von ihrem Vater eine Ziege. Boanjama wurde wohlgenährt und fett. Eines Tages betrank er sich vor Freude und erzählte seinen Frauen im Rausch das Erlebnis mit Aschi.

Am selben Tag liefen alle Frauen fort, und nie wieder teilte ein Weib sein Lager.

Der blinde Vater

Mufoafoa (blind) war blind. Er hatte viele Söhne. Er sagte zu seinen Söhnen.: »Ich bin blind, baut mir ein Haus.« Die Söhne sagten: »Bau dir dein Haus selbst.« Mufoafoa tastete sich in den Wald. Er tastete sich im Busch hin, bis ein Rotang (Palmenzweig) ihn schlug. Da wußte er, wo er war, und er schnitt den Rotang und brachte ihn in das Dorf. Dann tastete er sich wieder in den Wald und schlug Holzstämme. Mufoafoa schichtete die Holzstämme auf.

Es lag da ein totes Schwein. Mufoafoa wußte es nicht. Es kamen gerade Söhne Mufoafoas des Weges. Mufoafoa sagte: »Hebt mir das, was ich da auf die Erde legte, auf den Kopf.« Die Söhne sahen das Schwein. Sie hoben das Schwein auf und dem Vater auf den Kopf. Mufoafoa fühlte, daß es ein Schwein war. Er sagte: »Dies Schwein zerlegt.« Die Söhne zerschnitten das Schwein. Einige trugen das Schwein. Andere trugen die Holzstangen. Einige führten den Vater an der Hand in das Dorf. Mufoafoa gab den Söhnen die Hälfte des Schweins. Die Söhne sagten (unter sich): »Der Vater ist blind, aber er kann noch Schweine erlegen.«

Mufoafoa gab die andere Hälfte des Schweines seiner Frau, damit sie es ihm zubereite. Alle Söhne kamen dazu. Sie sahen die Schüssel mit dem Fleisch. Der Vater sagte: »Kommt, eßt mit mir.« Der älteste Sohn sagte: »Gib her, ich will teilen.« Der Sohn verteilte alles unter die Söhne und stellte dem Vater die leere Schüssel hin. Der Vater tastete nach dem Fleisch. Er fand nichts darin. Er merkte, daß die Söhne ihm alles genommen hatten. Eine große Wut kam über sein Herz. Er ergriff die Schüssel und schlug mit der Schüssel um sich. Er erschlug mit der Schüssel die eigene Frau. Die Söhne sprangen auf. Die Söhne riefen: »Du hast unsere Mutter erschlagen.«

Die beiden jüngsten Söhne Mufoafoas versteckten den Vater in dem Loch Kapulukussus (Fledermaus) und deckten Kapulukussus Flügel darüber. Die andern Söhne aber sagten: »Wir wollen den Vater finden und wollen ihn essen, denn er hat unsere Mutter erschlagen.« Golongonje (Chamäleon) sagte zu dem ältesten Sohn: »Leck mir Augen und After aus, so will ich dir das Loch zeigen, wo dein Vater versteckt ist.«

Der älteste Sohn tat es. Da zeigte Golongonie ihm das Loch. Die Söhne fanden den Vater. Sie töteten ihn. Sie begannen ihn zu essen. Nur die beiden jüngsten Söhne sagten: »Wenn Vater auch unsere Mutter getötet hat, so essen wir ihn doch nicht.«

Die andern aßen vom Fleisch des Vaters. Das Fleisch blieb ihnen im Hals stecken. Sie starben. Die beiden jüngsten Söhne wurden große Häuptlinge. Aber keine Frau wollte mit ihnen leben, und sie starben kinderlos.

Kamangalla und Umoï

Kampangalla lebte bei seinem Vater. Sein Vater nahm zwei Sklaven und gab sie Kampangalla. Kampangalla lebte nun im Busch, nahe dem Dorf seines Vaters. Kampangalla wollte keine Frau von der Erde heiraten. Eine schöne Frau kam zu ihm. Er wies sie ab. Ein schönes Mädchen kam zu ihm. Er wies es ab. Kampangalla wies alle Frauen zurück. Eines Tages badete er nahe seinem Wohnplatz im Fluß. Da traf er eine Frau. Kampangalla fragte: »Wie heißt du?« Die Frau sagte: »Ich heiße Umoï.« Kampangalla sagte: »Ich will dich heiraten.« Die Frau sagte: »Du mußt erst zahlen.« Kampangalla sagte: »Komm mit in mein Haus.« Umoï sagte: »Ich will mitkommen, aber kein Mensch darf mich sehen.« Kampangalla sagte: »Es ist gut; ich wohne abseits vom Dorf im Busch.« Umoï ging mit Kampangalla in dessen Haus. Nach zwei Tagen sagte Umoï: »Ich will nun zu meinem Vater zurückgehen. Gib mir! Du kannst nachkommen. Geh in das Wasser da, wo du mich gefunden hast. Nachher wirst du den Weg schon sehen. Frage nach Umoï. Du darfst aber nie bei uns tanzen.« Kampangalla nahm die beiden Sklaven und gab sie Umoï. Er sagte: »Es ist gut, ich werde nachkommen.« Nach einiger Zeit ging Kampangalla zu seinem Vater und sagte: »Ich habe eine Frau genommen. Nun will ich hingehen und sie holen.« Der Vater nahm einen Hammel. Er schnitt ihm ein Ohr ab und gab Kampangalla den Hammel. Kampangalla ging mit dem Hammel ans Wasser. Er fand den Weg. Er kam in das Dorf Umoïs. Kampangalla fragte: »Wo ist Umoï?« Die Leute zeigten ihm Umoïs Haus. Er sah, daß Umoï nur ein gutes Bein hatte. Das andere Bein war zurückgebogen. Kampangalla sagte: »Du hast nur ein rechtes Bein. Du bist nicht meine Frau.« Umoï sagte: »Ich bin deine Frau, du hast das nur zuerst nicht gesehen.« Kampangalla sagte: »Ich mag dich nicht.« Die Leute tanzten. Umoï hatte zu Kampangalla gesagt: »Tanz nicht!«

Kampangalla tanzte doch. Darauf wurde sein einer Fuß ebenso rückwärts gekehrt wie der Umoïs. Kampangalla wurde sehr böse. Er sagte: »Gib mir meine zwei Sklaven zurück!« Er nahm die zwei Sklaven und den Hammel und kehrte zur Erde zurück. Kampangalla wurde von allen Leuten ausgelacht. Die Leute sagten: »Wir haben dir immer gesagt: »Nimm eine gute Frau«. Nun hast du eine Frau aus dem Wasser genommen!«

Nach einiger Zeit starb Kampangalla.

Der Ngunguvogel

Der Mann Kischilla machte im Busch Kapeto (Rattenfallen). Er fing zwei große Ratten. Er gab sie seiner Frau, die steckte sie in den Sack und trug sie hinter ihm her. Sie kamen in das Dorf. Er ging voran. Sie trafen einen großen, großen Vogel, den Ngungu; der trug vorn und hinten ein Fell. Der Ngungu sagte: »Gib die Ratten dem Hund, den Hund friß selber, und dann fresse ich dich.« Kischilla sagte: »Es ist gut. Ich will noch meinen Freund Milonga Tuambile holen; der macht das mit mir, dann hast du zwei.« Ngungu sagte: »Es ist gut.« Kischilla holte seinen Freund. Milonga Tuambile sagte: »Die Sache ist recht: der Hund frißt die Ratten, Kischilla ißt den Hund, du ißt Kischilla, und ich werde dich dann essen.«

Da floh Ngungu von dannen.

Einmal

Kamue (ein Mann; der Name bedeutet »einmal«) nahm eine Frau. Er bezahlte sie aber nicht. Er sagte: »Wenn die Mutter meiner Frau stirbt, will ich mich gern zuerst mit ihr in ein Grab legen. Aber meine Frau bezahle ich nicht.« Die Leute sagten: »Es ist recht.« – Kamue war ein eigner Mann. Wenn er sich wusch, steckte er die Hand nur einmal ins Wasser und sagte: »Kamue.« Wenn er aß, griff er nur einmal in die Schüssel und sagte: »Kamue.« Wenn er trank, nahm er nur einen Schluck und sagte: »Kamue.«

Die Schwiegermutter Kamues starb. Die Leute gruben ein Grab und sagten: »Kamue, du hast deine Frau nicht bezahlt, du wolltest als erster dich ins Grab deiner Schwiegermutter legen.« Kamue sagte: »Es ist gut, wo ist das Grab?« Die Leute führten ihn hin. Er legte sich in die Grube und sagte: »Kamue.« Sie legten die Schwiegermutter auf ihn. Aber die Grube war zu klein, die Schwiegermutter hatte keinen rechten Platz mehr. Die Leute nahmen die Schwiegermutter noch einmal heraus und sagten zu Kamue: »Komm, wir müssen die Grube größer machen. Ihr beide habt nicht Platz.« Kamue sagte: »Es ist recht.« Er stieg wieder heraus und sagte: »Kamue.«

Die Leute machten die Grube viel größer. Dann sagten sie zu Kamue: »Geh wieder hinein.« Kamue sagte: »Was ihr wollt! Wißt ihr nicht, daß ich alles nur immer einmal mache? Ich greife nur einmal in die Eßschüssel; ich nehme nur einen Schluck beim Trinken; ich stecke die Hand beim Baden nur einmal ins Wasser und soll mich zweimal vor meiner Schwiegermutter ins Grab legen?« Die Leute sagten: »Dagegen ist allerdings nichts zu machen.«

Die Fragelegende

Katukonko (der nicht fragt) und Netukonko machten gemeinsam eine Wanderung zu einem Freund in ein fernes Dorf. Katukonko sagte: »Wenn du etwas Absonderliches am Wege findest, so mußt du nicht immer gleich fragen: Weshalb und was?« Netukonko sagte: »Wenn ich etwas Absonderliches am Wege sehe, frage ich.« Katukonko sagte: »Frag nicht.« Netukonko sagte: »Ich frage doch.« Katukonko und Netukonko gingen.

Nach einiger Zeit kamen sie an einem Mann vorüber, der hatte seine Augen aus dem Kopf genommen und hatte sie an den Weg gelegt. Der Mann hatte eine Hacke in der Hand und hackte fleißig den Boden auf. Die Augen lagen am Wege. Netukonko sagte: »Was ist denn das?« Katukonko zog ihn fort und sagte: »Frag nicht, komm!« Nach einiger Zeit kamen sie an einem Mann vorüber, der hatte seine Knochen aus den Armen und Beinen genommen. Er hatte ein Beil, war an einer Palme emporgeklommen und schlug die Spitze ab. Er schlug nur mit der Haut, die Knochen lagen am Wege. Netukonko sagte: »Was ist denn das?« Katukonko zog ihn fort und sagte: »Frag nicht, komm!«

Nach einiger Zeit kamen sie an einer Frau vorüber, die hatte ihren Unterleib und die Beine zu Hause gelassen. Sie hatte eine Wasserflasche auf dem Kopf und ging zum Bach, um Wasser zu holen. Sie ging mit dem Oberleib, den Unterleib hatte sie zu Hause gelassen. Netukonko frage: »Was ist denn das?« Katukonko zog ihn fort und sagte: »Frag nicht, komm!«

Sie kamen zu dem Dorf des Freundes. Der Freund ließ sogleich Biddia (Brei) machen. Er ließ dazu Fische in Mafuta (Fett) sieden, um die Biddia einzustippen. Er tat aber nicht (wie dies üblich ist) Biddia und Fische in getrennte Schüsseln, sondern er stülpte die Biddia so über die Mafutafische, daß es aussah, als seien in der Schüssel nur Biddia und keine Fische. Die

Freunde erhielten die Speisen und eine Wasserkanne. Sie sahen die Mafutafische nicht. Netukonko sagte: »Was ist denn das?« Katukonko sagte: »Laß doch, wir wollen wenigstens die Biddia essen.« Netukonko sagte: »Nein, ich lasse nicht nach. Das muß ich fragen.« Katukonko sagte: »Gut, wenn wir anfangen zu fragen, so wollen wir bei dem ersten anfangen. Wir wollen zurückgehen.« Beide gingen den Weg zurück.

Sie kamen wieder zu dem Mann, der die Augen beiseite gelegt hatte. Netukonko fragte: »Was ist das?« Der Mann sagte: »Ich bin hier allein. Wenn ich mir beim Erdhacken Erde in die Augen werfe, habe ich niemand, der sie mir reinigt. Da lege ich sie lieber während der Arbeit beiseite.« Sie kamen wieder zu dem Mann, der die Palmkrone abhackte und die Knochen der Arme und Beine beiseite gelegt hatte. Netukonko fragte: »Was ist das?« Der Mann sagte: »Ich könnte beim Klettern und Arbeiten von der Palme herunterfallen. Dann breche ich mir Arme und Beine. Ich lege also meine Knochen beiseite, bis ich meine Arbeit hier oben vollendet habe.« Sie kamen wieder zu der Frau, die das Wasser mit dem Oberkörper trug und die Beine mit dem Unterleib zu Hause gelassen hatte. Netukonko fragte: »Was ist das?« Die Frau sagte: »Mein Mann ist immer ärgerlich, wenn er mich nicht zu Hause hat, denn er braucht mich sehr oft. Darum lasse ich das, was er nötig hat, zu Hause (den Unterleib) und hole das Wasser nur mit dem Oberkörper. Ich vermeide so den Streit.« Sie kamen wieder zu dem Freund, der die Biddia bereitet und die Mafutafische darunter versteckt hatte. Netukonko fragte: »Was ist denn das, weshalb gibst du uns nur Biddia und Wasser und keine Mafutafische?« Der Freund lachte. Er sagte: »Es sind Mafutafische da.« Er hob die Biddia in die Höhe und zeigte die Mafutafische. Katukonko sagte: »Ich habe gesagt: ›Iß und frag nicht‹.« Netukonko sagte: »Ich weiß (aber) jetzt von dem Mann, der die Augen beiseite legt, von dem Mann, der die Knochen herausnimmt, von der Frau, die mit dem Oberkörper Wasser holt.«

Anhang

Vita Leo Frobenius

1873	Am 29. Juni als Sohn eines preußischen Offiziers und »Festungsbaumeisters« in Berlin geboren. Besuch der Höheren Schule in Berlin, Straßburg, Lötzen, Glogau, Halle. Kaufmannslehre in Bremen. Impulse durch das Überseemuseum und das Hamburger Museum für Völkerkunde
1894	»Die Geheimbünde Afrikas«. Anlage eines Archivs für Völker- und Kulturkunde (spez. Afrika und Ozeanien)
1898	»Der Ursprung der afrikanischen Kulturen«. Erster Entwurf einer Kulturkreislehre
1907	Gründung der »Deutschen Innerafrikanischen Forschungs-Expedition«. Beginn der ersten von 12 Expeditionen.
1906/07	Umfangreiche Sammeltätigkeit (Märchen, Artefakte) bei den Waldvölkern im Kassai- und Kongobecken
1907/09	2. Expedition: in den Sahel, vom Senegal zu den Quellen des Niger, nach Timbuktu, durch Togo zur Küste
1910	3. Expedition: von Algier zu den Kabylen (Berbermärchen)
1910/12	4. Expedition: durch Nigeria und Kamerun bis Adamaua Entdeckung der Yorubakultur (»Atlantis«), Ausgrabung des Ori Olokun-Kopfes in Ife.

1912	5. Expedition: vom Roten Meer bis Khartoum und nach Kordofan. Empfang bei Kaiser Wilhelm II. (der die nächste Reise finanziert)
1912/13	»Und Afrika sprach«, 3 Bände; engl. Übers. »The Voice of Africa« (London 1913)
1913/14	6. Expedition: nach Marokko und in die Sahara. Untersuchung von Grabformen, Sammlung kleinafrikanischer Bilder
1915	7. Expedition: durch die Türkei über das Rote Meer ins nördliche Abessinien
1918	Gründung des »Forschungsinstituts für Kulturmorphologie« in München, Beginn der Herausgabe des »Atlas Africanus« (in acht Lieferungen, 1922-1930)
1921	»Paideuma, Umrisse einer Kultur- und Seelenlehre«
1921/28	Zwölfbändige »Sammlung Atlantis«
1924	Übernahme des Afrika-Archivs durch die Stadt Frankfurt Umsiedlung des Münchener Instituts nach Frankfurt
1925	Professor für Völkerkunde an der Univ. Frankfurt (bis 1938)
1925/29	»Erlebte Erdteile«, Zusammenfassung der kulturtheoretischen Arbeiten in sieben Bänden
1926/35	8. bis 12. Expedition: Dokumentation afrikanischer Felszeichnungen (Nubien, Simbabwe, Südafrika, Zentralsahara, Ostsahara, Fezzan)
1932	»Schicksalskunde im Sinne des Kulturwerdens«
1933	»Kulturgeschichte Afrikas«
1938	Am 9. August in Biganzolo (Lago Maggiore) gestorben

Der Mann, der Afrika zum Sprechen brachte

Eingangs des Gana- und des Kassaidenkapitels war von zwei afrikanischen Sängern die Rede: dem Dialli Korongo (Mande) und dem Pygmäen mit der Nasenflöte (aus dem Volk der Bena Lulua). Korongo bedeutete für Frobenius viel, ein wandelndes Gedächtnis, trunkenes Genie – die Geschichte ihrer ersten Zusammenkunft sei noch zuende erzählt:

»Korongo trinkt. Jetzt spricht er mit voller Stimme, erzählt von Burgen und Helden, von Kämpfen und Minne... Mit leuchtenden Augen hocken die beiden Muslim (d. h. die beiden Dolmetscher Nege und Karimacha) und blicken zu dem Sänger empor. Korongo aber ist nun betrunken. Er streicht den Gewinn ein, wankt zum Tor hinaus und murmelt noch mit letzter Kraft: »Alle großen Dialli sind betrunken.«

Solches wiederholte sich nun lange Zeit hindurch Tag für Tag. Morgens erschien Korongo als ein Bild verkaterten Lebensüberdrusses. Mittags erfolgte ein Erwachen. Am Abend sprühte er. Einige Stunden hernach ging er trunken von dannen. Ich jedoch hatte schwere Not, im Verlauf der verstreichenden Nacht das tagsüber Vernommene und Notierte zu kontrollieren, Unklarheiten festzustellen, neue Fragen vorzubereiten, das endgültig Gewonnene in die Reinschrift zu retten« (Frobenius, Der Kopf als Schicksal, 1924, S. 64f.).

Das Erstaunlichste daran: Frobenius sprach keine einzige afrikanische Sprache. Er ließ sich alles auf französisch oder auch auf englisch – dolmetschen und baute im übrigen auf sein Einfühlungsvermögen, auf Intuition und Miterleben. Frobenius konnte offenbar genau zuhören, Mimik und Gestik als Information speichern.

In der Verlegenheit, allenfalls einige wenige der Sprachen erlernen zu können, deren mündliche Überlieferung er aufzeichnen wollte, verfiel er auf eine geradezu geniale Methode: Von jedem besuchten Volk nahm er einige Leute als Reisebegleiter mit, um sie jedesmal mit dem neu auftauchenden Neuen zu konfrontieren, damit sie vom Eigenen aus immer neuen Blickwinkeln berichteten. Waren es am Ende der Kongoreise (1904/06) Vertreter von zwanzig Völkern, so hatte er nach der Yoruba-Benue Wanderung nicht weniger als einundsechzig Völker um sich. Dieser Hofstaat hatte mehrere Funktionen. Einmal schaffte er Autorität und gab Afrikanern das Gefühl, einen der eigenen Fürsten vor sich zu haben.

(»Der eigentliche Fürst wahrt nur seine Souveranität, indem er nie direkt mit dem Volk, sondern immer durch einen Sprecher verkehrt« – Erlebte Erdteile Bd. III, 1925, S. 30.)

Der Hofstaat bzw. die Dolmetschergruppen diente zum anderen dazu, das mündlich Vernommene sich genau erklären zu lassen und in seinem Wahrheitsgehalt überprüfen zu können. »Da mit Belohnungen nicht gekargt wurde, verbreitete sich die Nachricht von dem Geschäft, das mit Märchenerzählen zu machen sei, alsbald im Land und zog allerhand fabelkundiges Volk zusammen. Der Stoff wurde wörtlich nach der Überlieferung wiedergegeben, und wenn der Erzähler irgendwelche neuen, d. h. falschen Worte setzte, so geschah es häufig, daß Umsitzende ihn verbesserten. Das Wörtliche spielte also eine bedeutende Rolle« (Erlebte Erdteile, Bd. IV, 1925, S. 71 f.)

In 195 Reisetagebüchern hat Frobenius notiert, was er studiert und was ihm zugetragen wurde: Haartrachten und Tätowierungen, Schamanismus, Zahlensymbolik, Grabungsfunde. Er war ein Besessener – und ein unermüdlicher Feldforscher. Bezeichnend für ihn, daß er alle seine Tagebücher stets auf der Reise schon ins Reine geschrieben hatte. Die Stoffmassen, die später in die »Sammlung Atlantis« eingingen, waren so bereits gegliedert und gewissermaßen beglaubigt.

Als zum 100. Geburtstag 1973 viel Kritisches zu Frobenius' Kulturtheorien und besonders zur Kulturkreislehre angemerkt wurde, stimmten alle Kenner seines Werkes Leopold S. Senghor, Verfechter der Négritude, Janheinz Jahn, Erforscher der schwarzafrikanischen Literatur, Eike Haberland, Direktor des Frobenius-Instituts und andere – doch darin überein: Frobenius gab Afrika ein Stück seiner Identität wieder, mit dem Nachweis hochdifferenzierter, eigenständiger Kulturen; ihm verdanken wir die bisher großartigsten Sammlungen authentischer Oralliteratur.

Das Orakel der Yoruba

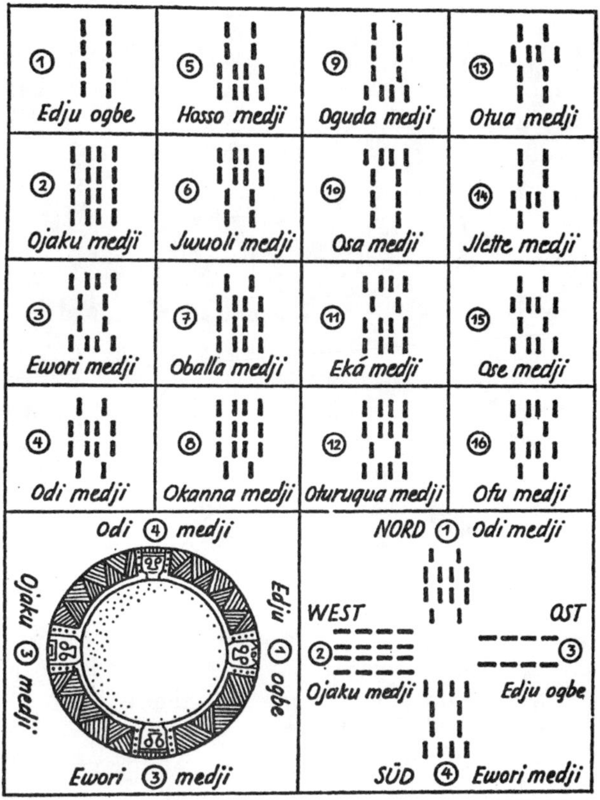

System des Ifa-Orakels. Oben die sechzehn Grundfiguren, die Odus. Aus dem geraden oder ungeraden Fall der geworfenen und aufgegriffenen Palmkerne ergibt sich eine Reihe von paarweisen oder einzelnen Strichen, von denen immer vier ein Odu (Hauptkopf) ausmachen. Jeder dieser Köpfe hat seinen Namen, jeder ein symbolisches Zeichen. – Unten links ein Ifabrett mit Verteilung der vier Hauptodus, rechts die Verteilung und Anlage der Hauptodus nach Maßgabe der vorgeschriebenen Himmelsrichtung. Die von Osten nach Westen verlaufende Linie gilt als »Hauptweg« und die von Süden nach Norden gezeichnete als »der zweite Weg«. Nach dem Glauben der Yoruba steht dem Osten der Gott Edschu vor, dem Westen der Gott Schango, dem Süden der Gott Obatalla und dem Norden der Gott Ogun.

Das Orakel der Yoruba

Der Babalawo, d. h. »Vater des Geheimnisses« liest aus dem Wurf der Palmkerne oder der Palmkernkette das Orakel. Er benötigt dazu ein Adjelle-Ifa, eine Ifaschale mit geschnitzten Motiven aus dem Alltagsleben; in sie werden die sechzehn Kerne, getränkt mit Nußöl und Maismehl mit Wasser, hineingelegt. Dann benötigt er ein Oqua-Ifa, ein Brett ähnlich einem unserer früheren Brotteller; oben ist ein dominierendes, z. T. tief in das Brett hineinragendes Antlitz geschnitzt, das wie ein Wächter über der Innenfläche thront; auf sie wird Holzmehl gestreut. Drittens benötigt er das Oquelle. Das ist eine Schnur, an der acht halbe Palmkeme befestigt sind und die an den Enden meistens in ein zierliches Perlenornament ausläuft. Derjenige, der das Orakel mit dem Oquelle befragen will, ergreift die Schnur in der Mitte, so daß nach den beiden Seiten je vier halbe Palmkeme herabhängen. Beim Hinwerfen der Schnur kommt es nur darauf an, welche von den Palmkernen mit der konvexen, welche mit der konkaven Seite nach oben fallen. Hieraus allein entsteht schon ein Odu oder eine Figur. Die Zeremonie des Palmkernwerfens wird in folgender Weise vorgenommen: Die sechzehn Palmnüsse heißen Iki und Aki. Außer ihnen wird noch eine siebzehnte Figur zu Hilfe genommen, die Oduso heißt und in Elfenbein geschnitzt ist. Sie stellt einen Kopf, und zwar den Kopf des Orakelbringers Edschu, dar, was man an dem hinten lang herunterhängenden Zopf erkennen kann. Die Figur steht neben dem Ifabrett und hält gewissermaßen die Wache über die Handlung des Babalawo und den Fall der sechzehn Iki. Der Babalawo bestreut das Ifabrett mit weißem Mehl. Er nimmt die sechzehn Ifakerne und wirft sie in die Luft, der linken Hand zu. Die linke Hand greift sie. Nun kommt es darauf an, ob die Zahl der gefangenen Kerne eine gerade oder ungerade ist. Wenn die linke Hand eine ungerade Zahl faßt, so werden zwei senkrechte Striche gezogen. War die Zahl eine gerade, so ergibt sich ein einzelner Strich, der mit dem Finger der rechten Hand auf dem Brett ausgeführt wird. Viermal wird geworfen und die Zeichen untereinander geschrieben. Die so entstehende Figur aus vier Zeichen wird als »Medji« oder »Paar« bezeichnet. Achtmal wird dieses Verfahren wiederholt, und zwar werden immer zwei Medji nebeneinander, also viermal zwei untereinander, gezeichnet. Die niedergeschriebenen Zahlen sind die Odus, die dem Tagesorakel vorstehen. Abgelesen wird das auf dem Brett in das Mehl gemalte Bild von rechts nach links. Jedes der Medji repräsentiert ein Odu, dieses wiederum besteht aus 16 Odus, von denen jedes aus weiteren 16 Odus zusammengesetzt ist. 16 x 16 x 16, also 4096 verschiedene Odus sind es insgesamt, und jedem werden bestimmte Weisheitssprüche zugeordnet. Die Odus sind die eigentlichen geistigen Faktoren in dem Orakel der Yoruba.

Der Priester, der das Orakel liest, wendet sich stets mit dem Gesicht nach Osten und legt das Brett immer in derselben Weise vor sich auf den Boden. Auf jedem Brett ist ein Antlitz dargestellt, auf das der betende Priester schaut, so daß er es zwischen sich und der Sonne hat. Dieses Antlitz heißt Edschu-ogbe; es entspricht genau dem Odu Nr. 1.

Übersicht der West- und Mittelafrikanischen Staaten

Äquatorial-Guinea, frühere Kolonie Spanisch-Guinea, unabhängig seit 1968; ca. 350 000 Einwohner, davon 240000 Fang (Bantu), 30 000 Bubi; Hauptstadt Malabo (40 000 Einw.)

Benin, früheres Königreich Dahome (seit 1774) mit Hauptstadt Abomey, ab 1898 französische Kolonie, unabhängig seit 1960; ca. 3,4 Mio Einwohner, davon 450 000 Fon und Adia, 160 000 Yoruba; Hauptstadt Porto Novo (100 000 Einw.)

Elfenbeinküste, frühere französische Kolonie (seit 1893) und Teil der Föderation Französisch-Westafrika, unabhängig seit 1960; ca. 7,5 Mio Einwohner, davon 1,2 Mio Akan, 800 000 Kru, 700 000 Malinke, 500 000 Mande; Hauptstadt Abidjan (380 000 Einw.)

Gabun, ab 1888 zum »Congo Francais« gehörig, ab 1910 Teil der Förderation Französisch-Äquatorialafrika, unabhängig seit 1961, ca. 600 000 Einwohner, davon 120 000 Fang (Bantu); Hauptstadt Libreville (250 000 Einw.)

Gambia, frühere britische Kolonie Senegambia (1695-1783, zus. mit Senegal), ab 1888 brit. Kronkolonie, unabhängig seit 1965; ca. 550 000 Einwohner, davon 220 000 Mandingo, 75 000 Fulbe, 68000 Wolof; Hauptstadt Banjul (50 000 Einw.)

Ghana, frühere britische Kolonie Goldküste (Süd-Ghana mit Accra ab 1874, Aschanti und Nordregion ab 1896); als erstes schwarzafrikanisches Land unabhängig, seit 1957; der Name Ghana wurde von dem alten Reich Gana (700-1200 n. Chr.), das nie bis zur Goldküste reichte, entlehnt; ca. 11 Mio Einwohner, davon 5 Mio Akan, 1,4 Mio Ewe; Hauptstadt Accra (700000 Einw.)

Guinea, frühere französische Kolonie (seit 1850) und Teil der Föderation Französisch-Westafrika, unabhängig seit 1958; ca. 4,5 Mio Einwohner, davon 1,2 Mio Fulbe, 650 000 Malinke; Hauptstadt Conakry (200 000 Einw.)

Guinea-Basso und Kap Verdische Inseln, portugiesische Kolonie seit Ende des 15. Jahrhs., de jure ab 1885, unabhängig seit 1973 (Guinea-Bissao) und 1975 (Republik Cabo Verde); ca. 530 000 bzw. 300 000 Einw., davon auf G-B. 160 000 Balante, 100 000 Fulbe; Hauptort Bissao (75000 Einw.), kl. Hauptstadt Boé

Kamerun, seit 1884 unter deutschem Protektorat, nach dem Ersten Weltkrieg zu 80% französisch, 20% britisch (West-Kamerun), unabhängig seit 1961; ca. 6,5 Mio Einwohner, meist Bantu-Gruppen; Hauptstadt Jaunde (180 000 Einw.)

Kongo, seit 1880 unter französischem Protektorat, ab 1910 unter der Bez. „Mittelkongo« Teil der Förderation Französisch-Äquatorialafrika, unabhängig seit 1960 (»Kongo-Brazzaville«); ca. 1,4 Mio Einwohner, meist Bantu-Gruppen; Hauptstadt Brazzaville (170 000 Einw.)

Liberia, erhielt 1847 als »Commonwealth of Liberia« die Unabhängigkeit, ausgestattet mit einer den USA gleichenden Verfassung; ca. 1,75 Mio Einwohner, davon 350 000 Kpelle, 260 000 Bassa; Hauptstadt Monrovia (100 000 Einw.)

Mali, seit 1892 französische Kolonie(»Sudan«), ab 1960 zusammen mit Senegal als Mali-Föderation unabhängig; der Name Mali wurde gewählt, um den Bezug zur eigenen Geschichte (Königreich Mali 1200-1500 n. Chr.) herzustellen; ca. 5,8 Mio Einwohner, davon 1,7 Mio Bambara, 550 000 Fulbe, 440 000 Senufu, 420 000 Marka, 300 000 Malinke, 300 000 Songhai; Hauptstadt Bamako (200 000 Einw.)

Niger, ab 1922 französische Kolonie, unabhängig seit 1960; ca. 5 Mio Einwohner, davon 2,4 Mio Haussa, 900 000 Derma und Songhai, 500 000 Fulbe; Hauptstadt Niamey (100 000 Einw.)

Nigeria, britisches Protektorat seit 1861 (Lagos), 1885 (Kamerun) und 1897 (Benin), ab 1914 zur Verwaltungseinheit Nigeria zusammengeschlossen; unabhängig seit 1960; ca. 72 Mio Einwohner, davon 15 Mio Haussa, 14 Mio Yoruba, 10 Mio Ibo, 6 Mio Fulbe; Hauptstadt Lagos (1 Mio Einw.)

Obervolta, seit 1897 unter französischer Herrschaft, ab 1904 zusammen mit Mali die »Kolonie des oberen Senegal und Niger«, unabhängig seit 1960; ca. 6,5 Mio Einwohner, davon 3 Mio Mossi, 1 Mio Mande; Hauptstadt Wagadugu (300 000 Einw.)

Senegal, seit 1765 brititische Kolonie Senegambia, die 1783 französisch wird; ab 1864 frz. Kolonie Senegal; unabhängig seit 1960; ca. 5,4 Mio Einwohner, davon 1,8 Mio Wolof, 800 000 Fulbe, 500 000 Mande; Hauptstadt Dakar (500 000 Einw.)

Sierra Leone, seit 1896 unter britischem Protektorat, seit 1961 selbständig (unabhängiger Staat im Commonwealth); ca. 3,1 Mio Einwohner, davon 900 000 Mende, 900 000 Temne; Hauptstadt Freetown (200 000 Einw.)

Togo, seit 1884 deutsches Schutzgebiet; 1914 geht Westtogo an Großbritannien, das größere Osttogo an Frankreich; unabhängig seit 1960; ca. 2,3 Mio Einwohner, davon 1 Mio Ewe, 500 000 Kabre, 180 000 Kotokoli, Bassari und Tchamba; Hauptstadt Lomé (200 000 Einw.)

Tschad, seit 1900 unter französischem Protektorat, ab 1910 Teil der Föderation Französisch-Äquatorialafrika, unabhängig seit 1959; ca. 4,1 Mio Einwohner, meist Araber (46%) und Sudanvölker (28%); Hauptstadt Ndjemena, das frühere Fort Lamy (390 000 Einw.)

Zaire belgische Kolonie seit 1908; unabhängige Republik Kongo 1960-65, Demokratische Republik Kongo 1965-70, seit 1971 Republik Zaire; ca. 28 Mio Einwohner, davon 4,9 Mio Luba, 4,7 Mio Mongo; Hauptstadt Kinshasa, das frühere Léopoldville (2 Mio Einwohner)

Zentralafrikanische Republik, seit 1910 als Ubangi-Schari Teil der Föderation Französisch-Äquatorialafrika, unabhängig seit 1957, Kaiserreich 1964-79, danach Republik; ca. 1,8 Mio Einwohner, davon 720 000 Banda, 460 000 Baja, 360 000 Mandja, 180 000 Zande; Hauptstadt Bangui (200 000 Einw.).